U0511126

中华诗词名篇解读

邓荫柯　编著

2014年·北京

图书在版编目（CIP）数据

中华诗词名篇解读/邓荫柯编著．—北京：商务印书馆，(2014．重印)
ISBN 978-7-100-10437-1

Ⅰ．①中… Ⅱ．①邓… Ⅲ．①古典诗歌—诗歌研究—中国 Ⅳ．①I207.2

中国版本图书馆 CIP 数据核字（2013）第 275375 号

中华诗词名篇解读

邓荫柯　编著

商 务 印 书 馆 出 版
（北京王府井大街 36 号　邮政编码 100710）
商 务 印 书 馆 发 行
三河市尚艺印装有限公司印刷
ISBN 978-7-100-10437-1

2014 年 1 月第 1 版　　开本 710×1000　1/16
2014 年 11 月北京第 2 次印刷　印张 30 1/2
定价：60.00 元

序

傅璇琮

我曾经在商务印书馆、中华书局合营时期的同事，也是我校友的郭庆山君向我推荐了邓荫柯君编著的《中华诗词名篇解读》书稿，望我能给此书作序。经介绍，我得知邓君是晚我四年的北大中文系新闻专业校友，挚爱古典诗词，虽遭“五七”风雨，备尝艰辛，但痴心不改。新时期，邓君在沈阳的春风文艺出版社工作，致力于文学编辑和业余文学创作，耕耘勤奋，著作颇丰。此前，邓君已有《1916—2008经典新诗解读》一书出版，足见他对诗歌的倾情挚爱和倾力研究。现又编著有《中华诗词名篇解读》，真是扩展视野，沟通古今，把传统诗词与现代诗作结合起来进行品赏、研究，这确是当前学术研究的新探索。这本《中华诗词名篇解读》，从书名就可看出他对古典诗词辉煌遗产的衷心倾慕；从目录来看，可谓编选精当的诗词精华之浓缩版。抽检稿中部分解读文字，深感邓君对古典诗词名家名篇理解之深透，阐释之清晰，领悟之新颖，文笔之潇洒，加之庆山君的一再敦请，故不揣谫陋，勉为之序。

邓君此书的一个亮点是取材和编排上的创造性。与众多古典诗词选本的“别裁”不同，他不再细分古诗、近体诗、乐府，五言、七言，律诗、绝句，而且干脆打乱诗词曲的界限，纯以诗人和诗作的艺术水准、思想高度、个性光彩、审美品格、艺术感染力为标准，在几千年的诗歌发展长河中选取百余位诗人的三百余首传世佳作，给读者提供了一个中国古典诗词的精粹选本，一览博大精深美轮美奂之古典诗词的全貌。但此书又不是平均分配篇幅之排行榜，而是突出了诗歌初创时期的《诗经》和楚辞的质朴高贵，魏晋南北朝时期的率性吟咏，诗歌巅峰的唐诗无与伦比的辉煌，和唐诗双峰并峙的宋词的不朽风韵以及重现光彩的清诗词的小阳春。在群星闪耀的艺术天宇中突出了《国风》、屈原、曹操、曹植、陶渊明、张若虚、王维、李白、杜甫、白居易、李商隐、杜牧、李贺、李煜、欧阳修、柳永、苏轼、秦观、姜夔、辛弃疾、陆游、李清照、纳兰性德、龚自珍等相当于二十八宿的光辉。读者如果从此书中寻觅自己特别喜爱的篇章，可能有遗珠之憾，但如果品读其中的篇章，无论杰作本身还是解读文章，当会感受其选录的公平精当、解读的言之有理，从而谅解因篇幅所限、挂一漏万的缺失。

此书的最大特色是那些浸透了作者真情和心血的解读文章。这些文章重点不在研究、考据、训诂，而在于对古典诗词巨匠的倾心敬仰与挚爱、远隔千百年的和谐共鸣、富于个性色彩的领悟、文采粲然的表达。为了解读诗词名篇，他广泛阅读了有关网络和图书文章，以一个诗人和研究者的情怀，另起炉灶，以魂牵梦萦之深情，写出自己独有的感悟。文中不再另列注释，所有字词的阐释都融于作者的解读文字之中。

邓君少我三岁，如今也是七十五岁高龄了，能完成如此规模的著作，实在令人感佩。我为学界友人之专著作序，最早是在 1981 年 10 月为北京大学中文系陈贻焮教授所著之《杜甫评传》所作。陈贻焮先生当是我的师友，我们分别于 1953 年、1955 年在北大中文系毕业，毕业后皆留校任助教，甚有教学合作情谊。现已经历三十年，又应约为邓君之作撰序，我们又是校友。我觉得，学术序文，就不仅辨学术、论世情，还有记交谊、抒情怀，我现在应邀作序，也可以是表述我学术经历的慰勉之情。2008 年夏，我辑集所作之序，共七十三篇，起名为《学林清话》，于 2008 年 10 月由大象出版社（原河南教育出版社）出版。此后又陆续应邀撰写，恐已达八十篇，我极愿将此篇与其他篇合辑，出一增补本。

愿邓君此书的出版对弘扬中华文化遗产、提升中国的软实力、提高广大读者的阅读兴趣与文化内涵能有所帮助。

2011 年 7 月 5 日

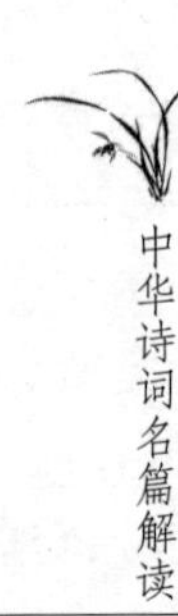

前言

贴近百代诗魂，高擎王冠明珠

中华诗词艺术是中华传统文化冠冕上一颗最璀璨的明珠。诗词是和炎黄子孙的心灵世界联系最广泛、最深入的艺术。它以华美的形式、深厚的内蕴、真挚的感情、铿锵的韵律，穿透了人们心灵的壁垒，直达最隐秘的角落，铭刻在骨髓里，是中国人最坚实的精神财产。我们在这块饱经苦难而又丰沃的文化土壤上享受着这些精美艺术的人格熏染和情感陶冶，我们便有了生生不息、蓬勃而强劲的人文遗传与精神血脉。

我对诗词艺术的迷醉始于燕园优游岁月的青春时代。季镇淮、游国恩、林庚、王瑶这些大师传授的古典文学，特别是诗词，是那样的华美丰赡，飞扬灵动，一种惊艳的感悟深深震动了年轻人的心，慨叹人间还有这样美丽绝伦的艺术，我们的山川林木竟有如此华美精致的描绘，华夏儿女的精神世界里竟有如此崇高美丽的情愫，我们的汉语竟能排列变幻出如此美妙的词语组合！从那时起，这颗生命力无限的诗词艺术的种子在我心中深深扎下了根。在生命历程的各个阶段，古典诗词都给了我难以估量的极其丰富的滋养。在逆水行舟时给我难以诉说的慰藉和温暖，几本随身携带的诗词选本帮我战胜了怅惘和馁丧；在顺水扬帆时给我快慰的启迪和鼓舞，积极向上地面对五彩缤纷的人生，宽容温馨地对待世界。在生命和爱情同行的季节，又是飘逸空灵的诗词给了我表达情意的花瓣，以温柔亲切的旋律抚平心灵的创伤。

从20世纪70年代末起，我就在春风文艺出版社负责诗歌、散文、文学评论书籍的编辑工作。我一面编辑一面尝试写作，前期写诗，后期写散文和文学评论，出版过诗集、散文集和评论集。距今最近的书是《1916—2008经典新诗解读》。但是我觉得我今生最重要的著作还没有完成，应该写一本古典诗词“解读”，以圆我此生挚爱诗词艺术之梦。于是，人生七十成了我新征程的开始，夜以继日，夙兴夜寐，在浩瀚典籍中度过了多少花晨月夕！

首先是选好诗人和作品，要综合诸家之长，把握好选本的普遍性和独特性之间的平衡。在有限篇幅内尽量撷取中华诗词文化的精粹。借鉴《唐诗三百首》的经验，我把时间范围扩大到从远古先民的歌唱到清末王朝终结，在这么长的历史时期内遴选出最出色诗人的三百余首诗作。这个时间下限，是源于我自幼生成的一种观念：我顽强地认为，民国是区分新旧时代的界限。在这有限的篇幅内，不但在诗中不再区别体裁，甚至不区分诗词曲的界限，纯粹以诗意、境界、魅力、文采、动情力区别高下。基本上是根据文学史的走向确定选诗方向，每个诗人所选篇目多寡和他在中国文学史上的地位评价大致保持一致，当然也有个人特别喜爱、文学史上不太著名的诗人诗作。在突出唐诗、宋词两个重点之外，尽力弘扬先秦魏晋的文化贡献，特别是清代诗词的新成就，也适当照顾两汉、元明时期的真正杰作，以保持详略之间的平衡，让读者在欣赏杰出诗篇的同时，形成一个更完整的中华诗歌史的概念。我把读者定位为特别钟情古典诗词并有一定素养的大中学生和老师，我要向他们推荐我选定的卓越篇章，为他们提供中华诗词的巍峨逶迤的一道群峰性景观，和他们分享我对这些诗词杰作的理解和激赏。单看每篇解读是一篇篇微型作品论，连起来看，就是一部比较系统的诗歌史。

我反复思考，觉得选取标准可以总结为个性，灵性，悟性和涉及家国民族的价值观念。中华诗歌史上群星灿烂，烛照千秋百代。《诗经》醇厚质朴、清新跳脱的先民歌咏，屈原坚贞清醒的崇高追求的倾诉，曹操器宇恢弘、志在统一的博大襟怀，陶渊明皈依田园的淡泊宁静吟唱，张若虚孤篇压全唐的极致抒情，李白傲岸奔放气势恢弘的千古绝唱，杜甫的沉郁坚实朴素温暖的史诗诗篇，白居易的批判激情和华丽丰赡的叙事诗章，王维的静谧幽深禅意的精粹短章，李贺的奇崛幽缈天马行空的神异文字，李商隐对爱情的深沉坚守和精致表达的《无题》，杜牧潇洒蕴藉飞扬空灵的绝句，李煜哀乐中年的惆怅忧伤的词作，柳永、秦观对风尘女性的人格尊重和真挚情意，苏东坡的旷达胸襟和苍凉喜悦的春风词笔，辛弃疾、陆游坚韧执着的金戈铁马梦幻，李清照委婉动情精美沉痛的女性吟咏，姜夔文学和音乐结合得天衣无缝的悠扬歌唱，纳兰性德和龚自珍重振清诗词光彩的深情歌吟……无不闪耀着中华文化王冠明珠的光辉，也深深地铭刻在我心中。

从《诗经》以前的先民古歌《卿云歌》算起，已经经过了超过百代的更替，在中华大地上产生并纵情吟咏的诗人也超过了百代。这些不朽诗人都有一个闪光的诗魂，在我心中凸显着永恒的光彩和个性。他们的不朽诗章就是这些诗魂留在人间的美丽花朵。在这些诗中，不但展现了诗人和社会、和大自然的互动，也深刻地展现出时代精神，或歌颂青春进取气象，或展现超脱离世的淡泊情怀，或剖析时代的弊端，更刻画了诗人本人的各具特色的抒情形象。特别是他们驱遣文字，激发灵感，为创造美而呕心沥血、精益求精的珍贵艺术经验，是我解读的重点。我的解读当然是建立在先辈和当代研究基础上的，但我不想重复先辈和当代的研究成果，不走一般赏析文章的路数，力求超越注释词语、阐明主旨、总结思想和艺术价值的窠臼，也不想追随肆意发挥、过度解读、大块感悟，以华丽文字而赢得畅销的时尚，而是紧紧围绕原作，更紧密地楔入时代情境、个体襟怀，把作品中具备的个性灵性悟性以及诗魂的价值观、精神能量和情感魅力，更深入、更充分地发掘阐释出来，在深刻而富有创造性的解读过程中，最大限度地贴近百代诗魂，高擎王冠明珠，越过百代岁月，理解、激赏、认同、共鸣、敬佩、怜惜那些不朽的诗人和他们的杰作，让他们璀璨的光辉，烛照中华儿女的心灵。

由于时代变迁和语言的发展变化，阅读古典作品最大的障碍是词语，一遇见大篇幅的注释，大家就头疼。我的解读没有“字词解释”这一项，所有需要解释的字词都自然地、不知不觉地融入正文里。这就免除了激情阅读被拦腰斩断的感觉。在写作解读文章时，我警告自己，注意激情澎湃和艰苦案头细致探幽抉微之间的平衡，把握好个性解读和学术共识之间的协调。我希望我的解读文章不是学究式的讲解、纯专家的赏析，更不是标新立异的夸夸其谈，而是一位历尽沧桑的老作家、老诗人的性情文字。让读者在领略百代诗魂魅力的同时，也认识了一位当代诗词粉丝被诗歌巨星照亮的心灵历程。希望这本书的读者成为我的同调、朋友和亲人。

当我将此书和中学语文课本对照时，发现我所选诗篇大部分都入选了中学语文课本，只有为数不多的篇章，课本里有而本书里无，我就适当增加了课本里的部分诗词篇章，以扩大读者范围。我希望，这本书可以得到比我自己更长久的生命。也许，若干岁月之后，它依然有葱茏的生命力，还会屹立在喜爱者的书架上。

目录

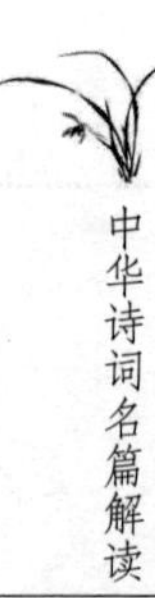

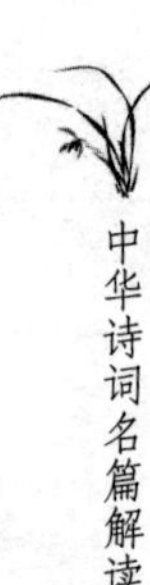

古歌（一首）

卿云歌

卿云烂兮，糺缦缦兮。
日月光华，旦复旦兮。

《卿云歌》为中国古代民歌，据说是虞舜禅让给大禹时唱的一段歌曲，最早见于《尚书大传》。而《尚书大传》是解释《尚书》的一本书，旧题为西汉伏生著，很可能是伏生弟子张生、欧阳和伯或更后者杂录而成。这样，它的论述就不具备名正言顺的经典性、可靠性，杜撰想象的成分会比较大。《尚书大传》说，《卿云歌》就是虞舜所唱歌曲云云也颇值得怀疑。综观《尚书大传》所载的这首《卿云歌》，前四句文字古奥，庄严古朴，韵致悠远，描绘日月云霭的变化，给人一种雍容恢廓、气象高华、襟怀舒展、心平气和的感觉和陶冶。而之后的四节十六句和前四句风格迥异，既没有那种博大气象，也难以体会得出崇高的感悟，赞颂禅让给大禹的虞舜，有极其明确的政治色彩。君臣间所用词语，群臣歌舞升平的局面，也令人感到不大像上古时代常见那种古朴简约的语言文字风格，为伏生弟子们杜撰出来的可能性很大。很有可能前四句为上古民歌，后十六句为后人出于政治需要的续书，颇像我们所熟悉的专事歌功颂德的“歌德派”文学“作品”，也颇有底气不足感染力锐减的感觉。

民国初年，《卿云歌》曾两次被定为国歌，但都只选用了前四句，只有第一次从别处移植过来一句当作结尾，后来这一句被删除。就是说，让民国初年那些制定国歌的前辈深深感动极力赞颂的只有前四句，以为只有四句的《卿云歌》足以弘扬中华民族的博大襟怀和崇高追求，以及那种冲和、正大、坚定、从容的民族性格。对这种选择和删削，深为佩服。追今抚昔，回望来路，所以这本《中华诗词名篇解读》就选用了只有四句的《卿云歌》作为全书的开篇，以体现中国诗歌悠久深邃的渊源。

“卿云烂兮”指一种象征祥和精神的彩云，灿烂美丽。“糺缦缦兮”形容卿云那纡曲舒卷、曼妙多姿的形象。“日月光华，旦复旦兮”在颂扬辉煌的太阳和明亮的月亮，万代不竭地交替出现，形成分明的昼夜之梭，推动无止息的时间之箭，养育万物，化育众生。《卿云歌》也很恰切很有力地倡导了或曰皈依了天人合一的崇高理念，对当代人认识和遵从自然规律是有莫大启发和激励作用的。

民国初年的国歌，在中华民国初步实现统一奠都南京之后的20世纪40年代初被废止，代之以孙中山遗嘱为基础的新国歌。我幼年时代，曾经在日寇蹂躏下的汪伪民国读小学，那时学唱的国歌正是这支《卿云歌》，当时对那极其缓慢的乐曲、极其难懂的歌词很不喜欢，一句也不懂，但还是要念经一般跟着嘟嘟哝哝地唱。现在想起，认贼作父出卖祖国的汉奸竟然盗用了中华民族最古老的歌曲当作国歌，真是无耻之尤、卑劣至极！

诗经（六首）

周南·关雎

关关雎鸠，在河之洲。
窈窕淑女，君子好逑。

参差荇菜，左右流之。
窈窕淑女，寤寐求之。
求之不得，寤寐思服。
悠哉悠哉，辗转反侧。

参差荇菜，左右采之。
窈窕淑女，琴瑟友之。

参差荇菜，左右芼之。
窈窕淑女，钟鼓乐之。

这是《诗经》第一部分《国风·周南》中的第一首诗，也就是“诗三百”的首篇，为历代学者重视。整理、删节《诗经》的孔子对其做出了“诗三百，一言以蔽之，思无邪”的判词，孔老先生心中的“无邪”大约是“非礼勿动非礼勿言”的同义语。当时的解释者、专职笺注者、乐官们对这首诗做了最迂腐、最乏味、最生拉硬扯的解释，什么“后妃之德”，什么“纲纪之首，王教之端”，把鲜活生动的爱情呼喊硬装到封建礼教的框框里去。自一批有见地、实事求是的学者肯定了它的民歌性、爱情性、纯真性，才使这首诗恢复了葱茏美丽富有情韵的理解。

现在对这首诗的理解，是一个男青年对一个美丽姑娘的相思深情的真挚表达。全诗二十句，原分作三章，我意可分为四章，第一章四句，第二章八句，第三章四句，第四章四句。采用“兴起”的手法，就是先说一件事物，以联想起另一件事物，二者不是比喻的关系，而是可以连类旁通的关系。比如这首诗的首句“关关雎鸠，在河之洲”说雄性雎鸠在河边小洲上发出关关之声的鸣叫，意在追求雌鸟的爱情。由此联想起那美丽贤淑的女性是君子追求的对象，“窈窕淑女，君子好逑”。君子是概括所有有道德的男性的敬称，“好逑”指好的伴侣。下一章“参差荇菜，左右流之”两句，说水中漂浮的荇菜参差不齐，可以挥动左右手顺水采撷。而“窈窕淑女，寤寐求之”二句，说美丽又贤惠的姑娘，让君子昼夜苦想追求她的方法。追求也得不到姑娘的芳心，昼夜苦思，漫漫长夜，翻来覆去难以入睡。

君子追求淑女的抒情继续进行。比兴的手法和换韵同时采用。“参差荇菜，左右采之。窈窕淑女，琴瑟友之”。说参差不齐的荇菜左边采撷过右边采，那窈窕淑女，我将弹琴鼓瑟地愉悦她。“参差荇菜，左右芼之。窈窕淑女，钟鼓乐之”。参差不齐的荇菜左手右手精挑细选。得到淑女芳心的君子，将用钟鼓大乐迎娶她。

这种将民歌歌词不断变换韵脚的办法是为了合唱和反复吟唱的需要，以一唱三叹的节奏和韵律加强了民歌的感染力。这首诗呈现出感情真挚、爱意急切、节奏适中、心愿平和、过程完整、结局美好的特点，适合对家庭、婚姻事项的歌颂吟唱。在这首诗中，坚定执着的君子和端庄谨慎的淑女的形象的塑造，在不动声色的吟唱中完成。这首诗被当作诗三百的开篇是当权者和平民百姓的共同选择。

有学者指出，这首诗所描绘的全是君子本人的想象，是他内心的声音。并没有具体的行动和结果。那种“琴瑟友之”、“钟鼓乐之”的结果是想象，“寤寐思服”、“辗转反侧”的感受却是真实的。这倒是另一种理解此诗的思路。

秦风·蒹葭

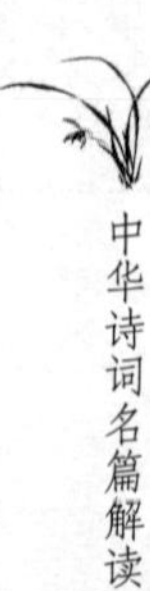

蒹葭苍苍，白露为霜。
所谓伊人，在水一方。
溯洄从之，道阻且长。
溯游从之，宛在水中央。

蒹葭萋萋，白露未晞。
所谓伊人，在水之湄。
溯洄从之，道阻且跻。
溯游从之，宛在水中坻。

蒹葭采采，白露未已。
所谓伊人，在水之涘。
溯洄从之，道阻且右。
溯游从之，宛在水中沚。

这首《蒹葭》是中国诗歌的源泉《诗经》中最美丽动人的诗篇，超尘出凡，质朴高洁，冠绝三百零五篇，可谓诗中之诗，极品之极。节奏自然，声韵和谐，中气充盈，情意缠绵，意绪饱满，一唱三叹，步步深入，往复回环，淋漓尽致，表达了一份真挚坚执、百折不挠的爱情。“伊人”一词，并没有确指性别，但可以从语境和韵致断定，是男性讴歌女性之诗，如果反过来看作女性赞颂郎君之诗，就兴味索然了。

要更好地理解品味这首诗，首先要从消除几千年语言演变逐渐形成的词语隔膜入手。这位无名诗人、伟大情种设定的抒发爱情的场所也是他心中的仙姬所居，是一片广阔而富于变化的水域，其间有河流，有湖泊，有水湄，有沙洲，更有连绵不断的青青芦苇。这些古奥的文辞在当年却是普普通通的口语，蒹葭，就是还没有抽穗的芦苇；溯洄，指逆流而上；阻，指阻碍；萋萋，草茂密貌；晞，晒干之意；水湄，水边；跻，坡陡；坻，水中小洲；涘，岸；右，指曲折。原来几千年前的先人语言是如此丰富如此典雅，近似的语义竟分辨得如此细密精微，初看好像我们的语言退化了粗糙了。但现代人的生活和语汇的丰富、变幻又是古人无法企及的。诸如我们生活中的网络、电视、高铁、媒体、微博……几十年前都还不曾出现，何况几千年前？有所探索有所丰富，就会有所忽略有所遗忘。

这位无名的情种先生，对他心折的人儿真是钟情真是痴情。在一个芦苇青青、露水凝结为白霜的早晨，他似乎隔着河湖看见那人隐隐约约的美好姿影，他没有明确说自己是走旱路还是游泳，可能是水路两栖部队，反正是沿着水边小路逆流而上去寻觅她，不计水程遥远曲折丛生，勇往直前。快要游到了，那人却仿佛走到水中央。芦苇如此茂密，晨露还没有干，那人却在水的彼岸。逆着弯曲的河道去寻找她，路途险峻坡陡。继续追寻，那人似乎在水中的小沙洲。芦苇的青绿色彩更加鲜艳，露水也还没有完全消失。这时，那人又移到了对岸。追寻之旅，道路既艰难又曲折，那人似乎走进了水中的沙洲。总而言之，这位情种先生不畏艰难险阻，不计道路漫长无尽，就是这样投入地、不屈不挠地追寻下去，其情可感，其志可嘉，其运可悯。他那不厌其烦的繁复描绘，一唱三叹的不倦歌声已经引起了读者知音的共鸣和坚定的认可。但人们不由得要问，这哥们儿真看见这样一位美若天仙的伊人了吗？不是看花了双眼或者出现了幻视现象？

由此我们才恍然大悟，这不是一篇纪实性的描绘，而是一篇抽象的抒情文字。这位无名的天才作者把对一位美丽女性的强烈而真挚的思慕运用象征性的抒情方式表达出来，对“伊人”的美丽并没有具体的描绘，而只有一个模糊的、飘动的、可望而不可即的身影。她不是一个具象的真实形象，而是一个表达赞美倾心感情的意象。这位“伊人”的真实身份和具体形象以及她和情种先生的关系可以有无限多的解释和想象空间，也不知这位情种先生有没有追寻到的机会，但他的这份情感和情意却是绝对真实无可怀疑的。

在以直接的感情表达和讴歌对象的具体描绘为主要方式的《诗经》里，《秦风·蒹葭》不但在创作技巧上出类拔萃，在创作理念和艺术方法上也高出一筹，也许是中国诗歌运用象征和意象技巧的最早尝试。

邶风·静女

静女其姝，俟我于城隅。爱而不见，搔首踟蹰。
静女其娈，贻我彤管。彤管有炜，说怿女美。
自牧归荑，洵美且异。匪女之为美，美人之贻。

这是一首特别活泼生动的爱情诗，跳荡着年轻人火热的心。从年轻小伙子的角度描述了和静女会见的甜美过程。其语言文字和节奏韵致具有戏剧情节、青春光彩、个性特色、审美品格，读之令人赏心悦目，兴致盎然。这是一首特别好理解、容易进入人的心灵的诗。问题都在于古今词语的差别，为了克服这点障碍，训诂学家做了十分有效的词语翻译工作。

静女的“静”字，是安静而富有女性魅力的意思；“姝”字是美丽的同义语，“俟”是等待，“城隅”为城门一角隐蔽之地，爱是“薆”字的通假字，隐藏之意。安静可爱的姑娘真美丽，她约定在城门角落等我。可是她却隐藏

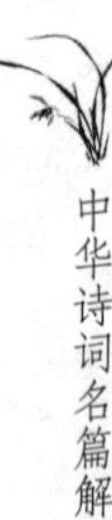

起来不见，害得我抓耳挠腮左右转圈。

娈，也是美丽的同义语；贻，赠送之意；彤管，红色的乐管；炜，光泽；说，是悦的通假字；怿，是喜欢之意。静女从暗处走出，我心花怒放，一步登天。她送我一支笛管，红彤彤的闪着亮光。彤管，我真喜欢你啊，因为你是我的心上美人赠送的。

牧，郊外田野；归，是馈的通假字；荑，白茅草；洵，实在的意思；匪，和非字通用；女在这里读作汝，是你的意思。可爱的人儿还赠送我采自郊外的白茅草，实在是又美丽又新奇。白茅草啊，不是你特别美，而是因为你是我心上的美人赠送的啊。

仅就诗的人物性格分析一下。这小伙子实在、质朴、执着、忠厚到冒点儿傻气的程度。看见静女没有到场，就不会四下踅摸一番，看看她藏在哪里。也不会冷静镇静，保持一点君子的风度，把自己那焦急烦躁丑态百出的傻样完完全全暴露在她的面前。而静女这丫头就灵通甚至有点儿狡猾了，为了考验小伙子的忠诚度，竟然藏在暗处观察。看见小伙子那“搔首踟蹰”的傻样儿，又是高兴又是放心，这小子还真靠得住啊。她不忍心让他焦躁得太久，就把自己精心准备的礼物拿出来，一方面是为了安慰他的等待、奖赏他的忠心，一方面也是对他的考察的进一步深化。彤管确实既漂亮又有吹奏的功用，讨他喜欢是没有问题的。可这把白茅草却是从郊外顺手采摘的，不算什么稀罕物，看他喜欢不喜欢。他不以赠品的美丑贵贱来决定是否喜欢，而凡是我赠送的东西他都无条件地喜欢。

这是一次欢乐聚会，又是一场爱情忠贞度的测试。小伙子靠着一颗赤心，傻乎乎地通过了测试，得了个“甲等甲级”的评价。姑娘在享受爱情欢乐的同时，也享受了一把对自己智慧的得意。

郑风·溱洧

溱与洧，方涣涣兮。士与女，方秉蕑兮。
女曰：“观乎？”士曰：“既且。”
“且往观乎？洧之外，洵讦且乐。”
维士与女，伊其相谑，赠之以勺药。

溱与洧，浏其清矣。士与女，殷其盈矣。

女曰："观乎？"士曰："既且。"
"且往观乎？洧之外，洵訏且乐。"
维士与女，伊其将谑，赠之以勺药。

这快乐而自由的歌，咏唱了暮春时节，春水荡荡的溱、洧河岸男女热闹欢乐聚会的盛况。选择这首洋溢着欢乐精神、磅礴着青春气息的《溱洧》，和《关雎》、《蒹葭》等一起作为《诗经》三百零五篇的代表，是经过了反复考量和严密斟酌的。《诗经》的精华在于十五国"风"，风之精华在于对爱情的优美而真挚的咏唱。先民的生活充满了开拓的艰辛，筚路蓝缕，以启山林，披荆斩棘，成为他们每天面临的危险的挑战；阶级的分化和阶级矛盾的日趋紧张，那些埋怨、愤怒、憎恶的诗篇也倾诉出他们心中的愤懑和忧伤。但他们的生活中还是充满了对爱情幸福的憧憬和对青春欢乐的歌吟，保护着激励着他们乐观进取的精神，所以，人们历来特别珍爱这首节日气氛浓郁、欢声笑语鼎沸的《溱洧》。漫长的冬季过去了，万物复苏，东风骀荡，丽日高照，春水涣涣，男男女女、老老少少都聚集在溱水洧水边上，手持兰草，以祈求幸福，袚除不祥。青春的脉动激荡在这温馨和悦的河边，青年男女相互招呼、嬉笑欢谑，特别是把男女之间的快乐对话写进诗中，生动跳脱，声口逼真，情趣盎然。

在这里把几个比较难懂的古字解释一下：蕑，即兰字的古写。既且，已经去过了的意思，"且"读作徂（cú）。且往，意思是再去一下。殷其盈矣，众多人满的意思。洵訏（xū），实在宽敞的意思。伊其将谑，于是就游玩起来的意思。现将余冠英先生的今译引用于此：溱水长，洧水长，溱水洧水哗哗淌。小伙子，大姑娘，人人手里兰花香。妹说："去瞧热闹怎么样？"哥说："已经去一趟。""再去一趟也不妨。洧水边上，地方宽敞人儿喜洋洋。"女伴男来男伴女，你说我笑心花放，送你一把芍药最芬芳。溱水流，洧水流，溱水洧水清浏浏。男也游，女也游，挤挤碰碰水边走。妹说："咱们去把热闹瞧，"哥说："已经去一遭。""再走一遭好不好，洧水边上，地方宽敞人儿乐陶陶。"女伴男来男伴女，你有说来我有笑，送你香草名儿叫芍药。

这是一首风格鲜明质朴的民歌，纯然用直接描绘的手法，渲染景色，描绘场景，描摹声口，营造气氛，表达了欢乐的情绪，赞颂了平安盛世，讴歌了青春精神，嘉许了和谐纯朴的民风习俗。

小雅·鹿鸣

呦呦鹿鸣，食野之苹。
我有嘉宾，鼓瑟吹笙。
吹笙鼓簧，承筐是将。
人之好我，示我周行。

呦呦鹿鸣，食野之蒿。
我有嘉宾，德音孔昭。
视民不恌，君子是则是效。
我有旨酒，嘉宾式燕以敖。

呦呦鹿鸣，食野之芩。
我有嘉宾，鼓瑟鼓琴。
鼓瑟鼓琴，和乐且湛。
我有旨酒，以燕乐嘉宾之心。

这是《小雅》的第一首诗，是君王宴请群臣、宾客的乐歌。后来这种功能被扩大到民间，成为普通百姓交友宴客的伴奏乐曲。鹿是一种美丽轻灵安详温顺的动物，它的鸣叫也会给人带来快乐和安宁的心境，也是吉祥的象征。以“呦呦鹿鸣”兴起，很自然地引入欢宴宾客赞颂友谊的主题。这支歌是笙和瑟伴奏下演唱的，一切都笼罩在悠扬欢快的旋律之中。

全诗是那种一唱三叹式的反复咏唱。开端四句很好懂，是说那呦呦鸣鹿正在田野吃一种名为“苹”的蒿草，“吹笙鼓簧，承筐是将。人之好我，示我周行”，笙这种乐器最关键部位是一只有弹性的簧片，用口吹气流振动它就发出优美乐音，主人将礼品放在一只大筐中分别赠送客人，而客人则极为真挚地表达对主人的友谊，展现出他们的美好品性，把那些遵从大道行路处世的道理讲给主人听。以下一唱三叹的格式继续展开，鹿在田野吃另一种青蒿，“我有嘉宾，德音孔昭。视民不恌，君子是则是效。我有旨酒，嘉宾式燕以敖。”我的嘉宾品德高尚声誉极好，风度端方，没有丝毫轻浮之气，足以作为世人仿效的表率。我有甘美醇酒，用以招待宾客，宾主尽兴宴饮游乐。田野的鸣鹿，又在吃一种芦苇类的青草，我有嘉宾会弹奏琴瑟。琴瑟的乐调让人深深陶醉在欢乐之中，一起欢笑。最后主人再次热情地向嘉宾陈情，我的甘美醇酒都是为了愉悦嘉宾之心准备的，大家开怀畅饮，一醉方休啊！

全诗极其热情真挚的友情让人感动，欢乐和悦的气氛烤热客人的心，丰盛的酒馔、慷慨的馈赠、真心的尊重、贴心的语言，营造出了一个无以复加的宾主相得、乐而忘忧、友谊醇厚的氛围，自汉到晋，这支歌曲都是表达欢快场合感情的伴奏乐曲，是宴请贤达高士所不可缺少的。清代每逢科考放榜之后宴请考官和新科举人的宴会就叫作鹿鸣宴。这支起自宫廷的诗，突破了宫墙的藩篱，超越了王宫臣子们加强利益联系的初衷，走向了广阔的世界，走进了一切友谊的殿堂，也走进了笃于友谊的心灵。因为它满足了世界上需要友谊、和谐、合作、共济的精神需求，体现了历朝历代最广泛的友谊呼唤。

王风·黍离

彼黍离离，彼稷之苗。
行迈靡靡，中心摇摇。
知我者谓我心忧，
不知我者谓我何求。
悠悠苍天，此何人哉？

彼黍离离，彼稷之穗。
行迈靡靡，中心如醉。
知我者谓我心忧，
不知我者谓我何求。
悠悠苍天，此何人哉？

彼黍离离，彼稷之实。
行迈靡靡，中心如噎。
知我者谓我心忧，

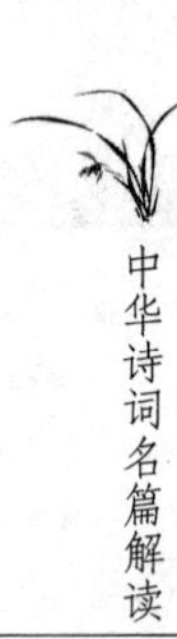

不知我者谓我何求。
悠悠苍天，此何人哉？

这是《诗经》中一首特别忧郁低抑的诗，是一个遭遇巨大痛苦的不幸者在反复歌唱自己的忧愁，采用的是《诗经》中最常见的、源自民歌的一唱三叹的模式，反复吟咏。每段的结构、用词大致相同，只有几个字改动，加深了、强化了这种感情的宣泄力度，增强了感染力。历代学者关于这首诗的笺释是周王朝大夫对王室宫殿沦为庄稼地的慨叹，悲悯周朝覆亡。这种解释或许是对的，但觉得更像一位失意的流浪者对自己命运的叹息。第一段，“彼黍离离，彼稷之苗。行迈靡靡，中心摇摇”。黍就是黍子，离离就是一行一行生长得整整齐齐的样子，稷就是高粱，长出了新苗，是这种悲悯忧伤情绪的起因。第二段就写那稷已经抽出了高粱穗，第三段，那稷已经结出了高粱粒。是对这人看到的景象的描绘，如果没有特殊背景，看不出这样写的用意何在。而主人公的行动特征是不变的“行迈靡靡”之后，以“中心摇摇”“中心如醉”“中心如噎”三个略有变化层层递进的诗句，表现一步深似一步的忧郁低沉的感情。每一段都以“知我者谓我心忧，不知我者谓我何求。悠悠苍天，此何人哉”作结。心中的痛苦和忧伤太浓重了太千头万绪了，不知从何说起，别人是绝对猜测不出来的。还是不说了吧，只向悠悠苍天质问一句，造成这样悲伤的心境，这样惨痛的现实的人到底是谁呀？这位前朝的哀悼者或许是一位不幸的流浪者，脚步迟迟疑疑，慢慢腾腾，心乱如麻，忐忑不安；接着他的忧伤进一步发展，达到“中心如醉”的地步，忧思难抑，恍恍惚惚，如同醉酒一般；最后一段，已经“中心如噎”了，像有块石头压在心头，咽喉堵得难受。这是对流浪者或前朝的哀悼者的行动和精神状态的描绘，和这片黍和稷从禾苗、抽穗、结实按照季节变化配合得天衣无缝，庄稼依照季节而来的变化给了他歌唱自己忧愁的无尽的灵感，感情的逐步深化强化也给了这平平常常的庄稼的生长变化涂上了浓重的忧伤色彩。这根本没有任何感情色彩的“黍离”二字，也就具有了忧伤、惋惜、悲悼的感情色彩。

《王风·黍离》的情感具有多义性、不确定性，诸如物是人非之感，所爱毁灭之悲，世事沧桑之叹，孤苦无依之恨，读者会在不同的感情连接点上引起共鸣。这位慨叹如此凄切、心灵如此晦暗、情绪如此黯淡的流浪汉，到底为何这样忧伤凄惨，一个字都没有吐露，让人痛惜让人关切也让人纳闷让人充满了探求其心灵奥秘的心愿。从接受美学的角度看，这就达到了艺术的最高境界。这首《王风·黍离》在整部《诗经》中感情表达是最细腻最委婉的，艺术技巧也是最为巧妙高超的。

屈原（四首）

九歌·山鬼

若有人兮山之阿，被薜荔兮带女萝。
既含睇兮又宜笑，子慕予兮善窈窕。
乘赤豹兮从文狸，辛夷车兮结桂旗。
被石兰兮带杜衡，折芳馨兮遗所思。
余处幽篁兮终不见天，路险难兮独后来。
表独立兮山之上，云容容兮而在下。
杳冥冥兮羌昼晦，东风飘兮神灵雨。
留灵修兮憺忘归，岁既晏兮孰华予？
采三秀兮於山间，石磊磊兮葛蔓蔓。
怨公子兮怅忘归，君思我兮不得闲。
山中人兮芳杜若，饮石泉兮荫松柏，君思我兮然疑作。
靁填填兮雨冥冥，猨啾啾兮狖夜鸣。
风飒飒兮木萧萧，思公子兮徒离忧。

屈原（前340—前278）是中国第一位伟大诗人，是生活于战国时期楚国杰出的政治家，曾任楚怀王时期的左徒和三闾大夫。他学识渊博，富有辩才，初辅佐楚怀王彰明法度，举贤任能，东联齐国，外抗强秦。后受到贵族子兰、靳尚的谗害而去职，顷襄王时被放逐，长期流浪沅湘流域。后楚国政治日益腐败，首都亦为秦兵占领，屈原无力救国，又深感理想破灭，遂投汨罗江而死。端午节吃粽子的习俗就是从百姓向水中投放粽子以避免鱼虾侵害屈原遗体的活动开始的。屈原写了抒发爱国情感和政治理想的《离骚》和《九歌》、《九章》、《天问》等诗篇，气度恢弘、文采灿烂、感情真挚、诗意盎然，是中国诗人诗歌的开拓者。《九歌》原来是楚国南部流传已久的一套民间祭神的乐歌，经屈原加工改写而创造出来的独特体制的抒情诗，是屈原放逐在沅湘流域一带时的作品。《九歌》的九字不是数目确指，是为数较多之意，共十一首，《山鬼》是其中的第九首，是祭祀山神之歌。凡未能得到天帝正式册封的神只好称之为“鬼”，山鬼是一位美丽妖媚的保佑山的平安宁静的女神。屈原在这首诗中塑造的形象，一是赞颂了她佑护山峰的功业，二是以山神为载体，抒发了人间男女相悦相依的情怀。通篇都是司祭祀职责的女巫的唱词，女巫口中的山鬼形象。

山鬼的形象真是妩媚娉婷，充满了女性的柔婉和诱惑。她出现在山的弯曲处，即山的深处，在那里等候她的情人。她的穿戴华丽而奇异，披挂着藤蔓植物薜荔和地衣类植物女萝，率领着赤豹和带花纹的狸猫，赶着一辆辛夷木的车子，插一杆桂枝结成的旗帜，还缠着石兰花和杜衡，这些芬芳的花草就是要赠送她日思夜想的人，感情够浓烈的，打扮也够花哨够夸张的了，而她的表情又是那样妩媚迷人，既有含情的凝眸，又有让你歆羡的千娇百媚。她深情而略带怨艾地唱道：“我困在茂密幽深的竹林里不见天日，路途艰险所以姗姗来迟。我孤身伫立在高高的山巅，云雾滚滚在脚下浮动。白昼昏暗不见天日，东风飘卷神灵之雨落下，为了等候心上人我甘心留在这里。年华虚度春春流逝谁还爱怜我？”于是山鬼在山间采撷那可以延年益寿的芝草。山石累累堆叠，藤萝茂密缠绕，她心中泛起一丝怨恨情绪，怅然忘记了归去，可立刻又宽慰地想，那人也思念我但是没有闲暇吧。这位痴情高洁的山鬼芬芳如香草杜若，饮石泉之水，在松荫下居住，对于心上人又是坚信不移又是疑窦重重。此际雷声滚滚，阴雨迷蒙，猿猴夜鸣，响彻山间，疾风飒飒，落叶萧萧，心上人没有践约，她心中充满了忧伤。

“采三秀兮於山间”是特别关键的一句。三秀就是灵芝。“於”字古读为“巫”，是同声假借字，郭沫若推断“於山”就是“巫山”，这个解释是可信且极有创意的。这样，就可以推断山鬼就是楚国民间神话中的巫山神女。《文选》中引用《宋玉集》中有这样的记载：“昔先王尝游于高唐，怠而昼寝，梦见一妇人曰：‘妾巫山之女也，为高唐之客。闻君游高唐，愿荐枕席。’王因幸之。去，而辞曰：‘妾在巫山之阳，高丘之阻，旦为朝云，暮为行雨，朝朝暮暮，阳台之下。’朝而视之，如言。为之立庙，号曰朝云。”曹植《洛神赋》里也有类似情节。这个故事是以楚国早已流传的民间传说为基础发展演绎而来。《高唐赋》里那迷离恍惚的神奇之梦正表现了未嫁夭亡的瑶姬那寂寞的情怀和爱情追求的狂热，巫山神女追寻爱情的灼热勇敢和山鬼因失恋而致的怅惘暗淡心绪，心情上是一致的。“旦为朝云，暮为行雨，朝朝暮暮，阳台之下”的自然化身和“独立山上，云气容容，东风飘雨”的环境描绘意境上也是吻合的。

屈原是信神的，但是他又没有局限于这种对神鬼的敬畏和崇拜，而把人间的美好情愫鲜活体验糅入其中。通过对山鬼的美好形象和美好心灵的描绘，在塑造她的空灵缥缈、仪态万方的外貌的同时，既讴歌了自然的灵性，也赞颂了女性的坚贞、执着，无视一切艰难和危险，英勇无畏地追求真爱的品格，还有她那善解人意，克制怨恨情绪的宽阔襟怀。

九歌·国殇

操吴戈兮被犀甲，车错毂兮短兵接。
旌蔽日兮敌若云，矢交坠兮士争先。
凌余阵兮躐余行，左骖殪兮右刃伤。
霾两轮兮絷四马，援玉枹兮击鸣鼓。
天时怼兮威灵怒，严杀尽兮弃原野。
出不入兮往不反，平原忽兮路超远。
带长剑兮挟秦弓，首身离兮心不惩。
诚既勇兮又以武，终刚强兮不可凌。
身既死兮神以灵，魂魄毅兮为鬼雄。

本篇是《九歌》第十首，事实上也是最后一首。国殇，指为国捐躯的将士。《九歌》前九首都是对自然界神祇的祭奠，而这一首是《九歌》中唯一对人间为国捐躯的英雄的赞颂。而更为独特的是，它不是歌唱胜利而是真实再现战败的血腥悲惨的场面。因为地处我国西南方的楚国经常受到北方强邻秦国的威胁，楚怀王时代以后，两国进行过多次战争，全是秦胜楚败，伤亡很大。据《史记》记载，自楚怀王十七年、二十八年、二十九年、三十年、顷襄王元年几次战争，楚国动辄是几万士兵被杀、将领被俘、城池失守的可怜记录。楚怀王被俘至秦国，一直没有返回，客死他乡，这些都激发了楚国军民同仇敌忾反抗侵略的意识。有着灿烂独特地域文化的楚国，具有特别强烈的爱国情怀和反抗侵掠的复仇情绪。楚国有屈景宋三大姓，于是悲愤刚强的楚国民间就发出了“楚虽三户，亡秦必楚”的钢铁誓言。因此在祭神时不但将战死的将士列入祭祀的名单，而且以极其沉痛的心情，真实地描绘战争的实况，用以警示后人，不忘为国牺牲的英雄。

一点不涉神鬼之事，一开头就展现出短兵相接的激烈厮杀。士兵们手执吴国出产的利剑，身穿坚韧的犀牛甲，旌旗蔽日，敌军人多势众，战车轮毂相碰撞，箭矢在空中交错，我军战士不畏强敌，奋勇向前。敌军铁蹄践踏我军阵地，冲击我军队形，我军主将的战车驾辕马战死右边马受伤，两轮深埋于土中，四匹战马或死或伤被羁绊得寸步难行。鼓手奋勇击鼓，鼓声震动天地，真是惊天地泣鬼神的悲壮，阵亡将士的尸体弃置于原野。壮士一去不复返了，回家的路已如此肃杀遥远。倒下的勇士们手中还紧紧地抓着弓箭挂着长剑，尽管他们已经身首异处，那颗忠贞的心永远不变！勇士们勇武刚强，不屈的意志不可侵犯。英雄虽死，精神永存，他们的灵魂已经得到天帝的关照，刚毅的魂魄足以成为鬼中的英雄。

屈原作为一位极其热忱的爱国者，对为国捐躯的英雄们怀有深沉真挚的热爱和敬意，不气馁不消沉，对楚国英勇的鬼雄们复仇雪耻充满了坚强的信心和无穷的希望。这首被后世学者称为“直赋其事”的朴素爽骏的风格的诗，在《九歌》中也显示出特殊的光彩。这热烈的礼赞，慷慨的歌声，促迫的节奏，开张扬厉的抒写，传达出了与所反映的人事相一致的凛然亢直之美。刚健质朴的风格，有异于神鬼世界的人间情怀，更亲切更强烈，唤起人们庄严崇高的感动，永远铭刻在心。

九章·橘颂

后皇嘉树，橘徕服兮。
受命不迁，生南国兮。
深固难徙，更壹志兮。
绿叶素荣，纷其可喜兮。
曾枝剡棘，圆果抟兮。
青黄杂糅，文章烂兮。
精色内白，类可任兮。
纷缊宜修，姱而不丑兮。
嗟尔幼志，有以异兮。
独立不迁，岂不可喜兮。
深固难徙，廓其无求兮。

苏世独立，横而不流兮。
闭心自慎，不终失过兮。
秉德无私，参天地兮。
原岁并谢，与长友兮。
淑离不淫，梗其有理兮。
年岁虽少，可师长兮。
行比伯夷，置以为像兮。

《橘颂》是收在《九章》中的最后一篇。一般认为沉痛多思的《九章》是屈原被放逐之后流浪沅湘时期的作品，但《橘颂》这种辉煌气度、青春风采、葱茏气息、礼赞格调和其他八首迥异，像是诗人年轻时代慷慨明志的篇什，真有一种山间清泉般的纯洁和活力。后人辑录屈原作品时将这首难以归类的早期嘉篇姑且归入《九章》也勉强说得过去。这是中国最早最成功的咏物诗，被后人称为“咏物之祖”。一切咏物甚至一切写景的篇章实质上都是诗人世间情怀的抒发，或比喻或象征或直接铺排描述皆然。在楚国的广袤地域内，橘树是最普通最常见最适宜栽培的果树，既装点了南国原野又满足了人生的需求，是经济效益最高、为千千万万百姓喜爱珍惜的果树品种。这首咏物诗借物咏志、歌颂理想人格和高贵质朴的人生，表达奉献激情和入世情怀，永远坚持原则和理想，不畏艰险，不追逐流俗，把咏物诗的赞颂功能发挥到极致。

“后皇嘉树，橘徕服兮”，后皇即皇天后土，指天地之间，橘树生来就适应这里的水土。“受命不迁，生南国兮”，是说它生长在南国，是上天的指令，会永远坚强不移地生存下去。“深固难徙，更壹志兮”，说它根深屹立，志向专一。“绿叶素荣，纷其可喜兮。曾枝剡棘，圆果抟兮”，描绘了橘树的外貌，绿叶白花，枝叶繁茂，重重叠叠的枝干上布满荆刺，滚圆饱满的果实悬挂在枝叶之间。“青黄杂糅，文章烂兮。精色内白，类可任兮”，则细致描画了橘的果实的形象，它的颜色是青黄交错，果实上花纹斑斓鲜明，果皮颜色赤黄，“内白”二字，本想用以赞颂果肉，但橘肉是橙黄色的，于是就以白色的橘络代指它包裹着的橙黄色的果肉。果实的外美内纯，如同形象庄严内蕴端方的君子，足以担当道义重任。“纷缊宜修，姱而不丑兮”，指橘树枝叶繁茂树干修长匀称，形象美丽，绝不混同于其他树木。

以下的文字进入了对橘品格的直接赞颂，似乎离开了橘只是一棵树的局限，把它当作一个高洁君子尽情倾诉对它的理解、挚爱与敬意。“嗟尔幼志，有以异兮。独立不迁，岂不可喜兮。”慨叹橘自幼就有远大志向，和众树迥异，理想如此坚定，实在是可以嘉许。橘树有一种独立不移不改初衷的坚定性，实在是可喜可贺。“深固难徙，廓其无求兮。苏世独立，横而不流兮”，橘树还有树大根深矢志不移的坚定；淡泊宽阔，无欲无求的襟抱；浊世独立，清醒坚定不随流俗的情怀。“闭心自慎，不终失过兮。秉德无私，参天地兮”，橘树谨慎自守，始终远离过失，秉承着无私的崇高品德，足可和天地相媲美相匹配。“原岁并谢，与长友兮。淑离不淫，梗其有理兮”。愿在岁月流逝的同时，和你结成终生的知己。你端庄正直，坚持操守，毫无轻佻之色；你虽然年轻，但足可为人师表。你可和坚持气节的伯夷相比，堪为当世楷模。

橘，是年轻的屈原心目中理想人格的象征，也许在楚国衰败靡弱的乱世中并没有这样一个原型。他将自己的理想、自己的梦幻寄托于其中，既是自励自勉的努力方向，也有一点对自己心志和品格的自我肯定。

九章·涉江

余幼好此奇服兮，年既老而不衰。
带长铗之陆离兮，冠切云之崔嵬。
被明月兮佩宝璐。
世混浊而莫余知兮，吾方高驰而不顾。
驾青虬兮骖白螭，吾与重华游兮瑶之圃。
登昆仑兮食玉英，与天地兮同寿，与日月兮同光。
哀南夷之莫吾知兮，旦余济乎江湘。
乘鄂渚而反顾兮，欸秋冬之绪风
步余马兮山皋，邸余车兮方林。
乘舲船余上沅兮，齐吴榜以击汰。
船容与而不进兮，淹回水而疑滞。
朝发枉渚兮，夕宿辰阳。
苟余心其端直兮，虽僻远之何伤。
入溆浦余儃佪兮，迷不知吾所如。
深林杳以冥冥兮，猨狖之所居。
山峻高以蔽日兮，下幽晦以多雨。
霰雪纷其无垠兮，云霏霏而承宇。

哀吾生之无乐兮，幽独处乎山中。
吾不能变心而从俗兮，固将愁苦而终穷。
接舆髡首兮，桑扈臝行。
忠不必用兮，贤不必以。
伍子逢殃兮，比干菹醢。
与前世而皆然兮，吾又何怨乎今之人！
余将董道而不豫兮，固将重昏而终身！
乱曰：鸾鸟凤皇，日以远兮。
燕雀乌鹊，巢堂坛兮。
露申辛夷，死林薄兮。
腥臊并御，芳不得薄兮。
阴阳易位，时不当兮。
怀信侘傺，忽乎吾将行兮！

这是屈原晚年流浪沅湘时所写《九章》之一，是其中最重要的篇章，是委婉深沉壮怀激烈的抒情诗，也是叙事周详绘声绘色的叙事诗，记叙了艰难旅程，抒发了满腔忧愤，风格和气韵特别类似《离骚》，甚至可以说是《离骚》的微缩版。其中充满了智者的清醒，忠烈的悲愤，失败者的无奈，之死靡它的坚贞，是一代伟大诗人心路历程和生命轨迹的记录，留给后世不朽的嘱托。关于《涉江》篇的题旨，王逸《楚辞章句》说："此章言己佩服殊异，抗志高远，国无人知之者，徘徊江之上，叹小人在位，而君子遇害也。"汪瑗《楚辞集解》说："此篇言己行义之高洁，哀浊世而莫我知也。欲将渡湘沅，入林之密，入山之深，宁甘愁苦以终身，而终不能变心以从俗，故以'涉江'名之，盖谓将涉江而远去耳。"这两种意见都比较准确地概括出了此文的主题思想。本书由于篇幅所限，忍痛割爱《离骚》，《涉江》就是比较全面了解屈原人格和作品的绝对不可或缺的篇章。全文大致可分为四个段落，诉说流浪沅湘的缘由、流浪的艰难历程、历经磨难矢志不移的心境、毅然去国坚守理想继续流浪的壮志。

"余幼好此奇服兮，年既老而不衰。带长铗之陆离兮，冠切云之崔嵬。被明月兮佩宝璐"。穿"奇服"、挂"长铗"、戴"切云"之冠、佩"明月"、"宝璐"之珠玉，这种奇异服饰极其美丽端庄，光彩夺目，但也应该是价值昂贵行动不便的，在被排斥出首都、失去俸禄、无人陪伴、流浪山野的艰难途程中很难坚持这种个人爱好，不过是用以表达自己的高尚品德与出色才能，实际上是不会这样穿戴装饰的。从上下文分析，屈原此行有马有车，有江河泛舟的财力。“世混浊而莫余知兮，吾方高驰而不顾”。在恶浊的世道，群小的攻讦、谗害面前，他置之不理，依然高视阔步。“驾青虬兮骖白螭，吾与重华游兮瑶之圃。登昆仑兮食玉英，与天地兮同寿，与日月兮同光”。虬是有角的龙，螭是无角的龙，屈原展开想象的翅膀，思绪驰骋于天上人间古今时空，乘上白龙和青龙拉动的车子，同那高贵神圣的舜帝一起游历于瑶圃仙境。登上昆仑山，吃那玉树的花朵。此刻屈原已经完全进入了虚幻的想象的世界，达到了羽化登仙不食人间烟火的地步。“哀南夷之莫吾知兮，旦余济乎江湘”。可悲的是，那些南方居民不了解我，明天早晨就要渡过长江和湘江了。此刻他离开了仙界又回到了艰难崎岖的人间之路。

“乘鄂渚而反顾兮，欸秋冬之绪风。步余马兮山皋，邸余车兮方林”。这里是屈原流浪沅湘的最初旅程记录。鄂渚是靠近洞庭湖的一处沙洲，在此地登岸，怆然回首遥望远离的郢都，“欸”读作 āi，是叹息之意。面对秋冬的寒风沉痛叹息，让我的马缓慢地登上山冈，我的车子来到方林。“乘舲船余上沅兮，齐吴榜以击汰。船容与而不进兮，淹回水而疑滞。”乘船逆流向沅江上游进发，水手们一起划动双桨。可是船却慢吞吞地不肯前行，总是停滞在回旋的水流中。“朝发枉渚兮，夕宿辰阳。苟余心其端直兮，虽僻远之何伤”，清晨从枉渚出发，晚上到达了辰阳，如果我有一颗正直的心，即使被放逐到荒僻的穷乡又何妨？“入溆浦余儃徊兮，迷不知吾所如。深林杳以冥冥兮，猨狖之所居”。诉说进入溆浦之后徘徊不前，在幽昏暗的林中迷路，和形形色色的猿猴为伍的艰难困顿。“山峻高以蔽日兮，下幽晦以多雨。霰雪纷其无垠兮，云霏霏而承宇”，诗人进一步描绘了山高蔽日，山谷晦暗多雨，霰雪纷纷，云气弥漫连接天宇的险恶而艰困的流浪之路。

“哀吾生之无乐兮，幽独处乎山中。吾不能变心而从俗兮，固将愁苦而终穷”，屈原在如此险峻坎坷、毫无快乐可言的旅途面前，愈挫愈奋，表达了一份不屈服于流俗、宁愿愁苦穷困终生的无比坚贞的心志。“接舆髡首兮，桑扈臝行。忠不必用兮，贤不必以。伍子逢殃兮，比干菹醢”，屈原的心飞向了历史上那些因为高尚正直而蒙受迫害冤屈的伟大先辈，接舆愤世，剃发佯狂，桑扈裸行明志，忠贞的不被任用，贤明的得不到信任；无比坚贞的伍子胥被逼自杀，敢于挑战暴君淫威的比干被剁成肉酱。“与前世而皆然兮，吾又何怨乎今之人！余将董道而不豫兮，固将重昏而终身！”古之贤人都曾受了如此惨烈的苦难，我又何必埋怨当今之人呢？我要坚守正道不犹豫不彷徨，即使终生处在幽暗之中也无怨无悔！

“乱曰：鸾鸟凤皇，日以远兮。燕雀乌鹊，巢堂坛兮。”这是乐曲的尾声，慨叹鸾鸟、凤凰一天天远去，而燕雀却霸占了厅堂和庭院，比喻君子离开，奸佞当道。“露申辛夷，死林薄兮。腥臊并御，芳不得薄兮”，露申辛夷死在草木丛生之处，腥臊恶浊弥漫在四野，芳香之气被拒之门外。“阴阳易位，时不当兮。怀信侘傺，忽乎吾将行兮！”黑白不分，昼夜颠倒，我生不逢时，怀着满腔忠信却郁郁不得志，茫然无依的我将要离开了！

中国诗歌的初创时期，就产生了如此伟大的诗人，以如此恢弘的篇章，博大的胸怀，丰富而真挚的情感，流畅而生动的语言，成熟而富于个性的艺术技巧磅礴于诗歌艺术的江河之源，真是蔚为大观的景象，值得炎黄子孙长久为之骄傲和自豪，也留给后世极其宝贵的思想嘱托和艺术借鉴的范例。

项羽（一首）

垓下歌

力拔山兮气盖世，时不利兮骓不逝。
骓不逝兮可奈何，虞兮虞兮奈若何！

这是失败英雄项羽（前 232—前 202）和人世诀别前唱的歌，充满了无奈和绝望，有一片不变的自豪和一丝凄凉的柔情。这支歌唱于公元前 202 年的垓下战场，比胜利者刘邦的那首唱于故乡沛县的《大风歌》早了五年。在历史长河中，五年只是一瞬，两位彪炳史册、叱咤风云又针锋相对的人物各自唱了一首歌，倾诉自己的心志，总结自己的命运，而且都磅礴着雄伟壮烈的激情和阔大恢廓的器宇，洋溢着激动人心的感染力，都留在中国历史上也留在文学史上，这是怎样的历史和文学奇观！

项羽的人生真够豪迈悲壮的！少年起兵，反抗暴秦，继叔父为义军首领；杀宋义救赵，钜鹿之战，破釜沉舟，击败秦军主力章邯；为西楚霸王，楚汉争雄，鸿沟为界；反复争夺，项羽居于下风，垓下之战，四面楚歌，剩下二十八骑突围，无颜见江东父老，自刎乌江。就是在垓下突围前的绝境中，项羽唱出了这首最后的歌。前两句除了对自己盖世勇武的自信与骄傲之外，就是将失败归结为时运不济，是天时不利，不利到自己那匹乌骓马已经跑不起来了，是天亡我也。

后两句，项羽无奈地面对乌骓马委顿无力、不能奔驰的局面，认定自己是输定了。最后一句伤心欲绝，面对这位追随他东征西讨的美人虞姬，他的心颤抖了，这是他最后的牵挂。他肝肠寸断、撕心裂肺地喊道："虞姬啊虞姬，我将把你怎么办呢?"以气势不凡的自信歌声开端，迅速转入低沉，以沉重低抑的哀叹、柔情万种的牵挂作结，使全诗笼罩在悲伤无奈的氛围里。

项羽是一个伟大的失败者，他的悲剧结局，触动了历史和人心最软弱的部分，对于那匹马，那摊血，那支剑，那个女人，那个叫垓下的地方，都怀有一种怜惜和怅恨。最让人痛惜的英雄要具备几种悲剧因素：高尚磊落的胸怀，血染的悲剧结局，令人叹息的失误，荣誉高于生命的价值选择，在人格上压倒对手的优势，虽死犹生的历史评价。项羽也许是最典型的一个失败英雄。严格遵守游戏规则的项羽，输给了明修栈道暗度陈仓的刘邦，不肯在宴席上袭击客人的项羽，输给了在自己老爹即将被烹杀时竟然要求“幸分我一杯羹”的刘邦。平心而论，就给予历史是推动还是破坏这个机械的标准来评骘刘、项，制定了《约法三章》的刘邦不大会输给项羽。项羽焚毁咸阳，屠戮无辜百姓，滥杀降卒，算是一个残暴的草莽英雄。但是千秋清议不仅以成败论英雄的，项羽身上那种高尚、磊落、义气、仁慈的品质，视死如归的气概，加上司马迁那有些偏颇的生花妙笔，就让项羽占尽了历史的风光，给刘邦坐实了虚伪狡诈、流氓品性的名声。所以，这首失败者之歌就比刘邦的那首胜利者之歌更动人情怀，引起文人墨客的深情追怀，并多次在舞台上搬演。

刘邦（一首）

大风歌

大风起兮云飞扬，威加海内兮归故乡。

安得猛士兮守四方！

这是一篇和《垓下歌》相映生辉的胜利者之歌，但无论从诞生时间上、历史价值上，还是从艺术感染力上看，永远是排在失败者之歌之后的。

高祖十一年（前196），即刘邦（前256或前247—前195）去世前一年，南下征讨淮南王英布胜利归来途中，他去了故乡沛县，和乡亲故旧开怀畅饮，庆祝“全国山河一片红”的伟大胜利。刘邦慷慨起舞，伤怀泣下，情动于中，唱出了这支《大风歌》。对于文化不高、不喜诗文、性情豪爽的刘邦，这几乎不能算是艺术创作，纯然是随感而发的、民间艺术色彩浓厚的即兴歌吟。当时流行楚调，估计为项羽和刘邦的传世之歌谱曲的都是楚国民歌的无名作曲家。

全歌只有三句，在古典歌曲中甚为少见，更显现出歌曲的即兴性和随意性。“大风起兮云飞扬”，是指天下大乱、群雄并起、乌云翻滚的混乱局面，抒发了风雨中卓然独立的豪迈情怀。“威加海内兮归故乡”，是说自己的声威已经加于四面八方。古人一般认为我们所居的大陆是被海洋四面包围着，海内就是所有陆地。荣归故里、光宗耀祖是古人特别珍惜的荣耀。这首诗往好听处说就是气吞宇宙，高张千古帝王赤帜，有王霸之气，往不好听处说就是志得意满、目空一切，狂妄已极。在刘邦引吭高歌的那一刻也许不会想得太多，但对于战争中那些既辉煌又血腥的回忆还是涌上心头的。特别是那些立下汗马功劳的当年的战友今日的叛贼韩信、彭越、英布的败亡被杀，他心中能不凛然怵惕？无论罪责归结于谁，这种悲凉、血腥、恐怖、残酷的结局都是这位孤独的胜利者难以解开的心结。当时，英布虽然失败，但仍未抓住。这疆域辽阔的帝国危机四伏，矛盾重重，距离自己设想的国泰民安的万年基业距离甚远。于是“安得猛士兮守四方”一句就脱口而出了。韩信、彭越、英布都是猛士中的猛士，也曾经为大汉王朝忠心耿耿地守卫四方，他们其实是被逼迫走向灭亡的，是“被叛乱”的悲剧人物。

刘邦是一位城府颇深、思虑缜密、有算计有韬略有治国平天下理想的政治家，是推动历史前进的杰出人物，是真正的强者。但凡政治人物，为实现自己的政治目标往往是不择手段的，刘邦显示出的狡诈、阴谋、忘恩负义、刻薄寡情遭致千秋清议也是必然的。

这支胜利者之歌，将胜利的自豪、得意和对保持统一兴盛局面的隐忧、渴望得到更忠实、更勇猛的守卫者的呼唤都糅合在一起，极其生动、准确地表达出开国元勋的豪迈和忧虑，是帝王诗篇永难企及的典范。

曹操（三首）

短歌行

对酒当歌，人生几何？
譬如朝露，去日苦多。
慨当以慷，忧思难忘。
何以解忧，唯有杜康。
青青子衿，悠悠我心。
但为君故，沉吟至今。
呦呦鹿鸣，食野之苹。
我有嘉宾，鼓瑟吹笙。
明明如月，何时可掇。
忧从中来，不可断绝。
越陌度阡，枉用相存。
契阔谈宴，心念旧恩。
月明星稀，乌鹊南飞。
绕树三匝，何枝可依？
山不厌高，海不厌深。
周公吐哺，天下归心。

曹操（155—220）是一位成就卓越、个性鲜明、才具过人、评价分歧极大的历史人物，具有永恒的魅力。当今他的陵墓还没有确认，就闹得得沸沸腾腾，他的诗篇至今具有广泛的影响和众多的读者。钟嵘《诗品》虽然承认“曹公古直，甚有悲凉之气”，但却因为觉得粗疏而给了一个下品的评价。他大概不了解，站在历史的风口浪尖拼搏的英雄人物一般是没有工夫修饰雕琢其偶然兴起的吟咏的。他们的吟唱多为率性之作，器宇轩昂，恢廓大度，气魄博大，襟怀宽阔，表现出强烈的个性色彩。《短歌行》是曹操的代表性篇章，可以说是一篇招揽人才的亲切知心的广告词。初定北方的曹操，决心在群雄争霸、群龙无首的乱局中扫灭群雄，统一中国。他极其痛切地认识到人才的重要性，先后颁发了《求贤令》、《求逸才令》、《举士令》，都是以法令形式宣布政策，而这首《短歌行》则是以首脑人物的个人咏唱的形式晓之以理动之以情，表达一份求贤若渴的真诚。在那个波澜壮阔、英雄辈出的时代，最出色的人物应该是胜利的英雄曹操和失败的英雄诸葛亮。雄才大略抓住了历史机遇的曹操，唱着“山不厌高，海不厌深。周公吐哺，天下归心”的雍容博大的自信，知其不可为而为之的诸葛亮，宣示出“鞠躬尽力，死而后已”的悲壮凄厉的坚贞，奏出了那段难忘历史的二重唱，生动鲜活地体现了时代精神。

《短歌行》是乐府旧题，多为抒发人生慨叹，很适合曹操此际的心境。全诗三十二句，可以很自然地分作四个段落。前八句抒发一种常见的人生慨叹。人生苦短，去日苦多，忧思难忘。唯有饮酒可以解忧。在文人的诗文中往往以传说中的造酒人杜康的名字代表酒。曹操的忧愁在哪里？第二个八句给予了答案：他是殷切地思念一位人才。他很自然也颇为得体地引用了《诗经·郑风·子衿》和《诗经·小雅·鹿鸣》中的诗句，借用爱情的相思和友朋之间的深情表现了他对这位人才的真诚思念，以“呦呦鹿鸣，食野之苹”两句兴起，引出“我有嘉宾，鼓瑟吹笙”的鼓乐齐鸣欢宴朋友的场面。以下四句，“明明如月，何时可掇。忧从中来，不可断绝。越陌度阡，枉用相存。契阔谈宴，心念旧恩”，更深入更坦诚地诉说了和这位朋友之间的深情厚谊，表达对朋友应邀前来的感激。他深沉而动情地诉说了朋友还没有到来时绵绵不断的忧愁，继而真诚地表达了对朋友的感谢：你越陌度阡、不计坎坷，不远千里应邀前来，真难为你这回的辛苦途程了！我们的知心倾谈，可以互相倾诉彼此的恩情。

最后八句，进入了抒发友情的高潮，也是宣示政策、阐明哲理的重点。曹操恳切呼唤的重点是那些依然拿不定主意的人才。他描绘了“月明星稀，乌鹊南飞。绕树三匝，何枝可依”的生动景象，其格调更加抒情、柔美，如同交响乐的第三乐章。画面既是活跃的也是蕴藉的，有几分寂寥也有几分苍凉。这是形象也是意象，用以象征或比喻徘徊中路的人才朋友。“山不厌高，海不厌深。周公吐哺，天下归心”四句作为全诗的结尾极其巧妙得体。宣示自己的襟怀像海一样广阔，自己的志向像山峰那样高峻。山和海是他延揽人才的无限空间。接着，引用被后世看作完美极致的周公“一饭三吐哺”唯恐耽误了吸纳人才的典故，表明了自己决心追随先贤的榜样，登上延揽人才的高峰，也会收到天下归心的效果，同时也不露形迹地把自己提升到周公的地位，很好地展示、推销了自己。

观沧海

东临碣石，以观沧海。
水何澹澹，山岛竦峙。
树木丛生，百草丰茂。
秋风萧瑟，洪波涌起。
日月之行，若出其中；
星汉灿烂，若出其里。
幸甚至哉，歌以咏志。

曹操在官渡以少胜多击败袁绍父子，北征乌桓，斩包庇袁绍余孽的乌桓单于蹋顿，计杀袁绍之子袁熙袁尚，得胜还朝，踌躇满志，乐观自信，路过碣石时，便写下乐府诗《步出夏门行》四章，表达胸怀建功立业的豪情壮志。其中第一章首句为“东临碣石”，第四章首句为“神龟虽寿”，并将这两章改为《观沧海》和《龟虽寿》，成为独立的诗篇。碣石究竟在何地，历来争论不休，有河北乐亭说，河北昌黎说。20 世纪 80 年代，辽宁一批专家考据论证，在绥中县境，有一处高峻的海滨，有古代宫殿遗址，为秦始皇东巡时所建，近海碧波中有一组嶙峋峥嵘的礁石兀立，云即为碣石，姑从其说。古代人们较少和海洋发生关系，从曹操的经历看，他应该是初次见到大海。他看到的海滨景象，那份博大壮阔，给了他震惊，但他依然水波不兴心态宁静地写出了最初的整体的印象：“水何澹澹，山岛竦峙。”他特别注意了山岛上树木丛生、百草繁茂的无限生机，也感受到萧瑟秋风中巨浪汹涌的苍凉雄健。前面的“水何澹澹”四字是形容海面涌动的波浪的整体印象，后面“洪波涌起”四字，是对滔天巨浪的近景描绘。“日月之行，若出其中；星汉灿烂，若出其里”，这不是具体的画面，而是他想象中的大范畴的日月星辰的运行景象。大海的汪洋恣肆给了他极其强烈的印象，认为它的容量是无穷无尽的，是一切自然景象运行的平台。在这雄奇壮丽的大海面前，日、月、星、汉（银河）都显得渺小了，它们的运行，似乎都由大海自由吐纳。日月从它这里起落，星辰从它这里升沉。四句联系廓落无垠的宇宙，纵意宕开大笔，将大海的气势和威力呈现在读者面前。这个结论虽然不大符合实际，违背科学结论，但看出曹操那种追根究底，对什么都要找出规律的探索精神。可以说，初见大海的曹操，认为已经掌握了大海的规律，把大海统御在自己的认识之中。进而可以联想到，曹操从日月星辰的运行规律已经认识到国家大势是分久必合合久必分，从黄巾起义至今，已经有了几十年的分裂纷争，生灵涂炭，民生凋敝已达极点，收拾破烂山河，重振国运，拯救苍生的大任，舍我其谁?

虽然已到秋风萧瑟、草木摇落的季节，但岛上的风光依然给人生机盎然的印象。虽是典型的秋天环境，却无半点萧瑟凄凉的悲秋意绪，不见骚人墨客因秋风而临风洒泪、见落叶而触景伤情的意绪，显示出他乐观自信的英雄本色。

最后两句，大致意思是特别荣幸特别幸福，能够歌唱自己的心志。这是这种乐府抒情的统一规格，和整篇诗歌内容没有关系。

龟虽寿

神龟虽寿，犹有竟时。
腾蛇乘雾，终为土灰。
老骥伏枥，志在千里；
烈士暮年，壮心不已。
盈缩之期，不但在天；
养怡之福，可得永年。
幸甚至哉，歌以咏志。

尽管钟嵘《诗品》把曹操诗置于下品，可是曹操诗却有一种超出语言文字本身的震撼人心的艺术感染力。据《世说新语》记载，东晋那位重兵在握的大将军王敦，酒后常常吟咏曹操的“老骥伏枥，志在千里。烈士暮年，壮心不已”四句诗，以如意击打唾壶为节，以致用力过度，壶口尽缺。王大将军击节赞赏的诗，是曹操的乐府诗《龟虽寿》。此时曹操已经五十三岁了，在古代“人生七十古来稀”的年代，就算是高龄了，他抚今追昔，面对来路的曲折坎坷和前途的艰险漫长，不由得心生惕励。强者就是强者，曹操绝不服老认输，决心在夕阳岁月创造出生命的辉煌。所以诗一开头便无限感慨地吟道：“神龟虽寿，犹有竟时。腾蛇乘雾，终为土灰。”《庄子·秋水》篇有“神色”之说，曹操姑且同意，但以为寿命再长，也必然有终结的一天。《韩非子·难势》篇有腾蛇的提法，说它可以腾云驾雾，遨游天海。曹操承认有这么一种灵物，但一旦云开雾散，它也必然如蚂蚁、苍蝇之类的俗物，变作土灰。

“老骥伏枥，志在千里；烈士暮年，壮心不已”。这个形象，这句话，这番雄心壮志，已经在胸中酝酿了多时，忽地如电光石火般跳上心头。他自认已经老迈，但不是一匹老迈的驽马，而是一匹曾横绝千里奔驰如风的骐骥；自己是一位忠烈之士，已经到了暮年，但绝不是无所作为地等待死亡的废物，而是壮心不已的迟暮英雄。骐骥至死都不会认命服输，自己这匹老骥虽然到了离开沙场，在枥下苦度苟延残喘的岁数，但依然怀念千里驰骋的岁月，梦想再上征途。

这首诗始于人生哲理的感叹，继发壮怀激烈的高唱，最后回到哲理的思辨：“盈缩之期，不但在天；养怡之福，可得永年。”曹操既没有生出人生苦短及时行乐的消极颓废，又没有沦入一切都是天定的迷信和宿命论，而是尊重自然规律，发挥能动性，让夕阳岁月灿烂如朝阳。生死是不会听命于人的主观意志的，但寿命的长短却是可以由人进行主观调节的。志士豪杰所谓“养怡之福”，除了修身养性，调节生命节奏之外，有目标有动力的生活，适度紧张的节奏，乐观进取、襟怀宽阔的心态未尝不是长寿之道。

作为一世之雄而雅爱诗章的曹操，其诗歌创作带有狂飙突进天马行空的气势，奔放不羁质朴坚实的文风，给文坛带来了自由活跃的空气，鼓舞了当时的文人。他身边聚集了“建安七子”等一批文人。这些文人都是天下才俊，生活在久经战乱的时代，亲身经历离乱，常常表现得慷慨激昂。正如《文心雕龙·时序》评价他们说：“观其时文，雅好慷慨，良由世积乱离，风衰俗怨，并志深而笔长，故梗概而多气也。”尤其是曹操，鞍马上草拟檄文，横槊赋诗，形成了爽朗刚劲骨骼清奇的格调“建安风骨”，曹操是建安风骨的灵魂，建安七子的旗帜。曹操的文学地位，过去常为其政治业绩所掩，其实，他在中国文学发展史上，是有卓越贡献的人物，是建安文学的开创者，是三国时代英雄精神最出色的反映者。

陈琳（一首）

饮马长城窟行

饮马长城窟，水寒伤马骨。
往谓长城吏："慎莫稽留太原卒！"
"官作自有程，举筑谐汝声！"
"男儿宁当格斗死，何能怫郁筑长城？"
长城何连连，连连三千里。
边城多健少，内舍多寡妇。
作书与内舍："便嫁莫留住！
善事新姑嫜，时时念我故夫子！"
报书往边地："君今出语一何鄙！"
"身在祸难中，何为稽留他家子？
生男慎莫举，生女哺用脯。
君独不见长城下，死人骸骨相撑拄。"
"结发行事君，慊慊心意关。
明知边地苦，贱妾何能久自全？"

这是乐府常见题目，多描绘和长城有关之事，风格多慷慨悲凉。同名诗作很多，以《古诗十九首》和建安七子之一陈琳的同名作品最为著名。陈琳（？—217）这首创作时间较早，直接反映百姓被迫修筑长城的苦难，暴露残酷现实最真切，受到历代的关注。特别有意思的一点是，他直接描摹了修长城的太原卒和主管修长城事务的长城吏、太原卒的妻子三人间的对话，生动形象，鲜活自然，声口惟妙惟肖，表现了修长城的徭役给百姓带来的痛苦。

"饮马长城窟，水寒伤马骨"，说了长城下饮马的泉水或湖泊水的寒冷，寒冷到冻伤马骨的地步。修长城的太原卒忍受不了这样的身体折磨和与家人分离的痛苦，向主管修长城事务的长城吏请求："千万不要再羁留太原卒了。"

这位长城吏冷酷而傲慢地回答："谁去谁留，官家自有安排。快些齐声唱你的打夯歌吧！"太原卒依然不屈服，高声喊道："好男儿宁肯沙场搏斗捐躯，也不在这里窝窝囊囊修长城了！"诗人陈琳叹息道："这长城太漫长了，竟然长达三千里！在修长城的边疆集中了这么多精壮的青少年，在家乡却留下了这么多苦守空房的活寡妇！"太原卒自问再也没有回归故乡的希望，就沉痛地写信给家乡的妻子："你就改嫁吧！到了新家，好好侍候新公婆，也时常念叨一下你的旧丈夫！"性急的妻子立即生气地给丈夫回信："您说的像人话吗？让我改嫁，太轻视小看我了！"丈夫诚恳地回信说："我生在祸患时代，命运无常，为什么还要死死地留住人家的女儿？没听说吗？生男就不要养大，生女就好好地用肉食喂养。你没看见长城下，死人的白骨互相支撑地埋在一起！"妻子心有歉疚地表白："我从结发之年就来侍候您，我心中常怀不满之意，您都能包涵我体贴我，使我难忘。我知道边地艰苦危险，万一……您有个三长两短，我怎么能独自偷生？"陈琳无愧于建安七子的风骨，和百姓同心，为百姓的苦难大声疾呼，是正义的旗帜，是磅礴于天地间的浩然正气。

曹植（四首）

赠白马王彪

黄初四年五月，白马王、任城王与余俱朝京师，会节气。到洛阳，任城王薨。至七月与白马王还国。后有司以二王归藩，道路宜异宿止。意毒恨之。盖以大别在数日，是用自剖，与王辞焉。愤而成篇。

谒帝承明庐，逝将归旧疆。
清晨发皇邑，日夕过首阳。
伊洛广且深，欲济川无梁。
泛舟越洪涛，怨彼东路长。
顾瞻恋城阙，引领情内伤。
太谷何寥廓，山树郁苍苍。
霖雨泥我涂，流潦浩纵横。
中逵绝无轨，改辙登高冈。
修坂造云日，我马玄以黄。
玄黄犹能进，我思郁以纡。
郁纡将何念？亲爱在离居。
本图相与偕，中更不克俱。
鸱枭鸣衡轭，豺狼当路衢。
苍蝇间白黑，谗巧令亲疏。
欲还绝无蹊，揽辔止踟蹰。
踟蹰亦何留？相思无终极。
秋风发微凉，寒蝉鸣我侧。
原野何萧条，白日忽西匿。
归鸟赴乔林，翩翩厉羽翼。
孤兽走索群，衔草不遑食。

感物伤我怀，抚心长太息。
太息将何为？天命与我违。
奈何念同生，一往形不归。
孤魂翔故域，灵柩寄京师。
存者忽复过，亡没身自衰。
人生处一世，去若朝露晞。
年在桑榆间，影响不能追。
自顾非金石，咄唶令心悲。
心悲动我神，弃置莫复陈。
丈夫志四海，万里犹比邻。
恩爱苟不亏，在远分日亲。
何必同衾帱，然后展殷勤。
忧思成疾疢，无乃儿女仁。
仓卒骨肉情，能不怀苦辛？
苦辛何虑思？天命信可疑。
虚无求列仙，松子久吾欺。
变故在斯须，百年谁能持？
离别永无会，执手将何时？
王其爱玉体，俱享黄发期。
收泪即长路，援笔从此辞。

曹植（192—232）的生活和创作，以乃兄曹丕登基为界，明显地分为前后两个时期。前期得到父亲曹操的宠爱，甚至几次欲被立为太子，他心怀继承曹操基业的幻想，权力和尊荣是他精神世界追求的核心，显示才能是他的刻意追求，创作也多为描绘游乐宴饮，赞颂英雄美人，揭露战争破坏等等。曹丕被立为太子继而登基，正式做了魏国开国君主，曹植的希望彻底破灭，开始了为生存挣扎、希望保持最低限度的尊严的历程。曹植是差一点就取代了曹丕作为嫡长子即位的权力的极大威胁者，曹丕当然会一门心思地提防、折磨甚至玩弄曹植。曹丕死后，其子曹叡继承乃父衣钵，对曹植的迫害、防范变本加厉。平心而论，曹丕做得没有大幅度超过一位君王提防、嫉妒、限制兄弟的尺度，但是敏锐而才高的曹植感受到的痛苦和折磨还是至为惨痛的。

忧伤、失落、悲愤、压抑、彷徨、恐怖，成了他后半生创作的基调，因而作品多有所顾忌、内敛、节制，如同噎在喉头的饮泣。这首《赠白马王彪》就是曹植后期创作的最著名篇章，也是这种风格的最鲜明体现。

黄初四年（223），被分封到山东鄄城的曹植和同母之兄任城王曹彰、异母之弟白马王曹彪几位兄弟被召至京城洛阳，会节气，就是庆祝一个新的季节的开始。这次分别好久的亲兄弟之间的聚会，被浓重的阴谋和死亡的阴影笼罩，凄惨而恐怖。先是勇武过人、武艺高强的任城王曹彰莫名其妙地死去，后是陈思王曹植和白马王曹彪被限期离开京城，返回封地。更让曹植等难以接受的是，同行的监督使者灌均认为诸王返回封国，宜各自单独行动，不可结伴而行。和这位孑余的兄弟曹彪分别几乎就是永诀，这一缺少人性的刻薄指令让曹植极为愤怒，明知是皇帝曹丕的旨意又不能直接发泄对曹丕的怨恨，要给身为君王的曹丕留下最后的面子，只有让这位灌均承受一切怨恨和悲愤吧。

全诗可以分为七个段落。第一段，自首句至“顾瞻恋城阙，引领情内伤”，概述这次会节气、任城王暴死、和白马王同路返回封疆的缘由和过程。承明门为宫中一道大门，象征曹丕居处。伊洛、首阳都是返回鄄城封地所经之地，都离洛阳不远。会节气是五月，返回封地是旧历七月，七月是雨水丰沛的季节，洪水泛滥谅不是想象而是略加夸张的实录，以表达道路的遥远、路途的艰危，以及心情的灰暗和忧伤。“顾瞻恋城阙，引领情内伤”，不是留恋那位无情的帝王，而是这次和兄弟聚会永诀的地方，自己度过无数岁月的城阙，是祖国是家乡是青年时代回忆的寄托。从“太谷何寥廓，山树郁苍苍”到“修坂造云日，我马玄以黄”是第二段。太谷是洛阳东南的一道山谷，此际流潦纵横，没有可走之路，就改为登高山行，一直达到一个高峻入云的长长的山坡。我的马也因疲惫生病了。从“玄黄犹能进，我思郁以纡”到“欲还绝无蹊，揽辔止踟蹰”是第三段。他动情地称白马王曹彪为“亲爱”，亲爱即将离别甚至是永别，他的中情“郁纡”，就是忧郁之情郁结于心。本要和亲爱的弟兄一起走完这段返回封地的路，但是宵小如同鸱枭在车梁上哀鸣，豺狼当路嚎叫，苍蝇玷污洁白，混淆黑白，离间本来亲近的骨肉兄弟，让人切齿痛恨。兄弟实在不想分别，车子在徘徊不前，但是返回京城已经没有道路，只有拉住缆绳，停止徘徊不前，继续走分别的路。这一段，把分别时难舍难分的凄切、恋恋不舍的情怀诉说得淋漓尽致，愤怒怨恨之情全都发泄在小人灌均身上了，因为君王曹丕是绝对不可有一字臧否的。

从“踟蹰亦何留？相思无终极”到“感物伤我怀，抚心长太息”是第四段，尽情抒发对刚刚离别的白马王曹彪的刻骨思念。寒蝉哀鸣，凉风吹拂，夕阳在萧条的原野上西沉，归鸟投林，羽翼翩翩，孤兽急忙寻找兽群，衔着草棍顾不得寻觅食物，这种种凄凉景象触动我的伤怀，我抚着心口长长叹息。从“太息将何为？天命与我违”到“自顾非金石，咄唶令心悲”，为第五段，集中怀念同母兄长、横死于京城的任城王曹彰。叹息有什么用？老天的意志不可违忤啊！和曹彰封地是近邻，一同来到京城，为什么他却不能归来？他的魂灵飞向他的封地任城，灵柩却寄存在京师。死者化为尘土，生者也会日益衰颓，不久于人世。人生一世，如朝露般短暂，桑榆晚景，人已老大，过去的日月和繁华都成为追忆，不可挽回了。人非金石，没有永久的生命，兄长曹彰的暴卒令人哀叹伤心不已啊！“咄唶”为惊叹之声。而实际上，曹植此时只有三十二岁，尚在青年，但口吻已如此老气横秋，是无情的环境剥夺了他年轻的欢乐。从“自顾非金石，咄唶令心悲”到“仓卒骨肉情，能不怀苦辛”是第六段，故作轻松语力展开朗心态，在“弃置莫复陈”的悲惨境地，甚至说出“丈夫志四海，万里犹比邻”、“忧思成疾疢，无乃儿女仁”的宽阔坚定的论断，好像可以从悲伤中解脱出来，表现了这个被悲伤压倒的人急起自拔、拯救自己的努力。但最后一句竟然还是回到那种低沉忧伤的调子：“仓卒骨肉情，能不怀苦辛？”可见忧伤绝望之沉重，心灵创痛之巨深。

从“辛苦何虑思？天命信可疑”到全诗终结，都是一种悲伤忧戚的格调，一种疑惑天命，抛弃天界列仙，彻底幻灭，等闲地上仙人的决绝态度，在极度伤感悲戚的气氛中带着哭泣之声，哀叹和你今番分别便是今生诀别，相会永无期了！其实，曹彪的封地白马，就在今河南滑县城东，距离曹植的封地山东鄄城并不远，比去首都洛阳近得多。但是因为按照王室规定，封王之间是绝对禁止私下往来的，违者就是死罪，所以和近在咫尺的同父异母兄弟曹彪的这次分别就是永诀，这就是皇族至亲之间的冷酷关系！他勉强苍白地勉励劝慰白马王曹彪，“俱享黄发期”，就是都活到垂老之年。但这可怜的人也不信自己和曹彪都有光明的未来，都会享耄耋之寿。而这一切都终是泡影，他只活了四十二岁。

这首诗从第二、三段起就使用了一种顶针续麻的语言技巧，即上段结尾几个字正是下段开端的几个字，收到一种循环往复、流转顺畅的特别效果。

用了这么多的篇幅详细解读了这首诗，是因为它在古代抒情诗中，就影响深远、视野宏阔、篇幅巨大、感情深沉、技巧娴熟等方面看，是仅次于屈原《离骚》的典型诗作，远远超出了曹植前期创作，是无可争议的代表作。曹植也因为这首抒情诗在抒情深度、感染力、抒情主人公的形象塑造方面的伟大成就，领袖群伦，成为建安诗人的杰出代表。

白马篇

白马饰金羁，连翩西北驰。
借问谁家子，幽并游侠儿。
少小去乡邑，扬声沙漠垂。
宿昔秉良弓，楛矢何参差。
控弦破左的，右发摧月支。
仰手接飞猱，俯身散马蹄。
狡捷过猴猿，勇剽若豹螭。
边城多警急，胡虏数迁移。
羽檄从北来，厉马登高堤。
长驱蹈匈奴，左顾陵鲜卑。
弃身锋刃端，性命安可怀？
父母且不顾，何言子与妻。
名编壮士籍，不得中顾私。
捐躯赴国难，视死忽如归。

这是曹植的英雄情结的鲜明体现，是他力图施展报效国家、建功立业宏愿的感情外化。曹植有幸生在曹操家，有了继承曹操统一中国救平战乱分裂的事业的可能性；又不幸身为曹操三子，有长兄曹丕“嫡长”的金钟罩盖住他的生命和理想。曹操特别欣赏他的文才武略，几次想立他为太子，但曹植那份浪漫任性不够检点的毛病害了他，终于让稳扎稳打、城府幽深、善于控制自己的曹丕在这场争宠的角力中占了上风。曹植的前期作品就围绕着一个中心展开：显示过人才具、绽放文才武略、倾诉报国激情，以获得父亲曹操的绝对信任，得到继承他事业和地位的信任状。废嫡长立幼子是封建时代君王的超出常规的破例行动，历史经验证明，此举往往埋下巨大隐患，甚至引发流血冲突，祸及帝王基业。平心而论，曹操终于传位给曹丕不算一着臭棋。曹植太张扬，太诚挚，太无城府，太文人气息，太情绪化。而要做一个守成之君，倒是城府颇深、温温吞吞、才具平平的曹丕更合适。也许曹操决定为曹家天下留下一个过得去的接班人，曹丕不失时机地正式篡夺了东汉江山，继续了曹操统一中国的步伐。身为三曹之一的曹丕，也算一个诗人，可是他那些诗，就以声韵流畅文词时尚的《燕歌行》为例，若一位美丽而无神的美女，哪有曹操的悲壮苍凉的大气包举和曹植的忧郁悲壮的泣血咏唱。而他亏待了曹植，让曹植郁郁不得志，中年夭殇，却为中国诗坛留下一个光芒四射的诗人。

曹植的这首《白马篇》也像他的为人，张扬而凌厉，披金挂银，顶盔冠甲，刀枪剑戟全武行，写了一位驰骋疆场建功立业的英雄儿郎。虽运用了中国文学中最典型的铺张扬厉的赋体写法，而颇有层次和章法。“白马”是这首诗的核心意象，这位幽并“游侠儿”一切骑射练武、奔赴国难、建立功勋、抒发报国壮志都是骑在这匹白马上展开的。“游侠儿”是当时北方一种对舍生忘死驰骋疆场、有崇高悲壮的爱国理念、武艺绝对高强的年轻英雄的称谓，是当年大众追星的目标，这种崇拜游侠儿的心愿是一种时尚。前六句是对主人公身世的概括介绍，言出身，指出他的燕赵多慷慨悲歌志士的家乡背景。从“宿昔秉良弓，楛矢何参差”到“狡捷过猴猿，勇剽若豹螭”八句言练武，是对游侠儿自幼苦练骑射绝技的生动描绘，其中“楛矢”是指用楛木杆做的箭矢。“左的”和“月氏”、“马蹄”都是指射击训练场上的箭靶，“飞猱”指被射落的猿猴，“豹螭”指飞豹和蛟龙。用这种极度夸张的描绘，以展示游侠儿的“狡捷”和“勇剽”。从“羽檄从北来，厉马登高堤”到“长驱蹈匈奴，左顾陵鲜卑”八句，言战功，激情万丈地描绘了游侠儿得到胡卢蠢动边境告急的羽檄，策马登上高堤立誓出征御敌，继而长驱直入匈奴地盘，向左击败新近崛起的鲜卑的豪情壮志。从“弃身锋刃端，性命安可怀”至结尾八句，剖明心志，抒发了一份和霍去病“匈奴未灭，何以家为”一样壮怀激烈的心愿。曹植写到此处，一定也被自己的激情词语感动了，几乎句句是警句。“父母且不顾，何言子与妻”，“捐躯赴国难，视死忽如归”，斩钉截铁，掷地有声，表现出一位坚强战士的伟大灵魂！

曹植在这首诗中运用的高度概括、极度夸张、描绘细节、集中表现心志的创作经验是值得后世汲取的。

送应氏·步登北邙阪

步登北邙阪，遥望洛阳山。
洛阳何寂寞，宫室尽烧焚。

垣墙皆顿擗，荆棘上参天。
不见旧耆老，但睹新少年。
侧足无行径，荒畴不复田。
游子久不归，不识陌与阡。
中野何萧条，千里无人烟。
念我平常居，气结不能言。

211年，曹植随曹操征讨马超时经过洛阳，见宫室残破，市井荒凉，田畴荒芜，人烟稀少，历史上曾有的繁华一去不返，眼前的惨景令人唏嘘泪下。曹植会见了当时的重要诗人应玚、应璩兄弟。两兄弟是洛阳人，正要离开洛阳去别处，曹植饯别他们并写了两首诗赠送，这是其中之一，也是曹植关注祖国和百姓命运、深刻揭露战争带来的深重灾难的力作，对名城洛阳最大的一次破坏做了史诗性的描述。这也是有爱国爱民思想有历史责任感的诗人必然的选择。

东汉中平六年（189）汉灵帝死，大将军何进和袁绍、袁术等人密召董卓带兵来京城洛阳，以剪除宦官。卓兵未至，何进因谋泄被诛，董卓闻讯赶至，驻兵洛阳，控制了中央政权，立陈留王刘协为献帝。初平元年（190）春，关东州郡结成联盟，起兵讨伐董卓，董卓遂焚掠洛阳，挟持献帝迁都长安。这是东都洛阳的一次毁灭性浩劫，距曹植此次到洛阳已经二十一年，原貌仍未恢复，仍是如此残破荒芜，触动了曹植那颗敏感的心，以致作为给远别人送行的诗篇，没怎么提及离别之事，集中描绘、叹息了自己的所见所闻，洛阳令人心摧的残破太震撼他的心灵了。全诗语言通俗流畅，几乎没有什么理解方面的障碍。“北邙阪”是洛阳东北北邙山的山坡，是历代文人远眺名城慨叹洛阳兴衰的地方。“顿擗”二字是坍塌、裂开的意思，“荒畴”指荒芜的田地，“游子”指在外远游或耽搁多年的人，此处指应氏兄弟，“气结”是因为悲愤之情压在心头说不出话来的感觉。

曹植看到的洛阳，是寂寞荒凉的，宫室焚毁，荆棘参天，垣墙坍塌，特别是除了年轻人之外看不见那些耆老之人，想来他们大都死于战乱。难以通行的小路仅容人侧身而过，荒芜的田野好久没有人耕种了。久久没有回过家乡的游子，连田间的阡陌都找不到了。中原大地多么萧条冷落，以致千里没有人烟！“念我平常居，气结不能言”应该是曹植从第三人称暗中转换为第一人称的修辞方法，变作应氏兄弟自己的叹息：“想起我们从前的房舍，看看今日的苦况，心生郁闷，忧思难平，以致说不出话来了。”

七步诗

煮豆持作羹，漉菽以为汁。
萁在釜下然，豆在釜中泣。
本自同根生，相煎何太急。

这是曹植最为大众熟悉的诗篇。他才华的出众，才思的灵敏，感情的真挚，命运的不幸，写诗角度的新巧，都令人慨叹。据《世说新语·文学》称："文帝尝令东阿王七步中作诗，不成者行大法。（东阿王）应声便为诗曰：'煮豆持作羹，漉豉以为汁……'帝深有惭色。"《世说新语》是一部文人笔记，不是正史，有道听途说的成分。想来曹丕不大会这样野蛮地、毫不讲道理地公开坑害曹植的，虽然曹丕终生都在想方设法迫害、打击他的有力竞争者亲兄弟曹植，迫害手段比较阴险毒辣，花样百出，但顾忌舆论，应该会讲究个迫害策略，七步写不出来就行大法杀头的事，是不大可信的，那句"帝深有惭色"也许是可信的，这首诗对曹丕的讽喻作用太强烈了。七步成章很可能是后人根据此诗的精巧深刻、加上曹丕的迫害狂心态演绎出来的故事。

这个煮豆燃豆萁的比喻，很可能在曹植心中已经酝酿好久了。这是一件很普通很合理的炊事行为，豆和豆萁虽然都长在一棵豆禾上，在豆需要煮熟时，豆萁没有其他用途正好做燃料煮豆，这一般人司空见惯的事一般不会引起丰富的联想和加以引申的。而只有像曹植这样受到身为君王的亲兄弟迫害、排斥经历的人才会有电光石火般的顿悟掠过心头，产生了创作这首诗的强烈动机。豆和豆萁是同根生的东西，燃烧豆萁把豆煮熟之后，豆萁就变为灰烬，豆却被煮熟，可以更好地奉献于人类。如果从这个角度看，豆萁是奉献者牺牲者，而豆却是得益者。可是曹植把二者的关系往反方向一扭，偷偷改换了豆和豆萁相互关系的实质，成为敌对双方，用来比喻和象征曹丕和曹植的关系真是惟妙惟肖、恰切极了。诗意、慨叹和哲理就都鲜活地凸现出来。

七步诗的特点不是构思和写作特别的迅捷，而是以比喻和象征手法说理抒情特别恰切。寻找到一个最佳突破口，就找到了最佳抒情叙事之道。

这首诗后世简化为四句："煮豆燃豆萁，豆在釜中泣。本是同根生，相煎何太急！"更集中更简洁更容易流传。但曹植的原作从"煮豆持作羹，漉豉以为汁"开始，就清楚地说明了煮豆燃豆萁的目的，起始自然，更具有乐府诗的风格。

陶渊明（六首）

归园田居·其一

少无适俗韵，性本爱丘山。
误落尘网中，一去三十年。
羁鸟恋旧林，池鱼思故渊。
开荒南野际，守拙归园田。
方宅十余亩，草屋八九间；
榆柳荫后檐，桃李罗堂前。
暧暧远人村，依依墟里烟；
狗吠深巷中，鸡鸣桑树颠。
户庭无尘杂，虚室有余闲。
久在樊笼里，复得返自然。

陶渊明（365—427），浔阳柴桑人，字元亮，后世称为靖节先生，是东晋至南朝时代一位极其杰出的田园诗人。其曾祖父陶侃为东晋开国元勋，祖父、父亲都曾任刺史等官职，但父亲早殇，家势衰微，陶渊明和寡母、妹妹共同艰难度日。其外祖父孟嘉，为当代名士，"行不苟合，言无夸矜，未尝有喜愠之容，好酣酒，愈多不乱，至于忘怀得意者，旁若无人"，成了陶渊明做人立身的榜样。他又从外祖父那里得到读书的机会，既读了当时成为时髦的老庄，又读了被冷落的儒家经典，既立志要"猛志逸四海"，又培育出淡泊的"性本爱丘山"的心地。遵循读书人都要有一项公职的传统，陶渊明也在苦苦追求这种功名前程。由于他已经是无依无靠的孤儿身份，没有门阀的光环，他的挣扎是艰辛而曲折的，直到二十九岁，才谋得一件官家差事。到他四十二岁辞官归隐，整整十三年，他投靠过野心家桓玄、刘宋开创者刘裕、江州刺史刘敬轩等，多为祭酒、参军之类的小官，几经赴任、辞官，最后被叔叔陶逵推荐任彭泽令，是他的最高官职，但八十一天后就彻底辞官归隐了，并写了

《归去来辞》以明志。

陶渊明的这次归隐，是一次和官场、和剥削阶级彻底决裂的英勇行为，是他对腐朽不公的门阀制度、争斗不断的军阀纷争、走马灯式的王朝更迭、龌龊虚伪的官场政治的幻灭情绪、对衙门里的繁文缛节复杂礼仪厌倦的总爆发，是"不为五斗米折腰"旗帜的升旗祭礼，是一篇决心向勤劳艰苦的农民靠拢、以自己的劳动养活自己的宣言。他没有显赫的家世、丰足的资金做后盾去田野玩乐，大概自动离职也得不到多少退休金，他必须在汗水里拼搏，躬耕田亩，做好衣食不继的准备，他不再对升官发财怀有一丝一毫的幻想，更不齿那些假归隐待价而沽的伪君子障眼法勾当。陶渊明的境界比 20 世纪那些被迫下乡、言不由衷地高喊"扎根农村干革命"口号的知青们更"革命"、更有"阶级觉悟"吧。

《归园田居五首》说是一组完整的组诗，但因为篇幅所限，必须有所取舍，就选取其一和其三吧。其一是提纲挈领的一首，从"少无适俗韵，性本爱丘山"到"开荒南野际，守拙归园田"概括了辞官归园田的理由和躬耕田亩的成功开端。"适俗韵"指的就是适应功名利禄那庸俗规矩的心性。"尘网"指的就是被升官发财功名利禄观念统治的尘世，"三十年"大约指自己成为明白事理的少年之后的岁月，也是对自己长达整个前半生的摇摆、痴迷表示深沉的忏悔。他的田亩还不是现成的熟田而是自己开荒的成果，今天就这样笨拙地苦守着自己奋力用血汗换来的园田躬耕。从"方宅十余亩，草屋八九间"到"狗吠深巷中，鸡鸣桑树巅"，具体而感性地描绘了自己的园田和家园。规模大小交代清晰，村野气息营造得非常浓郁；鸡鸣树颠，犬吠深巷，幽静而喧阗，亲切而温馨；房后榆柳，门前桃李，暧暧村落，依依炊烟，情趣无限。十分抒情十分优美，也十分朴素十分晓畅。全诗的最后四句，"户庭无尘杂，虚室有余闲"述说了家园的清洁和宽敞，表达了一份回归园田的幸福、自豪和幸运感："久在樊笼里，复得返自然。"庆幸脱离官场的樊笼，是一次身体的解放，更是心灵的解放。

归园田居·其三

种豆南山下，草盛豆苗稀。
晨兴理荒秽，戴月荷锄归。
道狭草木长，夕露沾我衣；

衣沾不足惜，但使愿无违！

陶渊明的歌唱来自披星戴月的躬耕，夕露湿衣的辛劳，以劳动换来衣食的坚强和发自内心的喜悦。既不是外加的“体验生活”，更不是《红楼梦》中贵族女士自称“稻香老农”的矫情，其格调高贵而质朴，厚重而坚实，足令那些大而无当的玄言清谈黯然失色，也令他之后出现的南朝浮艳颓靡的宫体诗自惭形秽。“草盛豆苗稀”，是田野亟须紧急除草挽救秧苗的信号，不谙耕作技巧的陶渊明老老实实承认了这种情况，也成了他披星戴月奋勇“理荒秽”的原因。在荒草疯长的狭路上回家，夕露湿衣不可避免地带来不适与不便。但陶渊明很开心地说：“衣沾不足惜，但使愿无违！”能实现脱离樊笼躬耕田亩的理想，露水打湿衣襟，是绝对值得的！只要有这种轻松开阔的心态，没有什么不可克服的困难，当官时的那种袍笏枷锁缠身、礼仪繁琐难耐的尴尬才是最难忍受的枷锁啊。

令陶渊明如此快乐躬耕的原因，还有一样，就是他的妻子翟氏是一位理解、支持他辞官归园田的知音，是他劳动在自己园田上的战友和伙伴，两人过着“夫耕于前，妻锄于后”的和谐温馨的日子。妻子倒不一定披星戴月地陪伴夫君躬耕，因为她要为陶渊明准备一日三餐哪！

饮酒·其五

结庐在人境，而无车马喧。
问君何能尔，心远地自偏。
采菊东篱下，悠然见南山。
山气日夕佳，飞鸟相与还。
此中有真意，欲辨已忘言。

这是公认的陶渊明第一代表作。他逃避滔滔浊世，远离权力争斗，摈弃官场俗务，在安宁、静谧、温馨、和谐的环境中实现了对大自然的真诚归依。“结庐在人境，而无车马喧”，说建筑一处居室在普通百姓所居的人间，有幸远离了高官巨贾的高车大马的喧闹，也有幸和这些普普通通的百姓父老居住在一起。“问君何能尔，心远地自偏”，意思是问你为什么能够如此安然，我说是心绪安宁了，自然会选择偏远的地界居住。以下是为陶渊明带来不朽声誉、也为中国诗歌做出了不朽贡献的警句——“采菊东篱下，悠然见南山”，这是酝酿日久，偶然得之的天赐佳构；自自然然，水到渠成，朴实无华，声韵和婉，既无“语不惊人死不休”的雕琢痕迹，也非“捻断数茎须”的苦吟所得，出自纯粹的淡泊天性，和谐空灵的瞬间感悟。正在轻松快乐地采撷东篱边的菊花，抬起头来，悠然看见自己的家园所依偎的南山那熟稔亲切的姿影，悠然就是一种随意、轻松、怡然的心境，诗意就在这种心境下的一瞥之中。继续加强这种和谐美丽的景色和感觉：“山气日夕佳，飞鸟相与还”，山上的云霭雾气夕阳时分更见美丽和迷人，飞鸟们也成群结伴归飞山林。这种淡泊宁静的境界中隐藏着人生的崇高追求和深远寄寓，当要分辨其更细致具体意味的时候，我已经不知怎样诉说，忘记了应该怎样诉说对大自然恩惠的感激和最本真的理解。这是一种朴素的美，朴素至极的美，感动了他自己也感动了百代知音。

癸卯岁始春怀古田舍

先师有遗训，忧道不忧贫。
瞻望邈难逮，转欲志长勤。
秉耒欢时务，解颜劝农人。
平畴交远风，良苗亦怀新。
虽未量岁功，即事多所欣。
耕种有时歇，行者无问津。
日入相与归，壶浆劳近邻。
长吟掩柴门，聊为陇亩民。

这是陶渊明宣示人生理想和道德理念的重要诗篇，集说理之剀切、叙事之周详、抒情之真纯、描绘之生动于一身，置于陶渊明代表作之列，亦为不易之选择。其中暗含了《论语·微子》篇孔子差遣子路向长沮、桀溺两位正在耦而耕的农民隐士询问渡口，受到两位隐士奚落的典故，以及对这个典故的运用和调侃。题目“怀古田舍”就是在田舍中怀古的意思。他首先承认了先师孔子关于“忧道不忧贫”的见解，就是最担心的不是贫困而是人伦道德的缺失。但他又从孔子见解上后退了一步，说这个“道”和“贫”对比的题目太高远太难以理解更难以实践了，先把这虚无缥缈的“道”搁置在一边，转而立志毕生勤劳躬耕垄亩吧。我的快乐在于手执耒耜，勤劳不辍，不误农时，和颜悦色地劝喻农人力耕。以下的两句也是千古传诵的佳句："平畴交远风，良苗亦怀新。"说在农田耕作时，从平坦广阔的原野上吹来远方的和风，那些春风春雨滋育下的新苗也都呈现出欣欣向荣的繁盛葳蕤。还是苏轼明白，说："平畴二句非古之耦耕植杖者不能道此语。""虽未量岁功，即事多所欣。耕种有时歇，行者无问津"，陶渊明说，"莫论收获，但问耕耘"，虽然还没有到计算一年的收成的季节，付出了这些辛苦我也心满意足了。我耕种时会有歇息，但过往行人却连问津的都没有。他自比为"耦而耕"的勤劳的长沮、桀溺，但悲哀的是，再也没有行人来询问渡口之事了！言下之意是，如今世风日下，不是在那里空谈玄言就是在那里汲汲于功名利禄，像孔子那样忧道不忧贫的贤人已经绝迹了。陶渊明把他深沉的慨叹轻松而巧妙地寄寓在对一个儒家经典典故的引用和引申之中了。

"日入相与归，壶浆劳近邻。长吟掩柴门，聊为陇亩民"几句，是陶渊明安宁、满足、快乐心境的总结。日落时分，他和乡亲们结伴回到家里，用酒菜慰劳近邻的乡亲。好啊，我终于成为靠双手养活自己的垄亩之民了！

乞食

饥来驱我去，不知竟何之；
行行至斯里，叩门拙言辞。
主人解余意，遗赠岂虚来。
谈谐终日夕，觞至辄倾杯。
情欣新知欢，言咏遂赋诗。
感子漂母惠，愧我非韩才。
衔戢知何谢，冥报以相贻。

归田之初，陶渊明生活尚可，有"方宅十余亩，草屋八九间，榆柳荫后檐，桃李罗堂前"。但义熙四年（408）他所居的上京一场大火，烧毁了家中一切，迁居粟里之后，生活更为困难，遇到丰年还可以"欢会酌春酒，摘我园中蔬"，遇到歉年，则"夏日抱长饥，寒夜列被眠"了。他的晚年，生活愈来愈贫困。有的朋友主动送钱周济他，有时，他也不免上门请求借贷。他的老朋友、诗人颜延之，于刘宋景平元年（423）任始安郡刺史，经过浔阳，每天都到他家饮酒。临走时，留下两万钱，他全部送到酒家，陆续饮酒。不过，他的求贷或接受周济，是有原则的。宋文帝元嘉元年（424），江州刺史檀道济亲自到他家访问。这时，他病饿交加，卧床难起。檀道济劝他："贤者在世，天下无道则隐，有道则至。今子生文明之世，奈何自苦如此?"他说："潜也何敢望贤，志不及也。"檀道济馈以粱肉，因为不是朋友，而有官方照顾的意味，被他坚决拒绝了。平心而论，檀道济作为一名有恢复北方失地雄心的志士，挥师北伐，战功累累，最后被嫉妒阴狠的宋文帝刘义隆杀害，临刑前叹息昏君自"毁长城"，是一位声誉不错的英雄，如果陶渊明接受了他的周济，既不损害自己的原则和令名，又可以纾解困境呢！

这首《乞食》是他生活水平急剧下降沦落到乞食地步时的作品。陶渊明毕竟是一位知识分子出身的诗人，他的乞食还不用沿街乞讨，只要不顾面子，诚恳地向某位主人说明饥寒交迫的苦况，主人就会招呼他上座，以酒馔招待。本质是乞食而不是一般的做客，陶渊明就坦率地将此尴尬过程真实地写下来，而且以《乞食》为题目。当饥肠辘辘难以忍受时，饥饿就驱使他"饥来驱我去，不知竟何之"，维护面子的羞耻感终究敌不过实实在在的辘辘饥肠，硬着头皮出门，不知道自己到底要去哪里。"行行至斯里，叩门拙言辞"，磨磨蹭蹭走到主人门前，临门一脚时分，真是面红心跳，呐呐难言，真是难以忍耐的羞耻和尴尬啊。"主人解余意，遗赠岂虚来。谈谐终日夕，觞至辄倾杯"。这位主人不是陶渊明的朋友，但真是厚道而有礼貌的君子，给他帮助，还给他友情和尊严，在谈谐倾杯之间化解了他的尴尬。从遗赠二字看，除了乞食一顿酒饭，还得到了一些食物的馈赠。不但如此，而且这位主人还把前来乞食的陶渊明当作了朋友。陶渊明也欣悦地写道："情欣新知欢，言咏遂赋诗"，欢情之下，和主人成为了新知。陶渊明的志向、风度、人格、才华和那份绝对的真诚真正感染了主人，以至他竟然要赋诗表达心曲。"感子漂母惠，愧我非韩才。衔戢知何谢，冥报以相贻"，韩信少年处境困厄时，一位在河边漂洗东西的老妇人可怜他，接连多日给他饭食充饥，韩信发达之后，重谢了这位漂母。陶渊明用这典故，诚挚地表达了谢忱，谦逊地诉说了自己没有韩信之才的愧疚。衔戢，深藏之意，他要把这份谢意深藏在心中，死后于幽冥之中还要报答。

拟挽歌辞·其三

荒草何茫茫，白杨亦萧萧。

严霜九月中，送我出远郊。
四面无人居，高坟正嶣峣。
马为仰天鸣，风为自萧条。
幽室一已闭，千年不复朝。
千年不复朝，贤达无奈何！
向来相送人，各自还其家。
亲戚或余悲，他人亦已歌。
死去何所道，托体同山阿。

这是一代诗人陶渊明的绝笔，和《自祭文》同写于宋文帝元嘉四年九月，当年十一月，陶渊明就与世长辞了。在沉疴缠身、身心俱毁、奄奄一息的最后日子，这样生动地写出自己去世后送葬的路程、凄凉的景色，亲人悼念的镜头，而不是对亲人做最后的嘱托，真是潇洒淡定从容不迫，一番少见的君子情怀，一篇奇妙爽朗而饶有机趣的文字。在《拟挽歌辞其一》中，陶渊明已经开朗旷达地认识到“有生必有死，早终非命促。昨暮同为人，今旦在鬼录”的规律和道理，但在描绘为自己送葬的气氛时，还是免不了一番低沉哀伤。从“荒草何茫茫，白杨亦萧萧”到“马为仰天鸣，风为自萧条”，写尽了作为背景的萧萧白杨，茫茫荒草，寂寞坟冢，九月严霜，仰天马鸣，凄厉秋风，到“幽室一已闭，千年不复朝”，墓穴掩埋，阴阳两隔的程序彻底完成，将那即将到来的一幕做了十分出色的预案，演绎得惟妙惟肖。但他觉得好像过分低沉了一些，和前两首那种洒脱豁达的心绪略有变异，于是从“千年不复朝，贤达无奈何”以下又恢复了那种洒脱豁达。送葬的亲友各自还家，亲戚或有抒发未尽的余悲，但都被送葬队伍唱过。想到我自己，既然已经死了，还有什么可说什么牵挂？把自己的身体托付给这座埋骨的青山，和它化为一体，我从土中来，死后归尘土，就圆满完成了一次生命的循环。

北朝民歌（二首）

木兰诗

唧唧复唧唧，木兰当户织。不闻机杼声，惟闻女叹息。问女何所思，问女何所忆。女亦无所思，女亦无所忆。昨夜见军帖，可汗大点兵，军书十二卷，卷卷有爷名。阿爷无大儿，木兰无长兄，愿为市鞍马，从此替爷征。东市买骏马，西市买鞍鞯，南市买辔头，北市买长鞭。旦辞爷娘去，暮宿黄河边，不闻爷娘唤女声，但闻黄河流水鸣溅溅。旦辞黄河去，暮至黑山头，不闻爷娘唤女声，但闻燕山胡骑鸣啾啾。万里赴戎机，关山度若飞。朔气传金柝，寒光照铁衣。将军百战死，壮士十年归。归来见天子，天子坐明堂。策勋十二转，赏赐百千强。可汗问所欲，木兰不用尚书郎；愿驰千里足，送儿还故乡。爷娘闻女来，出郭相扶将；阿姊闻妹来，当户理红妆；小弟闻姊来，磨刀霍霍向猪羊。开我东阁门，坐我西阁床，脱我战时袍，著我旧时裳，当窗理云鬓，对镜帖花黄。出门看伙伴，伙伴皆惊忙：同行十二年，不知木兰是女郎。雄兔脚扑朔，雌兔眼迷离；双兔傍地走，安能辨我是雄雌？

这是一首传诵特别广泛的民歌体古诗，赞颂了木兰女扮男装代父从军的壮举。故事非常感人，描绘细致生动，语言流畅朴素，塑造了北方女儿木兰刚毅勇敢、忠孝双全的美好形象。故事发生的背景不太明确，就最高统治者的名称“可汗”二字来看，似是南北朝时期北方的故事。史载北魏太武帝时曾与蠕蠕（即柔然）长年战争，疑即为木兰加入的战争。由“旦辞黄河去，暮至黑山头，不闻爷娘唤女声，但闻燕山胡骑鸣啾啾”等语看，地在黄河流域北部，阴山之南。采取府兵制，由被征召者负责采购服兵役所需鞍马和马具看，又好像是在隋唐时期的事情。对木兰从军的民族、时代、地域的争论一直没有停息。最为大多数学者专家首肯的最大公约数是南北朝时期北方某国的故事，但不排除隋唐时期进行过修改补充。

在由开端至“但闻燕山胡骑鸣啾啾”为第一段落。仔细交代木兰代父从军的起因，描绘了木兰的牺牲精神和代父从军的责任感、奉献热忱，从军前夜采购骏马鞍鞯等军用物资的过程，和与爹娘告别时的依恋惜别的情形，以及踏上从军征程后对故乡爹娘的深情回眸。第二段落为“万里赴戎机”至“壮士十年归”，写木兰从军的战斗历程，以及面对种种艰险困难的大无畏气概，作为一个女孩女扮男装的困难尴尬的形势下的出类拔萃的勇敢刚毅。第三段落为“归来见天子”至“送儿还故乡”，表现了木兰有功不居，谢绝高官职位和丰厚赏赐，立志即刻还乡的高风亮节。第四段落为“爷娘闻女来”至“不知木兰是女郎”，热闹喜庆地描绘了木兰还乡和父母亲人的团聚，木兰恢复女儿装对同来伙伴造成的巨大惊奇。第五段落为关于雌雄兔的扑朔迷离、真伪难辨的慨叹，颇有调侃和哲理意味。

你不觉得对木兰从军的主体——十二年女扮男装的战斗过程叙述过于简略了吗？十二年的漫长岁月，女扮男装几乎是不可能的！女性一般被认为比男性美丽柔弱，男性形象相对粗陋和强健些。由美丽装扮为粗陋，由柔弱强扮为强健，其中就含有充足的审美因素。在她强行装扮的男性粗陋面貌下有真正的女儿的美丽，在貌似强健的外表下是让人怜惜的女性的柔弱，力难胜任种种沉重艰险的任务，阅读这样的文字会引起愉悦和怜惜。历代创作这首诗的先辈都看清了、也紧紧抓住了这个关键情节和审美的核心因素。由于太倚仗这个核心因素，创作者们就不顾细节的真实性和可能性，放胆瞎编起来。如果让一个女性执行“一次”女扮男装的任务，加上伙伴的配合，是有可能完成的。但由一个女孩孤独地在先当士兵后做军官的集体生活的环境里女扮男装“十二转”，是绝对不可能的。男女副性征的鲜明差异，在集体生活十二年间蒙蔽所有人，其中绝大部分是年轻力壮的小伙子，他们都有正常的勃发的性欲，对异性性征十分敏感，那实在是太困难了。正因为太过沉醉于女扮男装的审美素质、代父从军的道德优势、故事的刺激性和奇异性，创作者们就有意无意地“忽略”了这些绕不过去的“细节”，代代相传，千百年来大家都陶醉在这个虚无缥缈的故事里，重复那些“出门看伙伴，伙伴皆惊忙，同行十二载，不知木兰是女郎”的甜蜜谎言，迄于今天的中学语文课本。

如果把木兰从军的故事理解并确认为一篇由传说或故事演变成的神话或童话，不再考证她到底生活在哪个年代、具体地方，一切归于想象，一切问题就迎刃而解了。童话、神话不要求细节的真实性和可能性。孙悟空可以十万八千里，海的女儿可以由鱼变人，虽然她放弃了机会化作泡沫，木兰为什么不能女扮男装十二年？我们依然可以在这个美丽可爱的人物身上寄托忠孝仁爱的理想，把她当作年轻人学习的榜样。

敕勒歌

敕勒川，阴山下。天似穹庐，笼盖四野。天苍苍，野茫茫，风吹草低见牛羊。

这是南北朝时期的北朝民歌，敕勒族是生活在山西北部和内蒙一代的游牧民族。北朝民歌一般是北朝文人根据民歌整理创作的民间文学作品。敕勒川就是敕勒民族生活的原野。敕勒族又称赤勒、高车、狄勒、铁勒、丁零，他们逐水草而居，北方高寒少雨的严酷自然条件形成了他们彪悍、刚健、勇武的民族性格。阴山是横亘在北方原野的一座山脉，敕勒族的牧场绵延在阴山之下。这首诗以极其鲜明的北方特色展示了敕勒族百姓生活地区的广阔和博大，苍茫和寥廓，以及他们富足的生活、自豪的精神面貌和粗犷雄健的器宇。

“天似穹庐，笼盖四野”这句诗，特别传神地表现出游牧民族的精神面貌和审美情趣。他们居住在“穹庐”，就是被我们称为蒙古包的活动帐篷。把笼盖他们的广阔天宇比作扣在他们头上的“穹庐”，可以看出他们的视野多么宏阔，心胸多么开朗。

以下就是风靡了百代成为我们的骄傲和自豪的不朽歌唱：“天苍苍，野茫茫，风吹草低见牛羊。”多么通俗多么质朴的歌声！多么美好多么壮阔的图景！草原上牧草太繁茂了，竟至遮住了遍地牛羊的身影，要大风掠过，牧草弯下腰身，才能现出牛羊来！真是有什么样的生活就有什么样的艺术！

此际，我忽然想起作为南方民歌艺术顶峰的那首委婉优美的《西洲曲》来，想起那位痴情女儿在开门迎接情郎而情郎不至时去南塘采莲的深情款款的歌声来：“树下即门前，门中露翠钿。开门郎不至，出门采红莲。采莲南塘秋，莲花过人头。低头弄莲子，莲子青如水。”多么风流蕴藉，多么委婉绵密，痴情女儿的娇媚和楚楚可怜的神态、采莲的优美情态多么迷人！

这高天大风强劲剽悍的歌唱和江南女儿在相思时分采莲歌声相比对，真是文学艺术多样性的奇观！只有我们这辽阔的华夏大地才能产生反差如此强烈的艺术，真为我们伟大的先辈卓越的艺术创造而骄傲自豪！

作为后代，我真为祖国北方曾经的富饶、丰足歆羡甚至嫉妒了，如今还到哪里去寻找可以遮蔽牛羊的牧草？又到哪里去寻觅水质纯净、水量丰沛的南塘？我们的环境生态已经何等脆弱颓靡，甚至千疮百孔，处处疮痍！文明和进步如果以沉重的生态破坏为代价，还不如就停在那环境纯净、民风浑厚的农耕时代呢！但我们回不到过去了，只有坚强地面对当今时代的挑战，缔造既高度文明又和自然和谐相处的未来。

古诗十九首（二首）

行行重行行·之一

行行重行行，与君生别离。
相去万余里，各在天一涯。
道路阻且长，会面安可知。
胡马依北风，越鸟巢南枝。
相去日已远，衣带日已缓。
浮云蔽白日，游子不顾返。
思君令人老，岁月忽已晚。
弃捐勿复道，努力加餐饭。

《古诗十九首》为古代组诗名，最早见于萧统编选的《文选》，为萧统从传世无名氏《古诗》中选录十九首编入，冠以此名。从文风和思想感情判断，《古诗十九首》不是一人一时的作品，是多位下层文人的作品。其产生的年代应该在东汉顺帝末到献帝前，即公元140—190年之间。《古诗十九首》是乐府古诗文人化的显著标志，文人在汉末社会大动荡思想大转变时期，追求的幻灭与沉沦，心灵的觉醒与痛苦，都反映在他们的创作里。他们不再写帝王诸侯宗庙祭祀、文治武功、田猎游乐，而写诗人的现实生活、精神世界以及他们的进退升沉、友谊爱情，可以说，基本上是游子思妇之辞。具体而言，夫妇朋友间的离愁别绪、士人的彷徨失意和人生的无常之感，是《古诗十九首》基本的情感内容。《古诗十九首》从乐府民歌汲取养料，滋养自己的创作。他们有感而发，语言朴素自然，描写生动真切，绝无虚情与矫饰，更无着意的雕琢，因此具有天然浑成的艺术风格。它们在诗歌发展史上具有重要地位，影响到后世的诗歌创作，被称为五言诗之冠冕，千古五言之祖。

被列为十九首首篇的这首《行行重行行》，写思妇对丈夫的深切怀念，虽然蒙上了唯恐被捐弃的阴影，她最终还是搁下这剪不断、理还乱的愁绪，转而向对方致以一往情深的祝愿和劝勉。

汉代的养士、选士制度，驱使文人不得不背井离乡，长期漂泊在外。这些文人或在仕途作无望的追求，或在异乡逃避政治的迫害，更渴求有爱情、家庭的温馨，以慰藉孤独而屈辱的心灵，写羁旅行役、相思怀人之苦，遂成为《古诗十九首》的第一大主题。而在男女分离、深情难诉的相思中，软弱孤寂的女性感受到的痛苦更为惨烈。这些以思妇的第一人称写的诗更细致、更凄切。没有对女性内心世界的深刻洞悉，是无法开掘出如此幽微的情感层次的。

“行行重行行，与君生别离”是郎君啊你远行又远行的意思，生生地把我抛得远远的。我们相距万余里各在天涯的一头啊。你不得归来的日子里，就像浮云蔽日，生活中再也没有光明和开朗。“胡马依北风，越鸟巢南枝”，胡地的马始终依恋着北风，而越地的鸟筑巢也是选择在靠南向阳的枝桠。思妇在强调故土对游子的强大吸引力，期盼那离开的人儿就是不再思念自己，看在故乡深情的份上也还是归来吧。接着她诉说了因为相思，自己腰肢已经瘦损，离别更遥远路程更漫长了，我那不争气的腰带却更加松垮了。极度地思念你，令我身心俱老，惝恍之间，又是年终岁尾了。

最后，这可怜的思妇痛苦而无奈地诉说自己卑微的忠贞：怕你抛弃我的话，我就不再重复了。潜台词是，热切希望你不要抛弃我，即使你真的抛弃了我，我也无怨无悔，劝说你“努力加餐饭”，保持好身板吧！这应该是男性文人对苦守家乡的思妇的最深切的理解，最真挚的关爱。这位诗人如果也奔波在外，我想，他是不会抛弃那苦等的人儿的。

涉江采芙蓉·之六

涉江采芙蓉，兰泽多芳草。
采之欲遗谁，所思在远道。
还顾望旧乡，长路漫浩浩。
同心而离居，忧伤以终老。

这是一位漂泊在外的游子思念妻子的深情告白。男子的抒情不像思妇那样悲悲切切，还是略显矜持内敛一些。首句“涉江采芙蓉，兰泽多芳草”，貌似写实，实为“兴”的手法，以采芙蓉、兰泽芳草这些形象美丽、词语铿锵的语句引起一段对亲人的相思深情，还是颇为恰切得体而富有文采和情韵的。

“采之欲遗谁，所思在远道”，就点出了所思之人在遥远的地方。为了一支无法赠送的芙蓉，不辞辛苦涉江采撷，恐怕不会这样低能吧！但诗人又给予这两句诗一份实际意义，这支芙蓉还真的采撷来了，他在自言自语，采来芙蓉要送给谁呢？这是打破赋、比、兴几种手段之间的界限的灵活用法。他在回望了故乡的遥远距离，慨叹“长路漫浩浩”之后，以最深沉最动情的结尾表达了这种“同心而离居，忧伤以终老”的巨大痛苦和神伤。最后这两句诗也成为了这首诗中的亮点，也是《古诗十九首》中最具表现力和动情力的诗句。

谢朓（一首）

暂使下都夜发新林至京邑赠西府同僚

大江流日夜，客心悲未央。
徒念关山近，终知返路长。
秋河曙耿耿，寒渚夜苍苍。
引领见京室，宫雉正相望。
金波丽鳷鹊，玉绳低建章。
驱车鼎门外，思见昭丘阳。
驰晖不可接，何况隔两乡。
风云有鸟路，江汉限无梁。
常恐鹰隼击，时菊委严霜。
寄言罻罗者，寥廓已高翔。

谢朓（464—499）的名字是靠了李白的大力弘扬而彪炳于诗歌史册的。在李白的诗文中有十四次提及谢朓的名字，其中最著名的是《宣州谢朓楼饯别校书叔云》中那句“蓬莱文章建安骨，中间小谢又清发”，这首诗就是为在谢朓曾任太守的宣州城楼饯别叔李云而写的。应该佩服李白的超群眼力和对前辈诗人的真挚谦逊，以及这种持之以恒的弘扬激情。谢朓无愧李白的诚心推举，其诗风格清俊，写景生动明丽，如“余霞散作绮，澄江静如练”、“天际识归舟，云中辨江树”、“鱼戏新荷动，鸟散余花落”等。谢朓深知官场的险恶，始终有一种如临如履的警惕和恐惧。他的抒情诗中那种忧谗畏讥、急于表白自己的忠贞的情绪也体现得淋漓尽致。谢朓在南北朝诗人中也真的具有特殊的艺术感觉以及操纵语言魔方的绝技，但其为人亦有深不可取之处，其岳父王敬则因被怀疑而试图谋反，派人去策动谢朓参与，谢为自保，扣留来使，告发了岳父，致使王被灭族。东昏侯永元元年（499）始安王萧遥光谋夺帝位，邀谢朓参与，谢朓拒绝，可能深知谢朓底细的萧遥光先下手为强，诬蔑谢朓谋反，下狱死，年仅三十六岁。这位终生都在力图远离祸患，委曲求全的诗人还是没有逃出险恶命运的罗网。

这首《暂使下都夜发新林至京邑赠西府同僚》就是在跟随竟陵王萧子隆任文学职务时被调回首都的途中所写。萧子隆欣赏他的才华，待他很好，他心中颇为留恋。在这首诗中他的出色才具，经营语言文字的功力和忐忑不安忧谗畏讥的紧张情绪都表露得特别鲜明。首先，他暂时离开了描绘景色的那种明朗绮丽的风格，以沉重的心绪描绘了他一路的所见所闻所思所感。前两句“大江流日夜，客心悲未央。徒念关山近，终知返路长”，把大江的奔流和悲叹长夜无尽的“客心”联系在一起，不光知道去的首都近了，也知道要返回荆州竟陵王驻地也很漫长，定下了清凄苍凉的调子。“秋河曙耿耿，寒渚夜苍苍”到“驱车鼎门外，思见昭丘阳”八句是旅途描述和到达首都建业望见宫墙殿阁时的感悟。秋河指秋天瞻望天上银河，那晨光中的银河依然明亮，与之相对的是，笼罩着寒秋中河湖的夜色却显示出苍黑之色。抬起头来仰望宫室，宫墙也沉默地看着我。月光的金波辉耀着曾经名为鳷鹊的宫殿，天上的玉绳星的星光让那汉代的建章宫也显得低矮了。我的车子来到宫门之外时，心中依然想着何时能回到荆州故地，那里有楚昭王的墓，此处昭王墓就用来代指荆州。

“驰晖不可接，何况隔两乡。风云有鸟路，江汉限无梁”四句，是对回归荆州之路悲观甚至绝望的叹息。驰晖指阳光，这种普照大地的恩惠也不是随时随处可以见到的，和荆州的恩公和同僚还远隔两地，就更难相见了。辽阔的空间，尚有飞鸟之路可通，而江汉之间就没有可通的津梁了。江汉在这里也是用来比喻和荆州故地相距之遥远。最后四句“常恐鹰隼击，时菊委严霜。寄言罻罗者，寥廓已高翔”，沉痛地倾诉了内心的恐惧和难以挥去的忧伤。他经常想的是，怕那凶恶的鹰隼的袭击，也怕那葳蕤的菊花被严霜摧折。最后他略带调侃地对那些虎视眈眈高张罗网企图把他一网打尽的人说了声再见，你们处心积虑要捕获的鸟儿已经高翔在辽阔的蓝天了。可怜的诗人，躲了初一躲不了十五，你如此谨慎小心，却依然没有逃出年纪轻轻就不幸死亡的命运。

我们没有选以山水诗闻名的谢朓的山水诗，而选择这首痛切抒情的诗，是为了较深入地展现这位死于非命的天才诗人的内心世界。况且，他的山水诗虽有警句，但整篇的质量不太高，提及他的一些描绘景色的警句就可以大致领略他的创作风采了。

鲍照（一首）

拟行路难·其六

对案不能食，拔剑击柱长叹息。
丈夫生世会几时？安能蹀躞垂羽翼！
弃置罢官去，还家自休息。
朝出与亲辞，暮还在亲侧。
弄儿床前戏，看妇机中织。
自古圣贤尽贫贱，何况我辈孤且直。

鲍照（约415—470）是南北朝刘宋朝文学家，一位出身寒微、孤高自尊、才气卓拔、慷慨不羁的斗士型诗人和散文作家。《行路难》本是乐府中的篇目名，鲍照的《拟行路难》十八首在这专门抒发人生艰难坎坷慨叹的旧瓶里装入自己酿造的新酒，丰富而透彻、淋漓尽致地表达了一位不为浊世所容的俊才的愤懑和不平。历代诗人的这种高洁狷介的心性是有渊源和传承的，从屈原、陶渊明、嵇康、阮籍、鲍照、陈子昂、李白、柳宗元、李贺到苏轼、陆游、辛弃疾、关汉卿、龚自珍是一脉奔腾的清流，一缕磅礴的浩然正气。

鲍照生活的南北朝时期，动乱频繁，政治黑暗，民生凋敝，门阀制度盛行，寒微士子报国无门。鲍照在政治斗争的夹缝中寻求施展才能的机遇，命运总是随着那些争权夺利的王族、权贵、军阀的沉浮胜负而动荡不宁。他曾经见知于临川王刘义庆，刘义庆死后，依附临海王刘子顼，曾任参军，故后世称之为鲍参军。刘子顼参与争权夺势的叛乱，鲍照被乱军杀害。他的诗歌作品多抒发建功立业的壮志，怀才不遇报国无门的愤懑，理想破灭的悲哀，对沧桑巨变民不聊生的慨叹，对扼杀英才的门阀制度的批判尤为深刻尖锐。这首《拟行路难》之六更集中更激烈更动情地表达了这种心绪。

采取七言五言混用的杂言体一方面有助于自由奔放地抒发心志，另一方面也因句子长短错落形成节奏的变换，活跃了文势。笔墨不多，在结构上却颇具匠心，十二句诗很自然地分为四部分。前两句突兀而起，描绘了自己气

愤得“对案不能食，拔剑击柱长叹息”等激愤剧烈的动作，后两句抒发了“丈夫生世会几时，安能蹀躞垂羽翼”的反诘式慨叹，回答了自己如此激动愤怒的缘由。“蹀躞”为小步貌，形容谨小慎微亦步亦趋的奴才顺民的姿态，“垂羽翼”以垂下了翅膀比喻丧失了翱翔进取意志的庸人。以下六句轻松地描绘了辞官归家孝敬双亲，和儿女嬉戏，看妻子织布共享天伦之乐的快乐情景。最后两句以古来圣贤皆贫贱的君子固穷的原则来宽慰自己鼓舞自己，无悔自己的辞官，并以自己的孤高和耿直来强化自己辞官安度贫贱生活的选择。

然而残酷的现实是，出身寒微的知识分子辞官归隐，一没有殷实家产支持自己，二已经进入脱离体力劳动的官吏幕僚队伍的知识分子离开了官僚体制就丧失了最后的谋生手段，他的这份激愤的狠话看来也有些底气不足啊。辞官的直接后果就是妻子儿女啼哭饥号的日子，而绝不是一幅天伦之乐的图景。前人已经指出，这些描绘是鲍照的凭空想象。怀着对未来的巨大忧虑和茫然怅然的鲍照，是怀着怎样的忧愁强颜欢笑描绘这种想象中的天伦之乐，想来令人为之怆然泣下。悲惨的是，鲍照没有摆脱依附高官贵戚做小官做幕僚的命运，最后竟然死在做幕僚的异乡。

王勃（一首）

送杜少府之任蜀州

城阙辅三秦，风烟望五津。
与君离别意，同是宦游人。
海内存知己，天涯若比邻。
无为在歧路，儿女共沾巾。

王勃（650或649—676），字子安，是初唐文学家，绛州龙门人，高宗麟德年间应举及第，曾任虢州参军，少时即有才华，和杨炯、卢照邻、骆宾王并称“四杰”。他们都想改变当时浮华雕琢的诗风，写作风格清新流利，质朴无华。王勃长于五律，多怀人思乡之作。其散文杰作《滕王阁序》名重一时。后往交趾探父，渡海溺水，受惊而死，世人有“千古文章未尽才”之憾。

“城阙辅三秦，风烟望五津”，开篇两句，简洁地交代了朋友杜少府调任蜀州（今四川崇州）的起讫之地，举重若轻地以十个字指代了如此丰富的地域信息，足见高超的文字功力。“城阙”指长安，“三秦”指长安四周的关中地区，秦亡后，项羽曾将此地分封与秦的降将章邯、司马欣、董翳，各领有今陕西中部咸阳以西和甘肃东部地区、今咸阳以东地区、今陕西北部地区，合称“三秦”。“辅三秦”是辅以三秦之地的意思，概括地描述了长安及其周围的地理形势。“五津”指岷江上的五个渡口白华津、万里津、江首津、涉头津、江南津，这里用来泛指蜀州。遥望蜀州方向，只见风烟迷茫，表达对朋友旅程的遥远和艰难的关切。“与君离别意，同是宦游人”，王勃的笔墨从写景转向了抒情，我们为什么对这场别离如此动情？因为都是出外做官的人，对远离故乡亲人、遥迢羁旅都有深刻体会。宦游之人，客中别离，自然透露出一番凄恻，但只是文势稍感低沉而没有继续张扬这种感受，接着情绪就昂扬起来。

对友情的珍贵和奔波的命运有了深刻而痛切体会的王勃，心中突然闪过灵感的火花，笔下流泻出千古名句：“海内存知己，天涯若比邻”。气象宏阔，志趣高远，胸襟博大，情意深沉，精辟而质朴地表达了对知己情怀的无限珍重和看待离别的豁达气度。这两句诗成为千秋万代离别的亲友彼此安慰、鼓舞、勉励的精神武器。“无为在歧路，儿女共沾巾，”王勃鄙薄那种哭哭啼啼的儿女情长，劝人们在别离时不要像儿女一样伤感凄恻。这是对朋友的叮咛，也是自己乐观坚强心曲的吐露。

王勃、张九龄、王湾诗的乐观坚强开阔博大，预示了昂扬进取的盛唐气象的发展方向。

王绩（一首）

野望

东皋薄暮望，徙倚欲何依。
树树皆秋色，山山唯落晖。
牧人驱犊返，猎马带禽归。
相顾无相识，长歌怀采薇。

王绩（约589—644），唐初诗人，字无功，山西绛州人。隋末曾举孝廉，除秘书省正字，复授扬州六和丞，时天下大乱，弃官还乡。唐武德初年，诏前朝官员待诏门下省。贞观初，以疾罢归河渚间，自号东皋子。嗜酒善咏，诗风近而不浅，质而不俗，真率疏放，有旷怀高致，直追魏晋诗风。这么看，王绩是一个萧散淡泊的诗人，不慕荣华，亲近自然，厌倦官场，我行我素。在诗歌创作上，追随魏晋南北朝的诗风，首肯沈约等对诗歌音韵的研究，对滥觞于六朝，初成于隋唐的律体诗甚有兴趣，积极探索尝试，是早于唐初积极倡导律诗的宋之问、沈佺期的开拓者。

《野望》是一首严格遵循律体诗歌格律的五律。这首诗格律精严、意境淡远、词语朴素、景色鲜明，在近体诗发展过程中具有重要意义。首联"东皋薄暮望，徙倚欲何依"是概述自己在所居的东皋薄暮远望时的感受，就是犹豫徘徊无所归依的惆怅。颔联颈联四句是自然景色和农事活动的景象，"树树皆秋色，山山唯落晖"，是传诵久远的名句，对仗贴切、工谨，不但写了树木秋天开始凋零的景象，而且写了山岭上一片落日余晖的光景。"牧人驱犊返，猎马带禽归"更是营造出农家的放牧和狩猎的乐趣与境界，"驱犊"，驱赶牛羊。"带禽"，携带禽鸟之类的猎物。两个词都带有动作特色，诗人抓住两个细小而有代表性的情节——放牧归来和狩猎丰收，就使这首诗活跃跳荡起来。这位淡泊宁静的诗人，上承陶令旨趣，下启王维灵智，发扬光大了农乐诗的传统。

"相顾无相识，长歌怀采薇"，结尾特别重要，透露了自己的惆怅、孤独、

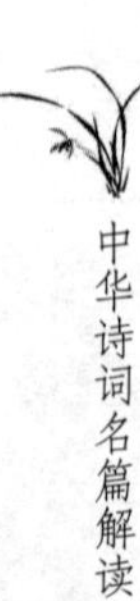

失落和无助，是一种卒章显志的写作方法。他说，所有相见的人都不是相识之人，我好孤独好寂寞啊，只能高声咏唱《采薇》篇，纾解自己心中的困惑。武王灭殷商建立周朝之后，原来殷商的两位臣子伯夷和叔齐不能接受这个巨变，坚持殷商的传统，甚至耻食周粟，就是以吃周王朝的粟米为耻，于是二人结伴去山里采食一种叫作薇的野菜果腹。只吃野菜不能长期维持生命，二人终于饿死在首阳山上。后世一般不再追究伯夷、叔齐二人食古不化、顽固守旧的过失，仅仅从气节方面着眼，给采薇而不食周粟的两个人以很高评价。王绩此际用歌声表达了对伯夷、叔齐的怀念，也就是表达了失落孤独的心绪。

张若虚（一首）

春江花月夜

春江潮水连海平，海上明月共潮生。
滟滟随波千万里，何处春江无月明！
江流宛转绕芳甸，月照花林皆似霰。
空里流霜不觉飞，汀上白沙看不见。
江天一色无纤尘，皎皎空中孤月轮。
江畔何人初见月？江月何年初照人？
人生代代无穷已，江月年年只相似。
不知江月待何人，但见长江送流水。
白云一片去悠悠，青枫浦上不胜愁。
谁家今夜扁舟子？何处相思明月楼？
可怜楼上月徘徊，应照离人妆镜台。
玉户帘中卷不去，捣衣砧上拂还来。
此时相望不相闻，愿逐月华流照君。
鸿雁长飞光不度，鱼龙潜跃水成文。
昨夜闲潭梦落花，可怜春半不还家。
江水流春去欲尽，江潭落月复西斜。
斜月沉沉藏海雾，碣石潇湘无限路。
不知乘月几人归，落月摇情满江树。

这是一首特别出色的唐诗，被誉为孤篇压全唐之杰作。闻一多称之为“诗中之诗，顶峰上的顶峰”，宫体诗的“自赎”。其实，张若虚（生卒年不详）不是那种浮艳、奢靡、颓废的宫体诗诗人，这首诗和宫体诗毫无关系，而是一首乐府诗。所以谈不到“自赎”，说是振衰起溺，对宫体诗的拯救还差可近之。

张若虚是一个睿智有趣、感悟能力超群、感情充沛激荡的性情中人，做过兖州兵曹之类的小官，不算官场得意，倒是以诗文著称。可能整日浸润在诗歌、吟唱、文学和美景的滋养之中，以文采风流和张旭、贺知章、包融一起被称为“吴中四士”。生在江畔扬州的张若虚，对于养育、滋润了他的生命和心灵的长江情有独钟，无限珍爱。那滔滔不息的清流，那朗照乾坤的月华，那葳蕤清新的春天，那万紫千红的花木，那万籁俱寂的夜晚，都让他神往迷醉，流连忘返。有一天他突发奇想，如果把自己最动情的春天、长江、花木、月华、静夜这五种形象或意象会聚在一起咏唱，将是一种何等难以方物的美丽销魂的景色？可以想象，这个卓拔不凡的命题在他胸中已经酝酿了许久许久，他也曾或独自或结伴在春花烂漫的月夜徜徉江畔，寻觅灵感和情思奔涌的瞬间。

在那个五种意象聚会的夜晚，张若虚来到扬州城南的江边，找到了汹涌的情感的突破口。在五种意象之中，月是张若虚与之交流的第一主角，江是第二主角，春天是季节背景，花木是陪衬，夜色是时间定位。以江畔春色入手，写了那难言的美丽，其中“江流宛转绕芳甸，月照花林皆似霰。空里流霜不觉飞，汀上白沙看不见”几句是张若虚的独特体验和原创性描绘。他的观察好细微好真切，月华朗照下的花林犹如空中有细小的雪霰微粒在流动，人们一直以为地上的清霜是流荡飞动在空中的，才有“空里流霜不觉飞”的感觉，太明亮了，太迷人了，以致那汀上的白沙竟然看不见了。

美丽有单纯和繁复两种，这首诗将五种意象集中在一起，尽情挥洒，纵笔抒发，是典型的繁复之美，然而又有主次虚实之分，从繁复中提炼出单纯。从“江天一色无纤尘”到“但见长江送流水”的八句，写人生哲理感悟，人与自然的关联、互动、交流和回顾。此际，朗照千秋的月和万古东流的江联袂登场，都作为有生命的客体倾听了张若虚的追问，做出了无声的但是有情的呼应，把宇宙博大永恒、人乃渺小的匆匆过客的体悟发挥到极致，谱写出一支天人合一的心灵之歌，是这首诗的骨架和最有神采的部分。

然而，写到这里还觉稍嫌空洞，只有将这份独特的心灵体验和对自然生命的感悟落实在一场人间的男女恋情上才觉圆满。于是，笔锋轻轻一转，那朗照过他的月光又照射到思妇独居的明月楼，诗人的情思飞到了距扬州几百里的青枫浦上，水到渠成地描绘了一段凄美的爱情故事。其实，并无多少新意，仍然是思妇对游子的刻骨铭心的思念和无奈亦复无效的呼唤，只是张若虚以无人能及的文笔，回环流畅的韵律，寓情于景的抒情方式，把这段爱情呼唤演绎得更加活色生香罢了。张若虚也是一位怜香惜玉、理解女性的男人，抒发了一片对天下远离亲人的女性的蕴藉情怀，这些不幸的女性质朴而高贵，她们的情怀和浮艳颓靡的宫体诗不可同日而语。张若虚在这里是认真地拯救宫体诗，一扫宫体诗的浮艳、颓靡和色情，而写得纯净、高雅和朴素。特别有趣的是，这位思妇的感情是通过月光的变幻表达出来的："可怜楼上月徘徊，应照离人妆镜台。玉户帘中卷不去，捣衣砧上拂还来"。这给了张若虚无限抚慰和启迪的月光，又以似乎通人性的缱绻缠绵和这位备受相思折磨的女性周旋起来，它是抚慰和排解，还是以明亮的挑逗加剧了思妇的痛苦，就不得而知了。

最后的诗句依然落笔在江和月之上，照应了开篇，深化了对江月内涵的发掘和抒情力度，使这明媚春天江畔繁花朗月静夜的美好时分，永远定格在这些环珮叮咚、音律和谐流畅到极致的诗句中。音乐家以古曲《浔阳箫鼓》为基础谱写出的名为《春江花月夜》的乐曲委婉缠绵，为这首不朽的诗篇插上了音乐的翅膀，使之更具有形象性和旋律性。

刘希夷（一首）

代悲白头翁

洛阳城东桃李花，飞来飞去落谁家？
洛阳女儿好颜色，行逢落花长叹息。
今年花落颜色改，明年花开复谁在？
已见松柏摧为薪，更闻桑田变成海。
古人无复洛城东，今人还对落花风。
年年岁岁花相似，岁岁年年人不同。
寄言全盛红颜子，应怜半死白头翁。
此翁白头真可怜，伊昔红颜美少年。
公子王孙芳树下，清歌妙舞落花前。
光禄池台文锦绣，将军楼阁画神仙。
一朝卧病无相识，三春行乐在谁边？
宛转蛾眉能几时，须臾鹤发乱如丝。
但看古来歌舞地，唯有黄昏鸟雀悲。

这支音韵宛曲回环浏亮、风格清隽明丽的乐府诗，感动了唐代的知音，也具有了永恒的艺术生命。其实主题思想不过是岁月珍贵人生易老的慨叹，并无特殊的光彩，诗人着力的重点是对词语和音韵的刻意经营和精益求精的不懈追求。从结构上看，很明显地可以分为两部分。前半部分是一位洛阳女儿对红颜易逝、好花不常在的叹息和一缕珍惜岁月的急切感悟；后半部分则是对这首诗题目的细致阐发，对老年岁月的描绘和同情以及对红颜少年珍惜光阴同情老翁的谆谆劝喻。最后两句是说古来繁华歌舞场所都会沦落为荒凉废墟鸟雀悲鸣之地，进一步叹息人生无常一切都将归零，是对全诗的富有哲理性的总结。

刘希夷（约651—?）的歌唱吸收了或曰总结了前人的诗歌创作经验而熔

铸了自己的创作风格，比浮艳的南朝宫体诗健康明快，比枯瘦的魏晋诗歌更富情韵，比纯粹叙事抒情的南朝民歌更融入了浅近的哲理和剀切的议论，形成一种开阔昂扬的初唐诗风。虽然渗入了某种消沉的宿命观念，但并没有造成过分低抑的氛围。在这种风格的统御下，他致力于炼字炼意，提炼出警句格言般的佳句，如："年年岁岁花相似，岁岁年年人不同"，"今年花落颜色改，明年花开复谁在"，"古人无复洛城东，今人还对落花风"等。更重要的是对音韵节奏精益求精的营造。他追求声韵的往复回环、明亮流利，熟练而灵活地运用换韵技巧，创造出同韵同声调的效果，带来歌唱般的听觉感受，极大地增强了艺术感染力。叠字、颠倒字词等手法的大量使用，形成一种特别宛转流畅的音韵效果，也增强了语势语速，表达出充沛饱满的情绪。相传其舅舅——诗人宋之问特别喜爱他的"年年岁岁花相似，岁岁年年人不同"这两句，求他把初创的"版权"让给自己，遭到拒绝后，狠心的舅舅竟然用土囊把外甥压死。且莫论传说的真伪，刘希夷诗歌艺术的魅力可见一斑了。

字词浅近易懂，"光禄池台"指高官光禄大夫、光禄勋家的楼台殿阁，"将军"特指东汉外戚大将军梁冀，位高权重，极尽奢华，"宛转蛾眉"指美丽女性，"须臾"指极其短暂的瞬间，"鹤发"指毛发如同白鹤羽毛的老年人。

贺知章（二首）

回乡偶书

少小离家老大回，乡音无改鬓毛衰。
儿童相见不相识，笑问客从何处来。

年华在流浪中老去，归来的游子让故乡感到陌生。儿童一声颇有礼貌的笑问，引起天涯羁客几多心灵的悸动，有几分轻松诙谐的场面寄托着多么深沉的人生感慨，隐藏了多少悲辛交织的潜台词。是一出难诉心曲的悲剧折子戏，还是一出浸透了苍凉底色的喜剧小品？

贺知章（659—约744），越州永兴（今浙江杭州市萧山区）人，字季真，自号四明狂客。武后证圣年进士，官至秘书监，还乡为道士，善饮酒，性狂放，与李白友善。不知他这次回乡是否即成为道士的那次回乡？但从他的性格和大致经历看，引起偶书感慨的这次回乡不是一次衣锦还乡，也许是一次归真返璞、扑向故乡怀抱的回归之旅。

难得他把如此繁复曲折的感情经历写得如此流畅简洁，更难得他把寄寓了如此深沉的、五味杂陈的人生感悟写得如此萧散淡泊。诗中的潜台词无限丰富，把体会其中人生感悟的自由交给了读者。所以这首简洁的小诗引起千秋百代读者的深情追怀。

贺知章使用的是古代韵律。回、衰（cuī）、来几字今天属于不同韵部，今天读来，略显不协，但人们被诗中生动诙谐的情趣、深沉丰富的感悟所吸引，很少有人感觉到古今声韵的差异。

咏柳

碧玉妆成一树高，万条垂下绿丝绦。
不知细叶谁裁出，二月春风似剪刀。

这首描绘春天景色的绝句出色地运用了比喻技巧。先以“碧玉妆成”比喻绿满枝头的春柳的身姿，再以绿色丝绦比喻那袅袅婷婷的垂柳枝条，把柳树健硕葱翠的气派，迎风摇曳的袅娜，表现得淋漓尽致。

更为令人叫绝的是后两句：“不知细叶谁裁出，二月春风似剪刀。”有感于春天绿满天涯的勃勃生机，诗人惊叹造化的神力，询问是谁主宰天气的冷暖，花木的枯荣？他百思不得其解，这美丽划一又风情万种的细叶，莫非是一位万能的神人手执利剪裁制出来的吗？面对大自然千变万化的奇观，中国人想象出各司其职的神灵，什么风神雨神花木之神等等，希腊人也如此想象，以色列人则把各位神灵归拢为一个万能的神：上帝。

也许，这种极其成功的比喻和写作技巧无关，在惊叹春色如此丰富美丽的时分，贺知章心中猛然跳出了这个疑问，他就把这个疑问原封不动地写了出来。这就是天启。说柳树的枝叶像碧玉、像丝绦，这个比喻别人还可以使用，但是“二月春风似剪刀”的比喻别人是不能再用的了。贺知章的原创性太明显太强烈了。

陈子昂（一首）

登幽州台歌

前不见古人，后不见来者。

念天地之悠悠，独怆然而涕下！

陈子昂（约 661—702），唐代文学家。字伯玉，梓州射洪（今四川省射洪县）人。青少年时慷慨任侠。成年后始发愤攻读，关心国事。二十四岁时举进士，官麟台正字，直言敢谏，一度因“逆党”反对武则天的株连而下狱。两次从军，对边塞形势和当地人民生活有较深的认识。公元 698 年（圣历元年），因父年老解官回乡。父死居丧期间，权臣武三思指使恶人罗织罪名，加以迫害，使之冤死狱中。他是初唐诗文革新人物之一。其诗风骨峥嵘，寓意深远，气魄博大，苍劲有力。

武则天万岁通天元年（696），契丹兵攻陷营州。武则天委派武家子弟武攸宜率军征讨，陈子昂在武攸宜幕府担任参谋，随军出征。武攸宜为人轻率，少谋略。次年兵败，危机时刻，陈子昂请求遣万人做前驱以击敌，武不允。稍后，陈子昂又向武进言，不听，反把他降为军曹。诗人接连受到挫折，眼看报国宏愿成为泡影，人格也受到侮辱伤害，因此登上蓟北楼（即幽州台、黄金台，遗址在今北京市），慷慨悲吟，写下了《登幽州台歌》等诗篇。“古人”指那些能够礼贤下士、招纳英才的明君，“来者”指那些可能赏识自己、擢拔自己于不幸命运的后世的明君。诗人孤独地傲立于幽州台上，放眼山河，神驰今古。在这蓟北幽州台上，他或许想到了建黄金台奖掖人才的燕昭王，或许想到了北征乌桓临石观海的三国豪雄曹操，而他在武攸宜帐下，竟毫无用武之地，英雄已远而前途渺茫，那份旷世的孤独，痛苦的清醒，深沉的慨叹，刻骨的绝望自然就凝成了震撼千古的力作名句。

“念天地之悠悠，独怆然而涕下！”当登台远眺时，只见茫茫宇宙，无边无际，天长悠悠，无始无终，感到自己的孤单寂寞，力弱无奈，不禁悲从中来，怆然而涕了。因此以山河依旧、人物不同来抒发自己生不逢辰的哀叹。这里免不了有对艰难时世的感伤和对诗坛柔弱纤巧、阿谀奉承的恶浊风气的憎恶。这首骚体诗仅仅四句，意境却雄浑博大，视野宽阔无垠，就精神品格而言，上继屈原高洁刚健之辞赋的神髓，下启盛唐充满青春精神之歌唱，成为后世清醒的先知先觉者抒发愤懑和痛苦之思的借鉴。

张九龄（一首）

望月怀远

海上生明月，天涯共此时。
情人怨遥夜，竟夕起相思。
灭烛怜光满，披衣觉露滋。
不堪盈手赠，还寝梦佳期。

张九龄（678—740），唐代著名政治家和诗人，韶州曲江人。武则天长安元年（702）中进士，官至中书侍郎同平章事，迁至中书令。他是唐玄宗朝有声誉的宰相之一，直言敢谏，曾预料到安禄山的反叛，主张早除祸患。后来受到李林甫的排挤，贬荆州长史。

他这首思念友人的名作，可能写于受贬谪之际，感情真挚，器宇博大。运用比兴手法对月抒怀，情致深婉，寄托遭谗受贬的迁谪命运之情思，慨叹良深。开端“海上生明月，天涯共此时”两句，因所思念之亲人相距遥远，故而思绪中掠过苍茫大海的形象，场面壮阔，意境雄浑，浩远大气，体现出诗人宽阔的襟怀。前句写景，辽阔无边的大海上升起一轮皎洁的明月；后句即景生情，远在天涯海角的友人，也共同经历着此时此刻，也瞻望着同一轮明月。前句写“望月”的动作，后句写“怀远”的心情，紧扣诗题，自然贴切，不露痕迹。“情人怨遥夜，竟夕起相思”，这个“情人”就是饱含深情的人，在这里就指诗人本人。可以判断，诗人所怀念者，不是异性，也不是亲属，而是志同道合、肝胆相照的朋友。处在政治漩涡中心的诗人，此刻最为忆念政治见解上的知音，迫切寻求理解和支援的渴望。怨遥夜，抱怨夜色太悠长，漫无尽头，突出了“情人”相思程度之深；“竟夕”，通宵都在思念，极言相思之急切深沉。

“灭烛怜光满，披衣觉露滋”，无眠之夜，熄灭蜡烛，满室都是明亮的清晖，一个“怜”字，写出了对月光的喜爱，披衣而起，到庭院中踱步徘徊，又觉得夜露打湿了衣裳。这些彻夜思念朋友的细节，尽情抒发了这孤独的人寻求理解和支持的急迫心愿。“不堪盈手赠，还寝梦佳期”，月光虽美，可无法捧在手中送给远方的友人，还不如回屋睡觉，在梦里与亲人团聚。到了这里，你会觉得如果把佳期当作与想念的异性共度良宵理解，是多么南辕北辙！

王之涣（二首）

凉州词

黄河远上白云间，一片孤城万仞山。

羌笛何须怨杨柳，春风不度玉门关。

王之涣（688—742），盛唐著名边塞诗人，山西并州人，自幼聪慧，稍长诗文出类拔萃，豪侠仗义，与一时诗歌俊彦王昌龄、高适等往还唱和。曾任冀州衡水县主簿，因宵小陷害去职，回归民间十五年之久。衡水县令李涤赏识其才能，将年方十八岁的三女儿嫁于已经三十五岁且结过婚有子女的王之涣为妻。婚后夫妻恩爱，甘于贫贱生活。

王之涣的边塞诗器宇不凡，炼字炼意，每臻佳境，苍凉深沉而飞扬奇崛。这《凉州词》一题并非和凉州有什么瓜葛，而是因为这种歌词形式深受大众和文人喜爱，被模仿被重复，成了一种固定模式，如同后来的词牌，多用来描绘边塞生活。前两句是写景，后两句是抒情，面对滔滔奔流、源头悠远的黄河，感受到它自落差极大的山间奔流直下的气势，所以追溯起来有远上白云深处的感觉。面对这座孤悬于高峻的丛山中的山城，可以想象它不是普通百姓所居，应该是戍守边疆的将士的战斗岗位。这样的描绘，除了壮阔苍凉雄奇悠远，还可以想象居住其间的艰苦、单调、危险，暗含了同情、敬佩、怜惜的感情因素。此际听见了羌笛奏出的《折杨柳》古曲，那凄凉的旋律似乎在埋怨此地的春迟，杨柳尚未抽芽，诗人告诉那吹笛的人，不必抱怨杨柳，原来春风不度玉门关呀。抒情隐藏在这句看似不动感情的话中，显得委婉曲折而深沉含蓄。那么，诗人描绘和抒情的立足点在哪里？第一，它应该在黄河沿岸；第二，它应该是一座边塞孤城；第三，它应该在春风不度的玉门关以北。黄河和玉门关相距千里之遥，满足这三个条件的地方是没有的。可以将黄河之滨当作最必须的条件，否则诗中最奇崛美丽的第一句就难以存在。第二个条件最容易满足，随处可以找到这样的孤城。只有牺牲第三个条件，默许这座孤城不在玉门关以北。“春风不度玉门关”是夸张，极言边地春迟，孤城即使不在玉门关外，也会是枯寂春迟的。全诗的格调是写景雄奇壮阔，抒情含蓄深永，写景和抒情交融。

这首诗在信息流通不畅的唐代，流传还是极广的。薛用弱的《集异记》就记述了和《凉州词》有关的一桩诗人作品竞赛的有趣故事。一日，小雪，王之涣、王昌龄、高适三人于旗亭聚会小饮。适有梨园伶官十数男女登亭聚饮，王之涣说，吾侪皆具诗名，天下传唱，不曾分高下，今日可视伶人吟唱曲目之多寡以定高低。二人皆然之，三人拥火炉静观。女伶中适有四人容貌妍秀，衣饰华美。其一开口唱曰“寒雨连江夜入吴，平明送客楚山孤……”为王昌龄诗，王昌龄在自己名下记下绝句一首。第二位唱道“见君前日书，夜台何寂寞……”为高适诗，王昌龄在高适名下记绝句一首，第三位伶人开口便是“奉帚平明金殿开，暂将团扇共徘徊……”又是王昌龄的诗。王之涣有点挂不住劲了，着急地说：“这些都是潦倒乐官，所唱都是下里巴人之俚曲，阳春白雪岂是这般俗物所能近哉!”指着女伶中最美丽的一位说：“这位伶官若不唱我诗，终生不再和二位争高下，若唱我诗，二位即拜倒床下，拜我为师。”三人大笑而等待之。丽人轻启朱唇，果然是“黄河远上白云间，一片孤城万仞山……”三人大笑尽欢。诸伶人不明就里，王昌龄为之解释，伶人们诚恳地说：“俗眼不识神仙，请俯就宴席。”三人兴高采烈地和伶人畅饮，大醉竟日。

登鹳雀楼

白日依山尽，黄河入海流。
欲穷千里目，更上一层楼。

鹳雀楼在今山西永济市西南，高三层，传说为鹳雀栖息之处。以建筑之雄伟，地势之轩朗，深受文人墨客和百姓喜爱，为旅游胜地。这是王之涣最出色的一首五绝，具有和李白的《静夜思》一般的普及度。诗人的目光是先西望夕阳沉落的群山，后跟随波浪滔滔的黄河入海方向驰骋。诗人以最简练的文字概括了夕阳沉落和大河奔流入海这两种自然现象，展现了极其宏阔的景象。这是诗人登至二层时所见，又舒展而自然地表达了更上层楼、登高望远的心愿，将高瞻远瞩的哲理蕴含其中。一般来说，诗忌说理，但王之涣不是在说理，而是表达一种心愿，抒发感情，其哲理是在描绘景色、抒发感情的过程中透露出来的。在二十个字的局限中，将写景、抒情、说理融会在一起，将登高望远时疏朗开阔的境界表现得鲜活有趣，足见其才华之卓绝、功力之纯熟。

看似如此流畅的文字却又显示出格律的精严，特别是对仗的熟练运用。全诗四句两联皆为对仗句，首两句“白日”“黄河”、“依山”“入海”的对仗工谨自不待言，三四句“欲穷千里目”是要穷尽望尽千里的目力，“更上一层楼”是即将采取登楼的动作，都是动词加由数量词构成的补语结构，对仗自然工谨，真是漂亮极了！

孟浩然（五首）

望洞庭湖赠张丞相

八月湖水平，涵虚混太清。
气蒸云梦泽，波撼岳阳城。
欲济无舟楫，端居耻圣明。
坐观垂钓者，徒有羡鱼情。

孟浩然（689—740），是盛唐前期的山水诗人，湖北襄阳人。早年隐居鹿门山，四十岁游长安，考进士不第。后山南采访使韩朝宗欲引荐孟浩然给朝廷，约他同至京师，孟浩然因和朋友饮酒负约，错失了这难得的机遇，遂终生不仕。但孟浩然并不后悔，就隐居鹿门山。孟浩然是一个相貌清奇、风姿俊雅、淡泊萧散且急公好义、为人排忧解难、广受尊敬之人，《孟浩然集序》有文为证："骨貌淑清，风神俊朗，救患释纷，以立义表；灌蔬艺竹，以全高尚。"开元二十八年（740）因疽病死在襄阳。性落拓淡泊，嗜酒，酷爱山水林木，钟情自然生命。其诗清幽淡远，洗削凡俗，凝聚甘洌，多超妙之趣。李白曾有《赠孟浩然》为他画出了一幅惟妙惟肖的画像，描绘出了他的高贵质朴的灵魂："吾爱孟夫子，风流天下闻。红颜弃轩冕，白首卧松云。醉月频中圣，迷花不事君。高山安可仰，徒此揖清芬。"他说，我爱风流的孟浩然夫子，他的风流倜傥天下闻名。年轻时就弃绝了仕进之路，到了白首之年依然高卧青松白云之间。他一醉累月，沉迷花木而不去事奉君王。他那高山一般让人景仰的品格我们怎能追随，只有写首诗仰视夫子清澈芬芳的德行罢了。对一位没有任何功名的布衣诗人，称之为夫子，而且给予如此崇高的评价，足见孟浩然其人其诗受天下人尊重的程度，也体现出李白不以功名为意的奔放个性和超拔见识。

这首《望洞庭湖赠张丞相》是一首意境高远、词语精致的山水写景诗，又是一首抒发积极用世心愿，请求丞相张九龄给予援引的干谒诗。气象开阔，品格高贵，洞庭湖的景色和形象如同遒劲的刀笔一般铭刻在读者心上。"气蒸云梦泽，波撼岳阳城”一联和杜甫的“吴楚东南坼，乾坤日夜浮”一联同为咏洞庭的名联。此两联书于岳阳楼，后人自不敢复题。“八月湖水平，涵虚混太清”，写出了八月雨量丰沛，湖水盈满的景象，水天一色，涵融天地，湖水和天宇混为一体。“气蒸云梦泽，波撼岳阳城”是这首诗形象鲜明、器宇宏阔、动感强烈、意境独特的颔联。围绕洞庭湖的湖北东南部和湖南北部都属于古云梦泽地区，此际古云梦泽的低洼地区都处在水气的笼罩之中，显得雾气蒸腾。岳阳城据洞庭湖东北，湖面百里，常多西南风，夏秋水涨，涛声喧响如万鼓齐鸣，昼夜不息，冲啮城岸，常有倾颓。孟浩然“波撼岳阳城”一句，极其生动、高度概括地写出了这种奇特的波浪和湖岸互动，如同波涛摇撼岳阳城的独特景象，真神来之笔。

向高官恳请援引进入仕途，虽然出于尽瘁邦国的高尚目的，但总是尴尬难言的事。孟浩然机智聪明地从湖滨一个欲渡的旅行者的角度，不动声色地写出了自己的处境，自己的希望，自己对张丞相的请求。“欲济无舟楫，端居耻圣明”，先绕着弯写出了自己欲济而没有舟楫的困难，接着直接表达了出仕的心愿，说生逢盛世明主，自己还端居，就是隐居不仕，实在感到羞耻。明明是自己世俗之心不退，干谒高官，却说得如此理直气壮，如此恳切刻不容缓，捎带着歌颂了帝王的盛世。虽然孟浩然表达了这一层意思，我们的理解不能偏重于他仕途经济之心未退，而应偏重于他叙事论辩的高超技巧。

尾联二句，承续上文，清晰地表达了出仕的心愿。言外之意，希望张丞相给予援引，不要使这种愿望落空。《淮南子·说林训》中说“临河而羡鱼，不若归家织网”，不要让自己空有临河羡鱼之情，空自梦幻一场。

岁暮归南山

北阙休上书，南山归敝庐。
不才明主弃，多病故人疏。
白发催年老，青阳逼岁除。
永怀愁不寐，松月夜窗虚。

孟浩然的归隐是不得已的结局。他何尝不想紫衣肥马，出入禁掖，经国济世，建功立业，是四十岁那次科考失败，堵塞了仕进途径，也深深地伤了他的心。但他不是对官场彻底绝望，断了念想的真正隐者，一丝憾恨始终萦绕在心头。在一次岁暮回归他的南山隐居地时，这种心境又占满了心胸，驱使他写下了这份不平和忧思愁绪：“北阙休上书，南山归敝庐”，他终于痛下决心，不要再去北阙，就是朝廷那里上疏请求任用了，还是老老实实回归南山这座破旧的老家吧。接着他说出了此生最有分量的一句话：“不才明主弃，多病故人疏。”不是一时的冲动而是经过长久积淀在心中被压抑了许久的声音，即对自己的才干有信心，对科考失败心有不甘，但却正话反说，自己不才被明主抛弃。孟浩然年轻时曾写过这样的话：“执鞭慕夫子，捧檄怀毛公。感激遂弹冠，安能守固穷！”每当拿起教鞭就想起孔夫子，捧起官府征召的文书就会想起那位古文字大师毛公来，受到重用心存感激就会弹冠相庆。我这样的才能怎么可以甘心困守穷苦泥淖？有一个传说，孟浩然四十岁时科考失利那次，去和官位不低的诗人王维告别，恰逢君王驾到，孟浩然急忙藏到床下。王维不敢瞒报，就请孟浩然爬出来见驾。君王听说是诗人，就命孟浩然献诗，孟浩然献的正是这首《岁暮归南山》，君王读到“不才明主弃，多病故人疏”两句时，心中不悦，事后就说，让他继续归隐吧。也许并非实有其事，但惹得皇帝不高兴却是真的。

科考失败，被不公平对待，孟浩然心中可能对此耿耿于怀，这两句是明显的正话反说，不是个人不才而是考官不识才俊，这两句的重心是上句，“多病故人疏”是陪衬而不是重心。或许有因自己多病故人少来问讯的情况，但孟浩然这种萧散淡泊之人是不会太在乎的。“白发催年老，青阳逼岁除”是两句对华年老去，白发丛生，又逢岁暮的慨叹。以“永怀愁不寐，松月夜窗虚”结尾，空怀着满腔愁绪，夜不能寐，只好无聊地看着窗户里透过来的月光、松影，看来愁绪是相当浓重而难以排遣的。

我们注意到，孟浩然只活了五十一岁，就以古代人对老中青年龄的划分，也不过刚刚迈入老年门槛就匆匆辞世，可是无论他自己还是朋友们都经常提到白发、白首话题，除了此处外，李白不是还有“白首卧松云”的词语吗？这孟浩然也够早衰早亡的，他留给人的印象也多是一位白发苍苍的年老隐士的形象。也许是隐居地缺医少药，一个疽病一般不一定死人的。呈给张丞相的干谒诗没有起多大作用，倒是得罪了君王成了拘束他命运的魔咒，这位具有非凡才能的诗人命运也足以令人唏嘘。

宿建德江

移舟泊烟渚，日暮客愁新。

野旷天低树，江清月近人。

孟浩然描绘的江上景色真是超尘入化、不食人间烟火般的纯净透明，的确有神品品格。孟浩然“山水寻吴越，风尘厌洛京”，对京洛风景和官宦生涯不感兴趣，钟情于东南游，建德江是新安江流经建德的一段。这首诗是他羁旅生涯的一次记录，一幅美丽图卷。他捕捉诗意，描状景物到了炉火纯青的境地，一缕奇绝清凄、淡远悠然的气息轻轻流溢在这首小诗的字里行间。“移舟泊烟渚，日暮客愁新”，交代了他乘坐的舟船在日暮时分停在一片笼罩着烟雾的沙洲旁，于羁旅的羁客增添了新的愁绪。这两句只不过是交代了时间、地点和舟船停泊之处，以及抒情主人公的心情，还没有开始真正的写景抒情。

“野旷天低树，江清月近人”。最后两句是景色描绘的重心，也是他感情昂扬奔放、才思焕发、灵感涌动的时刻。他捕捉到了最美丽、最清新迷人的感悟和感觉，与之相应的文思就泉涌出来。因为原野空旷疏朗，天宇显得压低了，和树木连在了一起；江水分外清澈，月亮也以更近更低的姿态悬在头顶。全诗只有二十个字，没有一个累赘的虚字，没有一处不流溢着淡远诗意和恬静清虚的感觉。

过故人庄

故人具鸡黍，邀我至田家。
绿树村边合，青山郭外斜。
开轩面场圃，把酒话桑麻。
待到重阳日，还来就菊花。

一片醇厚的农家感情，一幅葱郁的山林景致，一出鲜活的乡野小戏，一缕温馨的再会期待，就如此从容、如此洒脱、如此顺畅、如此简洁地流泻在孟夫子笔下，是真才具，真性情，真襟抱，真君子情怀。读这样的文字，觉得如同一杯佳酿浑酒下肚，甘甜爽润，直抵心田，了无沉滞。

全诗极有章法，极有层次。首联总述这次聚会的过程，起因可能是老朋友家杀了一只鸡，焖了一锅黍米饭，就邀请朋友来享用，这份深情，这份简朴，这份纯粹，本身就具有特别的美感。颔联简洁而极概括地描绘了这个村庄的景色，葱郁林木环抱，青山在村落外逶迤，真世外桃源也！颈联则是对老友聚会的场所的交代，和老友聚会时畅谈的主要内容，老友宴客的厅堂轩敞地面对着丰收的场圃，把酒时分谈的都是桑麻禾稼。这里有功名利禄怀才不遇的烦恼吗？有一点点水土流失生态破坏的忧虑吗？有村干部贪赃枉法和恶毒商人掺杂使假的激愤吗？有一点点想要脱离农村去京城钻营的打算吗？

尾联主人殷切邀请老朋友再次来赴重阳节的聚会，纵情欣赏美丽的九月秋菊。这邀请多么真诚，多么具有诱惑力，也给了这首诗一个安安稳稳的结尾。孟浩然的迷人之处在于他那风流洒脱的天性，他那不露形迹的出色才华，他驱遣文字笔墨的惊人功夫。

春晓

春眠不觉晓，处处闻啼鸟。
夜来风雨声，花落知多少。

《春晓》以最朴素的白描，罗列出最普通的春天感受，春眠、鸟啼、风雨、花落，就营造出最典型的暮春气氛，在描绘春天的诗歌中拔得头筹，成为人们记忆中歌颂春天的最美丽也最质朴的诗篇。经历了漫长的冬季，人们对春天的感悟特别灵敏特别鲜活。春天的美丽有花木复苏、百鸟争鸣、和风骀荡、春雨绵绵等等视觉、听觉侧面，孟浩然选取了百鸟和鸣的听觉感受并加以突出表现。在春困中迟迟醒来的诗人，抓住了那个处处听见满耳鸟鸣的瞬间，一下子把喧闹的生机勃发的春天展现在人们面前，把他的喜悦之情表达得不着一字，尽得风流。接着他想起从昨夜就来临的春风春雨，这一夜风雨给葳蕤花木带来了怎样的摧残，要吹落多少花朵？惋惜之意，惜春之情溢于言表。这风雨不是狂风暴雨而是轻柔和婉的轻风细雨，对那些刚刚绽放的、生命力正强的花朵不会造成太大的威胁，而过了开放盛期的暮春花朵就只能听天由命了。

全诗由最初的听觉感受到回忆昨夜风雨的听觉，再到对吹落多少花朵的联想，依次展开，既有韵致，又有曲折，如同一缕汩汩清泉，自然流泻，自然而然地送到你耳边。这不是全凭功力学识能够达到的境界，是机遇，是灵感，“文章本天成，妙手偶得之”。

中国仄韵五绝不多，这一首和柳宗元的《江雪》是成功的案例，仄韵运用得极其自然顺畅。人们也许没有发现，这首诗竟然有失粘的毛病，可见诗的意境美丽是最主要的成功因素，人们在神往它的艺术魅力的时候，会忘记那些格律的规范。

王昌龄（四首）

出塞

秦时明月汉时关，万里长征人未还。
但使龙城飞将在，不教胡马度阴山。

王昌龄（698—756），山西太原人，年近不惑始中进士，官至秘书省校书郎，又考博学鸿辞科授江宁尉，为盛唐著名边塞诗人，曾被誉为“七绝圣手”、“诗家天子”。这首《出塞》，气魄宏大，题旨高远，氛围苍凉，意境幽深，在时空交错中，概括了和北方匈奴等侵略者搏斗的悲壮历史，也充满了对戍守边关的将士的崇敬和怜惜之情，渴望良将出现，早日消弭战乱，让万里长征的英雄们回归故乡。文字极凝练，蕴含极丰富，被后世评为唐诗七绝压卷之作。

“秦时明月汉时关，万里长征人未还”，首句是秦时的明月边关汉时的明月边关之意，是“互文见义”的修辞技巧，具有宏大的空间感和幽深的历史感，把从秦代蒙恬北御匈奴、汉代李广守卫边关、卫青霍去病横扫西北敌寇的历史一一展现在眼前。次句指戍守边关、征战穷荒的事至今没有终结，万里长征既指当时服役的将士，也包括以往的戍边英雄。回顾历史，既有胜利的喜悦、开边的豪迈、军容的赞叹、对将士的崇敬，也有对战争的残酷、戍守的艰危、边关的苍凉、惨痛的牺牲、百姓的涂炭、思妇的哀怨的叹息，凡此种种，都在敲击着读者的心灵。盛唐时期，国力强盛，无论抵御侵略还是开边黩武，都是胜多败少，充满了胜利的豪情，豪迈的气韵。这首诗中前一层意思是主流，暂时压倒了后一层意思。但具有悲天悯人情怀的诗人也隐约流露出这种情愫。

“但使龙城飞将在，不教胡马度阴山”，在赞叹戍守卢龙的老英雄飞将军李广的胜利传奇之余，言外之意，没有良将怎么戍守御敌？对当代缺乏飞将军李广那样的良将的状况极为担忧。军人的职责当然是确保国泰民安，岂能让胡人的战马度过北方的天然屏障阴山，让祖国河山受到敌兵的践踏？诗人气冲霄汉的爱国豪情和悲天悯人的非战情结很好地统御在一首只有二十八字的诗中。

从军行

青海长云暗雪山，孤城遥望玉门关，
黄沙百战穿金甲，不破楼兰终不还。

有边塞生活经验的王昌龄这回是近距离的描绘军旅生活，更细致、更具体、更鲜活、更充满了现实感临场感。唐高宗调露永隆年间（679—681），吐蕃、突厥进犯甘肃地区，高宗命礼部尚书裴行俭率大军前往征讨。王昌龄一连写了七首乐府诗《从军行》歌颂这一卫国御敌的壮举，这是其中第四首，描绘了将士们以青海湖为立足点沿祁连山远眺玉门关的感受。“青海长云暗雪山，孤城遥望玉门关”，青海指青海湖，雪山指西北东南方向绵亘在河西走廊西南的祁连山。长云指弥漫天空的阴云，连天阴云暗淡了祁连山的姿影，就在这里眺望那座孤城玉门关。“孤城遥望”即“遥望孤城”的倒文。祁连山是高峻入云的雪山，青海湖和玉门关的距离也在千里之外，眺望是绝对看不见的。玉门关是阻挡北方的突厥和来自西南的吐蕃联系的节点，是整个反侵略战役的成败关键所在，有玉门关在，将士们心中就有了一份信心和力量，遥望之意指心灵深处的寄托和依靠。

“黄沙百战穿金甲，不破楼兰终不还”。王昌龄以一个感人的细节描绘了戍边将士的极端艰苦的战斗生活。在黄沙弥漫的大西北苦战，摸爬滚打，黄沙磨透了铁制的盔甲，一句话就说透了战场生活的艰危和困苦。此际将士们的磨难痛苦是不言而喻的，但是，有前两句那种悲壮宏阔的描绘，将士们心中困苦的叹息和思家的痛苦都让位给了战士的荣誉、卫国的豪情、必胜的信念，自然而真诚地发出了豪迈而响亮的呼喊。这是男子汉掷地有声的铮铮誓言，要以血肉之躯和勇敢、毅力来兑现！楼兰是西域诸国之一，大致在罗布泊一带，用以指代所有侵犯大唐疆域的敌寇。

闺怨

闺中少妇不知愁，春日凝妆上翠楼。

忽见陌头杨柳色，悔教夫婿觅封侯。

王昌龄全面而锐利地展示了边塞战争犹如钱币正反两方面的效应。将士的爱国激情、责任感、豪迈气势、坚强决心、对自己使命的理解和坚守，是主流，是盛唐精神的辉煌体现。而将士们远离故乡和亲人的那份折磨和苦恼，将士亲人的思念、渴望、担忧、痛苦，将士妻子们的青春在孤独寂寞中流逝，是更真实也更具人性化的另一面，但毕竟是支流。这首诗即是站在思妇的角度对边塞战争另一面的巧妙而犀利的表现。

他写了一位戍边将士的妻子“闺中少妇”，正当“不知愁”的青春年华，春日盛装打扮，登上被树木枝叶围绕的翠楼，看见道边杨柳的葱绿颜色，勾起了春天正是欢乐季节而夫婿不在身边的遗憾，也许还想起了当年折柳送别的情景，忽然感受到空前的悔恨，为什么让夫婿去边关戍守以争取立功封侯？要那些虚名和荣华富贵做什么？年轻夫妻长相厮守，共享美好幸福的青春，不是更有意义和价值吗？

如果把这首诗看作反战诗篇也偏颇了，只有全面地检视王昌龄的全部作品和基本倾向，才能更公允更全面地评判他的作品。也许只有这种立体式的反映，才是更真实的大唐边塞诗。

芙蓉楼送辛渐

寒雨连江夜入吴，平明送客楚山孤。
洛阳亲友如相问，一片冰心在玉壶。

这是王昌龄任江宁丞时送别好友辛渐时的一首著名送别诗。他从江宁专程到镇江为好友送行，在镇江西北的芙蓉楼饯别。辛渐将取道大运河北上到洛阳去。他首先描绘了去镇江的一段路程，时在深秋的傍晚，故云寒雨，“连江”即满江都是连绵的雨幕。此际王昌龄的处境很让人担忧，他因为平常不拘小节，以致“谤怨沸腾，两窜穷荒”。现在好容易授予一个江宁丞的职位，也深恐小人们鸡蛋里挑骨头，所以心怀惕厉，这段东下里程，心情是抑郁低落的。他是乘夜晚的船去镇江的，镇江属于三国时的吴国，故云“夜入吴”。辛渐开船的时间是在清晨，故云“平明送客”，从运河北上要经过安徽省内的群山，而安徽属于当年的楚国，故云楚山，“孤”字略感离奇，不是音韵的需要，就是心情苍凉低落使然。交游广阔的王昌龄在洛阳有很多好友，辛渐肯定会遇到他的亲友，于是他嘱咐辛渐，洛阳亲友相问时，就说我的一片冰心都在玉壶上。这个“冰”字有双重含义，一是在如此凄冷的人间挣扎，磨炼既多，这颗心也就冷硬如冰了；二是这颗心百病不侵，依然纯净得冰清玉洁。玉壶本是文人们表达心迹纯洁的词语，一般也指酒壶、油壶、药壶等，王昌龄此处是一语双关，既指我的兴趣就在酒壶，也有我的心迹纯洁明净如同玉壶之意。

这是王昌龄纯洁人格、博大理想、宏阔器宇、不羁风范的鲜明表现。他多次因为“不护细行，屡见贬斥”，处境很不利。之后事情有了更坏的变化，这个环境险恶的人世，终于容不下一位天才诗人，一位狂飙突进的文人。他又一次被远窜穷荒从龙标回到亳州，被亳州刺史闾丘晓无端杀害，天才诗人王昌龄的一生就这样戛然而止。后来有一位张镐找碴杀死了闾丘晓，替王昌龄报了仇。

李颀（一首）

古从军行

白日登山望烽火，黄昏饮马傍交河。
行人刁斗风沙暗，公主琵琶幽怨多。
野营万里无城郭，雨雪纷纷连大漠。
胡雁哀鸣夜夜飞，胡儿眼泪双双落。
闻道玉门犹被遮，应将性命逐轻车。
年年战骨埋荒外，空见蒲桃入汉家。

李颀（690—751）是大唐边塞诗重镇，河南颍阳人，开元年间进士，曾任新乡尉，职位够低的了。史书上没有他的确切生年，只记载了他大约死于安史之乱前夕的753年，说他性疏简，厌薄俗务，慕神仙，服食丹砂，明轻举之道，结好尘喧之外。看来不是汲汲于功名利禄的入世良臣，而是一位迷信求仙问佛之道的世外君子，具有放达奔放、不受礼法约束的个性。他对唐玄宗好大喜功甚至穷兵黩武的政策颇为不满，借用《从军行》这个乐府题目表达了对当世的讽喻之意，加上一个“古”字，以避免那诽谤当今的指斥。对于边塞战争，他首先抒发的不是自豪自信的情怀，而是对戍边将士的苦难艰危的生活的深厚同情，他的吟咏悲多于壮，这首诗的主题不是赞颂边塞战争而是揭露穷兵黩武的弊端，具有强烈的反战思想。他没有看见盲目宠信异族军阀造成的安史之乱的浩劫，却如此痛切地警示了醉心于开边扩土连年用兵的隐患。

李颀没有一般边塞诗人投笔从戎在某位边帅帐下充任幕僚的经历，他从来没有去过边塞，那些豪放雄浑的边塞诗篇，不是来自他实实在在的边塞生活，而是来自他对前朝那些扩疆戍边的英勇前辈的崇敬和醉心，以及他对边塞历史的浓烈兴趣和广泛阅读。读者细心阅读，就会发现李颀笔下描绘边塞生活的词语，像烽火、交河、刁斗、琵琶幽怨、胡雁胡儿、玉门被遮，都不是亲临边塞现场“体验”出来的生活感受，而是将历史资料和词语重新安排，细心连缀，发挥想象空间，融入个人感情，进行的再度创造，再现了扩疆戍边的将士们鲜活生动的战斗场景。他描绘了他们的生存空间，诉说了他们的苦难和艰危，仅仅靠“纸上谈兵”成就了这首边塞诗杰作。这就是才能是诗的想象，这就是艺术创造力！

全诗十二句，很自然地分做三个部分。前四句，写了戍边将士一天的战斗生活，白日登上高山警惕地瞩望烽火台的动静，傍晚到交河岸边饮马。“行人”就是他们的代名词，军营里敲响警戒的刁斗，想起了那位远嫁乌孙老王的细君公主的幽怨和陪伴她的琵琶之声。第二个四句集中地、形象地、痛切地描绘了戍卒们特别艰苦的环境。没有城郭居室，雨雪纷纷中野营帐幕连着无边大漠。“胡雁哀鸣夜夜飞，胡儿眼泪双双落”两句，在雁南归这个自然景象烘托下，诉说了交战的另一方胡儿们的痛苦和哀怨。胡儿也是被驱赶到这荒凉的冰雪中卖命的不幸者，他们的眼泪也倾泻出满腔的辛酸。这是李颀从一个崭新的角度抒发反战思想的神来之笔，表现出一种温暖博大的情怀和锐利的思索。最后四句，用一个汉代故事倾诉了戍卒们纵有如此强烈的罢战回归故乡的心愿，但却毫无用处。当年汉武帝派李广利去西域征大宛，去贰师城索取宝马。因连年征战，将士伤残疲惫，李广利曾要求退兵，汉武帝大怒，下令堵遮玉门关曰：“军有敢入，斩之！”士兵们只好在西域前线坚持，拼了性命去追随“轻车”。古代军中有轻车都尉这一军职，此处“轻车”泛指戍边将帅。结尾一句，特别隽永含蓄，尖锐地质问道：连年征战，伤亡巨大，得到了什么？不过是将原产于西域的葡萄引入了汉家江山而已。言外之意，太得不偿失了！

王湾（一首）

次北固山下

客路青山外，行舟绿水前。
潮平两岸阔，风正一帆悬。
海日生残夜，江春入旧年。
乡书何处达，归雁洛阳边。

王湾（693—751），洛阳人，盛唐初期著名诗人，开元进士，曾任荥阳主簿、洛阳尉。他于公元712年中进士，次年（玄宗开元元年）出游吴地，由洛阳沿运河南下瓜洲，后乘舟南渡大江抵京口（今镇江），接着东去苏州。京口历史遗存蕴含丰富，容易引起慨叹，王湾此诗当写于此时。

“客路青山外，行舟绿水前”。旅途在远离故乡的青山之外，行舟在碧绿的江水中。以平和的心境、开阔的视野、轻松的心态，写出这平实朴素的开篇，给诗人绘景、抒情、言志留下了挥洒自如的空间。“潮平两岸阔，风正一帆悬”。积雪消融，春雨丰沛，江水涨潮，江面宽阔，呈现江面与江岸平齐的景象，船上人的视野也因之开阔。帆篷高悬，正顺着风势平稳前行。“悬”是端端直直地高挂着的样子。风既顺，又很猛，那帆就鼓成弧形了。只有既是顺风，又是和风，帆才能够“悬”。这个“正”字，兼包风“顺”与风“和”的意思。这一句写小景已相当传神，如王夫之所指出，这句诗的妙处，还在于它“以小景传大景之神”。可以设想，如果在曲曲折折的小河里行船，老要转弯子，这样的小景是难得出现的。如果在三峡行船，即使风顺而风和，却依然波翻浪涌，这样的小景也是难得出现的。如果写像此诗另外版本的“数帆”，这样单独细致描绘“一帆”的特写镜头就没有了。诗句妙在通过“风正一帆悬”这一小景，把平野开阔、大江直流、波平浪静等等的大景也表现出来了。

“海日生残夜，江春入旧年”。放眼东望，当残夜还未消退之时，一轮红日已从海上升起；当旧年尚未逝去，江上已呈露春意。日生残夜、春入旧年，

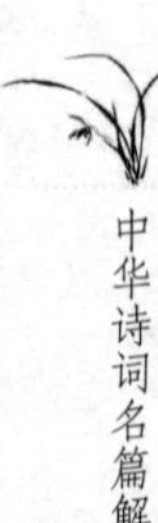

都表示时序的交替，而且是那样匆匆不可待，这怎不叫身在“客路”的诗人顿生思乡之情呢？在残夜的最后时分，海天一色的地平线上一轮红日冉冉升起，昭示着新的一年正在开始。这两句开阔雄壮，气魄博大，受当时宰相张说激赏，写成条幅高悬，以作为范式。

“乡书何处达，归雁洛阳边”。前面不说乡情，那急切、醇厚的思乡之情已经含在字里行间，此处明确指出“乡书”的目的地，就是家乡洛阳。是描绘景色、抒写感悟的归宿，是全诗水到渠成的结穴。

高适（二首）

燕歌行

开元二十六年，客有从御史大夫张公出塞而还者，作《燕歌行》以示适，感征戍之事，因而和焉。

汉家烟尘在东北，汉将辞家破残贼。
男儿本自重横行，天子非常赐颜色。
摐金伐鼓下榆关，旌旆逶迤碣石间。
校尉羽书飞瀚海，单于猎火照狼山。
山川萧条极边土，胡骑凭陵杂风雨。
战士军前半死生，美人帐下犹歌舞。
大漠穷秋塞草腓，孤城落日斗兵稀。
身当恩遇恒轻敌，力尽关山未解围。
铁衣远戍辛勤久，玉箸应啼别离后。
少妇城南欲断肠，征人蓟北空回首。
边庭飘飖那可度，绝域苍茫更何有！
杀气三时作阵云，寒声一夜传刁斗。
相看白刃血纷纷，死节从来岂顾勋。
君不见沙场征战苦，至今犹忆李将军。

这是唐诗边塞诗的代表人物高适（约 702—765）的代表作，也是大唐边塞诗的代表作，被行家称为边塞诗的“第一大篇”。高适对北方边防极其关心，对之进行过深入研究，特别对开元二十四年、二十六年两度攻击奚和契丹的失败有极其深刻的印象。北方守将营州都督、河北节度副大使张守珪派平卢将军安禄山出战进攻奚、契丹，安恃勇轻进而失败；幽州将赵堪、白真罗矫张守珪之命逼迫平卢节度使乌知义攻击奚、契丹亦失败。张守珪隐藏真相而妄奏克获之功，真相泄露后，备受非议。张本为戍边名将，但后来恃功骄纵，不惜士卒，具有正义感的高适对之颇为不屑。恰好有一位随从张守珪出塞而还的客人作《燕歌行》一首慨叹征戍之事给高适看，高情动于中，遂唱和，于是有了这首传世名作的问世。

“汉家烟尘在东北，汉将辞家破残贼。男儿本自重横行，天子非常赐颜色”。唐代诗人抒写当代题材往往戴上汉代故事的冠冕，也许是为避嫌，也许是为方便。东北边疆燃起了战火，大唐雄师出兵抗击。横行沙场，扫荡敌寇，“横行”二字，有轻敌冒进的色彩，虚报、夸大战果更使不明白实况的君王龙颜大悦，给予超出寻常的恩赏和亲近。“摐金伐鼓下榆关，旌旆逶迤碣石间。校尉羽书飞瀚海，单于猎火照狼山”。摐（chuáng），撞击，金鼓和鸣，军威盛壮，军旗飘扬，直指榆关碣石敌穴。又传来敌寇向西北狼山进犯的紧急情报，于是大军又转战西北战场。紧急军书飞驰于北方沙漠，敌酋以狩猎为名的演习篝火照耀着狼居胥山。“山川萧条极边土，胡骑凭陵杂风雨。战士军前半死生，美人帐下犹歌舞”。在穷山恶水的边疆绝域，胡人的铁骑凭借地势和骑兵优势在风雨中猖狂进犯，我军死战遭受重创，士兵伤亡过半！可是军官营帐里的美人还在那里歌舞！“大漠穷秋塞草衰，孤城落日斗兵稀。身当恩遇恒轻敌，力尽关山未解围”。大漠深秋草原已经枯黄，夕阳照耀着我军困守的孤城，在继续恶战前夕看不见多少可以战斗的兵马。蒙受天子恩遇的将帅轻敌妄进，被围困的孤城依然没有解围。这是一幅何等荒凉凄惨又危机四伏的景象！

满腔的悲愤，引起高适对戍边将士和他们家乡亲人的无限同情和痛惜，“铁衣远戍辛勤久，玉箸应啼别离后。少妇城南欲断肠，征人蓟北空回首”。玉箸，指玉石筷子，比喻成行的眼泪。铁衣，指士兵的铠甲。戍边的士兵已经离开这样久了，妻子的眼泪涌溢在别离的日子，长安城南少妇徒自伤心欲绝，困顿在蓟北战场的戍卒无奈地回望家乡！“边庭飘飖那可度，绝域苍茫更何有！杀气三时作阵云，寒声一夜传刁斗”。高适的目光又回到血腥惨烈的战场，妻子的思念尽管这样急切，但风雨飘摇的边庭如此遥远怎么可以到达呀？空荡荡的荒僻战地有什么呀？白天的沙场杀气腾腾，天昏地暗，夜晚的军营戒备森严，报警的刁斗频传，时刻笼罩在浓密的战云之中。“相看白刃血纷纷，死节从来岂顾勋。君不见沙场征战苦，至今犹忆李将军”。士兵们白刃格斗血流满地，为国舍生忘死从来顾不得建立勋业。沙场征战如此艰辛危险，牺牲惨重，戍卒们深知英明果断爱惜士卒的将帅的可贵，至今都在怀念那位飞将军李广啊！

这首《燕歌行》本为乐府曲调，宜于写征战之事，最早可溯源于魏王曹丕同名之作。高适对于戍守边疆开边扩土的歌唱糅进了两种感情和声调，一是对英雄们卫国壮志的敬佩和对大唐声威的自豪，抒发一份生逢盛世国势蒸蒸日上的骄傲；二是对戍边英雄艰难的军旅生活和对故乡和亲人的刻骨思念所承受的痛苦深有体会。这首气魄宏大器宇轩昂的边塞诗不是单纯地歌颂胜利、炫耀兵威，也不是一概地谴责战争、抒发哀怨，而是极其深刻广泛地展现了军旅生活的种种矛盾现实。安史之乱前夕的大唐，是封建时代社会生活和经济发展的顶峰，但潜在矛盾错综复杂，甚至达到千孔百窗的程度。高适以北方一次失败的边疆保卫战的全过程展现了这一题材，生动而准确地描绘了或曰反映了那个时代，是大手笔大制作，无愧于大唐边塞诗标志性大家的尊荣。

别董大

千里黄云白日曛，北风吹雁雪纷纷。
莫愁前路无知己，天下谁人不识君。

高适是和岑参齐名的边塞诗人，他抒发的那种豪迈而苍凉、慷慨而落寞的心绪，描绘的那种寥廓而孤寂的景色，深深烙印在我们心中。这首送别绝句在他的作品中也许不算最杰出，但那种充满希望和温情的叮咛却让人分外珍重。这首七绝的光彩完全在后两句。送别是古代社会生活中十分重要的一件事，也是抒发深情和伤感的重要场合。那时交通缓慢艰危，道路崎岖坎坷，不测横生，人们在种种灾难面前束手无策，信息交流极端困难，几乎只有驿站传书一途。这首诗的前两句不算出色，不过是强调送别时分的阴沉严峻的天气，日头惨淡无光，云彩因沙尘遮蔽而发黄黯淡。离别的地点应该是在西北边陲附近，因为是高适的边塞诗之一，时序应该是在深秋或初冬，因为既有归雁的身影又有降雪的凛冽，不会是严冬也不会是仲秋。而董庭兰应该不是回归繁华熟稔的中原，而是继续走向西域那遥远陌生的途程。

董庭兰是一位造诣很高的弦乐乐师，一位名满天下的乐坛明星，诗人崔珏称赞他："七条弦上五音寒，此艺知音自古难。惟有河南房次律，始终怜得董庭兰。"房次律可能是一位特别赏识董庭兰的官员，诗人高适也是董庭兰友谊上和艺术上的双重"知音"，心中充满了真挚情意也充满了坚强的信心，深信像董庭兰这样德艺双馨的艺术家不会被埋没被冷落，即使是前路惨淡凛冽的茫茫荒漠，也会有友谊的温情和知音的理解等待着你。

后两句既是全诗的主体也是结尾，突兀而嘹亮，坚定而温馨，抒发了真挚的友谊和坚定支持的充沛信心。这难得的诗句是久蕴于胸一朝得之的情绪爆发和飞扬奔腾的灵感突现。千百年来，温暖了鼓舞了无数失意书生的心灵和志气。

王维（十首）

山居秋暝

空山新雨后，天气晚来秋。
明月松间照，清泉石上流。
竹喧归浣女，莲动下渔舟。
随意春芳歇，王孙自可留。

王维（701—761），字摩诘，盛唐著名诗人，官至尚书右丞，山西祁县人。青少年时期即富于文学才华，开元二十一年进士。开元二十二年张九龄为中书令，擢王维为右拾遗。王维认同张九龄的反对结党营私出卖国家利益滥施爵赏的主张，曾写《献始兴公》诗予以赞赏，并表达了献身国家有所作为的宏愿。开元二十四年，张九龄被奸臣李林甫排挤陷害去职，贬荆州长史，王维感到极度沮丧。这是唐朝的政治由开明向黑暗转变的开始，也是王维的思想倾向由奋发向消沉转变的开始。虽然对官场感到厌倦和担心，但却又恋栈怀禄，不能决然离去，对李林甫既厌倦疏远又做出靠近的姿态，而李林甫实际上还是不信任他。王维在官场上圆熟周到，官职也还逐渐升迁，安史之乱前官至给事中。在既幻灭又留恋，既参与又不大专心的心境下，随俗浮沉，过着半官半隐的生活。他的佛教信仰日渐诚笃，先后在终南山和辋川两地闲居，以和友朋唱酬为乐。

天宝十五载（756）叛军陷长安，玄宗入蜀，王维为叛军俘获。王维服药佯为哑疾，但仍被送往洛阳，署以伪官。两京收复后，受伪职者分等论罪，王维因为所作怀念唐室的《凝碧池》诗为肃宗嘉许，且其弟王缙官位已高，请削官为兄赎罪，故仅降职为太子中允，后复累迁之给事中，终为尚书右丞。这次挫折之后，王维几乎了断了仕进念想，更向彻底归隐之途和宗教迷恋靠拢。

王维现存诗近四百首，其中既有表达少年壮志的篇什，也有不同时期倾诉心曲的吟唱，乃至赞颂开拓和守卫边塞的壮举，讽刺当朝权贵的豪横，反映贵贱不平的社会矛盾，歌颂历史人物的侠义行为，咏叹豪门贵族把持仕途、倾吐才士坎坷不遇的愤懑……但他最具特色、最为世人激赏的还是描绘山水田园等自然风景及歌颂隐居生活的诗篇。他既然已经把仕途经济、功名利禄都忘怀了，就将全部身心投入大自然的怀抱，感悟它，挚爱它，迷醉它。作为诗人兼画家的王维，具有超群的观察、体验、感悟和表现生活的禀赋，把握诗情画意的艺术技巧，采撷、提炼美的能力，虔诚的佛教信仰又给予他悠远缥缈的禅意。苏轼说："味摩诘之诗，诗中有画，观摩诘之画，画中有诗。"写一首诗，和山川草木风花雪月互动，捕捉那些飘逸空灵的形象和意象，心中闪现一幅画面，画一幅画，就立即吟咏出美丽的文字。他的诗生动鲜活细致，不仅描绘了安适的隐居环境和生活，还表现了田家风景的自然宁静和农民生活的质朴温馨，以及在山水田园背景下的亲情友情。王维这样的优秀诗篇太多了，选取十首左右，在本书中属于较高规格，但仍有挂一漏万的遗憾。

就以这首《山居秋暝》作为探索王维心灵奥秘、品读王维精美艺术的起始吧。明白如话，清新畅达，新雨和秋意如弥漫的轻纱，月光和泉水是流动的精灵，白石青松是硬朗的背景，能体悟到这番景致的清纯的人是幸运的。我说，那在竹林中说说笑笑结伴归来的浣女才是诗的主角，她们轻倩的姿影给了这太静谧的图画以生命和动感；拂动了莲叶轻轻划过的渔舟是浣女的同伴和陪衬。《楚辞章句》题为淮南小山作的《招隐士》中有这样的语句："王孙兮回来，山中不可以久留。"王维反其意而用之，说春天的芳华虽然已经消歇，但是秋色也美，王孙自可留在山中，不必匆匆归来。

送元二使安西

渭城朝雨浥轻尘，客舍青青柳色新。
劝君更尽一杯酒，西出阳关无故人。

这是王维送别友人赴边地从军的诗篇，元二其人不详。诗后因谱入乐府，遂改名为"渭城曲"。浥，湿润之意。客舍，旅社。阳关，丝绸之路上著名关隘，在敦煌西南，玉门关以南。友人离开渭城的早晨，新雨打湿了轻轻飘扬的尘土，空气中隐隐氤氲出雨打尘埃的味道，"柳色新"三字传达出春柳的鲜活葳蕤的神采，而不是秋天柳色苍浓略显枯黄的景象。着力营造一片清新温润的春色，是为了衬托友情的温暖，也是为了和"西出阳关"之后，春风不度、干旱风沙、杳无故人的沙漠戈壁的荒寂形成鲜明对照。置身中原地区边缘的渭城，瞻望西去的漫漫长途，想起你寂寞孤独的旅程，心中泛起浓郁而温暖的情怀想安慰你鼓励你劝勉你，于是这极其平常的劝酒词，陡然焕发出葱茏的诗意和厚重的温情。全诗最动人情怀的一句就是“西出阳关无故人”，哥们儿，在陌生的西域，无亲无故，一切都指望你自己了！

20世纪80年代曾经去敦煌访问，面临玉门关和阳关这两个著名地标二选其一的选择时，大家只知其名不见其景，只有比较王之涣和王维的这两首诗的感染力和诗意决定取舍。犹豫多时之后，觉得“西出阳关无故人”诉说的是西出阳关的寂寞和陌生，触动的是行者的心灵；而春风不度玉门关，诉说的是玉门关外枯寂和寒冷，触动的则是行者的生理感觉。最后大家选择了阳关。

竹里馆

独坐幽篁里，弹琴复长啸。
深林人不知，明月来相照。

这是王维诗作中所体现的高远禅意、空灵境界和静谧时空的极致。在森林深处的竹林里，空山极度幽静，杳无人迹，独坐弹琴，引吭长啸，抒发远离尘世喧嚣、整个心灵融入山川的安宁舒展，还有几分四大皆空的心境。明月和幽篁是陪伴他的两个角色，它们似乎是有知觉有灵性的自然生命，竹林会给他以坚挺疏朗的护卫，明月会给他以脉脉清晖的抚慰。这是一首仄韵五绝，特别悠长的声韵增添了幽远岑寂的情致。只有文化蕴积丰厚、心性淡泊到极致的士子才能感悟这种境界，激发出如此高洁的情怀。

鹿柴

空山不见人，但闻人语响。
返景入深林，复照青苔上。

《竹里馆》和《鹿柴》都是《辋川二十首》之一，传神地描绘出辋川别业的景色和韵致，这两首五言绝句可以看成一首诗，从不同角度展现了辋川惊人的美丽、空寂和静谧。触动王维写这首诗的灵感来自空山中只闻人语不见人影的奇异感受。这是峰峦高峻、峡谷幽深、山径曲折遮蔽了人的姿影却遮蔽不了人的语声的山间常有的感觉，但只有王维这样的文学大师才能如此简洁如此生动地传达出这种感觉和经验。“返景入深林，复照青苔上”，“返景”就是反射的阳光，王维换了一个角度描绘阳光照射森林深处的青苔的画面。

相思

红豆生南国，春来发几枝？
愿君多采撷，此物最相思。

以区区二十个字集中而锐利地表达出人间相思之情的浓烈和执著、普遍和崇高，给人留下深刻印象，成为千古传诵的名篇，真是中国文字的奇观。红豆，是红豆树、海红豆、相思子等植物种子的统称。其色鲜红，有的是一端黑色或有黑色斑点，文学作品中常用以象征爱情或相思。不知以红豆象征爱情或相思的传说始于何时，如今用其表达爱情或相思的还多不多，但以诗歌明确地表现爱情相思就是从王维开始的，五代时的牛希济、清代的孔尚任也这样用过。王维的功绩是第一次将民间传说和习俗写成了诗，用以表达相思之情。这种创作思路是开拓性的、原创的。王维用词极简洁又突破词性的界限，也极具独特风采。在简单交代了红豆的产地，随便问一问春天生长得怎么样、发出了几支新枝之后，就以肯定语气宣称：“此物最相思。”相思这个词是名词，不可用来作动词用，说此物最相思是把名词当做动词来用了。虽然科学的语法规则是晚近从国外传来的，但汉语对词性和词语搭配是有约定俗成的严格规范的。王维对这个词语用法的突破，简洁，形象，颇有神采。

九月九日忆山东兄弟

独在异乡为异客，每逢佳节倍思亲。
遥知兄弟登高处，遍插茱萸少一人。

王维钟情于山水田园，但更钟情于山水之间的聚少离多的亲人、时相往还的朋友和经常相遇于山间水湄的农民。王维尤为钟情于兄弟亲情，弟王缙在王维因受伪职被论罪时，就以削自己官为兄长免罪的孝悌亲情得到宪宗宽恕和理解，仅以降职处分让王维渡过一大难关。王维对不在身边的诸兄弟的挂念在佳节时分更趋浓重，总结出一条亲情的规律："每逢佳节倍思亲。"因为佳节时刻，是亲人聚会的良机，也是人们品味和享受亲情的时刻，独自过节，自然倍加孤独而倍思亲。而这种倍思亲的情绪又因为"独在异乡为异客"的特殊境遇而加重加深。在农耕时代，人们的流动性相对较低，都特别珍惜故乡和乡土和情缘，身在异乡就成为必然孤独寂寞的缘由，异乡、异客就成为必然孤独寂寞的身份标志。他找到了一个比较新颖的角度抒发这份思念的亲情，即引入了一个遍插茱萸欢庆重阳节的民间习俗。茱萸是一种馨香植物，可入药，古代重阳节风俗是佩戴茱萸囊，饮菊花酒，登高以邪辟恶。遍插茱萸不是头上插茱萸花，而是臂上佩茱萸香囊。不说自己想念兄弟，而想象这个九九重阳节诸位兄弟登高欢乐聚会中少了一个人，当然就是身为异乡异客的自己了。那份美中不足的遗憾，那份对自己的真诚思念就都巧妙而曲折地表达出来了。

渭川田家

斜光照墟落，穷巷牛羊归。
野老念牧童，倚杖候荆扉。
雉雊麦苗秀，蚕眠桑叶稀。
田夫荷锄立，相见语依依。
即此羡闲逸，怅然吟式微。

这是最好的田园诗文字。王维以宁静淡泊的心态、圆熟精致的笔墨，抓住了最能显示乡村安恬、静谧、闲适、亲切的几个画面，营造出了诗中有画、画中有诗的氛围，达到了他理想中的境界。这是一个贫困而简陋至极的农村，夕阳照耀着那被称为"墟落"的茅屋矮墙，放牧归来的牛羊走在"穷巷"里。老人在篱笆墙前倚杖等候牧童，田夫荷锄站在街头，亲切地交谈着，这是一组和人有关的镜头。"雉"就是野鸡，"雉雊麦苗秀"就是野鸡鸣叫在葱绿的麦田里，桑蚕休眠在疏落的桑叶间，这是一组纯粹由自然生命组成的镜头。

两组镜头交错显现，再现了村居生活的全貌。以“即此羡闲逸，怅然吟式微”作结，把淡泊心境提升到一个羡慕力田农夫、怅然吟咏《式微》的更空灵的境界。《式微》是《诗经·邶风》中一首诗的名字，其主旨是劝外出流浪的人回归故乡。王维吟咏此诗的目的也是回归，不过不是回归故乡，而是从官场回归民间。为什么还要怅然呢？一般文人辞别官场，回归故乡或民间，都要和功名利禄彻底告别，虽是自愿，也要有几分惆怅。读王维的田园诗，不由自主地要想起陶渊明来，真是双峰并峙，各有千秋。我觉得，陶渊明的诗充分显示出一个真正躬耕田亩的农民的悲欢和体悟，不劳动就要饿肚子，是真的人生、真的性情，闪耀着的是人性的光辉；王维的诗显示出卓越的驱遣文字、营造诗意、选择细节、构图设色的功力。有足够的俸禄做后盾，有工夫有财力精研艺术，是真功夫，闪耀着艺术的光辉。

使至塞上

单车欲问边，属国过居延。
征蓬出汉塞，归雁入胡天。
大漠孤烟直，长河落日圆。
萧关逢候骑，都护在燕然。

王维不是边塞诗人，但他写的一些涉及边塞的诗篇大气包举，恢廓从容，视野开阔，具有边塞诗的特殊品格。开元二十五年（737），王维以监察御史身份出使河西节度使辖区。前一年王维服膺敬重的政治家张九龄因李林甫的谗害罢相，被贬为荆州长史，王维因悲愤迷惘情绪低迷，对这次出使并没有多么兴奋，但忠于职守的王维，一旦踏上奔赴边疆的征程，立即就被那开阔荒凉的大漠、翩翩北归的鸿雁、奇丽的长河落日、巡弋边疆的候骑感染了、震慑了，例行公事的旅途也变作感受祖国边陲景色、感悟大唐开边扩土声威、赞佩戍边将士忠贞的征程。

“单车欲问边，属国过居延”。清晰地交代了这次出使的目的、规模和地域。是轻车简从、规模不大、规格不高的使者队伍。路过了著名的属国居延，地方在今内蒙古额济纳一带，“属国过居延”其实是过居延属国的倒装句式。“征蓬出汉塞，归雁入胡天”，作为大唐的使者，越过汉家关塞，面对陌生的蛮荒之地，感觉自己就像那飘荡的蓬草，心绪不宁，而自温暖的南方回归熟悉的胡天的鸿雁，却归心似箭，急切而坚定，正是两种相反的感觉，适成鲜明对照。在此种心境下，王维迅速受到西北边陲壮美风光的感染，心胸豁然开朗，还是写出了表现边地的苍凉博大气象的篇章。

以下便是那两句气势壮阔、景色鲜明的惊人颈联："大漠孤烟直，长河落日圆。"边疆烽燧多用狼粪点燃，其烟直上云霄；长河落日之地是植被稀少的边疆地平线，灼热的落日滚圆辉煌，但光线已经不再刺眼，人们可以直视它那奇异的景象。直上的孤烟和滚圆的落日，简洁而犀利的图形，极其生动鲜明地展现了那独特而奇异的画面。没有亲眼看见这种景象的人，是无论如何也写不出这种诗句的。"萧关逢候骑，都护在燕然"，在萧关遇见忠于职守巡弋边疆的巡逻队之后，王维对拓疆戍边的将士的敬仰感激之情油然而生，自豪的赞语脱口而出：我们边疆的总司令都护将军就驻守在燕然山！这几个地名不一定是实指，不过以几处著名地标概括了他的行程。

观猎

风劲角弓鸣，将军猎渭城。
草枯鹰眼疾，雪尽马蹄轻。
忽过新丰市，还归细柳营。
回看射雕处，千里暮云平。

这是王维年轻时的作品。风格之遒劲，笔力之雄健，令人惊叹！有论者提出可能是王维担任监察御史时所写，监察御史官职虽不高，但掌管事务都很重要，掌管分察百僚，巡按州县，狱讼，祭祀，军戎，太府出纳等等，这样他就有可能离开京城到外地处理公务而长期逗留。渭城旧址在今咸阳西北二十里处，有一个规模宏大的兵营，王维很可能到过那里，检查军营冬猎，直接观看到将军狩猎的真实场面。古代狩猎是一种庄严盛大的仪式，狩猎也是将军的一种职责。这首名为《观猎》的诗，写出了将军狩猎的夺目风采、男儿血性、高超技艺和猛士气概。诗有年轻人的激情洋溢、诗人的豪兴遄飞，更有年轻人少有的高超艺术技巧。一开始，不见将军身影，先闻角弓发射箭矢时弓弦震动被放大的震响，使诗有一个声势宏大的开篇，如高山坠石，不知其来，令人惊绝。

"草枯鹰眼疾，雪尽马蹄轻"，两句精巧而准确地描绘了将军狩猎的主要

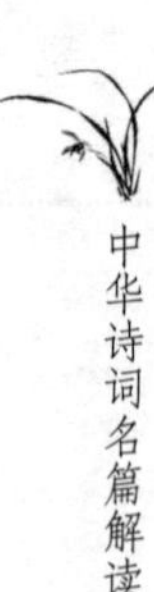

助手猎鹰和骏马，它们都处在最佳状态：草枯季节，以目力超群著称的苍鹰视野宏阔，鹰眼锐利无比，俯瞰猎物一览无余，出击迅疾；积雪已经融化，将军乘坐的骏马奔驰起来没有任何阻障，马蹄分外轻快。这副颔联对仗工稳，上句是猎鹰在天上引路，下句是猎骑追踪而至，上下句一层递进一层，是最漂亮的流水对。颈联“忽过新丰市，还归细柳营”不是实写而是虚写，新丰镇在长安东北，是长安附近的著名地标，其中有一个刘邦为取悦思念故乡丰县的老爹建造和丰县景色类似的新丰镇的历史典故。细柳营也是著名地标，在今咸阳市西南渭河北岸，其中有一个周亚夫将军镇守细柳营竟然阻挡前来劳军的“没有”通关文书的文帝车驾的故事。新丰和细柳二地相距几十里，而且都和狩猎毫无关系。这样写是巧用两个地标之间的距离，从狩猎完毕“忽过”新丰到“还归”细柳，以空间的急速变换代指几十里距离迅速超越，极言狩猎马队的速度，赞美将军狩猎行动的迅疾和成功。提及细柳还有一层盛赞军营谨严的纪律和严整军容的意思。行家称中二联以流水对和虚实相间的写法最为上乘，看来年轻的诗人王维已经接近五律写作的技巧顶峰。

结尾“回看射雕处，千里暮云平”，在动感十足、节奏紧凑、气氛紧张的狩猎活动结束之后，王维本人和将军心境都忽然平静下来，悠然回望渭城猎场，八百里秦川坦荡如砥，暮云和地平线融为一体，全诗结束在一片辽阔而宁静的心境里，境界尽出，神完气足。

鸟鸣涧

人闲桂花落，夜静春山空。
月出惊山鸟，时鸣春涧中。

王维善于创造静谧的意境，本诗描绘了深山幽谷夜晚寂静的情景，而开端“人闲”二字说明了春山之夜绝无闲人打扰。诗人以安谧悠闲的心态，彻底皈依了自然，融入了自然的怀抱。

“人闲桂花落，夜静春山空”两句写出了一种静谧恬美的意境：山谷中只有桂花在无声地飘落，万籁俱寂，似空无一物。接下来诗人又写出了更有诗意的场景：“月出惊山鸟，时鸣春涧中。”一轮明月悄然升起，皎洁银辉洒向夜空时，竟然惊动了山中的鸟儿，于是它们在幽谷溪边鸣叫起来。这个寂静夜晚的深山幽谷中，作为主人公的作者本人似乎太安静太投入了，让人好像忘记了他的存在。而山鸟似乎充当了临时的主角，那叫声给幽谷增添了几分生机，打破了山中的宁静，但这叫声不足以真正打破岑寂，以致让人感到空旷的山中更沉寂的氛围。这是以动衬静、寓静于动的功夫和技巧。全诗形象逼真，意境宛然，自然生动，情趣无限。诗中虽然写了花的坠落、月的升起，鸟的鸣叫，但是这些“动”的景物，使此诗的景物显得富有生机而不枯涸，诗也有了波折和律动。也许王维无意间向人们阐释了此际天人合一的最高境界。

李白（十四首）

宣州谢朓楼饯别校书叔云

弃我去者，昨日之日不可留。
乱我心者，今日之日多烦忧。
长风万里送秋雁，对此可以酣高楼。
蓬莱文章建安骨，中间小谢又清发。
俱怀逸兴壮思飞，欲上青天揽明月。
抽刀断水水更流，举杯销愁愁更愁。
人生在世不称意，明朝散发弄扁舟。

李白（701—762）的风骨和器宇在这首诗中得到淋漓尽致的表达。这是一首写得极好极为得体的饯别诗，也是一首尽情展露情怀的抒情诗。风风光光闯荡长安又被排斥出京城的李白来到宣城，登上以他素所敬重的谢朓命名的楼阁，送别一位官居校书郎的族叔李云。这位李云不是一般的亲戚，而是一位与他志同道合、才华出色的性情中人。面对这样的知音，身处这样的楼阁，才会迸发出创作的灵感。怀古幽思和满腔愁绪，加上依依惜别的情境，催生了这首名垂千古的杰作。李白突破了送别诗的一般格局，先不谈惜别，不说对对方的仰慕和亲近之情，也不描绘景色，平空一声“弃我去者，昨日之日不可留。乱我心者，今日之日多烦忧”的低抑沉重的呐喊，表达了自己孤高自负、睥睨一切、曲高和寡的豪情和苦闷。

收回这种狂放的独自抒情，回到送别的此刻此景，“长风万里送秋雁，对此可以酣高楼”既是写景，又是对送别情境的比兴。从苦闷抒发转到爽朗壮阔的境界，展开了一幅秋空送雁图，“秋雁”既是天上的实物又是对李云的赞美和比喻。一“送”，一“酣”，点出了“饯别”的主题。看来李白是在楼上设宴饯别李云的，这高楼正好是送别和畅饮的理想处所。“蓬莱文章建安骨，中间小谢又清发”，这两句看似突兀，其实流畅而得体，蓬莱仙山是保存文章典籍极多的宝库，在这里是借指李云文章意气风发、刚劲恢廓，有建安风骨。

接着笔锋一转，提到小谢清发，谢朓的诗歌清劲飞扬，这是借赞颂谢朓委婉地彰显自己的才具。“俱怀逸兴壮思飞，欲上青天揽明月。”这个“俱怀”是指包括李云的你我，我们要怀着旷逸奔放的兴致飞上蓝天，到青空去揽下明月，去实现我们共同的理想！

“抽刀断水水更流，举杯销愁愁更愁”是全诗的高光点，把情绪宣泄到了极致，犀利而沉痛地表达了自己不见容于世的苦恼和忧愤，愁绪涌流不尽，如同抽刀断水一般无法排遣，借酒浇愁更增愁绪。结论只能是，远离尘嚣，披头散发，乘一叶小舟，去东海漂流。这当然是不能实现也没打算实现的豪语，只是借此表达一份强烈的忧愤情绪和理想破灭的忧伤。

将进酒

君不见黄河之水天上来，奔流到海不复回。
君不见，高堂明镜悲白发，朝如青丝暮成雪。
人生得意须尽欢，莫使金樽空对月。
天生我材必有用，千金散尽还复来。
烹羊宰牛且为乐，会须一饮三百杯。
岑夫子，丹丘生，将进酒，杯莫停。
与君歌一曲，请君为我倾耳听。
钟鼓馔玉不足贵，但愿长醉不复醒。
古来圣贤皆寂寞，惟有饮者留其名。
陈王昔时宴平乐，斗酒十千恣欢谑。
主人何为言少钱，径须沽取对君酌。
五花马，千金裘，呼儿将出换美酒，与尔同销万古愁。

这是李白奔放不羁的精神风貌的典型体现，一首狂飙突进式的诗。天宝元年，兴致勃勃走上金殿的李白，没有得到明皇的实际信任，热闹了一阵之后是赐金放还的尴尬无奈的结局。流浪了十年，看见了更多的民间疾苦和政治的黑暗之后，天宝十一载，李白在好友岑勋陪同下去嵩山拜会另一个好友元丹丘。知音相逢，登高对酒，此际胸有宏图的诗人的郁闷和忧愤郁积到临界点，就爆发为这种狂放不羁的歌唱！诗人以恢廓的器宇、豪放的语言，抒写了旷达不羁、乐观自信的精神和对社会现实的愤懑，倾诉了高远理想与冷酷现实之间的巨大落差和深刻矛盾。

李白借用乐府中的一个旧题“将进酒”表达了这种情绪。“君不见黄河之水天上来，奔流到海不复回”，如同霹雳一声，把落差极大宛如天降、奔腾咆哮直入大海的黄河气势展现得淋漓尽致，以黄河的博大雄浑衬托出人的渺小脆弱。“君不见高堂明镜悲白发，朝如青丝暮成雪”，更以形象转换如此剧烈的语言诉说光阴迅疾的流逝，青春和衰老，竟然发生在朝暮之间，叹息生命如白驹过隙般短暂。用空间距离的和时间距离的极度夸张表达了一种巨人式的感伤和慨叹。

既然生命如此脆弱短暂，那么他的结论只能是“人生得意须尽欢，莫使金樽空对月”。把这狂放饮酒的呼唤看作是消极厌世的颓废，显然是浅薄的见解。以雄才大略自许，以修齐治平为己任，以怀才不遇的命运自伤的诗人此刻的饮酒是一种何等无奈、何等悲凉的叹息！“天生我材必有用，千金散尽还复来，烹羊宰牛且为乐，会须一饮三百杯”，是在豪迈地肯定自己的才能和责任，宣示自己的坚强信心，也是在表达对暂时得意、富贵之人的蔑视。诗人是极度张扬、奔放不羁的性情中人，此刻的饮酒不是士大夫的浅尝小酌而是高阳酒徒不顾一切的狂饮大嚼！已经把烦恼和惆怅完完全全置之度外了。

“岑夫子，丹丘生，将进酒，杯莫停。与君歌一曲，请君为我倾耳听”。文势到此忽然缓慢、轻柔下来，直呼两位好友之名，几个短句忽然加入，亲切而知心，不但使诗歌节奏富于变化，而且写来逼肖席上声口，又为以下六句纵情抒怀作了一次静场和铺垫。“钟鼓馔玉不足贵，但愿长醉不复醒。古来圣贤皆寂寞，惟有饮者留其名”。不必也不屑王侯将相那种钟鼓鸣奏、锦衣玉食的排场和奢侈，只祈愿暂且离开这滔滔浊世，长醉不醒，表面是何等豪爽，内心却是何等沉痛？“古来圣贤”，大致指那些教诲凡众遵纪守法、宣扬仁义礼智君臣纲常的人物，李白不喜欢他们，就认定他们已经被人遗忘，寂寞无闻了，而只有那些狂放的酒徒们留下名字。这显然是李白的醉话，看似已经酩酊大醉了，但下面那句“陈王昔时宴平乐，斗酒十千恣欢谑”却又显示出他极其理智的清醒。在众多饮者中，他只记起了陈王曹植，这个终生郁郁不得志的天才诗人和政治争斗中的失败者，想起他那悲欣交集的在平乐观的宴饮。他和相隔千载的诗人的共同点其实不在饮酒而在于那种才具和命运的某种相似，这是一种空灵而无形的惺惺相惜的情愫。

“主人何为言少钱，径须沽取对君酌”，此刻，大概主人没有说到钱少不能尽情沽酒的话，主客双方也都没有穷到这种尴尬的地步，他是在借题发挥，假设一种无钱沽酒的情境，抒发一种无视世俗、蔑视金钱、狂饮图醉的豪情。“五花马，千金裘，呼儿将出换美酒”，全诗的结尾是如此奔放豪爽，粪土被世俗特别崇拜的富贵象征的“轻裘宝马”，以求一醉，“与尔同销万古愁”。“万古愁”就是李白胸中的那种修齐治平无门、怀才不遇的惆怅。

用这种串讲的方式解读这首《将进酒》，也许显得笨拙，但这首诗句式参差不齐，节奏轻重相间，几乎每句话都蕴含着玄机，寄寓着深情，只能采取这种方式，发掘和阐释诗人蕴藏于其中的丰富信息和变幻不定的情绪。

月下独酌

花间一壶酒，独酌无相亲。
举杯邀明月，对影成三人。
月既不解饮，影徒随我身。
暂伴月将影，行乐须及春。
我歌月徘徊，我舞影零乱。
醒时相交欢，醉后各分散。
永结无情游，相期邈云汉。

这是李白天宝三载写于长安的诗。李白作为翰林供奉，实际上丝毫没有得到唐明皇的重视，只被当作一名陪酒侍宴写奉承文章的弄臣。这岂是心高气傲、雄才大略的李白所不能容忍的！在作离开长安打算的同时，还在迷惘惆怅之中煎熬。在一个明月之夜，花丛中独酌时分，这种失落、悲愤的心情终于爆发为一首狂放、浪漫的诗。是他灵魂的呐喊，生命的闪光。

“花间一壶酒，独酌无相亲”。李白不是没有知音，但朋友们不会时刻守护在身边，聚会交流应该是有限度的。月亮是李白终生钟情的天体，把它当作有生命有感情的知音，与之交流，感悟其存在，已经成为李白的习惯。“举杯邀明月，对影成三人”。李白自身及其影子，加上遥远的沉默无语的月亮，成为三人，貌似热热闹闹，却是极度痛苦的孤独寂寞。这是富有才华的浪漫想象，也是李白才气爆发的契机。

“月既不解饮，影徒随我身”。李白不是在那里老老实实地饮闷酒，而是和他的两个朋友月和影一起，手舞足蹈，狂歌豪饮，抒发心中难以排遣的郁闷。那遥远的沉默的月亮不懂得饮酒，那亦步亦趋的影子徒然追随我的身形变幻，郁闷啊孤独啊！“暂伴月将影，行乐须及春”。此际只有暂且借酒浇愁，以舞解忧，和这两位既不解酒又不懂舞的朋友，且舞且饮，趁这大好春光，享受这人生之快乐！人生不满百年，忧也是一生，乐也是一世，何苦以烦恼苦了自己。“我歌月徘徊，我舞影零乱”。李白的孤独歌舞达到了最高潮，也就是说，他心中的郁闷愤懑达到了最高潮，在他激越的歌声旋律感染下，那月光月影似乎在徘徊变幻，在月光的照耀下，他的舞姿似乎也激动得凌乱踉跄了。

这场出色的独角歌舞秀就要结束了，李白和月亮、身影有了盟约：“醒时相交欢，醉后各分散。永结无情游，相期邈云汉。”和月、影相约，醒时三人共交欢，醉时大家分散。其实，李白好像说反了，只有沉醉时刻他才如此狂放、如此投入地孤独歌舞、畅饮，暂时忘却烦心尘世；而一旦清醒了，就会更痛切地体会到自己的形单影只，两个朋友都是自己心中的幻象，自然就各自分散了。他最后还是希望和月、和影缔结永恒的契约，再寻这种心潮激荡的机遇，相期在渺远浑茫的银汉间再度相逢，演出这种精彩的歌舞秀。

极度的孤独竟然演出了如此激情、如此热闹、如此空灵的戏剧，让人在绝对赞叹李白的才能的同时，又对他这种凄凉的孤独心生一缕怜惜。

清平调词三首

其一

云想衣裳花想容，春风拂槛露华浓。
若非群玉山头见，会向瑶台月下逢。

其二

一枝红艳露凝香，云雨巫山枉断肠。
借问汉宫谁得似，可怜飞燕倚新妆。

其三

名花倾国两相欢，长得君王带笑看。
解释春风无限恨，沉香亭北倚阑干。

天才诗人、风流君王、绝世美人聚会于春风骀荡、牡丹怒放的皇家庭院，他们把握住这千载难遇的机缘，成就了这流传万古的歌唱，是中国诗坛一段脍炙人口的佳话。如果放在民主理念昌明、平等意识彰显的今天，一位自由的诗人应邀到皇宫或总统府去为他的王后、夫人或情人写几首赞美诗，一定会被人耻笑。但在古代中国知识分子最高的理想就是为被普遍崇仰的君王服务，以实现治国平天下的远大抱负；能得到君王的眷顾和信任是莫大的幸福和荣耀，即使是自由奔放、狂放不羁的李白，也不能跳出这个思维模式，这就是我们评价、赞扬这三首诗的思想背景。但天纵奇才、奔放不羁的李白在这种极其独特的情境下最大限度地保持了自尊自由和从容不迫的风度，创作出了不违背艺术规律的、不违心歌颂的艺术杰作。

这个故事颇有小说气味。大约是743年暮春一个风和日丽的日子，唐明皇李隆基偕同他美丽的妃子杨玉环去兴庆宫的皇家花园观赏新引进的名花牡丹，兴致颇高的君王说："赏名花，对妃子，焉能用陈词旧曲?"于是急忙招新近任命的待诏翰林诗人李白进宫赋诗。传说二进长安的李白此时正在酒楼和朋友开怀畅饮，倒还没有如杜甫在《饮中八仙歌》里写的"李白斗酒诗百篇，长安市上酒家眠，天子呼来不上船，自称臣是酒中仙"，而是冷静而轩昂地进了皇宫。这位奔放不羁的诗人，当然没有那种诚惶诚恐、三生有幸的卑躬屈节之态，更不会"握着那双大手"浑身通电地流下激动的热泪，倒是有一种"视同俦为草芥，戏万乘若僚友"的恢廓气度。他听完君王布置的写作任务，平静泰然，胸有成竹，思忖怎样写好赞颂贵妃娘娘的诗。开元天宝时代，虽然诗人已经感受到宫廷的腐败堕落、官场的庸俗诡诈，但社会矛盾、腐败苛政尚未激化，还算是明君御国，国泰民安，物阜民丰，处于中国封建社会的顶峰。面对这样一位天子，还不算"摧眉折腰事权贵"，不算违心地歌颂自己讨厌的事物，指望在这位君王身上实现自己的"寰区大定海县清一"的政治理想的希望还没有完全破灭。而那年二十四岁的杨玉环风华绝代，高贵典雅，处于女人青春美丽的顶峰岁月，虽然尚未正式册封，但已是事实上的皇后。在那一刻，形成赏心悦目的心境的李白对杨玉环的敬仰欣赏和赞叹也是真诚而饱满的，足以激发其写作的灵感。

既然要唱词，李白聪明地选取了《清平调》这个乐府曲牌，而实际上却是几首七言绝句的巧妙组合，是自己的独创。他紧紧围绕玄宗"赏名花，对妃子"的主题展开笔墨。第一首最艰难最关键，其中第一句又是关键的关键。"云想衣裳花想容"，没有正面描绘牡丹的艳丽和贵妃的娇美，只说了看见那舒卷自如的云彩就想起她的衣裳，看见牡丹花就想起她的容貌，七个字从一个新奇的角度巧妙地将名花爱妃都涵盖在内，一下子切入了主题。第二句“春风拂槛露华浓”，春风的美好背景下，“露华”应该是指闪着光彩的露水珠儿的形象，一语双关，既指凝着露水的牡丹，又指如同带露的花朵一般娇艳欲滴焕发着青春光彩的妃子。接下来李白放开笔墨，从宫廷写到了仙界，说这样的人儿如果不能在王母娘娘所居的群玉山遇见，那么只好到她另一处阆苑瑶台去寻觅了，自然而然地把贵妃娘娘提升到天仙的高度。

第二首从仙界又说到了历史。“一枝红艳露凝香，云雨巫山枉断肠”，这株牡丹颜色嫣红，凝结着露珠，散发出芳香，其实是说贵妃的衣香鬓影无限的娇艳。接着笔锋一转，又提到了巫山云雨的典故。据宋玉《高唐赋》所描写，楚襄王与宋玉同游于云梦之台，远望高唐之观，只见上面云气蒸腾，须臾千变万化。楚襄王就问宋玉：“此何气也。”宋玉答曰：“所谓朝云者也。昔者先王尝游高唐，怠而昼寝，梦见一妇人曰：‘妾，巫山之女也，为高唐之客。闻君游高唐，愿荐枕席。’王因幸之。去而辞曰：‘妾在巫山之阳，高丘之阻。旦为行云，暮为行雨。朝朝暮暮，阳台之下。’”楚襄王听了心驰神往，不知所之。这个典故是说，那些巫山云雨不过是虚无缥缈的梦幻，让人徒增烦恼枉断愁肠。言外之意，眼前的妃子美艳超过巫山神女，而却不是梦幻，而是一个血肉丰盈、顾盼神飞的真实生命。这样超尘脱俗的美丽，历史上谁可与之比肩呢？恐怕只有那位身轻如燕可以做“掌上舞”的赵飞燕了，但她也要依靠精心的梳洗打扮才行啊。以赵飞燕的轻盈苗条来衬托贵妃娘娘的丰腴秀美，暗引了一个燕瘦环肥的审美法则，得体而巧妙。但就是这一句传说，还引起了麻烦，立即就有宵小向贵妃进谗言，说那是李白暗中讥讽娘娘肥胖呢，引起贵妃不快，玄宗每要重用李白，她都从中作梗云云。

第三首是圆满的结尾，把名花、倾国、君王都聚集在了一起，进行漂亮的点题。“名花倾国两相欢”，牡丹花也有了灵性，有了感情，因贵妃的映衬而分外艳丽，似乎在绽放一种羡慕迎迓的心愿。贵妃喜爱牡丹是常情，而牡丹也喜欢贵妃，就是奇情，李白轻松写来就臻于极致，是要引出下一句“长得君王带笑看”，君王却是连名花爱妃一起喜欢，当然更喜欢更珍爱的只有国色天香的美人，把君王宠爱贵妃的主题也演绎到了极致。“解释春风无限恨”，春风，在诗人笔下往往是有生命有性灵的事物，春风有恨，大致指对春归的惋惜和怅恨。在这里李白用春风二字借指君王本人的某些怅恨。“沉香亭北倚阑干”，指贵妃斜倚阑干风情万种的样子，能够消解君王的一切怅恨的就是贵妃呀！据云，玄宗特别喜爱李白的新作，在李龟年率领梨园子弟演唱时亲自吹笛助兴，杨贵妃也敛首致敬。

《清平调》在李白诗中不算特别重要的作品，毕竟是为君王贵妃歌功颂德甚至有点溜须拍马嫌疑的作品。思想意义不能评价太高，但李白表现出的卓拔不凡的技巧、出类拔萃的聪慧、镇定从容的风度、大气包举的气概，和诗中流泻的一段温馨风流的佳话式的情韵，还是值得后世长久记忆和回味的。如果联系起杨玉环马嵬魂断、李隆基剑阁闻铃、李太白浪迹天涯的结局，又不能不生出一份无奈的慨叹。

行路难·其一

金樽清酒斗十千，玉盘珍羞直万钱。
停杯投箸不能食，拔剑四顾心茫然！
欲渡黄河冰塞川，将登太行雪满山。
闲来垂钓碧溪上，忽复乘舟梦日边。
行路难！行路难！多歧路，今安在？
长风破浪会有时，直挂云帆济沧海。

这首诗写于天宝三载（744），是李白第一次离开长安时所作。朋友们为李白送别，摆下了一斗价值十千钱的金樽美酒，置办了价值万钱的玉盘珍馐。本应该尽情欢乐，一醉方休，但心中郁积了太多太多的愤懑的李白，此时竟然“停杯投箸不能食，拔剑四顾心茫然”！突然放下酒杯掷开筷子不饮不食，拔剑四顾。李白不是武官，不是高官，友朋聚会，一般是不必佩带宝剑的，此处往往被认为是夸张之言，极言其悲愤与怅惘之严重。李白的生活从写《清平调》时的无限风光到群小谗毁、君王见疑、闲置翰院、赐金放还的结局何其迅捷！在如此短暂的时间内遍尝了命运的五味杂陈，使这位心高气盛、超越群伦的诗人难以承受。

“欲渡黄河冰塞川，将登太行雪满山”。李白把人生之路的目标集中到“渡黄河”和“登太行”，而把遇到的困阻简化为“冰塞川”和“雪满山”，很见出写作的技巧和文字功力。“闲来垂钓碧溪上，忽复乘舟梦日边”。这里引入了两个古代贤人得遇明君的典故：姜太公磻溪垂钓遇文王，得以辅佐明君，一统天下；伊尹梦见乘舟绕过日月，得遇商汤，成就了诛灭殷纣王、拯救天下百姓于水火的伟业。这两个典故表达了自己经国济世的宏愿和才具，以及对命运无常、否泰难料的慨叹。在长歌行路难、叹息歧路多之后，他的心情忽然开朗，爆发出强烈的自信，相信理想总有实现的一天，天空会充满阳光，海上会鼓起鼓舞云帆的长风，感觉眼前的世界无限空阔、一片坦途：“长风破浪会有时，直挂云帆济沧海。”这里化用了刘宋时宗悫述志的典故，叔叔问他志向时宗悫回答说：“愿乘长风破万里浪。”李白的诗句给这个典故插上了高飞的翅膀，展示出云帆高挂乘风破浪的宏大、壮阔的境界，给后世表达志向提供了一个完美的典范。

送友人

青山横北郭，白水绕东城。
此地一为别，孤蓬万里征。
浮云游子意，落日故人情。
挥手自兹去，萧萧班马鸣。

李白的诗才是勤奋刻苦心血浇灌的结果，更是那份让人艳羡的“天生我才”。李白作诗往往如同脱口而出，出口就成章，不假思索，即时，即兴，高度口语化。他就像一台高效、精确的电脑，内存极大，表情达意的模块甚多，主板速度极快，迅疾调动内存，搭配词语，表达主题，融进感情，照顾格律，都在瞬息之间完成。这样的例证俯拾皆是。这和杜甫的“吟安一个字，捻断数茎须”形成鲜明对照。

李白古诗、乐府、近体兼擅，古诗、乐府更为出色，近体律绝也是驾轻就熟，功夫才气交相辉映，浑然天成。这首《送友人》，描绘离别之地的秀美景色，只用了十个字，青山横在城北拱卫，白水在城东环绕，山的葱翠壮观、水的清澈流荡，尽收眼底，给人一种古朴、淡雅、色彩分明的画面感，也增添了惜别朋友的情韵。把离去的朋友比作孤单地飘荡的蓬草，字里行间就蕴蓄着深情。“浮云游子意，落日故人情”一联尤为出色、传神。瞻望天际，那飘荡的浮云，如同离去的朋友远游的心意，放眼西天，那红彤彤的落日堪比我送行的情肠。比喻贴切，用字恰当，对仗工谨，格律也无懈可击。尾联中朋友挥舞着双手道别，那班马也萧萧嘶鸣起来，仿佛也感受到离情别绪。班马，就是驿站使用的、列入官家名册的马。这场送别，有了这么一个不会说话的角色加入，增添了浪漫情趣，加重了感情渲染，也显得特别隽永悠远。

春夜洛城闻笛

谁家玉笛暗飞声，散入春风满洛城。

此夜曲中闻折柳，何人不起故园情！

这是李白春夜听见笛声而生发的一段感动，一缕诗意，被他紧紧抓住后，激发了灵感，酝酿出了华美而质朴的诗句，创造了这流传千古的诗篇。

诗人就是感情燃点低、燃烧热能高的奇异之人。时在春夜，地在洛阳，李白深夜未眠，听见暗暗飞来的笛声。洛阳的静夜，高亢嘹亮的笛声传之遥远。那时的都会夜晚的市声是远比当今微弱的，衬托得深夜笛声格外嘹亮是极其自然的事情。东都洛阳也有几十万人吧，这样的居民规模和广阔的地域，散入春风“满洛城”是不大可能的，这是一种不知不觉间的稍微夸张。不知远近，不知这笛声到底来自何方，但李白听得清清楚楚，而且引起了感动。独在异乡，在这撩人引发无数思想感情波动的时刻，听到美丽明亮的笛声，自然会对吹奏玉笛的人产生一种亲近感和温存的敬意。

仔细倾听，这玉笛吹奏的是名叫《折杨柳》的曲子，属于乐府“鼓角横吹曲”。古人送别亲友一般都折一枝杨柳枝，作为送别礼物。北朝《折杨柳歌》中说：“上马不捉鞭，反拗杨柳枝；蹀坐吹长笛，愁杀行客儿。”听出笛声的含义，李白的思绪进一步深化，把要寻觅吹奏者的心思暗中转化为对这支曲子表达的思念家乡感情的共鸣，也引发了强烈的感情波动。感动之余，发出“何人不起故园情”的慨叹，这就稍微有点武断了，全洛阳听到笛声的人不少，受到感染继而起了思念故园之情的不会是全部，其中故园情最强烈的大概就是远离故乡长久流浪在外的李白本人了。这一结尾十分有力地表达了李白的乡情。

听见笛声，听出笛声的内容，就这么一点点外界信息，善于捕捉信息激发灵感的诗人却生发出如此真切感人的思绪，凝聚为如此华美而质朴的诗句。令人佩服也令人惊叹！

故乡之情，在古代中国，具有更沉重、更急切、更崇高的品格。古代城乡还没有像今天这样被过度开发，大都具有各自比较独特质朴的面貌，在每个人心中，故乡具有远比当今水泥森林的城市、青壮年急于离开的农村更重要的位置。故乡往往意味着留在那里的亲人，和自己不可磨灭的成长记忆。

而在交通不便、信息闭塞的时代，一旦离开，归去就十分困难，甚至有可能是永诀，所以，古人的故园情比今人沉重坚实得多。这种乡情是一种崇高质朴的人性，具有很高的审美价值和思想道德价值。浪游全国的李白心野得很，但是他的故园情也浓得很。这也就是这类思念故乡的作品感人的根源。

塞下曲六首·其一

五月天山雪，无花只有寒。
笛中闻折柳，春色未曾看。
晓战随金鼓，宵眠抱玉鞍。
愿将腰下剑，直为斩楼兰。

没有去过边塞的李白，边塞诗写得如此雄健刚劲，气氛气势都不让在边塞生活过、随边帅战斗过、专门写边塞诗的高适、岑参。这首五律一如他的古诗乐府般流畅奔放而词浅意深。面对李白诗中那洋溢着的扩展疆域、保卫国家的进取、冒险、开拓精神，和不畏艰险、乐观豁达的青春气息，我立刻想起了恩师林庚先生对唐诗的概括：“盛唐气象”和“少年精神”。这首诗正是盛唐气象和少年精神的卓越载体。

行家说，这首五律突破了律诗的一般写作规律，即首联是起始，颔联是承接，颈联是转折，中二联对仗，尾联是合。李白这首诗首联颔联一气呵成，意脉贯通，写边地的苦寒荒漠，颈联才为承续，写成边战士的军旅生活，没有了对仗句，尾联气势宏阔地表达了戍边杀敌的坚强意志，起到了转合的作用。我们感到李白的字里行间溢满对戍边士兵的深厚情意，以坚定的爱国情怀表达了对大唐西域扩边政策的坚定支持，对戍边士兵执行使命的高度奉献牺牲精神予以热情赞扬。

五月，正是神州温暖地区百花烂漫、瓜果飘香的季节。可是在高寒的天山，积雪终古不化。没有葳蕤的鲜花，只有凛冽的严寒；没有随风飘荡的柳丝，只能在笛声中听见那缠绵的《折杨柳》的旋律，真正的春色还不曾看见。这里的寒冷、枯寂、荒凉、严酷几乎超出了人们的想象。诗人的理解、同情、怜惜、赞许浸透了这二十个字。“春色未曾看”一句中的“看”字，应读平声，以保持音韵的和谐鲜明。

实际描绘戍边将士战斗生活的只有颈联十个字。清晨，一阵响亮而惊悚的金鼓战斗号令惊破战士们沉酣的甜梦，他们一跃而起，抄起兵戈，投入激烈的生死搏斗；夜晚，士兵们怀里抱着马鞍，时刻准备被战斗的金鼓惊醒，极其概括，极其集中。“金鼓”、“玉鞍”是铜钲革鞍的美称。“抱玉鞍”是对“枕戈待旦”成语的发展和补充。步兵要把武器枕在头颈下，而骑兵则须把征鞍抱在怀中，可能是李白的首创。没有到过戍边前线的李白，大概是深入了解过戍边将士们实际战斗生活的细节。

这首诗的结尾真是漂亮，声势和魅力压倒了开端的深情歌吟，充满了豪迈、坚定、无畏、霸气的英雄气概。西域这么多小国，为何突出了“直为斩楼兰”呢？这里有一个典故，西汉时楼兰国王多杀害汉使，傅介子受霍光派遣，出使西域，奇计杀之。李白这个结尾，虎虎有生气，足令国人奋起，敌寇胆寒。

渡荆门送别

渡远荆门外，来从楚国游。
山随平野尽，江入大荒流。
月下飞天境，云生结海楼。
仍怜故乡水，万里送行舟。

年轻的诗人走出夔门，辞别故乡，奔向更广阔的天地，他心中充满了了解、认识、欣赏外面的世界的愿望和修齐治平的激情。从鄂西的荆门山往东，视野逐渐开阔，江水逐渐平缓，诗人也经历了心潮逐浪高的过程。“渡远荆门外，来从楚国游”。这是开篇，交代了他此次出游的起点和目的地。他要远下荆襄，直达两湖，去古楚国领地作千里之游。“山随平野尽，江入大荒流。”随着大地逐渐平坦，鄂西那三峡余脉也就消失了。浩荡江水流入了更广阔的大平原，“大荒”是夔门以西的川府人对无边平野的称呼吧。

“月下飞天境，云生结海楼”。江流更加平缓，宽阔了，江面也更加平静安详，乃至月亮映在水面上的影像如同天上飞来的一面铜镜。这种景象是湍急激荡的三峡江面所没有的。两岸的房舍树木隐约在迷蒙水云之间，宛若那奇异迷离的海市蜃楼。结句特别隽永蕴藉：“仍怜故乡水，万里送行舟。”诗人动情地感谢故乡，是从故乡的流水载着我的行舟，他是承受着故乡的温馨情意，顺流东下万里云游啊。

梦游天姥吟留别

海客谈瀛洲，烟涛微茫信难求；越人语天姥，云霞明灭或可睹。天姥连天向天横，势拔五岳掩赤城。天台一万八千丈，对此欲倒东南倾。

我欲因之梦吴越，一夜飞度镜湖月。湖月照我影，送我至剡溪。谢公宿处今尚在，渌水荡漾清猿啼。脚著谢公屐，身登青云梯。半壁见海日，空中闻天鸡。千岩万转路不定，迷花倚石忽已暝。熊咆龙吟殷岩泉，栗深林兮惊层巅。云青青兮欲雨，水澹澹兮生烟。列缺霹雳，丘峦崩摧。洞天石扉，訇然中开。青冥浩荡不见底，日月照耀金银台。霓为衣兮风为马，云之君兮纷纷而来下。虎鼓瑟兮鸾回车，仙之人兮列如麻。忽魂悸以魄动，恍惊起而长嗟。惟觉时之枕席，失向来之烟霞。

世间行乐亦如此，古来万事东流水。别君去兮何时还？且放白鹿青崖间，须行即骑访名山。安能摧眉折腰事权贵，使我不得开心颜！

李白是个傲岸自尊、天马行空的诗人，也是一个特别钟情于友谊的超级朋友。玄宗天宝元年（742），李白因朋友吴筠道士的推荐，奉诏来到长安，被封为翰林供奉。心高气傲、理想高张，进入京都之前，李白曾经在《别内赴征》这首诗中得意地写道："归时倘佩黄金印，莫见苏秦不下机"。但玄宗只把他看作诗酒娱乐的陪侍，并不珍惜李白的才能，尊重他安邦济世的宏愿。加上李白初入官场，耿直而高傲，醉中命玄宗亲近宦官高力士脱靴，得罪了那些趋炎附势的小人。他们进谗言，下黑手，诬陷、排挤，无所不用其极，导致玄宗也对他不满。他在长安住了一年多，就被赐金放还。李白离开长安后，先赴洛阳与杜甫聚会，惺惺相惜，结下深厚的终生不渝的友情，二人同游梁宋故地，后来高适也加入这个友谊铁三角。三人一起游览齐鲁风光，到兖州后杜甫西入长安，李白南下会稽。对杜甫、高适这样心性才华的朋友的留恋和钦佩，也催生出李白的创作激情，分别之际，李白留下了这首气势不凡、风格奇异、形象瑰丽、境界卓拔的《梦游天姥吟留别》，（也叫别东鲁诸公》。李白超凡脱俗，独辟蹊径，写送别诗，不提惜别、友情和种种温馨回忆，而以一次梦游的奇异历程表达蔑视权贵、向往自由、保持自尊的共同思想倾向，强调朋友之间的共同思想基础。其中还有一个因素，就是笃信道教的李白，真的想去名山探求一下道教的真谛。

李白是一个特立独行、独辟蹊径、勇于创新的诗人，在这场梦游天姥山的过程中，凸显了浪漫主义气质和夸张想象的出色才能。开端写了梦游天姥山的由来。在海上游历冒险的海客谈神话中的瀛洲，那无边的汪洋之上，烟波浩渺中，实在难以接近。吴越之地的人士讲天姥山，倒是隐藏在云霞明灭之间，运气好的话，或许可以一睹真容。天姥山高与天齐，逶迤不断横在云端，其气势超越五岳，掩遮了赤城山的光芒。天台山高一万八千丈，但在天姥山面前还是低了很多，就像要拜倒在它面前一样向东南方向倾斜下去。开端是写梦游天姥山的因由。

接着是梦游天姥山的奇异过程。那位吴越之地人士的话激发起我梦游吴越的豪情，一夜之间飞渡了绍兴镜湖，镜湖照见了自己的影子，梦境又送我到了剡溪，谢灵运住过的地方仍然可以认出来，那里水波清澈猿猴鸣叫，一派仙气。我穿上谢灵运发明的上下山特别方便的谢公屐，登上云梯一般陡峭的山路，登到半山腰就看见了海上升起的旭日，听见传说中唤醒万物的天鸡的叫声。转过了千岩万壑，道路依然曲折不明。迷醉地看着美丽花朵，依靠着巨石休息，天色就昏暗了。此刻，熊在咆哮，龙在吟唱，震动得泉水哗哗奔流，吓得深林树梢也簌簌抖动。乌云阴沉沉地就要下雨，接着大雨倾盆，水面都冒起了烟。闪电霹雳，山崩地裂，加上巨响震动，大约是引发了山洪泥石流吧。忽然间，山门訇然洞开，展现出一派仙境。青天高远深不可测，日月辉煌高照神仙居住的琼楼玉宇般的金银台。那些仙人穿着云霓衣裳骑着风的骏马，纷纷飘然而下。老虎鼓瑟为之伴奏，鸾凤驾车为其驱使，仙人的队列密密麻麻声势浩大。正沉迷于这仙人隆重的欢迎仪式，忽然觉得心神悸动，恍然惊醒，不由得一声长叹。身边只有安眠之枕席，刚才梦中所见一切云雾烟霞，都不见了踪影。

最后，刚刚从梦游醒来的李白向杜甫、高适等知心朋友诉说了自己的感悟和心愿。人间行乐也是这样，自古以来，多少悲欢离合升沉进退的事情都如同东流之水般被投入忘川，永存的只有友谊，只有当世的欢乐！此次和朋友们分别何时归还重聚？且把带我们游览天下的白鹿寄养在郁郁葱葱的山崖，该走的时候就骑上它遨游名山大川。我辈岂能低三下四点头哈腰去侍奉权贵，使我不得开心畅怀！这是“卒章显志”手段的最典型的表现，原来奇异梦游，神魂飞越，烟霞云雾，虎啸龙吟，仙人缥缈，都是为了表达一种自尊、傲岸、不事权贵的心性。

这首诗比较充分地显示了李白的文字功力及抒情、叙事、绘景的高超艺术才能。是一首七言古诗，却夹杂了四言、五言诗句，形象瑰丽，境界博大，情感强烈，文势波荡，使读者始终在他的艺术魅力统御之下，跟随他上天入地，钻云探雾，和龙虎周旋，与仙人交会，也随他梦醒，感慨万端。

有学者认为，梦游天姥山实际是影射宫廷，开端的畅达梦游，象征初入长安的痛快，初期受到重用之时对朝廷的依赖和好感。而“忽已暝”三字之后的发展，表示他已经得罪了权贵。闪电雷鸣，山崩地裂，又和仕途不顺，被宵小排挤有关，最后的憬然梦回，觉醒后摒弃仕进，和权贵彻底决裂。有这种因素，但又不完全是这么回事。其实，李白是个拿得起放得下的人，曾经渴望出仕，但功名心不算太重，所遇排挤磨难也不算特别过分，仕进梦碎，他的失落也不特别惨痛。一种潇洒旷达的态度化解了一切，李白打破了那不切实际的幻想，不再当官，天马行空地来去自由，在广阔的华夏大地上遨游、歌唱，充分展示自己，勇敢面对磨难，快乐地享受人生。

菩萨蛮

平林漠漠烟如织，寒山一带伤心碧。暝色入高楼，有人楼上愁。
玉梯空伫立，宿鸟归飞急。何处是归程，长亭连短亭。

李白《菩萨蛮》和《忆秦娥》被辑选《唐宋诸贤绝妙词选》的黄昇定位为“百代词曲之祖”，近世龙榆生先生的《唐宋名家词选》也将此二首置于全书首篇。但到底是不是李白的作品，好像还有争论，因为其来历不明，何时所作，也不见于李白生平记载。近人考证多仍以张志和、白居易为词这种艺术形式之开拓者。然而李白这两首词作的成熟与深沉，恢宏气度和苍凉韵致，被尊为“百代词曲之祖”，名副其实。李白天纵奇才，于古风、乐府、律绝无一不精，器宇恢宏，天马行空，与杜甫双峰并峙，睥睨群雄。词曲乃晚近崛起之新体裁，李白性之所至，偶一为之，即跻升巅峰。就词这种艺术形式的发展轨迹论之，达到成熟的标志之一，即是有没有杰作名作传世。以此二首作品为词成熟确立、趋于完备之标志，真乃不可移易之论。

李白寥寥几笔就勾勒出一幅怨女思念远行人的图画。往昔，这种体裁具有永久的魅力，也蕴含了永久的悲剧意味。那时节交通靠双腿至多是风雨无凭的舟车鞍马，信息靠不畅通的驿站难以指望的鱼雁传书，道路是自然形态的千山万水沟壑荒漠，每一次离别都暗藏着永诀的意味，所有的承诺都有镜花水月的虚妄，指望的归期都有无数不确定因素的干扰而落空或延迟。就题材而言，这首《菩萨蛮》并无多大新意，然而，其格调之深沉高雅，其声韵之和谐流畅，其用词之准确不易，其文字之洗练严密，其所营造气氛之低抑凝重，还是让人惊叹，让人心折。

“平林漠漠”和“寒山一带”二句描绘出苍凉寥廓之大环境，已是深秋季节，枝叶疏落，甚有“漠漠”之感。暮烟浓密，山色转深，“寒山”、“伤心”之谓，带有主观色彩，本已有凋零信息的山林，在登楼女子看来，更觉凄冷，暗淡的碧色弥漫着冷峻凄凉的伤心色调。已经是暮色四合时分，那忧郁的人儿独自登上高楼，近景更是一片孤寂的伤心之色。虽然没有她凭栏远眺的细部特写，但好像已经看见了她那着轻盈裙衫的倩影，若不胜轻风之吹卷。这愁肠百结的人儿看见了什么？只有归巢的飞鸟，反衬出那浪迹天涯的人却是有家不归。疾飞的鸟儿装点着空寂的黄昏，思念的人在渺远的地方。那人的归程在哪里？有多么遥迢的距离？啊，是望不到头的长亭连着短亭，是那人需要跋涉多久的万水千山？

忆秦娥

箫声咽，秦娥梦断秦楼月。秦楼月，年年柳色，霸陵伤别。

乐游原上清秋节，咸阳古道音尘绝。音尘绝，西风残照，汉家陵阙。

这首词可以有两种解读，其一可看作是作者李白本人对于清秋感受的直接抒发，其二可看作一首怨女怀人的传统题材，是怨女在回顾伤别，在聆听箫声，在远眺，在思念，在乐游原上感受苍凉景色。和上一首《菩萨蛮》联系起来看，还是看作怨女怀人更接近李白的本意。把这种相对靡弱的闺怨题材写成这种苍凉悲壮的气象，真是奇异真是高古真是蕴涵慷慨深沉感悟的歌唱！

上片写秦娥也就是秦地一位美丽女子的怀念远行人的伤情。文笔极其含蓄曲折甚至有些缥缈无迹。听到幽咽的洞箫之声，这女子就会想到秦楼的明月，秦楼二字就是爱情的载体，因为它是弄玉箫史的爱情神话故事的美丽舞台。由两位爱情圆满的玉人，自然想到自己和郎君的久别，自己难以排解的孤独寂寞。长安城东的灞陵本是汉文帝的陵墓，附近的灞桥是送别远行人的伤心之地，青青的灞桥柳就成了离情别绪的象征。怨女想起自己和远行人灞桥分别的场景，想起年年柳色，离别经年，情何以堪。李白本人不就在另一处劳劳亭题写过“春风知别苦，不遣柳条青”的题词吗？这里的笔墨，浸透了柔情，调动起了慷慨任侠的李白那一缕怜香惜玉的思绪。

下片写这位怨女在乐游原上的所见所思。乐游原是长安西南一个著名的游览胜地，地势高阔平坦，可以俯视整个长安。清秋时节，游人稀少，直通故都咸阳的古道竟然有“音尘绝”的凄清，也许她想起了远行人的“音尘绝”，已经吞噬了自己多少青春华年。她伫立纵目，只看见清劲西风中的汉家陵阙，备感凄凉。李白此际的心绪已经不在这位伤心女性身上，且放下她的悲情伤感，直接抒发一份沉重的历史感悟吧。大汉声威、拓边丰功，一直让千秋万代引为骄傲和自豪，李白在这里表达了这份尊重、景仰、追怀。有评论家认为李白气象虽博大，但已经露出“衰飒之象”，且不管此论之正误，倒可以推断这首《忆秦娥》可能写在安史之乱后唐朝走向衰败的岁月，诗人借以表达一份忧患和失落的心绪。

“西风残照，汉家陵阙”寥寥八字，牵系了千百年来多少文人墨客的情肠！以眼光高远、评骘苛刻著称的王国维说：“太白纯以气象胜。‘西风残照，汉家陵阙’，寥寥八字，遂关千古登临之口。”就是说，有了李白这八个字，那些登高怀远发思古幽情的骚人墨客可以休矣。这和李白在黄鹤楼前说过的那句“眼前有景道不得，崔颢题诗在上头”的传说表达的意思如出一辙，抒发了对于千古不朽的杰作名句的无限尊重和珍惜。至于历朝历代甚至直到今天，依然有人在求索李白二首词作的真伪，这种执着精神值得赞许，但为李白所作，已经是不可移易的结论，一如岳飞的那首壮怀激烈的《满江红》还有人在分辨真伪一样。即使都真是后人的托名“伪作”，却托名得好，极其符合岳飞悲壮坚贞的品性和李白的灿烂雄健的文风。

崔颢（一首）

黄鹤楼

昔人已乘黄鹤去，此地空余黄鹤楼。
黄鹤一去不复返，白云千载空悠悠。
晴川历历汉阳树，芳草萋萋鹦鹉洲。
日暮乡关何处是？烟波江上使人愁。

崔颢（？—754），汴州（今河南开封）人。开元十年进士及第，曾出使河东节度使军幕，天宝时历任太仆寺丞、司勋员外郎等职。足迹遍及江南塞北。诗歌内容广阔，风格多样，或写儿女之情，香艳风流；或状戎旅之苦，风骨凛然。诗名早著，影响深远。但他的事迹存留极少，存诗也不多。

这首黄鹤楼起笔空灵开阔，在承认黄鹤楼的仙人骑鹤而来的神话的基础上，演绎出仙人骑鹤而去的神话故事，美丽而忧伤，这里已经是一座没有了黄鹤的空楼，而且黄鹤已经飞去了千年，面对无语白云，慨叹岁月悠悠，惋惜黄鹤不再，徒然引发来访者一番惆怅失落的情怀。被作者的大起大落的器宇震撼、沉浸在一种历史的时空感中的读者大概就不会注意到，这首诗前三句每句都有"黄鹤"二字，这是作诗的大忌，而且平仄也不合格律。可是诵读起来又流畅自然，和下面的连接又天衣无缝般圆满。这就是艺术的感染力超越了各种规范的范例。

站在没有黄鹤的黄鹤楼上抚今追昔的诗人，放眼黄鹤楼外的景色，阳光映照下的汉江边的成荫绿树，绿草如茵的鹦鹉洲，真开阔真美丽。面对黄鹤楼及其周围美景的诗人，此际最引动他思念情怀的还是乡情。想起自己久别的故乡，久违的亲人，诗人心中最柔软的部分被触动了。日暮时分，遥望汴梁，我亲爱的乡关，你在哪里？只有苍莽的群山，和那烟波浩渺的大江，使人倍增惆怅和愁绪啊！

崔颢从仙人传说入手，以浓重的乡愁作结，展现了黄鹤楼的风貌，和那种历史感沧桑感的韵致。节奏由明快转为深沉，语势流畅跌宕，感情真挚淳厚，历来受到激赏。严羽的《沧浪诗话》将它评为唐诗七律第一。元人辛文房的《唐才子传》记述了李白游览黄鹤楼后，因为特别敬佩崔颢的这首题写在黄鹤楼上的杰作，竟然发出“眼前有景道不得，崔颢题诗在上头”的叹息。以李白光明磊落的个性，这个传说极有可能是真实的。

刘长卿（一首）

逢雪宿芙蓉山主人

日暮苍山远，天寒白屋贫。
柴门闻犬吠，风雪夜归人。

刘长卿（约726—约786），唐代诗人，河北河间人，天宝年间进士。肃宗至德年间任监察御史，德宗朝曾任随州刺史，终于贞元六年前。其诗气韵流畅，意境幽深，婉转多讽，擅五言诗。他这首《逢雪宿芙蓉山主人》流传十分广泛，因为他描绘的一幅风雪夜归的生动图画，为世人所熟悉，那种风雪困顿中突然爆发出来的亲切温暖的感觉，给了很多人真挚的感动和真切的认同感。

全诗最重要最中心的一句是结句“风雪夜归人”，那么，这位“归人”是谁？归人和宿住芙蓉山庄的诗人是一个人吗？还是要在字里行间寻求答案。“日暮苍山远，天寒白屋贫”。正在旅途的诗人逢雪决定投宿芙蓉山庄，那时正当日暮时分，这山庄距离苍山尚远，在寒冷天气笼罩下，芙蓉山庄主人的“白屋”，或以白茅覆盖屋顶，或所有建筑木料均未油漆，呈现一种白色，显得贫穷寒碜。投宿朋友家，一般不应太晚，日暮时分是较为合适的。那时或已降雪，或阴沉欲雪，反正诗人是不会继续走下去了。

“柴门闻犬吠，风雪夜归人”。注意，此时不是日暮已是夜晚，距诗人投宿过去了一段时间，风雪夜的归人当然不是诗人本人，应该是主人家的另外成员，他的冒雪归来惊动了犬吠。在风雪交加、天寒地冻、饥渴疲累的路上挣扎的归人，回到他熟悉的贫穷然而温暖的白屋，享受天伦之乐的慰藉，休息那疲累至极的双脚，填充饥寒交迫的肠胃，此际忽然降临的温饱和亲情，是人间的至高无上的欢乐和温暖。而亲人对这位风雪夜归来的亲人的关切爱护怜惜呵护之情则是这个动人形象的另一面内涵。

刘长卿是利用简洁笔墨展现独特场景切身感受的能手，这让人难忘的场景，这简洁文字传达出的感情和感觉，都让人钦佩，让人震惊。他只是展现了这样一个场景一种境界，对此诗做过于深入过于曲折的解读又不是我所能认同的。

杜甫（十六首）

闻官军收河南河北

剑外忽传收蓟北，初闻涕泪满衣裳。
却看妻子愁何在，漫卷诗书喜欲狂。
白日放歌须纵酒，青春作伴好还乡。
即从巴峡穿巫峡，便下襄阳向洛阳。

这首诗不愧被称为杜甫（712—770）第一首快诗，是一次生命力快乐迸发的记录，一场灵魂之火燃烧留下的精魂，代宗广德元年（763）春写于四川梓州。随着官军收复河南河北的捷报，一场给国家民族造成重大损伤的安史之乱结束了，杜甫七八年被迫流浪的岁月也要结束了。这么多年颠沛流离、穷困潦倒的痛苦回忆，目睹生灵涂炭、辗转沟壑的难耐忧伤，早日终结动乱、回归正常生活的殷切期盼，在他胸中郁积太久太久了。这些年，杜甫的思索和抒情都是以一个沉稳的中年人的风度内敛而有节地表达出来的，如此狂放不羁如此神魂飞越，也是以沉郁顿挫著称的老杜唯一的一次狂飙突进式的歌唱！

一般律诗都会在颔联颈联安排两副对联，作为自己最主要的抒情和叙事乃至说理的主要手段和基本内容。杜甫此刻第一件想到的事情是立即回到久别的故乡久别的首都，电光石火般设想出回家的路线。也许最初闪现在心头的就是那两句，但又觉得只用首联两句话难以说清这种心情和情绪的由来，就用首联和颔联作为厚实的铺垫，“剑外忽传收蓟北，初闻涕泪满衣裳”，听到这个大好喜讯的第一个反应就是喜极而泣，这是表达极度兴奋的第一波浪潮。“却看妻子愁何在，漫卷诗书喜欲狂”，这两句作为颔联，对仗稍嫌不工，但大致是得体和完整的。是诗人将此喜讯告诉家人之后，全家人的强烈反应。老婆孩子还有什么忧愁可谈？自己也赶快胡乱收拾起正在阅读或写作的诗文，以狂喜欢庆这盼望了太久的捷报吧。虽然不会立即登程返乡，但诗人的心已经从他想好的路线一路顺风地飞向了家乡！

接着是他那激动人心的欢唱：“白日放歌须纵酒，青春作伴好还乡”。这两句的对仗巧妙而轻松自然，“白日”指白天，“青春”指草树葱绿的春天。“白日”本来是没有颜色的词汇，却和指代季节“青春”二字形成了工谨的对仗，以涉及颜色的“白”对“青”，以事关节候的“日”对“春”，亏得他在此等激动欲狂的喜悦中还能如此细心地推敲出这样美好严谨的律诗来！这是感情冲击的第二波浪潮。

尾联是这首诗的最高潮：“即从巴峡穿巫峡，便下襄阳向洛阳。”一种飞动的、凌厉的、气势贯通的、特别奔放的抒情来表达。此诗句末有自注云：“余有田园在东京。”（指洛阳）奔向家乡的路线，经水路过巴江的巴峡穿过巫峡，改旱路经襄阳直达东都洛阳。酣畅淋漓之余让人感到有意犹未尽、文势收束不住的感觉，因为他把尾联总括全诗、从容终结全诗的空间用一副漂亮的流水对占据了。

望岳

岱宗夫如何？齐鲁青未了。
造化钟神秀，阴阳割昏晓。
荡胸生曾云，决眦入归鸟。
会当凌绝顶，一览众山小。

杜甫以《望岳》为题的诗共三首，分别歌颂南岳衡山、西岳华山和东岳泰山，最著名的就是歌颂泰山的这一首。这首诗写于开元二十四年（736），当时杜甫二十四岁，是一位血气方刚、耽于游侠技击的青年，他当时正和朋友们在北国大地漫游，“放荡燕赵间，裘马颇清狂”，身体里总在跳动着勃勃有力的脉搏，襟怀也总是开阔悠远的。总之，此际的杜甫没有离乱之后的那般沉郁忧戚，开元盛世也没有安史之乱后的那般破败萧条。杜甫远远地看见泰山那雄伟的姿影，立即被它的气势和壮美震惊了！

中年之后的杜甫那炉火纯青的文笔，深沉博大的思索，不是凭空而来的。青年时代就具有如此出色的才能，如此神采飞扬、工谨成熟的文笔，用了四十个字的古风就完成了对东岳泰山的歌颂，几乎成为古今赞颂泰山笔墨的不可逾越的峰巅。

首句设问，又称为岱岳或岱宗的泰山景色如何呀？他没有直接回答，而是用对泰山具体的雄奇秀美的景色描绘作答。“齐鲁青未了”五字特别凝练而形象。就是向东望去，泰山余脉的青苍颜色沿着齐鲁大地逶迤绵延下去，不见边际。“未了”二字就完满地表达了这一层意思。

虽然是一首不讲对仗的古诗，但杜甫写得特别工整，中间二联除不讲平仄外，对仗意味分明。先说造化把大自然的灵秀之气都集中到泰山来了，是钟灵毓秀这句成语的具体运用。再说，泰山的另一种神奇之处是向阳面的明媚和背阴面的阴沉。杜甫就创造性地用一个“割”字刻画出山阴和山阳景色的巨大差异。“荡胸生曾云，决眦入归鸟”二句，“曾”字是“层”字的假借字。“决眦”是张大眼睛以致眼角裂开的意思，说登上泰山的人，那层层云霭，都飘荡到胸前来了，极言人在云层中的那种感觉；张大眼睛跟踪归去的飞鸟的影子。杜甫就凭想象，描绘出高峻的泰山山顶的奇崛画面和高远境界，显示出极其不凡的才具。

杜甫并没有登上泰山，但他把希望登上泰山的心愿表达得自然而强烈。而且想象出登上泰山绝顶会有“一览众山小”的开阔辽远的感觉。这个结尾既有力又隽永，给人的感觉真切舒展，给人的想象空间博大而辽阔。但杜甫这种器宇轩昂、豪迈雄劲的素质并没有充分开发出来，科举遇到困难，屈居下僚，做一个没有正式功名的小官其实是很尴尬而委屈的。接着是动乱来临，一切都无从谈起了。那个被后人挂在嘴边的官衔检校工部员外郎还是好友和靠山严武给办理的。这挫折够沉重的，但他没有被挫折和厄运压倒，没有在豪情幻灭乃至抛弃写作这条路上滑下去，而是继续并且拓宽了自己的写作道路，一方面精益求精，在创造美和传达美上下苦功夫，技巧达于极致；另一方面，面对人民的苦难，面对家国社稷的沧桑剧变，他没有沉默，更没有旁观，而是以他这支饱受苦难磨洗的健笔书写世事变迁，生民的涂炭，坚强和忍耐，幻灭和希望，使他笔下的抒情文字具备了史诗的品格，成为古今第一大诗人。

羌村三首·之三

群鸡正乱叫，客至鸡斗争。
驱鸡上树木，始闻叩柴荆。
父老四五人，问我久远行。
手中各有携，倾榼浊复清。

莫辞酒味薄，黍地无人耕。
兵戈既未息，儿童尽东征。
请为父老歌，艰难愧深情。
歌罢仰天叹，四座泪纵横。

杜甫在流亡中听到肃宗在灵武即位的消息，立即摩顶放踵，奔赴效忠，惜陷贼兵手，困居失陷的长安。至德二载（757）又自长安脱身，奔赴凤翔行在，“衣襟露两肘，麻鞋见天子”，这份忠贞感动了肃宗，杜甫被任命为左拾遗。在杜甫的同乡好友房琯因陈涛斜兵败被罢相之后，不知深浅的杜甫疏救房琯，惹怒了肃宗，被贬黜为华州司功参军，斥逐回到妻儿安置之地鄜州羌村。杜甫此刻的心情是悲喜交集，悲的是本来就不顺的仕途又遭到挫折，喜的是得到和分别已久的妻儿团聚的机会。在妻儿和邻人面前，不但不是衣锦还乡，还因贬官有点灰溜溜的尴尬。但生性质朴实在的杜甫就顾不得这些了，还是觉得离乱人世，能和家人团聚就是莫大的幸福。他在那里写下了《羌村三首》，抒发和家人团聚的悲喜。羌村三首虽然是如此题名，但实际上好像是一个不可分割的整体，语势贯通，风格一致，主题连贯。其一的关键诗句是“妻奴怪我在”，其二的是“抚事煎百虑”，其三的是“兵戈既未息”，反映了动乱、兵燹造成的灾祸和苦难和百姓盼望和平安宁的迫切心愿。

《羌村三首》之三内容集中在和乡亲父老的聚会，特别富有情趣和人情味，把和乡村父老们的深厚情谊、融洽关系展示得生动温馨。杜甫没有对贬官斥逐过分挂怀，不但没有尴尬羞耻，反而敞开心胸，在和质朴善良的邻居情感交融中享受人间纯洁至情。前四句，描绘了一出群鸡争斗、上树的欢乐小闹剧，显示了自己宁静快乐的心绪。中间八句是全诗的主体，重点描述了父老来访的过程、气氛、情绪，以及携酒、交谈的细节，在享受情意温暖的时刻，抒发了对战乱造成的“黍地无人耕”“儿童尽东征”的怨艾，对“兵戈既未息”乱局的强烈控诉。

最后四句，杜甫心情激动地向来访父老们致谢，情到深处，情到极处，深感父老亲情抚慰了他的心灵创伤，竟然“歌罢仰天叹，四座泪纵横”了，乡亲父老也跟着哭成一片。这是感情特别充沛的杜甫最为激动的一次流泪，是感谢深恩厚爱的泪，是愧对父老的泪，是胸中块垒被乡亲至亲融化的泪，是大家对开元盛世的惋惜和动乱岁月憎恶的泪。

客至

舍南舍北皆春水，但见群鸥日日来。
花径不曾缘客扫，蓬门今始为君开。
盘飧市远无兼味，樽酒家贫只旧醅。
肯与邻翁相对饮，隔篱呼取尽余杯。

上元二年（675），杜甫长期流浪之后，在朋友帮助下，在成都西郊浣花溪畔修建了一座草堂，总算有了一个安身立命的根据地。这是一个和大自然和谐共处的平台，也是一个和亲朋故旧聚会的场所，杜甫十分喜欢这里，心满意足。他找寻到久已失落的安全和安宁，把官场、仕途彻底抛在脑后。大自然的恩惠和趣味是充足亲切的，但和人的交流又是稀少不足的，杜甫经常处在自然关怀的满足和精神关怀饥渴的状态。一个离开官吏队伍、贫困多病的老年人（五十岁就算老年了）必然会门前冷落车马稀。杜甫最渴望的是有亲朋故旧来访。杜甫是个心肠热又耐不住寂寞的好心人，除了和邻居尽量友好相处之外，他几乎时时刻刻都在等待着，期盼着一件事——客至。

这一天真的来了，有一位崔县令过访。杜甫自己给这首诗的注解里说"崔明府过访"，"明府"是对县令的美称，这位崔县令可能是杜甫的亲戚，有的资料称就是杜甫的舅舅，即使不是舅舅，也是一位老友，这和当今普通农户家来了一位县委书记访问是绝对不同的。杜甫此时虽然贫如普通百姓，但毕竟当过左拾遗、工部员外郎，虽然实权不大，但官位可能高于县令，曾和当地最高权势人物严武关系不错，有一定名声，这回热情待客还不算受宠若惊和攀高结贵。杜甫对待官员，一般是谦恭谨慎的，但绝不会趋炎附势、卑躬屈节，但又不会傲慢失礼。乐不可支的杜甫的心情是纯真洁净的，没有一丝一毫的机心，一心一意准备待客。

对这座草堂心满意足，醉心于舍南舍北的春水荡荡、群鸥日日来访，也许隐含了客人较少造访的遗憾。在对草堂快乐而热情的描述中，显示出卓越不凡的才情。颔联既表达了花径不曾为客人清扫的歉意，又表达了这长满竹叶青枝的"蓬门"隆重为客人开启的尊重。清词丽句和美好形象营造的氛围中充分表达了对客人的真挚感情。颈联则对贫困主人待客酒宴的简陋表示歉意之余，解释"无兼味"的原因是"盘飧市远"，樽酒提供"旧醅"是因为家贫。把一个比较复杂的问题简洁顺畅地解释得合情合理，对草堂位置的偏僻和家境的贫困巧妙地略加掩饰，又曲折地提及，既照顾到礼貌，又抒发了心情。尾联特别温馨，很有礼貌地向客人发出请求，肯和邻翁对饮几杯吗？如果你同意，就隔篱呼唤邻翁把这点酒喝光吧。对客人的尊重、礼节的周全、邻翁的肯定应邀，都增添了待客的快乐氛围，结尾也写得温润有致。

快慰、满足，和自然环境的协调，热烈的好客精神，欢快轻松的笔墨，善良宽厚的灵魂，使这首诗获得了葱茏美丽的艺术生命。杜甫老先生是暂时忘却了动乱的局势、艰窘的处境、流浪颠沛的阴影，几乎一字未涉及他壮心未已的苦闷情怀。就让他在生命历程中的这个小阳春的避风港里暂且休憩陶醉吧。

登高

风急天高猿啸哀，渚清沙白鸟飞回。
无边落木萧萧下，不尽长江滚滚来。
万里悲秋常作客，百年多病独登台。
艰难苦恨繁霜鬓，潦倒新停浊酒杯。

杜甫是真正的性情中人，一位艰难时世中的有心人。满腔悲天悯人的温暖情怀，一片关注苍生的忧患意识；又是一位自然世界的知音，在这个深秋时分的陡峻的江边，灵敏地感悟到大自然的苍凉忧伤的意绪。他博大温馨的襟怀，和他那瘦弱衰颓的肢体形成强烈对照。这是一首写于夔州的抒情力作，历来被选家置于杜甫在夔蜀地区抒情作品的首位。前半首以极其凝练精粹的文笔，独具匠心地选取了秋景的细节，写出了由强劲的秋风、高旷的天宇、悲哀的猿啸、清澈的溪涧、洁白的沙滩、归巢的鸟雀构成的那秋意鲜明、色彩浓重的组合秋景，更以独具个人色彩的“无边落木萧萧下”的秋叶飘落的瞬间和习见的“不尽长江滚滚来”的永恒性作为对比，更表现出了这次登高临风吟唱，临流太息的抒情的典型环境。这是他抒发丰富而沉重的心灵叹息的铺垫。

杜甫离开首都长安，辗转于京畿、中原、川府之间的诗歌，抒发了动乱岁月中一位四处飘零的士大夫的心境。他写了首都的沦陷、君王的颠沛、百姓的流亡、山河的破碎、百业的凋敝、百姓挣扎于兵役徭役的痛苦和对所担当的责任的理解；更写了一位盛世官吏到乱世流民的转变，修齐治平理想的彻底破灭和个人贫病交加、孤苦无依的失落和惆怅。杜甫的哀伤不仅仅是对个人际遇的慨叹，他盼望安宁、痛恨叛乱、渴望平定叛贼的心愿，也是最广大百姓的迫切心愿，只不过他写得更好，更生动，更具有个性和实感，更能代表百姓的心愿。安史之乱是唐代由盛而衰的转折，甚至是整个中国封建时代由极盛转为衰败的分水岭。不是那些正史、野史、笔记小说，而是杜甫的诗歌成为了记录这一空前灾祸也是空前历史转折的沉痛史诗。

而这首诗的后半部分，分层次地展示了自己的孤苦无告、贫病交加的困境。他的悲剧情怀“悲秋”之情和“万里”流浪联系起来，和流浪的美称“作客”联系起来；把登台远望和“百年”的人生，和体弱“多病”联系起来，和孤独的“独”联系起来，就凸显了这次登高的凄凉韵致。两鬓秋霜是因为“艰难苦恨”；连一杯浊酒也停用了，是由于疾病更是由于潦倒穷困的日子，极言生活的拮据困苦。杜甫不动声色地一步步把自己的心绪和处境推向离乱日子愁苦心情的极致，完成了自己最需要表白的心情抒发。

全诗八句由四副对联构成，充分发挥了杜甫擅长对仗的语言优势。而杜甫的对仗异于他人者为特别贴切和分外自然，只感觉到诗人在清晰而真挚地抒发情怀描摹景致，丝毫没有觉得他在写有对联的诗篇。在你的感情受到震撼发出内心的共鸣和叹息之后，回过身来细细检数这些文字，惊异地发觉，它们竟然是那样精致和谐，原来那些感动我们的诗句都是严格工谨的对偶句。在别人为字句的妥帖、对仗的谨严贴切绞尽脑汁的时候，老杜已经好似漫不经心地完成了这艰难的文字工程。

春望

国破山河在，城春草木深。
感时花溅泪，恨别鸟惊心。
烽火连三月，家书抵万金。
白头搔更短，浑欲不胜簪。

唐玄宗天宝十五载（756）七月，安史叛军攻陷长安，肃宗在灵武即位，改元至德。以忠君为己任的杜甫在投奔灵武行在途中，被叛军俘至长安。这是一次既惊险又屈辱的经历，给了诗人心灵和肉体莫大的痛苦，次年写此诗抒怀。方家评论这首诗是：“意脉贯通而不平直，情景兼备而不游离，感情强烈而不浅露，内容丰富而不芜杂，格律严谨而不板滞。”此论甚为剀切。

此际被叛军盘踞的首都，已是萧条破败，肃杀之气弥漫。在这个没有一丝万物复苏气象的春天，诗人所见，只有满目疯长的荒草，一句极为沉痛也极为让人惊悚的话跳上心头——“国破山河在”这句流传千古的诗，发出了对被颠覆的国都和被践踏的河山的沉痛叹息，也抒发了广大百姓士子热爱祖国、珍惜和平、痛恨叛乱的共同的心声。诗人慨叹离乱，移情至没有生命意识的花草，它们沾染的露水有如为艰难时世流下的眼泪；而和不知所踪的家人的离别让自己心痛得难以自持，甚至鸟儿的鸣叫也会震惊他那脆弱的心灵。兵连祸结的离乱岁月，最珍惜的是传递家人安危和吉凶祸福的一封家书，这种人人心中有口上无的共同感受，被杜甫提炼成了“烽火连三月，家书抵万金”的沉痛而犀利又无比贴切的歌唱。这就是创造就是开拓就是当代百姓们和百代知音期盼渴望的声音！而能发出这样富有创造性开拓性歌唱，除了杜甫的天才和功力之外，亲身遭受国破离乱亲人失散，奔赴行在被敌俘虏，亲眼目睹首都残破的最刻骨铭心的生活经历是更为重要的因素。

最后一句，杜甫情绪低沉下来，收拢回来，抚摸一下自己日渐稀少的白发，叹息已经插不住发簪了。因为这首诗有了如此响亮沉痛的首联，和如此石破天惊的颈联，气势和强度已经达于顶峰，结尾处感情就不宜继续上行，稍微低抑内敛些的吟咏，会增添动人情怀的力度，更加符合老杜的沉郁顿挫的风格。

月夜忆舍弟

戍鼓断人行，边秋一雁声。
露从今夜白，月是故乡明。
有弟皆分散，无家问死生。
寄书长不达，况乃未休兵。

这首诗作于乾元二年（759）秦州。忠于朝廷的杜甫，逃出叛军盘踞的长安后，奔赴凤翔行在，“麻鞋见天子，衣袖露两肘”，肃宗可怜他这份忠贞，封他为左拾遗，一位不大不小的谏官。因为疏救房琯，几遭刑戮，长安收复后，被贬为华州司功参军。战乱时期的小芝麻官当然待遇菲薄，加上关中饥馑，难以为生，杜甫就弃官西往秦州。此际杜甫的处境极其艰难，妻儿被寄放在鄜州，四位弟弟中，除杜占外，杜颖、杜观、杜丰都在乱中失散，自己刚刚丢失了来之不易的官职。此时又传来史思明攻陷洛阳的噩耗，生活的艰困拮据，颠沛流离的苦恼，内心的悲戚和失落，对家国命运的忧患，对亲人的牵挂，已经达于极点。

又到了白露节气。深秋季节的肃杀，惨白月光的照耀，归雁嘹唳的凄切，“戍鼓”单调惊心的击打，行人断绝的空寂，使这位此际几乎丧失了人生一切的离职下层官吏百忧缠身，柔肠寸断，忆起舍弟，亲情汹涌，挂虑牵肠，就吟咏出了这首流传千古的诗篇。

全诗几乎都是极其质朴的白描手法直抒胸臆。描绘了当时的季节、景致、气氛，诉说了兄弟间的失散和死生难料，战乱中寄书总是不达的窘境。描写了这些，虽然让人同情怜惜，但除了文字凝练风格沉郁之外，并无特别动人的笔墨。关键是颔联“露从今夜白，月是故乡明”极其出色极具才情的歌吟！百代读者佩服的、留在记忆中的、会随口背诵出来也是这两句。遣词造句之精密，文辞对仗之贴切，文势语感之顺畅，寄寓乡情亲情之深沉，都达到“至矣尽矣无以复加矣”的地步。以白描手法拆解开白露节气这两个字，立即接续上还是弟兄们团聚在一起的故乡明月好，这平平常常的十个字立即形成了这么温馨、美丽、亲切又有几分凄凉黯然的意境，催生了读者的激赏共鸣和赞叹心折，这就是语言文字难以诉说的奇妙和莫名其妙的魅力！杜甫在个人处境和内心世界的极度低潮中还保持如此矫健飞扬的才气和创造激情更是让人惊异。

月夜

今夜鄜州月，闺中只独看。
遥怜小儿女，未解忆长安。
香雾云鬟湿，清辉玉臂寒。
何时倚虚幌，双照泪痕干！

杜甫这位端方谨慎的诗人，几乎全部心思都在关注国家的安危，朝廷的吉凶，家庭的否泰，烝民的休戚；时时刻刻坚持修齐治平的理想，无奈地抒发一份“不眠忧战伐，无力正乾坤”的悲哀和失落。检数他的作品，极少涉及香艳妆奁，描绘女性美丽，更不涉儿女情肠。对于他的妻子，这位陪伴他度过了艰辛离乱一生的忠贞贤惠的女人，他几乎没有一首对她的描绘和介绍的诗篇，提及她时多称之为老妻，或和儿女一并称为妻孥、妻子，我们甚至不知道她的芳名。只有这一首在危难中怀念音书断绝的妻子的诗中，语言婉丽，流露出一点点赞美爱恋的情愫，为中国史诗上这位没有独立名字的角色留下了一幅虽美丽然而漫漶不清的剪影。

天宝十五载（756）安禄山攻陷潼关，杜甫全家移至同州白水舅父家中，长安失陷后，叛军占领白水，杜甫携家眷逃至鄜州羌村。肃宗在灵武即位信息传来，杜甫奔赴行在，途中被叛军俘虏押往长安。这首诗就是在长安所作。惦记离乱中失散的亲人，这是人世常见的事情，也是文人墨客多次涉及的题材。但好像比杜甫写得更好的不多，这首诗也成为了千古流传的杰作。因为他不但具有真情实感，而且具有别人难以企及的选择、提炼、炼字炼句的功夫，安排整体结构和抒情重点的经验，把别人心中有口上无的感悟第一个写出来。

第一层，杜甫看到失陷的长安的明月，想起了远在鄜州的妻子，但他不说自己的思念，而怜惜妻子自己看月的孤独，隐含当初二人曾经共同赏月的幸福时光衬托今日的孤独。第二层，想到那些未解风情的小儿女不了解思念父亲的妈妈内心的苦楚，更增添了妻子的一份孤单无依的伤痛。这样纡曲这样细密这样体贴这样温存，充分体现出杜甫柔情似水的情怀。

想起孤苦无依的妻子，杜甫的寸寸柔肠和真挚爱恋之心被触动了，他慷慨地运用了“香雾”、“云鬟”和“玉臂”几个有香艳色彩的词语形容自己的妻子。杜甫当年四十四岁，妻子也就在四十上下，是中年女性风韵犹存的季节。有了这样一首诗，在读者心中，杜甫的妻子就不再是一个苍老憔悴的“老妻”形象，而是一位秀美飘逸的云鬟氤氲着香气，洁白丰润的双臂如同粉妆玉琢，虽然历经苦难和折磨，但依然保持了端庄美丽的女人形象。这些在杜诗中少见的笔墨，既展现了杜甫那番蕴藉情怀又给历尽沧桑的妻子的形象点染出一抹难得的亮色。

“何时倚虚幌，双照泪痕干”是一个极其有力的结尾。杜甫抒发了自己美好的向往，也替天下离散家庭表达了最迫切的心愿。这里轻轻引入了一个词语“双照”和首联中的“独看”形成对照和照应。杜甫想象着夫妻二人倚着帘幕，月光照耀着因久别重逢而激动地流下热泪的情景。夫妻一起看月本是极其平常的事，但是如今却成了如此遥远难以企及的梦幻，杜甫时刻不忘抒发对战乱岁月的厌倦和对叛乱的憎恨，表达了始终如一的渴望天下太平的心声。

咏怀古迹·其三

群山万壑赴荆门，生长明妃尚有村。
一去紫台连朔漠，独留青冢向黄昏，
画图省识春风面，环佩空归月夜魂。
千载琵琶作胡语，分明怨恨曲中论。

杜甫的怀古诗大都写得感怀深切，识见高远，典雅婉曲，精准确切，既抒发了自己对古人的崇仰之情，又描绘了伟大先辈的不朽典型，在古今怀古诗中鲜有其匹。他讴歌的对象是那些为国为民奉献生命、勇气和智慧的仁人志士，特别钟情于诸葛亮。但他写的讴歌王昭君的一首诗更精致、更蕴藉、更加动人情怀。王昭君美丽绝伦的风采，远嫁蛮荒的经历，悲惨幸运兼具的命运，坚强勇毅的个性，感动了千秋百代，成为历代诗人作家争相吟咏的题材。细加检数，江淹、王安石、姜夔咏昭君诗词为最佳。然杜甫这一首似乎可以作为赞颂王昭君最佳诗篇的代表。

王昭君是生在秭归香溪的一位农家女儿，极其美丽聪慧，风致魅力惊人，十六岁被纳入汉元帝宫中。这个皇帝的女人太多了，竟然要按照宫廷画匠画出的宫女肖像来决定临幸谁。众宫女都争相贿赂画匠毛延寿，昭君偏不理睬他，这位阴损的毛延寿竟然在昭君像眼睛下方点上一个雀斑，俗称滴泪雀，被认为有克夫命。昭君在宫中苦苦等待了五年，青春渐渐流逝，却没有见过皇上的“圣容”。碰巧，大汉王朝大敌匈奴分裂为南北匈奴，南匈奴单于呼韩邪希望归顺大汉并恳请和亲，娶一位汉家公主。汉元帝就挑出五位宫女以公主身份供呼韩邪选择。王昭君就是这五位宫女之一，而她是其中唯一自愿挺身而出的一位。她宁愿去荒漠苦寒的匈奴居住地，饮食腥膻，伺候一位语言不通、不知相貌、不知脾性的年老单于，也不愿在这牢狱一样的宫中等待自己的青春枯萎生命凋谢。老单于一眼就相中了昭君，第一次看见王昭君美貌的汉元帝后悔了，但出于礼貌和信义，还是眼睁睁地看着呼韩邪把二十一岁的昭君领走了。元帝给昭君陪嫁了大量财帛器物送昭君踏上了北上的征途，并立即杀掉了毛延寿泄愤。老单于对昭君恩爱万分，封昭君为阏氏（王后），昭君很快适应了胡地的生活，温顺地陪伴老单于，为他生了两个女儿。三年后老单于去世。匈奴的风俗是老单于去世，继任单于可以娶守寡的阏氏。这在大汉就是晚辈烝母的乱伦罪行。昭君当然不能接受这样的耻辱，于是给汉元帝写信，希望借老单于去世机会返回祖国。汉元帝却冷酷地回话说："从胡俗。"于是昭君违心地嫁给了年轻单于。出乎意料的是，这对年貌相当的夫妻特别恩爱，度过了昭君一生最美好的日子，生了儿子伊屠知牙师。他们共同生活了九年，新单于辞世，昭君两年后也去世了，给匈奴百姓留下了年轻美丽仁爱聪慧的美好回忆。据说，在干旱多风沙的匈奴草原上昭君的陵墓永远是绿草繁茂长青的，被称为青冢。

王昭君是一位弱者，被辜负被抛弃被损害，但她又是一位质朴坚韧的强者，敢于挑战危险和艰难；她是一个不幸的女性，但她能够适应新奇、险怪的生活处境，忍受身心的磨难，在不幸的境遇中寻求、开拓、等待出幸福之路。如果把她提升为有民族责任心和使命感的爱国者，促进民族和睦和融合的功臣，予以崇敬、感谢也无不可。

杜甫是怀着同情、惋惜、敬佩、怜爱的心绪写王昭君的，他对昭君悲剧命运的把握大致是对的，昭君形象的塑造也是准确而富有内涵的。杜甫当时居住在白帝城，距昭君出生的秭归香溪尚有几百里路程，站在高处也是看不见的。他只是想象着看见了昭君的家乡。"群山万壑赴荆门，生长明妃尚有村"，连绵的山峰山谷如同丛聚在一起，向夔门涌来，在这壮丽恢廓的景色中有一个小村落，那就是昭君的故乡。有人指出，昭君的出场也太隆重了。杜甫本意正在于此。给这位奇崛而质朴的女性一个庄严的历史定位。晋代为避司马昭的名讳把昭君改为明妃。

"一去紫台连朔漠，独留青冢向黄昏"，是昭君命运的高度概括，她离开紫台也就是皇宫的路程是联接着朔方的荒漠。而十几年后，昭君在匈奴辞世，留下一座青冢孤独地面对每日黄昏。"画图省识春风面，环佩空归月夜魂"，又回过头叙述昭君悲剧命运的来龙去脉。君王本是应该依照画图来赏识昭君的春风美貌的。这里似乎省略了一句：他错过了省识昭君美貌的机缘。下一句好像省略更多，昭君辞世，盼来的只能是昭君魂魄月夜归来。杜甫抒发了一片感伤情怀。这几句的安排颇有一点意识流、时空交错的味道。

结尾是对昭君命运的总结："千载琵琶作胡语，分明怨恨曲中论。"昭君故事千载流传，琵琶这种从匈奴传来的乐器，依然以匈奴风格的乐曲，弹唱着对昭君的怀念，其中分明含有怨恨之意。论者多从这两句得出结论，认为杜甫是在昭君身上寻找到了和自己的共同点，借古讽今，抒发自己怀才不遇的感伤。其实，杜甫并不是有修齐治平大才能的人，自己也大致知道。生逢乱世，半世蹉跎，穷困潦倒，颠沛流离，他憎恨的是叛贼，对当朝圣上不大会抒发不满情绪的。

赠卫八处士

人生不相见，动如参与商。
今夕复何夕，共此灯烛光。
少壮能几时，鬓发各已苍。
访旧半为鬼，惊呼热中肠。
焉知二十载，重上君子堂。
昔别君未婚，儿女忽成行。
怡然敬父执，问我来何方。
问答乃未已，驱儿罗酒浆。
夜雨剪春韭，新炊间黄粱。
主称会面难，一举累十觞。
十觞亦不醉，感子故意长。
明日隔山岳，世事两茫茫。

这首诗写于乾元二年（759）杜甫自洛阳经潼关返回华州途中。杜甫因为疏救房琯被贬为华州司户参军。当时安史之乱已经延续了三年，两京虽然已收复，但叛乱远未平息。心力交瘁的杜甫行经奉先县时拜访了旧居陆浑庄，和旧友卫八处士重逢，悲喜交集，经历了感情的巨大而强劲的冲击，产生了这首在杜甫动乱时期诗作中风格独特的作品。处士指没有任何官职和功名而有学问有抱负的民间贤达。诗风亲切质朴简约温厚，和那些沉郁顿挫的沉重声音显示出音色的差异，颇有汉魏和陶渊明的浑朴平易。仔细品读，那沉郁隐藏在貌似平静的诉说和描绘中，那顿挫就隐含在字里行间情绪的起落转换中。

极有章法，层次分明，以叙事为主，议论、抒情为辅，记述了和老友重逢别离的全过程。参商二星，此起彼落，相聚遥远，位置呈180度角，多用以比喻人的离别容易聚会难的命运，寄寓了一份沉重的思念和遗憾。但是我们毕竟又聚首在这支灯烛之下，不知今夕何夕，难辨梦中梦外，惊异、狂喜、激动、意外，这是一喜；探问旧时伴侣和少长友朋，一半已经辞世为阴间之鬼，此时才四十八岁的杜甫，面对故旧如此惨痛的半数夭殇，能不惊呼失声戚戚凛然于心？这是一悲。在这种悲喜交集的心情下，回顾了和老友二十几年的交谊。以下全是叙述，别时未婚的老友，如今儿女成行，恭谨尊敬父辈友人，和悦问候，充满了家的温馨。接着是对老友殷勤待客的更具体的描绘，“夜雨剪春韭，新炊间黄粱”成了表达农家饮食情韵盎然的名句。“十觞亦不醉，感子故意长”两句把老友酒逢知己千杯少的情怀写得淋漓尽致，把离乱中的艰难时世苦中作乐的亲热而凄凉的意绪表达得含蓄而内敛。以“明日隔山岳，世事两茫茫”两句结尾，将热烈奔放的友情高潮急速转化为离别的惆怅。情绪的急剧变化，更显深沉蕴藉，意蕴无穷，把留恋、惜别、重逢无期的怅恨表达得极其得体。“两茫茫”也和开端的“参与商”适成呼应。

这离乱岁月的暂时的相聚充满了温馨色彩，朋友间的情意低回宛转，真挚绵密，是混沌残酷的乱世中一角难得的宁静港湾，暂时相聚又得匆匆离别，这倾心交流的时刻又是漫长的离乱年月极其珍贵的快乐瞬间。全诗表面的温馨亲切的氛围实际上是笼罩在整体的巨大惆怅阴影之下的，使人有一种先甘甜后苦涩的回味，抨击叛乱、珍惜和平的主题是弥漫在字里行间的。

春夜喜雨

好雨知时节，当春乃发生。
随风潜入夜，润物细无声。
野径云俱黑，江船火独明。
晓看红湿处，花重锦官城。

这是一个质朴而宽厚的灵魂温馨美丽的歌唱，在杜甫众多忧戚沉郁的吟咏中闪射出明亮喜悦的光辉。这首诗让人们知道，除了紧蹙眉头诉说苦难忧心危险思虑艰辛，他还会这样开怀歌唱一场新春的喜雨。命运把这位士大夫抛到生活的谷底，抛到战乱岁月，他成为和普通百姓共同承受苦难的同伴，他和百姓们一样关切禾稼长势，心系风雨阴晴。这是一场久盼的喜雨，杜甫这颗对万事万物都十分敏感的心，完完全全沉浸在对这场春雨的狂喜和对大自然的感念中，是在天人合一崇高理念统御下的朴素哲思和审美吟唱。

艺术感悟敏锐，表现技艺超群，杜甫对这场喜雨，写得极有层次，文脉贯通，气韵葱茏，诗意盎然，写了盼雨、听雨、看雨、想雨的全过程。盼雨意蕴没有占据篇幅，是在字里行间流露出来的。杜甫巧妙地运用了拟人手法，把这场春雨想象为一位有感情有心愿、温暖知心、和蔼亲切、惹人怜爱的生命。称之为“好雨”，不仅因为它正当其时，而是因为它“知时节”，知道人间百姓的心愿，在最需要的时候，在当春时节发生。杜甫是在床上听见它的降临的，“好雨知时节，当春乃发生”，真是恰当其时呀。想象它“随风潜入夜，润物细无声”，知道跟随和风轻轻地、静静地“潜入”夜晚，它不是那种声势浩大张扬乖张的大雨，它伴随的风也不是那种狂风而是轻软的和风，它也不是雷声大雨点小的小雨或浅尝辄止的阵雨，而是雨量不小、持续时间不短、淅淅沥沥不肯停歇的那种典型春雨，它对久旱的禾稼是一种轻轻的悠长的滋润，是一点一滴都进入土壤心坎而不是让土壤开怀畅饮纵横奔流的豪雨。这四句是听雨。

“野径云俱黑，江船火独明”。听着春雨的诗人思绪万千，浮想联翩，在床上躺不住了，想看看这雨有停歇的迹象吗？于是起身去亲眼看一看它。阴雨天之夜是一片漆黑，但微光中分辨得出白亮的“野径”来，那野径隐没在漆黑的乌云笼罩下。这句话还欣喜地告诉人们，天空依然阴云浓密，只有江上渔船的灯光还孤孤单单地亮着。好雨没有浅尝辄止，还在淅淅沥沥地下着，诗人也就安心地睡去了。这两句是看雨。

躺在床上，他快快乐乐地想到，好雨给满城花木带来了滋润和生气，明早看那被打湿的花木，浥露的红花，一朵一朵会更鲜艳更肥大，如同厚实沉重了不少，给雨后的锦官城增添一副花更红艳更饱满的景象。这两句是想雨。

杜甫的吟咏蕴含着多么浓重的诗意和美感，成都也因为这首诗加深了美丽别名锦官城的影响。美而不艳，特别会心，对人生的深情，对自然现象自然生命的理解、倾心、怜爱、亲近都达到了更高的层次，这首五律成为千秋读者的最爱，歌颂第一场春雨的经典诗篇。

旅夜抒怀

细草微风岸，危樯独夜舟。
星垂平野阔，月涌大江流。
名岂文章著，官应老病休。
飘飘何所似，天地一沙鸥。

杜甫在四川的较好日子，随着辞去节度参谋职务和好友节度使严武的辞世（765）又陷入低潮。孤苦无依的老病诗人乘一只小舟沿岷江、长江东下，在渝州、忠州一带写下了这首充分展示了他的诗歌沉郁顿挫特点的名篇。

古人对月抒怀的心绪比现代人强烈得多，月亮在他们心中的地位也重要得多。杜甫有多少诗是写于月夜，或者就是对月抒情？这首诗把写情融入写景，写景中又浸透了深沉的感情。当夜，杜甫的孤舟停泊在江边。近处看，纤弱的野草在岸边微风中飘摇，小舟那高挺而更显脆弱的桅杆孤零零地立在江边。一番低抑沉重的心绪。放眼四望，是“星垂平野阔，月涌大江流”，清冷的星星垂直地高悬在开阔的平野之上，滔滔江流涌碎了月光倒影。杜甫的视野多么开阔，器宇何等辉煌，一派一览江山囊括万物的气概！在这里，杜甫抒情绘景的重点不在欣赏无限风光，而在于以广阔壮丽的江天景色对照江岸野草的纤弱，也是有意无意地在衬托自己的命运。

回到自己不幸的、孤单寂寞的命运上来，杜甫的情绪一下子跌落回了冷酷的现实世界。“名岂文章著，官应老病休”，这两句实际上是这首诗最想说的话，也可以说是中心语句。我的名声难道是因为我的文章吗？我的官运因为老病也真的应该结束了。这是反话牢骚话。以杜甫和当时知识分子的观念，一般都不以自己的文学成就为意，以修齐治平、致君尧舜为最高追求，诗词文章不过是发泄牢骚的雕虫小技而已。杜甫并不愿以文章著名，更愿意在仕途上有所成就。他是曲折地发泄对排挤他轻视他的政坛小人的不满，自己虽然老病，但还不致彻底逐出政坛毫无用处的地步。杜甫命运不济，几次有升迁可能的机会都丧失了。他不大具备飞黄腾达的可能，而且他心肠太软太善良，这就注定了他不大可能大富大贵大红大紫。对这种情况，他自己也有相对清醒的认识，也有学者认为他的话有一定的自嘲自省的成分。

公平地说，此际的杜甫既有不满要发泄，也有自叹老病的无奈自嘲。反正倒霉透了也窝囊透了。他憬然一悟，在天地之间，这样漂泊无依，我像个什么呢？灵光一现，“飘飘何所似，天地一沙鸥”，原来自己就是一只浮游于天地之间、艰难觅食的沙鸥啊。

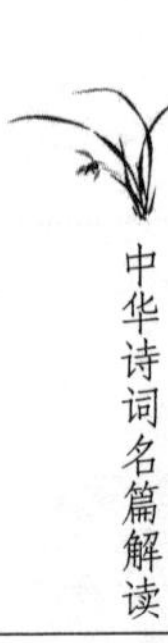

江南逢李龟年

岐王宅里寻常见，崔九堂前几度闻。
正是江南好风景，落花时节又逢君。

这首诗写于大历五年（770），就是诗人辞世那一年。垂垂老矣的诗人，流落到了湖南潭州，竟然遇见了当年名满天下的伟大音乐家李龟年。在恍若隔世的开元盛世，喜爱李龟年歌唱和演奏艺术的杜甫，曾经在深受君王宠信的皇弟岐王李范府上和殿中监崔涤宅邸看见过李龟年的演出，极其折服，惊为神人。离乱的岁月匆匆流逝，杜甫本人和李龟年都已老迈，没有想到，在这陌生的江南却意外重逢！诗人感慨万端，心潮激荡，千言万语不知从何说起，就把这些慨叹浓缩为二十八个字的七绝。其笔墨之凝练，其感情之浓烈，其内涵之丰富，其韵味之悠长，其叹息之深沉，都达于极致，历代评价极高。无怪清代邵长蘅曾认为："子美七绝，此为压卷"。

看似随意地提起当年欣赏李龟年歌唱和演奏的地方：岐王府第和崔涤的宅邸。既介绍了李龟年光临王府和权贵门第表演音乐的崇高身份，又回忆起自己分外喜爱音乐得以经常出入王府和官邸和李龟年相识的缘分。由于两位王爷都特别雅爱音乐，又都分外受君王宠爱，所以这两处地方就成了开元盛世文人雅士荟萃的艺术中心，提到这两处地方，必然是深沉怀念开元盛世的强大和繁盛。这就不知不觉地把思绪引导到离乱颠连的痛苦。据有关李龟年经历的记载说，这位音乐家也走入了人生的低谷，遭逢离乱和颠沛流浪，也一改当年的雍容华贵的演奏风格，唱起了世事沧桑的悲剧："唱不尽兴亡梦幻，弹不尽悲伤感叹，凄凉满眼对江山。"杜甫也反复表达对江山社稷和黎民百姓的忧虑："不眠忧战伐，无力正乾坤"，两位老朋友会有多少要倾诉的心里话。

潜台词太丰富太多向度了，但一切都在不言中。彼此这些年的离乱经历，首都长安的沧桑变迁，不堪回首的开元盛世，故人的走死逃亡，百姓的水深火热，贵妃娘娘的悲惨命运，对大唐盛衰的叹息……都不必说了，此刻正是"暮春三月，江南草长，杂花生树，群莺乱飞"之后的落花时节，江南风景最美妙的、转瞬即逝的暮春季节，我们意外地重逢了！多浓的诗意，多奇异的缘分，多沉重的思索，多悲喜交集的叹息啊！

登岳阳楼

昔闻洞庭水，今上岳阳楼。
吴楚东南坼，乾坤日夜浮。
亲朋无一字，老病有孤舟。
戎马关山北，凭轩涕泗流。

这是诗人辞世前一年的作品，也可以看作诗人即将诀别这个世界时的心灵自白。特别使人感到震动的是颔联“吴楚东南坼，乾坤日夜浮”的精美和大气、器宇和才华、想象力和表现力。早就向往华夏第一大湖洞庭湖，今天终于登上了人文精神贯注的岳阳楼，心胸为之一展，灵魂为之一震，那种感受都隐含在首联之中了。登上岳阳楼的杜甫，面对烟波浩渺的洞庭湖，纵目向东方和南方眺望，正是这片汪洋大水，分割开了吴越大地和荆楚大地。他巧妙地使用了一个“坼”字，“坼”原意是分裂、裂开，而且正是格律所需要的仄声字。与之形成对仗的是“乾坤日夜浮”一句，杜甫感觉到，这片无边无际的大水，可以比拟大海，足以容纳日月，在其宽阔的怀抱里升沉。他巧妙地使用了“乾坤”二字，“乾坤”原意是指天和地，杜甫把它当作日月的代名词，太阳和月亮总是在这片水域升起和沉落。这个日月在广阔的洞庭湖水域升沉的巨幅画卷，是无形的，是存在于他的想象空间之中的，犹如曹操所说的“日月之行，若出其中；星汉灿烂，若出其里”。

器宇轩昂的凭栏远眺，神采飞扬的遣词造句之后，杜甫老先生把情思拉回晦暗的现实中来，拉回贫弱老病的自己身边来，情绪一下子低落下来。多年的颠沛流离，也鲜有人过问，又失去了高官朋友严武的庇护，已经“亲朋无一字”了，几年来衰老和病痛一直折磨着这风烛残年的老人，近年来大部分时间是在一艘孤舟上度过的。用“无一字”对“有孤舟”，贴切协调，把自己的苦况用如此言辞准确、音韵流畅、格律精严的诗句表达出来，这份从容冷静，这份极其专业的诗人素质，是杜甫的本色！

尾联更显示杜甫博大的胸怀，用“戎马关山北”五个字概括了当时吐蕃进犯宁夏灵武、陕西邠县，朝廷震动的消息，以“凭轩涕泗流”结束了这次登临慨叹的抒情。为什么杜甫如此激动，竟至“涕泗流”呢？在长期的颠沛流离中，他深深体会到战乱给国家给百姓造成的巨大伤害和深重痛苦。老病、孤独的窘境并未让他如此悲伤，提起黎民和社稷的损伤，却引起了巨大的悲痛，足见杜甫那种以国家社稷黎民为重的价值观。这和他在《茅屋为秋风所破》中宣告的“呜呼！何时眼前突兀见此屋，吾庐独破受冻死亦足!”是同样的襟怀。作为一个伟大的人道主义者，大义凛然的爱国者，以羸弱的病体、贫困交加的生活境遇登临岳阳楼的杜甫，全然不顾自己的不幸，一涉及黎民社稷，就悲痛得“凭轩涕泗流”的杜甫，其宽阔器宇、宏大志向、高尚情怀，都足以感动百世。念及杜甫的自然生命仅仅剩下了一年，这份坚贞，这份清醒，这份卓越诗才，毫无弱化倾向的创造力，既让人感佩，又让人怜惜。

观公孙大娘弟子舞剑器行

大历二年十月十九日，夔府别驾元持宅，见临颍李十二娘舞剑器，壮其蔚跂，问其所师，曰："余公孙大娘弟子也。"开元三载，余尚童稚，记于郾城观公孙氏舞剑器浑脱，浏漓顿挫，独出冠时，自高头宜春梨园二伎坊内人洎外供奉，晓是舞者，圣文神武皇帝初，公孙一人而已。玉貌锦衣，况余白首，今兹弟子，亦非盛颜。既辨其由来，知波澜莫二，抚事慷慨，聊为《剑器行》。昔者吴人张旭，善草书帖，数常于邺县见公孙大娘舞西河剑器，自此草书长进，豪荡感激，即公孙可知矣。

昔有佳人公孙氏，一舞剑器动四方。
观者如山色沮丧，天地为之久低昂。
㸌如羿射九日落，矫如群帝骖龙翔。
来如雷霆收震怒，罢如江海凝清光。
绛唇珠袖两寂寞，晚有弟子传芬芳。
临颍美人在白帝，妙舞此曲神扬扬。
与余问答既有以，感时抚事增惋伤。
先帝侍女八千人，公孙剑器初第一。
五十年间似反掌，风尘鸿洞昏王室。
梨园子弟散如烟，女乐余姿映寒日。
金粟堆前木已拱，瞿唐石城草萧瑟。
玳筵急管曲复终，乐极哀来月东出。
老夫不知其所往，足茧荒山转愁疾。

这是杜甫诗中动情描绘舞蹈艺术的一首杰作，描绘之生动，感情之饱满，词语之精美，慨叹之深沉，几乎达到了极致。诗前有小序，如同散文诗一般优美。他在小序中说，大历某年某月某日，我在夔州别驾元持家里观赏了临颍李十二娘的剑器舞表演，觉得舞姿矫健多姿，光彩照人，问其所师，说是公孙大娘的学生。想起玄宗开元三年，我尚年幼，在河南偃师看过公孙大娘跳《剑器》和《浑脱》舞。迅捷酣畅，夭矫飞扬，冠绝当时。皇宫内宜春苑、教坊里的歌舞伎弟子和宫外的舞女中，精于此舞的，在玄宗初年，只有公孙大娘一人而已。当年她衣饰华美，容貌出众，震动了我幼小的心灵。此处原小序为“况余白首”四字，和上下文不搭界，后人疑为“晚余白首”之误。据此可以将此四字理解为：“如今，我已经是皤然老翁”，眼前她的弟子李十二娘，也不再年轻。知道了她的师从渊源，看来其技艺之纯熟精彩也一脉相承了。慨叹良深，于是写了一首诗，名字就算“剑器行”吧。听说从前吴县人张旭善草书，几次在叶县观看了公孙大娘的《西河剑器》舞，草书水准大为长进，更加豪放奔腾，激荡不羁。公孙大娘舞姿之杰出，可以想见一斑。

“昔有佳人公孙氏，一舞剑器动四方。观者如山色沮丧，天地为之久低昂”。我们一般把上了年纪的已婚妇女称为大娘，于是，不由得就有这位大舞蹈家是一位上了年纪的大娘的印象。其实她是兄弟姐妹中排行老大，和年龄、婚否无关，很可能当年正是一位妙龄姑娘。这位色艺俱佳的美女跳起剑器舞来真是轰动四方。观看跳舞的真是人山人海，看得大家心惊胆跳，失色而发愣。让人随着她舞蹈的节奏感觉天地也随之低昂变化。“霍如羿射九日落，矫如群帝骖龙翔。来如雷霆收震怒，罢如江海凝清光”。她舞姿光彩照人，当其手臂垂落身姿下蹲时就像后羿射落九个太阳顿时闪闪烁烁，当她矫健起舞身姿飞扬时就像群帝乘龙翱翔于天。剑器舞以鼓伴奏，舞者出场前擂鼓急促，鼓声急停，舞者现身，光彩四射，气象万千，故言“雷霆收震怒”。舞罢，只见这位锦衣玉貌的女子，定定地立在中央，故云“江海凝青光”。

“绛唇珠袖两寂寞，晚有弟子传芬芳。临颍美人在白帝，妙舞此曲神扬扬”。公孙大娘的美艳绛唇和饰着明珠的衣袖都退出了辉煌美丽的舞台，寂寞中杜甫及时把写作重心转到她的弟子李十二娘身上来。这位临颍的美女在白帝城即夔州献艺，美妙的舞姿神采飞扬。“与余问答既有以，感时抚事增惋伤。先帝侍女八千人，公孙剑器初第一”。我和她倾谈了好久，感慨岁月流逝，佳人难再，不胜伤感叹惋。她说，侍奉先帝玄宗礼乐歌吹的侍女有八千之众，公孙大娘的剑器舞绝对是第一。“五十年间似反掌，风尘鸿洞昏王室”。杜甫的思绪回到初次观看公孙大娘剑器舞之后五十年，慨叹光阴迅速流逝，惋惜安史之乱使大唐王朝急剧衰落，无边的风雨暗淡了王朝的天空。“梨园子弟散如烟，女乐余姿映寒日。金粟堆前木已拱，瞿唐石城草萧瑟”。杜甫心情低回而激动，想起当年繁华似锦的梨园弟子如今都零落星散，“女乐余姿”指仅存的梨园弟子，也就是面前的李十二娘已经是人到中年，韶华难再，惹人怜爱的姿影映照在秋日的寒日之下。金粟堆也就是玄宗的墓地上的树木已经成长到可以拱抱的程度，而瞿塘峡上的石城夔州荒草萋萋，一片零落萧瑟。

结尾终结在杜甫本人的愁苦老病的处境上："玳筵急管曲复终，乐极哀来月东出。老夫不知其所往，足茧荒山转愁疾。"装饰玳瑁的乐器的急管繁弦奏出的乐曲终结了，明月初升，心中由重睹剑器舞的芳华而生的快乐转为悲哀，迷惘的老夫不知何往，只知道不怕脚下磨出腿子漫无目的地绕山疾走。

这是一首从眼前重睹剑器舞回忆起幼年观舞蹈顶尖高手表演的复式叙事，描绘师徒二人五十年前后的舞姿，叹息沧桑剧变，时间跨度极大，叹息良多。杜甫对公孙大娘的舞姿充满了敬意和奇异的震撼，李十二娘的舞姿又把这种回忆激活，他想把这种极端强烈奔放空灵的印象写出来，于是他用了极其有力的语言尽力描绘出了那奇特的舞蹈景观。但此刻的舞蹈已不复当年的灿烂光彩，呈现出凄凉败落的色调。这不是一个轻松的创作经历，是苦思默想、炼字炼意、调动多重技艺、闯出描绘舞蹈姿态的新路来的艰苦劳动。杜甫"来如雷霆收震怒，罢如江海凝青光"描绘剑器舞，白居易"大珠小珠落玉盘"描绘弹琵琶，可谓双绝，交相辉映。

茅屋为秋风所破歌

八月秋高风怒号，卷我屋上三重茅。
茅飞渡江洒江郊，高者挂罥长林梢，下者飘转沉塘坳。
南村群童欺我老无力，忍能对面为盗贼，公然抱茅入竹去。
唇焦口燥呼不得，归来倚杖自叹息。
俄顷风定云墨色，秋天漠漠向昏黑。
布衾多年冷似铁，骄儿恶卧踏里裂。
床头屋漏无干处，雨脚如麻未断绝。
自经丧乱少睡眠，长夜沾湿何由彻！
安得广厦千万间，大庇天下寒士俱欢颜，风雨不动安如山！
呜呼！何时眼前突兀见此屋，吾庐独破受冻死亦足！

这绝对是杜甫"原生态"的写作，没有丝毫的做作，没有片刻的犹疑，没有习惯的苦吟，一笔倾泻出一个不算太大又是难以克服的灾难的全过程，一颗博大而纯粹的士大夫心灵的震惊、急躁、愤怒、诅咒、忍耐、苦恼、宽容、爱心、升华的真轨迹。"八月秋高风怒号，卷我屋上三重茅。茅飞渡江洒江郊，高者挂罥长林梢，下者飘转沉塘坳”。罥，缠绕之意。塘坳，低洼之处。诗的开始就把灾难的起因、后果交代得明明白白，三重茅草全部丧失了。以五个同韵诗句，表达出失去房顶的极其困难的境地，这是第一层。“南村群童欺我老无力，忍能对面为盗贼，公然抱茅入竹去，唇焦口燥呼不得，归来倚杖自叹息”。群童淘气，公然抱茅而去，这一行为打破了杜甫从林梢、从塘坳底捡回茅草重建屋顶的指望，灾祸的进一步发展，这是第二层。依杜甫宽容善良的品格，他不会轻易骂人的，可是，情急之下，这老头顾不得士大夫的礼仪规矩了，唇焦口燥地痛骂顽童“欺我老无力”、“对面为盗贼”。

“俄顷风定云墨色，秋天漠漠向昏黑”。大风倒是停息了，瞬息之间，漆黑的天空，秋雨飒然而至，失去茅草保护的屋顶只能暴露在冰冷秋雨的袭击之下。“布衾多年冷似铁，骄儿恶卧踏里裂。床头屋漏无干处，雨脚如麻未断绝”。冷硬如铁的布衾，被厌恶使用的娇儿蹬踏开裂，床头床尾，雨脚如麻，屋里寻不到一片干地，杜老先生已经处于绝境，这是第三层。不是老先生所擅长的苦吟笔墨，是亲身经历的惨痛感受！“自经丧乱少睡眠，长夜沾湿何由彻”！丧乱岁月，年老无眠，卧在湿透的床上，怎能挨过这无边的长夜？杜甫老先生此刻应该是怎样的绝望、怨艾、沮丧、叹息啊！

“安得广厦千万间，大庇天下寒士俱欢颜，风雨不动安如山”！超越了常人难以忍受的尴尬痛苦，如同平地一声雷，杜甫突然发出了境界如此高远，气势如此雄壮的呐喊！在这风雨交加的夜晚，杜甫老先生经历了一场灵魂深处的搏斗，结果是理想战胜了苦难，希望战胜了绝望，博大的襟怀战胜了小我的怨艾。中国士大夫那种心忧天下、拯救苍生的崇高精神，那种慈爱悲悯情怀，在此刻爆发了。占据他心怀中心位置的，是一片庇护天下寒士的遮风避雨的、风雨中巍然屹立的广厦。这些寒士中当然包括刚才还“当面为盗贼”的群童。“呜呼！何时眼前突兀见此屋，吾庐独破受冻死亦足”！他急切盼望想象中的广厦变成现实中的屋宇，就是自己这所茅屋破坏净尽自己冻死了也心满意足。杜甫不但成为伟大诗人，作为一个历经磨难而不颓丧、身处绝境而依然关注苍生的普通人，他也是伟大的大写的人。

刘方平（一首）

月夜

更深月色半人家，北斗阑干南斗斜。
今夜偏知春气暖，虫声新透绿窗纱。

刘方平（生活在开元天宝年间，生卒年月不详），河南洛阳人。天宝年间曾应进士试不第，从此隐居颍水、汝河之滨，终生未仕。工诗，善画山水，其诗多咏物写景之作，尤善绝句，善于寓情于景，意蕴无穷。

这是一首特别别致秀美的小诗，在写月夜写春色的如林作品中，凸显出特殊的魅力，被各种选本选入，被历代读者青睐，被传诵，被铭记。春暖时节，月色半阑，星斗横斜，小院恬静，这是何等美妙的、容易激发诗情的时刻啊。这位从未受过官场恶浊之气熏染的布衣诗人，还保持着一颗纯真洁白的心，得以和大自然进行如此深入细致的交流。

首句简单描绘一个更深时分月亮沉落月华半掩的小院，次句以北斗和南斗星位置的阑干倾斜加强了“更深”的意涵。末二句说今夜的春暖感觉，不仅仅是造化的恩赐，更是他那颗灵敏而感恩的心首先“偏知”了“春气暖”的原因。蛰伏一个冬天的昆虫受春之召唤，开始发出了唧唧鸣叫。“虫声新透绿窗纱”一句特别富有情韵，整个冬季，“绿窗纱”没有听到虫豸之声了。这个“透”字用得好，传达出那种不疾不缓、轻重适度地传入的虫鸣感觉，“绿窗纱”也似乎有了知觉感情，以欣喜的心情听那虫声隔窗传来。

意境是如此清新，声韵是如此和谐，感觉是如此温馨，节奏是如此活跃，一种隐含不露的欣喜跃然纸上，特别适合年轻人阅读欣赏，难怪被选入初中语文课本呢。

岑参（三首）

白雪歌送武判官归京

北风卷地白草折，胡天八月即飞雪。
忽如一夜春风来，千树万树梨花开。
散入珠帘湿罗幕，狐裘不暖锦衾薄。
将军角弓不得控，都护铁衣冷难着。
瀚海阑干百丈冰，愁云惨淡万里凝。
中军置酒饮归客，胡琴琵琶与羌笛。
纷纷暮雪下辕门，风掣红旗冻不翻。
轮台东门送君去，去时雪满天山路。
山回路转不见君，雪上空留马行处。

岑参（715—770）是唐代边塞诗的代表性诗人，这首诗是他的代表作，也是唐边塞诗的代表作。在那个强盛的大唐王朝，开边扩土传播帝国声威，已成为大唐盛世的时代精神。具有奔放开阔的天性的岑参，经历了在遥远的边疆和守土开边的将士长期共同生活的洗礼，对这种博大进取的精神有了深刻鲜活的体悟，对荒凉的边疆风物和豪迈的边疆将士也产生了真挚情意，于是锤炼了他那豪迈苍凉响彻着金戈鼙鼓之声的诗章，给那个伟大时代留下了让千秋百代为之骄傲为之奋发的记忆。

当年，岑参任在今新疆轮台的安西北廷都护节度使封常青的判官，是襄助主帅的文职官员。这是送别即将离任的前任武判官的一首古风。文词通俗流畅，节奏明快，换韵自然，舒展奔放，十分得体地将惜别之情和对白雪的歌唱融合在一起，表达的却还是歌颂戍边将士的主题。白草是一种大西北特有的牧草，晒干后发白；珠帘，罗幕，指珍珠穿成的门帘和绫罗做的帘幕，军营不会这样讲究的，此处是一种文雅美化的说法；狐裘、锦衾，指狐皮袍子和锦缎被褥，也是文雅美化之词；角弓指用牛羊鹿角装饰的硬弓；不得控，是说因为寒冷，弓都拉不开；都护，泛指镇守边疆的长官；铁衣，指铠甲；

瀚海阑干，指沙漠纵横交错绵亘无边的样子；中军，指主帅营帐；置酒，指设酒席；风掣（chè）：红旗因雪而冻结，风都吹不动了；冻不翻：旗被风往一个方向吹，给人以冻住之感。

他在尽情地形象地描绘边疆风雪的狂暴、严酷极早降临的同时，不动声色地写出了戍边将士的泰然自若坚强面对的气概。面对“北风卷地白草折，胡天八月即飞雪”的寒潮突至，诗人没有畏惧和叹息，竟然用了“忽如一夜春风来，千树万树梨花开”这样奇异新鲜而美丽风流的比喻，可见诗人心境的开朗和快乐，对边疆将士的挚爱移情到了风雪和严寒这些严酷难忍的自然现象。接下来写雪花吹入营帐，打湿衣衾，盔甲冰冷难穿，硬弓冻得拉不开，红旗被冻结得不会飘动，传达这些极其真切鲜活的感受时，又用了一连串的优美甚至雕饰的词语，表现了一种自豪、珍爱、尊敬、赞美的激情。特别有趣富有情韵的一幕是“中军置酒饮归客”的欢乐昂扬的热烈场面，那里没有一丝对长官奢侈生活的埋怨和忧愤，只闻“胡琴琵琶与羌笛”，用词不多，将“瀚海阑干百丈冰，愁云惨淡万里凝”的广袤而凄厉的冰天雪地挡在欢乐的军帐之外。

最后几句，回到了送别的主题，“山回路转不见君，雪上空留马行处”，低回而深情，含蓄而真挚，有一种依依不舍的情意回荡在雪原之上，给这首诗作了完美的收煞。这位武判官好像不是岑参的故交，而是在交接过程中新结识的朋友。越是艰苦的环境越能激发真挚深厚的友情。

这首昂扬进取器宇不凡的诗，有一个虽然遥远但是却十分阴暗的尾声。那位“中军置酒饮归客”的主帅封常青，在建立了不世勋业之后，因为安史之乱中抵挡不住叛军的攻势，败退固守潼关，和高仙芝一起，被暴怒的唐玄宗处死，唐王朝的自毁长城，令人扼腕叹息，不仅是他们个人的悲剧，也是大唐由盛而衰的悲剧。

走马川行奉送封大夫出师西征

君不见走马川，雪海边，平沙莽莽黄入天。
轮台九月风夜吼，一川碎石大如斗，随风满地石乱走。
匈奴草黄马正肥，金山西见烟尘飞，汉家大将西出师。
将军金甲夜不脱，半夜军行戈相拨，风头如刀面如割。
马毛带雪汗气蒸，五花连钱旋作冰，幕中草檄砚水凝。
虏骑闻之应胆慑，料知短兵不敢接，车师西门伫献捷。

这是对大唐正义之师威武之师的精彩描绘和真心礼赞，对一次成功的军事行动的动情描绘；是对功勋卓著威名远扬的封常青将军的真挚敬意和真心崇拜，对拓边将士的感佩和自豪的情怀。

走马川在天山主峰至伊赛克湖之间，是环境极其恶劣严酷的高寒地区。这次封常青奉命出征，是在中原初寒的深秋、边疆冰天雪地的季节。这违背一般季节气候规律的严寒和中原人从未见过的狂暴大风，给了人极具威慑力的刺激。这首描写战争的诗篇绝大部分笔墨用于描绘严寒和风雪，而从侧面的环境加强了对这些抗御风雪的勇士的正面歌颂。这首写于天宝十三载（754）的边塞诗得到古今知音的高度评价：激昂高亢，雄迈豪壮，奇才奇气，风发泉涌。全诗十七句，六换韵，句句押韵，形成一种节奏急促、音韵宛转、气势奔腾的格局。以“君不见”三字开端，是一般古诗和乐府诗的常见体例，往往跟随着尽情的、夸张的、狂放的笔墨。“走马川，雪海边，平沙莽莽黄入天”，极言其环境的寒冷和荒凉；而“轮台九月风夜吼，一川碎石大如斗，随风满地石乱走”又把寸草不生飞沙走石的戈壁狂风作了夸张性的描绘。“匈奴草黄马正肥，金山西见烟尘飞，汉家大将西出师”几句，则将匈奴趁秋高气爽草肥马壮之机南下侵掠金山即阿尔泰山以西的侵略本质和大唐将士奉命反击保家卫国的正义性交代得清清楚楚。

在戍边大军中军行营任文职军官的岑参，是这伟大战斗的参与者，作为一位创作经验丰富、感悟力超群的诗人，又成了一位见证者和歌颂者，他的见闻和感受是最真切最具体的。主帅封常青“金甲夜不脱”，夜行军的兵戈相碰触，凌厉的朔风“如刀面如割”，已经写得环境严酷，气势雄健；而带雪的战马“汗气蒸”腾，身上的“五花连钱”花纹马上凝结为冰，又是何等生动鲜活，如闻其声如见其形。而负责起草军中文书的岑参本人“幕中草檄砚水凝”，则是如此的细微和豪壮，他呵开冻墨奋笔疾书的身影令人慨叹敬佩！大唐军阵的声威太强大了，气势太雄壮了，岑参和弟兄们坚信“虏骑闻之应胆慑，料知短兵不敢接”，这次出击肯定是一次不战而屈人之兵的胜利：“车师西门伫献捷”，在出征地车师城等着祝捷受降的仪式吧。这是岑参的想象和心愿，但强悍的匈奴也不是吃素的，他们对战斗的胜利是有把握的，战斗的血腥残酷难以避免。

岑参和戍边将士都是血肉之躯，酷寒和艰辛的折磨，捐躯沙场的威胁，对家乡和亲人的思念，是实实在在的严峻人生，但是捍卫江山拓边扩土的豪迈气概，报效祖国的正义冲动，战胜了这一切！岑参的边塞诗篇较少描绘将士们的思乡厌战和对艰苦危险的叹息，给盛唐气象留下了更开阔昂扬积极进取、更富时代精神的史诗性歌唱。

岑参无论如何也想象不到，他如此敬佩、如此纵情歌颂的封常青几年之后竟然被残酷寡恩的玄宗杀害，给他杰出的诗篇暗藏了一抹浓重的阴影。

逢入京使

故园东望路漫漫，双袖龙钟泪不干。
马上相逢无纸笔，凭君传语报平安。

这是岑参写于天宝八载的作品，岑参时年三十四岁，作于远赴西域安西节度使高仙芝幕府任书记途中。

岑参心中交织着两种情绪，占主导地位的是在强大国威感召下，男儿当横行西域，建功立业，求取功名；对家人妻儿依依不舍的眷恋，也顽强地噬咬着他的心。他曾豪迈地宣称，“万里奉王事，一身无所求。也知边塞苦，岂为妻子谋?”但被压抑的潜台词是，亲人，为了你们的幸福，我不得不抛妻别子，远赴荒漠之地，拼搏一番呀！

在河西走廊和西域腹地坚强地行进的岑参，遇见了一位回京述职的使者。这位使者或许是他的故交甚至是陌生人，因为亲密朋友意外相逢，会激动得翻身下马，亲切交谈，不大会继续骑在马上打招呼。自己正在向安西进发，向故乡的方向望去，是漫漫长途，看看人家使者，不久就会回到故乡见到亲人了。百感交集的岑参竟至泪流满面，“双袖龙钟泪不干”了，此处“龙钟”二字作淋漓不断解。此刻，思念亲人的热情占据了他的心胸，急于托这位使者向自己的家人传达自己平安的信息。在那个交通不便、信息闭塞的时代，离开亲人的日子不论长短，都会被思念、牵挂、担忧的心绪折磨，诗人知道，自己多么想念家人，家人就多么思念自己。二人都正骑在马上，断不会有文房四宝带在身上，写信是不可能了，情急之下只好托这位使者“凭君传语报平安”了。

极端朴素，极端口语化，但又极端真切，极其符合当时当地的规定情境，所以这首短诗获得了长久的艺术生命。这种大家心中有而口上无的感受，一旦被首先表达出来，就会得到普遍的共鸣和认同，这就是审美法则。这种情形的情绪的表达，有赖于诗人的生活感受，也有赖于他那颗敏锐地撷取灵感的心。

韦应物（二首）

寄李儋元锡

去年花里逢君别，今日花开又一年。
世事茫茫难自料，春愁黯黯独成眠。
身多疾病思田里，邑有流亡愧俸钱。
闻道欲来相问讯，西楼望月几回圆。

这是一首很完美、很工谨也很规范的唐诗，声韵和谐，语言典雅，对仗贴切，感情醇厚，境界高远，寄寓深沉，而且从首联一直精彩到尾联，几乎每一句都可以让人记住，堪做学习写诗的教学范例。那么，这位韦应物是一个什么样的人呢？是一个珍重友情的性情中人，一个多愁善感的善良士大夫，一个有良心有担当的官吏，一个真心同情普通黎民的仁人，一个对花开花落的自然节序的变化感知灵敏的知音，一个有才华有技巧的诗人。

韦应物（约737—约791）抒情的对象李儋元锡到底是一个人还是两个人，意见纷纭，说起来都有道理。我们就赞成是两个人的意见吧，好在这不是最重要的问题。知道他们都是官吏都是诗人都是珍重友情的君子，对于理解韦应物的这首诗也就够了。

去年今年，花开季节，朋友离别，真心思念，这普普通通的事物，被韦应物随随便便组接成了如同口语般流畅的诗句。知心朋友聚少离多，珍贵时光轻易流逝，是温馨的问候还是苍凉的慨叹？都蕴含在这质朴而简洁的吟唱中。

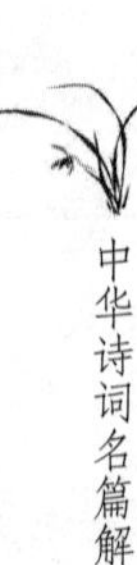

他要向远方的朋友诉说什么心曲呢？世事茫茫，有多少挫折、失落、迷惘、孤独，难以排遣的时分？生机勃发的春天最容易触发的失落和愁绪，也要向知音诉说。我的愁绪主要是面对我治理的属地因贫困饥荒而流亡的灾民时的那份愧疚，我对不起国家给的那份俸禄啊！至于说自己“身多疾病思田里”倒不是重点，其实是下一句愧疚之词的陪衬。

这种思念之情的结尾，是颇为新颖独特的，听说朋友要来看望自己，就急切地盼望、等待，竟至凝眸月亮，看它几度圆缺，数点着聚会来临的日子。从这一点也可以看出，古人由于信息的闭塞、交通的阻塞，亲朋之间音讯的中断是时常发生的事情，但人与人之间的友情联系却比当今要坚韧可靠得多。这首诗做到了首联爆响易彻，结尾余韵悠长，中间二联坚实充盈，抒发了一个正直的士大夫在横流浊世的烦恼和无奈，以致全诗境界高妙，情意绵长，足以感动百代。

滁州西涧

独怜幽草涧边生，上有黄鹂深树鸣。
春潮带雨晚来急，野渡无人舟自横。

这是德宗建中二年（781）韦应物任滁州刺史时一次郊游后所作。作为创作经验丰富的诗人，韦应物很好地理解和把握了自己的写作对象，颇有层次地描绘了四幅画面，先是青青野草茂盛地生在溪涧边上，特别惹人怜爱，幽草上空有黄鹂鸟儿在树林深处鸣啭。正当诗人闲适地欣赏这山野风光时，黄昏时分的春雨挟带着汹涌的春潮稍有湍急地涌进溪涧，最后一句所展示的是这组景色的核心画面，野渡空无一人，一只渡船独自横在溪涧水面上。它轻轻飘荡着，应该有缆绳牵系，作等待摆渡的姿势。诗人是依次展现的几种印象，涧边幽草，黄鹂鸣啭，春潮陡涨，好像都是习见的景色，但叠加四幅画面，就组成了幽阒、荒寂的印象，加上最后那个很有特色不大常见的野渡舟横的画面，强化了山野风味。韦应物的这首诗生动体现了他的闲适情趣、淡泊人格和超强的捕捉形象提炼诗情的能力。至于有人对这首小诗做了过分解读，提及什么人生感悟、抒发忧国忧民感情云云，就略显蛇足了。

这首诗引起了后世较大的反响，本来不太出名的滁州西涧声名鹊起，和欧阳修的醉翁亭成为两处著名的景观。也许深受这美丽画面吸引的读者没有注意到，这首诗二三句之间还有“失粘”的毛病呢。

卢纶（二首）

塞下曲六首·其二

林暗草惊风，将军夜引弓。
平明寻白羽，没在石棱中。

卢纶（约748—799），唐边塞诗人，河中蒲（今山西永济）人，代宗大历年间任集贤学士，秘书省校书郎，官至检校户部郎中，大历十才子之一。他的诗描绘边塞战斗生活，紧张生动，诗风雄健，文笔简洁，传达出那种盛唐时期的开拓进取的精神。《塞下曲》又名《和张仆射塞下曲》，共六首，描绘了发号施令、涉猎破敌、奏凯庆功等军旅生活场景。这是其中之二，没有直接写当代的边塞战斗，而是重温了汉代名将李广射虎的故事，既得体又形象，特别贴切地借指了战斗场景。李广有一个极富神采又广为传颂的故事。《史记·李将军列传》记曰："广出猎，见草中石，以为虎而射之，中石没镞，视之石也。更复射之，终不能复入石矣。"卢纶以极其简洁干脆的语言再现了这个故事，但稍微加以改造。他说，在夜晚幽暗的树林中，刮起了疾风，草木为之纷披。右北平地区多虎，这可能是猛虎出现的前兆。李将军高度警惕，张开强弓，准备射猎之。箭如疾风射向那只影影绰绰的猛虎。但走近一看，却不是猛虎，而是射入一块石头。卢纶说，夜晚并没有仔细查看射猎结果，而是到了黎明时分去寻找那支箭镞的白羽，原来那箭镞深深地射入了那块石头突出的石棱中！这样就使文势有起伏，更生动更鲜活。至今，大多数人都认为是天亮之后才去查看射猎结果的吧。这就是卢纶这首短诗的巨大影响。

其实，无论是《史记》还是《塞下曲》，都沉浸在快乐惊奇赞叹的激动之中，谁也没有细细辨别这个传说的真伪是非。铜铁之箭镞，较深入地射入石中是不可能的。但人们宁可相信这美丽的神话，保留一份对人的膂力潜能浪漫的想象，也保留一份对那位保卫了国家而下场悲惨的李将军的怀念和敬意。

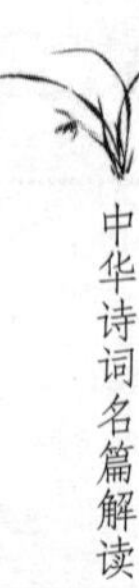

塞下曲六首·其三

月黑雁飞高，单于夜遁逃。
欲将轻骑逐，大雪满弓刀。

匈奴等北方游牧民族对我国北方边疆的侵扰连绵不断，击退侵扰保卫天下太平一直是生死攸关的头等大事。在古代，开边扩土的穷兵黩武和反击侵略的保家卫国总是紧紧地缠绕纠结在一起。但大唐帝国的边塞战争还是以正义的反侵略战争为主流的，投身边塞，慷慨悲歌地征战、戍守的将士是正义之师，也是卫国英雄。边塞诗中以反击侵略保卫国家的正义呼唤为主旋律，以那种舍生忘死、坚忍不拔的气概为荣，以横扫敌寇、驱逐残敌的胜利为荣，还没到反对穷兵黩武百姓涂炭的时候。

卢纶的《塞下曲》之三就以饱满的激情、雄健的气势、恢廓大度的文笔展现了一次完完全全的胜利！

一个月黑之夜，大雁被军阵惊飞，匈奴的首领单于已经乘夜遁逃。是仅仅满足于敌寇的遁逃，边疆暂时宁静，还是乘胜追击，歼灭敌人于国门之下？英勇的将军的回答是，一定要全歼来犯之敌，不能让他们逃脱！“欲将轻骑逐，大雪满弓刀”。将军就要率领轻骑追击敌人，在出发的片刻，飘扬的雪花落满将士的弓弩刀剑！诗人抓住了这个既豪壮又充满英雄气概的画面，留下了他传之久远的歌声。

李益（二首）

夜上受降城闻笛

回乐烽前沙似雪，受降城下月如霜。
不知何处吹芦管，一夜征人尽望乡。

李益（约748—约829）是中唐时期著名边塞诗人，其诗作风格苍凉雄劲，歌唱戍守边疆的豪情壮志，表现为追慕盛唐气象，较多抒发了边疆将士戍守思归的愿望和心情。汉代即有受降城之建，为君王接受匈奴投降典礼所在，唐代受降城为高宗时张仁愿所筑，为抵御突厥进犯用。共有三座，今人对李益所指为哪一座尚有分歧，且搁置勿论。就诗中语境而论，回乐县和受降城是一个地点，大约在今宁夏灵武县西南。这个地方是沙漠连天荒凉苦寒之地，是李益感受开边卫国的悲壮崇高之美和体会戍卒们寂寞孤独的思乡之情的结合点和冲撞点。

回乐县境的烽火台前的沙漠在月光照射下如同白雪一般耀眼，那高峻的受降城下的月光把原野映射得如同秋霜铺地，推出了一个空明冷寂高旷疏朗的画面。在这个寂静的夜晚，不知何处传来了吹奏芦管的音籁。芦管，即胡笳，胡人卷芦叶吹之以作乐。这个芦管之声可能从远处的胡地传来。《晋书·刘琨传》载："琨在晋阳，尝为胡骑所围，城中窘迫无计，琨乃乘月登楼清啸，贼闻之，皆凄然长叹；中夜奏胡笳，贼又流涕歔欷，有怀土之切；向晓复吹之，贼并弃围而走。"可见，军人心中最柔软的地方就是故乡之思。刘邦将项羽包围在垓下时的四面楚歌和刘琨的深夜胡笳，都是瓦解敌方军心的利器。李益在此巧用这个典故，且不论芦管音籁来自何处，根本就"不知何处"嘛，既营造了一个苍凉悠远的氛围，又真切而深沉地替这些卫国守边的将士抒发了一份思乡怀归之情。戍边英雄们的乡情是真挚的强烈的，而守土卫国的责任感使命感也是坚强的不可摧毁的。

喜见外弟又言别

十年离乱后，长大一相逢。
问姓惊初见，称名忆旧容。
别来沧海事，语罢暮天钟。
明日巴陵道，秋山又几重。

这是离乱时期的一次意外重逢的快慰慨叹和立即离别的无限惆怅，既感有久别重逢的温馨快慰的惊喜，又充溢着立即离别的苍凉惋惜。

外弟就是姑表或姨表弟弟，在特别重视和珍惜亲情的古代中国，这是极为亲密的亲戚。从首句“十年离乱后，长大一相逢”看，这位外弟是儿时的玩伴，关系比较亲密。离别已经很久，少年离别，如今都已经老大，可能远超过十年。他把这次短暂的聚会，写得十分简洁而生动。有相见场面的描绘，有畅叙过程的概括：“问姓惊初见，称名忆旧容”，绘声绘色，描摹声口，宛若听见二人的对话：“贵姓?”“在下姓李名益，字君虞。”“非君虞外兄乎?”于是一对久别的亲人紧紧相拥在一起，互相回忆起对方年轻时的模样。

分别这样长久，自然有说不完的话，“别来沧海事，语罢暮天钟。”世事沧桑之变，双方亲人的近况，幼时种种趣事的回顾，但最为重要的还是这离乱人世的烦恼和对天下太平的殷切期盼。不觉天色已经暗淡下来，远处传来清晰的晚钟声。

但这次聚会一直又是迫促的，有一个即将分别的阴影笼罩着。这是兵荒马乱岁月里难得的一次温馨聚会，一次珍贵的心灵的交流，这美妙的瞬间很快就要流逝的。“明日巴陵道，秋山又几重”。李益把这种心情写得又很含蓄，他实在不愿意太清晰太详尽地描绘这种凄切苍凉的心绪。只说了外弟明天离去的巴陵道，在蜿蜒的秋山中，会盘旋好几重吧。巴陵，即今岳阳。

李益真是唐诗的俊才，既能写出戍边将士悲壮坚贞的情怀的边塞诗，弥漫着一股英雄气；又写出了离乱时代普通人的悲欢离合中的亲情和友情感受，十分质朴温馨。

孟郊（一首）

游子吟

慈母手中线，游子身上衣。
临行密密缝，意恐迟迟归。
谁言寸草心，报得三春晖。

孟郊（751—814），唐诗人，字东野，湖州武康（今浙江德清）人，早年隐居嵩山，德宗贞元年间中进士，授溧阳尉。元和年间任河南转运从事，时孟郊已经近五十岁。与韩愈交谊颇深，其诗感伤遭遇，多寒苦之音。用词造句力避平庸浅率，追求瘦硬格调，与贾岛齐名，有郊寒岛瘦之称。

这首《游子吟》根据题下作者自注，是孟郊“迎母溧上作”。孟郊一生穷愁潦倒，直到五十岁才得到溧阳县尉的卑微职位。而他却不太看重这次当个小官的机会，常常因为出勤率不高，被知县罚为半俸，经济状况更形紧张。他在溧阳侍奉老母也得到老母照顾的日子虽然充满了亲情的温馨，但也是贫困艰窘的。是慈母为他远行细心地缝制衣装的画面深深打动了孝子孟郊的情肠。

真是质朴晓畅到家了。没有一点儿文词堆砌，没有一个典故，没有一个生僻字词，“慈母手中线，游子身上衣”，不是两句话而是两个词组。用“线”与“衣”两件极常见的东西将“慈母”与“游子”紧紧联系在一起，写出母子相依为命的骨肉感情。慈母切盼游子早早归来，又得防备他迟迟归来，所以临行要密密缝，免得磨损残破。母亲的这种心态被刻画得细致入微，也具有广泛的普遍性。以“ 谁言寸草心，报得三春晖”作结，有力地概括了子女对伟大母爱的深刻认识，得到最大程度的认同，“春晖”二字进入了汉语的文字表达系统，成为“母爱”二字的同义语。

这首只有六句的古诗是中国传统美德的集中体现。母慈子孝的道德规范，具有永恒的价值。到了社会生活发生了巨大变化的时代，尤其需要这种规范的指引和照耀。当今社会，那种母亲担心儿女远行的牵挂，儿女感激母爱的虔诚心愿，已经发生了巨变。“密密缝”之类的母爱表现已经被工业化的机制衣衫取代，似乎已经毫无意义和价值，儿女归来的早晚，已经不再由无常的命运主宰，归来之路已经变得如此迅疾而平安，伟大的母爱依旧，真挚的子孝却已大不如从前。“常回家看看”已经成为新时代新的弱势群体，即年老的父母，最迫切的心愿，成为期盼儿女施舍的某种“春晖”。

张籍（一首）

节妇吟

君知妾有夫，赠妾双明珠。
感君缠绵意，系在红罗襦。
妾家高楼连苑起，良人执戟明光里。
知君用心如日月，事夫誓拟同生死。
还君明珠双泪垂，恨不相逢未嫁时。

始终以为这是已婚女性对遇见真心郎君的一种矛盾遗憾心情的表露，但通过研究才知道，《节妇吟》还有其人事关系隐托。诗题原注有“寄东平李司空师道”语。李师道何许人？原来李师道和其父、兄多年相继任平卢淄青节度使，还有检校尚书左仆射、同中书门下平章事等职衔，炙手可热，是长期盘踞冀南鲁北的大军阀、割据一方的藩镇，他企图邀张籍（约767—约830）入其幕，但张籍此时在另一家幕中，也反对李的分裂行径，作此诗以明志，委婉地谢绝李师道的延邀。史料言之凿凿，不可不信。文人以男女妇姑关系隐喻君臣和上下级关系是一种常见的表达方式。每次遇见这样的情况，都感到很不舒服。现代人都有爱情纯洁高尚的理念，觉得龌龊的官场以爱情来隐喻是大煞风景之事，而古代文人就是把在官场奋斗搏击看作实现修齐治平心愿的手段，根本没有爱情崇高的理念，这样隐喻合情合理。

我们还是抛开以隐喻拒绝延邀入幕这层意思，回归到表现自然而单纯的人性的角度看待这首诗吧。

一位循规蹈矩地生活在正常婚姻秩序中的良家妇女遇见了意外的挑战和诱惑。这位心存叵测的先生在引诱她，而且赠送了两颗明珠。这位先生比之于《陌上桑》《羽林郎》中的那两位诱惑更深更细致，也更舍得下本钱，也许还有更过硬的条件。这位妇女有些把持不住自己了：“感君缠绵意，系在红罗襦。”然而动摇是一时的，紧接着她又清醒了，想起了自己那在宫殿执戟值班的“良人”、自家富丽堂皇的居室：“妾家高楼连苑起，良人执戟明光里。”自豪感、责任心、道德底线油然而生，在承认诱惑者的真心之后，决绝地表态："知君用心如日月，事夫誓拟同生死。"最后，她既坚定又心怀遗憾怅恨地对诱惑者或新的挚爱者说出了自己的最后决定："还君明珠双泪垂，恨不相逢未嫁时。"这出有两个角色但只有一个角色发言的有开端、有转折、有结尾的小独幕剧就此落幕了。这两句诗因为细密真切的内心世界的揭示和那似明似暗的心理纠结的描绘，远远超出了陈旧的阐释者的理解，具有了永恒的魅力而真的不朽了。

韩愈（三首）

左迁至蓝关示侄孙湘

一封朝奏九重天，夕贬潮阳路八千。
欲为圣明除弊事，肯将衰朽惜残年！
云横秦岭家何在？雪拥蓝关马不前。
知汝远来应有意，好收吾骨瘴江边。

韩愈（768—824）是唐代文学的标志性代表人物之一，是一位站在时代前列的先进知识分子。政治上反对藩镇割据，亲自参加平定割据势力的战争；思想上尊儒排佛，反对奉迎佛骨，上《论佛骨表》；文学上反对六朝以来的骈偶文风，提倡坚实朴素之古文，散文创作居唐宋八大家之首；哲学上力倡恢复孔孟儒家学说之道统。他是一个崇高无畏的战士，屡次受到迫害、贬谪而不改其志，表现出过人的刚毅和坚贞。

这首诗是一场剧烈政治斗争的记录。元和十四年（819）唐宪宗派宦官至法门寺迎接佛骨，就是释迦牟尼的一段指骨，至宫中供奉。韩愈上《论佛骨表》坚决反对。这是一篇立场坚定、气势磅礴、论述犀利、描绘生动的名文，对佛教泛滥从而影响国计民生之弊端予以辛辣揭露："焚香烧纸，百十为群，解衣散钱，自朝至暮，转向仿效，唯恐后时。老少奔波，弃其业次，若不加禁遏，更历诸事，必有断骨脔身，以为供养者。伤风败俗，传笑四方，其非细事也。"他还坚定地表示："佛如有灵，能加祸祟，凡有殃咎，宜加臣身。"就是这篇奏折惹怒了沉溺于佛教的宪宗，想杀掉韩愈以泄愤。经裴度等老臣的全力营救，才改为把官居刑部侍郎的韩愈贬为潮州刺史。这个慢吞吞懒洋洋的帝王这回雷厉风行了一把，立即宣布处分决定，催逼韩愈立即上路，不等随行的家眷动身，韩愈就被赶出了京城。

韩愈走到蓝关，他的侄孙韩湘就追上了他。后来这韩湘就成了传说八仙中的韩湘子。悲愤填膺的韩愈，向韩湘诉说了心中的不平和坚定的信念。首先叙述了事情的缘起："一封朝奏九重天，夕贬潮州路八千。"你不接受正确

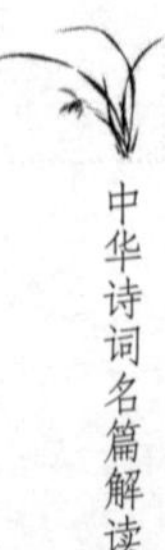

的意见也罢，何必报复得如此迅疾？生沉否泰就在朝夕之间！斩钉截铁、毫无通融余地。我的本意是“欲为圣明除弊事，肯将衰朽惜残年”。既然要为朝廷革除弊端，岂敢因为爱惜衰朽之身不肯奉献这风烛残年？那份坚韧不屈甚至视死如归的气概溢于言表。

“云横秦岭家何在？雪拥蓝关马不前”是名垂千古的佳句，感情悲愤而忧伤，语言内敛而凝重，生动的景色描绘和细致的心境揭示结合得天衣无缝。“云横秦岭”是冬云弥漫，横亘在秦岭之上，看不见长安看不见自己的家室，对京城、对家人是一份留恋和牵挂。“雪拥蓝关”指厚厚的积雪壅堵了蓝关的道路，以致马无法前行。这里的抒情又蕴含了李白的“总为浮云能蔽日，长安不见使人愁”的愁绪，乐府《饮马长城窟》中“驱马涉阴山，山高马不前”的叹息。

结尾的“知汝远来应有意，好收吾骨瘴江边”，平静地告诉韩湘，知道你随我南行是为了收敛我的骨殖，表达了对南方瘴疠之地和难以预测的命运的沉重忧虑，也宣示了一番决绝地走向不可知命运的泰然。可是还有一出更凄惨的悲剧等待着还没有思想准备的韩愈：韩愈的家人后来走到商洛，已经患病的十二岁的小女儿被折腾而死，就埋在层峰驿的山下。

这首诗是唐诗的杰作之一，有杜甫的沉郁顿挫，又有一番自己的悲惨命运和坚定信念的宣示，还有一份“以文为诗”的潇洒，对宋诗影响至巨，而且用字之精密谨严，对仗之精确妥帖，流水对之颔联，无比工谨之颈联，都让人钦佩，叹为观止！

调张籍

李杜文章在，光焰万丈长。
不知群儿愚，那用故谤伤！
蚍蜉撼大树，可笑不自量。
伊我生其后，举颈遥相望。
夜梦多见之，昼思反微茫。
徒观斧凿痕，不瞩治水航。
想当施手时，巨刃磨天扬。
垠崖划崩豁，乾坤摆雷硠。
惟此两夫子，家居率荒凉。

帝欲长吟哦，故遣起且僵。
剪翎送笼中，使看百鸟翔。
平生千万篇，金薤垂琳琅。
仙官敕六丁，雷电下取将。
流落人间者，太山一毫芒。
我愿生两翅，捕逐出八荒。
精诚忽交通，百怪入我肠。
刺手拔鲸牙，举瓢酌天浆。
腾身跨汗漫，不着织女襄。
顾语地上友：经营无太忙！
乞君飞霞佩，与我高颉颃。

李白和杜甫伟大的诗歌成就，在盛行王维、孟浩然和元稹、白居易诗风的中唐时期，不仅不被重视，甚至还受到某些人不公正的贬抑。“文起八代之衰”、发动并指导了古文运动的韩愈，力排众议，高屋建瓴，以诗人的纯情、评论家的敏锐、史学家的严谨，热情地赞美李白和杜甫的诗文，表现出真挚的倾慕之情。韩愈对李、杜诗歌的评价，远远超出同时代其他人的水平，公正而明确，深刻而到位，他不仅给了伟大诗人以准确的定位，而且给予无以复加的崇高评价。他的论断不仅被唐代诗坛认可，而且得到后世的赞同，成为永世不易之定论，这是韩愈对中国诗歌发展史的卓越贡献。

这首《调张籍》前六句高亢嘹亮，气势不凡，斩钉截铁，饱满坚实，不但给予李、杜“光焰万丈”的极其崇高的评价，而且直斥那些毁谤李、杜的家伙“不知群儿愚，那用故谤伤”！接着又极其轻蔑地讥笑他们“蚍蜉撼大树，可笑不自量”，以压倒谬误的强大气势使群儿们没有还手之力。“光焰万丈”、“蚍蜉撼树”还作为弘扬伟大、贬斥宵小的成语纳入汉语的常用词语宝库，其影响可见一斑。

至此，这篇凝练精粹的微型诗论已经可以独立成篇，但热情似火、想象奇特的韩愈收不住这一泻千里的文势，他要尽情地写出自己对李、杜的挚爱、敬仰和独特感悟。先写出和伟大诗人不同时代不曾目睹风采亲聆教诲的遗憾，举颈遥望不可见，夜梦多次见到诗人，昼思反而不大清晰。激情钦仰至此，可谓至矣尽矣无以复加矣。接下来，韩愈并没有直接评述诗人之道德学问，精彩诗作，而是采取了想象、幻想、夸张、象征的手法把诗人的创作灵感迸发、才思飞扬的情景比作大禹治水，当两位天才诗人落笔时，字里行间闪现的灵感飞扬的印记如同大禹挥动巨斧劈山引水时声震八荒，撼动天地，留下斧凿痕迹。真是够玄妙够奇异的啊！

接下来，又写出了两位诗歌先辈家居荒凉、命运坎坷，原来是天帝“降大任于斯人”，是为了让他们尽情讴歌世间之事，故意给他们磨难，把李、杜的艺术成就和天帝之命扯上了关系，进一步加强了崇仰之情。命运的偃蹇就如同把翱翔的鲲鹏剪掉羽翼关在笼中一样，让两位眼睁睁看着那些飞黄腾达的燕雀得意。不但如此，还让仙官派来天兵天将收掠他们的杰作，流落人间的不过是泰山之几块碎石而已，极言其作品之丰富、流失之巨大，表示了一层遗憾。

接着，韩愈的抒情和心愿表达更为夸张狂放，他愿意生出双翅，遨游八方，和李、杜的英魂交通，得到指导和陶冶，“百怪入我肠”，也就是获得了千奇百怪的灵感，能够“刺手拔鲸牙，举瓢酌天浆。腾身跨汗漫，不着织女襄”，也就是上天入地，遨游八荒，可以去拔鲸鱼的牙齿，举起巨瓢舀取天上的琼浆玉液，自由地飞翔在星汉之间，用不着织女帮忙。韩愈的想象太奇特，用词太佶屈聱牙，用来表现对伟大诗人的敬仰、追随诗人创作的轨迹驰骋在笔墨领域，也有点过火。他老人家费尽了气力，倾尽了词语，给人的印象反而不如前六句那样鲜明深刻，读者并未得到有关李、杜的更多信息、更细致的评价，倒是看清了韩愈作为一位诗歌晚辈的那份真挚，那份投入，那份忘情，那份极度虚怀若谷的坦荡和谦逊，也在此领略了韩愈式的想象奇特，夸张无度，不避险怪，不怕佶屈聱牙的诗歌创作风格。后世评论家多仔细分析其险怪词语和奇异场景，并对此大加赞扬，我觉得是一种为尊者讳的客气，倒不如指出其经营过度之瑕疵，肯定其立论的伟大价值。为了保持韩愈这首诗的完整，不采取摘录的方式，但读者也可以跳过中间那些难点，记住前六句就可以了。

最后几句，回到《调张籍》的题目上来，“顾语地上友：经营无太忙”，“地上友”可以理解为就是张籍，也可以理解为世间的其他文人，不要过分经营自己的利益和文章，还是和我一起遨游云间，追随李、杜之后，获取一点指教和陶冶吧。张籍不是谤伤李杜的“群儿”，但出于二人的深厚友谊，韩愈即用了这种夸张奇特的文笔来开导他警惕他，也有一点调笑的意味。

早春呈水部张十八员外

天街小雨润如酥，草色遥看近却无。
最是一年春好处，绝胜烟柳满皇都。

水部张十八员外是韩愈的一位朋友，在水部任职。十八是兄弟、叔伯兄弟，甚至是从叔伯兄弟的大排行。古时以兄弟众多、人丁兴旺为荣，故多见这种称谓。水部是工部四司之一，负责水利事项。员外，原意为固有编制之外的特设编制，隋唐时已经确定为司级次官，为中央官府要员。

这是一首描绘早春季节景色的著名诗篇。显现出韩愈对自然风物的敏锐观察力、想象力和驱遣文字、最恰切最准确地描绘景物的出色功力。首句“天街小雨润如酥”一句好就好在一个“酥”字。经过一个冬天天气的寒冷、花木的枯寂、水溪的凝固，初春第一场春雨给人的感觉特别好，气候转暖，土地融冰，万物复苏，枝叶萌动，溪水流动，给人的感觉太美好了，太珍贵了。把滋润万物的春天小雨比作珍贵的酥油也许最恰当不过了，这句话不是观察所得，而是想象体味的结果。“草色遥看近却无”却有赖细微的观察。一片刚刚萌动的春草，远远看去是一片浅淡的嫩绿，近处看刚刚露出的草尖太细微了，竟至消失在赭黄色的土地上，似乎又空空如也。

最后一句的精妙在一个富有生命和情趣的词：烟柳。春天刚刚抽出的柔韧柳丝，远远看去，分不出柳丝的枝条，就像蒙上一层烟雾，称为烟柳。“绝胜”和“皇都”两个词语都颇有生命力和韵致，和烟柳二字搭配，声韵和谐浏亮，增添了诗的声韵美。

刘禹锡（四首）

酬乐天扬州初逢席上见赠

巴山楚水凄凉地，二十三年弃置身。
怀旧空吟闻笛赋，到乡翻似烂柯人。
沉舟侧畔千帆过，病树前头万木春。
今日听君歌一曲，暂凭杯酒长精神。

在刘禹锡（772—842）这个亲切而响亮的名字之下的出色诗篇太多太多了！那篇千古传诵的《陋室铭》其实就是诗。那些风格各异、题材不同、光芒毕现的诗句已经铭记在多少人心中！少女情怀——“花红易衰似郎意，水流无限似侬愁”，“东边日出西边雨，道是无晴却有晴”；士子慨叹——“千淘万漉虽辛苦，吹尽狂沙始到金”，“种桃道士今何在，前度刘郎今又来”；历史感悟——“王濬楼船下益州，金陵王气黯然收”，“旧时王谢堂前燕，飞入寻常百姓家”；清丽场景——“晴空一鹤排云上，便引诗情到碧霄”，“行到中庭数花朵，蜻蜓飞上玉搔头”……一个诗人能给后人留下如此丰厚绚丽的语言和艺术遗产，夫复何求？

作为站在历史制高点上的一代俊彦和永垂青史的“八司马”之一，刘禹锡是王叔文改革集团的重要成员，政治上受到莫大打击，三番五次被排挤贬谪，做了偏远州府的司马，名义上是襄助首长的副手，实际上是一种可有可无的闲职，有时也做刺史。据说他在做和州刺史时，那位原来的地头蛇知县以下犯上，百般刁难他，给他安排极窄小的居室，刘禹锡豁达而高傲地写出了他的传世之作《陋室铭》。刘禹锡无怨无悔，顽强而旷达，坎坷的人生充满了殉道者的坚强求索和生命之路的动荡不安。这首《酬乐天扬州初逢席上见赠》是最深刻最确切地写出了内心世界的心灵呼唤。他以自然而娴熟的笔墨诉说了自己在荒凉偏远的巴山楚水之间流浪弃置二十三年的经历，觉得自己对当今京城的主流政治舞台已经如此陌生和被边缘化，接着他引用了向秀悼念嵇康的《思旧赋》和樵夫一觉醒来斧柄已经腐烂的两个典故，表达了对王叔文、柳宗元等战友辞世的哀伤和世事巨变恍如隔世的慨叹。

下面是这首诗中最激情、最形象、最具感染力和冲击力的两句：“沉舟侧畔千帆过，病树前头万木春。”仔细品读，这个“沉舟”不是那种直接沉到江底，而是深陷在主航道边缘斜坡的泥沙中，在水面上露出一点樯桅、船尾的沉船。刘禹锡并没有被彻底贬谪出官员队伍，对自己命运和处境的比喻应该就是这样一艘还没有完完全全沉落在江底的沉船。这样的理解和这样的画面才能生动形象地展示沉舟“侧畔”“千帆过”的情景。刘禹锡、柳宗元应该是中流击水浪遏飞舟的轻舟，是根深叶茂的大树，成为“沉舟”和“病树”是阴险的保守集团和颟顸的唐宪宗之类的昏君迫害所致，刘禹锡抒发的更是愤懑和不平，而不是自怨自艾、伤感自卑。他不动声色地说，让那些春风得意的宵小“千帆过”、“万木春”吧！也许可以更深一步地延伸他的歌唱：我们伟大的国家、顶天立地的炎黄子孙犹如欣欣向荣的万木、千帆竞渡的飞舟，而你们这些暂时得势的家伙们才是真正的沉舟和病树！

乌衣巷

朱雀桥边野草花，乌衣巷口夕阳斜。
旧时王谢堂前燕，飞入寻常百姓家。

乌衣巷在南京市东南部，是秦淮河边上的一条小巷，历史遗存极为丰富，三国时是吴国军人驻地，因为他们多穿黑衣，故名乌衣巷。东晋时代，辅佐建立东晋王朝的王导、在淝水之战中指挥少量兵力击败苻坚百万大军的谢安两位宰相，都曾居住在乌衣巷，丰功伟绩令人怀念。王、谢两大家族，贤才众多，王家有书法家王羲之、王献之父子，谢家有才女谢道韫、文学家谢朓、谢灵运，冠盖簪缨，声势煊赫，为世人艳羡。到了唐代，王、谢两家都风流云散，六朝金粉和盖世风流，给乌衣巷抹上最后一缕绚丽的色彩，也随着那个时代坍塌，乌衣巷的声威令誉泯灭于无尽沧桑的长河中。

刘禹锡多愁善感，于怀古诗作别出心裁，多有独特感悟，佳作迭出。他来到乌衣巷凭吊历史遗迹，在一些细节上感悟到世事沧桑的巨变，往日烈火烹油的兴盛显赫，只换得眼前的冷落凄清。

“朱雀桥边野草花，乌衣巷口夕阳斜”。朱雀桥，在乌衣巷附近，是南京正南门朱雀门外的大桥。当年是车水马龙的交通要道，如今已经是野草丛生。

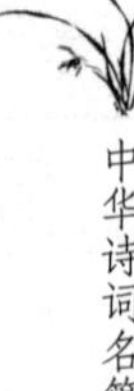

而昔日那神圣不可侵犯的乌衣巷也毫无神采地沐浴在夕阳之中。“旧时王谢堂前燕，飞入寻常百姓家”。刘禹锡来到这里看到了什么？乌衣巷铅华洗尽，落尽了飞红，已经是一处普普通通百姓的居住地，笙歌遗响无处谛听，雕梁画栋无处寻觅，人生荣华白云苍狗，功名荣辱的身后寂寞。

倒是刘禹锡的这首感慨万端的诗，成为人们访问乌衣巷时必然浮上心头的叹息，和乌衣巷的历史相始终。

竹枝词

杨柳青青江水平，闻郎江上唱歌声。
东边日出西边雨，道是无晴却有晴。

“竹枝词”是巴渝间民歌的一种，歌词杂咏当地风物和男女爱情，富有浓厚的生活气息，曾引起一些诗人的爱好，顾况、白居易等都有仿制。刘禹锡任夔州刺史时，曾听到过这种优美歌声，遂依声作诗。在诗前有序说：“里中儿女联唱‘竹枝词’，并以吹笛击鼓伴奏，唱歌者舞动衣袂以伴舞，以歌舞曲多者为高。听其歌声，皆符合音韵旋律。其中雅俗杂糅，但多有男女情爱和细密情思。昔屈原居沅湘间，其民迎神歌曲多粗陋，屈原遂作《九歌》引导之。荆楚之地歌舞依旧。所以，我写了《竹枝词》九首，希望善于歌舞者使用弘扬。”

这首《竹枝词》就是其中之一。唱歌声，西南地区民歌最为发达，男女结合，多通过歌声联系。唱歌，亦称“踏歌”，以脚踏地为节拍。“东边日出西边雨，道是无晴却有晴”两句，利用“情”“晴”二字音同意不同，造成语义双关的效果。表面上是问有没有晴天，实质上是问情郎有没有情，姑娘知道，情郎是情真意切的，如此巧妙地设问，不是怀疑情郎真心而是表达一种娇媚情态和正话反说的情趣。这种谐音语义双关的修辞技巧，在民歌中常用。刘禹锡尝试写民歌风格的竹枝词，显示出他开放、宽阔的文学观念，和吸收民间文学的营养、丰富文学创作技巧的前卫思考。

刘禹锡这位站在时代前列的政治家、思想家，尝试写竹枝词的动机就是为他治下的百姓提供一份歌舞演出的脚本。行家一出手，就知有没有，刘禹锡的这首《竹枝词》简洁巧慧，生动传神，表现出百姓女儿的真挚和泼辣、爽朗和坚贞，是优秀的民间歌舞脚本。

秋词

自古逢秋悲寂寥，我言秋日胜春朝。
晴空一鹤排云上，便引诗情到碧霄。

刘禹锡作为改革家和文学家，志在拯救苍生，革除弊端，意志坚定，不畏障碍险阻，一往无前。他的行为、他的诗作，都明确地表达了这种心愿。这首《秋词》表面上看，是对于秋天和春天孰更优越的分辨，没有一个字提及政治，却最强烈也最清晰地表达了他深入骨髓的理想和追求。“自古逢秋悲寂寥，我言秋日胜春朝”。迎春悲秋，几乎是中国文人已成定势的思维，刘禹锡的一句“我言……”却有振聋发聩、波澜陡生的气象，斩钉截铁的声势。但他并没有继续具体阐明他这一命题，而是以一幅晴空中一只白鹤穿越层云直上碧霄的画面作为回答：“晴空一鹤排云上，便引诗情到碧霄。”

这两句诗先挥洒出了一幅秋日晴空的无限空明、澄澈、博大无垠的背景，又点染出白鹤那劲健、高傲、勇敢、犀利的形象，当它疾飞到碧蓝的九霄，葱茏的诗情便随之而生。此际，刘禹锡最关注最钟情的也许还不是诗情，而是他的伟大理想和崇高追求。他向世界展示，空阔博大的天宇是我的襟怀，排云直上的白鹤是我的灵魂。

白居易（十一首）

赋得古原草送别

离离原上草，一岁一枯荣。
野火烧不尽，春风吹又生。
远芳侵古道，晴翠接荒城。
又送王孙去，萋萋满别情。

年轻的白居易（772—846）以其这首诗显示出过人才具，高起点地登上大唐诗坛，开始了他多姿多彩的歌唱生涯。一般说，前有“赋得”二字的诗大都是科举考试时的题目，而这种命题作文鲜有佳作。据说这是诗人十六岁时为科举准备的习作，当时他来到首都长安，拜会大诗人顾况，希望得到指教和援引。顾况一看白居易这三个字就颇为轻松地开起了玩笑：“长安米贵，居大不易。”等看完这首诗，马上改口：“有此笔墨，居又何难？老夫刚才是一句玩笑话。”这个流传很广的故事迅速提升了白居易的人气，名声大振。

白居易的习作为自己立下很高的目标，又要按照“赋得”的要求歌颂、描绘吟咏的主体“古原草”，又要写出送别朋友之意。其实，这是两件不大搭界的事物，白居易出色地完成了它们的描绘和连接。先用六句写古原草，既含有对自然生命的由衷赞叹，也含有对自然规律的哲理性思索。“离离原上草，一岁一枯荣”，是眼前景色的描绘也是对古原草生命历程的概括，这茂密而连绵的青草，春夏繁荣，秋冬枯黄，是无人可以改变的自然规律。这两句诗为下面两句作了极好的铺垫。而导致草木凋零的因素除了寒冷还有野火。野火代表了毁灭力量，以其赤焰高涨的气势，昭示出毁灭的惨烈和痛苦，与之相对应的是古原草的无穷生命力。野火可以烧毁地面上的一切，却不能烧毁深埋地下的草根，“野火烧不尽，春风吹又生”这流传千古的诗句，水到渠成地诞生了！并无什么奥妙之处，不过是朴素明白地说出了一个大家心中有口上无的自然现象。也正是这两句的无穷魅力震撼了老诗人顾况，也感染了千秋百代的知音，使这首诗获得了永生。对这两句诗也出现了千差万别的解读，有的将野火和草拟人化，引申为残酷镇压和不屈反抗的较量。

因为佳句的动情力使我们陡增了鉴赏其他诗句的兴趣，才感到“远芳侵古道，晴翠接荒城”两句是何等精致贴切，美丽清新，“远芳”指连绵不断的芳草，把古道都侵占了，“晴翠”指阳光普照下的翠色，连接着荒凉的古城。是满目绿色的视觉冲击，也是连天芳草的嗅觉感受。这里又给送别友人的结束句做了铺垫，“又送王孙去，萋萋满别情”，“王孙”不是真正的贵族而是送别时的一种尊称，“萋萋”指青草繁茂的样子，正好照应了前面的描绘，以眼前的景色很自然地过渡到送别的主题，别情就像这“远芳”和“晴翠”一般连绵不断，更行更远还生。白居易的这首少作无论作为写景诗、送别诗还是应试诗都是优秀的。

自河南经乱，关内阻饥，兄弟离散，各在一处。因望月有感，聊书所怀，寄上浮梁大兄，於潜七兄，乌江十五兄，兼示符离及下邽弟妹

时难年荒世业空，弟兄羁旅各西东。
田园寥落干戈后，骨肉流离道路中。
吊影分为千里雁，辞根散作九秋蓬。
共看明月应垂泪，一夜乡心五处同。

这首诗通俗易懂，全是白话，但题目又长又复杂，对几个兄弟的称呼也比较乱，有亲兄弟、叔伯兄弟还有从兄弟，而且只说他们大排行，大兄、七兄、十五兄等，理解费劲。诗写于贞元十六年（800）秋，前一年（799）宣武节度使董晋死后，部下叛乱，接着彰义军节度使吴少诚又叛乱，朝廷派大军镇压，战场主要在今河南。诗中所说“河南”包括今河南大部，山东、安徽、江苏部分。当时恰逢关内（陕西大部，甘肃、宁夏、内蒙古部分）地区饥荒严重，粮食运不过去，形势一片混乱，致使几个兄弟分散在天南地北，各在一处。诗人望月有感，怀念散居各地的亲人，慨叹流离失所的痛苦，就写成这首抒情佳作，寄给几位弟兄。按现在的地名，兄弟分别流落的五处是：大哥在江西景德镇、叔伯兄弟在浙江於潜、从兄弟在安徽和县，诗人和一位弟弟一位妹妹在安徽宿州，还有一位兄弟留在老家陕西渭南。

先说“时难年荒世业空，弟兄羁旅各西东”，时局艰危，荒歉连年，“世

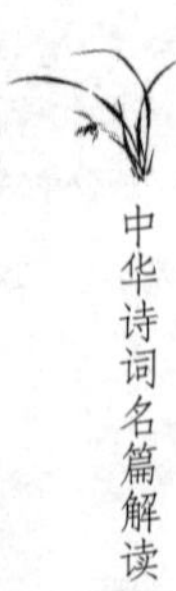

业”指祖上传来的家业，兄弟们离散在天南地北。“田园寥落干戈后，骨肉流离道路中”对战乱引起的破坏和百姓的流亡作了十分形象的描绘，颇有概括力。以翱翔千里的大雁和飘转于深秋的飞蓬比喻弟兄们今日流离失所的窘境，生动形象，对仗工稳。“吊影”和“辞根”比喻尤其贴切，这副对偶句成为传诵久远的名句。最后两句收煞特别有力，想象五位兄弟今夜仰看明月时都会流泪，共同的思念家乡和亲人的心愿却分离在五个地方。白居易的这首诗沉郁严谨，叙事抒情浑然一体，颇有杜甫七律的风韵，生动感人。

有一个问题始终让我难以释怀，诗中的这五位弟兄不全是亲兄弟，其中有叔伯兄弟还有更远的从兄弟，失散流落的程度要轻一些，况且远在江西景德镇、浙江潜江、安徽和县的兄弟大都是在那里做官吏，既未受到战乱之苦，也在各自任所，分居各地是理所当然的事情。白居易本人居住的符离（今宿州）是乃父在外做官专门安置家眷的地方，下邽是白居易的老家，没有外出的兄弟多数居住在老家。白居易如此强烈思念，似乎有点过分，有点牵强。仔细品味，原来不同的人对亲情的理解和感情投入程度有极大差异，白居易大概是一位笃于亲情的人，也是一位感情燃点比较低的人，即使不是嫡亲兄弟，也友爱深厚，惦念至深至切。在他笔下，就不强调血缘关系的远近，只要是亲情就全心全意地投入、全心全意地赞颂。这样，再品读“一夜乡心五处同”这句诗，就没有了牵强的感觉，那种热情、那份真心，都深深打动了我的情怀。

观刈麦

田家少闲月，五月人倍忙。
夜来南风起，小麦覆陇黄。
妇姑荷箪食，童稚携壶浆。
相随饷田去，丁壮在南冈。
足蒸暑土气，背灼炎天光。
力尽不知热，但惜夏日长。
复有贫妇人，抱子在其旁。
右手秉遗穗，左臂悬敝筐。
听其相顾言，闻者为悲伤。

家田输税尽，拾此充饥肠。
今我何功德，曾不事农桑。
吏禄三百石，岁晏有余粮。
念此私自愧，尽日不能忘。

白居易是时代的良心，敢于抨击时弊，揭露社会矛盾，为普通百姓仗义执言，在诗歌领域掀起了新乐府运动，主张“文章合为时而著，歌诗合为事而作”，继承《诗经》“风雅比兴”的传统和杜甫的创作精神，并且以卓越的创作实绩引起当时的崇敬和千秋百代的赞美。这是白居易在陕西写的系列组诗《秦中吟》中极富特色的一首。白居易中进士后任周至县尉，治安和税收是他分内的职责。在深入田间调查研究民情时，他亲眼看到百姓在田间辛劳割麦的一幕。正如白居易的作品风格，朴素，晓畅，明白如话，甚至妇孺能解。在麦收季节田家极度繁忙的一般性叙述之后，他集中描绘了一户农家麦收奋战的过程。在“夜来南风起，小麦覆陇黄”的日子，妇姑，也就是婆婆和儿媳，童稚和丁壮三代人，送饭的、提水的，都在为第一线的丁壮做后勤服务和精神支援。在直面丁壮本人的“足蒸暑土气，背灼炎天光”的艰难辛苦、抒发一份真诚的同情的同时，也有透露出农民兄弟一缕丰收的喜悦，麦收的劳动者力气拼尽、暑热难耐时，想的是“但惜夏日长”，这种极其辛苦的劳作，没有人强迫，是一种为季节天气形势所迫的自愿行为，诗人在衷心赞颂劳动者的劳动激情和面对命运挑战的坚强。

如果白居易的笔墨到此为止，就是一首普普通通的悯农诗篇。但白居易又旁生枝节，设置了一位抱子拾麦的妇人的倾诉。本来麦收之后一般立即耕翻，准备种植秋熟作物，紧跟割麦人捡拾麦穗是被允许的行为，而且也不被认为是特别贫贱的事情。但白居易写的这位拾麦妇却另有隐情，特别悲惨。只见她“右手秉遗穗，左臂悬敝筐”，诉说田亩收成全部缴纳了赋税，只有捡拾一点遗穗用以充饥。这就使文势产生了曲折变化，一个崭新形象介入并成为这首诗最引人注目的中心人物，诗的认识也进一步深化，揭露了税负奇重的惊人程度。正是由于税收超过了百姓可以承受的极限，拾穗农妇家中的粮食被野蛮搜刮净尽，只好靠一点捡拾的麦穗填充饥肠了。言外之意，那个三代奋力麦收的家庭，虽然眼前还沉浸在丰收的幻象中忍受高强度的辛劳，但苛捐杂税的阴影笼罩着他们的靠勤勉劳动吃饭的梦幻。焉知他们的明天不就是拾穗农妇的今天？

白居易的慨叹和愧疚，既是一个享受三百石利禄的官员的人道精神，也是一个具有同情心正义感的诗人的良心。

秦中吟·轻肥

意气骄满路，鞍马光照尘。
借问何为者，人称是内臣。
朱绂皆大夫，紫绶或将军。
夸赴军中宴，走马去如云。
樽罍溢九酝，水陆罗八珍。
果擘洞庭橘，脍切天池鳞。
食饱心自若，酒酣气益振。
是岁江南旱，衢州人食人。

《轻肥》是白居易代表作之一，是组诗《秦中吟》中的第七首。他曾在一首诗中说到自己写作《秦中吟》的缘由："忆昨元和初，忝备谏官位。是时兵爨后，生民正憔悴。但伤民病痛，不识时忌讳。遂作《秦中吟》，一悲吟一事。"白居易于宪宗元和三年（808）任左拾遗谏官，面对许多不合理的社会现象，有些不便于在朝堂上议论，就写成了"一悲吟一事"的《秦中吟》。

题目"轻肥"二字出自《论语·雍也》章中的"乘肥马，衣轻裘"。坐的是高头大马拉着的车辆，穿的是又轻又暖的皮袍。笔锋所指，就是那些驾着马车、招摇过市的宦官们。人物刚一登场亮相，豪奢之气便扑面而来，"意气骄满路，鞍马光照尘"。一辆辆豪华的马车，"意气"之"骄"，竟然"满路"，而"鞍马"之"光"亦可"照尘"。活灵活现，耀武扬威，在街市上旁若无人地横冲直撞，街上的行人退避三舍之际，忍不住会互相打听一下，气焰如此嚣张的人到底是干什么的呀？"借问何为者，人称是内臣。"有知情的说，其实不过是宫中的宦官罢了。可这帮人并不是干杂役做粗活的小宦官，而是深受皇恩的朝中重臣，"朱绂皆大夫，紫绶悉将军"。他们不是身居要职，当了大夫，就是手握兵权，拜了将军。朱绂，本指古代官服上的红色蔽膝，这里是指绯衣，为唐代五品以上的官员所服；紫绶，紫色系印和玉饰的丝带，在唐代是三品以上大员的服饰，这里是指这帮人还有的是兵权在握的将军。宦官本来是被戕害了身体、剥夺了生育权的弱者，但由于他们不读诗书，眼界狭窄，又由于伺候骄奢淫逸的皇帝而卑微矫饰，阿谀奉迎，奴性十足，襟怀龌龊而不思进取，这种原本低下的身份和心性，一旦大权在握，怎能不小人得志，趾高气扬呢？

“夸赴军中宴，走马去如云”。军中，指神策军，这是保卫皇帝的御林军。这些“乘肥马，衣轻裘”者得意洋洋地自夸，要去赶赴赫赫有名的神策军的宴会，一时间，只听得马嘶人叫，只见得飞奔如云，转眼间都不见了踪影。这两句和开头的“意气骄满路，鞍马光照尘”前后呼应，把这一伙宦官那种气焰万丈和内心空虚的丑恶嘴脸，勾勒得入木三分。笔锋一转，已是这群人在宴会中的场面了，“樽罍溢九酝，水陆罗八珍”。“樽罍”指饮酒用具，“溢九酝”指装满了各种醇厚醴浆，水陆八珍泛指各种山珍海味。“果擘洞庭橘，脍切天池鳞。”擘，是剖开之意，脍，是细切的鱼肉。洞庭橘是著名美味水果贡品，天池鳞此处即指海珍品。这里细致描绘宴席的豪奢，内心隐忍着愤怒和不平！“食饱心自若，酒酣气益振。”这帮家伙酒足饭饱，得意洋洋，气势越发骄横不可一世。

诗人心中的愤懑已达顶点，他沉痛而急切地呼喊道：“今年江南大旱，衢州那里已经达到人吃人的地步了！”这是正义的呐喊，是人性的呼唤，是饥饿的百姓愤怒的、义正词严的控诉！白居易的正义感、人文关怀已经达到那个时代的最高峰。结尾两句使全诗的感觉发生彻底的颠覆，也是为后世牢记的艺术技巧的范例。

钱塘湖春行

孤山寺北贾亭西，水面初平云脚低。
几处早莺争暖树，谁家新燕啄春泥。
乱花渐欲迷人眼，浅草才能没马蹄。
最爱湖东行不足，绿杨阴里白沙堤。

白居易长庆二年（822）七月被任命为杭州刺史，而在宝历元年（825）三月又出任了苏州刺史，所以这首《钱塘湖春行》应当写于长庆三四年间的春天。钱塘湖是西湖的别名。在天堂杭州当刺史最有名的要算是唐朝和宋朝的两位大文豪白居易和苏东坡了。他们不但留下叫后人缅怀的政绩，而且也流传下来许多描写杭州及其西湖美景的诗词文章与逸闻轶事，所以人们称他们为“风流太守”。白居易的七律《钱塘湖春行》就是为人们所熟知的一篇。

“孤山寺北贾亭西，水面初平云脚低”。诗人从孤山北面沿湖走来一路向人们报告春的信息：春水新生、湖水澹澹，饱满而充盈，云气氤氲，低垂于湖面。“几处早莺争暖树，谁家新燕啄春泥”。树上春莺争相在树梢的春阳间争鸣，新来的紫燕为筑巢来往啄衔春泥，“几处”，“谁家”，两个诉说早莺、新燕的词汇显得亲切而随意。“乱花渐欲迷人眼，浅草才能没马蹄”。堤岸春花盛开，让人眼花缭乱，初生春草如浅浅绿茵，刚好掩没马蹄。

最后两句，“最爱湖东行不足，绿杨阴里白沙堤”。诗人全身心地扑向西湖，西湖已经着上春装欢迎客人，花红柳绿，燕莺呢喃。最爱的是湖东，湖东的核心景观是白堤，白堤上绿杨荫里风情万千，两边是澹澹湖水，堤旁种满了柳桃。在白堤上漫步，湖水就在你的脚边，仿佛走在水面上；初春的柳枝如烟如雾，如丝如缕，飘拂在你的脸上，使你心中涌生无限温柔无限爱，你像在梦境、在仙境。如此钟情于大自然、钟情于自己服务的城市的刺史，写出了如此优美亲切诗句的太守，应该是一位性情中人，一位善于发现美和珍惜美的士大夫，一位清廉而温暖的人。

问刘十九

绿蚁新醅酒，红泥小火炉。
晚来天欲雪，能饮一杯无？

这首诗作于宪宗元和十二年（817），刘十九是嵩阳处士。全诗只有短短四句二十个字，却营造出一种非常令人向往的舒适环境和温馨气氛，这种环境和气氛也许比美酒更加能吸引朋友的到来。

绿蚁，是新酿成的未经过滤的酒上面浮起的绿色泡沫，如同绿色的蚂蚁，特别新鲜甘醇，令嗜酒的诗人无比喜爱。一只红泥捏成的小火炉，颜色和绿酒适成有趣的对照。小火炉是北方驱除微寒的小巧、朴素、方便的器物，诗人提及它含有一种亲切的怜爱，自然也映出通红的火光。美酒的绿色，小火炉的红色，空中弥漫着的热烘烘的暖意，气氛是那样的温馨，环境是如此的宜人，真是酒未醉人人已醉了。

傍晚时分，天空阴沉欲雪，屋外已经是一片凄冷之气，室内却是酒已备好，炉火已生起，暖意已融融。此际除非天大的意外，否则断不会出门的。最好的选择当然是能够和朋友小聚一番，背靠温暖的火炉，畅饮醇香的美酒，倾谈知心的话语，共度这良辰美景，岂不是难得的赏心乐事？所以，在诗的最后，白居易向朋友发出了直接的邀请，“能饮一杯无？”莫负这天造地设的“酒缘”，来吧朋友！就在读者也在为刘十九高兴，羡慕他能有白居易这样一位细致周到的朋友热情相邀的时候，诗歌已经结束了。我们为诗人安排出的这份温馨快乐舒适知心的饮酒环境而高兴，为他在二十个字的篇幅中营造出的士大夫之乐的高洁温暖境界而歆羡不已。

忆江南三首

其一

江南好，风景旧曾谙。
日出江花红胜火，春来江水绿如蓝。
能不忆江南？

其二

江南忆，最忆是杭州。
山寺月中寻桂子，郡亭枕上看潮头。
何日更重游？

其三

江南忆，其次忆吴宫。
吴酒一杯春竹叶，吴娃双舞醉芙蓉。
早晚复相逢？

白居易在奔放狂傲上仅次于李白，在沉郁顿挫上略次于杜甫，但他以《长恨歌》和《琵琶行》两首长篇歌行登上了叙事诗的顶峰，以讽喻当世的《秦中吟》、《新乐府》批判不义，又以《忆江南》这样清纯蕴藉风情无限的词章，在词的初创时期做出了贡献。白居易在国外特别是东南亚具有超强影响，所以他牢牢占据了仅次于李、杜的第三位大唐诗人的位置。

白居易早年在江南游历，旅居苏杭，晚年又在杭州、苏州任刺史，对以苏杭景色为代表的江南可以说是既熟悉又挚爱的。在六十七岁那年写的这三首词，以他纯熟的笔墨，聪颖的感悟力，唤起了和苏杭的初恋和惊艳的青春记忆，重温了刚刚过去的和苏杭耳鬓厮磨的旖旎岁月。以不足百字的诗篇，展现了长江、杭州、苏州的绝世风光，流传了千百年。虽然是三首词，但从内容和文势上看，完全可以看作一首歌颂江南风光的词。

第一首以长江作为江南的代表，描绘出一派壮丽开阔的景色，总括地予以讴歌。说来有意思，长江作为区分江南江北的天堑，应该既不属于江南也不属于江北，或既属于江南又属于江北。但实际情况是，长江不仅只属于江南绝对不属于江北，而且成了江南最显著的地标。白居易先说“风景旧曾谙”，和江南连起了往昔的情谊。白居易的色彩艳丽鲜明的描绘是人们向往的美丽景色，核心的两句就是“日出江花红胜火，春来江水绿如蓝”。我们今天看到的长江从上游到下游几乎都是比黄河略好的黄浊波浪滚滚。是环境在一千多年迅速恶化以致长江变得如此浑浊，还是白居易作了过分的夸张？“日出江花”到底是什么东西，是指江岸上丛生的野花，还是指初升旭日的红光照耀流动的江水而产生的闪烁跳跃如同红花一般的光影？我趋向于后一种解释，前一种解释局面狭窄，不大可能造成“红胜火”的印象。春天的江水汹涌丰沛，深绿色的波浪如同被那专门染制布帛的蓝靛草染过一样浓碧。也许在壁立的江岸，岸上绿树的倒影映入江中会产生“绿如蓝”的色彩效果。我们心折的是诗人的语言文字风采，且莫论其是非和夸张的轻重了。长江如此出色的亮相之后，就水到渠成地引出了结尾的反诘句“能不忆江南”，简洁而俏皮地终结了第一波审美攻势。

第二首移师杭州，“山寺月中寻桂子，郡亭枕上看潮头”。白居易选择了两个最具动情力的画面，钱塘潮的奇观大家都熟悉，最惬意的是躺在居于高处临江的郡亭枕上看高高的、声如雷暴轰鸣的大潮滚滚涌来，那恢弘气势，那摧枯拉朽的奔腾让你哀乐不知所之，让你的心灵获得大音希声的宁静，只有默默地叹息自然的不可知的伟力。至于“月中桂子”，有古籍记载说：“杭州灵隐寺多桂。寺僧曰：‘此月中种也。’至今中秋望夜，往往子堕，寺僧亦尝拾得。”仔细品读思忖这段古籍中的话，中秋之夜，那桂子好像并不是从桂树上坠落下来的。中秋是桂树开花的季节，开花和结实绝对不会在同一时间出现。北宋柳永笔下的“三秋桂子十里荷花”中的桂子指的就是桂花。灵隐寺和尚中秋夜捡拾桂子应该是一个神话传说，指的是捡拾那偶然从月亮中坠落下来的桂树种子。这个浪漫有趣特别温馨的传说，白居易是认可的，既然僧人可以在寺中寻觅桂子，白居易也会有兴趣去捡拾。不过，能否寻得月中桂子是另一回事，饱饱地闻一阵桂花芳香倒是颇有情趣的韵事。这种神话性质的传说特别能触动诗人的浪漫情怀，捡拾的是一种心境，一份幸运，拿来赞颂杭州风景，既空灵又神秘，具有极高的审美品格。

第三首，“其次忆吴宫”，白居易描绘、回忆和留恋的是苏州。“忆”的顺序和白居易在江南做官的经历是一致的。其中最核心的两句是“吴酒一杯春竹叶，吴娃双舞醉芙蓉”。“春竹叶”指的并非山西名酒竹叶青，而是能引起春天的联想的以“春竹叶”命名的吴酒，这个“一杯春竹叶”也和下一句的“双舞醉芙蓉”适成对仗，用“竹叶”二字，可能和词语的协调对仗有关。美酒和美女是联翩出现的，赞美吴娃，即闻名天下的苏杭美女，是白居易审美着力的重点。她们的双舞如同沉醉的芙蓉花一般摇曳多姿。创造了唐诗中两位最动人的女性形象杨玉环和琵琶女的白居易是一位超一流情种和描绘女性的高手，无限思念她们的白居易坚信：有生之年，早晚会和她们重逢吧？透露出一番温馨蕴藉而又不大有信心的期待情愫。

长恨歌

汉皇重色思倾国，御宇多年求不得。
杨家有女初长成，养在深闺人未识。
天生丽质难自弃，一朝选在君王侧。
回眸一笑百媚生，六宫粉黛无颜色。
春寒赐浴华清池，温泉水滑洗凝脂。
侍儿扶起娇无力，始是新承恩泽时。

云鬓花颜金步摇，芙蓉帐暖度春宵。
春宵苦短日高起，从此君王不早朝。
承欢侍宴无闲暇，春从春游夜专夜。
后宫佳丽三千人，三千宠爱在一身。
金屋妆成娇侍夜，玉楼宴罢醉和春。
姊妹弟兄皆列土，可怜光彩生门户。
遂令天下父母心，不重生男重生女。

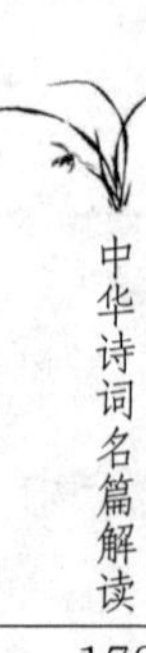

白居易的这首《长恨歌》成为中国古典叙事诗的最高典范和永远不可逾

越的高峰，白居易也靠了《长恨歌》和《琵琶行》两首长篇叙事诗牢牢占据仅次于李、杜的第三号伟大诗人的位置。杰出的叙事诗写作技巧，凝练、集中而优美绝伦的叙事格调简洁明亮、情韵无限的笔墨，极其迅速地将最动情最迷人的形象和情节推到读者眼前，没有工夫去品味技巧思谋历史，就被他的文字和形象迷住了！

说良心话，李隆基和杨玉环的爱情真有几分乱伦色彩，他是用足了功夫把杨玉环从儿子手中夺来的！这在性观念开放的大唐也许就可以混得过去。白居易三言两语就说完了这个故事，两句“天生丽质难自弃，一朝选在君王侧”就将玉环先嫁寿王李瑁，后被迫出家度为女道士，法名太真，后选入宫中，被册封为贵妃的过程概括得明明白白，为李隆基洗刷得干干净净。为尊者讳的技巧运用得何等娴熟！

白居易也委实是旷世奇才，用了“回眸一笑百媚生”以下六句就把玉环的绝世姿容鲜明地凸现出来，形象之曼妙，情致之旖旎，风韵之魅惑，达于极致！况且杨玉环通音律歌舞，大概也善于言辞，其魅力是全方位的。“春寒赐浴华清池，温泉水滑洗凝脂”两句达到魅惑和艳丽描绘的顶峰。杨贵妃是丰腴型美人，可能体重微微超过标准，是女性美丽最理想的体重和形象，尤为受到大唐臣民和文士的激赏。据说，流行的观音菩萨塑像就是以杨玉环为原型雕塑的。被赐浴的玉环在华清池海棠汤出浴时分是何等难以方物的美丽和娇媚？和玉环相比，年龄落差为三十四岁的李隆基引起极其强烈的爱情冲动，也是合情合理的事情。

以下“春宵苦短日高起，从此君王不早朝”和“后宫佳丽三千人，三千宠爱在一身”是剧情的合理发展。作为一个人，忠实于自己的爱情，狂热，执著，投入，专注，应该是正面的素质。作为一个君王，是一个极其容易得到美女的角色，而且多多益善，甚至具有某种“种马性”，他们临幸嫔妃，爱情因素少，动物性职务性因素较多。像李隆基这样对杨玉环的特别宠爱特别专注，就得到公众或后世的特别崇高的评价。“姊妹兄弟皆列土”，也是可以理解的。但事情要有度，适可而止。宠爱妃子和保持励精图治的锐气并不矛盾，荒疏政事也不必达到如此荒诞的程度，对非我族类的安禄山也不必如此放纵、如此轻信，杨国忠也不必位极人臣、专横跋扈。当年如此英武天纵的李三郎剿灭武氏家族集团的英风豪气哪里去了？开元盛世即将灰飞烟灭的危险就一点也没有思谋吗？

骊宫高处入青云，仙乐风飘处处闻。

缓歌慢舞凝丝竹，尽日君王看不足。
渔阳鼙鼓动地来，惊破霓裳羽衣曲。
九重城阙烟尘生，千乘万骑西南行。
翠华摇摇行复止，西出都门百余里。
六军不发无奈何，宛转蛾眉马前死。

花钿委地无人收，翠翘金雀玉搔头。
君王掩面救不得，回看血泪相和流。
黄埃散漫风萧索，云栈萦纡登剑阁。
峨嵋山下少人行，旌旗无光日色薄。
蜀江水碧蜀山青，圣主朝朝暮暮情。
行宫见月伤心色，夜雨闻铃肠断声。
天旋日转回龙驭，到此踌躇不能去。
马嵬坡下泥土中，不见玉颜空死处。

这惊天动地的剧变，出乎意料，也在意料之中。安禄山造反，攻破长安，李隆基仓皇出逃，也是情理中事。六军不发，陈玄礼代表将士们要求处死杨国忠，是正义的呼声，是李隆基沉迷享受、昏庸误国的惩罚。但从六军不发到杨玉环被杀，是一个复杂渐进的过程，被白居易“六军不发无奈何，宛转蛾眉马前死”、“花钿委地无人收”几句话打发了，也太简略了。为尊者讳达到了极致。其实，陈玄礼传达的六军将士的要求，即在杨国忠伏法之后，继续要求斩草除根，根除后患，避免皇帝身边的女人秋后算账，处死杨贵妃，也是合理要求。但此时此刻，还没有达到“君王掩面救不得”的地步。如果此时的李隆基还是那个一举粉碎武氏家族集团时的李三郎，还有男儿血性，真正把杨玉环看得比性命更重要，就应该威严地对陈玄礼和六军说：“朕老矣，能安朕之心者，唯贵妃娘娘一人。朕愿退位，并传檄李亨继位。只愿贵妃娘娘陪朕颐养天年。朕不再治理天下，贵妃娘娘在朕身边，也无伤国家大局。如有再坚持加害贵妃娘娘者，只有从朕身上踏过！”六军要清除的是君王身边祸水，今上既然退位，则贵妃娘娘去留就不再重要，或许可放贵妃娘娘一马。李隆基口上说的是一套，危机时刻，还是把皇位江山看得比心爱的女人重要。就卑怯地眼睁睁地看着花容月貌的血肉之躯顷刻间“回看血泪相和流”了。在陈玄礼逼迫李隆基处死贵妃娘娘那个时刻，李隆基心中的搏斗是极其惨烈的，他在江山和美人之间反复权衡，在哗变的士兵能否赦免贵妃娘娘，会不会加害自己的疑问面前，首鼠两端，难以抉择。最后还是卑怯和自私战胜了男儿血性，背弃了对一个挚爱的女人的承诺，作出了牺牲美人成全江山的决定。反之，贵妃娘娘倒是没有哭哭啼啼哀求帝王拯救，而是从容镇静地走向佛堂，安静地接受了命运的裁决。这和她的绝世佳人、受宠贵妃的身份是相称的，她走得安详而自尊。

在贵妃娘娘死后不久，留在北方和安禄山周旋的李亨就在灵武继位为肃宗，李隆基提前成了权位的木乃伊太上皇。贵妃娘娘的死并没有保住他的江山皇位，漫长的老年岁月就这样孤独寂寞地赫然展现在面前。悔恨已经在啃咬他的灵魂。

君臣相顾尽沾衣，东望都门信马归。
归来池苑皆依旧，太液芙蓉未央柳。
芙蓉如面柳如眉，对此如何不泪垂？
春风桃李花开日，秋雨梧桐叶落时。
西宫南苑多秋草，落叶满阶红不扫。
梨园弟子白发新，椒房阿监青娥老。
夕殿萤飞思悄然，孤灯挑尽未成眠。

迟迟钟鼓初长夜，耿耿星河欲曙天。
鸳鸯瓦冷霜华重，翡翠衾寒谁与共？
悠悠生死别经年，魂魄不曾来入梦。
临邛道士鸿都客，能以精诚致魂魄。
为感君王辗转思，遂教方士殷勤觅。
排空驭气奔如电，升天入地求之遍。
上穷碧落下黄泉，两处茫茫皆不见。

以下是反复渲染李隆基的孤独、寂寞、思念，剑阁栈道，峨眉空山，归途马嵬，重回宫苑，“归来池苑皆依旧，太液芙蓉未央柳”，睹物思人，不见贵妃娘娘的花容月貌，不闻莺声燕语。总而言之，就是一份难耐的思念，难捱的长夜，难排的恨憾！“长恨歌”三字，都是这位痴情君王的倾诉。白居易创造性地把君王写成了一个有血有肉、喜怒爱憎都无异于常人的人，而且对李隆基的内心世界作了极其深刻细腻的刻画。李隆基虽然对安史之乱的爆发负有不可推卸的责任，对贵妃娘娘马嵬魂断也难辞其咎，但他对杨贵妃的怀念是极其真诚的，感情已经进入了爱情的层次，作为一个帝王，处于可以任意挑选、占有全国美女的地位，但在他心中，早就是“六宫粉黛无颜色”了，他甚至连找一位暂时替代杨贵妃的宫女也不考虑。他没有把女人看作可以随时更换的奴仆，而是珍爱在心中，至死不渝，贵妃娘娘不但是他的第一，经过这次变故，就是他的唯一了。李隆基作为帝王，其精神品格有远远高出群伦之处，使后世原谅或忘却了他的罪责。这是白居易对李隆基宽容、理解的一面。

那么，既然叫长恨歌，到底要恨谁呢？恨安禄山，正是自己把这个家伙娇宠纵容到这等地步的；恨杨国忠，正是自己把位极人臣的高位和飞扬跋扈的特权授给他的；恨没有御敌将才，正是自己在盛怒之下，轻易杀害了高仙芝和封常青，自毁长城！是自己荒疏误国才导致安禄山攻破首都长安，自己带着贵妃娘娘向大西南流窜，六军不发，贵妃娘娘魂断马嵬。只能恨自己见死不救，毁灭了贵妃娘娘的鲜活生命，恨自己毁坏了开元盛世。在皇权至上的时代，对本朝君王不敬是要严惩的。白居易只能勉力回护这位荒唐而寡恩的君王。也许白居易为了向后世交代，可能是故意留下了李隆基恨憾的到底是谁的疑问，表面上不着一字，实际上通篇都在写李隆基的悔恨，是在讽刺、挖苦、责难李隆基。这是白居易对李隆基公正评价、严格审视的一面。

忽闻海上有仙山，山在虚无缥缈间。
楼阁玲珑五云起，其中绰约多仙子。
中有一人字太真，雪肤花貌参差是。
金阙西厢叩玉扃，转教小玉报双成。
闻道汉家天子使，九华帐里梦魂惊。
揽衣推枕起徘徊，珠箔银屏迤逦开。
云鬓半偏新睡觉，花冠不整下堂来。
风吹仙袂飘飖举，犹似霓裳羽衣舞。
玉容寂寞泪阑干，梨花一枝春带雨。
含情凝睇谢君王，一别音容两渺茫。
昭阳殿里恩爱绝，蓬莱宫中日月长。
回头下望人寰处，不见长安见尘雾。

惟将旧物表深情，钿合金钗寄将去。
钗留一股合一扇，钗擘黄金合分钿。
但教心似金钿坚，天上人间会相见。
临别殷勤重寄词，词中有誓两心知。
七月七日长生殿，夜半无人私语时。
在天愿作比翼鸟，在地愿为连理枝。
天长地久有时尽，此恨绵绵无绝期。

《长恨歌》的结尾特别漂亮也特别动人情怀。白居易想象，杨贵妃死后化作仙人，居住在虚无缥缈的仙山，李隆基派使者前去问候。为了弥补诗的开端对杨贵妃描绘的粗疏，在这里写出了一位成为仙人的贵妃娘娘，依然是花容月貌的妃子，依然对君王情深似海。“风吹仙袂飘飖举，犹似霓裳羽衣舞。玉容寂寞泪阑干，梨花一枝春带雨”四句，杨贵妃面带愁容，风华绝代，达到了描绘杨贵妃的峰巅。而且，杨贵妃丝毫没有对君王寡恩赐死的埋怨，赠送了金钿金钗，重申了她和李隆基的爱情誓言。那份宽容、真挚、投入、坚执让人动容，每一个字都有千斤重量，都警醒人心。这个痴情女子的誓言，成了千秋百代真情男女表达爱情心声的典范。至此，我们可以断定，《长恨歌》中长留恨憾者是谁？就是魂断马嵬、不得陪伴君王的贵妃娘娘啊。

中国古代四大美人有不同版本，但无论怎样变换，杨贵妃始终是名列其中的。而且那三位美人或是善终，或是不知所终，惨死于繁花似锦的葳蕤华年的只有杨贵妃一人。无论她在大唐由盛而衰的历史进程中有多大责任，千秋万代早已原宥了这个不幸的女人，总觉得历史对她有所亏负，让人怜爱，也让人痛惜。白居易这个浪漫而空灵的结尾，足慰人心。

琵琶行

元和十年，余左迁九江郡司马。明年秋，送客湓浦口，闻舟中夜弹琵琶者。听其音，铮铮然有京都声。问其人，本长安倡女，尝学琵琶于穆曹二善才。年长色衰，委身为贾人妇。遂令酒使快弹数曲。曲罢悯然，自叙少小时欢乐事，今漂沦憔悴，转徙于江湖间。余出官二年，恬然自安，感斯人言，是夕始觉有迁谪意。因为长句歌以赠之，凡六百一十六言。命曰《琵琶行》。

浔阳江头夜送客，枫叶荻花秋瑟瑟。
主人下马客在船，举酒欲饮无管弦。
醉不成欢惨将别，别时茫茫江浸月。
忽闻水上琵琶声，主人忘归客不发。
寻声暗问弹者谁，琵琶声停欲语迟。
移船相近邀相见，添酒回灯重开宴。
千呼万唤始出来，犹抱琵琶半遮面。

这是白居易两首传世长篇叙事诗之一，也是奠定他在文学史上的地位的出色篇章。《长恨歌》在于以浪漫情怀记述风流君王和绝色贵妃之间的生死恋情，薄幸君王在关键时刻牺牲了贵妃，之后又极其伤感、追悔莫及地回忆她。这是写历史。而这首《琵琶行》却是诗人借琵琶女的不幸身世，抒发对自己不公平命运的愤懑和惆怅。这是写自己。《琵琶行》前有序，记叙了在送客江滨时和一位琵琶女相见相识、聆听她的演奏和自述身世的倾诉以及写《琵琶行》赠与的过程，是全诗的一份提纲挈领的摘要。宋人洪迈在《容斋随笔·卷七》中认为故事未必可信，是借虚构情节抒发自己“天涯沦落之恨”，此说颇有见地，但虚构情节既然真实地反映了琵琶女的不幸遭遇，那么也痛切地抒发了“长安故倡”的天涯沦落之恨。

宪宗元和十年，藩镇势力的刺客当街刺死了宰相武元衡，刺伤了御史中丞裴度，朝野震动。藩镇势力的代言人就上书要求罢免裴度，以安“反侧”之心。时任左拾遗的白居易挺身而出，批驳谬论，坚决主张讨贼，否则，国将不国，这本是正确主张，但由于他的讽喻诗得罪了许多权贵，于是就有人说他官小位卑，擅越职分，再加上有人给他罗织罪名，被贬谪为江州司马。司马是刺史的助手，听起来好像还不错，但实际上在中唐时期，这个职务是变相监督看管。这次左迁，对白居易打击相当沉重，情绪为之一变。

这首诗极有层次和艺术品位，将扼要叙述、精彩描绘、深沉慨叹熔于一炉，可分为四段。自开端至“犹抱琵琶半遮面”为第一段，叙述和琵琶女由闻其声到见其容的经过。在一个“枫叶荻花秋瑟瑟”的夜晚，白居易骑马送客江滨，在船上饯别，在“举酒欲饮无管弦。醉不成欢惨将别，别时茫茫江浸月”的萧瑟情景和依依惜别的氛围下，听见了水上琵琶声，有空谷足音之感，于是“寻声暗问”“移船相近”“添酒回灯”“千呼万唤”邀请琵琶女见面。女主人公的出场够隆重的了，气氛渲染够浓郁的了，以致她“犹抱琵琶半遮面”出场时还让人感觉架子也太大了吧。及至听了她的演奏和身世，你就理解她为什么如此矜持如此谨慎了。她要得到足够的信任和尊重才可以把满腔心事倾诉出去，也还要整理自己的思路，怎样开始这场寻求理解、纾解痛苦的心灵旅程。琵琶女此际已经是商人妇，正式的良家妇女，自己在自家船上弹琵琶自娱，本不愿和别人多做交流，因为官员白居易的邀请足够虔敬，才考虑与之见面。这一段把需要交代的、需要铺垫的一切都叙述描绘得十分妥帖到位，足见白居易不凡的艺术才能和娴熟的功力。

转轴拨弦三两声，未成曲调先有情。
弦弦掩抑声声思，似诉平生不得志。
低眉信手续续弹，说尽心中无限事。
轻拢慢捻抹复挑，初为霓裳后六幺。
大弦嘈嘈如急雨，小弦切切如私语。
嘈嘈切切错杂弹，大珠小珠落玉盘。
间关莺语花底滑，幽咽泉流冰下难。
冰泉冷涩弦凝绝，凝绝不通声渐歇。
别有幽愁暗恨生，此时无声胜有声。
银瓶乍破水浆迸，铁骑突出刀枪鸣。
曲终收拨当心画，四弦一声如裂帛。
东船西舫悄无言，唯见江心秋月白。

这一段是全诗最富光彩、魅力、灵性和最显才能的部分，是把飘忽抽象的听觉形象用语言文字完美展示出来的卓越典范，是浸透了感情色彩的音乐描绘，是插上音乐翅膀的感情形象再现，是塑造琵琶女性格、展现其心灵世界的开拓性尝试。“先有情”，“不得志”，“无限事”，“声声思”都属于心理方面的内涵，白居易轻而易举地将琵琶女的弹奏神态、动作、弹奏过程和所选曲目表现得淋漓尽致、完美无瑕，真无人匹敌之大手笔也。

琵琶女“转轴拨弦”和“轻拢慢捻”、“抹复挑”的优美而娴熟的弹奏动作奏出了《霓裳羽衣曲》和《六幺》的婉转明丽的旋律，深深激动了、折服了倾耳聆听的白居易。他描绘了琵琶女的高超演奏技巧，用语言表现了琵琶曲的音乐形象。声音由快速到缓慢，由洪大到细弱，到无声，转而为突然而起的暴风雨。诗人用了一系列生动的比喻，使抽象的听觉形象变成可视可感的视觉形象。这里有大弦的低沉强劲有如急雨，有小弦的尖细轻柔如同私语，有落进玉盘的大珠小珠的清脆碰撞，有鸣啭于花间的间关莺歌，有泉水流淌于溪涧的潺潺流韵，有冰层下艰难流淌的涓涓细流，由冷涩凝绝渐渐到“别有幽愁暗恨生，此时无声胜有声”的静止，一派余音袅袅、意蕴无穷的优美境界。音乐形象的展现，本以为到此为止了，不意被压抑的旋律冲破封锁，又掀起高潮，“银瓶乍破水浆迸，铁骑突出刀枪鸣”，音乐形象之鲜明激烈，强度、力度都攀上高峰，达于极致，接着是有力的收煞，旋律戛然而止，超静默的境界，给人以震撼和激荡。此际，一片静寂，只看见江上的秋月清晖。

沉吟放拨插弦中，整顿衣裳起敛容。
自言本是京城女，家在虾蟆陵下住。
十三学得琵琶成，名属教坊第一部。
曲罢常教善才服，妆成每被秋娘妒。
五陵年少争缠头，一曲红绡不知数。
钿头银篦击节碎，血色罗裙翻酒污。
今年欢笑复明年，秋月春风等闲度。
弟走从军阿姨死，暮去朝来颜色故。
门前冷落车马稀，老大嫁作商人妇。
商人重利轻别离，前月浮梁买茶去。
去来江口守空船，绕舱明月江水寒。
夜深忽梦少年事，梦啼妆泪红阑干。

琵琶女既然用音乐语言倾诉了自己强烈的悲欢，当然愿意向诗人诉说自己不幸的生命轨迹。她演奏罢，收拢乐器，细心地整顿装容，开始了严肃的自白。所提教坊是官办的音乐机构，培养演员并组织演出。善才，指熟悉音乐演奏的教练并导演的专门人才。秋娘，泛指和琵琶女一起从业的女性。五陵，指西汉高、惠、景、武、昭诸帝的陵墓，都在渭水北岸今咸阳市附近，相继前来很多富豪，民俗奢纵，五陵少年指豪奢之纨绔子弟。缠头，为向歌女赠送礼物之意，多为红绡。估计这种红绡类似赌局中的筹码，歌女可以用来兑换现金。“钿头银篦击节碎，血色罗裙翻酒污”两句形容他们和琵琶女们调笑无度、疯狂行乐的场景，竟至击节敲碎银篦翠钿，罗裙被打翻的酒杯污染得通红。琵琶女就这样年复一年地为了愉悦别人不知烦愁地送走了无数花晨月夕，没有人为她们的青春岁月买单。之后她的家庭遇到了好多变故，家道中落，竟至“门前冷落车马稀，老大嫁作商人妇”。当时商人是没有社会地位的有钱人，嫁于商人是女性不情愿的无奈选择。她的失落愁闷的日子开始了。而这位商人夫君“重利轻别离”，贩卖茶叶未归。他们平日是居住在船上的，琵琶女只好经常孤守空船。商人夫君一来地位低，没有功名也缺少文化知识，更加重利轻别离，缺少情趣，也没有充分时间和妻子温馨缠绵，琵琶女的失意和惆怅已经郁积得太深太久。自幼生活在教坊，看遍了高官贵戚的豪奢，已经形成了较为浮华的生活习惯和不切实际的未来愿景。年龄老大，颜色消减，理想的夫君难求，只能这样将就这位商人。她心中的悲苦寂寞难诉，不禁“夜深忽梦少年事，梦啼妆泪红阑干”。伤感幻灭的泪水滴落在船阑干上。琵琶女的深情倾诉，和她在弹奏乐曲中寄托的感情互为表里，相得益彰，形成了巨大的感染力冲击力，使遭遇类似挫折的白居易感动共鸣达于极致，引琵琶女为知音。

我闻琵琶已叹息，又闻此语重唧唧。
同是天涯沦落人，相逢何必曾相识。
我从去年辞帝京，谪居卧病浔阳城。
浔阳地僻无音乐，终岁不闻丝竹声。
住近湓江地低湿，黄芦苦竹绕宅生。
其间旦暮闻何物，杜鹃啼血猿哀鸣。
春江花朝秋月夜，往往取酒还独倾。
岂无山歌与村笛，呕哑嘲哳难为听。
今夜闻君琵琶语，如听仙乐耳暂明。
莫辞更坐弹一曲，为君翻作琵琶行。
感我此言良久立，却坐促弦弦转急。
凄凄不似向前声，满座重闻皆掩泣。
座中泣下谁最多，江州司马青衫湿。

最后一段中最引起人们共鸣和传诵的诗句就是“同是天涯沦落人，相逢何必曾相识”这两句，也是这首诗的灵魂。正是这种同病相怜的感情，触发了诗人创作的激情。琵琶女的深情委婉倾诉，启发了白居易对遭谪江州的不幸和沦落的挫折感屈辱感。他强调了谪居之地的低洼潮湿、寂寞无聊和特别缺少高雅音乐陶冶性情的苦况。“岂无山歌与村笛，呕哑嘲哳难为听”，白居易也许已经走进了藐视民间音乐艺术的误区，对山歌与姑笛表现出特别强烈的排斥心理。白居易诉说了自己的感情饥渴，琵琶女的弹奏如同仙乐般的高雅格调，使他的听觉变得明亮而轩朗。他向琵琶女表达了写一曲《琵琶行》相赠的心愿，请琵琶女再弹一曲，表惜别之意。琵琶女再次弹奏，更为凄切缠绵，感人至深。以“座中泣下谁最多，江州司马青衫湿”结句，隽永深沉，意蕴无穷，让人回味不尽，既显现了他的感情深度，也说明了他身着从九品官员青衫制服的尴尬和无奈的处境。这两句也成为千古传诵的名句。

柳宗元（二首）

登柳州城楼寄漳汀封连四州刺史

城上高楼接大荒，海天愁思正茫茫。
惊风乱飐芙蓉水，密雨斜侵薜荔墙。
岭树重遮千里目，江流曲似九回肠。
共来百越文身地，犹自音书滞一乡！

柳宗元（773—819）是声名煊赫的唐宋八大家之一，唐代古文运动的象征性人物，他思想前卫，性格刚毅，潇洒奔放，才情焕发，感情充沛，那些隽永犀利、寄寓遥深的散文寓言闪耀着过人的智慧。和韩愈比较起来，总觉得讲说《师说》、《原道》的韩愈是一位正襟危坐的老先生，给你讲《黔之驴》、《临江之麋》的柳宗元却是一位目光炯炯的中年才俊。他诗文兼擅，最出色的诗篇当属那首简洁空灵的《江雪》和这首器宇恢廓、感情激荡、苍凉雄健的《登柳州城楼寄漳汀封连四州刺史》。因为积极参加王叔文的改革运动而受到沉重打击，王叔文、王伾被杀害，柳宗元、刘禹锡等被贬官到荒僻的南方做司马，这就是闻名的“二王八司马”事件。柳宗元做了十年的永州司马，815年和刘禹锡等奉调回长安，但他们刚到京师，又遭保守派的攻击陷害，重新被贬往南方柳州任刺史。这首诗大约是刚到柳州时所作。

在这首诗里，柳宗元抒发了强烈的思念战友的心绪。被同时重新贬谪到南方的还有漳州刺史韩泰、汀州刺史韩晔、封州刺史陈谏、连州刺史刘禹锡。柳宗元的诗峭拔清隽，曲折婉转，含蓄蕴藉，寄寓了深沉的感慨和真挚的怀念，首联挥洒远景，自柳州城楼纵目四望开阔苍莽的荒野，忧郁的思绪也奔放不羁地连着天风海宇，广阔无边，响亮沉雄，器宇不凡。颔联俯视近景，“惊风乱飐芙蓉水，密雨斜侵薜荔墙”，再现了狂乱的惊风吹打水中芙蓉，细密的暴雨侵袭墙上薜荔的情景，以“乱飐”“斜侵”加强了色彩和力度，极富形象感，按照《离骚》的指代习惯，比喻邪恶恣肆的小人打击正人君子，自然贴切，概括力强。颈联又转向了远景，“岭树重遮千里目，江流曲似九回肠”，山岭上茂密的树木重重叠叠地遮蔽了远眺的视线，柳江逶迤曲折如同九曲回肠，也难以指望靠它去看望战友们。以纯粹的写景清晰真切地表达了对战友们的亲切而强烈的怀念。作为七言律诗主体部分的这两联，都是见才气见功力的工对，严谨精巧，愈是涵泳咀嚼愈是感到才具惊人。

结尾一联，“共来百越文身地，犹自音书滞一乡”，表达了对被贬谪到这百越蛮荒之地的忧愤和叹息，音书凝滞寄达的困顿和无奈，抒发了共同的抑郁，更真切强烈地诉说了思念之情，也和开端处的“海天愁思正茫茫”做了有力的回应，当是本诗的核心。心情如此低抑的柳宗元作为一个以尽瘁苍生修齐治平为己任的先进知识分子，不久就走出感情的阴影，在柳州刺史任上为百姓兴利除弊，作出了重大贡献，这是后话。方家论诗往往讲究“虎头豹尾猪肚”，意思是特别重视开端和结尾，中间可以稍微放松一点，写得水一点，好像柳宗元的这首诗就不是那么回事了，八句四联五十六个字，字字珠玑，处处精彩，远景近景交错，赋写和比兴轮替，工笔和写意并重，景中之情，景中之意俱佳，论者多谓柳宗元文的成就大于诗，当是就数量而言，他以少量特别精彩的诗作形成了诗文俱佳的平衡格局。

江雪

千山鸟飞绝，万径人踪灭。
孤舟蓑笠翁，独钓寒江雪。

这是和孟浩然的《春晓》齐名的仄韵五绝，以其流畅和谐的声韵、疏朗空阔的画面、荒寒寂冷的色调、傲然兀立的人物形象赢得千秋知音的激赏，是柳宗元的代表作之一。大约作于他谪居永州（今湖南永州）期间。

作为站在时代前列献身政治改革而遭贬的“八司马”之一，柳宗元精神上受到打击和压抑，借描写山水景物，歌咏隐居在山水之间的渔翁，来寄托清高孤傲的情感，抒发政治上失意的郁闷苦恼。《江雪》正是这种情怀的集中体现。在“千山鸟飞绝，万径人踪灭”、大雪纷飞的江面上，一叶小舟，一个蓑笠老渔翁，独自在寒冷的江心垂钓。“千山”“万径”飞鸟之“绝”、人踪之“灭”，强调了此际的绝对寂静、荒凉。广漠的视野里，那蓑笠翁是唯一的生灵，又是一个顽强的坚韧的生灵。虽然“雪”是诗中最后一个出现的字，但可以感到它却遮盖了千山和万径，甚至孤舟上、蓑笠翁的身上也落满了雪，唯有江面上落雪入水即化而归于无形。在如此广漠的背景下独钓的蓑笠翁几乎难以觉察出动作来，那相对静止的形象愈发显得峭拔、孤独、宁静、执著和岿然，不必赘述蓑笠翁的内心世界，但就这岿然不动的剪影就足以让人震撼。这也是身处逆境依然傲岸不屈的柳宗元和他的战友们向外界展示的形象：依然高洁，依然坚韧，依然不随流俗。

贾岛（二首）

寻隐者未遇

松下问童子，言师采药去。
只在此山中，云深不知处。

贾岛（779—843）是中唐诗人，生于代宗大历十四年，于唐武宗会昌三年逝世，范阳今河北涿州市人。先出家为僧，后还俗，屡试不第，终生做主簿、参军之类小吏。诗以五律见长，写景多荒凉枯寂之境，多寒苦之词，讲究炼字炼意，以苦吟著称，著名的“推敲”故事即指他的极度讲究文字功夫的故事。

这首小诗，极尽简约之能事，对话之中，采取了“寓问于答”的形式。将他深山寻访一位隐者不遇的故事仅仅用了二十个字就写得明明白白，生动有趣。省略了很多对话和过程，留下最重要的骨架，没有问话，只有童子的回答。诗人寻访隐者，问：尊师在何处？童子回答：师傅采药去。诗人问：何处去采药？童子说：就在此山中。诗人又问：究竟在何处？童子回答：云深不知处。极有章法极有层次。

小诗写得一波三折，诗人的心情变化也闪现于字里行间。诗人不惮跋涉去寻访一位他极其敬重的隐者，心情当时是快乐爽朗的。只有童子在家，听了童子的回答，诗人情绪为之低落。听到隐者采药就在此山中，诗人又燃起了希望，认为不会走太远，或许我可以去找他。当听到童子说云深不知处的时候，诗人才彻底失望，断了去寻觅隐者的念想，只能失望而归了。

诗中的每一个字都要尽量发挥作用，提及“松下”，表明了隐者是在松下结庐的，见其高洁心性。采药之地在白云深处，又和更其高洁的白云相伴，而且采药不是偶然的行为，是一位以采集草药济世救人为生的高人，更进一步地丰富了这位隐者的内涵，增加了诗人对隐者的敬爱之情。

渡桑乾

客舍并州已十霜，归心日夜忆咸阳。
无端更渡桑乾水，却望并州是故乡。

这首诗成功的关键在于对他长期客居的并州的感情变化。古代人们生活范围相对狭窄，流动性相对较小，终生不离故乡者大有人在。故乡对每个人来说，意味着童年的回忆、成长的过程、亲人亲情的滋润、安身立命的场所、山川草木的互动、日月星辰的照拂，具有非凡的意义。散文家余秋雨说："故乡是祖先流浪的最后一站。"以故乡为根本，离开故乡的地方都称之为客居、客舍，比拟客住在旅馆。

"客舍并州已十霜，归心日夜忆咸阳"。在并州客居已经十年，回归故乡咸阳的心愿却日夜萦绕在心头。这里就有很大的问题了。贾岛故乡在河北涿县，他的生平中也没有客居并州的记载，桑乾河在并州以北，是一条西南东北方向的大河，横亘在晋冀北方，渡过桑乾河，应该是距离故乡涿州更近了一步，似不该更为惆怅。《元和御览诗集》中将这首诗归在贞元年间诗人刘皂名下，但刘皂生平阙如，也无法证明他的故乡就是咸阳。我们就这样处理：不埋没这首深沉隽永的佳作，尊重历来选本，将这首诗依然归在贾岛名下，但存有疑问。

"无端更渡桑乾水，却望并州是故乡"。诗人当然知道渡过桑乾水的目的，但这次远行并不是诗人心甘情愿的，好端端住在并州，又远渡桑乾水干什么？离开了客居十年的并州，才感到它的亲切可贵，一种类似故乡的眷恋悠然而生。那么，对真正的故乡咸阳的思念是否可以减轻一点呢？绝对不会，桑乾河以北，距离咸阳更遥远，环境也更荒凉更陌生，当然会更忆念故乡了！诗人绕了一个圈子，抬高了并州在自己心中的地位，但最终目的还是抒发对故乡咸阳的一份强烈思念。

元稹（三首）

遣悲怀三首

其一

谢公最小偏怜女，自嫁黔娄百事乖。
顾我无衣搜荩箧，泥他沽酒拔金钗。
野蔬充膳甘长藿，落叶添薪仰古槐。
今日俸钱过十万，与君营奠复营斋。

其二

昔日戏言身后意，今朝都到眼前来。
衣裳已施行看尽，针线犹存未忍开。
尚想旧情怜婢仆，也曾因梦送钱财。
诚知此恨人人有，贫贱夫妻百事哀。

其三

闲坐悲君亦自悲，百年都是几多时。
邓攸无子寻知命，潘岳悼亡犹费词。
同穴窅冥何所望，他生缘会更难期。
惟将终夜长开眼，报答平生未展眉。

元稹（779—831）在诗歌上有几大亮点：一是他和白居易的亲密友情和来往赠答诗文，二是他的极其出色的悼亡诗，三是他的《连昌宫词》是和白居易的《长恨歌》、《琵琶行》并列的唐代著名长篇歌行，四是他的《会真诗》是元杂剧《西厢记》最早的原型。

元稹的三首《遣悲怀》是古今最出色、最著名的悼亡诗，那份极其真挚的亲切、深情、痛惜、憾恨感情给了千秋过客以强大的感染和震撼。这三首诗主题一致，在抒情和叙事上有连续性，我就把它们聚集在一起，当作一首诗来解读，也许更方便更充分。

元稹二十四岁时和二十岁的韦丛结婚，夫人在二十七岁的华年匆匆辞世，给了他莫大的悲痛，令其怀念终生。后来官居高位的元稹在和白居易的通信中披露了自己仿潘岳悼亡诗写的数十首诗，其中被《唐诗三百首》选入的三首是最著名的篇章。这三首诗倾尽真情，回顾了这位富贵小姐下嫁给自己一个穷书生之后的恩爱贤德与坚强自励的风采，极其真切地倾诉了自己的真情。此外，这三首悼亡在抒情与表达上也极有特色，形象鲜明生动，生活细节具体感人，语言特别自然质朴，对仗工谨恰切，具有强大的艺术感染力。

第一首，首先借用了谢安宠爱侄女谢道韫的故事，暗指了夫人的高贵门第、出色才华和备受亲人宠爱的情况。韦丛的父亲韦夏卿官居太子少保，去世后被追赠左仆射，可以和身居宰相的谢安相提并论，黔娄是春秋时代齐国寒士，元稹借以表达自己的贫困和自己给予妻子的"百事乖"的艰窘日子的自责和歉疚，然后用几个极其生动的生活细节描绘了他和夫人韦丛共同度过的艰辛然而甜蜜的岁月。其实元稹当年官职虽然不高，但总还是一位官员，出身高贵的韦丛可能特别刚强自立，不肯接受娘家的支援，反衬出他们夫妻的纯洁高傲的情怀。今天谁有了副总理级的岳父还过着贫贱生活，而不闹个司局长董事长干干，就是不可理喻的傻帽了。"顾我无衣搜荩箧，泥他沽酒拔金钗"的场景，活画出妻子韦丛的贤惠温存慷慨豪爽和自己的落拓无赖的形容。为了自己没有衣穿，妻子就在破衣篓里一再翻检，丈夫没有酒喝就慷慨地拔下金簪换酒。一个"泥"字活灵活现地写出了死皮赖脸地恳求妻子为他沽酒的温馨而可笑的场景。"野蔬充膳甘长藿，落叶添薪仰古槐"则将这一对贫贱夫妻以野菜充饥和靠古槐树上的落叶当薪柴的艰窘生活生动形象地表达出来。"今日俸钱过十万，与君营奠复营斋"，在这里，绝不是在显示富贵，而是宣泄一种类似"子欲孝亲亲不在"的怅恨与空虚，以及"营奠复营斋"的"马后炮"式的痛惜和无奈。

第二首，继续回顾夫妻间那些平常絮语和细小往事，加深抒情的深度和动情力的强度。当时曾经戏言身后之事，假设你我死了，遗物怎样处理之类，没想到竟然一语成谶，那些轻松的设想都实实在在地来到眼前。妻子的衣物已经施舍给别人没剩几件，只有那宝贵的针线盒不忍打开。记得你存心仁厚常常念叨在娘家时的仆婢，还记得你走后曾经托梦给我说阴间缺钱花我马上给你烧纸应急的事。知道亲人诀别是人间的寻常事，但你我这对贫贱夫妻百事不顺受尽穷苦的折磨让人有永难释怀的怅憾啊！这"贫贱夫妻百事哀"平平常常的吟唱也成了千古名句。

第三首，是对这份抒情的小结。长夜难眠，为你早逝哀伤不尽，也为自己黄泉路近而独自怜惜。我们相聚纵使只有几年，却隔不断我永生永世的怀念！联想起那位因在战乱中舍子保侄的邓攸到了五十岁才因续娶有了自己的儿子，丧妻的潘岳写了那么深情的诗篇却也难以挽回爱妻的生命，我深深地悟出一条真理，人间的一切都是上天注定的，一切都是命！和你同穴长眠难道能找回逝去的幸福时光吗？期待来生再结连理也是靠不住的妄想啊！我此刻的决心是："惟将终夜长开眼，报答平生未展眉。"这并不只是说自己要用一生一世的长夜怀念你。原来表达男人丧妻的"鳏"字，是一种鱼的名称，而这种鱼是永远不会闭眼的。提及"长开眼"几个字，就是表达自己此生不再续娶，要用长鳏的行动报答你平生难得展颜的怅憾和恩情。

元稹还有一首著名的悼亡绝句："曾经沧海难为水，除却巫山不是云。取次花丛懒回顾，半缘修道半缘君。"经过了沧海，什么样的水都不感兴趣了，见过巫山的云雨，哪里的云彩都不算云彩了。我在美人如云的花丛走过视若无物、无动于衷，一半是因为修道的需要，一半是因为世上再也没有能和你相比的女人了。以元稹的高官厚禄续娶佳人是易如反掌的事，所以这份极其执着的深情才分外可贵。这首诗的警句已经进入了汉语的日常用语系统，可见元稹悼亡诗的永久魅力。

李贺（五首）

雁门太守行

黑云压城城欲摧，甲光向日金鳞开。
角声满天秋色里，塞上燕脂凝夜紫。
半卷红旗临易水，霜重鼓寒声不起。
报君黄金台上意，提携玉龙为君死。

李贺（790—816）是中国诗歌中的一个独特的个案，也是一个光彩焕发的另类。他那不幸的命运，孤寂的心灵，羸弱的体魄，人神共忌的诗才，天马行空的气概和绚烂奇诡的文字给读者留下了永难忘怀、深刻锐利的印象。杜牧给李贺诗集写的前言中有一段著名论断，对李贺诗的风格、色彩、音色、节奏、力度、空间、深度、质感都作了极其形象、极其到位、极其独特的界定，可以作为理解李贺的一把钥匙："云烟绵联，不足为其态也；水之迢迢，不足为其情也；春之盎盎，不足为其和也；秋之明洁，不足为其格也；风樯阵马，不足为其勇也；瓦棺篆鼎，不足为其古也；时花美女，不足为其色也；荒国陊殿，梗莽丘垄，不足为其怨恨悲愁也；鲸呿鳌掷，不足为其虚荒诞幻也。"杜牧其文的丰赡瑰丽奔放奇崛也足以和李贺歌诗相映生辉。李贺因为父亲的名字叫李晋肃，就要避讳科举考试进士的"进"字而不得考取功名，短短一生潦倒穷困；那本产生了极大影响的《唐诗三百首》不知因为什么没有选入李贺的作品。这就是说，李贺在古代和近代两次考试中都名落孙山了。但是，历史是公正的，人们给了这位被辜负、被冷落的诗歌天才更强烈的同情和关注。

李贺以如此单弱的身材，如此卑微的地位，写出了如此悲壮宏大的场面，描绘出如此激烈血腥的战争，宣泄出如此昂扬的英雄情结，真是一桩文学和生命的奇观。《雁门太守行》本是一个乐府诗的题目。晋北雁门关是防御北方少数民族武装入侵的前哨阵地，雁门太守就是一位担负卫国重任的职位，这个题目的作品大都描绘壮阔雄健的战争故事。李贺所写，不一定就在雁门，而可能是写了一次击退藩镇割据势力叛乱的战役。李贺的笔墨在这首诗中显得特别瑰丽多姿，他以艳丽多变的色彩、浓重奇绝的格调展示了这场残酷悲壮的战争场景。

作品开头突兀而起，以“黑云压城城欲摧，甲光向日金鳞开”的极富特色的画面开始了他对战争和英雄史诗的描绘。重点不在黑云的具体形象，而在“黑云压城”的象征意义。不必过分拘泥于那个时刻到底是晴天还是阴天，是“甲光向日”还是“甲光向月”。我认为这里强调的是敌军大军压境，层层包围的危机态势，而不是天空阴云密布的自然景象。可能是那种晴天忽来乌云，云隙中还透出阳光，阳光照在将士们明亮的盔甲上，片片铁叶闪射出金鳞般光辉的景象。“角声满天秋色里，塞上燕脂凝夜紫”，这两句也颇为费解。合理的理解应该是，在鼓角满天的秋色里，那连片的塞上胭脂草，也因为秋霜季节的寒意而变作紫黑色，烘托出战场气氛的肃杀凝重。

“半卷红旗临易水，霜重鼓寒声不起”，说的是守军一次成功的出击，红旗半卷，利于掩饰自己发动突袭。易水不是实指，而是指九死一生的危难战场。鼓声消歇其实并不是因为霜重鼓寒，而是奇兵突袭的必要。在这里强调的不是“霜重鼓寒”，而是鼓声根本就没有打算响起。这两句诗其实就是表面上“偃旗息鼓”的一次奇袭。“报君黄金台上意，提携玉龙为君死”就是奇袭敢死队勇士们的钢铁誓言和慷慨表白，充满了士为知己者死的磊落情怀。黄金台本是燕昭王为了表彰英雄奖赏功勋而建立的一座赏赐黄金的台榭，地在今北京市郊。

这首诗豪迈的英雄气概、绚烂美丽的战场色彩、苍凉寥廓的秋色背景、低抑而沉雄的节奏声籁，永远给人激励、鼓舞、感染和震撼。

金铜仙人辞汉歌（并序）

魏明帝青龙元年八月，诏宫官牵车西取汉孝武捧露盘仙人，欲立置前殿。宫官既拆盘，仙人临载，乃潸然泪下。唐诸王孙李长吉遂作《金铜仙人辞汉歌》。

茂陵刘郎秋风客，夜闻马嘶晓无迹。

画栏桂树悬秋香，三十六宫土花碧。

魏官牵车指千里，东关酸风射眸子。
空将汉月出宫门，忆君清泪如铅水。
衰兰送客咸阳道，天若有情天亦老。
携盘独出月荒凉，渭城已远波声小。

这是李贺的一片沉痛的怀古情怀，为一个被推翻了的伟大王朝表达一份怀念和惋惜。东汉被自己的腐败、宦官和外戚的无穷争斗、黄巾起义的沉重打击、军阀们的勃勃野心联合击垮了，最后演出了曹操挟天子以令诸侯的尴尬戏剧。曹操尚有篡位恶名的顾忌，是他的儿子曹丕直接下手了结了苟延残喘的东汉王朝，成为魏文帝，曹丕的儿子曹叡成为魏明帝。曹叡在位时突发奇想，把坐落在西汉首都长安的一件珍宝——铜铸的“捧露盘仙人”迁移到洛阳去，以壮魏国的门面。汉武帝刘彻建立捧盘铜人的目的是，用盘承接露水，和玉屑服用可以延年益寿。当然这都是虚妄之举，人都不可避免自然规律的淘汰。传说当这座金铜仙人离开长安的时候，仙人眼里潸然流出了伤心的铅泪。

具有远支皇族血统的李贺，因为没有参加过科举考试，不但没有受到重用，反而连那个小芝麻官“奉礼郎”都被革除了。李贺生逢藩镇割据日益加剧的乱世，本来就充满了惆怅和怨艾，在从洛阳返回故乡河南福昌的途中，联想到家国的不幸、个人的挫折，郁积的愤懑不平溢满了心胸。为了释放这种压抑和心中块垒，他选择了这具有传奇色彩的金铜仙人搬迁时眼中流泪的传说，作为他感情的喷发口，以表达对衰败的大唐王朝的惋惜和割据势力的蔑视和憎恶，仿佛那金铜仙人流出的铅泪就是自己流向心底的泪水。自称唐诸王孙李长吉是用以表示自己的高贵血统，为自己没有科举仕进的身份争得一丝面子，良苦用心，够可怜的。

此际，在李贺笔下，那金铜仙人不但可以流泪，而且像人一样有感情，有好恶，有真挚的哀伤，有自己判断善恶的标准。不管这仙人是男是女，但李贺是把仙人当做一个有血有肉的人来塑造描绘的。“茂陵刘郎秋风客，夜闻马嘶晓无迹。画栏桂树悬秋香，三十六宫土花碧”。这几句诗是仙人眼里看见的事情，他称汉武帝为秋风客，因为汉武帝写过《秋风辞》。在武帝辞世后，他的魂灵曾经不止一次夜间来到金铜仙人的居所，夜间听到马嘶，但是拂晓都会悄悄退去。那里的雕栏玉砌和三秋桂树都盈溢着芬芳，三十六座宫殿前的地上的苔藓鲜艳。他的回忆何其周详，何其深情！

“魏官牵车指千里，东关酸风射眸子。空将汉月出宫门，忆君清泪如铅水”。这是全诗的核心诗句，记录了魏官们来搬迁仙人的伤心之旅。“东关酸风”几个字极其形象又颇带感情色彩地描绘了当仙人走过函谷关进入关东之地时，那凄厉的吹得人脸上酸痛的冷风给人的感觉。“射眸子”说的是冷风如利箭般直吹仙人双眸的情景。含着多么浓重的感情，多么深沉的怜惜！诗人将魏官们强行迁移的仙人和他捧过的铜盘称之为“汉月”，仙人眼里流出的眼泪如同铅水，将深沉的慨叹和巧妙的构思连接在一起，凭着天马行空的想象，记录了仙人这次不幸的西行。“衰兰送客咸阳道，天若有情天亦老。携盘独出月荒凉，渭城已远波声小”，则是这出悲剧的合情合理的余绪。“衰兰送客”指道路两旁送别仙人的兰花已经开始凋萎，草木有情，苍天也会苍老啊，很自然地引出了这千古传颂的佳句。携盘独出的仙人看见那黯淡的月亮，听见渭水波声渐渐微弱……

在诗人心中，这金铜铸成的仙人的生命是何等血肉丰盈，知觉灵敏，感情丰富，情思精微，这当然不是那冷冰冰的无生命的仙人有了什么灵异功能，而是这年轻的诗人心中汹涌的怀古伤时的感情波涛，是天才的想象，是奇绝的构思啊！事实上，因为仙人过分沉重，曹叡们不得不将仙人留在距长安不远的霸城安置。李贺没有采纳这个消减了悲剧色彩的结局，而是一步步强化自己的想象，将这出悲剧推向了最动人的高潮。

李凭箜篌引

吴丝蜀桐张高秋，空山凝云颓不流。
江娥啼竹素女愁，李凭中国弹箜篌。
昆山玉碎凤凰叫，芙蓉泣露香兰笑。
十二门前融冷光，二十三丝动紫皇。
女娲炼石补天处，石破天惊逗秋雨。
梦入神山教神妪，老鱼跳波瘦蛟舞。
吴质不眠倚桂树，露脚斜飞湿寒兔。

这是一篇奇异绝顶、美艳惊人，挑战你的感官和想象力的文字。作为一首描绘和赞颂音乐的诗，已经做到了前无古人、后无来者的地步。李贺根本不受一切写作规则和艺术欣赏的游戏规则的限制，天马行空，我行我素，把诗歌的魅力、张力、内涵、声韵、风格、风采都发挥到了极致。此诗是一次诗人的主观意识和旷世奇才爆炸性表露的成功个案。

李凭是李贺的同时代人，生活在宪宗年间，是一位杰出的音乐家，他弹奏箜篌的技巧出神入化、炉火纯青，得到极高的声誉，超过了唐代音乐家李龟年、董庭兰的影响，达到“天子一日一回见，王侯将相立马迎”的地步。李贺听了他的演奏，神魂飞越，如痴如醉，写下了这首千古名篇。

首先说李凭的箜篌，是优质无匹的吴楚之地的丝弦和天府之国的梧桐在秋高气爽的金秋“张”起来的，一个“张”字，而且张于“高秋”，就点染出那架箜篌不凡的高贵姿态。屏住呼吸，听那美妙绝伦的音符响起，空山上空的云彩都凝固在那里颓然不再流荡，仿佛娥皇女英泪洒斑竹那呼唤舜帝、倾诉愁怨的歌声和天上素女弹奏琴瑟之声响起，啊，这是李凭在国都长安演奏箜篌！接下来是一连串更加令人匪夷所思的比喻，以优质神品著称的昆山玉戛然破碎，会何等清脆铿锵，百鸟之王的凤凰在鸣叫，会何等高贵浏亮，谁听见过呀？这是极言声韵之奇异高古的阵势；如同芙蓉花哭泣出泪水一般的清露，芬芳的兰花发出了笑声，用这种听觉视觉通感的技巧和拟人格的比喻，极言其声籁的温柔美艳。这声籁如此灼热如此温暖，竟然融化了皇宫十二座门前严峻威厉的冷光，箜篌的二十三根丝线也感动了高贵神圣的紫皇，紫皇指的是一位兼有人间帝王的尊严又有天上帝王的神圣的宇宙尊神。李凭的箜篌声传到女娲“炼石补天”处，震破了女娲补好的苍天，引逗出了淅淅沥沥的秋雨，撞击得“石破天惊”应该有轰鸣之声，即是说，既有响亮的轰鸣之声又有缠绵低抑之韵。

出人意料的比喻在继续展开：李凭的箜篌声传到神仙所居的仙山，仙山里的神妪感动于李凭的高超艺术，竟然请李凭教授她演奏技巧。听了李凭的箜篌，仙界的老迈的鱼激动地跳出水面，瘦弱的蛟龙都不顾衰老体弱宛转起舞。月宫里那位不断砍伐桂树的吴刚则忘记了难得的睡眠，不顾疲惫困倦，倚在桂树上聆听。此际月宫的云霭雨雾斜斜地降下寒露，打湿了在那里专注倾听的那只兔子的皮毛。

这是一种文字奇观，奔放地展现了诗歌语言文字的广阔空间和诗歌抒情视角的无限可能性，让人惊叹让人欣喜让人动容。但它似乎并非一篇优秀的音乐论文。比喻距离音乐太遥远而过分离谱了，只看见诗歌语言的诡异和狂放，美丽和梦幻，迷离而空濛，而非具体的音乐印象。以致人们对白居易笔下的《琵琶行》关于商人妇的弹奏有“大珠小珠落玉盘”的比较清晰准确的联想，可是对李贺笔下的《李凭箜篌引》就不太明白“昆山玉碎凤凰叫”到底是怎样一种声音了。

致酒行

零落栖迟一杯酒，主人奉觞客长寿。
主父西游困不归，家人折断门前柳。
吾闻马周昔作新丰客，天荒地老无人识。
空将笺上两行书，直犯龙颜请恩泽。
我有迷魂招不得，雄鸡一声天下白。
少年心事当拿云，谁念幽寒坐呜呃。

这是借主人敬酒自己致答谢词的机会表达心曲的一首诗。李贺因为科场受限，仕途被阻，心情抑郁，处境也十分艰难，吟咏一般比较低沉。但这次在主人热情款待和亲切鼓舞之下，困顿怅惘之情为之一扫，陡然振作昂扬起来，充满了信心和希望，这在李贺的作品中少见。以“零落栖迟一杯酒，主人奉觞客长寿”开篇，交代了这篇答谢词的背景和场合。在他困顿坎坷伤感忧戚的时分，主人热情地举杯祝他长寿，使他心潮澎湃。回顾前贤坎廪中愈挫愈愤，终遇明君，大展宏图的故事，备受鼓舞。一个是“主父西游困不归，家人折断门前柳”的故事，西汉政治家主父偃西行入关未到长安时，因资费匮乏屡被轻视，家人惦记，西望长安，竟折断了门前柳。但一旦见了武帝，立即受到重用，被封为中大夫，一年之内四度升迁。另一个是“吾闻马周昔作新丰客，天荒地老无人识。空将笺上两行书，直犯龙颜请恩泽”。唐初名臣马周在困厄时，曾遭新丰旅店老板的藐视，招待商贾而不理睬马周。马周寄居在中郎将常和家，贞观三年（629）代常和上奏条陈二十余事，深得太宗激赏，即日召见，封为监察御史，后累官至中书令。李贺所说“笺上两行书”其实是传说中的夸张，实际上是二十几条具有真知灼见的条陈。马周不是“直犯龙颜”，也不是“请恩泽”，而是马周的才识得到求贤若渴的李世民的赏识才得到重用眷顾。

李贺心情格外振奋，激动地对主人说：“我有迷魂招不得，雄鸡一声天下白。”我的灵魂迷蒙惆怅，本来已经很失落，以为是别人召唤不回的。但是感于您的热情款待和指点迷津，我就像听见清晨雄鸡唱出了一个阳光灿烂的日子一般，豁然开朗。进而，他豪情万丈地吟咏道：“少年心事当拿云，谁念幽寒坐呜呃。”有出息的少年应当怀有上天拿云捉月的宏愿，谁会局促在阴暗寒冷的角落独自作忧伤呜咽的叹息呢？但仔细寻思，这些大话毕竟有点心虚，他并没有发现自己有那些新优势，信心和希望还是来自那些年代久远的故事，来自他那颗倔强而脆弱的心。终老布衣，少年夭折的悲剧看来是不可避免的了。

苏小小墓

幽兰露，如啼眼。
无物结同心，烟花不堪剪。
草如茵，松如盖，
风为裳，水为佩。
油壁车，夕相待。
冷翠烛，劳光彩。
西陵下，风吹雨。

苏小小是南齐名妓，色艺双绝，年二十左右死于气喘病。对于她迷人的风采和青春夭亡的命运，世人寄予莫大的艳羡和痛惜。古乐府中就有《苏小小歌》："我乘油壁车，郎骑青骢马。何处结同心，西陵松柏下。"写出了身为妓女的苏小小纯洁的感情追求。苏小小墓在古吴兴县，即今之西湖畔，据云，风雨之夕，时有歌吹焉。以李贺之心性，倾慕、怜惜苏小小，给予倾情歌唱，是极其自然的事。以《苏小小歌》的动情歌声为中心，以苏小小墓的绿草、青松、清风、流水为抒写对象，写出苏小小高洁、幽怨、迷离、缥缈的形象，写出她感情追求破灭的悲剧，寄托一份极为真挚温柔的怜爱和痛惜，这是李贺这首诗写作的技巧线索。

"幽兰露，如啼眼。无物结同心，烟花不堪剪"。一开始，就展现了她感情寄托破灭的幽怨形象。幽兰上凝结的晶莹的露珠如同苏小小哭泣的明眸。一下子抓住了塑造苏小小形象的核心。烟花也就是灯花，那宛转饱满的形象，在古人眼中是喜庆的象征。苏小小和情郎约定在西陵松柏下的聚会，可能是在夜间，会燃起一盏蜡烛照耀这幸福的瞬间。但是，苏小小的夭亡，使这次聚会成为永远难以实现的梦幻。纵有蜡烛烟花也不堪剪了。"不堪"二字，流溢出几多憾恨啊！

"草如茵，松如盖，风为裳，水为佩"。李贺施展了他善于描绘虚幻世界的笔墨，以苏小小墓的景色，想象出她本人的绝对空灵、美艳，而又迷离、飘渺的形象。青草是她安卧的柔软茵褥，青松是为她高张的华美伞盖，清风是她美艳的衣裳，流水是她叮咚的环珮。清幽、高洁、不食人间烟火的苏小小形象宛然出现在我们面前。“油壁车，夕相待”。这里，引入了一个苏小小生前喜欢乘坐的一件有标志意义的器物：油壁车。而且她已经在夕阳西下时分来到约定的地方，等待她那骑着青骢马的情郎了。此际的苏小小已经不是她的血肉之躯而是她的魂灵了。

“冷翠烛，劳光彩。西陵下，风吹雨”。魂灵是无法和阴阳两隔的情郎相见的。她燃起的那支冷翠色调的蜡烛，徒然孤孤单单地闪射着光彩，西陵松柏之下，正吹卷着凄风苦雨。充满期待和柔情的苏小小迎来的就是这样一个苦涩的结局。这首以三字结构为基本句式的诗，从头到尾，弥漫着一缕清冷之气，寄托了李贺灼热而富有激情的关切。

苏小小引起了士大夫们长久而缠绵的痛惜真情和追怀吟唱，千古之下，没有一个诗人可以和李贺比肩。

杜牧（十首）

泊秦淮

烟笼寒水月笼沙，夜泊秦淮近酒家。
商女不知亡国恨，隔江犹唱后庭花。

杜牧（803—约852）为晚唐杰出诗人，唐诗代表人物之一，中国史诗上最出色的“绝句王子”。杜牧是著有二百卷中国典章制度通史《通典》的著名历史学家杜佑之孙，文宗太和二年间，二十六岁中进士，为弘文馆校书郎。后来除在地方上做十年幕僚外，又在黄、池、睦、湖等州做过刺史，还曾在中央任过监察御史，膳部、比部及司功员外郎等职，终于中书舍人。官场不算很得意，也没有太多的怀才不遇之憾。年轻时代起就有修齐治平大志，曾注释《孙子兵法》并写有军事论文，对当世藩镇割据、国势衰微、异族入侵深感忧虑，著诗文讽喻。擅辞赋，以《阿房宫赋》闻名。杜牧诗歌尤擅绝句，多涉怀古、浪游、情爱等，题材广阔，笔力峭健，文词清丽，神韵逸荡，精致婉约，胸怀旷达。其优秀绝句之数量质量独步今古，鲜有其匹，且如此才具享寿不永，壮年辞世，誉为绝句王子亦为恰切之论。杜牧绝句之深沉的历史感慨、缤纷的人间情怀、真挚的爱情讴歌俱臻至境。限于篇幅，本书破例选取其九首绝句和一首律诗，以十首作品比较充分地展示其卓越才识、俊朗吟咏和流传千古之锦言警句。杜牧的一些风流逸事、珍贵典故穿插在每首诗的解读文章之中。

杜牧怀古之作当以这首《泊秦淮》为最，在“烟笼寒水月笼沙”的较为冷寂的氛围中，诗人走进了秦淮河边的一座酒家。南京城本是一座经历了历史沧桑、王朝更替、血火征战、阴谋竞逐的地方。那些悲壮的、残酷的、动人的、温馨的、解颐的人间戏剧让人难忘。在学识丰赡、感悟敏锐、熟知历史典故的才子杜牧心中涌起难言的慨叹的时候，就听见隔着窄窄的秦淮河传来卖唱的“商女”所唱《后庭花》的靡靡之音。五代最后一个王朝的亡国之君陈叔宝昏庸暗弱，沉溺于酒色，曾作宫体诗《玉树后庭花》在宫中传唱。

在隋军进攻南京的时候陈叔宝无法抵抗，和宠妃张丽华藏在枯井中被俘。对“犹唱后庭花”的这份没有心肝的麻木，当然不能责备无知无识、为生存挣扎的“商女”，那么责备谁呢？这是一份无奈的感慨，没有对象的抱怨吧！

绝句比古风律诗更难写，要求甚高，要在极其凝练的篇幅里将叙事、说理、抒情等因素统御在其中，有清晰生动的叙事，真挚丰满的感情，剀切雄辩的说理，可以三者俱全，也可以只具一端，但都要给人以言之有物而稍具新鲜创意的印象，也真非易事。杜牧的绝句给我们留下了几乎永难企及的典范，好多人在尝试用七言绝句抒情表意的时候，学习杜牧既是乐事也是难事。

江南春

千里莺啼绿映红，水村山郭酒旗风。
南朝四百八十寺，多少楼台烟雨中。

这首诗并不是以怀古为重心的作品，只是在描绘江雨春色的时候看到了这些始建于南朝的古寺，笼罩在迷离烟雨之中，因而才把它归类于怀古诗篇中。前两句的优势在于炼字组句的功夫，第一句，写了连绵千里的广阔原野上黄莺在绿树红花的簇拥下鸣啭，用字够节省表意够丰富的了；第二句七个字写了六样事物：流水、村庄、山岭、城郭、酒旗、清风。仅仅把七个字六种事物简简单单地并列在那里，就产生了浓厚的诗意和机智的文字趣味。

如果后半首继续这样的写作优势，重复这样的风格，诗就乏味而沉闷了，可是杜牧把眼光转向了具有历史蕴涵的古寺，诗的韵致、内涵和格调立即大幅度提升了。这些古寺笼罩在江南特有的迷离缠绵的烟雨之中，不仅有古朴庄严的画面感，也会引起苍凉幽深的历史感。从东吴开始，经历了东晋、宋、齐、梁、陈六朝等佛教加速传播的时期，佛寺林立，佛徒云聚，法号连天，香火缭绕；印度和尚达摩一苇渡江，中国的和尚皇帝梁武帝几近疯狂的宗教热情，把那个崇佛时代的乌烟瘴气渲染得鸡飞狗跳。杜牧是具有反佛教精神的，但这首诗里并没有露出形迹，只是写出了面对烟雨古寺时感受到的沧桑感和庄严感。

赤壁

折戟沉沙铁未销，自将磨洗认前朝。
东风不与周郎便，铜雀春深锁二乔。

三国是中国历史上的一出精彩的连续剧，英雄辈出，好戏连台，鲜血和眼泪，豪语和柔情，让后人评说不尽、思索不尽、感叹不尽。智慧超人、学识渊博、才华横溢的杜牧面对三国英雄们激烈厮杀过的长江流水和水底的出土文物，想阻止他大发感慨都是不可能的。

这是一段沉埋江底几百年的折戟，锈迹斑斑，无语地记载着那个英雄时代的风生水起的活剧。得到这段折戟的杜牧，又磨又洗，使它重新现出光芒，继而激动地认出，这是前朝的遗物，三国赤壁大战时沉落江底的遗物。他的思绪够活跃的，跳过几个历史环节，假设那时没有东风给周瑜天助，曹操的火攻未必失败，金陵未必保得住，东吴两个著名美人大乔和小乔恐怕要被曹操掠去深锁在铜雀台了。

杜牧的联想、假设和推导真是精彩，使这个二乔被俘的结论既出乎意料又合情合理。杜牧不是为曹操感到遗憾也不是对周瑜的好运气觉得眼热，而是抒发一种人算不如天算的宿命观念，以这种假设增加当代人对逝去了的英雄的认识和追怀。

这首诗开头就是一个磨洗折戟的平平常常的镜头，结尾却是如此富于戏剧性的二乔被锁在铜雀台的变幻莫测的假设，使之响亮、鲜活、戏剧冲突激烈，见技巧，见才情，见把握历史方向的功力。

过华清宫

长安回望绣成堆，山顶千门次第开。
一骑红尘妃子笑，无人知是荔枝来。

杨玉环和唐玄宗的生死爱情激发了多少人的创作灵感和叹息的热流。对这出悲剧的慨叹多是针对杨玉环而不是李隆基的。马嵬坡前，他毕竟是怯懦地允许了对杨玉环的杀害，诸如《长恨歌》、《忆真妃》、《剑阁闻铃》难以引起对他的同情就是这个原因。对杨玉环这个女性，大家都怀着十分复杂的感情，对她的倾城倾国的天生丽质、出类拔萃的歌舞才能，大家是喜欢的、欣赏的，对她的骄奢淫逸以色误国的历史罪行人们是不会忘记的，对她那极其悲惨的结局，大家又是痛惜的。

杜牧的《过华清宫》共三首，这里选的是其中第一首。对李隆基的昏庸误国、杨玉环的骄横奢侈，杜牧的批判是严厉的，但却是巧妙的、含蓄的，也是特别精彩的。他的思绪回到那开元天宝时代，也设定了一个站在骊山回望长安、统观骊山全局的角度，展现了一个精彩的历史细节的画面。“长安回望绣成堆，山顶千门次第开”，是说国家至尊的皇帝当然应该在所居的长安城，就不由自主地回望皇帝所居的长安，只见那起伏的山岭、葱翠的林木、点缀其间的房舍，如同锦绣般聚拢在视野之中，而此际骊山的多重山门都次第打开了，仿佛要迎接什么贵重客人。只见一骑荡起烟尘飞奔而来，是怎么回事呢？答案竟是：“一骑红尘妃子笑，无人知是荔枝来。”只有身为贵妃的杨玉环知道，是从南方飞速“快递”的荔枝到了，因此不禁笑了。原来这位生在四川的娘娘最爱吃荔枝，而荔枝这种亚热带水果经宿则败，娇宠娘娘的李隆基就命从南方长途紧急运送荔枝到长安来。运荔枝的官员苦不堪言，差夫、驿马竟至累死。原来本应驻守京都的皇帝此时正在骊山的华清宫陪伴贵妃娘娘作乐呢！

杜牧诗的最后两句点明了事情的原委，把李隆基、杨玉环的骄奢淫逸、荒唐误国的行径揭露得淋漓尽致，也使从前两句颇像一般写景的诗篇立即熠熠生辉，变得深刻犀利而沉痛厚重起来。杜牧没有点明却让人们不得不联想到的一点是，这骊山就是昏君周幽王当年为了讨好祸水女人褒姒烽火戏诸侯的地方，步幽王褒姒后尘的李隆基和杨玉环的末日难道还会远吗？

山行

远上寒山石径斜，白云生处有人家。
停车坐爱枫林晚，霜叶红于二月花。

杜牧的视角回到当今，去拜访普普通通的人间胜景，去感受大自然的恩惠和美丽。大概是一次深秋季节山地乘车旅行的黄昏时刻。这山相当高峻陡峭，石径迤逦而上。忽然在白云生起的山腰看见了几处人家，可能就是目的地或宿停地吧？正要加速前进赶到那里去时，发现山坡上有一处殷红的枫林，美艳动人，在夕晖晚照下，枫叶流丹，层林尽染，真是满山云绵，如烁彩霞，实在不忍离开，干脆停下车来，好好欣赏一下吧。原来这经霜的枫叶比春天的夭桃秾李的花朵还要红艳呢！杜牧扬弃了文人时常因循的悲秋套路，满心欢喜地赞美枫叶“红于二月花”，不仅写景如画，而且表现了诗人豪爽乐观的精神风貌。

这首乍看是很随意、很轻松的抒情短诗，其实也颇为讲究抒情状物的艺术技巧呢！第一句交代此次山行的来龙去脉，给下一句作了铺垫，主要是说那白云生处的“人家”。第三句说了停车观赏的对象，给第四句作铺垫，引出“霜叶红于二月花”这千古名句来。其实全诗前三句都是为了给这第四句作铺垫而存在的。

秋夕

银烛秋光冷画屏，轻罗小扇扑流萤。
天街夜色凉如水，卧看牵牛织女星。

杜牧的悲天悯人、怜香惜玉的情怀这回献给了一位可怜的宫女。首先展示出一幅冷宫秋夕的凄凉景象，那蜡烛黯淡的白光，那冷凉渐浓的秋意，那笼罩着凄冷色调的画屏，无言地诉说着寂寞和孤独。就在这样的时刻，一位宫中女子正在手拿一把轻罗小扇扑打乱飞的流萤，看起来还是蛮洒脱活泼的嘛。可是这不是真相，真相是一个被长久冷落抛弃的宫女在秋凉之夜苦中作乐，以扑打流萤打发自己已经亡失得差不多的青春时光。

封建时代的帝王占有大量女性以求满足淫欲和多生子女，是一种违反人伦天理的极其恶劣残忍的制度。让那些最美丽的花季少女整日困守空闺，等候那位种畜角色的家伙来临幸自己。且不说，少女喜欢不喜欢这个家伙，有没有选择自己心上人作为献身对象的权利，就算种畜陛下美好有趣得要命，让少者几十位多者数百位甚至成千上万位女性长期等待，轮流去和种畜陛下性交，对发育正常、具有正常欲望的年轻女性就是一种残忍的戕害。种畜陛下一般都具有不管用得了用不了但一定要终生霸占她们的癖好。杜牧对这些不幸女子中最不幸的、实际上被打入冷宫的一位深表同情、体恤、怜惜，激愤难抑。但他没有采取直抒胸臆、直斥这种不仁不义行径的方式，而是曲折地表达了自己的心声。他描绘道，此际天街也就是宫中的通道上夜色渐深，夜凉如水，这位百无聊赖、孤苦无告的女子心绪也更加凄凉，无奈而疲倦地仰卧在沁凉的台阶上看夜空银河两边的牛郎织女双星。牛郎织女一年里有三百六十四日的分离和相思，只有一夕的欢聚，成为爱情艰难和折磨的象征，受到人间的普遍同情和怜惜，可是这宫中女子却在凝视它们的时候心酸地艳羡它们。因为她连一年一次的聚会和欢乐都消失多年了！

难怪杜牧被喜欢他的人亲热地称为杜郎，他怜香惜玉、扶弱济困的心肠好软好热啊，对这位不曾谋面只是生活在他的诗里的不幸女子，他倾注了多么细密缠绵的深情啊！

清明

清明时节雨纷纷，路上行人欲断魂。
借问酒家何处有，牧童遥指杏花村。

这是一首流传特别广泛影响出奇深远的小诗，甚至达到了家喻户晓的程度，可以和“床前明月光”、“春眠不觉晓”并列鼎足而三了。当人们有特别急切的需求忽然得到圆满答复的时候就会出现一种豁然开朗、疑云顿消的感觉，就是这种感觉征服了历代读者的心。杏花村究竟在何地，至今却无定论，至少有在山西汾阳、山东梁山、湖北麻城、江苏徐州、江苏南京、安徽贵池等六种说法。论者多以山西汾阳说为正宗，那里有一家杏花村汾酒厂闻名全国。但又有专家经过考证，此诗写于杜牧任黄州刺史时期，则湖北杏花村说更有道理。且莫论孰是孰非了，这争论也更加证明了这首《清明》的巨大影响。

只觉得《清明》语言流畅，情境生动，趣味盎然，有一番田园风光的温馨和快乐，但感到这句“路上行人欲断魂”有点别扭，被春雨淋了一下，为什么就用了“欲断魂”这样险怪过分的词语呢？但仔细品读全诗，就悟出了这“欲断魂”三字特别沉重的分量，和牵动全诗主旨和风格的重要作用。看起来这场春雨不算太小，赶路的“行人”正是作者杜牧本人，起码作者是行人之一。平生仕途不畅难得施展修齐治平长才的杜牧，此际也许欲踏青散心，经春雨当头一浇，狼狈奔窜，打破原来心境，心绪烦乱，烦恼伤感陡生，竟至达到“欲断魂”的程度。此刻他最迫切的心愿，是找到一处酒家，避避春雨，暖暖冷心，晾晾湿衣。

“借问酒家何处有，牧童遥指杏花村”。一声急切的询问，一句温馨的回答，正当其时地解答了杜牧的问话，满足了他这不大的心愿。正是这种心境，催生了这难忘的诗篇。

遣怀

落魄江湖载酒行，楚腰纤细掌中轻。
十年一觉扬州梦，赢得青楼薄幸名。

杜牧（833—835）曾于文宗太和七年在扬州牛僧孺任淮扬节度使时在他幕中任推官，后转为掌书记，就是当一名幕友。对以雄才大略自许的杜牧来说，区区下僚身份确实委屈了他。于是他玩世不恭，放浪形骸，流连花街柳巷，寄情风尘女子，打发岁月，消磨青春。当他被调回长安任职、告别牛僧孺时，牛僧孺语重心长地告诫他远离青楼，杜牧还支支吾吾地加以辩解。牛僧孺拿来一小筐纸条，都是士卒们奉命暗中跟踪保护杜牧时写来的平安报单。

可能是牛僧孺的那些平安报单刺激了他，也感动了他，繁华梦醒，忏悔艳游，唤回了当年那些失落在怀才不遇岁月中的雄心壮志，决心改弦更张，不再蹉跎岁月虚掷青春。于是写了这首《遣怀》言志自励。杜牧没有对当年的风流韵事洋洋自得的轻薄，只有幡然悔悟的警醒和愧疚。以“落魄江湖载酒行，楚腰纤细掌中轻”开端，概括了这些年落拓潦倒、沉迷酒色的生活历程，是那些腰肢纤细的风尘女子伴随他空虚颓废的日子，一句话里隐藏了两个典故，其一是“楚王好细腰，宫中多饿死”的传说，其二是赵飞燕可做掌上舞的故事。在写作过程中他不可避免地要表白不是自己自甘堕落坠入泥淖，是他的兀傲不平之志不见容于时，隐隐约约透出一番慨叹和不平。以“十年一觉扬州梦，赢得青楼薄幸名”作结，则在某种貌似轻松的自嘲中深沉地慨叹了那些荒唐岁月。珍贵的十年匆匆流逝，回顾来路，除了因为朝秦暮楚、勤于更换伴侣得到青楼女子薄幸的评价之外，还留下了什么？

这首诗写得真挚而沉痛，文采飞扬，受到一位文学前辈吴武陵的极力赞赏。吴武陵推荐给当年的主考官崔郾，直接要求将杜牧录取为状元，崔郾不肯，双方你来我往讨价还价，激烈交锋。最后崔郾把杜牧录为进士第五名及第。杜牧才华绝代，自视甚高，根本不认这个账，但也的确见证了杜牧这首诗广受欢迎的程度。

赠别二首·其一

娉娉袅袅十三馀，豆蔻梢头二月初。
春风十里扬州路，卷上珠帘总不如。

这是太和九年（835）杜牧奉调任监察御史离开扬州时和特别欣赏的风尘女子告别的赠诗。杜牧在《遣怀》中虽然表达了对自己荒唐生活的某种悔恨，但他的生活色彩和生活节奏是不会有太大改变的，依然和她们交往密切，依然灯红酒绿地和她们一起自在逍遥。大家可以看出，杜牧和那位与他并称小李杜的李商隐、宋代的柳永不同，他没有那么投入，那么痴心，那么重情，那么极端，对女性有那么深刻透彻的理解，那么庄严正大的尊重，那么细腻的描绘和煽情的渲染。李商隐柳永们是将自己的专注、痴情、憔悴当作正面的感情经验尽情宣泄，颇有点自豪、自恋色彩。而杜牧纯粹是出于玩乐的目的，花天酒地，灯红酒绿，歌舞征逐，自己知道自己在犯错误，口头上承认，实际上根本没有打算悔改；喜欢这些可爱的女性，就是享受生命享受青春，但不会押上性命“为伊消得人憔悴”，连他自己都自认“薄幸”，说得难听一点就是一名专业嫖客，后来自称铜豌豆的关汉卿也是同路。

杜牧的巨大优势是他出类拔萃的写作技巧，上天赐予的观察力、感悟力、表现力，以简洁、锐利、鲜明、既空灵又富于形象感的文笔写出这些烟花女子的全部美丽、魅力和摄人心魄的妖媚，让你受到心灵的震撼，让你过目难忘，让你回味无穷。他赠诗的这位女性尚是情窦初开的少女，但作为“我拿青春赌明天”的风尘女子已经具备了高度狐媚迷人的素质。“娉娉袅袅十三馀，豆蔻梢头二月初”，也许年龄只是一个虚指不是确数，总之是特别年轻，容颜美丽，秋波流惠，身姿轻倩，风致宛然。豆蔻本是一种形似芭蕉的植物，并无特别美丽之处，它初夏才开花，在扬州地界农历二月初也就是早春季节，豆蔻花刚刚结出骨朵，尚在花苞阶段，当然稚嫩了。用以比喻少女是杜牧的原创，辞书对成语“豆蔻年华”的解释就引用了这首《赠别之一》。以“春风十里扬州路，卷上珠帘总不如”作结，既显示出杜牧对扬州娼寮市场的熟稔和整体把握能力，又展示出他表达对这位少女赞扬的功力。“春风十里”的扬州真是“繁荣娼盛”，不仅花街柳巷，好像通衢大道上都有。那时一般店铺大概少有年轻的女性服务员，谁家的良家女子肯去店铺抛头露面呀？能在“春风十里扬州路”“卷上珠帘”的只能是那些坐台小姐了。杜牧温情脉脉地对赠诗的少女说：“再多的坐台小姐卷上珠帘开张营业，也觉得她们都不如你美丽呀。”

七律·题宣州开元寺水阁，阁下宛溪，夹溪居人

六朝文物草连空，天淡云闲今古同。
鸟去鸟来山色里，人歌人哭水声中。
深秋帘幕千家雨，落日楼台一笛风。
惆怅无因见范蠡，参差烟树五湖东。

这是杜牧入选本书的唯一律诗。从纪游怀古角度看这首律诗，似乎没有太卓异之处，不过是文宗开成年间作者在宣州任团练判官时游览开元寺的一番并不稀奇的慨叹。看见连天碧草想到六朝的文物，那“天淡云闲”的感觉和如今也差不了太多吧？令人惆怅的是，当年泛舟五湖的高人范蠡再也看不到了。让我动心的是诗中颔联和颈联特别美丽潇洒的文笔、特别鲜活的景色和所传递的那种几分亲切、几分放达、几分庄严、几分洒脱的感悟。“鸟去鸟来山色里，人歌人哭水声中”，前一句比较容易理解，往还飞翔的鸟增添了山色的美丽，后一句游人来此放歌长啸倒还可以理解，来此哭景就难以理解甚至难以容忍了。原来《礼记·檀弓》有这样的文字：“美哉轮焉，美哉奂焉！歌于斯，哭于斯，聚国族于斯。”指这个地方是可以放歌、可以长哭、可以聚会的公共场所，寄托着我们强烈的感情和心愿。杜牧这样描绘开元寺附近的山野，是寄托了投入了很深的感情的。

“深秋帘幕千家雨，落日楼台一笛风”，颈联更加奇异美妙，极其生动完美然而用语又质朴恰切恬淡；对仗极为精严，词性相同，词义或类似或相反或相关，如“千家雨”对“一笛风”真是绝对，意境恬淡、苍凉还有几分疏朗。这景象不是诗人想象出来的，而是诗人好像立足一个较为高峻的视角，在那里可以透过雨帘看见深秋季节的寒雨单调地敲打着家家户户的门窗，而几乎家家户户都拉上了遮蔽风雨的帘幕。一派萧索，一派沉闷，一番解不开的愁绪。接着，雨过天晴，人们又卷起了帘幕，楼台上有人在落日西风中吹起了玉笛，人的思绪也有了“雨转晴”的变化，多好。

李商隐（六首）

无题（相见时难别亦难）

相见时难别亦难，东风无力百花残。
春蚕到死丝方尽，蜡炬成灰泪始干。
晓镜但愁云鬓改，夜吟应觉月光寒。
蓬山此去无多路，青鸟殷勤为探看。

李商隐（约813—约858）是一个充满了神秘魅力和阅读期待的名字，他的歌唱特别是以“无题”为名抒发爱情经历的诗，词采华美，感悟深沉，对仗精严，用事贴切，声韵铿锵，意象纷呈，多暗示、借指、象征、比喻，充满了神秘幽深的韵味，以“无题”二字为掩遮，创造了尽情抒发心意的特殊体裁。他超越了时代的局限，穿越千年，直接进入历代千百万知音心中。

年轻时代，李商隐曾经在山中的道观学道，接触过一位美丽的女道士，并且相爱。那时，和女道士相爱并不是一件特别伤风败俗的事情，当年出家修道成风，女道士的行列有贵族女性、宫廷女儿和风尘女子加入，且都蓄长发，保持了一份女性风韵。女道士甚至是寺观吸引信徒的一种手段，不少修道的信徒是为了这些美丽的女道士而出家的。而李商隐就不是这样轻浮浅薄的男人，他天生以爱情为第一生命，对待爱情严肃坚贞。据说，李商隐热恋的这位女性是一位宫廷贵胄或贵胄的侍女。这种爱情来得不易，要突破多少禁忌、超越多少关隘才能来到一起。每一次聚会都是超越了心灵距离的跋涉和障碍丛生的曲折。相爱是缘，是命运的馈赠也是命运的折磨，太艰难太不容易了！要离别就更困难了，这样的深情这样的精神与生命的深度契合是可遇不可求的机缘，怎么能说分别呢。每一次暂时的分别都如同将生命的肢体生生撕扯下来一样的疼痛和艰难。屈原的“乐莫乐兮心相知，悲莫悲兮生别离”的慨叹可能也给了李商隐莫大的启迪。“相见时难别亦难”的概括是准确而伤感的。“东风无力百花残”透露出上演的这出既欢欣又伤心的剧戏是在暮春季节。

这份爱情的艰难和为爱跋涉的曲折漫长，令年轻的李商隐备受折磨又矢志不移。既有销魂神驰的欢乐又有心力憔悴的折磨，但是，这份情缘是绝对放不下的。尽管已经过去了多年，李商隐依然这样执著这样坚定，终生都不会忘记不会放弃："春蚕到死丝方尽，蜡炬成灰泪始干。"先把流着蜡泪的蜡烛和吐丝的春蚕拟人化，给这两件事物以崭新的生命，然后又把风马牛不相及的二者放在一起，电光石火，倏然闪过，就天才地创造了这个千古名句。其对仗之精严，比喻之贴切，形象之鲜明，内蕴之深沉，真是达到了登峰造极的地步，成为纯洁真挚、终生不渝的爱情的最有力表达，如果评选古今第一副爱情联，或可当选。

下面两句，则是对你我二人当前形象心态的揣测和描绘。清晨，你在那边揽镜端详自己的容颜，会发现你美丽的云鬓改变了，不再那样蓬松宛然油光可鉴，夜晚，我独自吟咏思念你的诗篇，会感觉到孤独的月光也浸透了逼人的寒气。最后一联，"蓬莱此去无多路"，极言二人地理距离之近和人文关系距离之远，相见是绝对不可能的梦幻，那就派神话中的传递幸福的青鸟去探看你吧。蓬莱二字是一语双关，既虚指遥远的海外仙山之蓬莱三岛，又实指你所居的道观，既然如此牵肠挂肚，二人的心灵之间就是零距离了，也暗示了对方女道士的身份。

在这首诗中，女主人公的形象是虚写，是陪衬，实写的是抒情主人公的丰满坚实的形象，他用全部生命庄严宣告：对真正的爱情就应该这样执著这样坚定，对爱你的女性就应该献出满腔热血和一生的坚贞，这是歌颂爱情的千古绝唱，是李商隐留给我们的珍贵遗训和精神遗产。

无题（昨夜星辰昨夜风）

昨夜星辰昨夜风，画楼西畔桂堂东。
身无彩凤双飞翼，心有灵犀一点通。
隔座送钩春酒暖，分曹射覆蜡灯红。
嗟余听鼓应官去，走马兰台类转蓬。

李商隐这首不朽的爱情诗篇写于武宗会昌二年（842），那年他二十九岁，任秘书省校书郎，一个秩低俸微的九品小官。在一次高官巨贾云集的通宵达旦的宴会上，有幸莅临的李商隐不过是一个寂寞孤独地坐在角落的配角，和一位似是家妓、高级侍女或高官内眷或外室身份的丽人偶然同席，眉目传情，心有灵犀，产生了极其微妙的心灵感应。只是两情相悦，没有只言片语的表白，没有承诺，没有约定，不知她的芳名，不曾留下自己的信息，这些都不可能也来不及，甚至算不上一次爱情体验，只留下一段温馨的情境，一缕凄凉的回味，一番挥之不去的忧伤，一抹永志方寸的心灵悸动。

“昨夜星辰昨夜风，画楼西畔桂堂东”，是这份刻骨铭心的情感纠葛产生之地和难忘时分，连用两个“昨夜”，增加语言的美感，也强调了印象的深刻；画楼桂堂的称谓，极言其美丽豪奢，增加美感也点明了侯门华屋的性质。下两句“身无彩凤双飞翼，心有灵犀一点通”一下子跳到和那人的心灵沟通的深密层次，以巧妙的比喻，华美的语言表达了没有像彩凤那样并肩双飞的翅膀的恨憾，更以犀牛角上贯通两端的白线比喻二人心灵有一线相通的奇妙。写诗时是次日，昨夜那喧阗热闹的宴会上的情景历历在目，“隔座送钩春酒暖，分曹射覆蜡灯红”是细节的鲜活描绘，隔着座位的宾客暗中传送玉钩，令人判断在谁手中；将器物覆盖，分组猜想为何物，其间以胜负判罚饮酒，灯烛荧荧，红光闪烁，我们二人只是在别人尽情游乐时，偷偷享受眼神交流的温馨。

然而，好梦易逝，正当我们沉溺于精神交流的欢乐之时，五更二鼓的钟声响了，这是催促人们起早上班的信号，我也只得恋恋不舍地匆匆离去，到我供职的兰台也就是政府秘书处去上班，干那些抄抄写写的麻烦事。我的命运就像是那到处飘荡的蓬草一样风雨无凭。卿卿，我对不住你，也对不住我自己呀！

爱情是一份可遇不可求的珍贵机缘，有幸遇到了，却困于形势和身份的距离根本无法实现。当年年近而立的李商隐已经是王茂元的女婿，夹在牛李党争中的他，蒙受诽谤和打压，尴尬艰难，生存都极其不易，和这位萍水相逢的丽人就不可能有结果，于是诗人选择了逃匿和退缩。没有任何谋划甚至没有一丝憧憬，就这样无奈地错过你，今番错过就是今生错过。而你也认同了我们共同的命运，那温暖的春酒饮过了不会再斟满，明亮的灯烛熄灭了就不会再燃起，只留下相互赏识两情相悦的记忆。“乐莫乐兮心相知”的过程尚未完成，“悲莫悲兮生别离”的结局已经出现，悲喜相继，雁过无痕，却铭心刻骨，终生以之。

无题（来是空言去绝踪）

来是空言去绝踪，月斜楼上五更钟。
梦为远别啼难唤，书被催成墨未浓。
蜡照半笼金翡翠，麝香微渡绣芙蓉。
刘郎已恨蓬山远，更隔蓬山一万重。

“无题”二字，成为爱情诗的同义语，得力于李商隐的卓越艺术创造。但也会引起一点麻烦，为了对不同的无题诗细致区分和准确指代，题目中无题二字后括号里附注首句文字，是本书的体例。这份埋怨情人不能如约欢聚的心灵倾诉，细致绵密，深厚浓烈，怨而不怒，愈怨愈爱，真挚感人，是李商隐无题诗的代表作之一，是李商隐以女性为第一人称写的爱情诗。诗人为抒情主人公设计了一个豪华、温馨、娇艳、富于脂粉气的香闺，作为抒发感情的平台。第一句无奈地抱怨道：说是前来欢会的约定原来是一句空话，上次一别就再也没有了声息。第二句说我苦苦等待了你一整夜，直到五更时分的斜月映照着我的小楼。第三四句说今宵梦中的你要和我远别，我怎样哭求都不能唤回你的心，梦醒之后想立即给你写出这番深情和折磨，没等香墨研浓就急切地写完了。

以下她带着幸福辛酸的回忆和娇嗔的埋怨描绘情人曾经留下身影和气息的香闺，那映照过你我的灯烛依然在照耀着雕有金饰翡翠的屏风，你留下的麝香的芬芳轻轻氤氲着这见证过我们爱情的芙蓉锦被。结尾两句，失望惆怅的情绪达到极点，当年和仙姬诀别的刘晨已经怅恨和仙姬所居的蓬莱仙山距离的遥远，我憩息之地对你来说就像隔着万重蓬山那样遥远。想到这里，那点抱怨情绪大概也逐渐淡了，叹息这份爱情之路的崎岖、理解情人奔波的艰难，也许更占据了她的芳心。

认为是诗人表达自己对爽约情人的埋怨，其实是甚为不妥的解读。全诗娇柔妩媚的风格，香闺的浓郁女性气息，如果是男性的抒情就太不妥帖，有点脂粉气过浓了。如前一首解读所说，根据历代学者的研究，李商隐爱情诗的抒情对象好像是带发修行的女道士，而和女道士相爱也不是特别伤风败俗的事，这种相对宽容的社会环境成就了李商隐的难得爱情和卓越诗篇。李商隐不是一位滥情的人，他终生的歌唱好像都献给这位美丽的女性。如果把这首诗当做以她为第一人称角度而写就可以顺利地解释，这位女道士可能是宫廷女官、丫环或某高官巨贾的外室，富裕奢华，在道观拥有一间温馨奢侈的香闺是合理的。他们的聚会在二人的居室都可以，但一旦离开了修行的道观，女道士抛头露面不惮跋涉去和诗人欢会是不可想象的事，诗人去道观和她欢会，虽然困难重重，但轻车熟路，还是具有某种可行性的。李商隐的这首诗充分体察领悟了这位执著于爱情的女性的万种柔情和坚执情意。其实真心相爱的双方互相思念的苦涩和幸福交织的心绪都是一样的，他以这样的角度写诗，也同样表达了自己的一份相思深情，诉说了那种聚会约定破灭的惆怅和憾恨。

夜雨寄北

君问归期未有期，巴山夜雨涨秋池。
何当共剪西窗烛，却话巴山夜雨时。

这是律绝兼擅的李商隐最出色的一首七绝，是绝句中的极品。李商隐的律诗词采华美，对仗精严，用事贴切，声韵和谐，意象纷呈，多暗示、借指、象征、比喻，充满了神秘幽深的韵味。在彻底理解和稍嫌朦胧含蓄之间游走，让读者得到空灵奇绝、烟水迷离的审美享受。而这首七绝却如此质朴自然，如同白话，但是传达的感情和意旨却是共同的。

对李商隐有没有一次巴蜀之游，写这首诗时他的妻子王氏是否还在世，历来都有不同看法，我们就相信他的的确确是在巴山夜雨时分写的这首诗吧。这首诗的接受者“君”是何人？历来也没有定论，大多数注家认为是寄给妻子的，有的干脆把诗的题目改为“夜雨寄内”。但也有人认为是寄给一位志同道合的朋友的，甚至指出，最适合最可能的朋友是那位才高貌丑的温庭筠。如此温情脉脉，亲切无间，甚至有几分“共剪西窗烛”的亲昵，当做同性之间的尺素往还，就太有些不堪了。我宁肯理解为写给妻子的、过多涉及感情的情书倒还自然贴切。

全诗采取回答妻子询问的方式展开。四句诗明显地分作前后两部分，前二句答曰，你问我何时归来，还真的没有归期，正好巴山的夜雨下个不停，秋池已经涨满。这是没有回答的回答，既没有明确的归期，也没有说清是不是因为巴山水涨才不能归家，连能不能归来也没有说清楚，诗的韵致就在这

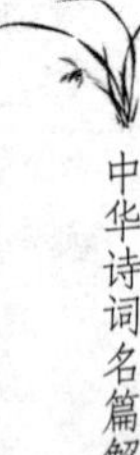

种温馨低抑的设问和“顾左右而言他”的不得要领的回答之中。

第三句陡地昂扬起来，表达了强烈的回归心愿，也就表达了对妻子的思念和挚爱。诗人选择了一个全新的没有人用过的抒情角度，热烈期盼和妻子共剪西窗烛花的机会，那时候再共话巴山夜雨时两处相思的种种愁绪。而这个西窗剪烛共话巴山夜雨的前景只是一种心愿，一种想象，是一张难以充饥的画饼。

省略了很多，凝练了很多，避免了直接的、确切的回答，只是毫无悬念地告诉妻子，近期我不能归家，但我极其思念你，渴望和你团聚的日子。说极其凝练，但也有一处看似明显的重复，第二句有巴山夜雨四字，第四句又出现了这四个字。其实一点都不感到重复，第一次巴山夜雨是写景，是现在时，是实写，第二次巴山夜雨是写情，是将来时，是虚写，虚实相生，来今相映，更增添了一份情趣、一份真爱。

锦瑟

锦瑟无端五十弦，一弦一柱思华年。
庄生晓梦迷蝴蝶，望帝春心托杜鹃。
沧海月明珠有泪，蓝田日暖玉生烟。
此情可待成追忆，只是当时已惘然。

这是李商隐的最难理解的诗之一，虽然有题目，但却是随意采用开头的两个字，无法解释全诗，也应该归类为无题诗。在李商隐的词汇中，“无题”就是无法直抒胸臆的爱情诗的同义语。

这是一首有悼亡色彩的诗。悼亡本是一件可以堂而皇之地公之于众的题目，但李商隐采取了无题的方式，恐怕也有难言之隐，因而采取了象征和比喻相结合的艺术手段，写得极其美丽，也极其晦涩难懂。瑟本是只有二十五弦的弹拨乐器，髹漆上锦绣花纹就是锦瑟了。《汉书·郊祀志》云：“泰帝使素女鼓五十弦瑟，悲，帝禁不止，故破其瑟为二十五弦。”传说瑟本为五十弦，被泰帝破为两只二十五弦的瑟。诗人在瞥见这只锦瑟时，想起它曾经的变化，于是恍惚迷离中，仍然把它看做传说中的五十弦的原始形态。而五十之数又接近李商隐的知天命之年五十岁，触发了他对情人、妻子的追念，抚摸锦瑟的一弦一柱，想起自己逝去的青春年华，追思那些浸透了美丽深情和沉重痛惜的日子。李商隐不是那种轻浮薄浪的花花公子，而是一位视爱情为至高无上、愿为爱情“生死以之”的坚贞之人。李商隐平生真爱只有两位女性，一位是他早年在玉阳山学道时遇见的女冠，即女道士，他为追忆终生的这位恋人献出了若干动情的诗篇，一般都命题为《无题》。另一位就是在牛李党争中属于李德裕党的王茂元的女儿王氏。在牛李党争夹缝中挣扎浮沉的李商隐，在恩师和密友牛党令狐楚去世不久，就娶了王茂元的女儿为妻，夫妻之间恩爱缠绵，感情极深。惜王氏享寿不永，韶年辞世。王氏辞世之际，二人竟没有见上一面，李商隐的恨憾特别痛切深沉。但李商隐却被牛党人士批评为“诡薄无行”、“放利偷合”。迫于当时险恶的舆论环境，他悼念、追怀妻子的作品也只好采取这种隐晦迷离的手法。

诗人在中二联连续使用了四个典故：庄生晓梦中对蝴蝶的迷恋；蜀主望帝的一片春心托付给那啼血鸣唱的杜鹃；南海鲛人的眼泪化作了珍珠；蓝田美玉在阳光照耀下生出烟霭。这些神话和传说，看似光怪陆离，神奇荒诞，多涉及死亡和命运的变迁，似乎表达了一种面对风雨无凭、变幻迷离的命运的无奈。但经过方家的缜密研究，也找出了寓于其间的真实可信的信息。庄生晓梦一句，一般解释指庄周梦见自己化为蝴蝶，在这里，借指和女冠的爱情，那段如同沉迷于美丽蝴蝶的爱情像晓梦一般短暂易逝。“望帝春心托杜鹃”一句借指自己对妻子王氏的深情，对那突然中断的恩爱的憾恨，只能托付给泣血歌唱的杜鹃了。“沧海月明珠有泪”一句，暗喻那位情真意切的女冠在投身情人还是向命运低头这艰难的选择上，犹豫不定，备极痛苦，如同东海鲛人眼泪化为珍珠。而王氏对他的爱却是蓝田玉一般坚贞永恒。两相比较，则女冠之爱是可以随岁月流逝变化的珠，王氏之爱却是坚贞无比的玉。她的爱情如同在温暖的阳光照耀下闪着光泽，宛若冒出的缕缕烟霭一般美丽迷幻，极言其情感的高洁珍贵。用词极其华丽严谨的李商隐写到这里，也感到和上一句“沧海月明珠有泪”妥帖对仗的艰难。就用“玉生烟”和“珠有泪”相对。从声韵和词性看是工对了，但从内容理解上又稍感牵强。李商隐本来就写得朦胧迷离，本不想让人猜出谜底，就这样给当代和后世读者留下了一个难解之谜。李商隐献给女冠的诗浸透了浓情蜜意，而他献给妻子王氏的诗却是无比坚贞的心意。继而，他果断拒绝了别人送上的绝色美姬，终生不再娶，痛苦地度过了七年余生，每一天都如同元稹的“惟将终夜长开眼，报答平生未展眉”那般痛苦，那般难捱。

那些难忘的情感就这样伤心地流逝了，但对情人和妻子的追忆和沉痛的悼亡始终端居我的心灵最神圣的角落。可是当年被赶出道观，和情人永诀的尴尬幻灭；妻子骤然辞世，阴阳两隔的迷惘无告，是我永远难以愈合的伤痛。

这首诗没有直抒胸臆的倾诉，而是靠一些貌似和爱情并无关联的事物的隐喻、比兴、象征来表达深切而执著的爱情，一些刻骨铭心的真实信息，就隐藏在字里行间。

安定城楼

迢递高城百尺楼，绿杨枝外尽汀洲。
贾生年少虚垂泪，王粲春来更远游。
永忆江湖归白发，欲回天地入扁舟。
不知腐鼠成滋味，猜意鹓鸰竟未休。

这是李商隐遭遇挫折和不公待遇后抒发心中愤懑的一首诗，是他的无题诗之外最深刻反映了内心世界的重要作品。灼热的理想被冷落，跻身官场荆棘丛生，宵小们的猜忌陷害有加无已，居高位者的倨傲偏执，给了他太多的伤害。文宗开成三年（838）李商隐应弘词科考试，没有得到公平对待，落榜后到泾源节度使处做幕僚，这是他借居节度使衙门时看见泾州城楼所发的感慨，安定就是泾州。此际他没有托古讽今，没有隐喻和旁敲侧击，也没有借他人之酒杯，浇自己之块垒，而是径直抒发心中的不平和失望。

开端是安定城楼的描绘，用壮丽高峻的城楼，绿杨、汀洲的美丽景色自然过渡到心灵的抒发。“贾生年少虚垂泪，王粲春来更远游”，是李商隐巧妙用典的成功例证。贾生就是西汉卓有才具的青年政治家贾谊（前 200—前 168），他在《治安策序》中有这样的话：“臣窃惟世事有可为痛哭者一。”故言贾生年少虚垂泪，这是以贾生自许。千年前的贾谊生不逢时、才美不见用、仕途坎坷、屡遭挫折，贾谊的悲愤、贾谊的不幸、贾谊的失落都在李商隐身上再现了。而三国时代的王粲（177—217）是东汉末年的诗人，他曾投靠荆州刘表，未被重用，在湖北当阳城楼作《登楼赋》，其中有“虽信美而非吾土兮，曾何足以少留。”说这个地方虽然确实美丽，但不是我的家乡土地，也不足以让我稍加逗留。在这里，李商隐是借咏叹王粲的身世，抒发自己仕途坎坷、寄人篱下的慨叹。论才华论笔墨，李商隐完全可以和两位先辈比肩，二位前辈青年才俊也得到世人的广泛而真挚的同情。这样成功的典故运用，为李商隐的抒情诗增添了情趣和书卷气。颈联“永忆江湖归白发，欲回天地入扁舟”，诉说的是一种宏大壮美的理想，就是投身尘世，干了一番扭转乾坤的大事业之后，带着满头白发，乘一叶扁舟，归隐江湖。春秋时，范蠡辅佐越王勾践灭了吴国之后，就辞官浮海而去。李商隐暗指范蠡，并把他当作自己的榜样。

结尾又是一个典故。《庄子·秋水篇》说，惠施在梁国为相，庄子去见他。有谣言说庄周想代替惠施为梁国相，惠施恐慌，在国内大肆搜查了三天三夜。庄子就立即去见惠施，并给惠施讲了一个故事：“南方有一种鸟，名为鹓雏，从南海出发，飞到北海，非梧桐树不憩，非醴泉，也就是香醇的泉水，不饮，非练实不吃，练实大概是竹子的果实。当鹓雏飞过时，正好有一只鸱枭，刚刚得到一只腐烂的死老鼠，以为鹓雏要抢它的腐鼠，就仰天怒叫一声‘嚇’。”庄子接着对惠施说，你也要以梁国来“嚇”我吗？这个故事强烈地讽刺了那些小肚鸡肠、目光短浅的人的肤浅和轻贱。“不知腐鼠成滋味，猜意鹓雏竟未休”，在这里，李商隐把功名富贵比作了腐烂发臭的死老鼠，自比为高洁的鹓雏。自己跻身仕途，求取官职，是为了实现救国济民的大志，并非为了功名富贵。没有想到，有些人把功名富贵当做好东西拼命争抢，而且无休无止地猜想我也像他们一样热衷于此。

李商隐这首诗，把自己高洁的心性、淡泊的心志、庄严正大的理想表现得清晰而透彻，对一班小人的讽刺也辛辣犀利。运用语言的技巧功力，结构布局和遣词造句的熟练技巧，特别是得心应手地用典的功夫都给人深刻的印象。用典是中国古典诗词的一个重要手段，有十分悠久的传统。一个典故就是一个故事，一个道理，一份心照不宣的情趣，一抹会心莞尔的理解。情趣无穷，简练生动，极大地增添了诗词的韵味和品位，提升了智慧的含量，李商隐就是一个用典多、用典准的典范，李商隐的用典，见功力，见才气，见读书的广博。但是用典必须适应读者的知识和认识水平，也必须有利于对诗词内容的理解和诗意的阐发，还要注意用典的准确和清晰恰切，才能最大限度地发挥用典的作用。用典过多，影响了作品的理解和认识，增加了正确理解的障碍，被讥讽为“掉书袋”，就得不偿失了。

温庭筠（三首）

望江南

梳洗罢，独倚望江楼。

过尽千帆皆不是，斜晖脉脉水悠悠，肠断白蘋洲！

温庭筠（约812—约870），字飞卿，山西太原人，唐宣宗朝起，屡试进士不第。曾任河南方城尉，国子助教。富才情，精文采，为诗构思迅疾，八次叉手即可完成一篇精彩文章，被誉为“温八叉”。诗词并工，诗与李商隐并称温李，词和韦庄并称韦温。词精于音律，文词流于浮艳绮靡，多细致描绘女性妆容，没有多少新意。但温庭筠是和李白、白居易、刘禹锡、韦庄、张志和等一起对词这种艺术样式作出过贡献的诗人，把具有永恒艺术生命的爱情和女性魅力的题材引入了这个新生的艺术体裁，那些即使比较浮艳的作品也具有一定的艺术价值和意义。但这首《望江南》却是他少有的不事雕琢、文笔朴素清新的作品。

这首诗主题是思妇切盼、等待远行归来的情郎。从首句“梳洗罢，独倚望江楼”来看，这位上过晚妆的思妇是温庭筠惯于表现的耽于感情、精于装扮的女性。在这个时刻，诗人描绘的重点不在这些美丽的女性的装扮，而在于她们强烈急切的思念远行亲人的心情，那样真挚，那样深沉，足以令人动容。“望江楼”一般是建在江边可以眺望远方的建筑。可能是远行人寄来过书信，告诉了归来的准确日期。这痴心的女人就兴冲冲来到江边，她没有把风雨无凭、浪涛难期这个不确定因素计算在内，她也一厢情愿地不愿计算在内。等待、远眺、期盼、兴奋、失望，周而复始，竟至“过尽千帆皆不是”，陷入极度的失落！这是总结了大量的等待和失望的心理感受之后的珍贵心理经验，几乎所有人都有过这种感受。

下面两句很美，但仔细品读，却不大顺畅。“斜晖脉脉水悠悠，肠断白蘋洲！”斜晖当然是指夕阳西下的晚霞或落日，但它怎么能以“脉脉”来表达呢？看来是这女人极度失落之余，以含有失望、痛苦、思念和某种怨恨的心情和目光瞩望西天斜晖的神情。脉脉目光和那无情流逝的江水映衬，当然是肝肠寸断，难以自持。白蘋洲是生有白蘋草的小洲，这种白蘋草多为男女离别时互相赠送的纪念。

菩萨蛮

小山重叠金明灭，鬓云欲度香腮雪。懒起画蛾眉，弄妆梳洗迟。

照花前后镜，花面交相映。新帖绣罗襦，双双金鹧鸪。

这首描绘贵妇慵懒娇媚情态、冷落寂寞情怀的词的首句历来解释颇有歧义，觉得把“小山重叠”四字理解为屏风上的画面最为离谱，最为贴近温庭筠原意的解释应该是，小山，指眉毛画成浓淡重叠的小山样式。女性眉间装饰之额黄，晨起时或已剥落，不甚均匀，窗外阳光映照得金色明灭忽闪。鬓间如云朵般飘逸的秀发垂了下来，好像要掩遮她那雪白的香腮。一个富有动感的“度”字就传达出无限娇媚的美感。贵妇已经起得很晚了，还在懒洋洋地描画蛾眉，就是如同飞蛾的触须般纤细的眉毛，慢慢腾腾地梳洗打扮。用镜子映照自己的前后妆容，头上的花和如花般艳丽的容颜互相映衬，难说是花更美还是容颜更美。她穿的这件绣花罗襦，就是绣花短袄，上面绣着成双的金鹧鸪。

这位贵妇，可能是宫中嫔妃，也可能是高官巨贾的姬妾，总之，年轻漂亮，养尊处优，魅力惊人，正当付出爱也需要爱的青春季节，生命和血液中涌动着弗洛伊德所谓的力比多，即性爱的原动力。但出于不同的或不愿明说的原因，负心郎君不常关爱她，甚至已经事实上抛弃了她。面对绣罗襦上这对金鹧鸪，鹧鸪尚能成双成对，自己却如此孤单，她那顾影自怜的伤感情怀是不言自明的。温庭筠一个字也没有挑明她的处境和身份，就清晰地展示出了她的惆怅孤寂的心绪。

温庭筠还没有达到后来的柳永、秦观对女性普遍怀有的温情，和对所爱女性的真挚情意与人格尊重，还局限在奢靡柔弱的宫体诗的范畴里。但是，作为词这种文学样式的开拓者之一，温庭筠在这首词中投入了珍贵的心血和艰苦的艺术劳动，词语精致恰切，声韵和谐轻柔，塑造的这位心有怨艾的贵

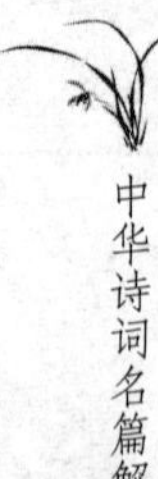

妇的美艳而心忧的形象也鲜明生动。这是一首在词的形成、成熟的过程中具有重要意义的词作，被后人予以高度评价，但所谓感士不遇、抒发士子怨艾心情的解释，都为我所不取。温庭筠对女性形象和心绪的了解，不是凭空想象，而是出于他和风尘女性的比较密切的往还，和那种对女性心灵世界的特别敏锐的颖悟。经过温庭筠等的努力，词的格调和韵致已经和唐诗形成了鲜明的区别，在逐步走向成熟和独立。

商山早行

晨起动征铎，客行悲故乡。
鸡声茅店月，人迹板桥霜。
槲叶落山路，枳花照驿墙。
因思杜陵梦，凫雁满回塘。

温庭筠天性自然，不太检点，科举屡试不售，又不擅事奉官宦，倒和风尘女子打得火热，因而仕途坎坷，在低级僚吏位置上辗转，不断遭贬官斥逐，颠沛流离。宣宗大中十年，他被贬为随县尉，旋即被徐商延入襄阳幕府，他远途赴任，路经商州南的商山时，写下了这首抒发羁旅之苦的诗篇。旧时旅途是最为艰辛坎坷的，交通工具落后，信息闭塞，被迫远行的人备受艰困寂寞的煎熬。温庭筠已经习惯了这种生活，在饱受磨难、抒发一份怨艾时还保持了一定的坚强和淡定。

全诗围绕着题目中的“早行”二字展开。清晨他已经动身了，驿车的铎铃催动了征程。“悲故乡”三字概括了他心情的主调，人们在外受了冷落委屈时特别珍爱故乡给予的温暖记忆，温庭筠这样表达心境绝不是无病呻吟，而是有太深切的体验了。

以下，他就不再提起心情和辛苦，用极其出色的文字纯“客观”描绘了这场“早行”的过程。“鸡声茅店月，人迹板桥霜”是这首诗最闪光的文字，也是唐诗中描绘羁旅最出色的笔墨，是此时此地的感受激发出的灵感，多年磨炼出的捕捉诗意和经营文字功力的结晶。鸡鸣，是催促旅人上路的信号，茅店是他投宿的旅舍，月亮是尚未沉落的晓月，在他如此早行的凝霜板桥上，已经留下了更早的行人的足迹或轮印。全是实词，没有一个多余的字。十个字排列在一起，就产生了如此美妙放大的艺术效应。生动的形象，强烈的感染力和巨大的审美感受，把一个早晨独行旅人的凄凉孤独的心境和苍凉枯寂的景色表现得淋漓尽致。

接着，他看见了槲叶落在山路，枳花开在驿站墙边，其实都是在早行的驿路上随机选取的形象，他并没有花费较多艺术劳动，因为极其出色的颈联已经耗尽了他的精力和热情，读者大概也已经激动而激赏，既没有情致欣赏、也没有心绪苛求挑剔其他诗句了。尾联倒是好了一些，他没有被早行的艰辛和低落的情绪左右，依然平静淡定地想起自己的故乡之梦，在梦里，他看见凫和雁都聚集在故乡的水塘边上，给这首羁旅诗篇增添了一抹亮色。

韦庄（一首）

菩萨蛮

人人尽说江南好，游人只合江南老。春水碧于天，画船听雨眠。

垆边人似月，皓腕凝霜雪。未老莫还乡，还乡须断肠。

韦庄（约836—910），京兆杜陵人，韦应物四世孙，晚唐诗人，是和温庭筠一起开拓词这种文学样式的先驱之一。他出身没落官宦之家，少年时家贫而志于学，894年进士及第，授校书郎、左补阙等职。韦庄以六十六岁的年纪入蜀，为节度使王建的幕僚，被聘为掌书记。唐亡后，王建独立建后蜀，韦庄为宰相。

韦庄以"菩萨蛮"为题的词作有五首，这一首是其中的第二首，生动鲜活地表达了四川自然景色的独特和四川女儿的美丽风韵的独特魅力。韦庄的艺术表现力葱茏而丰富，总会用一种特别朴素而简洁、深情而亲切的笔墨表现他所喜爱沉醉的这一切，其风格和一起为词这种文学样式打江山的温庭筠的满纸浓艳绮丽、满眼雕琢词汇适成有趣对照。作为一名高级幕僚和行政最高官员，他写了如此众多的风尘女子的生活，几乎没有任何否定或贬低她们的意思，写得花团锦簇、云霞满天，竟然没有一丝戒心和顾虑，所讲多涉冶游，他也不怕物议，坦然泰然，展现出一位风流潇洒的性情中人的磊落情怀。

开头两句，仿佛随便提起，"人人尽说江南好，游人只合江南老"。"游人"不是指短期来此旅游之人，而是如他这样来自北方却落户扎根在天府之国的人士。他劝说，这样的人士只应该在江南，也就是四川终老，不要落叶归根回到故乡。为什么呢？给人出了一道谜语似的问题。以下描绘和抒情都是对这个疑问的回答。"春水碧于天，画船听雨眠"，说的是江南自然风物、风花雪月的美好迷人。作为一个有灵敏感悟力的人，作为一个具有文学表现力的诗人，韦庄精于词语和形象的取舍，在川府众多美丽因素中选择了比蔚蓝天空还要澄碧的春水，在画船上卧听淅淅沥沥春雨之声这两个形象和意象，一下子把作品提升到审美和诗意的境界，让你不知不觉中爱上了江南。下阕则抒发了他对江南女儿的欣赏和挚爱。“垆边人似月，皓腕凝霜雪”，以极其凝练的词语鲜活而空灵地描绘了她们晶莹澄澈的美丽。作为一个风情万种的男人，一个精于描绘女人的诗人，韦庄选择的核心词语是“皓腕”。这位当垆卖酒的女儿，如满月那般亮丽清新，当她给沽酒客人打酒递送过来的时候，诗人特别感受到她那洁白丰腴的双腕优美灵活的动作，宛如一双飞翔的白鸽，于是“皓腕”这个词汇蓦然闪现，“凝霜雪”是语势和诗情必然的发展。韦庄仅仅用了十个字就完成了对这位当垆卖酒的川府女儿的形象塑造，让人难忘。这首《菩萨蛮》之所以成为他的代表作，得到后世的长久赏识，最关键的因素是这朴素而空灵的十个字。

至此，韦庄已经回答了开头那句话中的疑问。这么美丽迷人的川府景色，这么摄人魂魄的当垆女儿，你能舍得下吗？“未老莫还乡，还乡须断肠”，如果你还没有老到意念欲望全消，视美丽女人如同无物的地步，劝你还是不要回到北方的故乡。故乡虽好，有乡情和亲情，但是，没有了川府的景色、川府的女儿，你会难耐这种刻骨的心思，会痛断肝肠的！

不知这首词的具体写作时间，如果是写在韦庄当了蜀国的宰相之后，那就是由最高行政首长为自己管辖的地域写的挽留外地人才的最佳广告词了。

李璟（一首）

浣溪沙

菡萏香销翠叶残，西风愁起碧波间。还与韶光共憔悴，不堪看！

细雨梦回鸡塞远，小楼吹彻玉笙寒。多少泪珠无限恨，倚栏杆。

据云，诗词鉴赏的行家毛泽东平生所爱之诗词有“诗中三李词中三李”之说，乃李白、李贺、李商隐，李璟（916—961）、李煜、李清照之谓也。李璟作品不多，但是这首词的确是可以和儿子李煜相媲美的，而那位眼界极其开阔、评骘也颇为苛刻的王安石甚至把它评在李煜作品之上。这首词从五代宫体诗的浮华繁腻脱胎换骨而来，显示出一番真挚清丽的情感和人性的温馨，灵魂的分量。

父子之间，才能可以继承，那份偏安一隅的小朝廷风雨飘摇的国势当然也得继承，那份黯淡惆怅的心境更得继承。原来李煜那份才气那份窝囊劲儿都是从李璟那儿来的。李璟的这首词写得特别细腻绵密，一字一句都隐藏着细密的心思，第一句就写得委婉缠绵，是一副秋天荷花凋残的景象。荷花这种植物真是得到了人间太多的关爱和娇宠，名字不但有莲、荷，别名还有菡萏和芙蕖，而且字形和声韵都很美丽和谐。荷花的盛开引起人的赞美，荷花的凋残也能激发吟咏的情绪。“留得残荷听雨声”是一桩，“西风愁起碧波间”又是一桩。西风因何而“愁起”呢？是因为它看见菡萏“香消”了，翠叶也“残”了，勾起了愁绪，就这么忧戚着，西风“起于青萍之末”，凄厉冷清地刮过来。这残荷和渐渐转入衰飒的季节共同走向憔悴，让你看不下去了！在这里是谁“不堪看”呢？说是西风说是自己都讲得通。“细雨梦回鸡塞远，小楼吹彻玉笙寒”这两个名垂青史的锦绣佳句来得有点突兀，南唐在江南地区，和远在内蒙古的鸡鹿塞搭不上边，小楼不是宫殿，似乎和国主李璟也无关，颇为费解。人们大概只因为声韵的和谐、词语搭配的美丽就喜欢上了这首词，并没有认真求解。其实李璟在这里运用了一点意识流的手法，在这荷花凋零、西风凄紧的环境感染下，心中蓦然出现了两个相关联的画面：在北方边陲，戍边的战士在细雨中梦回，无奈地叹息自己距离故乡江南是那样遥远，见到自己日夜思念的妻子的希望是那样渺茫；而在江南某地的一座小楼上，那位思念离人的妻子正幽幽地吹奏玉笙消愁，那忧伤的旋律回环在更加清冷的小楼每一个角落。李璟没有细说自己的心绪，而是拿被阻隔在千里之外的一对离人说事，所谓"一种相思，两处闲愁"是比兴，"借他人之酒杯，浇自己之块垒"。"多少泪珠无限恨，倚栏杆"两句就不是在说别人的事，那倚着栏杆伤神的就是自己，慨叹国势衰微，恐惧强敌威胁，心忧兄弟失和，这才是自己心灵的叹息。

关于这首词有一个著名的小故事：南唐大臣、诗人冯延巳曾作一首词《谒金门》，曰："风乍起，吹皱一池春水。"中主李璟打趣他道："风乍起，吹皱一池春水，干卿何事?"冯对曰："未若陛下'小楼吹彻玉笙寒'也。"后人鄙薄冯延巳的为人，骂他会拍马屁，"谄妄险诈"。其实这不过是君臣之间一件温馨轻松的文字交流而已，谈不到拍马屁，即使真是冯某拍马屁，却也拍得恰切有趣。

李煜（五首）

虞美人

春花秋月何时了，往事知多少。小楼昨夜又东风，故国不堪回首月明中！

雕阑玉砌应犹在，只是朱颜改。问君能有几多愁？恰似一江春水向东流。

李煜（937—978）这首追忆故国、慨叹亡国囚徒哀伤的词，深沉、真挚、朴素、凝练，晶莹而凝重，赤子情怀，天籁之音，千百年来，打动了多少人的情肠！人们原谅了他的昏庸误国，深深同情了他的可悲的际遇。

李煜以一句看似平静却有点不近情理的设问开始了他的情感之旅。春天的繁花，秋天的朗月，当然是美丽迷人的事物，本应珍惜宝爱，唯恐其逝去，他却厌恶地追问，何时才能完结？没有回答自己的诘问，答非所问地叹息道："往事知多少？"原来是难忘的惨痛往事占据了他的心胸，这就更加强烈地表达出此刻的失落和惆怅。小楼东风本是春天的明媚温暖的信息，昨夜的明月也是赏心乐事的背景，却引起了这位亡国之君对故国尊荣繁华岁月的沉痛追忆，也许还委婉地透露出一丝悔恨。沉浸在痛苦忆念中的李煜继续回忆，那些雕栏玉砌的宫殿应该还是存在的，只是那些朱颜绿鬓的宫娥的容颜已经憔悴了！物是人非的怅恨，天地不朽、人生无常的叹息，让这位亡国之君的心绪阴暗低落到了极点。试问，没有这番乐极生悲的经历，他能写出这样震撼心灵的诗句吗？命运是公平的，他的才能真正得到了释放和爆发，从国君的宝座滚下来，是天大的不幸，又登上诗词艺术的王座，也是意外的补偿吧。被迫服下牵机药走向毁灭的君王诗人怎能想到千年之后得到如此的理解和同情呢？

哀伤、怅惘郁积到一定程度一定要喷发出来，此刻已经不能自已的李煜，就又一次设问，你有多少忧愁啊？他的回答是"恰似一江春水向东流"。这是极度的美丽的夸张，如同长江一样浩浩荡荡的春水带来的是温暖，是明媚，是滋润和繁华，是充沛丰盈的生机，用来比喻人的痛苦忧愁，既充满形象感，又提升了词语的审美品格，让你感到他的忧愁之深之切之难以排解，也让人感受到抒情者的既朴素又高贵的人格形象。描绘忧愁的诗句被提升到一个几乎无法逾越的层次。

761 年，二十四岁的李煜即位当了偏安东南一隅的南唐帝国的国主，这个生性善良荏弱的年轻人也曾蠲免役税、安抚百姓，想治理好国家，但最终和前几位南唐君王一样，只求偏安不思进取，丝毫没有奋发图强统一中原的雄心壮志。喜佛爱文，于吟咏音乐十分精通，早期的词作描绘宫廷生活，对和宫女玩乐、和小周后拜佛建寺分外热衷。倒是颇能屈伸，对已经在他登基次年建立的强大的北宋王朝特别恭谨顺从，自贬国格，以臣仆自居，以求自保。就这样苟且偷生地过了十五年，976 年，宋太宗天平兴国元年，消灭了南唐，李煜投降被俘，拘禁在汴京，封违命侯，过上了以泪洗面的日子。在囚禁期间写的词一改做偏安皇帝时的浮华艳丽之风，意境渐大，感慨遂深，脱离宫廷之诗而为文人之词。这首倍加小心抒发故国情思的词还是引起了宋太宗赵炅的不满，加上一时失言，他当着监督他的官员的面说出了后悔当初误杀了两位敢言直谏的大臣的话，惹怒了赵炅，就派人毒杀了他，这就是他的绝笔了！李煜为自己赤子之心的真挚歌唱，付出了惨痛而珍贵的代价，这份为艺术而献身的精神是应该永远被记取的。

浪淘沙

帘外雨潺潺，春意阑珊。罗衾不耐五更寒。梦里不知身是客，一晌贪欢。

独自莫凭栏，无限关山。别时容易见时难。流水落花春去也，天上人间。

亡国之君的囚虏岁月，每一个清晨都是这样的！凌晨时分，凄凉萧索，帘外是潇潇春雨，薄薄的衾被挡不住五更的料峭春寒，寒意从肌肤一直浸透到心底。原来是倒叙，在迷离漫漶的梦中，他梦见了久违的宫殿和那些美丽的宫娥，在尽享欢愉的片时，忘记了自己“身是客”其实是“身是囚”的身份，尽情贪欢而不知节制。一觉醒来，美满梦断，那凄凉失落、迷惘空寂，简直难以承受。

他警告自己，“独自莫凭栏”！因为凭栏远眺，也看不见江南景色，即使能够看到江南，也看不见早已沦陷的故国江山，徒增肝肠寸断的哀伤而已。在心中默默呼唤，那秀色无限的千里关山，那失去了的美好家园！仓皇辞庙时的惜别其实就是永诀，回想起来是何等潦草，何等轻易，而和故国的重逢竟是如此艰难如此绝无可能！他在暗示，自己这偷生囚徒的日子也不会长久，就像那随流水漂去的落花，永无归期。天上和人间，是永远难以逾越的鸿沟，幸福和苦难，生命和死亡的急剧轮回，都是早已注定的不可逆转的宿命。他本是一个善良的孩子，生在帝王之家也许就是命运的一场既恶毒又有几分温情的玩笑。

李煜在这首词中表现的忧伤痛苦特别锐利，是特别巨大的命运落差，特别尴尬的处境，给了这个敏感的、懂得尊严的人难以忍受的心灵戕害，才激发出这样深沉、这样犀利、这样真挚的歌声。李煜是不幸的但又是幸运的，独特的艺术素质、出类拔萃的才能给了他奔放不羁的歌喉，宁静地、内敛地、不动声色地唱出了这一切，他在纵情歌唱自己的苦难和悔恨的不朽词章中得到了永生。这在被踢下王座而没有立即被杀的历代帝王中也几乎是唯一的个案。比之于囚禁在五国城的徽、钦二帝，特别是那位多才多艺的赵佶，李煜能留下如此美丽的心声不是幸运的吗?

相见欢

无言独上西楼，月如钩。寂寞梧桐深院锁清秋。

剪不断，理还乱，是离愁，别是一般滋味在心头。

李煜在细致而内敛地描绘秋天来临时刻的景色。首先展示了一个心境落寞的失意者在西楼之上的所见所思：如钩纤月，萧萧梧桐，深深庭院，阒寂的氛围，凄冷的秋意……把这些形象叠加在一起，就把秋天庭院的寂寞和凄凉渲染到无以复加的地步，只等他来抒发悲秋伤时的情绪了。李煜暗用了一个非常富有形象感的动作——梳理乱麻，来形容自己心中的烦乱和忧伤，用了“剪不断，理还乱”这样极富独创色彩的话语诉说自己的惆怅和孤独，原来这份心情诉说的是离愁，离别故乡和亲人时的留恋和伤感。最后那句“别是一般滋味在心头”并没有说出是什么滋味，只是说明了这种滋味的复杂、奇异和难言，留给了读者丰富的想象空间。此刻什么都没说明白，却比什么都说清楚了更真切、更细致、更动人。

古人对这首词哀伤忧郁的格调甚为怜惜，慨叹道：亡国之音哀以思。李煜的处境是连亡国之痛也不敢轻易流露的，他只说到了“离愁”。历史上，对破灭了的国家、颠覆了的王朝的国君十有八九是要斩杀甚至灭族，以防死灰复燃、东山再起。李煜以臣虏身份苟延残喘了两年多，还算胜利者一个宽容仁慈的案例。写词是这位亡国之君、艺术天才释放郁积在胸中的忧伤和怨艾的一个仅存的通道。他时时刻刻想念那被占领的国都，那被颠覆的王座，那些已经属于胜利者的美丽宫娥，那些一去不复返的快乐岁月，那种刻骨铭心的故国情思。但对他最大的威胁却是那种随时可以被毁灭的、待决的囚徒身份，死神始终或明或暗在场的可怖威胁。李煜的处境就像古人所说的鱼游于正在加热的釜底，燕巢于飘动的帘幕，时时刻刻都有死亡的危险。天真的亡国之君还没有这样紧迫的死亡意识，生的愿望支持着他以优美的姿态歌唱自己的心境，没有意识到自己不仅失去了江山，而且苟活的性命也多亏了胜利者的恩惠。李煜当然是处处小心，事事隐忍，尽量不提国破家亡，避免胜利者的猜忌和报复。多亏了李煜的这种自欺欺人的天真，这种不愿往最坏处设想的一厢情愿，如果他时时刻刻预见了死亡的威胁，这些忧郁的感慨，凄凉的回顾，低回的怀念，温馨的回忆，就都不会产生了。待决的死囚可能会发出坚定决绝的豪语，但一般不会这样从容悠闲地写出这样美丽的诗篇。

清平乐

别来春半，触目愁肠断。砌下落梅如雪乱，拂了一身还满。

雁来音信无凭，路遥归梦难成。离恨恰如春草，更行更远还生。

这首词为后主乾德四年（966）所作，时李煜弟入宋久未归，李煜思念情深，遂赋此词。上片以李煜的角度抒发思念亲情，下片以李煜之弟的角度表达无法南归的痛苦。李煜是一个重情重义的人，无论对亲人还是那些普通宫娥，都怀有一种真挚而坦率的感情。善良、宽容和出色的才能，让人们忘记了他治国的颟顸、遇敌时的懦弱。他不是成了俘虏之后才显现出善良的人性的，而是在还居于君主之位时就是一个坦诚没有心计的人。

“别来春半，触目愁肠断”。没有明确弟弟何时出使大宋，但至今已经是春天，而且过去了大半，想来是春天未至时离开，时间过去总有几个月了吧。离别之后，看到你留下的东西，想起你的音容，都会触动忧伤的愁肠。“砌下落梅如雪乱，拂了一身还满”。台阶下白梅的落花如同雪片一般凌乱，白梅开花较晚，春半时分尚在飘落，这拂了一身还满的落英，如同心中的愁绪，怎样都无法消除。花下久立恋恋不去，落梅如雪，一身洁白，是个深情的怀人形象。

下片是设想弟弟在北国的羁旅中思念故国和亲人的忧愁。“雁来音信无凭，路遥归梦难成”。春天到了，看见南来的归雁，就会想起鸿雁捎书的故事，可是它并没有带来期望中的书信，让它带回书信更是难以托付。这遥迢的归路、险恶的处境，让自己的归梦一次次化作泡影。“离恨恰如春草，更行更远还生”。春草是顽强生命力的象征，到了春天就会广阔地、不知疲倦地萌生出来。文人吟咏春草的诗词甚多，乐府《相和歌辞·饮马长城窟行》云：“青青河畔草，绵绵思远道。”白居易《赋得古原草送别》则有：“野火烧不尽，春风吹又生。远芳侵古道，晴翠接荒城。”诗人习惯用春草以赋离情。李煜则用以入词，用了“更行”、“更远”、“还生”三处简短的词句，以复迭和层递等修辞手法，以春草的随处生长比离恨的绵绵不尽，委婉，深沉，愁思绵绵。“春草”既是用来比喻春日的景象，更是用来比喻愁绪盈满的形象。如弟弟的哀愁，就像春草一般，即使我远离故国故乡，越走越远，依然茂密，依然热动愁肠。恰如、更行、更远、还生，几个词语连用，收到极好的修辞效果，把离人的远行久别、春草的辽远无边糅合在一起，把对离恨的描绘推向极致。

菩萨蛮

花明月暗笼轻雾，今宵好向郎边去。刬袜度香阶，手提金缕鞋。

画堂南畔见，一向偎人颤。奴为出来难，教君恣意怜。

这肯定是李煜国破家亡、身为臣虏之前的作品，可能是记载和他的妻妹，即后来的小周后婚外恋情的诗篇。小周后，名女英，当时并未册封为后，本文还是从众称她为小周后吧。据云，小周后曾入宫去伺候乃姐生病或分娩，美丽多情的少女和才情焕发、风流蕴藉的姐夫李煜产生了爱情，这种爱情多是由于情投意合、两情相悦，而不是争夺皇后职位的精明算计。小周后大概也住在了宫中别馆。这风流词章极其生动地描绘了小周后在一个花明月暗的晚上，偷偷和李煜幽会的情景。历来姐夫和妻妹发生情恋不被认为是乱伦或严重的失德行为，姐妹同时入宫为后、为妃，或妻妹在姐姐去世或被废后继承后位之事屡见不鲜。历来君王都具有合法的种马角色，要临幸于谁，都是绝对自由的。他们得到女人太容易、太名正言顺，一般的性爱活动都不涉及感情，大都是纯粹的动物性使命，所以一旦有专宠或沉迷于真正爱情的君王都要被后世大大赞美一番。

李煜这首词却不然。和年轻的小周后之间的婚外情恋具有私密性、偷情性、激情性，如果普通人有这种行为，应该受到谴责，但一位帝王有这种行为则又当别论。在此际，他不是一位可以临幸任何女人的君王，而是一位恋爱中的风流情郎。在这种情势之下，小周后出于真挚强烈的爱情去幽会，和一般女性偷情的感觉一模一样。在一个春风骀荡的晚上，她向"郎边"而去，不是向"陛下"身边而去。"刬袜度香阶，手提金缕鞋"，活画出情窦初开的少女不管不顾地、心惊胆颤地勇赴幽会的神态，特别是怕弄出声响，只穿袜子，手提鞋子蹑手蹑脚的姿影，跃然纸上，生动极了。

"画堂南畔见，一向偎人颤"。极其生动鲜活地描绘了那千金一刻的幸福的瞬间。不在宫室之中，就在月光被遮蔽的画堂南畔相见。沉醉在幸福中的纯情少女依偎在姐夫的怀中激动地幸福地颤抖，她和那些在太监监督之下的被君王任意临幸的宫女绝不相同，她依偎在一个风流蕴藉的情郎怀中。"奴为出来难，教君恣意怜"。这是钟情少女的口气，她所允诺和希望的"恣意怜"，没有立为后妃的算计，只有真情勃发时的心曲。在那种露天的画堂南畔不过是深情的拥抱、亲吻和温柔的抚摸而已吧，和千年之后那首风靡一时的《纤夫的爱》中"叫你亲个够"具有同样的审美风格。

李煜身上留下的人性太多，少见帝王的威风、残暴、冷酷、心计，种马性太少，所以他是中国历史上最不成功的君王，也是一位最具人性的君王，一位最成功的诗人。激赏他的词章，怜惜他的命运，向千年之前的倒霉君王、不朽诗人寄一瓣心香吧！

柳永（四首）

八声甘州

对潇潇暮雨洒江天，一番洗清秋。渐霜风凄紧，关河冷落，残照当楼。是处红衰翠减，苒苒物华休。惟有长江水，无语东流。

不忍登高临远，望故乡渺邈，归思难收。叹年来踪迹，何事苦淹留？想佳人、妆楼颙望，误几回、天际识归舟？争知我，倚阑干处，正恁凝愁！

这是柳永（约987—1053）最重要的羁旅作品之一，在那孤独寂寞的时刻，于感慨自然风物之时，融入思念远方情人的真情，是比兴手法的极其成功的运用范例。

前半阙纯粹是景色描绘，一片冷落的清秋季节，其实是诗人把既深且浓的思念之情都深深地熔铸于景色描绘之中了。作为宋词婉约派代表人物之一，柳永的笔墨并非典型的婉约气质，凡涉及自然风物的描绘，立即变得深沉浑厚，苍凉峭拔，“霜风”、“关河”、“残照”并用，深得李白《菩萨蛮》、《忆秦娥》之神髓。“残照当楼”其实并不是夕照映在楼阁脊顶，因为已经是“潇潇暮雨”，而且在“洗”着清秋，此际充其量只是由于阳光衍射而没有正式天黑而已。之所以如此运笔，不过是“残照”二字太有神采，太能表达那种苍凉空寂的感受了。而“暮雨”也是诗词中表达凄凉情景的常用形象。“红衰翠减，苒苒物华休”用了色彩明亮的词汇“红”、“翠”和“苒苒”、“物华”，而以“衰”、“减”、“休”字否定了它们，表达万物凋零的凄凉，让人更加惋惜刚刚逝去的繁华。柳永运用了丰富的表现秋景秋意的词汇，把氛围渲染到极致，把读者的心也引入他营造的气氛，为下阕的直接抒情做足铺垫。

面对此景，“望故乡渺邈，归思难收”云云，虽然也真实但其实都是陪衬，想念情人才是这首词感情的核心。他先是无奈而痛心地追问自己：你到底是“何事苦淹留”？接着就换位思考，以佳人的角度，想见她正站在妆楼上凝望江上舟楫，一次次把归舟错认，几度经历了希望和破灭的精神折磨。而又以他自己此刻倦倚阑干、愁绪难抑的痛苦反衬，把这种“两地相思一种闲愁”的情绪推向高潮。

柳永作为一代词人，纯熟的写作技巧还不是他最主要的优势，那颗绝对真诚、极其敏感的心，那种对待居于社会生活底层的弱势群体风尘女子的尊重、关切、真挚、温柔情绪的优美表达才是别人难以比拟的优势。

雨霖铃

寒蝉凄切，对长亭晚，骤雨初歇。都门帐饮无绪，留恋处、兰舟催发。执手相看泪眼，竟无语凝噎。念去去、千里烟波，暮霭沉沉楚天阔。

多情自古伤离别，更那堪冷落清秋节！今宵酒醒何处？杨柳岸、晓风残月。此去经年，应是良辰好景虚设。便纵有千种风情，更与何人说？

柳永是一个不把功名利禄当回事的洒脱男儿，在整个宋代词坛都是一个卓绝而特立独行的存在。科举落榜后曾经写道：“黄金榜上，偶失龙头望”、“忍把浮名换了浅斟低唱”。其实并没有多少怨艾，稍有一点牢骚罢了，皇帝偶然得知，大不高兴，倒还没有龙颜大怒，只是轻蔑地挖苦了一句：“且去填词!”柳永却不慌不忙地在自己的作品上署名为“奉旨填词柳三变”，足见其风雅豁达。柳永是天生的情种，天赐的歌者，那些天籁之音的歌唱永远留在人间，留在千古知音心中。那个时代，爱情吟咏的对象除了自己的妻妾只能是那些沦落风尘的烟花女子。他对她们美好素质的发现、认同、赏识、尊重超越了时代和阶级的分野，堪为人性光辉的典范。他笔下的每一位咏唱对象都具有完整的人格尊严和丰富高洁的心灵世界，他的歌唱是绝对真诚的、无比温柔的、坚韧执着的。他的歌唱是严肃的、高贵的，苏东坡对秦观学习柳永的责难是不公平的。众美姬春风吊柳七的故事，就是多情风尘女与柳永心心相印知恩图报的美丽戏剧。

柳永远行，江边惜别，帐饮之后，兰舟催发。柳永和情人沉浸在离别的沉重忧伤和浓浓的眷恋里。柳永紧紧抓住情和景两条线索，细致写景，着力抒情，基本是白描手法，把夕阳长亭的苍凉冷寂，寒蝉鸣唱的凄切幽咽，离别渡口的伤感氛围，暮霭时分的苍茫阴郁和将要去的楚天的遥远寥廓，都推到了极致。把情人惆怅无绪、执手相看泪眼的留恋，衷情难诉、无语凝噎的无奈，对千里烟波的无限忧戚，也描绘到巅峰境界。

慨叹了离别之痛和清秋时节的密切关联之后，柳永想到了这次夜行船的行踪，“今宵酒醒何处？杨柳岸、晓风残月”成为千古名句，就在于它诉说的自然和洒脱，语言的直白和坦诚，以及所描绘景色的画面感、清晰感和亲切感。末尾的抒情又上了一个台阶，“良辰好景”如同虚设，“千种风情”无人可诉，把感情的专一性、执着性强调到新的高度。其实柳永这种“专业词人”专业浪子，离开一位恋人还有机会寻找另一位恋人，和风尘女子相处具有流动性和不确定性，很难要求他真的从一而终，只要他在对待一个烟花女子时是真诚的，是尊重女性人格的，就可以理解和宽容对待。

虽然没有直接写出自己情人的表情和话语，但通过柳永对心态的仔细刻画，也使这位可人儿的形象跃然纸上。风尘女子虽然经人无数，她们的身体自己不能做主，但她们的灵魂是属于自己的。通过和柳永这样的才华横溢、温柔体贴、风流蕴藉的士子的接触，产生真实的爱情是绝对可信的，那种温柔、真诚、知心的忠贞也是无可怀疑的。

蝶恋花

伫倚危楼风细细，望极春愁，黯黯生天际。草色烟光残照里，无言谁会凭阑意？

拟把疏狂图一醉，对酒当歌，强乐还无味。衣带渐宽终不悔，为伊消得人憔悴。

柳永是一位专业爱情词人，平生和烟花女子厮混，时间、金钱、才华都花在花街柳巷。可是历朝历代都谅解了他，就是因为他超越了阶级、身份、地位和门楣的界限，也超越了达官贵人去那里消遣取乐的低级欲望，对那些弱势群体风尘女子心存敬意和真挚的柔情，而且终生以之。在思念那些美丽可爱的女性的时候，他全身心投入而且也付出了沉重代价，消磨了他的壮志，黯淡了他的精神，也损伤了他的健康。他最优秀的作品大都以羁旅为题材，因为解除了道貌岸然的士大夫枷锁的柳永已经没有什么顾忌，和心上人分开的因素只有一个，那就是他不停奔波、滞留羁旅的命运。

这首《蝶恋花》不但感情抒发得特别到位，而且也表达了一份决绝甚至悲壮的心愿。开端是在“伫倚危楼风细细”的习见的柳永式抒情场合。凭栏远望，离愁暗生，春草萋萋，残照当楼，寂寞无言，谁会此意？已经很自然很恰当地进入抒发相思深情的情境。

难耐持续郁积的忧伤、惆怅，也想学一学对酒当歌的曹孟德，借酒消愁，在沉醉里忘却。但勉强的欢乐，终究还是兴趣索然，那刻骨铭心的相思依然在啮噬着他的心。做了这些感情铺垫之后，他发出了最坚定、最响亮的誓言：“衣带渐宽终不悔，为伊消得人憔悴。”他无怨无悔，为之憔悴、为之心摧也绝不后退，在无数诗人抒发爱情的作品中显示出卓然不凡的品格。柳永虽然落拓潦倒，官场失意，但身份还是上流社会的一员。官员们到烟花女子那里消遣取乐，大都是逢场作戏，也许当面对她们海誓山盟、终生不渝，但没有人会兑现自己的承诺，回到自己的老婆面前，回到官场，就把自己说过的话一阵风吹散了。所以，柳永这种真情这种决心特别值得珍惜和尊敬。

望海潮

东南形胜，三吴都会，钱塘自古繁华。烟柳画桥，风帘翠幕，参差十万人家。云树绕堤沙。怒涛卷霜雪，天堑无涯。市列珠玑，户盈罗绮，竞豪奢。

重湖叠巘清嘉。有三秋桂子，十里荷花。羌管弄晴，菱歌泛夜，嬉嬉钓叟莲娃。千骑拥高牙。乘醉听箫鼓，吟赏烟霞。异日图将好景，归去凤池夸。

这是柳永笔下的杭州风采，何等奇绝风雅，何等恢廓壮丽、神韵无限！据云，“三秋桂子，十里荷花”之吟讴传播至金国，金主完颜亮闻之，遂生侵掠江南之意。让写出了美丽诗篇的柳永承担“引狼入室”的责任显然是不公平的，但异族敌酋心仪杭州美景，也反衬出柳永歌唱的无限魅力。柳永的歌唱是轻松的、惬意的、舒展奔放的，是符合那个安宁、繁荣、基本和谐的时代特点的。柳永所写的“参差十万人家”，人口五十万左右的杭州，正是1078—1086年的神宗元丰年间的规模。那时距靖康之变二帝蒙尘的1126年差不多有半个世纪，尚未感受到“山雨欲来风满楼”的紧张氛围。北宋是经济发展迅速，政治相对清明，农民大致安居乐业，对知识分子也相对宽松温和的年代，但国富兵不强，对先后崛起于北方的辽、西夏、金的少数民族武装采取守势。也许北方会感觉到辽、金、西夏的压力，但远离战场的杭州就好像一点也没有感觉到压力和威胁，只有一派欢乐的歌舞升平和浪漫的灯红酒绿。

作为婉约派的开拓者之一，柳永在这里却显示出博大的气派、宏阔的视野、豪迈的器宇、刚健的笔墨。在大家那里，豪放和婉约原来是没有严格界限的，柳永的《望海潮》、姜夔的《扬州慢》、辛弃疾的《青玉案》就是有趣的明证。

上半阕记述、描绘、慨叹了杭州的古都尊荣、繁华历史、旖旎景色、密林风涛、辐辏人烟、豪奢店肆，柳永饱含对城市欣赏的深情，调动他那生花妙笔，潇洒而轻松地为杭州的自然风物、市井品貌做了一次全景式扫描，调动起了读者的阅读期待。

下半阕重点描绘、讴歌了杭州金秋韵致和高官在杭州游乐出行的场面。在“重湖叠巘清嘉”的背景下，他发出最美丽最真情的歌唱：“有三秋桂子，十里荷花。羌管弄晴，菱歌泛夜，嬉嬉钓叟莲娃。”柳永情动于中、逸兴遄飞，抓住了杭州秋天最动人情怀的自然景物：桂子、荷花，接着写出了两类人物：淡泊闲适的钓鱼老翁和美丽活泼的采莲少女，极其自然，极其舒展，很习见的几个形象，很淳朴的几句话语，搭配在一起，就产生了无限的美感和诗意，几乎穷尽了杭州秋天的美妙和瑰丽。也许还有柳永没有直说的某种因缘，他这番动情挥洒未尝和某位风尘女子的情缘无关。或许有了这份艳情，柳永的彩笔才如此灵动飘逸，文思泉涌。

最后是一幅高官巡游景色的画卷。这位高官威仪煊赫，扈从众多，夸张地达到千骑之众，他们在“醉听箫鼓，吟赏烟霞”，多么惬意，多么快乐。这次出游吟赏的美好经历，将成为高官及其随扈向别人夸赞美景的资本。柳永抱怨“黄金榜上，偶失龙头望”，皇帝说他不要搞什么功名了，且去填词吧，他竟然连皇帝都敢调侃一番，干脆在自己名字前面加上“奉旨填词”四个大字。柳永犯不着溜须奉承这位出巡的高官，但可以肯定的是，这位高官大致称职，没有什么贪腐劣迹，这一番威风凛凛的出游，柳永感到好玩，既符合描绘太平盛世杭州的主旨，又增添了杭州的一景。

柳永不是敏锐地发现弊端、坚定地抨击官场丑恶的斗士型诗人，也不是以应制诗文卑躬屈节地讨好皇家的下作官迷。他纯粹是从歌唱自然和人间美丽的角度，自由自在地纵情讴歌，给杭州风物和那个繁荣安宁的时代留下了一幅此景此情难再的画卷。

范仲淹（二首）

渔家傲

塞下秋来风景异，衡阳雁去无留意。四面边声连角起，千嶂里，长烟落日孤城闭。

浊酒一杯家万里，燕然未勒归无计。羌管悠悠霜满地，人不寐，将军白发征夫泪。

这是北宋杰出的文学家、政治家、军事统帅范仲淹（989—1052）的出色诗篇。作为政治家，范仲淹立志革新，关注百姓，尽瘁职守，建功立业；作为文学家，范仲淹最出色的篇章一是那篇词采华美、器宇恢廓、展示了“先天下之忧而忧”博大襟怀的《岳阳楼记》，二是担任西北防线的统帅时写的这首流传千古的《渔家傲》。1040年，西夏侵扰陕西延州，范仲淹和韩琦被任命为陕西经略副使，主持西北边防前后三年，经历了多次战役的考验。当时没有任命经略使，实际上范仲淹是西北边防的两位最高统帅之一。从政治家和文学家的角度看，范仲淹的词作是出色的，从军事统帅诗人的角度来看，范仲淹的词就几乎登上了顶峰。感情如此真挚痛切，词采如此质朴清丽，意境如此高远苍凉，技巧如此娴熟无痕，在古今中外军事统帅中几乎无可匹敌。

首先是简洁地勾勒了西北边境的冷落的秋天。满目的秋色，凄厉的角声，难留的归雁，长长烽烟融进了落日霞光，坚守险地的孤城掩映在崇山峻岭之中。这个寥廓、阔大的视野把读者引进了一个万物萧疏、情绪低沉、触物感怀的语境，给下阕的抒怀创造了浓密的氛围。一杯浊酒触发了遥远的乡思，用还没有勒石记载击败燕然部落的功勋的“燕然未勒”的典故，概括了当今抵御西夏侵扰的现实，指明了戍边将士对神圣职责的坚定又无奈的坚守。拉向近景，在无寐的人中，可以看见将军的苍苍白发，远离家乡的士兵涌溢的眼泪。在这里，“将军”二字既是说自己，也可以理解为自己的部下的将军。此时，范仲淹已经年过半百，早生华发也是意料中之事，在尽忠职守的同时，抒发一份慨叹，倾诉一份低沉然而坚定的情怀，比之于徒托豪壮的空言更具有震撼心灵的力量。其实，思念家乡、品味寂寞、经受苦难、甘心服役是西北戍边将士共同的心声。此刻，威严的统帅和普普通通的士兵心是跳在一起的。这个结尾特别具有震撼人心的力量，是古往今来最温暖、最诚挚的统帅的心声。刘邦的《大风歌》，项羽的《垓下歌》，李世民、康熙的诗篇里都没有如此关注普通士兵，和他们心心相印的情怀。

整个北宋、南宋三百余年的历史，以兵弱国衰为主要特征之一。抵御外族侵略的战争败多胜少，国土逐渐沦丧，时代弥漫着一种悲壮而无奈的心绪，不会再现两汉、盛唐那开边拓疆、气壮山河的气象。但是两宋诗人词家守土卫国的誓言和抗敌救国的呐喊是那样坚韧不屈，充满了豪情和浩气，毫无孱弱的迹象。南宋抗战派诗词大家辛弃疾、陆游、陈亮、张元干、张孝祥、岳飞、文天祥的诗词中那种正大、庄严、悲壮、愤懑的情绪，尤为动人情肠。是范仲淹为数不多的词章引领了这个孱弱国家的诗人们的坚强歌唱。

苏幕遮·怀旧

碧云天，黄叶地，秋色连波，波上寒烟翠。山映斜阳天接水。芳草无情，更在斜阳外。

黯乡魂，追旅思，夜夜除非，好梦留人睡。明月楼高休独倚。酒入愁肠，化作相思泪。

这是北宋政治家、诗人范仲淹的和《渔家傲》并列的另一首出色词章。可能写于任较低官职时，不大可能写于陕北驻守之时，因为词中的景色不像苦寒荒凉的西北风貌。且不论究竟写于何时吧，但可以推测，写于长江岸边。这首题名为“怀旧”的词章看来就是怀念久别的家室的作品。无情未必真豪杰，这位驰骋于北宋政坛帷幄的风云人物也像一般人一样受那种椎心泣血的相思的折磨。他是营造情景交融境界的高手，擅长景中带情，但又开创了一种上片写景下片抒情的模式。他先把一幅色调艳丽、秋意浓烈、具有生命力和灵性的秋景轰然推到我们面前。“碧云天，黄叶地。秋色连波，波上寒烟翠”。天空是清澈碧蓝的，落叶一片苍黄，这片秋意浓郁的原野一直伸展开去，和滔滔奔腾的江水连接在了一起。水面上氤氲着迷蒙的寒冷雾霭。“山映斜阳天接水。芳草无情，更在斜阳外”。宋词专家唐圭璋诗意而优美地概括为：“天连水，水连山，山连芳草；天带碧云，水带寒烟，山带斜阳。”那连天芳草是有情还是无情？那样漫无心肝地蔓延在夕阳之外！斜阳之外是什么地方呢？只能联想起自己的家乡。家乡主要的牵挂是谁呢？只能是自己的家室，那位灵魂所寄的女人！范仲淹营造、描绘了一个秾丽悠远的秋天景色，又巧妙而自然地将这个秋天景色置于孤独无依的虚拟“高地”，具有了强大的“势能”，这里引入一个物理学名词，就是物体在居于高于地面的暂时平衡状态时所具有的潜在能量，一旦平衡被打破，潜在势能就会释放出来，以落体加速度坠落下来。

这样动人情怀的秋天，这片处处含情的美景，这个思乡怀人情绪汹涌的瞬间，给抒发思念深情做好了一切准备。于是，下片进入了强烈而集中的纯粹抒情：“黯乡魂，追旅思。夜夜除非，好梦留人睡。”远在家乡的妻子那黯然销魂的思念，追随着我这远方游子的羁旅之思，在梦中相会。每天那无眠的长夜，只有那迷离漫漶的美好梦境，才能留我入睡。“明月楼高休独倚。酒入愁肠，化作相思泪”。独居高楼，夜长无寐，斜倚阑干，仰望明月，抒难言愁绪，寄无限情思，本是从古到今文人排解郁闷最常见方式，但明月高楼更增相思之苦，范仲淹实在是受不了那份凄楚，叹息道，这高楼阑干还是不要独倚啊。回到室内，借酒浇愁吧，可是酒是无法浇灭愁绪的，愁更愁，心更苦，相思泪更加汹涌，“酒入愁肠，化作相思泪”两句新颖、优美，具有原创品格。

晏殊（二首）

浣溪沙

一曲新词酒一杯，去年天气旧亭台，夕阳西下几时回？

无可奈何花落去，似曾相识燕归来，小园香径独徘徊。

晏殊（991—1055）作为北宋一代婉约派词家，是一位位居宰辅的高官词人，为政宽简，知人善任，奖掖后进，范仲淹、韩琦、欧阳修皆出其门下。晏殊以词作闻名，他的作品多以官场、家居生活和文人心态的描绘以及种种人生慨叹为主要内容。晏殊的作品风格是雍容华贵、典雅精致、宁静冲和、温润圆融，这和他的崇高地位、优越的生活状态是相映成趣的。

在这首《浣溪沙》里，他首先随意而轻快地交代了填写此词时的环境之优雅宁静、气氛之和谐与心境之安闲，还是那座曾经吟咏过的亭台，还是那种引起感动的季节，还是那夕阳西下容易慨叹的时分。不甚精彩的开端过后，就是他的千古名句："无可奈何花落去，似曾相识燕归来，"把春残时节惋惜落花的无奈和初春季节迎接归燕的欣悦非常得体地衔接在一起，形成对照和反差。残春时节本是姹紫嫣红的繁华刚刚拉开序幕，盛夏时节的炎风暑雨和果实加速成长就要开始的时刻，一个既无春寒也无暑热的美好季节，但是中国文人却有一种习惯了的叹息落花的残春情结，对作为植物生殖器的花朵完成受粉受孕退出生命程序的自然现象大发伤感惆怅之情。于是就有了晏殊的这句"无可奈何花落去"和其他骚人墨客的伤春之作。

仔细考究，这副妙对上下句的时间是错落颠倒的，"花落去"应该在旧历三四月的残春，"燕归来"应该在旧历二三月间的初春。如果不计声韵平仄，倒是两句颠倒过来更合乎实际。从对仗的要求看，"无可奈何"和"似曾相识"不符合上下句对应位置的词性相同的机械要求，而是从整体看皆为四字结构的成语，这两个成语都极其贴切、极其传神地修饰了上下两句的主要动词成分"花落去"和"燕归来"。人们在激赏这千古名句的时候，大都忘记了或忽略了上下句的颠倒，因为把伤春和迎春的感觉描绘到了极致，也就把人性中最柔软、最温润的部分展现到了极致！这是诗人灵魂的完美展现，他对没有生命感觉的花朵，对没有高级感觉和智慧的燕子都倾注了如此丰沛的热情，真是天人合一伟大命题的完美阐释。能写出这样的诗句的诗人也必然是一位善良宽容温暖的人，他留给后世的也正是这种形象。

破阵子

燕子来时新社，梨花落后清明。池上碧苔三四点，叶底黄鹂一两声，日长飞絮轻。

巧笑东邻女伴，采桑径里逢迎。疑怪昨宵春梦好，元是今朝斗草赢，笑从双脸生。

作为北宋词坛婉约派重镇，晏殊的词作可以说是情真意切，雍容华贵，词语精致典雅，节奏徐缓从容，敏锐地感知了自然节序的演进，得体而精妙地写出了身边事心中情，营造出了一座葱茏的自然园圃和精微的心灵殿堂。他的生活得益于北宋政坛那种宽松温暖的知识分子政策，富足充裕的经济状况和国泰民丰的政治局面，以及丰富活跃的文化交往。他的创作格调和他一帆风顺的仕途经历息息相关。几乎没有深重挫折，没有感情纠葛和人事交往方面的危机。他又没有镇守边关、与敌酋谈判、救济灾荒之类的经验，更缺少那种怀才不遇、报国无门的纠结和义愤，精神状态宁静安恬。

《破阵子》是晏殊抒写春天的温馨感悟，描绘纯真少女纯洁情态的名作。白描手法，用词质朴，上片有序罗列和春天和清明有关的物候花信，把词作时间定位为“燕子来时新社，梨花落后清明”。新社，指春天的社日，是时邻里聚会，饮酒欢宴，歌舞娱乐，女孩也可以停下手里的女红，是最快乐的农家嘉年华会。燕子来时的新社，正是在梨花落后的清明，此时的温暖、明媚、润泽，堪称春天的最佳时刻。再加上春池壁上的碧苔初萌、叶底的黄鹂鸣啭，杨柳的飞絮轻飞，点缀了色彩浓重的春色。

这首词的上下片不是平分秋色，而是一种偏正结构。吟咏的重点是下片，引发创作动机的导火索也在下片。上片是下片那些纯洁活泼的少女剪影的背景和陪衬。两位燕语巧笑的女伴是在采桑的小径里相逢的，她们可能经常来此采桑，农家的劳动和大自然的花月风雨，滋润了她们的青春岁月。从她们的嬉笑活泼的交谈判断，女伴是相当年轻的少女。凡是少女，都有天然的美丽，加上快乐无邪的“巧笑”，更增添了她们的风韵和魅力。女伴在采桑小径欢乐相逢，演出了一出小小的折子戏。“哎呀，你脸上放光，怎么这么高兴呀?”“我刚刚在斗草中赢了，原来昨夜的美梦是个好兆头!”“沾你的光，我今天也一定是百事百顺！咱俩做什么都有好运气啊!”如花的两张笑脸无比灿烂，小径里回荡着她们爽朗的笑声。

在这里，解释一下“斗草”这个词。斗草，是女性常玩的一种游戏，特别是在花木葱茏的季节。各自寻取一种茎叶柔韧的草，做十字交叉，二人用力拉拽，以草折断与否，决定胜负。还有一种更文雅的斗草，即各报熟悉的花名，以有无花名可报定胜负。

宋祁（一首）

玉楼春

东城渐觉风光好，縠皱波纹迎客棹。
绿杨烟外晓寒轻，红杏枝头春意闹。

浮生长恨欢娱少，肯爱千金轻一笑。
为君持酒劝斜阳，且向花间留晚照。

宋祁（998—1061）是一位曾任工部尚书翰林承旨的高官，能诗文，语言工丽。虽非专业词人，但他深得词作的神髓，以情感动人，以趣味吸引人，在有限篇幅中营造出无限意境。作为高官，在政务繁乱、礼仪繁琐的“浮生”中，他特别珍惜和大自然接触、领略无限春色的机缘。“东城渐觉风光好，縠皱波纹迎客棹”两句已经颇为鲜活新颖，以精细丝绸般的皱褶来形容微风吹拂下春水的涟漪，这涟漪波纹如同有生命有感知一般喜迎客人的游船，已经显示出高雅而纯正的趣味，把东城的“风光好”初步展示出来。他灵敏的感悟力和精湛的语言修养进一步巧妙结合，在那个繁花似锦、风轻云淡的快乐而轻松的瞬间，两句新鲜别致、个性鲜明的诗，如电光石火，跃上心头。“绿杨烟外晓寒轻，红杏枝头春意闹”，前一句是远景扫描，后一句是近景特写。一个“闹”字，把春花烂漫的枝头那番千枝竞放、红杏灼灼的形象和意韵巧妙、生动、极富动感地表达出来，立即得到普遍的共鸣，当时就有人称之为“红杏枝头春意闹”尚书。千年之后，王国维在《人间词话》中也中肯地评价道：着一“闹”字，而境界全出矣。其实，这个“闹”字也不是孤零零地跳出来的，而是经过对春水涟漪和春天柳色的烟雨迷蒙的景色的描绘，逐渐加深春色的浓密色调，形成烘托陪衬的氛围，应声而出的。

词作的高潮提前出现，使下片的感情抒发显得稍感平淡。无非是慨叹“浮生”欢情少愁绪多，检讨自己是否过于沉迷于实际利益而轻视了人生的快乐感受。最后两句是自己安慰自己，且将这夕阳花间的美好瞬间留在记忆中。细心的读者也许会发现，这里的“斜阳”、“晚照”和上片中绿杨烟外的“晓寒”好像有点矛盾吧。且不管它，也不必挑剔他作为高官诗人感情稍嫌浮泛，千秋词坛只记住了他在经营词语方面灵光一闪的这个“闹”字。

欧阳修（四首）

蝶恋花

庭院深深深几许，杨柳堆烟，帘幕无重数。玉勒雕鞍游冶处，楼高不见章台路。

雨横风狂三月暮，门掩黄昏，无计留春住。泪眼问花花不语，乱红飞过秋千去。

欧阳修（1007—1072）是一位在各方面都力争完美的人，是著作丰硕的史学家，富有才华的诗词家，名列唐宋八大家之一的散文家，具有革新意识的政治家，还是一位导师楷模类型的完人，万众崇仰，名重一时。他的诗文说理畅达，抒情委婉，一反五代的靡丽险怪、靡弱浮华之风，对当世和后代都有重大影响。

他的词作，和他的诗文的那种光明正大、雄辩犀利的风格大异其趣，大都是描绘相思、闺怨，风流蕴藉，婉约至极。也许这样一位官居参知政事的大臣写此类作品，以致世人颇有微词。其实，欧阳修在为政和写作上刻苦坚韧，并不说明他是那种木讷古板的迂夫子，事业上的坚强奋发和对女性的温存体贴往往是有作为的男性优秀品格的两面。欧阳修有一颗对女性温柔体贴、怜香惜玉之心，有一番风流蕴藉的情怀，但他深知官场险恶，因此格外检点，刻苦自励，光明正大的诗文之外，以写一些袒露真情怀的词作自娱。他特别能体会女性的内心世界，特别善于描摹女性声口，把女性的细密心思、女性的似水柔情、女性的娇媚情态表现得惟妙惟肖、活灵活现。那时的社会风气好像比较宽容，人们在读了此类词作之后，很少去追究作品背后的真实故事，能很清楚地区别第一人称创作和作家个人供词之间的根本区别。

这首《蝶恋花》则以更为独特的角度替那些被冷落、被辜负的具有合法身份的女性诉说了一腔哀怨。这位不幸的女性是一位大家女子，居住在高门大户的深深庭院，杨柳葱郁，幕帘重重，大约也很少出门。作为身份高贵的女性，大概衣食无忧、仆婢伺候。如果有一位相亲相爱的郎君，不失为一个精致鸟笼里的金丝鸟。可是，“玉勒雕鞍游冶处，楼高不见章台路”，她的丈夫却是一位乘“玉勒雕鞍”的骏马流连烟花巷陌的公子哥，可是楼太高了，看不见他正在那里游冶的章台路。

心中的悲苦失望是无处诉说的，恰巧赶上了雨暴风狂的暮春天气。可是，“门掩黄昏，无计留春住”，把凄风冷雨都关在门外，也留不住春天，更唤不回那颗狂野无情的心。岁序更迭，我被辜负的青春也就只好眼看着衰萎、流逝。结尾尤为伤感，这位怅惘至极的女性只好眼泪汪汪地向即将凋谢的花朵诉说心中的哀愁，可是那花朵只会默默无语，零落的花瓣被狂野的风吹过秋千架，卷到墙外去了，这当然不是抱怨花朵无情。

面对不幸女性的惆怅和痛苦，欧阳修在充满真情地安慰那颗受伤的心的同时，还自然地运用了写作技巧，把这首词写得精致而缠绵，用词简洁而空灵，中间以黄昏的风雨暗指自己感情上遭受的损伤，开端的一句连用“深深深”几个字，见功力、见才情，结尾“乱红飞过秋千去”，把女子的内心世界若无痕迹般表现了出来。才情和真情，感悟和功夫缺一不可。

临江仙

柳外轻雷池上雨，雨声滴碎荷声。小楼西角断虹明。阑干倚处，待得月华生。

燕子飞来窥画栋，玉钩垂下帘旌。凉波不动簟纹平。水精双枕，傍有堕钗横。

这里有一个十分温暖美好的故事，展示出欧阳修的卓越才华和北宋官场上的那种亲切温馨的氛围。当时欧阳修和梅圣俞、尹师鲁等一起为官，在河南洛阳任推官，曾和一位官妓来往。那时诗人钱惟演任西京留守，是欧阳修的上司。一日，钱举办一后园宴会，欧阳修自然要与会，官妓也应该出席表演歌舞。但时辰已过，欧阳修和官妓都未到，过了一会儿，二人才匆匆赶来。钱惟演不便询问欧阳修，就责问官妓为什么迟到了，这个姑娘十分机警乖巧，就从容回答道：“回大人，因天气炎热，我有点中暑了，就在客厅睡着了，醒来发觉我那支金钗不见了，我找呀找，到现在还没有找着，耽误了您的宴会，实在对不起。”钱惟演当然知道是瞎话，她肯定是和欧阳修在一起，但他特别爱惜欧阳修的才华，也原谅并且喜欢上了这位伶牙俐齿的姑娘，就对欧阳修说：“那就请欧阳推官把她讲的这段丢失金钗的过程写成一首词吧。如果写得大家满意，我就赔偿她这支金钗。”

欧阳修十分感谢钱惟演长官给足了面子，心中高兴，就即席吟咏出这首《临江仙》：“柳外轻雷池上雨，雨声滴碎荷声……”清词丽句艳丽情境，博得了个满堂彩，众人击节赞叹，钱惟演命官妓给欧阳推官斟满美酒，令从公库取来一支金钗赠送官妓。

欧阳修真是才思敏捷，脉脉含情地叙述了这个丢失金钗的场景。说下午时分，窗前柳树那边响起了轻雷，池上有了雨打荷叶之声。雨不大，天未全阴，在小楼西角还可以看到一段被遮住一半的彩虹。那人正倚着栏杆凝思，等待月上东山。此时有紫燕飞来偷偷窥伺画栋，窗户上的玉钩垂下了帘幕。此际，轻轻的凉风掠过池上，水波不兴，纤细波浪宁静得如同精致的芦席花纹一般。“水精双枕，傍有堕钗横”，这位女士的双人床上有一支金钗明晃晃地摆着。至于这金钗是女士独宿时辗转难眠从发髻上坠下来的还是双栖快乐时被揉搓下来的，那就随你想象了。欧阳修的词作简洁明快，既没有承认和女士有云雨偷情，也没有明确否定这种可能性，没有刻意掩遮也没有得意宣扬，那份从容潇洒和风流蕴藉的情怀让人会心莞尔。

踏莎行

候馆梅残，溪桥柳细，草熏风暖摇征辔。离愁渐远渐无穷，迢迢不断如春水。

寸寸柔肠，盈盈粉泪，楼高莫近危阑倚。平芜尽处是春山，行人更在春山外。

这首《踏莎行》是欧阳修写离情别绪的代表性作品，上下片分开写出被别离痛苦折磨的一对男女的感受，创意新颖，简洁、完整地写出了离人的心态。上片以“候馆”、溪桥、征辔等形象点出了男人的离别和羁旅，“草熏风暖”点明正是美好季节，应该是和她共度春光的日子。“离愁渐远渐无穷，迢迢不断如春水”，渐行渐远是无可回避的现实，但指望离愁也渐渐淡化却是空想，那离愁如同滔滔流逝的春水不曾片刻消歇。以“春水”为感情的载体写出了男人痛切的留恋和浓重的思念。

下片则是以这位留在家里的女性的角度抒发对远去的离人的强烈思念。欧阳修真是女性的知音和温存的护花使者，最懂女人心，最怜女人苦，最体贴她们那缕被离别辜负、被变心冷落的芳魂。虽然是分开抒情，但应该说下片更是重心。男人一般不会为相思流泪，男子汉的自尊隐忍了心中的泪水，女人就没有这样的自制力了。“寸寸柔肠，盈盈粉泪”，离别对她的伤害已经超越了她心灵承受力的极限，深哭一场，发泄心中的哀怨。“楼高莫近危阑倚”，这是她对自己的警告，不要再上高楼，凭栏远眺，那是绝对没用的傻事，那空漠无迹的视野会导致更加难以消受的寂寞孤独。

“平芜尽处是春山，行人更在春山外”作为结尾，有感情力度而又貌似宁静，显示出技巧和功力。叙说的是女子那深情急切然而无效的远山眺望。和前片以“春水”寄情相照应，这里是借“春山”抒怀。女子望断春山，而“行人”，就是她痛切思念的人，却在春山之外的更渺茫的山野了。

古代文人笔下的别离都写得真挚而缠绵，这是农耕时代写作的特点。那风雨无凭的旅途，那音信渺茫的担忧，那漫长而多变的期待，让离人心摧。每一次离别都可能是永诀，所有预计的归期都是无法控制的。这种离别，能不能重逢，能不能归来，都是未定之天，人人心中都没有底儿。所以才有了如此众多、如此动情的篇什。在科学技术占据时代中心位置的今天，地球村的居民再这样悲悲切切地写离情别绪也许就成为不合时宜的无病呻吟了。

生查子

去年元夜时，花市灯如昼。月上柳梢头，人约黄昏后。

今年元夜时，月与灯依旧。不见去年人，泪满春衫袖。

这是一首婉约细腻、真挚坦诚、蕴藉空灵的小词，音律宛转，节奏自然，跳荡着一片纯情，诉说着女儿的心事。把去年元夜的欢乐和今年元夜的忧伤的天壤之别，表露得清晰而痛切，感染着后世的儿女。恋情是彼此的表达，有人将它和唐人崔护的那首“人面桃花”联系起来，但可以断定这首诗是女儿对情郎的思念，因为最后一句“泪满春衫袖”，不是男儿所为。至于作者究竟是谁，歧义颇为纷纭。有说是女词人朱淑真的，有说是秦观的，然而更多的说是欧阳修的。我倒希望作者是朱淑真，这位女词人出身高贵，文化底蕴丰厚，但遇人不淑，嫁于一位文法小吏为妻。夫妻之间少有共同情趣，朱淑真活得不快乐，那些诗词吟咏，也少有知音，郁郁而终。有人说，可能因为女性作者如此坦率地抒情叙事，有点有伤风化，就把作者归结为欧阳修了。若真是女性作者的作品，更显示出一派温馨柔情、小鸟依人般的娇媚表情和抒情素质，也为女性作者稀少的本书增添了一份光彩。可惜更多的资料显示为欧阳修作品，言之凿凿。若确定为朱淑真作品，会有偏颇武断之讥。读者如果记住，这首词可能是中国少有的吟咏才俊女性歌者朱淑真的作品就够了。

还是按照欧阳修为作者的思路确定吧。欧阳修为后世留下了一个多么灿烂而亲切的典型！光明正大又风流倜傥，为政成绩卓著，为人堪称师表，为诗正大端方、内容充实，为文一代宗师，风雅清灵又高贵典雅，至于和烟花女子的盘桓，则从那首《临江仙·柳外轻雷池上雨》可以看出端倪，他绝对不是一位木讷的迂夫子，风流着呢，但他做得漂亮而且也有限度，还有上级给他打掩护，也落下一个正人君子的好名声。

王安石（三首）

桂枝香·金陵怀古

登临送目，正故国晚秋，天气初肃。千里澄江似练，翠峰如簇。征帆去棹残阳里，背西风、酒旗斜矗。彩舟云淡，星河鹭起，画图难足。

念往昔、繁华竞逐，叹门外楼头，悲恨相续。千古凭高对此，漫嗟荣辱。六朝旧事随流水，但寒烟芳草凝绿。至今商女，时时犹唱，后庭遗曲。

王安石（1021—1086），天纵奇才，演出了一场风生水起的政治活剧，留下了一批光耀千古的雄文，其政治智慧和渊博学识、飞扬才具并臻至境，更以倔强、固执和不可通融的个性演出了他极富光彩也遭到千秋横议的人生。这首调寄《桂枝香·金陵怀古》大有横空出世的气概，力压以《桂枝香》同题怀古者三十余家，东坡见之，叹曰："此老乃野狐精也!"极言其超人才华和老辣文笔真人间少有，莫非他是一个老狐狸精不成？东坡用这句如同骂人的话幽默巧妙地表达了心悦诚服和惺惺相惜之情，却也成为评价王安石的让人服膺的不易之论。

在"故国晚秋，天气初肃"的萧飒季节，王安石用特别富有神采和形象感的语言把他看到的金陵山水形容为"千里澄江似练，翠峰如簇"，在"如练"的长江边上拥挤地排列着那些如簇的青翠群峰。接着，又优美从容地将金陵江边的征帆、舟楫、残阳、西风、淡云、星河、酒旗、彩舟、鸥鹭都统御在一起，自然景色和人间风物协调地描绘出开阔、壮丽、清朗、悠远的金陵秋江图，为下片的怀古抒情做好了美好扎实的铺垫。

王安石的怀古文字很自然地集中在逝去不久的六朝繁华和纷乱热闹。三国东吴、东晋、宋、齐、梁、陈六个朝代都建都金陵，此地经历了古代中国合久必分的岁月，演出了一幕幕血火交迸的纷争和鼎盛繁华的人间戏剧，留

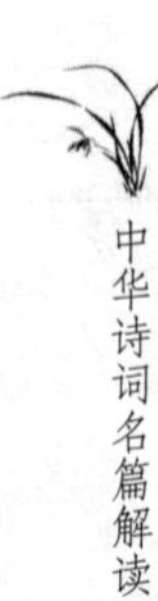

下了多少英雄豪杰和暴君乱臣、骚人名士、绝代佳人的腥风血雨、樽俎折冲和风流韵事！对六朝历史了然于胸的王安石怀古，不会一一列举那些难忘的故事，只用了“繁华竞逐，叹门外楼头，悲恨相续”十二个字就概括了几百年的风风雨雨。这里有灯红酒绿、奢靡无度的“繁华”，也有权谋争夺刀枪相见的“竞逐”。只有“门外楼头”四个字比较难解，其实说的是隋将韩擒虎攻破金陵台城，也就是皇宫，生擒陈后主陈叔宝及其宠妃张丽华于井中的故事。失败者难言的悲哀和对种种失误的悔恨是和胜利者的骄傲和狂喜交替上演的。

回顾六朝旧事，慨叹一番胜败频繁交替、荣辱瞬息万变之后，只能无奈地面对“寒烟芳草凝绿”了。因为是初秋天气，天气渐凉的“寒烟”笼罩下的草树还是葱翠的，这“老野狐精”不会像一些粗心诗人一样照顾不周犯初级错误。结尾化用杜牧诗句“商女不知亡国恨，隔江犹唱《后庭花》”，表达了对这些不管国家存亡、王朝更替的商女们的一份理解、一份无奈。以这种心境结束他追溯历史的心灵之旅，也许是最得体、最空灵的构思。

登飞来峰

飞来山上千寻塔，闻说鸡鸣见日升。
不畏浮云遮望眼，自缘身在最高层。

王安石是政治改革先驱，历史贡献杰出；又是文学大家，成就卓越，诗词散文无所不精。更兼性格倔强刚毅，文风锐利奇崛，新颖开阔，善作翻案文章。以诗而论，有宋一代，诗作与其比肩者少。飞来峰位于杭州西南灵隐寺前，为石灰岩侵蚀残留的孤峰，山势不高，但奇崛突兀，给人一种特别高峻险奇的感觉。相传东晋时期，天竺僧人慧理曾说此峰绝似天竺的灵鹫山，“不知何以飞来”，故名飞来峰。山上林木蓊郁，有宝塔，益增山峰险峻之威势。飞来峰海拔为168米，这宝塔当然不会有千寻之高，但它的名声和得到的崇仰是不可以实际尺寸来局限的。仁宗皇祐二年（1050），王安石知鄞县任满，回故乡江西临川时，路过杭州留下了这首抒怀之作。

“飞来山上千寻塔，闻说鸡鸣见日升”。听说每逢鸡鸣时分登上飞来峰，就会看见东海日出。政治志向远大的王安石自然要在鸡鸣的凌晨时分登此名山以展胸襟以阔视野，以瞻望壮丽的日出。这两句不过为抒发自己修齐治平的理想做的一番铺垫，而最后两句“不畏浮云遮望眼，自缘身在最高层”，眼界、胸怀、器宇、勇气都淋漓尽致地展露无余。王安石当然读过李白的诗句“总为浮云能蔽日，长安不见使人愁”和王之涣的“欲穷千里目，更上一层楼”，此刻，登高怀远心系天下的情怀，对奸佞误国的小人的蔑视之情，决心与浮云般的小人斗争到底而必然取胜的气概，也几欲涨破胸襟。王安石不但不畏浮云，还有“三不足”的勇气：人言不足恤，天变不足畏，祖宗之法不足守，何况小小的浮云！身在最高层，不仅指登临此刻的位置，也是对自己眼界襟怀的暗指。前辈诗人的人生、艺术启迪和自己的理想心愿迅速融会在了一起。应该说，此诗前两句并不太出色，而是靠了意境高远宏阔、词采坚实华美的后两句而流传千古的。

船泊瓜洲

京口瓜洲一水间，钟山只隔数重山。
春风又绿江南岸，明月何时照我还？

这是王安石一首著名的抒情写景小诗，感情舒展，情意真挚，绘景优美，文风自然清新，词采平实而质朴，炼字炼意匠心独运。诗写于神宗熙宁二年(1069)，作为革新派的代表人物，他的政治见解和道德文章当时已经名满天下，而且受到具有革新意识的神宗的重视。果然，次年即被任命为参知政事。此番携带家人辞别居住多年的金陵的家，奉调北上汴京，在瓜洲对岸的京口准备渡江时，情发于中，写下了这首七绝。“京口瓜洲一水间，钟山只隔数重山”，明白如话，写清楚了此时此刻的地理位置，和水路交通重要市镇的瓜洲不过是一水之隔，“一水间”几个字表达了此番旅程顺风顺水的轻松情绪，钟山此处就是金陵的代名词，回望熟稔至极的钟山也还不远，表达了一种对故居的留恋和珍惜。

“春风又绿江南岸”一句的用字炼字的故事脍炙人口，成为文坛一桩佳话，是和“推敲”二字并列的典故。据说，为了写好这句春风给江南带来生机勃勃、葱葱郁郁的春天，他连续用了“又入”“又到”“又满”“又过”几种词语组合，沉吟良久，犹豫再三，最后寻找到最满意的方案，就用“又绿”二字！那番情韵那番蕴藉，那番诗意那番情怀，立即得到广泛而倾心的认可。“明月何时照我还”这一句内涵特别丰富，他知道此番北上，会得到重用，实现他的改革理想，但既有某种兴奋满足又有一丝忐忑不安，因为世事难料，成败难期。既怀念金陵，又不知何年归来，更不知是功成名就，理想实现，荣归故里，还是身败名裂、窝窝囊囊回到江东。

作为天纵奇才的政治家和才华横溢的文学家，王安石在区区七绝之中显示了宠辱不惊、从容淡定的精神境界，深沉镇静而不矫情，轻松快乐而不张狂，自信坚定而准备迎接考验，十分得体，显得心性醇厚。更显示出文学家的卓拔才具，文采空灵而潇洒，感情流畅而充沛，在多以文为诗的宋诗中独具标格。

晏几道（一首）

临江仙

梦后楼台高锁，酒醒帘幕低垂，去年春恨却来时。落花人独立，微雨燕双飞。

记得小蘋初见，两重心字罗衣，琵琶弦上说相思。当时明月在，曾照彩云归。

晏几道（1038—1110）是江西临川人，晏殊第七个儿子。心性磊落倔强，孤傲自尊，不慕荣利，终生沉沦下僚，只做过推官、通判之类的小官。晚年家道中落，穷困潦倒。他继承了乃父晏殊的写作禀赋，多写个人升沉进退感受特别是对爱情生活的真情回顾，有《小山词》存世。黄庭坚给《小山词》写的序言中对他那独特而高贵的个性以“四痴”来概括，表达了一份崇敬和亲近之情：其一是在大家都寻找靠山傍大官贵胄的时代，他本有高官父亲而不知利用其影响和人脉，将此优势弃置不用，以致长久屈居下位；其二是有极深湛的文字功底却拒绝写科考必须的应试文章，无法越过科举这一关；其三是老父位尊权重，家资巨万却甘于自己的贫贱饥寒；其四是遭多人辜负而不知怨恨，依然信人不疑，令朋友为之痛心也为之惋惜。晏几道的孤傲达到了不近人情的地步，只要你当红有名，我就不理你。苏轼当时曾深受皇帝、皇后的青睐，名重一时，爱才若渴的苏轼想让黄庭坚介绍结识、拜访晏几道，他竟以没工夫伺候拒绝。也许惟其有了如此澄澈晶莹、超尘出凡的心地才能写出人间的真爱真性灵。晏几道和朋友沈廉叔、陈君龙家的几位歌女鸿、莲、蘋、云相处和谐温馨，有爱情有友谊，真挚而坦诚，不避嫌隙，常以此情缘为题材写词，词作中多次出现她们的真姓名。几位歌女是晏几道的红颜知己，是他的词作的当然演唱者，不但有郎才女貌，而且是清词丽句和绕梁清歌交相辉映，他们之间的爱具有高洁的精神之恋的性质。这首《临江仙》就记述了和可爱的蘋相识相爱的美好过程，上片写了心爱的人不能相见，相思的痛苦袭击了他受伤的心。“梦后楼台高锁，酒醒帘幕低垂，去年春恨却来时”，刚才在高楼上和她梦中欢会，酒醒梦回，却是“楼台高锁”，倩影渺然，歌笑阒寂，哪有什么歌舞欢会？只见她曾经居住的闺阁是“帘幕低垂”的一座感情废墟。“去年春恨”不期然又来到心间。难忘去年暮春那“落花人独立，微雨燕双飞”的娉婷身影。这两句诗用语质朴而节奏流利，在微雨和双燕衬托下，显得那独立的人儿格外娴静优雅，形象之美、意境之美、声韵之美、燕双的象征之美聚集，这副联语博得“千古不能有二”的评价。

下阕直接回顾小蘋的容颜和风致。小蘋穿的“心字罗衣”上大约是绣上了篆体“心”字，既美丽匀称又让人记住了服装图案蕴含的情思，这丫头的心思够细密的。她弹奏的琵琶曲婉转悠扬，诉说着相思深情。“当时明月在，曾照彩云归”，记得是一个明月当头、彩云托月的夜晚，我们的心情也让那美丽的夜空照耀得欣悦而澄澈。当两颗心完全交融在一起时，真的是如坐“光风霁月”“醍醐灌顶”啊。谁说上片结尾处的那副联语“千古不能有二”，词作精彩的结尾作为流水对不是可以和它并列第一了吗？

至于晏几道同时和好几个女人保持感情联系，有滥情之嫌，我们就不要苛责于古人了。这些寄生在高官巨贾家的歌女的天赋人权当然是被剥夺了的，像晏几道这样把她们当作红颜知己对待，已经让世人或惊诧或赞赏了。

李之仪（一首）

卜算子

我住长江头，君住长江尾。日日思君不见君，共饮长江水。

此水几时休？此恨何时已？只愿君心似我心，定不负相思意。

李之仪（约1035—1117），字端叔，号勃溪居士，沧州无棣（今属山东）人，神宗朝进士，历官提举河东常平。曾从苏轼游，入苏轼幕，能诗文，又工词，语言通俗明白。有《谷溪居士文集》、《谷溪词》。

这首词极其单纯、简约、质朴、诚挚、坦率而专注，具有强烈的民歌性，像是民间采风所得，不像一位进士出身的官员作品。词作以女性角度抒情，又不似官宦之家的千金口吻那般矜持，亦不似风尘女子声口那般泼辣。细细琢磨，可能是一位市民阶层人家的女儿，咏唱对一位地理距离遥远心灵距离为零的情郎的爱情。

抒情核心是一段来之不易、得之甚难、险阻重重、决然不肯放弃的情缘。用来作为感情参照物的唯一载体是长江。江头和江尾之间的万水千山的遥迢距离是横在情人之间的巨大障碍，又是他们之间联系的唯一纽带。长江发源于地处青海西南部的唐古拉山脉格拉丹东雪山，那里是人烟稀少的荒漠之地，不必过分执着于长江头三个字，理解为长江上游就可以。设定这位痴情女儿是在长江上游人烟辐辏、诸业繁盛、交通便利的川府之国四川沿江居住的一位商人的女儿。她和心上人见面、一见倾心的机缘可能是这位居住在长江下游江浙一带的士子、官员或商人来川府公干或经商之旅。他们之间唯一的共同点是"共饮长江水"。和终年奔流不息、流量特别巨大的长江相比，痴情女儿饮用的这点长江水太微量，这点可怜的共同点太渺小了，到了完全可以忽略不计的地步。有"共饮长江水"缘分的人成千上万，都没有当回事，却被这痴情女儿看得极其重要极其神圣。更显示出她对这份爱情的执着、痴心、沉醉、狂热。人说，相思是一种病，这痴情女儿已经病入膏肓了！

"此水几时休？此恨何时已？"这位痴情女儿的心声颇为动人情怀，万古

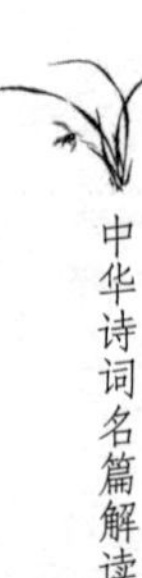

奔流的长江是永远不会休的，从她的倾诉看，她和情郎之间并没有一个圆满的结果，他们之间有更多阻隔和不可克服的障碍，比如门不当户不对，比如她倾心的君子已经婚配，而自己的家庭不接受做妾居小的安排，更悲惨的是，她如此为之倾尽心血豁出生命的郎君只是一次随随便便的游龙戏凤的逢场作戏。她得到的更多的是啃噬心灵的相思，难耐的憾恨和失落，也许还有不曾言明的伤害，她对这场感天地泣鬼神的爱情的结论为“此恨”。此恨是无日可“已”的绵绵无绝期的了。

这是痴情女儿单向的爱情倾诉和海枯石烂的爱情表白。那位住在长江尾的“君”并未表态。痴情女儿的倾诉也并非特有底气和信心。“只愿君心似我心，定不负相思意”。大概除了欢会时的甜言蜜语和言不由衷的海誓山盟，她并没有得到什么可靠的爱情承诺，只有把自己的命运寄托在这位“君”的善良和专一上，祈求他像我一样深情一样专一，“定不负相思意”。

在这样一首富有激情的爱情表白诗里，我们体会出了女主人公命运中的悲剧色彩，也体会出在她身上显现的美好素质。作者李之仪真正懂得女性，懂得怜惜女性，理解她们那颗金子般的心，挖掘出她们那种发自内心的爱情悲歌的全部高尚和纯净的内涵。在爱情领域，女性的心地，女性的歌唱，远比男性高雅纯粹，更偏重灵魂和生命的接近，富有真正的牺牲奉献精神。这也是李之仪这首卜算子受到千秋万代崇仰、追怀的原因，是他的价值所在。

程颢（一首）

春日偶成

云淡风轻近午天，傍花随柳过前川。
时人不知余心乐，将谓偷闲学少年。

一代大儒于此通俗质朴的率性吟咏中袒露出一颗赤子之心，表达出一种来自大自然陶冶和哲学启迪的温馨体悟，特别适宜于启迪儿童智慧，是最美好的开蒙诗歌。在一个云淡风轻、清和明媚的正午，程颢（1032—1085）先生迈着轻快的步伐，伴随着盛开的春花、摇曳的柳枝，来到前面的小溪。十四个字轻松愉快地营造出春日的生机万状、心绪的恬静快慰。

文思至此为之一变，转向内心世界的宣示和某种哲理的阐发。“时人不知余心乐，将谓偷闲学少年”。把那种内心深处的喜悦，从一种他设想的外界反应的角度表达得委婉而富有情趣。他几乎压抑不住的内心喜悦是什么呢？应该是他和弟弟程颐倡导的理学学说，一切知识、真理的来源都在于自己的内心。自己和弟弟找到了通向至善和圣贤境界的康庄大道，自己已经掌握了得道的不二法门。内心是充实的，快乐是急于向外界表白的。但是“时人”也就是大众，却不知道他巨大的抑制不住的快乐，还觉得这位中年人在偷闲学那不知世事的少年，在大好光阴下游戏取乐呢！几分自豪，几分辩解，几分想把自己的快乐表达出来的心愿，构成了这首诗的基调。

苏轼（十二首）

念奴娇·赤壁怀古

大江东去，浪淘尽，千古风流人物。故垒西边，人道是：三国周郎赤壁。乱石穿空，惊涛裂岸，卷起千堆雪。江山如画，一时多少豪杰！

遥想公瑾当年，小乔初嫁了，雄姿英发。羽扇纶巾，谈笑间、樯橹灰飞烟灭。故国神游，多情应笑我、早生华发。人生如梦，一樽还酹江月。

这是东坡（苏轼，1037—1101）最出色的词作之一，也是古今词坛最具代表性的词章之一。是怀古杰作又是抒怀名篇，将对祖国山河的挚爱和对千秋英雄人物的景仰结合得天衣无缝，发挥到了淋漓尽致的地步，太完美太精致太豪放太具有神品的格调了。东坡被贬谪为黄州团练副使时是他处境最为恶劣的时期，但东坡不是悲悲戚戚的软弱书生，而是看破一切、宠辱不惊的智者，即孔子所谓的“弘毅”之士。身处逆境，依然旷达开朗，逐步走向成熟、深沉和坚强，炼成金刚不坏之身，淡定从容，人生兴味不减，在和如画江山、风流人物的交流中得到安慰和内心的宁静。神宗元丰五年（1082），这位没有什么工作可做的散官到赤壁古迹游览，与美好景色相遇，心旷神怡，念及赤壁人物，逸兴遄飞，灵感倏至，文思泉涌，写下了这震烁千古的卓越词章。

“大江东去，浪淘尽，千古风流人物”。一声高度概括、视野开阔、大气包举的浩叹穿越无数世代，依然引起我们心灵的激荡和震动。历史就是这样走过来的，多少为这块土地尽瘁终生、立下千秋伟业的风流人物、英雄豪杰被东流的大江淘尽，也就是被从不停息的岁月之流吞没。有这样引领全词的起句，就注定了这首词豪放苍凉的基调。“故垒西边，人道是：三国周郎赤壁”。把怀古的重心定格在据说是当年三国鏖兵的赤壁，而把众多三国英雄集中在了孙吴的军事统帅、年轻的周瑜身上。“乱石穿空，惊涛裂岸，卷起千堆雪。”江岸上嶙峋横出的乱石，穿插在江上空阔之中，江水遇阻激起的惊涛拍击着江岸，卷起无数如同雪堆的浪花，这奇绝美丽的景象是司空见惯的，但只有东坡做了如此形象生动比喻贴切的描绘。而这描绘不仅是为了礼赞神州大好河山，更是为得出“江山如画，一时多少豪杰”的结论，做的一番缤纷的铺垫，给千古英雄们搭建一座大江鏖兵的舞台。

下片以“遥想公瑾当年”开端，自有深意存焉。这场确立了三国鼎立格局的赤壁大战，参与者还有诸葛亮、曹操、孙权、刘备，而东坡独钟情于周瑜，没有一字提及这几位。因为周瑜是真正的主角，而且他青年才俊、器宇恢廓，文武兼备，周郎顾曲的风流雅兴，如花美眷小乔的陪衬，缔造了最成功的人生，成为一代人的青春偶像。具有浪漫奔放的先锋气质、时尚色彩的东坡对周瑜如此心仪，是完全可以理解的。三十四岁的周瑜建奇勋于赤壁，四十七岁还蹉跎困顿、一事无成、屈居一名可有可无的黄州团练副使的苏轼，来到赤壁，徒发一番感慨，两相对照，可叹也夫可怜也夫？至于“小乔初嫁了，雄姿英发”一句，东坡当然知道，赤壁大战时，小乔嫁给周瑜已经十年，故意把时间后移，造成“小乔初嫁了”的错觉，是为了突出美满婚姻足可激发男人的勇气和智慧，周瑜在小乔爱情滋润下必然达到雄姿英发的境界。周瑜以羽扇纶巾的儒将装束，“谈笑间”使“樯橹灰飞烟灭”，把一场激烈宏阔的大战说得多么简洁多么准确！

“故国神游，多情应笑我，早生华发”。心情开阔、词语奔放地尽情讴歌了周瑜和小乔之后，东坡此刻从回顾鼓角争鸣、剑戟交迸、忠肝义胆、舍生忘死的英雄时代的心灵之旅，回到自己蹉跎岁月和艰难处境，落差也太大了，不禁苦笑一声，我太多情太痴心了，对那些逝去的英雄何必如此痴情乃尔？难怪要早生华发了。最后的结论内敛而低沉，“人生如梦，一樽还酹江月”。“酹”，读做泪，以酒洒地祭奠之意。看似水波不兴，实则有沉痛苍凉的心境存焉。但从文势上看，一路高亢昂扬的调子突然低抑下来，变为宁静庄严而不失旷达爽骏的旋律，形成浑厚坚实的袅袅余音。不能不说是抵达了豪放派吟咏的最高境界。此等笔墨，此等韵致，此等襟怀，也只有千古奇才的东坡先生为之。东坡，你不必在周瑜面前有那种自愧弗如甚至自惭形秽的感觉，你留给后世的才华横溢、气象高远、境界开阔的吟咏，已经闪射出和谈笑间大败曹操、确立三分天下的周瑜同样的光辉。

水调歌头

丙辰中秋，欢饮达旦，大醉，作此篇，兼怀子由。

明月几时有？把酒问青天。不知天上宫阙，今夕是何年。我欲乘风归去，又恐琼楼玉宇，高处不胜寒。起舞弄清影，何似在人间！

转朱阁，低绮户，照无眠。不应有恨，何事长向别时圆？人有悲欢离合，月有阴晴圆缺，此事古难全。但愿人长久，千里共婵娟。

这是东坡确立词坛盟主地位的重要作品，想象力、浪漫情怀、语言艺术、个性光彩都臻于极致，和《念奴娇·大江东去》双峰并峙，辉耀今古，也成为至今为止最脍炙人口的词章名篇之一，熙宁九年（1076）作于山东密州。因为不见容于新派，苏轼就要求外放任职。笃于兄弟之情的苏轼，希望和弟弟苏辙距离近一点，但就是这点微末的愿望也没有实现。苏轼不是一个汲汲于官场得失的人，也不是一个缺乏革新意识的人，在新旧势力争斗的夹缝中，不知怎么就成为旧派，受到新派的排挤，他痛感压抑和痛苦，对苏辙的思念也愈益加深。东坡善饮，用以浇心中块垒，解思亲之苦，又逢中秋佳节，竟至欢饮达旦，大醉。醒来感慨万端，写下了这首千古绝唱。

东坡要抒发的心志，有对现实处境的不满，对理想境界的追求，对人世尘寰的留恋，对亲人的思念，以及对月亮这个美丽天体自始至终的倾心挚爱等等。

上片由“明月几时有？把酒问青天”的自然平静的诘问，过渡到他围绕月亮这个美丽的天体崇敬的心灵之旅。苏轼完全离开纷扰的尘世，彻底诉诸浪漫的梦幻和飞扬的情怀，写得空灵而飞动，真正地具有了不食人间烟火的品格。人们对清晖冷泻的月亮本来就有亲近感、知音感、神秘感、奇异感，历来怀有向它倾诉，寻求帮助、慰藉心灵、拯救苦难、破解秘密的心愿，苏轼的表达更殷切，更执着，更充满了兴趣和向往。在神话传说和故事中，天上和人间时间流逝的速度是不相同的，故有“山中方（借指天宫）七日，世上已千年”的故事。此刻东坡不是随随便便一问，而是心中产生了对月亮强烈的向往，于是询问月亮：“不知天上宫阙，今夕是何年。”东坡对天上世界发生了浓厚兴趣，询问按照月亮的纪年，今夕何年何月，也是中秋吗？接着表达了回归月亮的心愿，“我欲乘风归去”，对月亮的倾心向往已经达到想要乘风回归到月宫中去的地步。言外之意，好像他本来就是居住在月宫的一位仙客。他在这样的浪漫幻想中间接表达了对现世人间相当强烈的失望情绪，也隐约表达了自己身上的仙风道骨、高洁情怀以及不见容于当今浊世之意。月宫的琼楼玉宇在他心中是非常美好庄严的，所以才用了这样华美的词语。但他也没有过度沉醉于这飞向月宫的梦幻，现实地、理性地想了一想，“又恐琼楼玉宇，高处不胜寒”。这个远离大地、高深莫测的星辰会不会很寒冷？他对自己的选择和心愿又产生了怀疑和犹豫：“起舞弄清影，何似在人间”，随着情绪的节奏舞动起自己的身影，还是人间更好，脚踏在大地上才更踏实更稳定。他自己描绘出乘风飞去的图画，自己又把它涂抹掉了。但真切的心愿已经抒发得清清楚楚了。

下片从天上回归到了人间，而且是午夜的实景。夜已深沉，他的吟唱如同交响乐的第三乐章，变得节奏舒缓，情绪委婉，借对月光的细腻描绘营造了更为抒情更为温柔的调子。“转朱阁，低绮户，照无眠”。月光好像一个通晓感情的生命，那清晖转过朱红的楼阁，又随着月落的走势降低发光坐标，扫过绮丽秀美的门楣，照射到无眠的人，这里是指自己。希望回归月宫的梦幻破灭之后，面对月光如此温馨、如此知心、如此柔情的抚摸般的照射之后，心情安宁理性多了，襟怀也开阔宽容多了，就在这种心境之下思考一些人间不如意的事情，就会有新的变化。“不应有恨，何事长向别时圆”？“何事”是口语，“为什么”的意思，月亮在亲人团圆、处境温暖、事业顺利的时候，往往不被注意，而在亲人分别、处境艰难、事业受挫时刻，需要月亮的慰藉和温暖的时候，它却总是不圆满的。苏轼劝勉自己也劝勉世人，要理解月亮，不应有怨恨情绪。他进一步阐发这种心态，他的咏唱也进入了终结的第四乐章：“人有悲欢离合，月有阴晴圆缺，此事古难全。”人有分离忧伤的时候，月亮也有被乌云遮蔽和朔日月缺的时候，自古难全，这就是规律，要理解，要尊重，要安谧宁静地对待。其实，苏轼此刻心中依然很苦，月亮的抚慰是空落、微茫的，他不过在那里苦笑着劝解自己，也许可用来暂时忘却人生的坎坷，掩盖对亲人的思念吧。“但愿人长久，千里共婵娟”，就是千里以外的亲人都能共赏中秋明月，亲情长久，健康长久，这一声悠长而亲切的呼唤，虽然真挚而殷切，但只是一种美好的心愿而已，总有几分不太自信的味道。

江城子

十年生死两茫茫，不思量，自难忘。千里孤坟，无处话凄凉。纵使相逢应不识，尘满面，鬓如霜。

夜来幽梦忽还乡，小轩窗，正梳妆。相顾无言，惟有泪千行。料得年年肠断处，明月夜，短松冈。

这是一支真正的爱情悲歌，一个鲜活的梦。低抑，沉重，伤感，凄凉，寄托了对盛年夭亡的妻子王弗的哀思和怀念。诀别十年，阴阳两隔，生死茫茫，亲人，你在哪里？大家都熟悉这首词，但是不一定知道隐藏在其中的温馨美丽的故事。

王弗是苏轼命中注定的爱妻，是一位进士出身的书院教师之女，美丽聪慧，温柔知心，十六岁嫁给苏轼，仅仅度过了琴瑟和鸣的十一年的珍贵岁月，就在青春盛年匆匆辞世。原来在王弗的家附近有一座池塘，水清见底，游鱼无数，藏在池边洞隙之中。当人们发出呼唤之声时，游鱼会蜂拥聚集过来，极为有趣。王弗之父邀集文人墨客为鱼池命名时，那些宾客眼界不高，才情有限，只有苏轼给出“唤鱼池”的佳名，受到赞扬，而小姐王弗的丫环也送来了和苏轼相同的“唤鱼池”三字。人们惊叹之余，也都希望这对郎才女貌的金童玉女喜结连理。

当年男女婚前基本没有交往，苏轼并不知道王弗知不知书，但她在苏轼读书时总是站在他身边，每有苏轼遗忘或错读之时，王弗都能给予提醒，苏轼大为惊喜。后来苏轼接待客人时，王弗也立在屏风之后，客人去后，王弗总能对客人的品性作出评价和判断，往往都很准确，因而他们不是一般的夫妻，是生命、灵魂和精神都结合在一起的情侣和红颜知己。婚姻是他们爱情的起点，之后的匆促岁月里，他们的爱情、生命和灵魂的交融达到了极其理想的境界。

王弗去世十年之后，苏轼已经续娶了王弗的堂妹，但他对王弗的思念一刻也没有忘记。他不止一次地希望梦见亡妻，可是此地和安葬王弗的首都汴京已经是千里之遥，何处诉说自己满腹的凄凉？他回忆自己这些岁月的颠沛流离、辛苦波折，即使见到王弗，她能认识我这满面灰尘、两鬓霜染的枯寂形象吗？一个夜晚，他梦见了久违了的亲人。“小轩窗，正梳妆”几个字不是随便用来形容王弗的闺房，而又隐藏有一桩美好动人的故事。苏轼和王弗订婚之后，有一天岳丈和他谈论学问，天色已晚，就留苏轼在王府安歇。苏轼在庭院闲庭信步，看见王弗正在一个温馨美丽的小轩窗前梳妆，就将一枝鲜花掷进窗去，王弗激动而羞涩地将花枝捧在胸前。梦里的王弗依然是十年前十六岁的花季少女的迷人形象。但此际已经没有了当年那番温馨和快乐，而是“相顾无言，惟有泪千行”了。当年容貌，今日伤情，才是最感人的笔墨。

卜算子·黄州定慧院寓居作

缺月挂疏桐，漏断人初静。时见幽人独往来，缥缈孤鸿影。

惊起却回头，有恨无人省。拣尽寒枝不肯栖，寂寞沙洲冷。

此词在东坡词章里当属神品。语言高度凝练，格调绝对空灵，氛围无比幽寂。这个定慧院是黄州的一处禅院，景致特别清幽，东坡经常盘桓于此，或单独或约三二知己同游，备极珍爱。“缺月挂疏桐”，既描绘了景色，又点明了时序和昼夜。桐树已失去夏季的繁茂，呈现出疏落景象，“挂”在疏桐枝头的弦月指明是在夜晚，本来青枝绿叶的树木被称作寒枝，应该是深秋季节。幽人应该指偶尔在夜间走动的过客或僧尼。既营造出一个阒寂高旷的境界，又抒发了一番高洁耿介、不与浊世同流合污的心志。此刻，东坡又引入一个崭新的形象：孤鸿。这只离群失伴的鸿雁在这空旷的天空盘旋寻觅落脚点。或曰雁从来不在枝头栖居，“拣尽寒枝”不是指它在枝头寻觅，而是指它绝不会在枝头栖居，寂寞冷凄的沙洲才是它最后的、唯一的归宿。这孤雁心中有憾恨，这憾恨却无人体察，这里似乎又进入了拟人化的境界，意即他本人被误解、被辜负得好凄惨，那归宿寻觅得好辛苦。这只孤雁在徘徊寻觅，他也在寻觅徘徊。东坡是借孤雁抒情，传达他本人的感悟和心声。

或谓此词为东坡在惠州时作。东坡在惠州时，有一位监督官的女儿，才十六岁，美丽纯情，特别钟情于年已老迈的东坡，谓真吾婿也，非东坡不嫁，时常在东坡居处四周盘桓，东坡出观，则飘然而去。东坡托人良言开导，并推荐了合适少年才俊。未几，东坡离开惠州，待重访惠州时，该女已去世，遂作《卜算子》以寄托深情。在这里，“幽人”当指少女在东坡居处徘徊寻觅的身影。“惊起却回头”用来描摹少女如同被惊动的小鹿一般的娇俏姿态和飘然离去的曼妙姿影，也蕴含了她那不被别人省察理解的心事，这样理解也极为贴切传神。

这首词如同一枚银币的两面，A 面是诗人高洁的抒情，B 面是一个凄美的爱情故事。我看，A 面更接近真实，B 面更合乎我自己的审美心愿。

江城子·密州出猎

老夫聊发少年狂，左牵黄，右擎苍。锦帽貂裘，千骑卷平冈。为报倾城随太守，亲射虎，看孙郎。

酒酣胸胆尚开张，鬓微霜，又何妨！持节云中，何日遣冯唐？会挽雕弓如满月，西北望，射天狼。

这首词写于神宗熙宁八年（1075）冬，时苏轼任密州知州。在王安石变法时，苏轼和王安石政见不合，自请外任，初为杭州通判，改知密州。苏轼并不是坚决反对、彻底否定新法的守旧派，但人事关系上属于反对派阵营，就遭受了新派一系列打击，出知密州仅仅是漫长噩梦的一出小小序幕。

此时的苏轼并不以小小挫折为意，更不知道噩梦会如此冗长，依然豪情满怀地抒发治国平天下的壮志。他记载了一次出猎的过程，把那副气派的豪壮，鹰犬的气势，装束的讲究，倾城百姓追随、众星捧月般的声势，特别是自己狂放的情态，以略带夸张的笔墨表现出来。当年苏轼只有四十岁，正当年富力强，但古人已经把四十中年视为老迈之始，苏轼也自称起老夫来。以在地方官职位上的志得意满掩盖个人仕途的重大挫折，曲折地表达挣脱枷锁、投身保卫国家的伟业中来的心愿。

“左牵黄，右擎苍。锦帽貂裘，千骑卷平冈”。左手牵着黄狗，右手擎着苍鹰，头戴锦帽，身着貂鼠裘皮衣，正是汉代羽林军的服饰。大队人马以席卷之势扑向山冈。密州百姓倾城而出，追随出猎队伍去领略知州苏轼的射猎风采。苏轼深受感动，决心以三国东吴孙权亲手屠戮猛虎的成绩报答百姓的厚爱。“亲射虎，看孙郎”是“看孙郎，亲射虎”的倒装句式，让百姓看到密州知州像三国东吴孙权那样亲自射杀猛虎。

下片是醉态的豪语和清醒的惆怅心绪的结合。我虽然沉醉，但胸怀胆略依然开阔贲张，豪气干云。须发微见星霜那又何妨？我还不老！“持节云中，何日遣冯唐”是一个典故，也是一番情怀和心愿的表达。汉文帝时，魏尚为云中（在今内蒙古南部山西北部）太守，抵御匈奴功勋卓著，但在一次大捷后汇报军功时多报了六具敌人首级，被严厉处以削职。冯唐为之辩白，认为处分太重，文帝命冯唐持节去云中宣布赦免其罪，仍任云中太守。苏轼此时虽为密州知州，但政治处境不好，有怀才不遇之感，自比魏尚，希望得到朝廷更大信任，大展宏图。这个典故用得好，把好多心里话，极其简洁含蓄地表达出来了，而且增添了作品的厚重感和历史感。“会挽雕弓如满月”的“会”字，当然不是会不会的意思，而是“会当”、“将要”之意。当时西北边患深重，西夏、辽势力猖獗。苏轼豪气干云，直欲挽弓立马，赴西北前线殄灭敌寇。好像苏轼没有学过武艺，不过是抒发一种男儿报国的豪情。可能他想到了范仲淹、韩琦，要学习和师法这两位先贤以文人身份统帅西北雄师和敌人殊死搏斗的典范。

作为苏轼豪放派词作的早期尝试，抒情格调上尚觉浅显粗疏一点，那份豪情也觉得稍感夸张，他后来那些成熟深沉、苍凉旷达的作品更胜一筹。

浣溪沙

游蕲水清泉寺，寺临兰溪，溪水西流。

山下兰芽短浸溪，松间沙路净无泥，潇潇暮雨子规啼。

谁道人生无再少？门前流水尚能西！休将白发唱黄鸡。

这是苏轼贬谪黄州任团练副使时写的一首小词，写于元丰五年（1082）。团练副使就是民兵训练指挥部副指挥的意思，一个可有可无的芝麻官儿。这首词中既有清新活跃的景色描绘，又有触景生情的哲理思索。苏轼面对困境，不气馁，不退缩，保持沉静豁达的心态，与大自然亲密互动，随时吸取力量和启迪。

诗人抱病游览蕲州清泉寺时，惊喜地发现，清泉寺前的兰溪是向西流的。于是产生了这首激励自己战胜厄运，继续前行的小词。一丛丛新生的兰芽浸在溪水里，这就是兰溪名字的由来吧。松柏间的沙石小路被雨水冲刷得干干净净，没有一点泥泞。这句诗也有来历，原来白居易有“沙路润无泥”的诗句，苏轼改“润”字为“净”字，就更加突出了雨后林间小路的干净，衬托了溪水的洁净清澈。此时那潇潇暮雨中传来子规鸟的凄厉啼叫，其叫声被人们解读为“不如归去”，往往令人产生一种思乡或羁旅的情愫。苏轼此刻心情安恬，面对美丽景色，也许暂时忘记自己被贬谪到边远州县的处境，子规的啼鸣也没有打断苏轼的安恬闲适、充分享受雨后兰溪美景的心绪。

下片情绪忽然振拔起来，语势也变得昂扬有力：“谁道人生无再少？门前流水尚能西！”苏轼作为一个有远大理想和修齐治平心愿的人，就从这向西流动的兰溪得到启迪。中国地势是西高东低，几乎所有江河溪流都是自西向东流淌的，个别因为具体地势而向西流的江河往往会引起怪异和稀罕的感觉。苏轼没有对西流水大惊小怪，但得出的结论却是如此积极奋发，流水可以向西，难道人生就不能再回到少年吗？时光当然不能倒流，也不能祈求“返老还童”，但找回少年的心态，积极进取，奋发有为，开拓更加乐观光明的人生，还是可能的。

结尾一句反用了白居易的《醉歌》诗意。《醉歌》道：“谁道使君不解歌，听唱黄鸡与白日。黄鸡催晓丑时鸣，白日催年酉时没。腰间红绶系未稳，镜里朱颜看已失。”白居易的意思是，黄鸡催晓、白日催年，迅疾而无情，就在时光流逝之时，人就朱颜尽失、老之将至了，是一番嗟老叹衰之意。苏轼则认为，人到了白发暮年，也不应该有那种“黄鸡催晓”、朱颜看失的衰颓心态。处在贬谪厄运之中的苏轼在奋发振作，激励自己继续前行。

洞仙歌

余七岁时，见眉山老尼，姓朱，忘其名，年九十岁。自言尝随其师入蜀主孟昶宫中。一日，大热，蜀主与花蕊夫人夜纳凉摩诃池上，作一词，朱具能记之。今四十年，朱死已久矣！人无知此词者，但记其首两句。暇日寻味，岂《洞仙歌令》乎？乃为足之云。

冰肌玉骨，自清凉无汗。水殿风来暗香满。绣帘开，一点明月窥人，人未寝，攲枕钗横鬓乱。

起来携素手，庭户无声，时见疏星渡河汉。试问夜如何？夜已三更，金波淡、玉绳低转。但屈指西风几时来，又不道流年暗中偷换。

这首词在东坡词作中属于题材独特、风格奇异、韵味别致的另类，主题是爱情也是怀古，抒发一段对神仙眷属式的国君夫妻生活美丽场景的想象、追怀与一种伤感的歆羡。北宋初年，赵匡胤统一中国时，占据四川、拥有较大兵力优势的后蜀国君孟昶选择了投降，减少了百姓伤亡和河山的破坏，因而受到推崇和赞扬。孟昶其人有点类似李后主的性格，通晓音律，酷爱歌舞，爱好诗词，会谱曲填词，为政不苛虐但也治理无方。其妃花蕊夫人美艳聪慧，善诗词，却有一番缠绵的故国之思和难得的气节，在孟昶投降后，曾伤心地讽刺道："十四万人齐解甲，更无一个是男儿!"孟昶被赵匡胤封为秦国公，离蜀北上时，花蕊夫人仓皇填写了一首《采桑子》："初离蜀道心将碎，春日如年，马上时时闻杜鹃……"可惜被催逼赶路，这首恨别乡梓的残篇竟成绝唱。孟昶被俘去国之后过了七天就匆匆辞世，花蕊夫人被赵匡胤收纳为嫔妃，三年后被野心勃勃的皇弟赵光义"误杀"。这对恩爱而又不幸的夫妻引起了广泛而持久的追怀和惋惜。孟昶命运和李后主类似，才能略有不逮，但也不是一无是处的笨伯，据一本笔记说，他留下了一首特别有名的诗《洞仙歌》："冰肌玉骨清无汗，水殿风来暗香暖。帘开明月独窥人，攲枕钗横云鬓乱。起来亭户悄无声，时见疏星度河汉。屈指西风几时来？只恐流年暗中换。"

家在四川的苏轼自幼就听一位九十岁的老尼姑谈起孟昶和花蕊夫人夏夜在摩诃池上纳凉的情景，并能记诵孟昶诗歌的前两句，苏轼大为感动，决心为之补足成为一首完整的词作。用"冰肌玉骨自清凉无汗"这个开端，就能扩展为如此高洁、如同不食人间烟火的词作《洞仙歌》，是苏轼的天纵奇才胜任愉快的事。苏轼并没有提起后来看见了孟昶的原作全文，既然没有看见，写出大量和"原作"雷同的词语在有些人看来就是不可想象的事了。我相信苏轼的诚恳，而不相信来路不明的笔记。再看孟昶的"原作"，虽然也是那些词句，但意境、语感、诗意就相差甚远了，是一首僵死的没有灵魂光彩的诗作，不过有不少精彩词语如钻石般闪耀在其中。而苏轼就算是利用孟昶"原作"的基本骨架全盘"抄袭"下来，意思也不大了。我宁可相信是苏轼词作在先，某位好事者把苏轼的原作改写为一首七言八句的律诗在后，托名载于某某野史的孟昶原作。

其实，最精彩的倒真是老尼姑记住的那两句。"冰肌玉骨"几个字就把女性肌肤的光洁、细腻、润泽，骨骼的纤巧、匀称、精致，和溽暑中女性肌体的沁凉、洁净、清爽，描绘到了极致和出神入化的境界，穷尽了描绘夏日美女肌肤艳丽和质感的词语。据云，孟昶为花蕊夫人在摩诃池上建立了纳凉的水晶宫，添置了蛟绡帐、冰簟，花蕊夫人达到这种清凉无汗的美丽境界也是可能的。此际，昏庸无能但有几分艺术才气的孟昶国破家亡被迫投降不算英雄，人们哀其不幸怒其不争，但这个无能而善良的人又迅速辞世，让人扼腕叹息，也深为感伤，在苏轼心中，早就谅解了他。而花蕊夫人那种极端的美丽、惊人的才华，加上那种刚强高洁的心性，更能触动苏轼的情怀，他是以一种景仰赞叹的心境描绘这一对皇家夫妻的。所以笔墨也特别高洁空灵，亦仙亦幻，缥缈氤氲，有篆烟缭绕之感。

一阵挟带着花草馨香的清风向水上殿阁吹来，把人们的目光吸引到那横陈在月光下的玉体。那人儿尚未入睡，从窗棂透入的一束月光，正照耀着她斜倚枕头、钗横鬓乱地宛转在绣榻的姿影。这描绘太美丽了太野性了太刺激了！

不能也不愿立即入睡，孟昶干脆拉起花蕊夫人的素手，在这阒无声息的庭院徜徉，仰看银河和闪烁的星斗。今夕何夕，共此明月光？此处何地，与如此的高洁的仙姬携手？能不让人忧乐全忘，有羽化登仙之感？不知过了多少时辰，直到夜已三更。只见那玉绳星星自西北转，冉冉下降，月光也稍微收敛了它那晶洁的光芒，也许到了夜尽时分。孟昶对花蕊夫人说，让我们计算一下，凉爽的西风几时会来？可是，在凉热交替中，我们的流年却也在暗中偷换，渐渐老去。有人从中看出了一点玄机，“流年暗中偷换”难道不是小朝廷土崩瓦解改朝换代的恶谶吗？

永遇乐

彭城夜宿燕子楼，梦盼盼，因作此词。

明月如霜，好风如水，清景无限。曲港跳鱼，圆荷泻露，寂寞无人见。紞如三鼓，铿然一叶，黯黯梦云惊断。夜茫茫，重寻无处，觉来小园行遍。

天涯倦客，山中归路，望断故园心眼。燕子楼空，佳人何在？空锁楼中燕。古今如梦，何曾梦觉，但有旧欢新怨。异时对，黄楼夜景，为余浩叹。

作为豪放派代表人物的苏轼，其实写起得心应手的作品来，就不受什么风格的局限了。这首“彭城夜宿燕子楼，梦盼盼”的词章，景色描绘之细致精微，抒情境界之空灵委婉，和豪放二字毫不相关，真是别有洞天，确实令人对其艺术才华有莫测高深之感。彭城燕子楼是一处著名古迹。一个唐代高官蓄养了一个歌妓，歌妓是低于二奶的角色。高官死后，歌妓立志守节不嫁，独居燕子楼十几年。出身卑微的女性在此演出了一段奉献了青春又搭上终生幸福的悲剧故事，为世人津津乐道。苏轼夜宿此地，抒发感慨，盼盼这个女性的名字是绕不过去的，且看他怎样面对这个人物。苏轼这首词作于元丰元年（1078）十月。自熙宁四年（1071）以来，苏轼已相继接任杭州通判、密州知州，其时正改知徐州。在政治上屡受打击、心情低落的苏轼，希望寻求一个世外桃源的地方好好将养身心，安顿自己动荡不宁的灵魂。也许在燕子楼这个地方寻觅到了。

“明月如霜，好风如水，清景无限”。空明疏朗，随随便便几个字就登上了描绘月夜景色的顶峰，写出了一个风清月朗的暮秋清景，燕子楼小园。“曲港跳鱼，圆荷泻露，寂寞无人见”。又把寂静写到了家。鱼跳出曲港水面的声响，非在静夜时分是听不见的，圆形荷叶上露水流动的声音就更其微弱。而这绝对的寂静，和跳鱼泻露的景色，只有今宵可以遇见，换了平常时日，就只好寂寞无人见了。这里说的是苏轼入睡前感受的景色。“紞如三鼓，铿然一叶，黯黯梦云惊断”。静夜里传来报时的三声更鼓，是清脆嘹亮的声音，接着又听见一枚树叶“铿然”坠落的声音，是最轻柔的声响，惊破了苏轼的“黯黯梦云”，也许就是梦见盼盼的梦吧。到底是被更鼓还是被落叶惊断，就不必细考了。这三个排比句式，描绘了一个绝对的静夜，而这静夜又是曲折的、丰富的，可以听见极弱的声响，又有高低分贝声响的交替呈现，真达到了描绘静夜的最高层次。“夜茫茫，重寻无处，觉来小园行遍”。三更时分醒来的苏轼，面对茫茫夜幕，失落的旧梦已经无处可寻，就在小园中彳亍而行，在月光下寻寻觅觅。

下片离开写景，纯粹抒情。先说“天涯倦客，山中归路，望断故园心眼”。表达了一份对连年调动、仕途坎坷的厌倦和烦恼，望断故乡、天涯无归路的暗淡情绪。“心眼”二字是指自己的心灵对故园的思念和眼中对故园画面的记忆。对于引起苏轼吟咏此篇章的盼盼故事，苏轼简洁地写道：“燕子楼空，佳人何在？空锁楼中燕。”珍爱女性、落拓不羁的苏轼不会和世上的俗男子一样，重复对可怜的盼盼的赞叹，而是一笔宕开，抒发自己的人生感慨去了。他实在不愿多费笔墨，纠缠于这个漠视女性幸福的话题。一个锁字，透露出他对这位不幸亦复可怜的女性独居燕子楼十几年的同情和怜惜。“古今如梦，何曾梦觉，但有旧欢新怨”。盼盼的不幸命运，燕子楼空的结局，和我等仕途挣扎、背井离乡、蹉跎岁月，不是同样的空幻之梦吗？而我们何曾梦醒，依然沉迷在梦中。梦中之人都有各自的恩怨悲欢，演出了自己的人生戏剧。以“异时对、黄楼夜景，为余浩叹”作结，从燕子楼联想起黄楼，黄楼是自己治徐州时为纪念黄河水退去而建，如此感慨另有一番滋味。异时人们面对黄楼夜景，也会像我们今天面对燕子楼一般，为我坎坷的一生发出一声浩叹。即使苏轼的慨叹没有跳出人生如梦的框子，但他不肯重复关于盼盼题材的陈词滥调，就显示出了识见的卓拔和风流倜傥的情怀。

定风波

三月七日沙湖道中遇雨。雨具先去，同行皆狼狈，余独不觉。已而遂晴，故作此。

莫听穿林打叶声，何妨吟啸且徐行。竹杖芒鞋轻胜马，谁怕？一蓑烟雨任平生。

料峭春风吹酒醒，微冷，山头斜照却相迎。回首向来萧瑟处，归去，也无风雨也无晴。

东坡道中遇雨，未带雨具，同伴皆狼狈奔窜，独有东坡不觉，吟啸徐行。镇静，安详，悠然自得，从容闲适，充分展现了东坡的刚强旷达的天性，字里行间都没透露出对自己坎坷命运的不平。东坡时在黄州，一个团练副使的闲职，一番不尴不尬，介于被监督和勉强安置之间的身份。

“莫听穿林打叶声，何妨吟啸且徐行”。春雨来时，打在树叶上的哗哗声响，切莫管它。何妨吟唱着、高声啸傲着，不急不慢地在雨中前行。自己穿着草鞋拄着竹杖，轻松得胜过骑马，我还怕什么风雨？不但现在不怕，若披上一件蓑衣，一生就这样在风雨中穿行也不怕。

“料峭春风吹酒醒，微冷，山头斜照却相迎”。春风料峭，轻寒袭人，酒早就吹醒了，真有点冷。可是，雨后放晴，山头的夕阳斜照迎接我的归途。“回首向来萧瑟处，归去，也无风雨也无晴”。和刚才风雨突至，人们措手不及的狼狈奔突躲雨的情态对照，归去路上，感到恍若一梦，哪有什么阴晴什么风雨！生活中的否泰祸福，宠辱进退，对于炼成金刚不坏之身的我，不过是过眼云烟而已。

饮湖上初晴后雨

水光潋滟晴方好，山色空蒙雨亦奇。
若把西湖比西子，浓妆淡抹总相宜。

苏轼是少有的诗词兼擅的大家，而且是诗词文书画俱佳的五项全能高手，是中国文坛上的历代总冠军。他的卓越成就、正直品格、出色才华、潇洒性格，成为脍炙人口的文坛佳话，甚至成为话本小说的题材。人们谈起他和王安石、司马光几位文化巨人的政治分歧和真挚情谊，和几位夫人的恩爱情肠，和妹妹互相取笑的充满机趣的故事，和僧人朋友佛印的机智幽默的交往，总有几分真诚的尊敬、会心的赞叹和温馨的感动，甚至他独创的烹调东坡肉的技巧也让人们在津津有味地品尝的同时津津乐道。苏轼是唐宋八大家之宋文翘楚，是和辛弃疾并称的词章泰斗，又是宋诗毋庸置疑的代表人物。在以文为诗，重说理轻抒情的宋诗时代，他的诗作以华美质朴的文词，轻松机趣的叙事，深刻而朴素的哲理，开阔快乐的抒情，风情无限而蕴藉葱茏的情韵，独秀于宋诗园圃，留在千秋后世人们的心头和口上。

苏轼的诗作呈现大面积优质高产的格局，又以绝句最为出色。为保持本书结构的大致匀称和平衡，只选三首绝句解读。这首《饮湖上，初晴雨后》开篇用一副景色绝佳、词语美丽、对仗工稳的联句鲜活地形容西湖的湖光山色。“水光潋滟晴方好，山色空蒙雨亦奇”赞颂西湖的自然风光。潋滟，水盈满波动貌；空蒙，细雨迷茫貌，都是有形象有图景的实写。西湖精致、秀丽、娉婷，和那些粗犷、奔放、雄奇的北国景致大异其趣，带有某种女性色彩，把风光旖旎的西湖和古代美艳绝伦的美女西施联系起来，进行类比，这就是原创性的艺术创造，是这首诗成功的首要因素。描绘西施妆扮的“浓妆淡抹总相宜”，是一笔带过的略写，却启发了人们的想象，也给了西湖以生命、感觉和感情，带动了人们对西湖的怜爱和珍惜的感情。以晴日湖光的潋滟连类西施的浓妆，以雨中山色的空蒙连类西施的淡抹，西湖是全天候的绝世美景，像那西施，无论是浣纱溪边时质朴淡雅的村姑还是在吴王后宫艳冠群芳的贵妃，都是绝世佳人。

题西林壁

横看成岭侧成峰，远近高低各不同。
不识庐山真面目，只缘身在此山中。

这是苏轼的一首鲜明地体现了宋诗特色的力作，是题写在庐山西林寺壁上的即兴之作。庐山位于江西省北部，耸立于长江南岸、鄱阳湖之滨的庐山，自古有"匡庐奇秀甲天下 "的美称。这里不仅冈峦环列，山峰多达九十余座，而且长年云雾缭绕，烟雨弥漫。它那瞬息万变、瑰丽奇迷的山色，为历代文人骚客讴歌不已。唐朝诗人钱起这样写道："咫尺愁风雨，匡庐不可登。只疑云雾里，犹有六朝僧。"

宋诗不以形象感情胜，而以议论理趣胜，但人们多诟病它偏于艰深干瘪，缺乏情韵。唯苏轼之诗庶几可免此苛评。苏轼诗并非没有感情，只是他性情萧散淡泊，理性始终占据主导地位，感情从来没有李白的狂放和杜甫的血泪，而其义理哲思也来得比其他人更迅速、更锐利，更具有智慧的品格，而且也多蕴含在形象感情之中，做到"出新意于法度之中，寄妙理于豪放之外"。这首写庐山的诗写于元丰八年（1085），倒霉的诗人刚刚从黄州团练副使贬为更偏远的汝州团练副使，顾名思义，也就是一个民兵训练指挥部副主任的闲职，大约勉强算个副科级吧。把一切都看得开的苏轼，没有消沉，赴任路过九江时，依然兴致勃勃地游览了庐山，刚到庐山时，他曾经写过一首五言小诗："青山若无素，偃蹇不相亲。要识庐山面，他年是故人。"说初识庐山时，好像见到一位高傲的陌生人；要想和他混熟，今后就得常来常往成为朋友。于是他"往来山南北十余日"，那些"横看成岭"侧看"成峰"、"远近高低各不同"的千姿百态的感受纯粹来自他在山间的辛劳攀登。这首诗不是出于理性和某种颖悟，而是出于对它的熟稔和挚爱，这种感受和形象对他来说是珍贵的、美丽的，哲理感悟是后天的、派生出来的。

苏轼的感悟来得快，来得漂亮，来得充满了智慧和机趣。他得到的哲理启迪是"不识庐山真面目，只缘身在此山中"。切忌片面性，切忌表面性，切忌身在其中不识全局。只有跳出身在其中的局限，拉开一点距离，才能更全面、更清晰地把握事物的本质。苏轼这类富于哲理的诗语浅意深，因物寓理，寄至味于淡泊，得到千秋知音的激赏。清人赵翼说："庐山名作如林，若再实作，断难出色，坡公想落天外，即于偏师取胜。"

惠崇春江晚景

竹外桃花三两枝，春江水暖鸭先知。
蒌蒿满地芦芽短，正是河豚欲上时。

这是一首为一代画僧惠崇的《春江晚景》题画的诗作，以华美而朴实的诗句描绘了初春季节的美丽和生机，尽情抒发了早春季节的欢快舒展的感情。绘画是将行进的生活流程定格在一个瞬间的艺术，而题画诗则是以表现力无穷的语言表现这个珍贵瞬间的艺术。惠崇的画面上究竟有什么形象？竹林桃花、鸭群戏水、蒌蒿满地，画出了早春季节的日暮景色。苏轼的这首题画诗运用了丰富的诗歌技巧，调动灵动的情思，把这片极其美丽生动的春色描绘得花团锦簇，风生水起，充分阐发了惠崇画作的诗意和审美品格。

"竹外桃花三两枝"，说明是乍暖还寒季节，桃花只有三两枝开放，这是一个清晰可感的画面，是写实。"春江水暖鸭先知"是给了这个鸭群戏水的瞬间以感情、怜爱、知觉等空灵而奇异的韵致，他不仅让我们看到了戏水的鸭群，还可以让我们感知到它们渴望春天、迫不及待地投入乍暖还寒时节的春水怀抱撒欢儿的激情。这是短短四句诗的第一个高潮。"蒌蒿满地芦芽短"，从表面看，惠崇不过画了些春天常见的园蔬和野菜，似乎没有什么让东坡先生发挥引申的余地了。但苏轼机巧地发现这些菜蔬正是那大名鼎鼎的美味鱼类——河豚的配煮佳品，河豚这家伙食春日柳芽而肥，一下子有了灵感，也有了丰富这幅画作意境的手段。"正是河豚欲上时"一句应声而出，其新巧、其情趣真是妙不可言。对这句诗的理解略有歧义，有人说，这个"欲上"二字，指河豚浮上水面，也有人认为这"欲上"二字指河豚正要上市。但无论如何，这句诗吊起了大家对河豚美味的胃口，给这个根本没有河豚什么事的画面增添了趣味，补足了没有鱼类形象的画面。使这首根本和河豚不沾边、也看不见河豚一片鳞叶的画幅，成为历来写河豚最好的诗篇。河豚这家伙美味无比，危险也无比，故有“拼死吃河豚”之说，苏轼根本没提到这层意思，直奔河豚给人的诱惑而去。这是第二个高潮，河豚成为在这首诗中和鸭子并列的最佳演员。宋诗人曹补之评价此诗云：“诗传画中意，贵有画中态。”诚然。

王观（一首）

卜算子·送鲍浩然之浙东

水是眼波横，山是眉峰聚。欲问行人去那边？眉眼盈盈处。

才始送春归，又送君归去。若到江南赶上春，千万和春住。

宋词里往往有因为一首佳作甚至一个闪光的警句而流传千古的范例。王观（生卒年不详，1057 年或 1087 年进士）这首《卜算子·送鲍浩然之浙东》就以它那明丽鲜活、跳动欲飞的气韵征服了百代知音。对大自然的无比挚爱和深刻理解，对女性的真挚情意和无限柔婉的关爱，两者巧夺天工的融合，形成了他这首具有永恒生命的诗篇。从那宛转优美的春色山水中看出了美丽女性的杏目黛眉的风情，从荡荡春水看出了美女秋波流慧的灵动韵致，从脉脉春山看出了女人那凝聚在眉心的一抹柔媚，让你在认识自然之美的同时联想到女性的温柔和秀美，在面对美丽女性时又极其自然地想起自然山水的深沉和内涵。王观是真正的性情中人，能写出这样的诗句，就是天才了。而山水之美的结合就是他写的那句“欲问行人去那边？眉眼盈盈处”。盈盈二字极传神极富动感，眉毛轻轻的聚散，目光微微的流转，传达出可人女儿的无穷风韵。王观送别朋友之处当是北方的一处山川秀丽的所在。眉眼盈盈处，是指朋友将去的浙江。他知道浙江的名山秀水会远远超过眼前的山水图卷。

这位鲍浩然老兄因为王观的这首词而留名诗坛。若有人问，诗坛两浩然为何人？或答曰，写诗的孟浩然，被赠诗的鲍浩然是也。字里行间可以看出王观对他的情义和了解，所谓知音是也。鲍浩然是离别北方去浙江的，路途遥远，风雨无凭，舟车劳顿，费时甚多。“才始送春归，又送君归去”，在暮春时节南下，到达浙江时可能已是夏天了。王观当然知道江南春归更早，但他还是顽强地希望朋友侥幸赶上春天的尾巴，叮嘱他“若到江南赶上春，千万和春住”，也就是好好和迟归的春天盘桓亲近一番，享受春天也陪伴春天，和春天住在一起。语势的活泼跳脱，叮咛口气的亲切俏皮，可见一斑。留住春天只是一个美好的心愿，是不可能的事，知其不可为而为，更见其春天情结的顽强和执着。

王雱（二首）

眼儿媚

杨柳丝丝弄轻柔，烟缕织成愁。海棠未雨，梨花先雪，一半春休。

而今往事难重省，归梦绕秦楼。相思只在，丁香枝上，豆蔻梢头。

王雱（生卒年不详）是王安石的儿子，继承了老父的文学天赋，也写词，但留下来的作品不多，无论在政治作为上还是在文学创作上都远没有他老子名气大，乃至很多宋代词选上把他的作品漏掉了。他是一个比较柔弱的孩子，长大也不太强健，娶妻后和妻子情爱甚笃，专横任性的王安石就认定是新媳妇掏空了儿子的身体，强迫儿子离婚，并且命令儿媳另外找了婆家，不仅粗暴地棒打了鸳鸯，而且断了儿子破镜重圆的念想。从对儿子的亲情出发，以对一对年轻生命的摧残作结，这是倔强坚韧、才高自负、被称为“拗相公”的王安石先生绝对能干出来的事。

王雱这首《眼儿媚》是最美丽、最委婉、最深情、最动人情怀的宋词杰作之一。我甚至认为，只留下这一首词的王雱的诗词创作成就超过了以才华犀利、器宇宏阔、被评论家苏轼称为“野狐精”的乃父的全部词作，包括那首《金陵怀古》。

语言的清丽、秾俊、流荡来自他感情的深沉、温存、真挚、蕴藉，来自他那副怜香惜玉、柔情似水的男儿肝肠。他那刻骨的相思都萦绕着那位永远离去的美丽亲切的亲人。依依柳丝织成如烟的景色，“海棠未雨，梨花先雪”，真是神来之笔，春天美好的事物，留在枝头的海棠尚未零落成红雨，洁白的梨花已经凋谢为满地白雪，都能联想起妻子美丽娉婷的神采和端庄秀美的风范，是比喻还是象征，他自己也不愿说清。语言的委婉含蓄，真是到了至矣尽矣无以复加矣的境地，通篇没有一字流露出怨恨，那种忧愁和憾恨是隐藏在字里行间的。这种格调当然来自他那独特而严酷的感情环境。对老子的倒行逆施可以有半个字的怨尤吗？对被老子赶出家门的妻子可以明确地表示留恋想念吗？他只能对春天的匆匆归去表达一份惋惜。那轻柔的如烟如雾的柳丝给予我的不是欣悦，而是“织”成了浓密的愁绪。百花凋谢，难得的春天已经消失一半了！

那些美丽伤情的往事难以理清，我夜夜的梦寐都萦绕着那弄玉姑娘吹箫升天的秦楼。其实，“秦楼”二字在骚人墨客笔下已经成了一个美丽女人香闺的代名词，王雱朝朝暮暮思念的、梦萦的当然是别离的妻子的所居。对她铭刻在心头的、挥之不去的相思，就在“丁香枝上，豆蔻梢头”，这几个字的和婉流荡，温馨恰切，把他妻子那份芬芳的气息，娇媚的姿影，氤氲在了这篇浸透了深情、流溢着美感的文字里。

除了那份蕴藉温柔之至的感情，这首词的成功还有赖语言的流畅和谐，特别是上下阕都有的三个四字短句的和婉的、有如清脆的美玉相碰的声籁。

倦寻芳

露晞向晓，帘幕风轻，小院闲昼。翠径莺来，惊下乱红铺绣。倚危栏，登高榭，海棠着雨胭脂透。算韶华，又因循过了，清明时候。

倦游燕，风光满目，好景良辰，谁共携手？恨被榆钱，买断两眉长皱。忆高阳、人散后，落花流水仍依旧。这情怀，对东风，尽成消瘦。

王雱的这首词，较那首《眼儿媚》略有逊色，然而爱情不幸、长才未展、英年早逝的他，毕生只有这么两首作品传世，使人们对他仅有的词作极为珍惜极为看重。这首词可以看作是被迫离异、失去他思念终生的妻子和情人之后的作品。王雱被迫和至亲之人劳燕分飞，当然不会公开反抗乃父王安石的倒行逆施，但这份忧郁、思念、牵挂、愤懑还是要委婉曲折、含蓄内敛地抒发的。

以凝练优美的文字描绘春归时节的景色，王雱已经展示出过人的文笔，就写景而论，晏同叔、欧阳永叔、东坡先生也不在其上。露水盈盈的清晨，清风吹动帘幕，黄莺自翠色的小径飞来，露湿的海棠着雨后嫣红如胭脂。高榭凭栏，念韶华易逝，眼睁睁看着，又过了清明时候！这些美丽景色的描绘，是为了什么呢？原来是为了抒发一份孤独，一份“好景良辰谁共携手”的幽怨。愿携谁之手呢？不言自明，就是那时时刻刻怜惜、惦念的人儿。刻骨铭心的思念，也会激发出巧妙的情思，由榆钱的钱字，想到了买卖，买断的竟是“两眉长皱”。如此精巧的构思，将葱茏花树自然生命中的一个细节转化为自己的一缕愁绪、一抹愁容，真乃神来之笔。“高阳”二字从“高阳酒徒”典故而来，一般指的是友朋聚会。朋友的聚会也许会暂时忘却相思的疼痛，但人散之后，落花流水依旧，胸中块垒未消，面对无情的东风，只能因愁消瘦。

依然是不着一字尽得风流的才具，怨而不怒、意在言外的孝子情怀。这番情思，这番幽怨，那孤单心碎的人儿知也不知，专横执拗的王安石先生察也不察，有没有一丝悔悟？

黄庭坚（二首）

清平乐·晚春

春归何处？寂寞无行路。若有人知春去处，唤取归来同住。

春无踪迹谁知？除非问取黄鹂。百啭无人能解，因风飞过蔷薇。

黄庭坚（1045—1105），是北宋诗人、词人、书法家。洪州分宁人，英宗治平四年进士。历任国子监教授、秘书郎，曾为《神宗实录》检讨官。《神宗实录》成，擢为起居舍人。哲宗亲政，多次被贬，最后除名编管宜州（今广西宜山），《宋史》有传。尤长于诗，与苏轼并称“苏黄”，与张耒、秦观、晁补之并称“苏门四学士”。其诗多写个人日常生活，艺术上讲究修辞造句，追求新奇。工书法，与苏轼、米芾、蔡襄并称“宋四家”。黄庭坚的词作风格含蓄，语言质朴，颇得苏轼赏识。他最出色的作品应该是这首伤春之作《清平乐·晚春》。黄庭坚出于对万紫千红的春天的无比挚爱，把即将逝去的春天当作一位美丽的少女来珍爱。先问“她回到哪里去了？”感慨没有她的日子太寂寞太无聊，竟至连走路都没有地方了。接着像发布寻人启事般的叮咛，如果知道她的下落，一定替我喊她回来一块住。比喻的贴切，寻觅的急切，声口的亲切，感情的真切，已经达到无以复加的地步。

下片继续他的寻春之旅，自言自语地嘟囔：这春天一去就杳无踪迹，到底谁知道她的消息呢？除非问那黄鹂，它是始终都在场的证人啊！这黄鹂唧唧喳喳地鸣叫了一大通，不明白它回答了些什么。实在心有不甘，正想继续问问它，一阵风吹来，这家伙趁势飞过蔷薇花那边去了！这出小小的《寻春》折子戏的几个角色，包括逃离的春、猴急的我、狡猾的黄鹂、搅局的风、旁观的蔷薇都已出场，戏文也就结束了。让观众觉得戏还没有演完，意犹未尽，有怅然若失之感。这就对了，诗人要的就是这个春梦无痕、春归无迹的效果。构思之精巧，布局之匀称，推进之自然，描述之恰切，也达到了无以复加的境地。

伤春悲秋是文人面对自然世界时常有的感情，古往今来吟咏无数。仔细寻思，这悲秋还有点道理，且不论金色季节的收获，对即将到来的严冬的厌恶和恐惧化作对马上就逝去的温和爽朗的秋天的惋惜和悲伤，还是满说得过去的。这伤春之情就有点无病呻吟和虚饰矫情之嫌了。春天归去，百花虽然凋谢，但是花落之后就是结实、坐果，就是更加葱葱郁郁的天地，有什么可伤感的？中国历史上多次轮替出现的“春荒”一到春归夏临，麦收在即，靠野菜度日的时节就自动结束了，从这个角度看，春归未尝不是好事。如果是说对炎夏燠热的一种厌烦和恐惧，还有些道理，但文人们几乎没有从这个角度表达过。所以说，我甚至认为伤春是一个“伪命题”。

幸好黄庭坚并没有过分渲染伤春寻春的忧伤怅惘，制造一种低沉的气氛，而是情绪轻松、幽默有趣、节奏轻快地表现了寻春的过程。这首寻春之旅的词传达的心绪并不太低沉，对春的赞颂倒是格外亲切，其鲜活跳脱、色彩明亮的风格才赢得了如此广泛的赞誉。平心而论，黄庭坚类似这首《清平乐》水平的词作并不多，他在书法艺术上的成就也许更伟大、更不可或缺。

雨中登岳阳楼望君山

投荒万死鬓毛斑，生入瞿塘滟滪关。
未到江南先一笑，岳阳楼上对君山。

黄庭坚自哲宗绍圣二年（1095）因修国史被政敌诬陷，遭贬黜为涪州别驾，安置黔州（今重庆彭水苗族土家族自治县），徙戎州（今四川宜宾市），在四川谪居六年，至徽宗元符三年（1100）始得放还。公元1101年（建中靖国元年），出了四川；次年，即崇宁元年（1102），又从湖北沿江东下，经过岳阳，准备回到故乡去。

据任渊所作《黄庭坚诗谱》，此诗手迹有跋，云：“崇宁之元正月二十三日，夜发荆州，二十六日至巴陵（今岳阳），数日阴雨不可出。二月朔旦，独上岳阳楼。”这时，加上在湖北蹉跎的岁月，他已被贬七年。经过“投荒万死”的折磨，诗人已是鬓毛斑白的五十七岁老翁，长途漂泊之后，在风雨中独上高楼，为自己能够平安地通过滟滪天险生还而感到庆幸：“投荒万死鬓毛斑，生入瞿塘滟滪关。”滟滪堆是瞿塘峡江中的一块礁石，时隐时现于水中，极其险恶，船工多以滟滪堆之大小判断可否行船。“生入”二字引自班超晚年请求回归故乡的沉痛奏折："臣不敢望到酒泉郡，但愿生入玉门关。""未到江南先一笑，岳阳楼上对君山"。江南，泛指长江下游南岸一带，包括苏浙皖南部和江西北部，诗人的故乡赣北分宁也包括在内。离家乡近了，一缕亲切温暖的乡情油然而生，被压抑在胸中的久违的笑声放纵自如地表达出由衷的喜悦。登上岳阳楼，凭栏远眺，君山历历在目，心胸为之一展。登岳阳楼后，岳阳刺史杨器之、监郡黄彦并来，陪同他游览了君山。君山是洞庭湖中一个小岛，一名洞庭山，面积不足一平方公里，上有娥皇女英墓、柳毅墓等古迹，景色特别秀丽。黄庭坚不仅望见君山，而且在地方官陪伴下亲身感受到君山的秀美、同僚的情谊，对投荒万死的诗人是一种莫大的安慰。那时，官员们对待遭贬降职甚至被编管的官员，一般还是尽量尊重，给予礼貌照顾和真情温暖的。比之于我们刚刚过去的时代，官员一旦被打倒，成了"阶级敌人"，就墙倒众人推，无人理睬，甚至落井下石，不可同日而语了。

秦观（四首）

踏莎行

雾失楼台，月迷津渡，桃源望断无寻处。可堪孤馆闭春寒，杜鹃声里斜阳暮。

驿寄梅花，鱼传尺素，砌成此恨无重数。郴江幸自绕郴山，为谁流下潇湘去？

这是秦观（1049—1100）风格最鲜明的词作，描绘孤苦的驿旅感受。感情真挚充盈，语言精致准确，声韵和谐委婉，把人在驿旅的孤独和寂寞充分而鲜活地展现在十分有限的文字中。秦观才具过人，志向远大，但仕途并不顺利。科举屡次受挫，三十八岁始中进士。也许是缺乏在官场周旋经营的能力，官职一直不高，却迁谪频仍，又被卷入新旧党之争，可以说终生不得开颜。而秦观的艺术生命却十分幸运，沉沦下僚，奔波颠连，“命”不达而文章显；得到恩师、挚友、偶像苏轼的激赏和大力提携，艺术水平得以精进与提升。秦观以词作名垂青史，苏轼功莫大焉。苏轼属于反对王安石变法的旧党，秦观当然也属于旧党。在新旧党激烈争斗、互相倾轧的日子里，并无多大政治野心政治兴趣的秦观受到的损害贬抑，一点不比那些更具政治抱负的人物为小。

这首《踏莎行》又题为“郴州旅舍”，是秦观贬谪到郴州时的作品。全词没有太多涉及自己心境的文字，几乎都是客观环境的冷静描绘。在这个初春的日子里，从处州酒税被削秩贬谪到郴州的秦观心情极端颓丧，而阴冷、黯淡、压抑的天气被弥天大雾强化得一塌糊涂，以致楼台的影子消失在雾里，理应朗月高照的夜晚渡口也迷失在大雾中，连那潇湘之地的桃花源也消失在大雾之中了。这当然是一个夸张的说法，在郴州是看不见桃花源的。在孤独的、春寒料峭的旅舍，他好似听到了哀戚的杜鹃啼血的鸣唱。堆叠出这样多的自然世界的冷落凄凉，还需要直接诉说自己的忧伤和哀戚吗？

秦观越往南走，离家乡、离中原越远，一种被抛弃、被放逐的忧伤和对家乡亲人的留恋让他难以自持。他想起在漫长羁旅和颠沛流离中那些凭鱼雁传书、驿寄梅花交流的信息和温暖，倾诉出无限深情。“砌成此恨无重数”，是对颠沛流离生涯的沉痛倾诉。一个“砌”字形象地展现出尺素堆叠之高，也就是此刻憾恨之情积累之深。结尾处被历代诗人评论家激赏，因为秦观找到了表现这份低沉意绪的抒情视角，即羡慕郴江：滚滚向北奔流的郴江啊，你真幸福，绕过郴山就要汇流到潇湘去。郴江啊，你如此急促地奔向潇湘，是为了谁啊？难道你比我更思念它吗？

还有一种解释：词是秦观写给一位长沙义妓的。这位义重情深的青楼女子特别喜欢秦观的词，也敬爱秦观其人，甘愿陪伴他度过一生。在削秩流放窘境中的秦观，从对女子的幸福负责的角度冷静思考，最后拒绝了这位女子的深情和善意。深感有负卿卿的秦观，把满腔的“砌成此恨无重数”的悔恨和无奈都寄托给了滔滔向北奔流的郴江，托它向她致意。

鹊桥仙

纤云弄巧，飞星传恨，银汉迢迢暗度。金风玉露一相逢，便胜却人间无数。

柔情似水，佳期如梦，忍顾鹊桥归路！两情若是久长时，又岂在朝朝暮暮！

秦观词的语言之精美，感情之深沉，境界之空灵，格调之高雅，的确是一种文字奇观，在两宋词坛几乎是独一无二的个案。七夕牛郎织女一年一度的欢会，是一个美好然而缥缈的传说。这个神话故事在人间传诵，渐渐抽去了那种虚无缥缈的神话色彩，成为世上天各一方、聚少离多的男女之间心愿的表达，也是对专一、执着的爱情的一种赞美。秦观给予这磅礴于天上人间的醇美爱情一份崇高价值的认定，一份发自肺腑的真心歌颂，一份由清词丽句、和婉韵致组成的语言重礼。他笔下的这份银河之畔的神仙之间的爱情，真是纯洁晶莹、高洁绝伦，纤云、飞星、银汉、金风、玉露，这些自然元素相逢、融合、碰撞、纠结，展现出一场天上的奇绝景观，其实是演绎出一场人们坚信其真实性的爱情戏剧。

上阕空灵地搭建了这出爱情戏剧的太空舞台，下阕就是这出戏剧两位主角的心灵和感情世界的细微描绘和深度探索。他们一年一度的聚会，其中那份沉醉、那份极乐用“柔情似水，佳期如梦”几个字来概括，真是既美艳无比又内涵丰富。牛郎和织女沉醉在那极度珍贵又极度无情地流逝的黄金时光里，除了相思的灿烂补偿和诉不尽的衷情，他们都忘记了或者是不愿意回望那条送他们聚会也会送他们分别的归路。

离别时分，这对远隔万里的七夕鸳鸯，以含泪的颤音说出了他们那无可回避的命运：“两情若是久长时，又岂在朝朝暮暮！”这是对真正坚贞的爱情的充分理解，不汲汲于朝朝暮暮的欢聚，珍惜那份难得的真情，又是对他们不幸命运的一种无奈的认可。他们一年一度靠亿万只鸟雀实现的欢会，在人间却成了一个崇高圣洁的参照系。那些只有春节才能和妻子、情人欢聚的朋友会说，牛郎织女每年只有一夜的探亲假，而我们却有整整半个月的欢乐时光呀。那些长年远隔千里的情侣会说，忍耐吧等待吧，神仙有了一年一度的佳期，我们的好日子也不会太远了。

八六子

倚危亭，恨如芳草，萋萋刬尽还生。念柳外青骢别后，水边红袂分时，怆然暗惊。无端天与娉婷，夜月一帘幽梦，春风十里柔情。

怎奈向、欢娱渐随流水，素弦声断，翠绡香减。那堪片片飞花弄晚，蒙蒙残雨笼晴。正销凝，黄鹂又啼数声。

这是秦观词作中的神品，是这位卓越词人留给天下有情人的珍贵礼物和发自心灵深处的牵挂，是多情公子秦观对一位美丽的风尘女子深沉动情的怀恋。当他倚靠在一座高处的亭子廊柱上时，离别的憾恨，相思的痛苦，汹涌地袭上心头，又特别缠绵，如同萋萋芳草，刬尽还生，没完没了地折磨着他。那伤心的一刻，是在“柳外青骢别后”还是“水边红袂分时”，并不重要，也并非确指，离别大致都在柳荫下碧水边，或骑马或乘舟，重要的是直到今日，还“怆然心惊”，就是引起强烈伤感的心悸。

甜蜜地回忆起和她相知相爱的如诗如画的日子。苍天怎么就没来由地给了她如此的娉婷妩媚，害得我这样神魂颠倒、深陷情网？“夜月一帘幽梦，春风十里柔情”，都不过是平平常常的话语，却产生了如此强劲的感染力。后一句特别平实，几个习见词语偶一组合，就产生了奇异的冲击力，如同神来之笔；前一句“幽梦”要一帘两帘地计数，妙趣天成，正是秦观的创造，也是他的独特感悟。和情人在春风中徜徉十里溢满柔情的回忆，那份如梦如幻的温馨、销魂，不知今夕何夕、哀乐不知所之的感觉，几乎人人都有过吧？

然而好景不长，那句特别口语化的“怎奈向”引领的几个排比句式心摧地诉说了离别带来的寂寞、凄凉、迷惘、无绪：欢愉随流水飘零而去，演绎欢乐的弦索声音戛然断绝，你曾经触及的翠绡的芬芳立刻消减……再加上片片飞花在晚霞中飘零，蒙蒙细雨掩遮了晴朗的天空，把我本来难耐的相思和憾恨推向了极致。

正在暗自伤感，销魂走神，那勾起离恨的黄鹂又乱啼了几声，让这离恨绵绵不尽地延续下去。

满庭芳

山抹微云，天连衰草，画角声断谯门。暂停征棹，聊共引离尊。多少蓬莱旧事，空回首，烟霭纷纷。斜阳外，寒鸦万点，流水绕孤村。

销魂！当此际，香囊暗解，罗带轻分，谩赢得青楼，薄幸名存。此去何时见也？襟袖上、空惹啼痕。伤情处，高城望断，灯火已黄昏。

这是秦观写与歌妓恋情的一首名作，同时又融入自己的身世之感。不过，贯穿全词的基调仍是伤别，身世之感并不突出。可能写于元丰二年秦观离开生活了几年的会稽之际。

“山抹微云，天连衰草，画角声断谯门”。开篇三句写别时景物，大处着眼，细处落墨，炼字炼句新颖而且别致。而向远处即将踏上的路途眺望，一片片微云如同被涂抹到山峰上一样，极目所至的天边与衰草连接在一起，静止的画面中隐含着“抹”与“连”的动作，生动描画出“微云”和“衰草”的情态。画角是一种吹奏乐器，声音凄婉苍凉，在古代诗词中多用来烘托凄凉伤感的情境。谯门，即谯楼，是古代建筑在城门上的高楼，用来瞭望敌情。

凄厉的画角声震谯门，当然也叩击着词人的心灵。

“暂停征棹，聊共引离尊”。船将要出发之际，那心中歌女匆匆赶来送别。但这一过程却全是虚写，只用这两句匆匆交待过去。船暂且不发，且饮一杯饯别酒吧。此际，离情别绪，都上心头，千言万语，从何说起？“多少蓬莱旧事，空回首、烟霭纷纷。”秦观曾在会稽知府处为门客，一日在蓬莱阁宴饮，秦观在席间见一位歌女，不能忘情，可能就和这位歌女产生了悱恻缠绵的爱情。“蓬莱旧事”几字，有十分丰富的内涵，记载了多少花晨月夕的梦幻，几许缠绵缱绻的诗篇。旧事烟霭般朦胧纷扰，似梦境一般轻柔空幻，又刀刻般铭记心头，不说了吧，且看那“斜阳外，寒鸦万点，流水绕孤村”。斜阳、衰草、流水、孤村本是没有任何感情色彩的普普通通的事物和寻常场面，但在伤心人眼里，都是伤心情境。就让这片伤心景致诉说心中的伤感留恋和痛惜吧。这是从隋炀帝的诗句化用而来，但用在此处，那番寒鸦归林、水绕孤村的苍凉景象含蓄而深沉地表现了一份凄苦的离情别绪。

下片抛开了景色描绘，完全沉浸于抒情和对别离的描绘。“销魂！当此际，香囊暗解，罗带轻分”，销魂，伤心迷茫如同丧失魂灵的心理状态，也可以当作极度兴奋、神魂飞越状态理解。此处是极度伤感、极度爱恋的心态的写照。伊人解开衣襟，分开罗带，解下香囊，赠与自己。大庭广众之下，不能亲吻不能拥抱，馈赠香囊是古代女性公开表达深情的最后手段和最高层次。“谩赢得青楼，薄幸名存”，直接引出杜牧前辈的话来为自己作无力的、徒然的辩解。其实，他是在为自己不能把握自己的命运叹息，在狭窄的仕途上奔波挣扎，哪里顾得了那些真心相爱、生死相托的女人？还是回到眼前这位伤心欲绝的女人身上。“此去何时见也？襟袖上、空惹啼痕”。是问伊人，也是问自己。彼此都知道，此番离别便是今生诀别，此去几乎再无相见的机缘。这痛心的离别，又惹得伊人啼痕沾满襟袖。

不忍回答也不能回答，只能看那高城逐渐模糊的背影，和初上的万家灯火，更加反衬离人的哀伤。

贺铸（三首）

六州歌头

少年侠气，交结五都雄。肝胆洞，毛发耸。立谈中，死生同，一诺千金重。推翘勇，矜豪纵，轻盖拥，联飞鞚，斗城东。轰饮酒垆，春色浮寒瓮。吸海垂虹。闲呼鹰嗾犬，白羽摘雕弓，狡穴俄空，乐匆匆。

似黄粱梦，辞丹凤，明月共，漾孤篷。官冗从，怀倥偬，落尘笼，簿书丛。鹖弁如云众，供粗用，忽奇功。笳鼓动，渔阳弄，思悲翁，不请长缨，系取天骄种。剑吼西风。恨登山临水，手寄七弦桐，目送归鸿。

贺铸（1052—1125），河南卫州人，宋太祖贺皇后族孙，幼博闻强识，任侠喜武，性豪放慷慨，耿介敢言，喜议论当世，纵权倾一时，亦不稍假借，极口诋之无讳忌，因之多忤逆权贵。贺铸是北宋时期一位爱国和抵抗侵略、呼唤正义的坚强斗士，一位才华卓越的词人。贺铸身长七尺，眉目耸拔，面色铁青，人呼之曰贺鬼头。仕途极其不畅，长期屈居下僚，为一低级武官，哲宗元祐三年（1088）任和州管界巡检。后经苏轼等推荐改任文职，亦不得升迁之要领，盖此等具有炽热爱国情怀、磊落天性之才俊不见容于重文轻武、对外软弱、御敌无方之苟安朝廷、因循官场之故。后辞归著述，诗词文俱佳。诗词优于文，词更优于诗，存世词作 280 首。

贺铸是热血男儿，豪爽刚强，蔑视权贵，满怀报国壮志，渴望建功立业；又是性情中人，风流蕴藉，温存体贴，一腔怜香惜玉的情怀。贺铸按照一般的划分，很难归入婉约派或者豪放派，他的词作在感情的这几个侧面都有出色表现，写起婉约词来不让柳永、秦观，挥洒豪放笔墨直追苏轼、辛弃疾。这首《六州歌头》不但是贺铸本人的也是有宋一代词作的豪放派杰出代表。元祐三年（1088）西夏两度攻击西北之德清砦、塞公砦，消息传到贺铸服务的和州已是次年，早就决心报国御敌的贺铸胸怀满腔忧愤悲壮的情怀，慨叹自己的蹉跎岁月，忧患国家安危命运，将复杂的感情以《六州歌头》这样的词牌淋漓尽致地喷薄而出。

先回顾了少年狂放任侠、纵酒走马、田猎歌笑的青春岁月。“少年侠气，交结五都雄”，不是仗势欺人、横行乡里的恶少，而是正义血性男儿的精神迸发。五都指以西安洛阳为首的五大都会，汉唐宋各代五都所指有变化。“肝胆洞，毛发耸。立谈中，死生同，一诺千金重”。这些热血男儿，立谈顷刻，肝胆洞彻，抗异邦侵掠同仇敌忾，斥误国权贵怒发冲冠，结终生知己，生死相托，一诺千金。紧接着，“推翘勇，矜豪纵，轻盖拥，联飞鞚，斗城东”。年轻弟兄们，竞相展示胆气，以豪勇自矜，轻车簇拥，烈骑驰驱，城东纵马，好不威风！“轰饮酒垆，春色浮寒瓮。吸海垂虹”。哥们儿喧呼饮酒，声震酒垆屋宇，在春色中搬起酒瓮倒灌，痛饮狂喝如同巨鲸倒吸长虹。“闲呼鹰嗾犬，白羽摘雕弓，狡穴俄空，乐匆匆”。干脆纵马乘兴去打猎，架着鹰呼着狗，摘下白羽雕翎箭，把獐豺狐兔来个连窝端，真把兄弟们引入极乐世界。

“似黄粱梦，辞丹凤”，下片来了个急转直下，结束了年轻时代的欢乐回忆，贺铸沉痛而忧愤地诉说了心中块垒和满腔幽怨。自从离开首都宫阙，就如同黄粱一梦，厄运连连，如同一叶孤舟，在险恶难测的官场飘荡浮沉，“明月共，漾孤篷”了。“官冗从，怀倥偬，落尘笼，簿书丛”。我当了一名可有可无的冗散小吏，碌碌无为地度过笼中鸟一般的岁月，就在文牍书丛中打发日子。“鹖弁如云众，供粗用，忽奇功”。“鹖弁”就是普通军帽，我作为地方高官的随从，仅仅作为一个只会干供粗活的差役使用，忽略了也就是剥夺了我驰骋沙场建功立业的机会。

“笳鼓动，渔阳弄，思悲翁”，行文到此又生波澜。提及“渔阳”、“笳鼓”一般是指天下动乱，或臣属反叛或外敌入侵，《思悲翁》为乐府曲名，多歌咏战事。西夏入侵已经持续了多年，北宋卫国御侮方略不力，行动软弱，没有有效制敌的良策。贺铸自然心急如焚，痛心疾首地诉说自己报国无门的忧愤和无奈。“不请长缨，系取天骄种”，此处“不请”二字表达了自己“不能”驰骋沙场生擒敌酋的恨憾。“天骄”语出汉书《匈奴传》，称之为“天之骄子”，此处指西夏。“剑吼西风”，神异的宝剑自己会鸣响是民间传说，此处在诉说诗人的悲愤已达极点，连本来没有生命的都发出了鸣响的警报。以“恨登山临水，手寄七弦桐，目送归鸿”结束了这首冠绝北宋一代的豪放词作，登山临水，弹奏七弦梧桐琴瑟，无奈地目送归雁消失在天际，抒发了极其强烈的爱国情怀和对这既软弱又陈腐的朝廷的反感，有深意存焉。

“六州歌头”这个词牌，句短韵密，高亢嘹亮，节奏急促，最适合表达豪壮奔放之激情。由于北宋社会普遍缺乏忧患意识和报国情怀，故只有贺铸一人调寄此词牌，残山剩水的南宋，爱国词人陈亮、张孝祥、张元幹、刘克庄等则多用此调倾诉心中的苦闷和御敌报国的豪情。

青玉案

凌波不过横塘路，但目送、芳尘去。锦瑟华年谁与度？月桥花院，琐窗朱户，只有春知处。

飞云冉冉蘅皋暮，彩笔新题断肠句。试问闲愁都几许？一川烟草，满城风絮，梅子黄时雨。

这是对青春岁月一段美丽邂逅的回忆，对一袭美丽的倩影的终生难忘的向往。那时贺铸居住在苏州附近的横塘，有一天那位美丽的伊人仪态万方、袅袅婷婷地走来，那脚步那身姿，让贺铸心中浮现出《洛神赋》中的诗句，那灿烂得如太阳般令人不敢仰视的美人正是“凌波微步，罗袜生尘”的姿影，一副“走起来好像水上漂”的风采，而她出现的地方正是丛生着香草鲜花的水湄“蘅皋”。正当贺铸期待她来到眼前的横塘的时候，美人却悄然转向离去。贺铸无限惆怅地目送美人远去。他痴心遐想，谁和她共度那美丽的青春年华？她在哪里优游岁月？是不是在那桥上踏月、中庭赏花的宅院，在雕镂着花格的朱阁里栖憩啊。也许只有即将归去的春天才知道美人确切的去处吧。贺铸的这份推断也暗示了美人比自己高贵得多的身份。平心而论，贺铸的这份一见倾心的感情经历并不是一种非常强烈的之死靡它的心灵盟誓，没有正式“见面”，连“恨相见得迟，怨归去得疾”的怨艾都谈不到，只有那种突然惊艳的兴奋和骤然失去的一份淡淡的怅惘。

贺铸写这首词的时候，好像是很久之后的一个寂寞惆怅的黄昏，好像又是在横塘的“蘅皋”，就是芳草丛生的水湄。绚丽的霞光冉冉飞动，他刚刚题写过感世伤时的断肠诗句，相似的背景让他蓦然想起那萦怀已久的一幕，惹动了一腔愁绪，是怀恋，是恨憾？是失落，是无奈？自己也说不清，只觉得那闲愁宽无涯际，如同春草，萋萋划尽还生，如同柳絮，缠缠绵绵沾人衣衫，如同梅雨，淅淅沥沥无休无歇。贺铸在这里巧妙地运用了夸张手法，但人们并不觉得过分，因为这几个短语既是比喻，又是对眼前景色的生动描绘。贺铸对春草、飞絮、梅雨的描绘和词语安排有如神助：妥帖停匀，声韵和谐，美感密集，情景交融，成为旷世佳句，也是这首词流传千年的核心审美素质。

这首词的中心思想历来有不同阐释。比较多的见解，认为这不是一首情诗，而是借芳草美人抒发一番怀才不遇、壮志难酬的心志。其实贺铸是一个淡泊官场、疏狂不羁的人，终生沉沦下僚，漂泊无依，有点柳永的路数。说他依然汲汲于功名利禄，有点不像，他心中还保有对爱对美的明亮而旖旎的记忆。说他像柳永那样过分重情，“忍把浮名换了浅斟低唱”，也不像，他没那么痴情那么狂放不羁，心中郁积了太多的仕途失意的惆怅落寞。说到底，这不是一首典型的情诗，情没有那么浓，也不是一首寄托遥深的抒发心志的明志诗，志没有那么切。孰轻孰重，是是非非，怕是贺铸本人也说不太清楚呢。但那个横塘美人的故事和它悠长而凄然的回声却是千真万确的，那份怀才不遇的失落也是挥之不去的。

这首诗给贺铸带来不朽声誉，“一川烟草，满城风絮，梅子黄时雨”这几句流传极广。因为贺铸寡发，勉勉强强梳成一个比梅子大不了多少的发髻，人们又是喜爱又是调侃地赠与一个“贺梅子”的绰号。

思越人·半死桐

重过阊门万事非，同来何事不同归？梧桐半死清霜后，头白鸳鸯失伴飞。

原上草，露初晞，旧栖新垄两依依。空床卧听南窗雨，谁复挑灯夜补衣！

贺铸是一个待女人特别宽厚温暖的性情中人。对强权的高傲蔑视、对外敌的反抗意志和对女性的尊重，是好男儿应具备的优良品质。这首词是古今最真挚诚恳的悼亡诗之一，比之于潘岳、元稹、纳兰性德的作品并无多让，也许可以总结为“四大悼亡诗”。首先命题为“半死桐”就展示出极其痛切真挚的追忆情怀，失去爱妻的贺铸已经似一株半死的梧桐树般孤苦无依。梧桐是习见的、经常出现在文人笔下的树种，是一种适于表达感情的具有空灵、知心色彩的树种。半死桐却是贺铸原创的形象和意象。

“思越人”又名“鹧鸪天”，这篇作品真挚、亲切、自然、朴素、沉痛、凄婉，比喻贴切，叙事熨帖。阊门是苏州的西门，为苏州地标之一。词作的缘起是霜后时节，贺铸重过阊门，想起和妻子曾一起来此，如今她已永诀，此际独自归来，物是人非，情何以堪！有两个可以比喻心情的形象跃上心头：经霜凋零呈半死状态的梧桐凄然兀立在寒风里；那一夜白头的失伴鸳鸯形单影只地飞起。这两件事物是用来比喻自己的，诉说自己的孤独寂寞和伤感。

下片“原上草，露初晞，旧栖新垄两依依”的景色描绘，说明他可能去了安葬妻子的坟场，也可能是没有去那里，这些描绘都是诗人的想象。乐府丧歌《薤露》中有“原上草”和“露晞”的描绘，一般可以理解为丧葬死亡之事的隐语。“旧栖新垄两依依”中“旧栖新垄”当是指坟场的新坟和旧坟比邻而居的情景。安葬妻子时的哀伤氛围，新垄旧坟相连的强烈印象，还都历历在目。“空床卧听南窗雨，谁复挑灯夜补衣”，诉说了在夫妻二人同住在旧居和这独自难眠的床上卧听南窗淅淅沥沥秋雨时的心境，伤心地自问：还有谁在这张床上为我挑灯缝补衣裳？那份凄凉和孤苦无告，真令人凄然泪下！

周邦彦（二首）

少年游·感旧

并刀如水，吴盐胜雪，纤指破新橙。锦幄初温，兽香不断，相对坐调笙。

低声问：向谁行宿？城上已三更。马滑霜浓，不如休去，直是少人行！

作为典型的婉约派词人的重镇，周邦彦（1056—1121），字美成，也是“专业”词人的代表。他一生尚属顺利，不太汲汲于功名，但是太过执着于诗词创作。官职不太高，也不算太低，做过学正、教授，还做过溧水知县、河中府知府，最后竟然做到他最喜欢也最胜任的官职：提举大晟府，就是类似国家音乐管理局的局长。周邦彦的语言天赋、学问功力、格律技巧、创作成就是大家一致首肯的。但是对他的评价却颇有分歧，赞美者称之为“词中老杜”，“美成思力，独绝千古”，“真足冠冕词林”。另一些评论家则不以为然，把他和南宋词人史达祖相提并论，认为他们的词作都不是“君子之诗”，“周旨荡史意贪”，“当不得一个贞字”；拿他和晏殊、陆游相比，是“淑女与倡伎之别”。

历代评论家对周邦彦的才华成就和对词这种体裁创作的贡献没有分歧，评价高低不同的关键之处在于：和风尘女子交往多了点儿，写得太投入太真切了点儿，作为一位词坛大家和朝廷命官，似乎有点不妥。其实周邦彦和柳永是一样的天性，不是官迷而是情种，做官尤其是提举大晟府之前平平淡淡、无声无息，作词却风生水起、花团锦簇，在词采华美、感情真挚的作品中流露出对众多烟花女子的理解、尊重、体贴、怜惜和钟情，小说家甚至演绎出周邦彦和徽宗皇帝的情人李师师牵扯上关系，和至尊天子争风吃醋的热闹折子戏。

这首《少年游·感旧》以极为质朴平易的语言描绘出烟花女子的美丽多

情、温柔体贴的形象，至为温馨至为感人。开端别致精巧，没有具体描绘女子的花容月貌、缠绵情意，而是首先推出了一个近景特写：是女子的“纤手”用来切开新橙的锋快如水的并刀和用来蘸食的洁白胜雪的吴盐。虽然和女子的容貌神采并无直接关联，但以其鲜明的色彩、高雅的质地、浏亮的声韵，暗示或比兴了女子的动人神韵。温暖的衾被，缭绕的兽香，对坐调笙，喁喁情话，随意几笔，就营造出一片温馨宁静、情意绵绵的香闺的氛围。下片全是女子的话语，低声地、犹疑地、试探地表达了对周相公的担心、牵挂、依恋和挽留。“马滑霜浓”说得真是巧慧、委婉，也许此时已是落雪的冬季，怕骑马或乘车前来的周相公归路有所不便，“不如休去，直是少人行”。劝说留宿的理由不大充分，她自己也没有劝说成功的信心，只是如此表明一片痴情而已。此际，发自心底的依恋已经超越了那份让周相公留宿以增添夜度资的欲求，是一份由周邦彦的真情换来的难得的真情，一片出淤泥而不染的高雅的心愿。

没有说到对风尘女子的爱恋，没有说到女子的美丽，就这样让人感动让人难忘，真可谓“不着一字尽得风流”。这样的空灵质朴的歌唱，源自周邦彦对这些不幸女子的真情和心灵的贴近，也源自他天生的才具和长久磨炼的文笔。

西河·金陵怀古

佳丽地，南朝盛事谁记？山围故国绕清江、髻鬟对起。怒涛寂寞打孤城，风樯遥度天际。

断崖树，犹倒倚，莫愁艇子谁系。空余旧迹郁苍苍，雾沉半垒。夜深月过女墙来，伤心东望淮水。

酒旗戏鼓甚处市？想依稀王谢邻里，燕子不知何世，向寻常巷陌人家相对，如说兴亡斜阳里。

这首词作于金陵，当时周邦彦知溧水。周邦彦特别擅长将前人诗作熔铸于自己作品之中，这首《西河·金陵怀古》就是依据刘禹锡的《金陵五题·石头城》和《乌衣巷》两诗隐括而成，能够更贴切更集中地表达一种历史无穷、兴亡无定的感慨，比两首原作相加更显得独出机杼、浑然无迹，显示出周邦彦专业词人的文字功力、声韵节奏方面独特的技巧。此际为北宋晚期，国势衰微，边防不修，内忧外患，世上弥漫着一种失败主义的情绪。这首词格调苍凉低抑，写景精到壮丽，在众多金陵怀古题材作品中展露出光彩。

全词分为上中下三片，围绕刘禹锡的两首诗的诗意展开。刘禹锡两首诗的原文是："山围故国周遭在，潮打空城寂寞回，淮水东边旧时月，夜深还过女墙来。""朱雀桥边野草花，乌衣巷口夕阳斜。旧时王谢堂前燕，飞入寻常百姓家。"上片是化用前一首的前两句，把"山围故国"和"潮打空城"极其融洽地糅进词中，了无痕迹："山围故国绕清江、髻鬟对起。怒涛寂寞打孤城"，把金陵山峰形容为"髻鬟"，饶有情味。中片在描绘了断崖上一株"倒倚"的树后，借用了莫愁和石头城的故事，发出了"莫愁艇子谁系"的叹息。古乐府《莫愁乐》中"莫愁石城西，艇子打两桨"二句中，石城本指今钟祥县，县北有莫愁村，周邦彦有意将石城错误地理解为石头城南京，而且把莫愁和艇子故事移到南京来，增添了无穷情趣。慨叹过"空余旧迹郁苍苍，雾沉半垒"后，将刘禹锡诗"淮水东边旧时月，夜深还过女墙来"两句变换语句组织到其中。下片纯粹是《乌衣巷》一诗的形象阐释，先问"酒旗戏鼓甚处市"，如今处处是酒楼戏院的处所，当初是什么地方？一番沧桑慨叹。"想依稀王谢邻里，燕子不知何世，向寻常巷陌人家相对，如说兴亡斜阳里"，更口语化，更亲切，更恳挚地诉说了历史兴亡的感悟。

这诚然是一首意境悠远、声韵和婉、文词典雅的词章，如系原创，堪为大家，然毕竟是翻唱刘禹锡的作品，一个器识才情不及功夫技巧的词人形象跃然眼前。王国维评价周邦彦："美成深远之致，不及欧、秦，唯言情体物，穷极工巧，故不失为第一流之作者。但惟创调之才多，创意之才少耳。"指出，他的优势是"言情体物，穷极工巧"，劣势是"创调之才多，创意之才少"。诚不易之论。

李清照（六首）

声声慢

寻寻觅觅，冷冷清清，凄凄惨惨戚戚。乍暖还寒时候，最难将息。三杯两盏淡酒，怎敌他晚来风急！雁过也，正伤心，却是旧时相识。

满地黄花堆积，憔悴损，如今有谁堪摘？守着窗儿，独自怎生得黑！梧桐更兼细雨，到黄昏，点点滴滴。这次第，怎一个愁字了得！

李清照（1084—约 1155），南宋女词人，山东章丘人。她出身高贵，父亲李格非是著名学者，十八岁嫁于金石考据学家赵明诚，明诚之父为著名政治家，徽宗朝曾任宰相。夫妻居济南西南柳絮泉，生活优裕，共同致力于金石书画的搜集整理，两情欢洽。靖康二年（1127）赵明诚知青州时，金兵入据中原，陷青州，火其书十余间。国破家亡，收藏尽失，夫妻流寓南方。次年（1128）明诚短暂知江宁后病逝（1129），李清照陷于孤苦无告的境地。所作词，前期多写悠闲生活及夫妻亲情，后期多慨叹身世，情调感伤，以幽婉的情绪怀念亲人、故乡和年轻时代生活，多实感和独特体验。善用白描手法，语言清丽质朴，具有鲜明艺术个性。

生命轨迹剧烈变化，生活质量急剧恶化。天涯沦落的悲苦，不堪回首的岁月，不敢瞻望的未来，难以忍耐的寂寞，无处诉说的心曲，几乎超出了她脆弱的肌体的承受能力的极限。动乱日月，这样的命运几乎是普通百姓普遍的、经常的、难以躲避的悲剧。芸芸众生就这样隐忍着沉默着，直到告别人世。既然“文章憎命达”，李清照这位具有高度文化素养和出色的艺术感悟能力、熟稔的写作经验的女性才俊，就把这叠加的苦难当作了滋育自己创作出色词章的营养。生活给了她过分尖利的折磨，历史也给了她前所未有的机遇：做千秋百代的中华女儿的代表，写出自己的悲剧人生，发出自己独特的柔婉而刚强的风采和声音，给历史留下一份既苦涩又美丽的心灵档案。李清照坚定地、沉稳地站牢了这个位置，其艺术功力、诗词才华、创作成就，足以和两宋词坛翘楚苏、辛、柳、秦匹敌，诗作跻身杰出诗人之林也毫无愧色，也是诗词历史上无人能及的女性诗词大家。

这首《声声慢》是后期词章的代表作，集中体现了她生活的苦难和心境的酸楚，具有强大的艺术感染力。一开头就用十四个叠字“寻寻觅觅，冷冷清清，凄凄惨惨戚戚”，诉说她的特别锐利的失落和寂寞。她在寻觅失落了的东西，没有明说寻觅什么，只说出了寻觅而不得时那份冷清和凄惨，那份难以言说的忧戚。她敢以如此超凡脱俗地运用叠字的胆识和才情把一批须眉评论家震惊了，叹曰真是“公孙大娘舞剑手”。她的心情已经如此低抑，再逢天气的阴冷季节，加重了心灵的苦涩况味。“乍暖还寒时候，最难将息。三杯两盏淡酒，怎敌他晚来风急!”“将息”是当时的口语，将养、保养的意思。她说的“乍暖还寒时候”恰是料峭春寒时分，有一种彻骨的寒意，即使饮几杯淡酒，却也抵挡不住傍晚的凄疾的冷风。这股“晚来风急”的寒意未退，天上的雁阵又添新愁，“雁过也，正伤心，却是旧时相识”，说从北国飞归的雁群正是旧时相识，这是巧妙地利用自然生命抒发心中块垒的技巧。虽然不大可能识别出这支雁群是旧时相识，但把它们当作在北国曾经熟稔的老朋友，会让你引起无数联想，见南来雁会想起北归的雁群曾经停留的北国家园；睹物思人，天上雁群能引起思旧和怀念的心潮，那么，此刻分外怀念逝去的丈夫就是无须言明的事了。

要集中地、高浓度地表现心灵的悲苦，就要以物候、景色、花木来陪衬和加强。“满地黄花堆积，憔悴损，如今有谁堪摘?”满地黄花，花朵都憔悴损伤了，几乎没有值得摘下来的了，有点暮春的意味，好像要比“乍暖还寒”时节更晚一些。此处的描绘可能更真实具体，而那句“乍暖还寒”就不一定是确指，只是暮春时节一个凄风苦雨的下午，那份凄冷来自外界，更是来自她万念俱灰的心坎。“守着窗儿，独自怎生得黑”，这两句的口语化更见鲜明。这个“黑”字用得巧妙用得险！说明此际不过是距离天黑尚有一大段时间的下午。孤独寂寞的人往往是，天亮了盼天黑，天黑了又盼天明。

这首词的特点是气脉充盈，文气贯通，说了寻寻觅觅心情，又说了乍暖还寒时候，又说了晚来风急，又说了似曾相识的雁阵，又说了等待天黑的心情，已经够充分够密集的了，最后又把黄昏时分的细雨加进来，把细雨中的梧桐树加进来。“梧桐更兼细雨，到黄昏，点点滴滴”。“点点滴滴”四字尤其高妙，既和开头十四个叠字相呼应，又加强了叠字运用的声势和规模。把里里外外的哀愁氛围营造得如此透彻而犀利，最后用了一句“这次第，怎一个愁字了得”，这次第，指这种况味，一个“愁”字怎能说得尽？运用极其朴素、口语化的笔墨作结，使这首极尽叠加铺张能事的词章有了一个坚强有力的结尾。

如梦令

昨夜风疏雨骤。浓睡不消残酒。试问卷帘人，却道海棠依旧。知否，知否？应是绿肥红瘦！

李清照的词章名作都是和一批千古名句相联系的。名句凝聚了千古知音的挚爱和激赏，也在读者心中留住了对整篇词作的明亮记忆。这是李清照的小令名作，以寥寥数语表达了对花的真挚而强烈的关注和珍爱。全词只有六句，是北国时期的作品，记述了一个雨后清晨和卷帘的丫环的对话。前两句是交代时间和背景。李清照浓睡一夜，即使醒来还有残存醉意，可见沉醉之深。暮春时节的一场风雨依然记在心中，她依然没有忘却惜花心情。

“试问卷帘人，却道海棠依旧”。问那正在卷起帘幕的丫环：一夜风雨，摧折了多少花木？丫环平平淡淡地回答道，花都挺好，您最喜爱的海棠花依旧鲜艳美丽。李清照对这个丫环开导道，你发觉了吗？花圃里嫣红的花朵应该是更加疏落瘦损，而绿色的叶子却更加茂密肥硕了。这“绿肥红瘦”四个字新颖别致，生动传神，富于原创性，看似信手拈来，却是功力独到，当时就得到评论家的激赏，说她驾驭语言、剪裁篇幅、开创新意多有过人之处。

一剪梅

红藕香残玉簟秋，轻解罗裳，独上兰舟。云中谁寄锦书来？雁字回时，月满西楼。

花自飘零水自流。一种相思，两处闲愁。此情无计可消除，才下眉头，却上心头。

这是李清照于北国岁月抒发对丈夫深情的美丽诗篇。二人甫一结缡，赵明诚即负笈远游，聚少离多，李清照情深意笃，相思词笔尤为清隽恳挚。词中抒情咏怀背景，从室内“玉簟秋”的陈设，写到窗外“红藕香残”的秋景，还有那“轻解罗裳，独上兰舟”的怡情遣兴之举，无论是心中情还是眼中景，都高雅而美丽，仙风灵气，清凉幽然。但我觉得也许并非全为实指，独自泛舟就不一定实有其事，而像是李清照的想象和设定，以创造一个抒发感情也接收感情信息的环境。她在殷切地等待明诚的回答，而那时人们能够想象的最迅捷的回答就是鸿雁传书了。“云中谁寄锦书来”是李清照心中的声音，极度亲切，却犹犹疑疑，心中没底。如果真的有云中锦书，她希望在野外有一个最方便看见鸿雁来自天外的场所，所以她想象了独上兰舟的行为细节。但她没有也不可能等到云中锦书，只等到了“雁字回时，月满西楼”的空寂失望和愈亦孤独无奈的时刻。

下片以“花自飘零水自流”开端，言说一种自然规律，也暗示人之相思情的自然发生和不可阻挡，为下片之直接抒发爱情过渡，又和上片之“红藕香残”、“独上兰舟”关涉到的花和水映照。亲人间的相思是彼此凝结于心的，她坚信不疑，即使没有云中锦书，也是绝对相互激励相互生发的。所以才有“一种相思，两处闲愁”的概括。这“闲愁”二字，且不可太强调“闲”字，其实这是一个偏正结构的词组，核心就是愁，“闲”字不过是平衡性质的衬字音节。试问，多情儿女的相思多是拼上性命的感情激烈爆发，唐琬如是，杜丽娘亦如是，能用一个“闲”字界定吗？这句主要是说分离两处的人儿相思深情是同节奏同力度的。

结尾两句，以极其质朴流畅的语言，描绘出心中沉迷于相思的精神状态，在不经意间抵达了抒情艺术的峰巅，成为李清照词章标志的千古名句。“此情无计可消除，才下眉头，却上心头”，那种摆脱不开、抛却不掉、回避不得，没有片刻停息、占据了你全部心灵的相思，原来是这样艰难、无奈、疼痛、无告的况味。以“眉头”对“心头”，以“才下”对“却上”，面部的表情和内心的痛苦，一波未平一波又起，形成一种强烈而美丽的感情冲击波，具有了强大的感情能量。

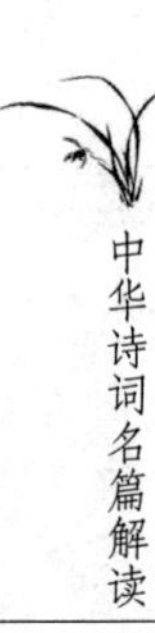

醉花阴

薄雾浓云愁永昼，瑞脑消金兽。佳节又重阳，玉枕纱厨，半夜凉初透。

东篱把酒黄昏后，有暗香盈袖。莫道不消魂，帘卷西风，人比黄花瘦。

“人比黄花瘦”是李清照天才的、原创性的比喻，是形象也是意象。其美丽、其温柔、其蕴藉激发了千古知音的珍爱怜惜女人的情怀。前几句营造出了独自过重阳佳节的冷落清凄的氛围。“薄雾浓云愁永昼，瑞脑消金兽”，一份阴凄冷落的天气，一个没有艳阳高秋的重阳节，点燃了名为瑞脑的线香，从金兽形的香炉里升起袅袅篆烟和氤氲香气，以驱赶初秋的轻寒。这个凄冷的重阳佳节，“玉枕纱厨，半夜凉初透”，磁枕和蚊帐在夜半时分都凝结着寒气。应该说，词的上片不算精彩，不过是对重阳秋凉的描绘罢了，如果没有结尾的出色创造，这首词或许会被投入忘川。

下片渐入佳境。“东篱把酒黄昏后，有暗香盈袖”。陶渊明的“采菊东篱下，悠然见南山”的诗句太精彩太深入人心了，以至“东篱”二字成了可在其间赏花小酌的菊圃的代名词。那一刻，菊香四溢，把酒时分，幽香盈满了衣袖。“莫道不消魂”，“消魂”就是销魂，灵魂离散、极度忧伤凄惨、精神崩溃之谓，也是极端快乐、神魂飞越的陶醉时刻之意。此际，应该取其凄凉孤单之意。不要说不消魂，我正在愁苦孤单里熬煎。“帘卷西风”是西风卷帘的倒装句，一派强劲的秋景；“人比黄花瘦”，是极优美极贴切的比喻，菊花花瓣细瘦苗条，委婉多姿，将已经因离别相思而瘦损的身姿比作黄花，让人从菊花瓣的细瘦、芬芳、娇柔、淡雅，联想起美丽女性的风采，继而产生怜爱关切之情，具有莫大的视觉冲击力。也许李清照是不经意间灵光一闪，让这个生命力持久的佳句倏然跳上心头的，却不知她已经创造了词语和诗意的不可重复的辉煌。据伊世珍《琅嬛记》记载，李清照思念明诚，为《醉花阴》寄之，明诚激赏，自愧弗如，务欲胜之，遂闭门谢客，废寝忘食者三日夜，得五十阕，杂易安此作，示友人陆某，陆玩之再三，曰：“只三句绝佳。”明诚诘之，答曰：“莫道不消魂，帘卷西风，人比黄花瘦。”

永遇乐

落日熔金，暮云合璧，人在何处？染柳烟浓，吹梅笛怨，春意知几许？元宵佳节，融和天气，次第岂无风雨？来相召、香车宝马，谢他酒朋诗侣。

中州盛日，闺门多暇，记得偏重三五。铺翠冠儿，捻金雪柳，簇带争济楚。如今憔悴，风鬟雾鬓，怕见夜间出去。不如向帘儿底下，听人笑语。

这是经历了国破家亡、夫君亡故的巨大变故，陷身孤苦伶仃境地的李清照，在倍思亲人的上元节的苍凉慨叹，时间应该是明诚辞世后的第一个正月十五，地点应该是临安。她没有像《声声慢》中那样浸泡在孤独寂寞的痛苦中，而是以今昔交替的角度，变换着色调截然不同的画面，倾诉了家国之变给予心灵的摧残。上片是当天傍晚的写实性描绘：落日像熔化了的金色火球般辉煌，暮云弥漫，如同合成的璧玉般围绕在天际。这奇妙的景色、温馨的佳节本应该是"那人"和我在一起欢度，但那人（指明诚）又在哪里？一下子让天边的美丽从陪衬快乐的背景变作烘托凄苦境遇的伴奏。接着，她又以"染柳烟浓，吹梅笛怨"写出了江南初春季节的胜景，这四个字是"烟染柳浓，笛吹梅怨"的倒文，指烟雾笼罩着的浓密柳林，笛声吹奏着《梅花落》的动情乐曲，是典型的春色描绘，自问春意已经浓重到什么程度了？她又自问自答：已到"元宵佳节，融和天气"，可是"次第岂无风雨"？谁知道会不会转眼风雨来袭？流露出珍惜今宵美好天气的心意。可是，此际临安的新知旧雨的女友们乘着香车宝马来邀请自己去欢度佳节了。"来相召、香车宝马，谢他酒朋诗侣"。李清照本有词名，明诚辞世前又曾任江宁知府，作为未亡人还是有一定社会地位的，交游尚称广阔。但她似乎已经万念俱灰，没有丝毫游兴，还是婉谢了她们的邀请。抑郁心境进一步渲染出来。

此刻，李清照沉浸在对往昔欢乐时光的上元佳节的回忆里。"中州盛日，闺门多暇，记得偏重三五"。少女时代，汴京的夫人小姐们有的是闲暇时光，都特别看重正月十五的佳节。"铺翠冠儿，捻金雪柳，簇带争济楚"，提起美好的少女时代，她好像暂时忘却了悲苦，以轻快的口吻忆起那些充满青春气息和诗意的日子。戴着镶着翠珠的冠儿，插着金饰的雪柳，个个争相修饰得整整齐齐漂漂亮亮，共同组成元宵佳节一道美丽的风景。"如今憔悴，风鬟雾鬓，怕见夜间出去"。时空又转换到此刻，心境陡然回到低潮。如今的憔悴，不仅是由于年齿增长，更是剧烈的国破家亡的变故和夫君辞世的伤感惨重地摧残了她的肢体和心灵，使她变得羸弱而憔悴，风雾侵秀发，蓬松而凌乱。

怕见，就是懒得的意思，是当时的口语，颇为生动的女性口气，别具一番情趣。既然婉拒了佳节游乐的邀请，“不如向帘儿底下，听人笑语。”心情又一次低落到谷底，凄然而无奈地做这样的叹息，真是一番万念俱灰、哀莫大于心死的情怀。

武陵春

风住尘香花已尽，日晚倦梳头。物是人非事事休，欲语泪先流。　　闻说双溪春尚好，也拟泛轻舟。只恐双溪舴艋舟，载不动许多愁。

是李清照南渡和丈夫去世后的伤心作品，节令处于春归之际。风停了，也不再传送尘香，花已经谢了。女人一般都在晚间做一次妆扮，倦于梳头，是伤心、失落到严重程度的反应。“物是人非事事休”概括了自己此刻的心绪，家国巨变、亲人辞世、年华老去的一幕一幕，时时刻刻萦绕在心头。事事休矣，哀莫大于心死，已经无所兴趣，无所期待，无所追求。这一句是全词的核心语句。“欲语泪先流”，一个哀伤达于极致的女人，一切都丧失了，只剩下了眼泪，是上一句自然的发展和必然结果。

下片开始颇有提振心绪之意，听说双溪的春色尚好，也想去观观景、散散心。可是接下来两句的情绪却又即刻沉落到谷底，并以一种特别精巧、特别贴切的比喻，使整篇作品活跃起来，“只恐双溪舴艋舟，载不动许多愁”两句既是全词的亮点，也是漂亮的结尾，是李清照让人牢牢记住的名句之一。结构精美巧妙、语势低昂有致、情绪波动的轨迹历历可见。舴艋舟是南方一种小巧灵便的小舟，形似蚱蜢，故名。而愁是没有重量的东西，舴艋舟竟然载不动它，可以想见，愁绪是何等深重！和李煜的“问君能有几多愁，恰似一江春水向东流”有异曲同工之妙，都是形容愁绪的经典构思。

陈与义（一首）

临江仙 ·夜登小阁，忆洛中旧游

忆昔午桥桥上饮，坐中多是豪英。长沟流月去无声，杏花疏影里，吹笛到天明。

二十余年如一梦，此身虽在堪惊。闲登小阁看新晴，古今多少事，渔唱起三更。

“杏花疏影里，吹笛到天明”是南宋词人陈与义（1090—1138）留在词坛最美丽的歌声，温馨明亮、诗意盎然的情境引出了一缕苍凉的回忆和幽深的叹息。陈与义是南宋出色的词人和政治家。北宋年间即为官为文，与一时之俊彦往还唱和。靖康之耻风云突变，国破家亡的陈与义矢志南渡，艰难跋涉历尽曲折坎坷，历经四年到达首都临安，朝廷怜其忠贞，予以重用，累官至参知政事。作为词人，陈与义前期作品清新明净，多写诗酒游冶之事，经历了人生的这段血泪交织的磨难，思想变得深沉而坚强，倾向于主战，情绪也趋向于沉郁悲壮，多写家国之痛，沧桑之叹，整体上趋近东坡豪放诗风。

这首给他带来不朽声誉的杰作是在胸中蕴涵酝酿既久，于某个雨后新晴的夜晚登临小阁时心有所动偶然得之。他想起了遥远的青年时代，在久违的故乡，和年轻朋友们诗酒唱和、无忧无虑、彻夜笙歌的夜晚。那是在洛阳城南的午桥，那里有唐代诗人、坚决主张削平藩镇割据的政治家裴度的别墅，提及午桥的名字，也许还有追怀裴度的意味。“坐中尽是豪英”时分，“长沟流月去无声”创造出一种难以描画的安恬幽阒的意境和意在言外的日月山河永恒、人世无常的感慨。“杏花疏影里，吹笛到天明”，他把年轻人的欢乐之竟夜吹笛咏唱提炼概括为这样触动人的情肠的质朴自然的诗句，是诗人之幸也是诗词之幸，这样的灵感飞降的瞬间毕竟是可遇而不可求。

下片“二十余年如一梦，此身虽在堪惊”，时空登时转换，由往昔过渡到今天，洛中变为江南，情绪由轻快温馨的回忆变为沉重低抑的叹息。继而把

思绪推进到在小阁上看新晴天空的眼前景色，沧桑剧变，家国之恨，无限叹惋，都在不言中。结尾处的“古今多少事，渔唱起三更”不一定是此刻传来的渔唱之声的具体信息，而是那种千秋功罪都付与渔樵闲唱的叹息。

这首词得到历代知音的高度赞赏，他的这种含蓄内敛、化实为虚、意在言外的表现方法；语言的超旷高绝、疏快自然、音韵苍凉，意境的情景兼到、悠远深沉，都永远留在后世读者的会心和快乐之中。

赵师秀（一首）

约客

黄梅时节家家雨，青草池塘处处蛙。
有约不来过夜半，闲敲棋子落灯花。

赵师秀（1170—约1219），南宋诗人，永嘉（今温州）人，字紫芝，“永嘉四灵”之一，光宗绍熙（1190）进士，做过主簿、推官之类小官。性简傲淡泊，诗学贾岛、姚合，风格亦近之。作诗尚白描，擅五律，反对江西派的“资书以为诗”。

这首《约客》是赵师秀最著名的作品。在一个梅雨时节的夜晚，诗人约朋友前来下棋，但朋友直到夜半时分也没有来，有点落寞孤寂的主人安闲地敲着棋子，震落了灯烛上的灯花。第一、二两句写得特别精彩，既交代了季节也描绘了天气和物候的特点，还以美丽多姿的词语、闲适恬静的语势、恰切精致的对仗，准确而形象地表现了那个梅雨季节的夜晚。“黄梅时节家家雨，青草池塘处处蛙”，淅淅沥沥的雨声、响亮不断的蛙鸣，似乎十分喧闹，但又是极度的宁静阒寂。作为表现乡村的夏季梅雨季节之夜的诗作，赵师秀的此作可谓无与伦比。以“黄梅”对“青草”，色彩相类，所指代的事物词性相同。“家家雨”给人一种雨势绵密的感觉，“处处蛙”又造成蛙声此起彼伏无处不在的印象。

在纹枰前苦苦等待棋友来临的诗人焦虑闷倦的心绪，并无多余的字词描绘，一个“闲”字却意味着他内心的“不闲”，更多地透露出他的百无聊赖、茫然若失的情绪。但这种负面情绪并不算强烈，因为有乡村雨夜的独特美景和诗人互动，以及诗人本来淡泊萧散的个性根基，都大幅度降低了或曰化解了棋友失约不至的心绪。他不是别人，是灵通潇洒的“永嘉四灵”之首，断不会真的生气发火。也许可以说，正是由于棋友的爽约，才使赵师秀有了一份仔细品味、深度解读这美好雨夜的品格与内涵的机会，才激发了诗人的创作灵感，才迅速孕育了这首佳诗。千秋之后，我们都会衷心感谢这位爽约客呢！

张元干（一首）

贺新郎·送胡邦衡待制赴新州

梦绕神州路。怅秋风、连营画角，故宫离黍。底事昆仑倾砥柱，九地黄流乱注？聚万落千村狐兔。天意从来高难问，况人情老易悲难诉！更南浦，送君去。

凉生岸柳催残暑。耿斜河，疏星淡月，断云微度。万里江山知何处？回首对床夜语。雁不到，书成谁与？目尽青天怀今古，肯儿曹恩怨相尔汝？举大白，听《金缕》。

张元干（1091—1170）是南宋著名抗金派政治家，爱国词人。自幼颖慧，为太学上舍生，任陈留县丞。靖康元年（1126），金兵围汴京，元干入著名抗战派政治家李纲行营幕府，为李纲助手，协助抗金大业。曾写《却敌书》力主守城御敌。初战胜利，元干曾赋《丙午春京城解围口号》庆祝。李纲被投降派排挤罢官，元干亦被废黜。绍兴元年（1127），高宗即位为南宋皇帝，曾任李纲为相，元干仍为助手，仅七十五天即被投降派排挤诬陷去职。元干悲愤不已，赋《贺新郎·寄李伯纪宰相》慷慨声援。秦桧为相，奔走呼号和议，枢密院编修胡铨上疏反对和议，请杀秦桧、王伦、孙近等三人，被秦桧陷害，遭贬赴远在广东的新州编管，即保留公职被地方官员管制。张元干闻讯义愤填膺，即赶赴福州与胡铨饯别，赋《贺新郎·送胡邦衡待制赴新州》，抒发满腔悲愤之情，表达对投降派的同仇敌忾的激愤。因支持李纲、胡铨，张元干被秦桧迫害，抄家入狱，除名削籍。张元干为他的正义感和战友情谊付出了沉重代价。

这首词激昂慷慨，酣畅淋漓，磅礴着一股浩然正气。“梦绕神州路。怅秋风、连营画角，故宫离黍”。他的梦都萦绕着神州的安危吉凶，惆怅那凄凉西风，掠过战场上的连营战阵，应和着画角之声。《离黍》是诗经篇名，寄托周王室颓圮、宫殿变为庄稼地的沉痛怀念，此处指沦陷区百姓看见北宋故宫引起的哀怨和忧伤。“底事昆仑倾砥柱，九地黄流乱注”？传说砥柱山是维系天地稳定平衡的擎天支柱，共工触碰了砥柱，以致天塌地陷，滔滔洪水横流。“底事”是为什么之意，张元幹悲愤地质问，为什么中流砥柱倾翻了？是谁使之倾翻？言外之意，是软弱昏庸的朝廷，卑鄙可耻的投降派要承担北宋灭亡、国土沦丧、同胞受难的责任！“聚万落千村狐兔”，当年膏腴繁华的京畿要地如今已经荒芜，成了狐兔们聚集之地。狐兔此地既指狐狸和兔子，也借指盘踞中原的金兵。“天意从来高难问，况人情老易悲难诉！”杜甫诗有“天意高难问，人情老易悲”的诗句，张元幹用来表达命运无常、神秘莫测、人到老年更易陷入悲伤难诉的心情。“更南浦，送君去”。南浦历来是送别之地，含有一种惜别情怀，江淹《别赋》：“送君南浦，伤之如何。”胡铨远赴新州，且被编管，更弥漫着一种伤怀情绪。

下片更延续了这种惜别伤怀的情绪。“凉生岸柳催残暑”。凉气生于岸柳之间催残留的暑气消散。“耿斜河、疏星淡月，断云微度”。在明朗的天河、稀疏的星辰、淡远的月亮陪衬下，一朵孤独的云彩微微移动着。借秋景之萧瑟、夜月之凄清，营造一种惜别的气氛。“万里江山知何处？回首对床夜语”。指胡铨前往的新州之遥远，可谓万里江山，谁知道在什么地方？即将离别，不由得回忆起和胡铨对床而居，彻夜长谈的时刻，感慨万千。“雁不到、书成谁与”？古人有鸿雁南归至衡阳回雁峰而回的说法，新州在今广东省广州西南方向，二地相距千里之遥，是鸿雁不到的蛮荒之地，既然鸿雁不到，问候的书信又怎样寄去呢？“目尽青天怀今古，肯儿曹恩怨相尔汝？”放眼万里长空，怀古伤今，张元幹心潮难平。他如此关注、同情胡铨，绝非出于普普通通的个人私情，而是出于对国家大义的思考。韩愈诗中有“昵昵儿女语，恩怨相尔汝”句。“举大白，听《金缕》”，举大白，即举杯饮酒之意。左思《吴都赋》有“飞觞举白”句。《贺新郎》亦名《金缕曲》，是一个激昂慷慨、适于表达悲愤情怀的词牌，听金缕，连起来读，就是我要举起大杯饮酒，吟唱《金缕曲》。这个结尾，收刹有力，意蕴绵长。

岳飞（一首）

满江红

怒发冲冠，凭栏处，潇潇雨歇。抬望眼，仰天长啸，壮怀激烈。三十功名尘与土，八千里路云和月。莫等闲，白了少年头，空悲切。

靖康耻，犹未雪；臣子恨，何时灭？驾长车、踏破贺兰山缺。壮志饥餐胡虏肉，笑谈渴饮匈奴血。待从头，收拾旧山河，朝天阙。

岳飞（1103—1142）是宋代著名的抗金将领、卓越的军事统帅，在取得抗金战争中一系列战役的辉煌胜利、收复宋朝大片沦陷土地、誉满天下后，由高宗赵构授意，被秦桧等罗织罪状，栽赃诬陷，以莫须有的罪名杀害，时年三十九岁。岳飞不仅是有宋一代，也是中华民族历史上杰出的英雄，他的不朽功绩，他的悲惨命运，他的天大冤屈，他的文才武略，被千秋百代长久铭记。他的光辉名字已超越历史成为爱国精神的象征，他慷慨激昂的歌唱《满江红》也成为激励爱国热情、男儿血性的鼙鼓和号角。

这首词可能写在岳飞被赵构强令从朱仙镇前线退兵、并被剥夺了军权之后。满腔悲愤，哀怨似火，慨叹自己和广大抗战军民的奋斗功绩毁于一旦，三十年的功名化作尘土，可惜了转战南北八千里征程上的云和月。那时，岳飞还没有看透赵构、秦桧们的狼子野心，没有料到他们会杀害自己，还在勉励自己，加紧努力，奋勇战斗，不要错过年轻时的大好时光。

牢记靖康之耻、报仇雪恨的臣子责任，决心直捣敌寇巢穴，踏破贺兰山。其实，金的统治中心是东北的黄龙府，贺兰山是对北方游牧民族进出中原根据地的泛指。岳飞以气壮山河的气魄，压倒一切敌人的声势，高唱“壮志饥餐胡虏肉；笑谈渴饮匈奴血”。这既充满了正义的仇恨又显示威武自信的誓言，响彻着光复的意志和建功立业的豪情。

“待从头、收拾旧山河，朝天阙”。旧山河已经支离破碎，神圣土地被敌人蹂躏，这是每一个有尊严有血性的中华男儿所不能容忍的，一定要从头收拾！完成这一光荣任务后，就豪迈英武地“朝天阙”，就是到朝廷那里报告胜利的喜讯。

后世有不少人认为词为后人托岳飞之名的伪作，也许是有道理的，但中华儿女都宁可相信就是英雄岳飞的作品，是他留给后世的慷慨心曲和沉重嘱托。

宋代是一个为政宽容、少冤狱枉杀的时代。太祖赵匡胤曾立碑告诫子孙勿杀害读书人，他搞了“黄袍加身”和“杯酒释兵权”两次政变，都没有死人，他的后代也是为政宽容，从未乱杀一位士子臣下，在中国历史上留下了温暖的一笔。赵构如此凶残寡恩地杀害岳飞，令国人十分震惊。根本原因是岳飞触动了他的无耻算计：第一，下定决心偏安一隅、和金人议和的赵构，绝对不想收复失地，打败金兵，迎还“二圣”。如果徽钦二帝归来，自己往哪里安排？岳飞的“直捣黄龙，与诸君痛饮耳”的豪言直捣的是小人赵构的心窝子。据说，金兀术传来议和的先决条件：“必杀飞，始可和。”第二，缺少政治经验的岳飞从抗敌斗争大局出发，不止一次地向赵构建议，从速确定皇位继承人。这更为赵构不能容忍。赵构仓皇南逃时受了惊吓，得了阳痿病，难以再生皇子，而且他唯一的儿子因患癫痫病，被宫女撞倒香炉吓死，后继无人已成定局，但年仅三十岁的赵构仍不死心，幻想恢复身体功能，拒绝过继子侄立嗣。他认为手握兵权的将帅过问立嗣大事，是心怀不轨，必欲除之。岳飞被陷害、被逮捕时不曾为自己辩解，只以“天日昭昭”四字表达自己的悲愤绝望，坚信历史的公正。

至于秦桧、王氏、张俊、万俟卨几个无耻小人甘当赵构走狗，陷害岳飞、认贼作父、投降卖国的罪行当然罪不容诛，但他们都不是首犯，首犯非赵构莫属。这个自毁长城的卖国贼刽子手，被永远钉在耻辱柱上！

机关算尽，赵构依然没有生出皇子，嗣子赵眘即位为宋孝宗后，立即为岳飞平反，追谥“武穆”，宁宗时追封“鄂王”。这迟来的正义对钦敬同情岳飞的后世是一种安慰，但岳飞被扼杀的年轻生命、卓越才干却永远消失在最需要他的时候。岳飞是中华民族心头永远的伤痛、永远的怜惜、永远的憾恨，也是永远的激励、永远的鞭策、永远的胜利召唤。尽管中国人有“为尊者讳”的传统，历代史家或多或少为赵构回护，但千秋清议是含糊不得的。

王十朋（一首）

伤时感怀

帝乡五载乱离中，亿万苍生陷犬戎。
二圣远征沙漠北，六龙遥渡浙江东。
斩奸盍请朱云剑，射敌宜弯李广弓。
借问秦廷谁恸哭，草茅无路陷孤忠。

王十朋（1112—1171），字龟龄，号梅溪，南宋著名的政治家和诗人，出生于乐清四都左原（今浙江省乐清市）梅溪村。绍兴二十七年（1157）中进士第一，被高宗擢为状元，并下诏曰，王十朋为朕亲擢第一人。师生如父子，况又为君臣，故王十朋深体高宗之心，不敢附和主战而不主和之议。此乃力主偏安、反对恢复大业之高宗权术，力主抗金复国之王十朋虽以名节闻名于世，刚直不阿，批评朝政，直言不讳，然于战和国策未曾置一言，有难言之痛。绍兴三十一年，王十朋任职秘书省，适高宗与群臣个别轮流对话，王十朋乘机提出与金人和议决不可靠，力陈备战之要，并建议启用张浚、刘锜等将领，布置防卫兵备。高宗因而感悟，似有备战勇气。然朝廷主和派宵小环伺，王十朋孤掌难鸣，遂辞官去职。是年冬，金主完颜亮倾巢南犯，高宗拟亲征。完颜亮骄横狂悖，欲一举攻灭南宋。书生将领虞允文扼守长江，于采石大败之。完颜亮趋走扬州，适部下叛乱，杀完颜亮，南宋遂解“胡马窥江”之危，就中王十朋说服高宗御敌备战功莫大焉，实为虞允文、王十朋两书生之功绩。高宗禅位于孝宗赵昚，王十朋被重召复起。依然反对和议，主张用兵恢复中原。王十朋官至太子詹事，授龙图阁学士，廉洁勤政，政绩卓荦，人格高洁，诗文兼擅，存诗一千七百首，为一完人型政治家。

这首《伤时感怀》当作于南宋初年李纲罢相、宗泽忧愤而死、秦桧当权前后。王十朋满腔忧愤溢于言表，前四句概括了当时之危局，斩钉截铁，极为沉痛。“帝乡五载乱离中，亿万苍生陷犬戎”。此际距金人灭北宋、俘虏徽钦二帝已经过去了五年，犬戎为殷周时期北方少数民族，多次侵扰中原，此处代指金兵。“二圣远征沙漠北，六龙遥渡浙江东”，是对北宋覆灭、二帝被俘最为客气也最不实际的说法。“远征”二字真让人有哭笑不得之感，亦看出王十朋的苦心。“六龙”本为皇帝车驾，马长八尺即为龙。高宗仓皇南逃时，曾在浙东一带盘桓。“斩奸盍请朱云剑，射敌宜弯李广弓”，这一联赞颂飞将军李广的业绩，痛恨奸臣误国罪行。前一句有一个“朱云折槛”的典故。盍，为何不之意。汉代槐里令朱云直言敢谏，向成帝奏道：当今官吏上不能匡君，下不能益民，尸位素餐，请赐臣尚方宝剑斩佞臣，以警告那些庸臣。成帝问欲斩谁？朱云曰请斩安昌侯张禹。张禹为成帝师，成帝闻之勃然大怒，欲斩朱云泄愤，令御史逮捕之，朱云奋力抗拒，众御史急扯之。朱云曰：臣得与龙逢、比干（为殷商朝直言敢谏之臣）同游地下，足矣！紧抱殿槛，致使殿槛折断。后成帝息怒，转思朱云之忠贞。众人欲重修宫槛，成帝阻之曰：留待旌表直言敢谏之臣。朱云剑，即为斩除奸佞之正义之剑的指代。

尾联又涉一典故。楚国被吴国攻占郢都后，忠臣申包胥为挽救祖国危亡，直趋秦廷求救，痛哭七天七夜，终于感动秦王，发兵助楚。王十朋在此倾诉了人微言轻的草茅之臣无处表达忠诚的孤独和无助。整个南宋江山，荏弱志摧，和议偏安成为舆论主流，王十朋在困难情势下，不屈不挠地坚持爱国主义，高举抗金恢复旗帜，其诚可感，其志可钦。

陆游（六首）

钗头凤

红酥手，黄縢酒，满城春色宫墙柳。东风恶，欢情薄。一怀愁绪，几年离索。错！错！错！

春如旧，人空瘦，泪痕红浥鲛绡透。桃花落，闲池阁。山盟虽在，锦书难托。莫！莫！莫！

陆游（1125—1210）一生只关注两件事，一是对收复北方失地的呼唤和抗击侵略的悲壮实践，二是对失去的妻子的追怀和憾恨。陆游是一个坚贞而执着的人，认定的事情坚持不懈，终生以之。《钗头凤》所记述的故事，是那样凄切伤感，那样美丽动人，所抒发的感情又具有那样普遍而永恒的认同感。对于千秋万代的读者来说，都具有特别崇高、特别亲切的价值。

这是一个太伤感、太凄凉的故事。陆游和妻子唐琬本是姑表兄妹，婆母就是她的姑姑。从现代科学上看，近亲结婚是不利于后代健康的傻事，但当时却是亲上加亲的美事。夫妻二人情意甚笃，但不知为什么唐琬却失欢于婆婆，而且矛盾愈演愈烈，竟至被强迫离异。恩爱的小夫妻也进行过挣扎和斗争，先是阳奉阴违，把唐琬偷偷安置在别馆，二人常往幽会。但还是被婆母发现，强行驱散，终于被迫彻底分离。其实婆母和儿媳有一种天然的敌对情结。一个自己生养、哺育、教诲、亲近的儿子，自己最亲密的人，忽然被另一个女人从灵魂到肉体彻底占有，自己被挤出了儿子第一亲人的地位，大部分母亲接受了这种急剧改变，能够冷静清醒地对待，但还是有一些母亲走不出这个感情的魔障，以致矛盾激化，甚至演成悲剧。旧礼教时代，女性一般都能遵从应该遵从的规则，失欢于婆母往往是这个深层的原因。而这在封建社会又是根本不能明言又无法搞清的隐私中的隐私，只有到了弗洛伊德才理出了头绪。《孔雀东南飞》、《钗头凤》的悲剧皆源于此。

改嫁了另一位士子赵士程的唐琬，也许暂时淡化了离异悲剧带来的创伤，但在沈园和陆游的邂逅重新燃起了被熄灭了的爱情火焰，唐琬很礼貌、很温馨、也很得体地命人向陆游馈赠肴馔和黄縢酒致意。陆游大受感动，随即在墙壁上题写了这首《钗头凤》记叙了他们的生死爱情。

“红酥手，黄縢酒，满城春色宫墙柳”，陆游想象唐琬捧起黄縢酒的美丽的“红酥”手，极言手心的红润和手背纤指的柔腻。陆游在这里省略了太多，只内敛而简洁地提及这次极美丽极伤感的邂逅发生的环境。以“满城春色宫墙柳”的温馨葱郁衬托他们二人心中的凄冷和荒凉。此际他忍不住抒发了对造成终生悲剧的母亲的公开怨恨，以“东风恶”代之。以“一怀愁绪，几年离索”概括了他们共同的心灵历程。然后以三个叠加字的特别有力的内心呼唤结束了上阕。他那“错！错！错”的凄厉呼唤是诉说二人相爱就错了还是分离错了呢？

下阕是唐琬心曲的自我演绎。万物复苏的春天只让她因为心灵的痛苦而消瘦。“泪痕红浥鲛绡透”，鲛绡指一种极薄的丝帕，擦拭眼泪竟然有殷红的鲜血渗出，极言内心折磨之深切沉痛。唐琬在这里也省略了对被迫离异的怨恨和度日如年的怅惘，和上阕相对称，只提及春暮时分的落花和空无花枝的“池阁”，也是抒发内心的凄冷和荒凉。“山盟虽在，锦书难托”，分别时海誓山盟，分别后只字片言难通，音信杳然，是何等的无奈，何等的无告！她最后的呼唤不是对重燃爱情之火的希望，而是“莫，莫，莫”软弱无力的决绝。和上阕的映衬特别动人情怀。

唐琬经过这次片时的重逢继而永远的离别的惨烈折磨，她特别能忍受、特别能适应的精神断裂了。写出了最后的爱情悲歌回答陆游的另一首《钗头凤》之后，她美丽而脆弱的生命之树骤然凋谢了！陆游陷入无穷无尽的追怀和憾恨之中。几十年后他依然不断吟咏这个爱情悲剧：“梦断香消四十年，沈园柳老不吹绵。此身行作稽山土，犹吊遗踪一泫然！”“城上斜阳画角哀，沈园非复旧池台。伤心桥下春波渌，犹是惊鸿照影来！”陆游、唐琬的爱情悲剧是中国文学史、诗歌史上一段极其悲惨、极其美丽的公案。当代杰出的作曲家王莘谱写的《钗头凤》给这支爱情悲歌插上了音乐的翅膀，柔婉深沉，使之传之久远，赞颂一对为爱情献出年轻生命和终生岁月的伟大情人。

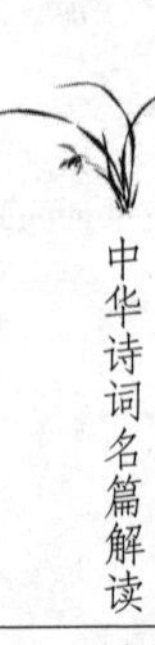

诉衷情

当年万里觅封侯，匹马戍梁州。

关河梦断何处，尘暗旧貂裘。

胡未灭，鬓先秋，泪空流。
此生谁料，心在天山，身老沧洲。

这是陆游留给后世的英雄悲歌，是他终生坚持抵抗侵略、恢复中原伟大理想破灭的纪念，也是他男儿血性人格的辉煌体现。陆游青少年时仕途不顺，二十九岁赴临安参加选拔俊才的锁厅试，名列第一，秦桧孙子居第二名，又因年轻时代就力主抗金恢复北方，秦桧暗中插手，陆游复试时被除名。之后，陆游在夔州、嘉州、荣州一带任通判、知州，曾在王炎任川陕宣抚使时为军务助手，驰骋在陕西汉中南郑前线参与谋划恢复大业，陆游为王炎力陈进取之策，以为经略中原，必自长安始，取长安必自陇右始。那时陆游已经四十八岁。之后他也一直寻觅报国抗敌的机会，范成大帅蜀，游为参议官。以文字交，不拘礼法，人讥其颓放，因自号放翁。光宗即位之年（1190）任朝议大夫、礼部郎中，上疏请减轻赋税，反被宵小弹劾，以“嘲咏风月”罪名再遭贬黜，直至1210年辞世。

陆游终生不得志，晚年尤为凄凉冷落。但那股英雄气概、悲壮理想依然磅礴于他胸中。他特别珍惜那迟来的战斗岁月，就是在汉中南郑前线协助川陕宣抚使王炎谋划抗金斗争的日子。“当年万里觅封侯，匹马戍梁州”，陆游借用了班超“立功异域，以取封侯”的宏愿，表达了自己在梁州前线对敌战斗的自豪。汉中境内有梁州、梁水，他曾经飞骑在那里戍守。但那个抗御金兵、收复失地的梦很快破灭了，于是他笔锋一转，痛心地慨叹道：“关河梦断何处，尘暗旧貂裘。”从悲壮慷慨的回顾一下子跳回壮志未酬身体衰老、政治气氛恶浊投降派甚嚣尘上的当今，关河指八百里秦川的大散关和渭水。他收复北方失地的梦想就破灭在那被敌人占据的山河，他当年的貂裘战袍也因蒙上了灰尘变得暗淡了。

“胡未灭，鬓先秋，泪空流”。这是壮志未酬、具有英雄性格的诗人对自己命运最沉痛、最犀利的概括。女真侵略者没有被消灭、被驱逐，北方失地没有收复，但自己却进入了双鬓斑白的老年，是辉煌理想和暗淡现实的对比，是强大精神力量和孱弱的肉体生命的对比，徒然枉然地流泪是必然的结局。“此生谁料，心在天山，身老沧洲”。天山一般指被胡人占据的山川，也是卫国开边的英雄们驰骋疆场建功立业之地，诗人的心依然专注在天山，衰残之身却衰老在水滨之地等待死亡。

南宋偏安一隅、苟且偷生的关键在于，捡了大便宜、当了皇帝的高宗赵构最担心的不是金兵南下侵掠，而是那两位被囚禁在五国城的徽、钦二帝被释归来。执行投降派路线压制主战派抗金是赵构和他的继承者绝对的国策。在那种政治气氛下陆游的满腔悲愤也只能是压抑的内敛的，并没有直斥投降派的正义声讨，只有对自己命运坎坷和理想破灭的沉痛叹息。

历代评论家对陆游评价极高，认为他是兼具豪放派的雄健、婉约派的细腻的一代大家："放翁词纤丽处似淮海，雄慨处似东坡，超爽处更似稼轩耳。"

书愤

早岁那知世事艰，中原北望气如山。
楼船夜雪瓜洲渡，铁马秋风大散关。
塞上长城空自许，镜中衰鬓已先斑。
出师一表真名世，千载谁堪伯仲间？

这是陆游最完整地抒发抗金大业难成的悲愤情怀的代表性诗篇，也是有宋一代最出色的抗金主战派诗篇，磅礴着浩然正气，闪耀着诗性光辉，显露着出色的功力和才华。这首诗是题名为《书愤》的五首诗作之一，写于孝宗淳熙十三年（1186）的山阴。年华老去、理想破灭的诗人胸中依然汹涌着抗敌救国的激情和对投降误国的民族败类的睥睨和激愤。全诗结构之严谨，词语之老到，对仗之贴切，情绪之浓烈，达到了陆游诗作的顶峰，也是南宋抗战诗篇的顶峰，深得老杜沉郁顿挫风格的神髓，表达了被迫偏安一隅的南国民众的民族心声。

"早岁那知世事艰"，开端说自己在年轻时代哪知世事的艰难，不知要受到多少陷害和打击、阻挠和掣肘，一心想着抗金收复北方失地。"中原北望气如山"几个字充分表达了陆游那颗燃烧的丹心的愤怒、激动和奋发自励的感情。遥望被侵占的中原大地，山河壮丽，云蒸霞蔚，浩气满乾坤；在女真贵族政权压迫蹂躏下的百姓的哀怨、悲愤、仇恨之气汹涌如山；反抗侵掠和占领的烈火到处燃起，气势如山。"楼船夜雪瓜洲渡，铁马秋风大散关"，极其概括、极其扼要地展现了几十年间抗金战争的艰苦卓绝的辉煌历程，气势如虹，真情奔涌，状物生动，叙事贴切，词语严密，对仗工稳，是流传千古的名句，是激励和鼓舞抗金大业的鼙鼓。尤为可贵的是，陆游或近在战地服务或亲自参加战斗，这些抗金的战斗是他铁血交迸的真切体验，在南宋诗坛是极其辉煌的个案之一。高宗绍兴十二年（1142）金主完颜亮南侵，在镇江瓜洲一线受到南宋军队英勇抗击而受挫，完颜亮猝死，损兵折将之后的金人，灰溜溜地撤退回北方，这就是著名的“胡马窥江”事件。史载陆游1165年由镇江通判调任兴隆府通判，可以推断，当年陆游可能在镇江通判任上。通判为知府的第一助手，陆游也许曾经参与抵抗完颜亮的后勤支援工作，或亲历或耳闻，至少他是在近处经历了这场胜利的长江保卫战并深受鼓舞的一位见证人。对于那些在瓜洲雪夜袭击完颜亮的楼船的战斗，他是历历在目、难以忘怀的。在汉中南郑前线参与王炎幕府的戎马倥偬岁月，1172年强渡渭水，在大散关附近和金兵遭遇的战斗，陆游可能是亲历或者参与谋划军务的谋士。这样突然的、激烈的搏斗，以“铁马”描绘骑兵，以“秋风”衬托战场的苍凉，这句诗就有了鲜活的生命。

灿烂雄奇的英雄史诗般回忆之后，诗人的情绪急剧低沉下来，跌落到事业无成、理想落空、两鬓秋霜的窘境：“塞上长城空自许，镜中衰鬓已先斑”。这里引用了一个著名典故，刘宋时期的大将檀道济在力主北伐、建立赫赫战功之后，被阴险嫉妒的文帝杀害，檀道济沉痛庄严地斥责这种背信弃义的残暴行径是“自毁长城”。意气风发的陆游当年也以塞上长城自许，表达出一种豪迈的战斗情怀。此际陆游理想落空，凄凉地表达了愧疚和歉意。原来揽镜自照，衰鬓已经斑白！这位末路英雄已经没有机会实现自己的理想了！陆游用这两组极其贴切工稳的联语尽情抒发了自己的心声。

“出师一表真名世，千载谁堪伯仲间?”诗人不愿继续在这个思路上抒发情怀，转向了对受万世景仰的“鞠躬尽瘁死而后已”的诸葛亮的《出师表》的赞叹，不但文势有了起伏变化，将《书愤》的主题提升到一个更辉煌崇高的境界，也使这首诗的结尾具有了更为隽永悠长的韵致。

剑门道中遇微雨

衣上征尘杂酒痕，远游无处不消魂。
此身合是诗人未？细雨骑驴入剑门。

宋诗以文为诗，重说理轻抒情，缺少情味，其魅力和成就远逊于唐诗，已是不易之论。宋词大家星汉灿烂，宋代诗人却逊色得多了。但陆游却是一位光彩夺目的诗人，不但留下了《钗头凤》、《诉衷情》这样的不朽词章，而且诗作中也处处是杰出的吟唱，和只占其创作百分之二不到的词作相比，诗更是他灵魂和心血的寄托，甚至诗更为精彩更为丰富。抗金和怀念唐琬是他终生以之的两大主题，那些卓越诗篇，有的牢牢铭刻在历代知音心中，有的进入了大众的词语系统，前者像“王师北定中原日，家祭无忘告乃翁”、“梦断香消四十年，沈园柳老不吹绵”，后者像“山重水复疑无路，柳暗花明又一村”、“小楼一夜听春雨，深巷明朝卖杏花”。这首《剑门道中遇微雨》是他没有明显牵涉这两大主题的一首著名诗篇。没有爱国诗章那样壮怀激烈，没有追怀唐琬诗那样缠绵凄切，在清丽而洒脱的诗句中创造了一种意境，含蓄地表达了自己的心志，潇洒淡泊，寄寓遥深，圆润流转，情致宛然。陆游将自己的诗作编辑为《剑南诗稿》，可见他的剑门情结是如此坚牢，也许有对这首诗的偏爱的因素。

这首诗为陆游壮年时期的作品，在汉中南郑参与川陕宣抚使王炎的军务筹划北伐抗金大业的孝宗乾道八年（1172），陆游奉调到成都任成都府路安抚司参议官，行经剑阁时所作。剑阁是天府之国的门户，地势险要，景色优美，人文荟萃，历史遗迹丰富，行人到此，每每激发诗兴，吟咏不辍。陆游回望自己的半生，感慨系之，且不提那抗击金人收复北方的事，就从自己的人生跋涉和诗酒生涯说起吧。“衣上征尘杂酒痕，远游无处不消魂”，我这高阳酒徒和浪迹天涯的羁旅之客，衣襟间的征尘和酒痕记录了岁月的艰辛和借酒浇愁的无奈，以及戎马倥偬、无暇整饬衣饰的落拓。“消魂”二字同销魂，多义，既指人神思茫然悲伤愁苦，又指男女之间极度欢乐仿佛灵魂飞升，此处是指远游的艰辛坎坷以致困顿伤神。陆游是骑驴入川的，诗人李白、杜甫、贾岛、李贺都有骑驴的故事，仿佛骑驴和诗人是颇为贴近的事，陆游因而颇为自然地联想到那些杰出的诗人前辈。“此身合是诗人未”，对这一句的理解历来有歧义，有的从积极方面理解：难道我不能实现政治军事的抱负而只能做一个吟咏诗词的诗人吗？从更淡泊的角度理解是：自己问自己，我算不算一位诗人呢？既景仰前辈又勉励自己不要做空头诗人，也许陆游心中这两种情绪都有。这首诗的结尾只能是陆游所写的“细雨骑驴入剑门”，语势流畅自如，羁旅之人形象生动，蒙蒙细雨又增添了一种悠闲的韵味，营造出一种特别潇洒淡远的意境，这首诗传之久远，除了整篇在营造意境上的成功，也有赖这一句的精巧得体。

卜算子·咏梅

驿外断桥边，寂寞开无主。已是黄昏独自愁，更著风和雨。

无意苦争春，一任群芳妒。零落成泥碾作尘，只有香如故。

梅，是岁寒三友之一，不畏严寒，迎风斗雪，傲然绽放，具有极其出色的生命品格，是中国人崇敬喜爱的花木。陆游用梅来象征自己的命运，表达自己的心志，是极其恰切极其准确的题材选择。梅花就是陆游，陆游就是梅花，这样深沉强烈的切身感悟，抒情主人公精神和象征对应物内涵的高度统一，再加上他熟练的写作技巧，严谨奔放的文风，真挚热烈的情怀，帮助他出色地完成了这份心愿。

“驿外断桥边，寂寞开无主”，陆游给要吟咏的梅设定了一个艰难的生存环境，一个独特的开放时空。驿站为古时传送公文和过路官员中途休息、住宿和换马的场所，一般设在远离村镇的驿路旁，“驿外”则是远离驿站的地方，断桥，因年久失修或过度荒僻而颓圮坍塌，可见是几重荒辟叠加在一起的无人问津之地。这坚韧顽强的梅花就在这里寂寞地开放了，没有主人来眷顾和照拂，野生野长。“已是黄昏独自愁，更著风和雨”，是黄昏时候，是风雨交加之中。她在独自承受着风雨的寒冷和寂寞的愁苦。“无意苦争春，一任群芳妒。”她是报春的季节使者，但是没有和百花争春的念头，任凭群芳嫉妒去吧。这个地方尽管寂寞荒僻，但还是有人畜的践踏。可是“零落成泥碾作尘，只有香如故”，生命即使化作尘埃，化作泥土，那芳香依然浓烈如故，何等坚强傲岸，何等高洁自尊！梅的美艳是她的体魄，梅的芳香是她的精神、她的灵魂，她的伟大精神永远不屈不灭！

陆游的一生正是这种被冷落、被辜负，甚至被践踏的一生。青年时期，被奸臣秦桧坑害，堵塞仕进之路，投降派主帅赵构死后，孝宗一度给予他一定程度的信任，但他已届中年，短期驰骋疆场之后又不断被奸佞谗害，壮志难酬，雄才难展；美满姻缘被至亲之人母亲摧折，惨痛别离，思念终生。在如此险恶的形势下，陆游就像那迎风斗雪的寒梅灿烂开放，坚持抗金，坚持对爱情的执著信念，高举抗金大旗，奋勇呼唤民族自强自救，留下了大量气壮山河撼人心魄的诗篇。这首《卜算子·咏梅》的几乎每一句都可以得到印证，陆游就是一枝怒放的雪中红梅，馨香百代，艳冠群芳，给世世代代后辈以鼓舞、激励、陶冶和启迪。

这首表达陆游心志的咏物诗因毛泽东那首反其意而用之的同名词作而得到更广泛的传播。陆游词作往往被附在毛泽东词作之后为更多读者阅读，陆游的高洁、晶莹、寄意遥深、不食人间烟火的崇高精神品格，他奋斗了一生、呐喊了一生、爱了一生、被辜负了一生的悲剧命运，得到更广泛的传播和最知心的共鸣。

游山西村

莫笑农家腊酒浑，丰年留客足鸡豚。
山重水复疑无路，柳暗花明又一村。
箫鼓追随春社近，衣冠简朴古风存。
从今若许闲乘月，拄杖无时夜叩门。

这是陆游因为支持张浚北伐而被投降派排挤，被罢黜龙兴府（今南昌市）通判后蛰居故乡山阴，在此游历一座景色秀丽、民风淳朴的山西村时所作。看来陆游完完全全暂时忘记了他被压制、被践踏的不幸遭遇，搁置了无法实现的北伐中原、收复失地的远大理想，转而在大自然的慷慨馈赠和百姓的美好民风陶冶下感受那份难得的闲适和温情。陆游的诗有时表现出对投降派打击压制的激愤，有时却又表现为那种满不在乎的我行我素的高傲。其实，这位杰出的爱国者从来没有忘记自己的理想和使命，那种貌似闲适的从容潇洒是暂时的忘却，而对理想和目标的坚守才是他心灵的主旋律。南宋当权者口头上并未明确反对抗敌复国，对抗战派的旗帜陆游的打击陷害全是阴招，陆游往往不便在遭受具体打击时立即反击申冤，只能暂时隐忍，这就表现为随你变换花招，我自从容面对的闲适。但从头回顾自己被压抑被辜负的一生时，就爆发了悲愤的激情。这种浓淡交替、明暗穿插的表情是陆游心灵的常态。这首《游山西村》正是他情绪较为和缓时分的产物。

读这首诗，会自然想起孟浩然那首《过故人庄》，孟诗重点在于和“故人”的亲密而温馨的交流，荡漾着一片友情的波纹，而陆游这首诗却没有那种情意，而是偏重于游历山西村的过程，贴近自然，感悟景色，喜见丰稔，赞赏民风。首联突出描绘了农家宴客的重头戏：腊酒浑，足鸡豚，透露出对这质朴而丰盛的待客酒宴的真挚喜爱。颔联是倒叙寻找这山西村的美妙过程，在山套山、水连水的迷魂阵里几乎找不到路的时分，豁然开朗，一座柳荫浓郁、花木灿烂的村庄赫然展现在眼前！陆游把这种喜悦、惊叹、明亮的感觉用了“山重水复疑无路，柳暗花明又一村”表达出来，其工整、协调、恰切、美丽令人惊叹，被后人赞为“如弹丸脱手，不独善写难状之事”，以致这两句诗进入了汉语的常用口语词汇系统，这首诗也因之得到了永久的生命，不过“山重水复”被讹传为“山穷水尽”了。有评论者对这两句诗蕴含的深意又作了进一步解读，认为这是对坚定的抗战心愿的曲折表达，历尽劫难的南宋军民必然迎来柳暗花明的反攻日子。这样解释也非为不可。

颈联和尾联则强化了对山村淳朴民风、美好春社习俗的赞美，表达了要不时来访甚至深夜拄杖叩门的心愿，完成了这首美丽而质朴的小诗。

范成大（一首）

州桥

州桥南北是天街，父老年年等驾回。
忍泪失声问使者，几时真有六军来？

范成大（1126—1193），号石湖居士。南宋诗人、政治家。吴郡（今江苏苏州）人，高宗绍兴二十四年（1154）进士，曾以起居郎、假资政殿大学士官衔充祈请国信史赴金，刚勇坚执，据理陈词，不辱使命而归。历任中书舍人、四川制置使、参知政事。有政声，晚年隐居苏州石湖。为诗先从江西派入手，后挣脱江西派的束缚，广泛地从唐宋名家吸取营养，屹然自立为一宗，卓然大家，和杨万里、尤袤、陆游并称“南宋四大家”。其爱国诗篇和关心民众疾苦的诗作具有较高成就，影响深远。

范成大出使金国途中经过中原地区，感慨系之，写诗一卷和日记《揽辔录》一卷。这首《州桥》为行经汴京时所写。关于“州桥”，诗题下原注，对州桥的位置作了准确描述：“州桥，‘南望朱雀门，北望宣德楼，皆旧御路也’。”朱雀门，是汴京的正南门。宣德楼，宫城的正门楼。宋朝时，汴京就这一座州桥。范成大北行去金国时，距北宋终结、二帝蒙尘，已经近二十八年，正巧二十八岁的范成大虽然没有到过汴京，但那里却是这个血气方刚的年轻人心中不变的首都，崇高亲切而凄凉难堪的精神家园。这份感慨这份牵挂这份忧患情思，都集中在这座州桥之上了。

“州桥南北是天街，父老年年等驾回”。这座伤心州桥的南北正是当年的皇帝专用的御路，而今却在敌人蹂躏之下。在沦陷的首都挣扎的父老乡亲一年一年盼望着、等待着南宋君王重新回到失陷的首都。可是，他们不知道，范成大也不知道，他们苦苦等待了一百五十年，等待来的竟是，更残暴的蒙古铁骑把北方原来的侵略者金国和偏安一隅苟且偷生的南宋一起消灭的更悲惨的结局！“忍泪失声问使者，几时真有六军来？”古代军制，以一万二千五百人为一军，周王统六军，大国二军，小国一军，六军泛指皇帝统帅的军队。

沦陷区父老心中的真正君王是南宋皇帝，他派来的使者就是真正的亲人，他们忍住泪水，以哽咽的声音询问使者，皇帝的大军何时才能来解救我们呀？

这是南宋爱国诗篇中最简洁、最质朴、最真实、最具动情力的一首，它由沦陷区百姓的血泪、希望和坚忍的心愿、不屈的意志凝成，也寄托了一代爱国者的抗金复国的悲壮情怀。

杨万里（二首）

小池

泉眼无声惜细流，树荫照水爱晴柔。
小荷才露尖尖角，早有蜻蜓立上头。

南宋诗人杨万里（1127—1206），字廷秀，学者称之为诚斋先生。吉州吉水人，绍兴年间进士，曾任秘书监，主张抗金。诗与陆游、范成大、尤袤齐名，称“中兴四大诗人”。初学江西派，后以王安石及晚唐诗为宗，终则脱江西、晚唐窠臼，以语言通俗明畅自成一家，号“诚斋体”。代表作为这首篇幅简洁、魅力无限、传之久远的《小池》。

诗人热爱自然生命，对大自然的无限创造力充满真情和敬意，通过对淙淙泉水、浓密树荫、娇嫩小荷、纤巧蜻蜓的动情描绘，表达了大自然万物之间那种亲密和谐的关系。开头两句“泉眼无声惜细流，树荫照水爱晴柔”，把读者带入一个小巧精致、柔和宜人的境界之中。泉眼对细流之“惜”，树荫将影子投入水面时对晴朗柔美景色之“爱”，流溢着感情色彩，展现着绰约风姿。

最为读者激赏的是那如同赞美自家的小儿女一般温柔怜爱交织的诗句“小荷才露尖尖角，早有蜻蜓立上头”。最出色的景色描绘来自精密细致的观察。初生的柔嫩荷叶，在水面上露出了尖尖一角，其柔弱娇嫩达到了极致，但就有了身姿轻倩到极致的娉娉婷婷的蜻蜓立在上头。一个“才露”一个“早有”，前后照应，逼真而鲜活地描绘出蜻蜓恋小荷、小荷也喜见蜻蜓降落的相依相偎的情景。题材甚小，境界甚小，画面甚精致，反映的却是作者胸襟之宽阔博大和细腻入微，只有全心全意挚爱大自然才能展现出如此美丽的细节、如此幽逸的情趣。王国维说：“境界有大小，不以是而分优劣。”

杨万里的诗也隐约透露出宋诗以理趣胜、以哲理胜的特色。虽然只描绘了一幅美丽鲜活的画面，但也可以让你体会到新生事物必然具有强大生命力的哲理。

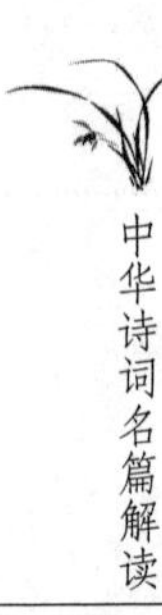

过松源，晨炊漆公店

莫言下岭便无难，赚得行人空喜欢。
正入万山圈子里，一山放过一山拦。

宋诗和唐诗不同，文词朴素，情韵淡泊，在表面的晓畅笔墨之后，蕴藏着某种哲理思索。这首既有哲理思索又有景色描绘的小诗，言词特别流畅，语言十分生动，富有幽默感和启迪性。开头突兀两句，谈及上山下岭的感受，警告你，登上山头切莫盲目乐观，“空喜欢”一场，不知道会有多少曲折漫长的路，也不知会有多少不曾预料的坎坷和陷阱。即使这座山头侥幸顺利越过，谁知道又有多少山岭横在路上。杨万里似乎把山看作是有知觉有个性的东西，幽默地说，你会落入狡猾的万山的圈套里，一山放过你了又有另一座山拦阻你。

杨万里要说的是这样一个浅显而内涵深刻的哲理：事情居于有利位置时，要想到困难，想到曲折，想到挫折，更要有迎接和战胜艰难曲折的准备。他用人们习见的走山路的经验作比喻，轻松有趣地阐明了这个道理。唐诗以感情胜，以形象胜，作用于人的形象思维和感情；宋诗以哲思胜，以说理胜，作用于人的逻辑思维和理性。

朱熹（一首）

观书有感

半亩方塘一鉴开，天光云影共徘徊。
问渠那得清如许？为有源头活水来。

本是一幅美妙的微型风景画，题目却是“观书有感”，一下子提升了作品的哲学层次，引发了更深入的思考和体悟。这是大儒朱熹（1130—1200）的遣兴之作，极质朴极晓畅，举重若轻地完成了一次哲学和文学结合的示范。朱熹此人，博大精深，集哲学家、思想家、教育家、文学家于一身，集宋代理学之大成，为孔孟以来最大的儒学弘扬者。朱熹纪念馆里的一副对联也许是他一生事业、学说的最好概括：“致广大而尽精微，极高明而道中庸。”

朱熹抓住了一个足以让他抒发情志的象征物：半亩方塘。这片不大的方塘如同一面镜子，水波不兴，映照着天光云影若在镜面上浮动徘徊。画面充满了动感、生机，水清见底，游鱼无数，这番景色真令人陶然忘机。朱熹宕开一笔，突然发问，这水塘为什么如此清澈啊？他自问自答，原来这不是一潭死水，它的源头正有活水源源不断地补充进来呢。由此他轻松地引入一个哲学命题：一切事物只能保持不断更新、不断发展的状态才能具有永远鲜活的生命。联系到这首诗的题目，读者才能领会其深刻含义。原来读书是如此快乐如此令人兴奋，古今贤者寓于书中的思想启迪、道德教诲、审美情趣和知识储备是如此完美如此丰富，使自己的心胸就像这半亩方塘一般清澈空明，可以映照出天光云影的无穷变幻。

张孝祥（一首）

六州歌头

长淮望断，关塞莽然平。征尘暗，霜风劲，悄边声，黯销凝。追想当年事，殆天数，非人力，洙泗上，弦歌地，亦膻腥。隔水毡乡，落日牛羊下，区脱纵横。看名王宵猎，骑火一川明。笳鼓悲鸣，遣人惊。

念腰间箭，匣中剑，空埃蠹，竟何成！时易失，心徒壮，岁将零，渺神京。干羽方怀远，静烽燧，且休兵。冠盖使，纷驰骛，若为情。闻道中原遗老，常南望、羽葆霓旌。使行人到此，忠愤气填膺，有泪如倾。

张孝祥（1132—1169），南宋词人，明州鄞县人，幼颖慧，过目不忘，高宗绍兴二十四年进士第一。历任中书舍人、直学士院、建康留守，知静江府潭州、荆南湖北安抚使等，主战派重要代表人物。宰相秦桧党羽曹某欲与其结亲，孝祥“不答”，风骨器宇，传为佳话。为政凌厉精审，才干卓拔，有政声。词作慷慨激昂，骏发踔厉，名震一时。惜三十八岁英年早逝，为政为文，才未尽展，殊堪痛惜。

孝宗兴隆元年，以抗金名将张浚都督江淮军马，张孝祥为都督府参赞军事，并继张浚为建康留守。这首给张孝祥带来不朽声誉的《六州歌头》作于任建康留守时，于拜谒张浚席间即席吟咏，张浚大为感动，不能继续宴饮，竟罢席而去。此词节奏紧凑，气势刚健，感慨深沉，英雄悲愤、失地耻辱、敌酋猖獗、遗民血泪跃然纸上。“长淮望断，关塞莽然平”。北望淮水，本为大宋内河，此际竟成国界，且边防废弛，淮河一线荒草茂盛，竟与关塞平齐。“征尘暗，霜风劲，悄边声，黯销凝”。征尘已暗淡，边境静悄悄，久无战事，只有霜风依然强劲，军队已放弃了抵抗。每念及此，不由得黯然神伤。急促的节奏，斩钉截铁的语势，增添了词作的动情力和感染力。

张孝祥继续慨叹那不堪回首的沧桑："追想当年事，殆天数，非人力；洙泗上，弦歌地，亦膻腥。"想起当年汴京沦陷、徽钦二帝蒙尘，只能无奈地承认，那是天数，不是人力可以改变的结局，实际上蕴含着多少对北宋边备废弛、投降派误国的怨愤！洙水、泗水之上，本是圣人宣讲大道、弦歌讽诵之地，如今礼乐之邦的圣人遗迹已经成放牧腥膻牛羊之地，情何以堪！"隔水毡乡，落日牛羊下，区脱纵横"。隔着淮河，只见是一片金兵的毡制帐篷，作为金兵的哨所，在落日归牧的牛羊衬托下，纵横林立。"区脱"为胡语屯戍守望之土堡之意。"看名王宵猎，骑火一川明。笳鼓悲鸣。遣人惊"。名王指金人将帅，夜间狩猎，猎骑明火执仗，照耀着河川，他们吹着笳敲着鼓，声音悲哀凄厉，让人心惊胆颤。

下片从自己的壮志难酬、蹉跎岁月，写到投降派的猖獗、遗民的失望，将抒情文字推向高潮。"念腰间箭，匣中剑，空埃蠹，竟何成！"应该挂在士兵腰间的箭镞，将帅被迫藏在匣中的宝剑，徒然被锈蚀、蠹坏、尘封，有什么成就？"时易失，心徒壮，岁将零。渺神京"。时光易失，壮心徒然奋发，这一年就要过去了，失陷的汴京依然渺远。"干羽方怀远，静烽燧，且休兵"。张孝祥用古代君王命人舞动干羽，即斧钺牛尾，以招抚远方夷狄的典故，比喻投降派求和媚敌的投降行径。他们希望以此来熄灭烽燧，双方休兵，来求得暂时的苟安。"冠盖使，纷驰骛，若为情"。那些求和纳贡的使者纷纷奔走于途，真让人何以为情。接着他满怀深情也不无歉疚地说起北方遗民的失望和悲哀："闻道中原遗老，常南望、羽葆霓旌。"听说那些不幸的遗民经常南望北伐帝王的仪仗，那翠羽装饰、插着画有云霓旗旌的车驾。

张孝祥的抒情终结在一片悲愤的泪雨里："使行人到此，忠愤气填膺。有泪如倾。"念及此情此景，想到每一个到此的"行人"都会义愤填膺，泪如倾盆。张孝祥的男儿血性、英雄壮志、士子忠愤、才俊词采，如进军的鼙鼓，如突击的铙钹，永远响亮地留在千秋儿女的记忆里。

辛弃疾（十一首）

贺新郎·别茂嘉十二弟

绿树听鹈鴂。更那堪、鹧鸪声住，杜鹃声切。啼到春归无寻处，苦恨芳菲都歇。算未抵人间离别。马上琵琶关塞黑，更长门翠辇辞金阙。看燕燕，送归妾。

将军百战身名裂，向河梁、回头万里，故人长绝。易水萧萧西风冷，满座衣冠似雪。正壮士悲歌未彻。啼鸟还知如许恨，料不啼清泪长啼血。谁共我，醉明月？

辛弃疾（1140—1207）是名垂千古的词家，和苏东坡并称苏辛。作为一位少年许国、投奔耿京义军、建立功勋的青年英雄，曾率五十勇士突袭五万人把守的金营，将叛徒张安国生擒归案。他身处偏安一方、局促软弱的南宋，无论职位高低，处境逆顺，政治生态优劣，一生都在实践着抗金、恢复的大业，所写大量词作也都萦绕着这一崇高理想展开。他可以说是一位具有英雄气概和勇士品格的词人，他的歌唱充满了真情和英雄行为的感召力，让人崇敬，让人心折。

这首《贺新郎·别茂嘉十二弟》是赠给族弟的一首惜别词，茂嘉也是辛弃疾的一位志在恢复的同道，被投降派谗毁，贬官去桂林。这首词集中体现了他的慷慨悲壮、深沉苍凉的真实心态，是一位志在恢复的英雄词人在抒发对局促偏安的悲愤，对那些为了国家辞别亲人故国的崇高典范表示敬仰和怀念。

一开头就罗列出几种鸣声凄咽的鸟类的叫声，渲染出一种特别忧伤低沉的气氛，这是茂嘉十二弟赴贬所时的天气也是心境的写照。此际是暮春，本来是夏日繁华将至的快乐季节，但古人把春归看得比较负面，总爱抒发一点伤春的慨叹。接着一句“算未抵人间离别”，轻轻地就把抒情重点转移到那些和国家利益息息相关的离别上来。辛弃疾提及几个历史故事，其一是“马上琵琶关塞黑”，指王昭君为了祖国利益挺身远嫁匈奴单于的壮举，马上琵琶的坚强自励和在长门乘翠辇辞别时的慷慨豪情与对故国的深沉眷恋。在这里就不必把“长门”和那位千金买相如辞赋的阿娇皇后联系起来，长门就作为皇宫宫门的一个象征吧。其二“看燕燕，送归妾”所指是一个比较复杂的故事。春秋时，卫国庄公夫人庄姜无子，以庄公妾戴妫之子完为子。完即位不久，就在一次政变中被杀，戴妫遂被遣返。庄姜远送于野，作《燕燕》诗以赠别。儿子被杀，母亲就被遣返，而这位庄姜还假惺惺地送别不幸的戴妫，甚至作歌赠之。其歌词曰：“燕燕于飞，参差其羽。之子于归，泣涕如雨。”这个故事显然有些虚伪和矫饰，用在此处并不高明，但那位刚刚死了儿子就被驱赶的戴妫确实够凄惨的，那句“燕燕于飞”的歌倒也感人。因为第二个典故不太恰切，感染力动情力尚未完全调动起来。

下阕提及的两个故事既贴切又感人，因兵败投降而身败名裂的李陵送别苏武时的伤感和忧愤，潇潇易水边荆轲和衣冠似雪的朋友诀别的悲壮决绝，把这首词的意境和内涵发挥到了极致，唤起了阅读时的激情和感动。在此，仿佛听见了那“风萧萧兮易水寒”的悲歌，心中涌起对不复还的壮士的无穷感念。

有研究者发现前面提及的离别，可能暗示徽钦二帝被虏离开汴京北上五国城，下阕的离别乃是暗指抗金恢复的英雄们的壮举，也可能有这层深意。结尾映照了开端关于啼鸟的话题，说连这些无知的鸟儿都知道这些忧伤离别的恨憾，它们的啼叫不仅有眼泪，泪尽还会啼之以血吧。谁人陪伴孤寂的我，醉饮在月光下啊?

作为辛弃疾的代表作之一，这首词作没有直接抒发感世伤时的忧愤，恢复故国的壮志，而是借自然界的鸟雀、历史上的伤痕，婉转含蓄地表达了心志，体现了意蕴深厚、激情内敛、深沉悲壮、委婉周折的风格。用急切幽咽的仄声韵加强了感染力。

永遇乐·京口北固亭怀古

千古江山，英雄无觅，孙仲谋处。舞榭歌台，风流总被，雨打风吹去。斜阳草树，寻常巷陌，人道寄奴曾住。想当年，金戈铁马，气吞万里如虎。

元嘉草草，封狼居胥，赢得仓皇北顾。四十三年，望中犹记，烽火扬州路。可堪回首，佛狸祠下，一片神鸦社鼓。凭谁问，廉颇老矣，尚能饭否？

这首词写于宁宗开禧元年（1205），当时韩侂胄当权，准备北伐，辛弃疾于一年前被任为浙东安抚使，是年春受命知镇江，镇守江防要地京口。赋闲多年的辛弃疾突然被推向抗金御敌的前哨阵地，宏愿得以实现，振奋之余，积极备战，谋划江防。但他清楚地意识到，政治斗争的险恶，自己处境的艰难，责任的重大，对独揽朝纲的韩侂胄的轻敌冒进又感到忧心忡忡。在这种心情支配下，他抚今追昔，历史上与京口、与江防有关的英雄人物的丰功伟绩和雄才大略一个个浮上心头，遂写就这篇传诵千古的名篇。后世杨慎《词品》把它看作辛词的压卷之作。

京口是三国时东吴大帝孙权设置的军事重镇，曾一度为都城，也是创造了辉煌北伐业绩的刘宋开国者刘裕的迁居地。面对锦绣江山，缅怀英雄先辈，辛弃疾正是从这里落笔的："千古江山，英雄无觅，孙仲谋处。"孙权十八岁肩负起坐断江东和曹刘征逐天下的重任，当然首先缅怀他。"舞榭歌台，风流总被，雨打风吹去"。当年东吴国势的鼎盛，舞榭歌台的繁盛，虽然都被沧桑剧变、斗转星移的雨打风吹去，但孙权的业绩永存。"斜阳草树，寻常巷陌，人道寄奴曾住"。又一个英雄人物浮上心头，那些斜阳草树映衬下的寻常巷陌，人们说是刘裕曾经住过的地方，刘裕小名寄奴，提及小名，增添了一缕亲切的追怀之意。"想当年，金戈铁马，气吞万里如虎"。刘裕曾出兵北伐，410 年攻灭南燕，417 年攻灭后秦，辛弃疾想起刘裕的不世勋业，想象当年金戈铁马的军容、气吞山河的气势，依然为之骄傲。两位英雄都是以江东为根据地开创了不朽基业的，对照如今偏安东南、苟且偷生的南宋朝廷，那种无言的挞伐，那种冷峻的蔑视，都浸透在字里行间。

沿着历史长河的轨迹，辛弃疾又回忆起刘义隆草草北伐兵败失地的惨痛教训："元嘉草草，封狼居胥，赢得仓皇北顾。"宋文帝刘义隆践位后，有恢复河南之意，彭城太守王玄谟陈北伐之策，刘义隆激动地说："使人有封狼居胥之意。"原来西汉名将霍去病统帅大军出塞击败匈奴后，曾封狼居胥。就是在狼居胥山上积土为坛祭祀天地，以报天地之恩，这是庆祝胜利的仪式。刘义隆对北伐颇有信心，但疏于备战，三次北伐均以失败告终，特别是元嘉二十七年（450）第三次北伐败得更惨，草草出兵，仓皇撤退，不但没有收复寸土，反而遭致元魏拓跋焘大举南侵，两淮残破，胡马窥江，刘宋国势一蹶不振。其实占据北方的元魏并非无隙可乘，军事实力也不占优势，倘能妥为谋划，虑而后动，收复部分失地，是完全可能的。但刘义隆头脑发热，拒谏饰非，轻启兵马，最终导致一败涂地。辛弃疾只用了十几个字就准确而陈痛地概括了这次教训，真高手也。

“四十三年，望中犹记，烽火扬州路”。辛弃疾转而忆及四十三年前他率众南归的悲壮历程。辛弃疾是绍兴三十二年（1162）率众南归的，正如他在《鹧鸪天》词中所描绘的“壮岁旌旗拥万夫，锦襜突骑渡江初”，当时，抗金形势极好，宋军在采石矶击败金兵，完颜亮被乱兵所杀，人心振奋，义军蜂起，刚刚即位的宋孝宗也有恢复之意，启用张浚北伐，但符离战败后，就转为退缩，投降派得势，再次和金国议和，南北分裂形成稳定状态。抚今追昔，感慨万端。在大段大段地回顾历史的文字中加入个人经历的回顾——那次恢复良机的丧失，活跃了文势，深化了思索，也更增添现实感。“可堪回首，佛狸祠下，一片神鸦社鼓”。辛弃疾从亲眼所见的民众祭祀祈神佑护又想起一件历史掌故。佛狸祠在长江北岸今江苏六合县东南的瓜步山上。永嘉二十七年，元魏太武帝拓跋焘南侵时，曾在瓜步山上建行宫，后来成为一座庙宇。拓跋焘小字佛狸，当时流传有“虏马饮江水，佛狸明年死”的童谣，所以民间把它叫做佛狸祠。辛弃疾写词时，百姓已经忘记此祠的来历，把它当作了祈求神灵保佑的场所，“神鸦社鼓”是苏轼词《浣溪沙》中的话，“老幼扶携收麦社，乌鸢翔舞赛神村”，是一幅迎神赛会的生活场景、一片平和安详景象。用“烽火扬州路”和“神鸦社鼓”相对应，可见世事沧桑发生了多么剧烈的、令人痛心的变化。辛弃疾表面文字后的潜台词多么丰富多么沉痛！

这首词终结在对一个更久远的历史典故的追问上，内涵极其丰富，感慨极其深沉，而又透露出一份愿意再登征程的心愿。文字功力、诗词技巧、高洁情怀、老骥伏枥之志，聚于十几个字中，真乃艺术奇观。“凭谁问：廉颇老矣，尚能饭否?”廉颇是战国时期赵国名将，为赵国安危所系。晚年依然壮心不已。赵王本来要授予他卫国御敌重任，但被仇人诬陷，说他一饭三遗矢，就是三次出恭，人已老迈不堪重用。辛弃疾在这里询问，到哪里去问老英雄还有一饭米一斗肉十斤的饭量吗？委曲地表露了自己虽然年老，但尚有廉颇老英雄的志愿，再次担负主持此次北伐的重任，但韩侂胄们任用辛弃疾只不过是利用他的主战派名声作一个招牌，不会真正倚重他。果然，不久辛弃疾就去职了，那位私心重而轻启战端的韩侂胄次年就因战败而被诛杀了。

这首词在当时就引起了巨大反响，受到普遍赞誉。但也有人认为用典过多。岳飞的孙子岳珂在《桯史·稼轩论词》中提出：《永遇乐》一词“觉用事多”之后，稼轩大喜，“酌酒而谓坐中曰：‘夫君实中余痼。’乃味改其语，日数十易，累月犹未竟”。他承认岳珂说中了他的老毛病，但是修改了一个多月还是没有去掉几个典故。从这个故事可以看出，辛弃疾用典不是文字使用习惯，而是抒情表意之必需。他在用历史诉说心曲，用前尘旧事抒发对当今世事之慨叹。没有一字提及当今事，更无一字冒犯当今圣上，仁心曲笔，莫此为甚。

摸鱼儿

淳熙己亥，自湖北漕移湖南，同官王正之置酒小山亭，为赋。

更能消、几番风雨。匆匆春又归去。惜春长怕花开早，何况落红无数。春且住。见说道、天涯芳草无归路。怨春不语。算只有殷勤，画檐蛛网，尽日惹飞絮。

长门事，准拟佳期又误。蛾眉曾有人妒。千金纵买相如赋，脉脉此情谁诉。君莫舞。君不见、玉环飞燕皆尘土！闲愁最苦。休去倚危栏，斜阳正在，烟柳断肠处。

这是辛弃疾满腔悲愤的一次充分而相对委婉的发泄。他自绍兴三十二年（1162）渡淮水投奔南宋，其抗击金军、恢复中原的主张始终未被采纳，军事才能没有得到施展，一直受到敷衍和疏忽，任远离战事的闲职，而且调动特别频繁，六年间曾调动四次。孝宗淳熙六年（1179）暮春，辛弃疾由荆州湖北路转运副使调任荆湖路转运副使，从湖北调往湖南，更加远离了战场。朋友王正之在小山亭为之饯行，席间辛弃疾吟咏出这首流传久远的绝唱。和辛弃疾往日那种直抒胸臆、直斥投降偏安的文墨不同，这次采用了比喻、象征、比兴的手法，曲折地倾诉心曲，拟人化的手法与典故的运用也都恰到好处地表达了内心的声音。继承《离骚》传统，用男女之情来象征现实的政治斗争，缠绵曲折，沉郁顿挫，呈现出别具一格的词风。上片主要写春意阑珊，表达强烈的惜春情绪，下片主要写美人迟暮，从美人迟暮角度表达对被冷落辜负的怨怒。

惜春，就是对抗金恢复的良机白白流逝的惋惜。“更能消几番风雨？匆匆春又归去”，一种急切叹惋的呼唤。已经春深如此，还经得起几番风雨，春就彻底无可挽回地归去了。“惜春长怕花开早，何况落红无数。春且住”。进一步诉说自己强烈的惜春情绪，甚至达到唯怕花开过早而早开早谢的地步，不由得喊那匆匆归去的春天，你给我站住！但是，“见说道、天涯芳草无归路。怨春不语”。春归的脚步无情地前进，听说那连天芳草如此茂密，已经堵塞住春天的归路了。没有想到，春天就这样不声不响地溜走了，怎能不怨恨她的无情？“算只有殷勤，画檐蛛网，尽日惹飞絮”。叹息自己白白错过了春天，一事无成，还不如那檐下的蜘蛛网，那样殷勤地网罗春天的飞絮，还能留住一点点春天的痕迹和消息。

下片从惜春叹惋跳到怀古，以汉武帝的陈皇后的角度诉说了被冷落、被辜负、被伤害的女性的悲伤。这位武帝幼时曾要金屋储之的阿娇，色衰爱弛备受冷落。情急之下，她以千金求司马相如为之写《长门赋》感化武帝，重新唤起了武帝对阿娇的爱心，但一班小人嫉妒进谗，“准拟佳期又误”，阿娇依然困守冷宫。辛弃疾以阿娇的蛾眉自况，象征自己费尽心思极力想激起君王的抗战激情，但还是被投降派宵小们的谗言破坏。“千金纵买相如赋，脉脉此情谁诉”？抗战派泣血表达的真知灼见，自己情深意切的吟唱，不都是比司马相如的《长门赋》更动人的篇章吗？

“君莫舞，君不见、玉环飞燕皆尘土”！有如霹雳一声断喝，小人们，不要得意太早，没看见骄奢淫逸的杨玉环、费尽心机的赵飞燕的下场吗？一个暴死马嵬坡，一个被废黜自杀，当年如此显赫，今天都成了尘土。更进一步思考，这些祸国殃民的女人，不但肉体毁于一旦，她们在历史上的价值也如尘土一般烟消云散了。“闲愁最苦”。此处“闲愁”二字不是百无聊赖的闲愁，而是对抗金和恢复一往情深的坚守，最痛苦最艰难。结尾在一番更沉痛苍凉的情怀上：“休去倚危栏，斜阳正在，烟柳断肠处”。是劝诫自己也是劝诫世人，不要登高临远，倚那高处的阑干，因为你看见的只能是斜阳映照下的烟柳，只能引起你的断肠般的忧戚。这斜阳和烟柳断肠处，正是国势衰微、偏安一隅的象征。

没有一字涉及苍生国运，看似惜春怀古的闲笔，却酣畅淋漓地传达出如此坚忍不拔的抗金恢复的意志，真稼轩本色。

水龙吟·登建康赏心亭

楚天千里清秋，水随天去秋无际。遥岑远目，献愁供恨，玉簪螺髻。落日楼头，断鸿声里，江南游子。把吴钩看了，阑干拍遍，无人会，登临意。

休说鲈鱼堪鲙，尽西风、季鹰归未？求田问舍，怕应羞见，刘郎才气。可惜流年，忧愁风雨，树犹如此！倩何人唤取，红巾翠袖，揾英雄泪。

这是辛弃疾最痛切的抒情力作之一，孝宗乾道五年辛弃疾任建康通判时所作。此际离他南归已经七八年，抗金主张不被采纳，闲置在可有可无的职位，他心中的愤懑失落可想而知。清秋极目，登高望远，生出无限感慨。胸襟阔大，感悟灵敏、才情焕发之诗人将心事付与文字，满腔哀怨和悲愤寄予笔墨，于是这篇佳作应运而生了。

“楚天千里清秋，水随天去秋无际”。一开头就将这博大雄浑的秋景展现出来，西望湘鄂，是古楚国地域，故云楚天。此际正当清秋，天高气爽，纵目千里，长江流向东方天际。“遥岑远目，献愁供恨，玉簪螺髻”。向远方群山眺望，一个个山峰如美人头上的玉簪和螺髻般美丽，可是这些山峰都长在沦陷了的北国土地，偏安一隅的半壁江山只能引发愁肠和恨意，将思绪引入国破家亡的家国之恨。“落日楼头，断鸿声里，江南游子”。这普普通通的夕阳时分，寓于一定的独特含义，成为联想起国恨家仇的契机。失群的孤雁鸣声嘹呖传来，一个身在江南流浪的游子，心中充满了忧伤和悲愤。这是指自己。“把吴钩看了，阑干拍遍，无人会，登临意”。吴钩，指吴国出产的弯刀，看吴钩，象征着使用它，征战沙场；拍遍阑干，指心有难以排解的激愤和郁闷的动作。有一部文人笔记记述了一个不合世事的人气愤地写道：“读书误我四十年，几回醉把栏干拍。”辛弃疾即使把阑干拍打遍了，也没有人理解此番登高远眺的真实心意。

下片的抒情更其曲折委婉。先说：“休说鲈鱼堪鲙，尽西风、季鹰归未?”张翰是西晋文学家，字季鹰。齐王司马冏执政时，张翰任大司马东曹掾，知冏将败，萌生退意，又因思念故乡的菰菜、莼羹、鲈鱼脍，遂归吴。辛弃疾不以张翰的选择为意，不要说鲈鱼堪做鱼羹，西风中，这位季鹰先生回来了吗？自己当然也思念故乡，但有比故乡美食更有价值的东西，那就是收复被敌人占领、蹂躏的故乡。“求田问舍，怕应羞见，刘郎才气”。三国时许汜和刘备共在刘表处谈论天下人，许汜说：“陈登，字元龙，是志在江湖心忧天下之士，颇有豪气。”刘备问许汜：“你说说看，陈登有什么豪情故事?”许汜说："从前为避战乱，曾到陈登家见他，但好久也不和我说话。自己睡大床，让客人睡在小床上。"刘备说："你徒有国士之名，当今天下大乱，君主流离失所，你不打算救君主救国家，反而谈些买房子买地的事，所言无可采纳者，深为陈登所忌讳。他干吗要和你谈话？要是你遇见我，我就睡在百尺高楼，让你睡在最底层地上，何止床上床下？"辛弃疾说，自己也没有求田问舍的打算，如果那样，真怕见刘备的才气和气概。最后他说："可惜流年，忧愁风雨，树犹如此！"可惜、可忧的是，似水流年就这样蹉跎过去。不要再像桓温那样叹息："树犹如此，人何以堪！"桓温北伐，路过金城，见当年为琅邪令时所植之柳，皆已十围，慨叹道："木犹如此，人何以堪！"

结尾极具概括性，慨叹也格外深沉："倩何人唤取，红巾翠袖，揾英雄泪。"古代官僚文士武将每逢伤心感慨，都要唤歌伎们来为自己擦拭感叹的泪水。自己这番英雄情结，郁结于心胸，请何人唤取红巾翠袖拭掉英雄的眼泪？隽永含蓄，意在言外。

西江月·夜行黄沙道中

明月别枝惊鹊，清风半夜鸣蝉。稻花香里说丰年，听取蛙声一片。

七八个星天外，两三点雨山前。旧时茅店社林边，路转溪桥忽见。

这是辛弃疾少见的以平和心态、轻松笔墨抒发的一份闲情逸致，对丰稔年月的一份祝福，写于他闲居江西上饶带湖时。辛弃疾的心胸几乎被抗金恢复的激情和壮志难酬的悲愤占满，难得他有这份轻松快乐的心情。黄沙指黄沙岭，是带湖的一处风光秀丽的名胜，辛弃疾时常来此盘桓逍遥。这次夜行，产生了这篇在辛词中别具特色的作品。

分辨不清是去黄沙岭还是从黄沙岭归来，但可以肯定路程较远，经历了天色的阴晴变化。"明月别枝惊鹊，清风半夜鸣蝉"。首先展示了一幅山林明月夜的景象。好像有一座山岭挡住了初升的月光，月光转过山岭，明亮的清晖惊飞了一道斜枝上的鹊鸟，半夜的清风唤起了一片蝉鸣。"稻花香里说丰年，听取蛙声一片"。此际隐约传来稻花的芬芳和一片蛙声。辛弃疾似乎是独

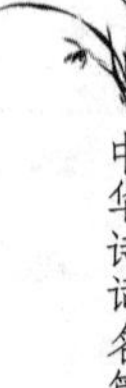

行，稻花香里说丰年的不是同行的伴侣，而是那高声鼓噪的蛙鸣。以蛙鸣表达对丰年的祝福和祈盼，俏皮新颖，用以表达辛弃疾心中的欢乐喜悦。这是一副著名的对仗句，在抒发丰年的喜悦上无出其右者。

“七八个星天外，两三点雨山前”。天色忽然阴沉下来，星星大都隐去，只剩下七八个留在视野中。稀疏的雨点开始在山前飘落下来，诗人此际没有刚才那么轻松了，急于寻找一个避雨的去处。

“旧时茅店社林边，路转溪桥忽见”。记得土地庙旁边有一座鸡毛小店式的茅屋，正可以避雨，转过溪桥，它赫然出现，心中泛起一阵难抑的亲切快乐。

看似亲切随便的语言，却隐藏着匠心独运的精致。“清风”和“明月”，“半夜”和“别枝”，“惊鹊”和“鸣蝉”，“七八个星”和“两三点雨”，“山前”和“天外”，都是工稳的对仗，也是独特语境的需要。他用如此普通朴素的词语创造了不平凡的轻松快乐的意境，辉耀古今。

破阵子·为陈同甫赋壮词以寄之

醉里挑灯看剑，梦回吹角连营。八百里分麾下炙，五十弦翻塞外声，沙场秋点兵。

马作的卢飞快，弓如霹雳弦惊。了却君王天下事，赢得生前身后名，可怜白发生！

这是辛弃疾最慷慨激烈、豪情澎湃的词作之一，写于1188年。是年，好友陈亮自浙江来上饶铅山鹅湖之禅院和辛弃疾相会，二人倾谈抗金复国大计，词章唱和，肝胆相照，倾谈甚欢，盘桓十日，曾约理学大师朱熹前来聚会，朱熹失约，陈亮愤而离去。离别之后，辛弃疾写了这首《破阵子》以寄托崇高激烈之爱国情怀。

辛弃疾把萦绕心中的壮志难酬、壮岁赋闲的悲愤和一直坚守的抗金理想作了一次倾情尽意的抒发。醉里，梦回，都是沙场激战、鼓角连营的场面。“醉里挑灯看剑，梦回吹角连营”。剑，是实现报国理想的工具，也是辛弃疾最珍爱的寄托壮志的象征。酒醉时分，挑灯看剑，午夜梦回，依稀听见鼓角连营，他仿佛看见听到了那些战斗场面：“八百里分麾下炙，五十弦翻塞外声，沙场秋点兵。”“八百里”指牛，这里有一个典故，就不必细说了，他看见麾下的抗金战士在分享犒劳的烤熟的牛肉，军中鼓乐弹奏着出击塞外敌军的军乐，沙场正在进行秋季点兵，好一派军阵风光！

过片之处没有习见的转折之笔，而是接续了上片的战争气氛，写了更激烈更壮勇的搏斗。“马作的卢飞快，弓如霹雳弦惊”。战士们的战马像刘备骑的的卢马那样一跃跳过三丈宽的檀溪疾速飞驰，弓弩弦像霹雳一般震响。这里有一个典故，往昔有一位抵御北方强敌的故事。《北史·长孙晟传》载：突厥之内，大畏长孙总管，闻其弓声，谓为霹雳。“了却君王天下事，赢得生前身后名，可怜白发生！”有志之士，完成了君王收复失地、驱逐强敌、天下太平的心愿，赢得了自己生前和死后的名声，这才是灿烂辉煌的人生！在尽情地展示了自己的心愿，礼赞了光辉灿烂的胜利之后，酒醒了，梦回了，一下子回到灰暗的现实：自己是蹉跎岁月、长久闲置、日益老去的闲散人员，可怜的白发已经爬上双鬓。从战斗场面，从欢乐兴奋的高潮，一下子跌落到谷底，可怜的辛弃疾！可怜的抗金理想！辛弃疾用了超越常规的笔墨，写了超越常人心理承受极限的悲痛和惆怅！

南乡子·登京口北固亭有怀

何处望神州？满眼风光北固楼。千古兴亡多少事？悠悠，不尽长江滚滚流。

年少万兜鍪，坐断东南战未休。天下英雄谁敌手？曹刘，生子当如孙仲谋。

辛弃疾站在京口北固亭上，放眼渺渺神州，慨叹兴起，遂寄情怀古，回忆三国英雄，联想到偏安一隅的南宋江山的衰朽，感慨系之。

“何处望神州？满眼风光北固楼”。京口是守卫南宋国土最重要的要塞，又是收复北方失地的北伐前哨，辛弃疾在此抒发奔放的壮怀激烈的慨叹是极其自然的。那个英雄辈出、热血肝胆、剑戟交迸的三国时代，更能触动志士的情怀。“千古兴亡多少事？悠悠，不尽长江滚滚流”。这里化用了杜甫的“无边落木萧萧下，不尽长江滚滚来”这句诗。回顾千古兴亡，崇敬爱国英雄，慨叹偏安王朝的衰朽软弱，感情全都集中在三国当年统御东吴的孙权身上。

“年少万兜鍪，坐断东南战未休”。兜鍪，指士兵的头盔，万兜鍪是万名士兵的同义语。孙权从战死的孙策手中接过东吴江山，年仅十八岁，虎虎有生气。他以东南为根据地，率领东吴军民和曹操、刘备战斗始终未休。东吴国土正好就是当今南宋王朝的主体。“天下英雄谁敌手？曹刘，生子当如孙仲谋”。在曹操、刘备“青梅煮酒论英雄”时，雄才大略的曹操对装聋作哑的刘备说：“天下英雄，唯使君与操耳！”这里暗用这个典故，设问，天下英雄谁是孙权敌手？只有曹操刘备。“生子当如孙仲谋”，这里又引入了一个典故。曹操在评价孙权才略时说：“生子当如孙仲谋，景升父子皆豚犬！”刘景升即占据荆州的刘表。其实，宋高宗赵构及其子孙何尝不是刘表父子那样的豚犬？

这首词气魄宏大，神游今古，用典贴切，格调悲壮，对同侪是坚强而悲壮的激励，对投降派是辛辣而强劲的讥刺。

清平乐·村居

茅檐低小，溪上青青草。醉里吴音相媚好，白发谁家翁媪？大儿锄豆溪东，中儿正织鸡笼。最喜小儿亡赖，溪头卧剥莲蓬。

作为英雄和斗士的辛弃疾，当然以豪迈坚强的词作为创作的主流，回荡着慷慨悲歌的旋律，让人激愤，让人奋起。然而，斗士也有“闲适”、“颐养”的时候。自四十三岁起，辛弃疾就被南宋当权者弃置在信州（今江西上饶）闲居二十年。这被迫的休息和非自愿的闲适，使辛弃疾靠近了百姓，体会到普通劳动者的质朴善良和生活的和平宁静，喜欢并赞美了这种乡村日子。但这绝不是粉饰太平，忘记抗金复国大业，而是经过对和平宁静的乡村生活的体悟和热爱，更加珍惜为善良百姓保持国土和社稷完整的天职，坚守自己抗战御敌、恢复失地的理想。

在悲壮苍凉为主调的辛词中，这首《清平乐·村居》可谓以轻松活泼、意趣盎然的风格独树一帜。这是他亲眼看到的一幅村居逸乐图。也许暂时忘记了百姓岁月的困苦、复国大业的艰巨，沉醉在一家五口的欢乐和谐的图景中。这户农家境况并不太好，简陋低小的茅檐坐落在青草如茵的清溪边，享受大自然的恩惠，不在乎物质生活的贫富简奢。“醉里吴音相媚好”一句说一对白发老夫妻正在屋前小桌上喝点米酒，已经稍有醉意，老人操江南吴语，互相诉说着恩爱和关切。两个儿子都在劳动，或锄豆或编织鸡笼，一派逸乐景象。笔墨之闲适、轻松、怡然，真让人读之心神为之一爽。

最小的儿子才是这出乡村喜乐折子戏的最重要角色：这孩子真的天真无赖，也就是顽皮可爱的意思，他正卧在一边剥食莲蓬。真是神来之笔，孩子的形象呼之欲出，也给这出小戏吹奏一声高亢俏皮的唢呐，给这幅乡居图画画上一抹明丽的亮色。诗人沉醉在此时此景，可以想象，他会何等睥睨那些官场的繁文缛礼、官吏之间的那些勾心斗角？

青玉案·元夕

东风夜放花千树。更吹落、星如雨。宝马雕车香满路。凤箫声动，玉壶光转，一夜鱼龙舞。

蛾儿雪柳黄金缕。笑语盈盈暗香去。众里寻他千百度。蓦然回首，那人却在，灯火阑珊处。

作为豪放派词风杰出代表的辛弃疾，和苏东坡的杰作并称“苏辛词章”，那种博大雄浑、激越深沉的歌唱，让千古知音激赏、心折，热血奔涌，思陡然奋起，追随词人。但辛弃疾又不是一位纯粹的豪放派词人，写起婉约词来达到不让柳永、秦观的地步。这首著名的《青玉案·元夕》所传达的恋爱中的少女强烈而鲜活的感受，真实、生动，具有强大的感染力，又是大家心中有口上无的奇异而普遍的心灵体验。那种寻觅情人的焦灼无奈、执着顽强，和蓦然发现情人身影时那种突然降临的狂喜，那种灿烂光辉照彻心田的开阔和温暖，真是让人难以方物。

上片几乎全是元宵花灯夜的美丽喜庆景色的描绘。但都不出色，只有“东风夜放花千树”一句，那美丽的焰火，意境和艺术感觉呈现出来了。其余的描绘无非是香车宝马、凤箫玉壶、鱼龙飞舞之类没有太多亮点，只有华丽辞藻的笔墨。甚至下片的前两句也不过是对女性的装扮、笑声、芬芳的描绘而已。只有到了最后两句，诗人的灵感才情、鲜活体悟、难言欣悦才迸发出来了。好像诗人已经胸有成竹，在抵达高潮的过程中，不太在意苦心经营，不愿意如后世评论家所说“做妮子态”。虽然是写儿女情态，也尽量做得爽骏清澈，让读者觉得并不特别婉约，也不特别烦腻，轻松而平静地跟着诗人走来，就是为了聆听少女发自内心的那一句低声然而有力的惊叹！其实，诗人不一定要分什么婉约派和豪放派，而只有杰出诗人和普通诗人之分。苏东坡的《洞仙歌》、辛弃疾的《青玉案》不是照样写得委婉而细腻，柳永的《望海潮》不也写得阔大雍容吗？

"众里寻他千百度"的少女，她知道，那人没有去最热闹的花灯灿烂的中心，在灯火阑珊处正默默地注视着自己，等待自己"发现"他，等待他心仪的姑娘心中唤起的震惊狂喜。这是一种默契，是心有灵犀的互动，而且是如此自然、如此简单、如此贴切、如此质朴，因为这是真正来自具体的生活感受。

至于历代评论家对这句诗的过分引申了、扩大了的解释，诸如梁启超所说的"独怜幽独，伤心人自有怀抱"，王国维从中听出了"第三种境界"，我觉得解读都稍感过度了。其实辛弃疾没有在这首篇幅不长的词作中寄寓太多的感悟和慨叹，乃至什么自伤幽独、命运不济、怀才不遇之类，他只不过是写出了青春时光的少女的一份真切而具体的爱情生活感受，唤起了人们既熟稔又陌生的某种真切至极的感悟认同而已。

菩萨蛮·书江西造口壁

郁孤台下清江水，中间多少行人泪？东北是长安，可怜无数山。

青山遮不住，毕竟江流去。江晚正愁予，山深闻鹧鸪。

孝宗淳熙三年，辛弃疾任江西提点刑狱驻节赣州，路过造口时所作。郁孤台在赣州西南贺兰山顶，因突兀而起数丈，故名。章、贡二水抱赣州北流，至郁孤台汇为赣江。造口即皂口，在郁孤台北百余里。辛弃疾在造口忆及金兵追击隆祐太后事，感慨系之。南渡初，金兵追索隆祐太后至急，太后乘舟夜行，至造口，弃舟登岸得免。隆祐太后为哲宗后，金人劫掠徽、钦二帝北上时，隆祐太后因为废后得免于难。南渡初，有人请立太后幼子，太后曰："今强敌在外，我以妇人抱三岁小儿听政，将何以令天下？"主张立其侄、成年之赵构继承大统。时人多称颂其深明大义，为南宋建立作出重大贡献。

"郁孤台下清江水，中间多少行人泪"？辛弃疾想起徽、钦二帝蒙尘，百姓涂炭，高宗南渡，隆祐高义，感慨万千，遂寄情于自郁孤台流至造口的赣江水，叹息其中融入了多少行人的眼泪。“行人”包括徽、钦二帝、蒙尘后妃，南渡隆祐，也包括那些遭到涂炭命运的百姓。“郁孤台”三字，从字形上就会给人以忧郁孤独的联想，增添惆怅之情。“西北是长安，可怜无数山”。有两种版本，“四印斋”本曰：“西北望长安。”长安的地理位置是在造口西北，但长安在宋代已不是首都，辛弃疾不会西北望长安，刚刚失去的北宋首都汴梁在正北，而金人囚禁徽、钦二帝的五国城恰在东北方向，故未采用“四印斋”本。在通往“东北是长安”的漫漫长途上又有千山万水的阻隔。

“青山遮不住，毕竟江流去!”“四印斋”本为“毕竟东流去”，因为写的是郁孤台下的清江，就是赣江，而它的流向是南北的，所以我们也不采用这个版本。在这里，辛弃疾借以象征一份矢志抗战收复失地的宏愿。有多少艰难险阻，有多少投降派的掣肘，也阻挡不了抗金大业的破浪前进！以“江晚正愁余，山深闻鹧鸪”作结，现出作品的含蓄隽永，也显示出辛弃疾感情的深沉内敛。鹧鸪啼声哀戚温婉，若呼唤“行不得也哥哥”，鹧鸪声声，其呼唤词人莫忘北伐之怀抱耶？抑勾起其志业未就之忠愤耶？或如中原父老同胞之哀告耶？余韵悠长，情思绵绵。

这首表达坚持不渝的抗金意愿的词章，没有一个字提及国事和时局，纯然是一份对于山水风光的讴歌，一声鹧鸪的啼啭。

贺新郎

邑中园亭，仆皆为赋此词。一日，独坐停云，水声山色，竞来相娱。意溪山欲援例者，遂作数语，庶几仿佛渊明思亲友之意云。

甚矣吾衰矣！怅平生、交游零落，只今余几？白发空垂三千丈，一笑人间万事，问何物能令公喜？我见青山多妩媚，料青山见我应如是。情与貌，略相似。

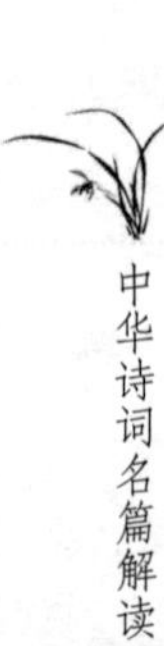

一尊搔首东窗里，想渊明、停云诗就，此时风味。江左沉酣求名者，岂识浊醪妙理？回首叫云飞风起。不恨古人吾不见，恨古人不见吾狂耳！知我者，二三子。

这是辛弃疾放开襟怀，尽情抒发郁积于胸的积愫的极富个性的词章。那种孤独、自负、自豪、自许的器宇跃然纸上。写于宁宗庆元四年（1198），时辛弃疾已经闲置了四年，在信州铅山东期思渡之瓢泉筑了新居闲居。词前有小序，言邑中园亭我都要写一首贺新郎词。有一天独坐在名为“停云”的厅堂，流水淙淙，山色葱郁，竞相来娱乐我。大概这些溪山都要援引此惯例，索取一首新词吧。于是，我便模仿陶渊明的“停云，思亲友也”之意，随便写了几句。稼轩为词，多用典故，因读书多，体会深，使用特别贴切自然，读者也逐渐习惯他的用典风格，觉得连孔子、杜甫都有这样的语气和文风，辛弃疾的词章字字有根基，句句有来历，具有了更加可信可佩的品格。

“甚矣吾衰矣！怅平生、交游零落，只今余几？”辛弃疾写这首词时已经五十九岁，壮志难酬，郁闷难纾，明珠投暗，身心俱疲，发出这样低沉的叹息是极其自然的。孔子曾发出这样的叹息：“甚矣吾衰也，久矣夫吾不复梦见周公矣。”辛弃疾叹息自己本来就落落寡合，赋闲之后更显得交游零落，知交至今还剩几位？“白发空垂三千丈，一笑人间万事，问何物能令公喜？”在此，辛弃疾又引用了李白在《秋浦歌》中的诗句：“白发三千丈，缘愁似个长。”极言自己因为忧思国事，愁白了头发，竟然像李白想象得那样长！笑问人间万事，什么东西可以让你心喜？这里又引入一个典故。东晋高官桓温手下有两位参谋，一个是参军郗超，一个是主簿王珣，都深得桓温喜爱，郗超多髯，王珣身矮，府中有谚语云：“髯参军，短主簿，能令公喜，能令公怒。”其实，不是每个典故都有深意有故事有令人会心莞尔的价值，不过是在文化和智慧水平相近的人群之间，面对诗文中隐藏的典故，可以收到心心相印、灵犀相通的功效。“我见青山多妩媚，料青山见我应如是。情与貌，略相似”。既然交游零落，和人的交流不畅，就转而和山水林泉交往，在互动中求得心灵的安恬和平衡。于是，那种契合无间、相互欣赏、高度和谐、天人合一的境界出现了，达到互相之间给予“妩媚”的评价的程度。这里又糅入了李白和敬亭山“相看两不厌”的体验。辛弃疾自豪也有些自恋地宣称：就青山的感情和外貌来说，和我是略略相似的。

下片进一步描绘了自己和自己心仪的古代先贤的性格和风貌。“一尊搔首东窗里，想渊明、停云诗就，此时风味”。辛弃疾想象自己走进陶渊明写“停云，思亲友”时的那个境界。陶渊明的那首诗中有“良朋悠邈，搔首延伫”的诗句，设想自己就是那良朋，正在搔着头发端着酒杯在那里停留。“江左沉酣求名者，岂识浊醪妙理？回首叫云飞风起”。江左为古地区名，指长江下游地区。古人以东为左，以西为右，自江北视之，江东在左，江西在右，东晋及南朝宋齐梁陈各朝代的根据地都在江左。辛弃疾在这里指西晋南渡之后那些沉醉于谈玄追求虚名的人士，他们哪里懂得浊酒中蕴藏的道理？“浊醪妙理”为杜甫诗中语，大致指快意饮酒，蔑视功名利禄的淡泊心绪。等闲浮名，还是长啸云飞风起的自然风光吧。这里又隐藏着刘邦《大风歌》的一个典故，但又绝对不是追随帝王、作为之守四方的猛士之意。

结尾特别精彩。辛弃疾提炼出一句颇有哲理又充分反映自己的人格个性风貌的诗句来：“不恨古人吾不见，恨古人不见吾狂耳！”何等自豪自许自负自恋！也许只有辛弃疾这样狷狂清高、坚守高贵理想的志士才能说出这样的话来。他太出色太超凡脱俗了。有几分孤独感和辛酸，又有几分欣慰和庆幸，他高傲地宣称：“知我者，二三子。”有人说，其中有他的知交陈亮，此外就再也没有第二第三位知音了。

我们跟随着辛弃疾的吟咏，做了一次探索他的心路历程之旅，在明哲保身甚至是如蝇逐臭的南宋士林，他是多么寂寞孤独，坚持真理正义、抗金恢复的事业是多么艰难！

陈亮（一首）

水调歌头·送章德茂大卿使虏

不见南师久，谩说北群空。当场只手，毕竟还我万夫雄。自笑堂堂汉使，得似洋洋河水，依旧只流东。且复穹庐拜，会向藁街逢。

尧之都，舜之壤，禹之封。于中应有，一个半个耻臣戎！万里腥膻如许，千古英灵安在？磅礴几时通？胡运何须问，赫日自当中。

陈亮（1143—1194）是南宋著名主战派史学家、文学家，器宇恢弘，才气超迈，胆识过人，喜谈兵，赞成变法，革除时弊，以尽瘁抗金、呼唤恢复为生命中第一要务，上疏皇帝，撰写文章，奔走呼号，力主抗金，反对议和，是一个十足的“职业革命家”，终生不仕，并受到投降派的多方迫害，几度身系囹圄。他的坚贞和识见曾得到孝宗某些赏识，欲封赏官职，陈亮激昂慷慨地回答道：“吾欲为社稷开数百年之基，宁用以博一官乎？”遂失去为官之最后机会。直到光宗绍熙四年，年过五十的陈亮为光复大业参加科举考试，得进士第一，光宗授予签书建康府判官，未及赴任而卒，结束了这位抗金志士战斗的一生。陈亮为著名词家辛弃疾密友，二人写作风格、心性笔墨略相似，所作词章，慷慨激越，风格豪放，皆非闲情逸致，表现出他们的政治抱负和恢复主张。

孝宗淳熙十三年（1186）朝廷派章森，字德茂，出使金国去祝贺万春节（金主生日），陈亮在饯别章森席间，写下了这首通篇洋溢着强烈的民族自豪感和宋朝必胜的信心的词作。陈亮和章森友善，颇知章森心性，是力主抗金恢复的同道。章位居尚书，故称之为大卿以示尊重。上阕对章德茂以热情赞扬，激励他为国争光：“不见南师久，谩说北群空。”韩愈有文说，“伯乐一过冀北之野，马群遂空”，但并非马群真的空了，而是说良马已空。这两句在豪迈而严厉警告霸占北国的金兵，不要以为很久不见南方的军队出师北伐，就一厢情愿地认为中原就没有能征善战的抗金将士了。文风刚劲，气势强盛，开笔就有压倒一切敌人的声势。“当场只手，毕竟还我万夫雄”。当时不但朝中少有人议论北伐，就是出使金国这样的事，都畏敌如虎，唯恐躲避不及，甚至认为谁举荐自己出使金国是一种陷害。面对残暴的敌人和低迷的士气，环顾座中，只有你如同那“只手擎天”英雄，敢于勇往直前，表现出你气压万夫的英雄本色，表达了一种由衷的赞美。“自笑堂堂汉使，得似洋洋河水，依旧只流东”，接着又站在章森的地位苦笑着自嘲并表示了决心，我们这些堂堂大宋使臣，为什么只能像东流之水一般纷纷前往帝国朝贺进贡？陈亮勉励章森，暂且去胡人头目的帐幕去拜见他，我们一定要征服他们，会叫他们的使臣来长安的藁街朝拜的。

下阕对一味媚敌称臣、不思进取的南宋统治者进行猛烈抨击，同时又满怀豪情地激发人们的抗金斗志，对抗金前途充满了必胜的信心。“尧之都，舜之壤，禹之封。于中应有，一个半个耻臣戎!”被占领的中原地区，神圣不可侵犯，是唐尧建立的都城，是虞舜开辟的土地，是夏禹分封的神圣疆域！在这先贤筚路蓝缕、披荆斩棘开辟的国土上，应该有一个半个以国土沦丧、向敌人称臣纳贡为耻辱的臣子啊。陈亮的激愤、急切的羞耻感和恨铁不成钢的心情、声口都生动、形象、鲜活地展现在此，真像看见了他须髭怒张的形象、听见了他声震屋宇的呐喊。这排比句式的九个字和“一个半个耻臣戎”的沉痛讽刺性说法，不仅是这首诗的亮点，也是整个南宋词坛的亮点！人们正是因为这十几个字记住了这位抗金志士、杰出词人的名字。“万里腥膻如许，千古英灵安在?”他接着心疼地呐喊道，万里河山被金兵践踏，到处充满了腥膻之气，污染着大好河山，爱国牺牲的千古英灵在哪里呀？“磅礴几时通”？浩然正气何时能磅礴于天地间，激起我们的血性，绝境中奋起啊？“胡运何须问，赫日自当中”。他不由得诘问：抗金的前景到底怎样啊？继而自信地回答：胡人也就是金国的命运还需要再问吗？而我们的大宋，虽然暂时偏安一隅，但正义无敌，民心可用，犹如当空的红日，蒸蒸日上，战胜敌人，收复失地，是绝对不可怀疑的！

送别出使敌国称臣纳贡的使者本来是伤心尴尬的场面，陈亮却能抒发一片慷慨激昂的抗敌壮志，对这位担当一件极不光彩任务的使者又能给予如此坚强的精神支持，给予如此充分的赞扬；在敌强我弱、小朝廷偏安一隅不思进取的形势下，他又如此自信、如此乐观地发出抗金恢复的金石之声，给予几近绝望的南宋臣民以激励和鼓舞，有一种绝地反击的气势。这份悲壮苍凉的爱国情怀，必胜信心，真是感天地泣鬼神。词人以议论入词，既酣畅淋漓，又形象可感。大义凛然，立意高远，通篇弥漫着充斥天地间的浩然正气，洋溢着乐观主义的精神和昂扬向上的感召力量。

姜夔（四首）

踏莎行

自沔东来，丁未元日至金陵，江上感梦而作。

燕燕轻盈，莺莺娇软。分明又向华胥见。夜长争得薄情知？春初早被相思染。

别后书辞，别时针线，离魂暗逐郎行远。淮南皓月冷千山，冥冥归去无人管。

姜夔（约 1155—约 1221）是第一位将词的语言文字和音乐的旋律节奏严密结合起来的艺术家。他对词的音韵平仄的认识也特别准确真切。他不但可以为词谱曲，而且可以创造“自度曲”，他的《白石道人歌曲》就是第一部词的配乐曲谱集。虽然终生不仕，但还可以做群众团体的领导吧，如果成立大宋文联，姜夔可以出任全国音乐家协会主席兼作家协会副主席而毫无愧色。

人们把他归类为婉约词人，写景纪游、感世伤时、托物言事、抒发低抑之情，却和另一位婉约词的代表人物柳永大异其趣，笔下红灯绿酒、依红偎翠倒很稀见。姜夔在抒写自己的人生感受时特别细腻、精微，用词特别讲究，坚定地保持格调，保持一个知识分子的纯净而安详的灵魂。评论家周济说“白石脱胎稼轩，变雄健为清刚，变驰骤为疏宕”，仔细品味这位婉约派词人和豪放派宗师倒不无关联之处；这“清刚”和“疏宕”两个词不好确解，觉得总和豪放、刚劲相距并不太远，倒是比较接近我们对他的标格、风神的认识。

这首《踏莎行》作于 1187 年，是姜夔的代表作之一，诗前小序说是“丁未元日至金陵，江上感梦而作”。原来姜夔年轻时代在淮南合肥曾经有过一次刻骨铭心的爱情，这回从沔州东下南京，忽然梦见了这位久别的情人。上片是诗人对梦境的描绘，倩影如燕子般轻盈娉婷，声音如黄莺般清澈婉转。那迷人的人儿在娇嗔地埋怨诗人："我的漫漫长夜，你这薄情人哪里知道？春天来时，早就被相思染上了忧郁。"这深挚的浓情，诗人，你怎么承担得起？

下片是诗人对梦境和回忆的迷离交叉的描绘。诗人在梦中看见了离别时情人留下的针凿、分别后鱼雁传书的信笺，听着情人深情地、幽怨地诉说自己化作了离魂来梦中和自己相会的艰难。但是，这片时的相会，是空中楼阁、镜花水月、梦里春秋。此际诗人的抒情角度已由自己转化为梦中的情人。一旦梦醒，她面对的只能是淮南天空那一轮无情的皓月，映照这荒寂冷落的千山，在冥冥中独自归去，谁再管她的孤独、她的幽怨、她的相思呢？"淮南皓月冷千山，冥冥归去无人管"。这两句写得特别优雅冷峻，内涵深蕴，难怪眼界甚高的王国维也特别称赞呢！

封建时代，纳妾嫖妓是普遍的、被允许的，但是婚姻之外的恋情基本上是没有出路、没有存在资格的，也没有得到形诸笔墨的权利。文人骚客所描绘的爱情、所咏唱的对象基本上都是神女、歌妓，想来姜夔的这位早年情人也是这样的女性。诗人可以抒发对她这样的女性的爱和珍惜，可以表达一份歉疚和某种悔恨，但绝不可能对她们的命运负责。能够对她们这样的女性表达一份真诚的尊重和情意，足以让人钦佩了。姜夔高雅的格调，空灵的咏唱，除了一份布衣才俊的孤高，就是这份醇厚高洁、尊重不幸女性的真诚。

扬州慢

淳熙丙申至日，予过维扬。夜雪初霁，荠麦弥望。入其城则四壁萧条，寒水自碧，暮色渐起，戍角悲吟。予怀怆然，感慨今昔，因自度此曲。千岩老人以为有"黍离"之悲也。

淮左名都，竹西佳处，解鞍少驻初程。过春风十里，尽荠麦青青。自胡马窥江去后，废池乔木，犹厌言兵。渐黄昏，清角吹寒，都在空城。

杜郎俊赏，算而今、重到须惊。纵豆蔻词工，青楼梦好，难赋深情。二十四桥仍在，波心荡、冷月无声。念桥边红药，年年知为谁生？

以婉约词闻名的姜夔，写起这种视野开阔、苍凉清凄的作品来也显出大家气象。整首词里都弥漫着一种忧伤但不颓丧、心潮难平但依旧从容的气度，这就是姜夔的歌唱。不是豪放派，也不是婉约派，而是一派清劲刚健细腻真挚的文墨。

扬州作为唐宋时代一座著名的都会，既是经济中心也是文化中心，也以它秀丽的景色和那里的女性的万种风情惹动骚人墨客的心旌，留下了无数美丽而真情的词章名篇。其中最动人情怀的是杜牧的清隽吟唱，也许还有张若虚的那份洒脱旷达的风怀。

偏安东南一隅的南宋时时刻刻处于北方少数民族女真和蒙古的侵凌威胁之下。“胡马窥江”是金主完颜亮于南宋绍兴十六年（1146）发动的一次南侵战役。金军步步进逼，南宋节节溃败，完颜亮得意地占领了和扬州一水之隔的瓜洲。就在南宋君民束手无策、惊恐万状之际，真是天助，完颜亮被部下谋杀身亡，金军匆匆撤退，南宋转危为安。这次“胡马窥江”的惊恐记忆，给了南宋百姓和这座扬州城沉重打击，人人都感受到了危险和压力，消解了那种纵情享乐的豪情，扬州从此有了危机感和防御入侵的思虑，城市也失去了曾经的活力，歌舞升平、纸醉金迷的日子一去不复返了。

淳熙三年，也就是1176年，在“胡马窥江”之后十六年，姜夔访问了扬州。扬州并没有从“胡马窥江”的劫难中恢复过来，那黯淡凋零的氛围令他震惊心悸。姜夔平静地描绘了扬州郊外的景色，“淮左名都，竹西佳处”谈及扬州的名胜和美景，“春风十里”和“荠麦青青”，说尽了自然风物的美好，都是为了衬托“胡马窥江”之后的冷落萧条。满目是荒废了的池塘和疯长的乔木，凄厉的号角声响彻在这空寂的古城上空。姜夔的叔岳千岩丈人萧德藻说这首词有“黍离”之悲。《黍离》是《诗经·王风》中的一篇，记述了周王室败亡后宫廷变作农田生出整齐庄稼的景象，抒发了亡国的悲痛。

他没有心思再纵目扬州的衰颓景象，蓦然想起杜牧的那些清隽蕴藉的诗句，“娉娉婷婷十三余，豆蔻梢头二月初”、“二十四桥明月夜，玉人何处教吹箫”的吟唱言犹在耳，但是这座城市早就丢失了它的魂魄和灵性，黯淡了那份潇洒风雅的精神，再也不会有杜郎那样美丽的豆蔻词明月调了！还是那轮明月，还是那泓桥下流水，但在有黍离之悲的姜夔眼里，已经变作凄凉的“波心荡、冷月无声”了。

结尾特别隽永，姜夔询问那桥边的嫣红芍药，已经没有了那样赏识你们歌唱你们的杜郎，也失去了欢乐的扬州男女的爱抚喜悦，你们年年还为谁开放呢？

暗香

辛亥之冬，予载雪诣石湖，止既月，授简索句，且征新声，作此两曲。石湖把玩不已，使工妓隶习之，音节谐婉，乃名之曰《暗香》、《疏影》。

旧时月色，算几番照我，梅边吹笛？唤起玉人，不管清寒与攀摘。何逊而今渐老，都忘却春风词笔。但怪得竹外疏花，香冷入瑶席。

江国，正寂寂。叹寄与路遥，夜雪初积。翠尊易泣，红萼无言耿相忆。长记曾携手处，千树压西湖寒碧。又片片吹尽也，几时见得？

这是展示姜夔词笔风采最重要的作品，和《疏影》一起，成为词这种体裁和音乐结合最紧密的篇章。姜夔词作达到了词学艺术发展的顶峰，他的作品格律精严，严格按照声律的要求填写，极富乐感，都可以演唱。他自己将词集命名为《白石道人歌曲》，其风韵和日后完全脱离了声律的文人词作大为不同，只因年代久远，这些词谱的乐曲早已失传，无法聆听配以音律的词章，也体会不出姜夔作品的音乐素质了。这两首自度曲的写作过程，前面小序已经写得明明白白，是诗人受石湖即范成大的邀请前往做客，授简索句，就是给他纸笺，请他写出新作，其时在绍熙二年年冬（1191）。范成大是诗人，此际已是六十多岁的老人，既富且贵，时居于苏州西南十里之石湖。两首自度曲颇受范成大赏识，命所蓄养的歌妓演唱，声韵和谐委婉。范成大园圃植有梅花，风雅可爱，姜夔欣然咏之。受林逋诗《山园小梅》诗句“疏影横斜水清浅，暗香浮动月黄昏”启发，命名为《暗香》、《疏影》。文人笔记称，范成大以演唱姜夔新作的色艺俱佳之歌女小红赠送姜夔，姜夔赋诗云：“自琢新词韵最娇，小红低唱我吹箫。曲终过尽松陵路，回首烟波十四桥。”在记述姜夔创作这两首标志性作品的时候，我们暂且记下这种忽视女性人格尊严和以女性为赠品的世道的不义。

这首词以梅花为抒发相思深情的背景，相思对象为谁？应该是当年在“旧时月色，算几番照我，梅边吹笛”时唤起的那位玉人。姜夔面对今宵的梅花和明月，回忆起了当年的“旧时月色”，由今日的“小红低唱我吹箫”想起了当年“唤起玉人，不管清寒与攀摘”。不管天气如何清寒和夜色如何深浓，唤起那位玉人就去攀摘梅花，可见和玉人关系的亲密无间，情意的绵密契合。“何逊而今渐老，都忘却春风词笔”。姜夔没有沿着回忆的路数写下去，而是宕开一笔，插入对南朝梁代诗人何逊年老的叹惋。何逊曾在扬州作《咏早梅》诗。在这里，他是以何逊代指自己。就艺术成就论，姜夔这样类比，应该不算攀附。但姜夔此时不过三十六七岁，就以古人对年龄段的划分，姜夔不过是中年。叹息“渐老”不过是他对自己蹉跎岁月的自励罢了。忘却“春风词笔”，说自己好像江郎才尽，普普通通四个字，却有无穷风韵和难以言传的美感。“但怪得竹外疏花，香冷入瑶席”。从对古人的追怀又回到眼前，生在竹丛边上的疏落的梅花的香冷气息传送到诗人安卧的瑶席之上，瑶席，是对席子的美称。

下片姜夔又沉浸在对那位玉人的回忆之中。先说今日之“江国，正寂寂”的岑寂气氛，叹息欲将心事寄予她，可是天寒路远，路上又初堆了积雪。“翠尊易泣，红萼无言耿相忆”。手边这只翠绿色的酒尊容易让人感泣，这些无言怒放的红梅都如此持久地回忆起她的耿耿深情，花木犹如此多情，何况我呢？“长记曾携手处，千树压西湖寒碧”。从今夜的月色和梅影，又回忆起当年曾和她携手处，西湖边千树梅林和碧水相映，好像叠压在碧水寒透的西湖上一样。如今，西湖边的梅花片片被吹尽了，什么时候才能重见“千树压西湖寒碧”的景色呢？其实，这样解释全诗的结尾处，也显得牵强，看来此作品的重点不在结尾处，诗人不能保证词作的每一句都精彩啊。

疏影

苔枝缀玉，有翠禽小小，枝上同宿。客里相逢，篱角黄昏，无言自倚修竹。昭君不惯胡沙远，但暗忆、江南江北。想佩环、月夜归来，化作此花幽独。

犹记深宫旧事，那人正睡里，飞近蛾绿。莫似春风，不管盈盈，早与安排金屋。还教一片随波去，又却怨、玉龙哀曲。等恁时、重觅幽香，已入小窗横幅。

这是《暗香》的姐妹篇，与《暗香》同时创作于苏州范石湖的庄园。作品更深入细致地吟咏了梅花的风采。采取拟人化的手法，大量引入典故，把范石湖家园里那几株梅花比作有感情有知觉、风情万种又惹人怜爱的女性，笔墨委婉蕴藉，细腻精致而蕴满真情。

上片以一幅精美的寒梅画面开端：“苔枝缀玉，有翠禽小小，枝上同宿。”生着青苔的梅枝上开着一朵朵如同璧玉般的梅花。苔梅是梅花的一个品种，范成大所著《梅谱》中就有有关苔梅的文字。枝上有小小的翠绿的禽鸟双憩于枝头，给这寂静的景色增添了几分生趣。“客里相逢，篱角黄昏，无言自倚修竹”。姜夔故乡在江西，居住在杭州，从哪一个角度，此际都算是“客里”，客里相逢，应该更有一份他乡遇故知的亲切感，在不起眼的篱笆角落的黄昏时分，蓦然看见这株梅花，如同杜甫笔下的佳人，“天寒翠袖薄，日暮倚修竹”。那份娉娉婷婷，那份高洁出尘，那份默默无言，差可近之。这梅花的风采，让姜夔又想起远嫁匈奴的昭君，那份幽怨，那份孤寂，那份既坚强又惹人怜惜的姿影，差堪比拟。昭君过不惯胡沙之地的生活，总在暗暗回忆故乡的江南江北。在心疼昭君的片刻，又有一缕对被虏往北国的徽、钦二帝及其后妃的怜惜浮现于心中。正好蒙尘的徽宗在五国城写的一首感时伤怀的《眼儿媚》中有“花城人去今萧索，春梦绕胡沙”的诗句。姜夔也许在默默呼应亡国哀君的叹息。“想佩环、月夜归来，化作此花幽独”。此际对昭君的追怀和比拟，又化用了杜甫在《追怀古迹·其三》中对昭君魂归中华的描绘：“画图省识春风面，环佩空归月夜魂。”“环佩”本是昭君的装饰，代指昭君，此处的“佩环”文字的颠倒是音律的需要。想那可怜的昭君葬身荒漠，归来的只是她的魂魄，那魂魄化作了这株梅花，那样幽怨，那样孤独，楚楚可怜，依依风雪中。是在赞颂眼前的梅花，还是在怜惜历史上的不幸女子，真让人分不清了。

下片以南朝宋武帝女儿寿阳公主梅花妆的故事开端。“犹记深宫旧事，那人正睡里，飞近蛾绿”。和上片结尾处昭君故事看似不相干，却有过片意不断的感觉。寿阳公主安卧宫中，有梅花落于眉间，拂之不去，数日方休，宫女多仿效之，以梅花装点姿容，曰“梅花妆”。“蛾绿”在这里就是指以螺子黛画成的秀眉。螺子黛，色青黑，眉毛画成细如蛾须状，蛾绿就作为美丽女性的指代词。在这个故事里，梅花扮演了一个传送美丽、装点女性的美好角色，让词人难忘。接下来的一句，思绪绵密，省略过多，真有意识流的味道。“莫似春风，不管盈盈，早与安排金屋”。梅花迎风傲雪，开放于寒冬，当春风吹拂时，梅花已经凋谢，所以被误认为梅花是被春风吹落的。诗人说，可不要像春风，不管梅花的盈盈美姿，无情吹落，我们应该早早把落梅收藏进金屋去。这里又引入一个汉武帝刘彻金屋藏娇的典故。刘彻幼时喜欢姑母的女儿阿娇，姑母问他，你将来怎样爱护阿娇？刘彻说，我要建一座金屋把阿娇储藏进去。之后阿娇立为皇后又被冷落，那是后话了。下面的描绘抒情依然是这样意绪繁复而节省文字："还教一片随波去，又却怨、玉龙哀曲。"可爱的梅花任春风吹落，任春雨荡去吧，可不要又埋怨那"玉龙哀曲"，玉龙此处代指笛子，笛子演奏的《梅花落》在哀叹梅花凋谢，宛转低回，徒增伤感。"等恁时、重觅幽香，已入小窗横幅"。等到春归时分，你再想重新觅回梅花的幽香，已经不可能了，它已经变作画家画在小窗边的横幅，已经没有了醉人的幽香，也没有了鲜活的姿容。

通篇句句不离梅花，礼赞之，爱慕之，惋惜之，而又无一个梅字。是在吟咏梅花，又像是在赞美追怀美人，人中有梅，梅中有人，历史的追怀，个人际遇的慨叹，都杂糅在一起，给人的信息和感情太丰富太密集了！阅读和欣赏这两首词，达到了词作的创造者和接受者互动的最高境界。

刘过（一首）

沁园春

寄辛承旨。时承旨招，不赴。

斗酒彘肩，风雨渡江，岂不快哉！被香山居士，约林和靖，与坡仙老，驾勒吾回。坡谓：西湖，正如西子，浓抹淡妆临镜台。二公者，皆调头不顾，只管衔杯。

白云：天竺去来，图画里、峥嵘楼观开。爱东西双涧，纵横水绕；两峰南北，高下云堆。逋曰不然，暗香浮动，争似孤山先探梅。须晴去，访稼轩未晚，且此徘徊。

刘过（1154—1206），字改之，吉州太和（今江西太和县）人，力主抗金，南宋光宗年间曾上书朝廷提出恢复中原的方略，不被采用，从此流落江湖。以词著称，风格豪放不拘。宁宗嘉泰三年，朝廷启用辛弃疾知绍兴府，兼浙东安抚使，辛弃疾派人招刘过前往。刘时在临安，以事不及行。因效辛体作此词寄之。这首《沁园春》前之小序“寄辛承旨招，不赴”，申明题意。然辛弃疾进枢密都承旨为其六十八岁事（时刘过已死），《宋史》本传称辛弃疾“未受命而卒”，“承旨”字样可能为后人所加。据说辛得此词大喜，致馈赠数百千，竟邀之去，饮宴弥月，酬唱不倦。

这位体制外的抗金派词人，词风本来就豪放不拘，加之为了答谢辛弃疾，有意模仿辛弃疾词风，比稼轩更稼轩，更狂放不羁，把几位前辈诗人拉进他的词作充当自己的临时老师兼演员，白居易、苏东坡、林和靖三位一面饮酒一面互相品评名作佳句，文人相亲相敬的情愫，关怀后进的情怀，声口笑貌，热热闹闹，大师风采，宛若亲历。刘过以这首风采独具的力作彪炳词坛。

“斗酒彘肩，风雨渡江，岂不快哉”，突兀而起，回忆了刘邦、项羽在鸿门宴中的一个精彩细节。当“项庄舞剑，意在沛公”的危机时刻，刘邦的壮

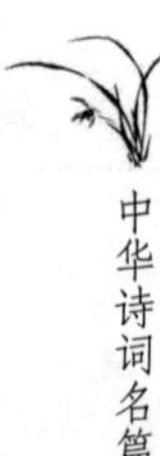

士樊哙气势夺人，目眦尽裂，横扫护卫，拥盾撞入宴会厅，项羽见其豪壮，赐之斗酒、生彘肩，樊哙尽饮食之。彘肩，指猪肘。刘过在这里表达受辛弃疾赏识、邀请的快乐心情，想象辛弃疾会赏赐斗酒彘肩，自己会冒着风雨渡过钱塘江赴约。但“被香山居士，约林和靖，与坡仙老，驾勒吾回”，这三位前辈诗人都命令我回来，在西湖边聚饮。我只好辜负您的好意不能赴约了。白居易晚年号香山居士，其《寄韬光禅师》诗有“东涧水流西涧水，南山云气北山云”的诗句，林逋（967—1028），字和靖，其《山园小梅》有“疏影横斜水清浅，暗香浮动月黄昏”的诗句，苏东坡的《饮湖上，初晴雨后》有“水光潋滟晴方好，山色空蒙雨亦奇”的诗句。刘过把这几句精彩诗句极其巧妙自然地糅进这首词中，显示出对大师杰作的熟稔和崇敬，有如岳飞用兵“运用之妙，存乎一心”的超拔功夫。上片结尾处是东坡先生的临场即兴：“坡谓：西湖，正如西子，浓抹淡妆临镜台。”以一派怡然自得自信的神态提及自己的诗句。而白居易和林逋却“皆调头不顾，只管衔杯”。神态轻松自如，且不管东坡先生自负自恋的表白，畅饮不辍。

下片以白居易的说辞开篇，“白云：天竺去来，图画里、峥嵘楼观开”。极言西湖岸上天竺峰地区岩壑之美，殿阁之盛。“爱东西双涧，纵横水绕；两峰南北，高下云堆”。把他在《寄韬光禅师》中的两句精彩诗句巧妙地组织进去了，既真切描绘了西湖附近景色，又回顾了大师佳句对西湖胜景的精彩描绘，寄托了一份怀念和敬意。最后是隐居二十年的林逋不慌不忙地作了总结性发言：“逋曰不然，暗香浮动，争似孤山先探梅。”他也提起那句著名的“暗香浮动月黄昏”，提议大家不如先去孤山访梅，再访问稼轩也不晚，暂且就在这里盘桓吧。

林升（一首）

题临安邸

山外青山楼外楼，西湖歌舞几时休？
暖风熏得游人醉，直把杭州作汴州。

林升，字梦屏，平阳（今属浙江）人。生卒年不详，大约生活在孝宗年间（1106—1170），是一位擅长诗文的士人。

这是一位有心人写在临安城一家旅店墙壁上的诗，辛辣地讽刺了当时那种醉生梦死、彻底忘却了亡国失地的惨痛的浮华社会风气。

靖康之耻，敌陷汴梁，二帝蒙尘，中原沦丧。赵构的南宋小朝廷不思收复中原失地，只求苟且偏安。对外屈膝投降，对内屠戮岳飞等爱国将领，腐败无能，导致纵情声色、寻欢作乐的颓靡风气盛行。这种污浊的社会风气尖利地刺激了林升这样富有正义感的爱国志士。林升倾吐了郁结在广大人民心头的义愤，也表达了诗人对国家民族命运的深切忧虑。

诗的头两句“山外青山楼外楼，西湖歌舞几时休”，抓住了临安城的特征：重重叠叠的青山，鳞次栉比的楼台和无休止的轻歌曼舞，写出当年虚假的繁荣、太平景象。诗人触景伤情，不禁扼腕长叹，直指那种毫无心肝的奢靡腐败的风气，质问西子湖畔这些消磨人们抗金斗志的淫靡歌舞，什么时候才能罢休？

后两句“暖风熏得游人醉，直把杭州作汴州”。“暖风”一语双关，既指自然界的春风，又指社会上的淫靡之风。正是这股暖风把游人吹得如痴如醉、意乱神迷。“游人”不能理解为一般游客，而是特指那些忘了国难、苟且偷安、寻欢作乐的南宋统治阶级。诗人保持着对苟且偏安的清醒，不忘抗金恢复大业的坚贞，鄙视无休歌舞的愤怒，急切沉痛的隐忧，熔铸为两句既辛辣又有力的讽刺警语。“熏”和“醉”两字用得精妙无比，把那些纵情声色、灯红酒绿的达官显贵的精神状态刻画得惟妙惟肖，跃然纸上。诗人义正词严地直斥南宋当局忘了国恨家仇，把临时苟安的杭州当作了沦陷前的故都汴梁。

这首诗构思巧妙，措词精当，冷言冷语的讽刺，偏从热闹的场面写起，愤慨已极，却不作谩骂之语，确实是讽喻诗中的杰作，南宋偏安局面中振聋发聩的黄钟大吕之声。

吴文英（一首）

风入松

听风听雨过清明，愁草瘗花铭。楼前绿暗分携路，一丝柳、一寸柔情。料峭春寒中酒，交加晓梦啼莺。

西园日日扫林亭，依旧赏新晴。黄蜂频扑秋千索，有当时、纤手香凝。惆怅双鸳不到，幽阶一夜苔生。

吴文英（约1200—1260），字君特，号梦窗，四明（今浙江宁波）人。早岁曾入苏州仓幕供职，此后长期以清客身份往来于苏州、杭州、绍兴一带，交游如吴潜、史宅之等都是当朝权贵。他的词气韵沉厚，音律和谐，字句研练，但喜用典故，过分讲究形式，往往雕缋满眼，词意晦涩难明。词人张炎讥笑他的词风说："吴梦窗词如七宝楼台，眩人眼目，拆碎下来，不成片段。"这位终生不仕的词人似无意于功名，逍遥自在，为词精研技艺，尤精于篇幅较长的慢词，以"专业词人"身份度过一生。作品存世甚多，艺术质量不低，思想价值却不算高。虽不可评价过高，亦不可忽视其艺术的广泛影响。

这首《风入松》在文词雕琢过分、篇幅太大、语言艰涩的吴文英词作中属于篇幅较为简短、语言比较晓畅、文风较为质朴的少数作品之一。"听风听雨过清明，愁草瘗花铭"，这两句表达了在迎接清明节的风雨中，感受到一份惜春的惆怅。这惜春情愫表达得十分委婉而又典雅，说自己在愁闷地草写《瘗花铭》。《瘗花铭》本是南朝诗人庾信的作品，以埋葬落英表达惜春之情。"楼前绿暗分携路，一丝柳、一寸柔情"。在这里，诗人由惜春很自然地转变为怀人。楼前那绿荫浓暗的地方正是和离人分手的伤心地，一枝柔婉的柳丝，蕴含着一寸柔情。这描绘这比喻多么深情、蕴藉而美丽，蕴含着对那离人的感情深度。"料峭春寒中酒，交加晓梦啼莺"，诗人没有继续诉说离情，而是浅淡地描绘一番料峭春寒中醉酒、啼莺惊破晓梦的感受。不是没有深情可抒，而是不愿再牵惹那份愁绪。

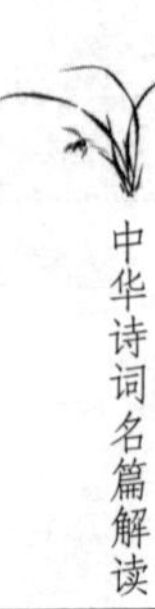

过片之后，还是不愿多说离人之事，只说天天安排人打扫离人曾经盘桓的林亭，在那里欣赏新晴的美好，含蓄地表达一份思念。“黄蜂频扑秋千索，有当时、纤手香凝”。不说有情的自己的怀念，反而说那无情无知的黄蜂频频扑向离人曾经把握过的秋千索。那上面还凝结着那人纤手留下的芬芳。说得何等委婉曲折！“惆怅双鸳不到，幽阶一夜苔生”。结尾特别隽永蕴藉，没有再说离人一个字，只说，因为那双惆怅的鸳鸯没有飞来，寂寞伤感的幽阶一夜之间长满了青苔，把思念那位离人的惆怅伤感含蓄地发挥到了极处。

那么，这位离人是谁呢？古人陈洵猜测，可能是“怀去妾也”。此说甚为有理，只有有合法身份的女性才可以在庭院里“楼前绿暗分携”。离人是一位妾，当今的读者会有大煞风景之感，但古代中国男女的感情生活就是这样走过来的，女性没有抒发婚外爱情的权利，男性抒发爱情的对象只能是妓或妾。那里也有真情和美丽。

文天祥（一首）

过零丁洋

辛苦遭逢起一经，干戈寥落四周星。
山河破碎风飘絮，身世浮沉雨打萍。
惶恐滩头说惶恐，零丁洋里叹零丁。
人生自古谁无死，留取丹心照汗青。

这是伟大人格、恢宏襟怀、灵敏感悟和娴熟技巧结合的范例。抗元英雄文天祥（1236—1283）在经历了激烈的战斗风雨、落入敌寇手中后，这样宁静地总结了自己辉煌而惨烈的一生。只有如文天祥一般经历了英勇反抗、凄风苦雨、命定失败、漫长折磨、视死如归的历程的英雄才有这样的胸襟和气度；也只有荣膺状元头衔的才俊、当朝宰相才有这样高度的文化修养，将波澜壮阔的一生浓缩进八句诗中；只有被成熟的宋诗艺术陶冶的诗人才能这样精妙地把曾经战斗过的地方惶恐滩、零丁洋和战斗生活的丰富心灵体验如此天衣无缝地结合在一起。

诗的开头两句颇为平实，只是讲述自己的生活道路——靠一部儒家经典起家，也就是靠科举历尽艰辛和波折，走向漫漫仕途。如今，干戈寥落，我们的反抗和战斗已经停止四个年头了。这里还没有显示出强烈的光彩，但是为以下的抒情做了极好的铺垫。起点不追求高妙，但形成了逐步走向高潮的抒情和语言态势。而以下的两副对联和结尾两句收煞，都十分精彩，几乎全是名句。“山河破碎”和“身世浮沉”两句，极其形象、贴切，是文天祥此刻最深切的感受，祖国的命运已成随风飘荡的柳絮，而个人的遭际堪比被风浪抛掷的浮萍。他不是看客，而是一个为挽救“山河破碎”危局而战斗的伟大战士，他甘愿以自己的“身世浮沉”、颠连困苦奉献于这个艰难的时代。所以，文天祥的抒情就蕴含了千钧分量和坚实底气。

惶恐滩在赣江上，是著名的十八险滩之一，零丁洋是珠海附近的一块海域。文天祥在战斗中是不是亲历了这两个地方并不重要，重要的是这两个名

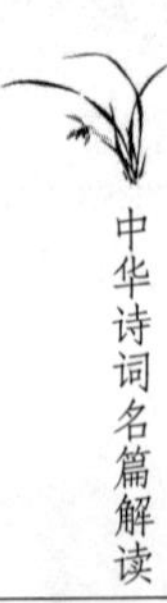

字奇异的地标，让文天祥想起了自己曾经走过的战斗路程和与强大的蒙古侵略者周旋时所感受过的孤苦伶仃和惶恐无奈。勇士并不是时时刻刻一往无前横冲直撞的，而是经历了和一般人一样的心灵历程的凡人。他们的勇敢素质更多地表现在坚韧不屈的强大意志和面对困难波折时永不退缩的气概。正因为英雄坦率地写出了自己曾经的惶恐和伶仃，才让我们看到了一个有血有肉、朴实自然、亲切感人的文天祥。百代读者在赞佩英雄的意志和勇气的同时，对作为一个出色诗人、超凡才俊的文天祥巧妙地将两个奇异的地名写进诗中，收到对仗精准、工稳，语势生动跳脱的艺术效果，都颇为激赏。“人生自古谁无死，留取丹心照汗青”，结尾两句是石破天惊、感天动地的呼唤和自励，不但在诗坛流芳千古，而且进入了汉语的词汇系统，成为危难关头表达气节和尊严的最有力的誓言。文天祥那颗永远鲜红的心，彪炳于史册，也照耀着千秋百代中华儿女的灵魂。

蒋捷（二首）

虞美人·听雨

少年听雨歌楼上，红烛昏罗帐。壮年听雨客舟中，江阔云低断雁叫西风。

而今听雨僧庐下，鬓已星星也！悲欢离合总无情，一任阶前点滴到天明。

这是我最喜欢的一首宋词，甚至比柳永、苏轼、秦观、李清照、辛弃疾等人的作品更能触动我的情怀。蒋捷（生卒年不详，1265—1274 年间进士）是南宋末年一位中过进士的士子，他经历了宋室败亡、元朝入主改朝换代的忧伤和动乱，心灵中全是悲苦记忆。他保持了一份士大夫的气节，终生不仕。到了老之将至的岁月，回顾凄风苦雨的一生遭际，千头万绪，都上心头。这位罕见的诗词天才仅仅用了八句话，五十六个字，就如此全面、如此精粹地概括了自己的一生，也从自己的际遇中隐约折射出时代的忧戚和伤痕：简洁、深沉、内敛、精致，一种清澈而苍凉的沧桑感。

在一个秋雨绵绵的静夜，鬓发开始斑白的落拓士大夫蒋捷，在幽阒的僧庐下听那淅淅沥沥的雨声，不禁触动起往昔听雨的回忆。那不知世事艰难的青春岁月，那灯红酒绿、舞榭歌台、明灭的红烛照耀着美人罗帐的日子，虽然是听那单调的雨声，但那种苍凉和无奈的心绪却一丝也没有侵入他那勃勃跳动的心。回忆起来，不知是虚度光阴的悔悟还是繁华不再的失落，只知道那份心绪、那份健硕，已经永远逝去。

在人生道路上奋力前行却不免挫折、伤感、困顿、无奈，特别是在国势日趋衰微的南宋末年，行路艰难、挫折丛生的日子。已届壮年的蒋捷，疲惫地奔波在江湖之上，孤独地在夜泊的客舟上谛听淅淅沥沥的雨声。江面开阔寥廓，云影低垂，失群的孤雁在凄厉地鸣叫，强劲的西风吹拂着这失意书生的乱发。想起了什么呢？化为灰烬的少年壮志还是天各一方的父母妻儿？世事的险恶无常还是三五知交的聚少离多？抑或是倏然闪过心头的那一抹久违的倩影？

结局是一幅凄清冷落的画面。此时已是元朝的天下。一事无成、无所归依的蒋捷，连奔波周旋的力气都没有了，在一座破败寂寞的僧庐下听雨，惘然漠然，不知何之。一声“鬓已星星也”的叹息，凝结着几多沧桑几多伤痛！平生不堪回首，那些恩爱情仇，那些心血交迸，都可以归结为一句话：“悲欢离合总无情。”这是看透人间万事的清醒，也是哀伤到极处的“心死”。此际的听雨，已经没有壮年的慨叹和牵挂的心绪，就那么木然地任那点点滴滴的雨声挨到天明吧。

情到深处，才到极处，就显示不出写作技巧来了。只看到淳朴到家的白描，剖心沥胆的独白，其实蒋捷非常熟练地选取了少年、壮年、暮年三个时段，歌楼、客舟、僧庐三个场景，描绘了三个画面。第一幅画面，少年时代，优游浪漫，色调轻艳明亮；第二幅画面，哀乐中年，漂泊动荡，色调空阔苍凉；第三幅画面，将临暮年，困顿僧庐，阅尽沧桑，深味悲欢离合，心如止水，色调黯然低沉。“听雨”二字贯穿始终，将三个画面自然天成地串接起来，氤氲出浓重凄然的意境。

一剪梅·舟过吴江

一片春愁待酒浇，江上舟摇，楼上帘招。秋娘渡与泰娘桥，风又飘飘，雨又萧萧。

何日归家洗客袍？银字笙调，心字香烧。流光容易把人抛，红了樱桃，绿了芭蕉。

这是诗人洒脱飒爽的歌唱。节奏轻快跳动，韵律和谐流荡，诗意强劲贯通，一派风流倜傥的君子般的情怀。说了春愁，却不见愁绪的宣泄。其实，“春愁”是一个伪命题，春天有什么可愁的？春残时节正是进入夏日繁华的序幕，花开花落，节序递进，是自然生命最美丽的过程，感伤惆怅似无来由，“待酒浇”的诗酒心愿却说得委婉而急切。诗人抒发了一片对春色的惬意感受，风是轻盈的和软的，雨是淅淅沥沥的，如同南国女儿的委婉娇啼。江南酒楼上飘动的帘幕和河里摇曳流荡的画船带来的那份轻快的动感，那份由女人名构成的美丽地名，也如同那俏丽的秋娘和风骚的泰娘真的走进了诗人的画面。

下阕诗人的心又回到了故乡，说“何日归家”。其实这种乡愁也不浓，是眼前的南国江上楼中的美丽景色和春风春雨的滋润使他流连忘返了，思念家乡不过是一笔带过的思绪。思念家乡想到的是和江南春色连类旁通的事物：一把镶了银字的竹笙吹奏起来，一束盘成心字形图案的线香燃起了袅袅篆烟。场面当然不会是诗人独自的表演，应该有那位可人儿陪伴，那线香分外馥郁，那竹笙分外悠扬。

最后，他当然没有回到家乡，而是以慨叹时光的流逝，结束了这支短调。但他的心态是阳光的明朗的，不说花落枝残，不提伤春春愁，而是极富创造性地以樱桃成熟、芭蕉结果的鲜明色彩映衬，道出了由春入夏的季节景色变换。说“流光”把人抛在身后，宛如一个生机无限、动作机敏的拟人化形象正在和人世间的生灵赛跑。

这应该是诗人较早年的作品，字里行间流溢着快乐张扬，和那首低沉的《虞美人·听雨》作为色调迥异的并蒂芙蓉留在人间。

元好问（一首）

摸鱼儿·雁丘辞

太和五年乙丑岁，赴试并州（按缪钺教授考定，当时元好问十六岁间），道逢捕雁者云：“今旦获一雁，杀之矣。其脱网者悲鸣不能去，竟自投于地而死。”予因买得之，葬之汾水之上，累石为识，号“雁丘”。同行者多为赋诗，予亦有《雁丘辞》。旧作无宫商，今改订之。

问世间，情为何物，直教生死相许？天南地北双飞客，老翅几回寒暑。欢乐趣，离别苦，就中更有痴儿女。君应有语。渺万里层云，千山暮雪，只影向谁去？

横汾路，寂寞当年萧鼓。荒烟依旧平楚。招魂楚些何嗟及，山鬼自啼风雨。天也妒，未信与、莺儿燕子俱黄土。千秋万古。为留待骚人，狂歌痛饮，来访雁丘处。

元好问（1190—1257）是金朝大诗人，一代文宗，以自己的出色创作和丰富的文化活动，整体提高了金国时代的文化学术水平。这篇《雁丘辞》是元好问的代表作。他为这篇作品写的小序，把这个凄婉的让人感动的故事说得清清楚楚的了。让人感动者有二：其一，这只骤然失去伴侣的孤雁，为了哀悼它的伴侣，竟然自投于地，慷慨殉情；其二，年仅十六岁的少年元好问，心地如此善良，感情如此深沉，竟然购得这只义薄云天的孤雁，为之做冢，是少年的天真和单纯，体现了其珍惜生命珍重情义的天性！唯其有如此痛切深刻的感悟，才会有如此动情、如此感人的歌唱。

元好问郁积在心中的感动和慨叹太久、太多、太浓重、太强烈了，下笔就敞开胸臆、激情万丈地倾诉出来。这是一首开头特别精彩的诗作，所谓“爆响易彻”者也。“问世间，情为何物，直教生死相许”这句话，既是一个疑问句又是一个慨叹句，在元好问心中更是一句发自肺腑的叹息，他不寻求答案。情者，异性间的爱情，古往今来已经演出了多少人生戏剧，其真挚、其强烈、其浓重、其怪诞、其千奇百态、其不可理喻、其感天地泣鬼神，足以让人产生情为何物的疑问。这是一句典型的众人“心中有口上无”的极其普通也极其感人诘问，第一个说出来写出来的就是天才。在元好问心中，那只为同伴殉情的孤雁是像人一样有感情、有情义的生命。它和死于猎人枪口的伴侣是可以品味“欢乐趣，离别苦”的“痴儿女”。这不幸的孤雁，在“万里层云，千山暮雪”的暗淡时分，它那孤零零的“只影”还能为了什么、为了谁继续向南飞翔？此际，死亡、殉情成了它唯一的、合理的选择。

元好问写出他的千古名句之后，好像才力有所不逮，下半阕写得有些凌乱。提及当年汉武帝作《秋风辞》的横汾路，忆及当年萧鼓，叹息今日荒烟平楚之荒凉，再提及山鬼自啼风雨，化用辛弃疾的“玉环飞燕皆尘土”等等，都不是上阕必然的发展、不可移易的笔墨。末尾一句也无法和精彩的开篇相呼应。不是苛求于前辈，而是真实的阅读感受。但仅仅是那响彻云霄、传诵千古的开篇名句，元好问也已经不朽了。

关汉卿（二首）

铜豌豆

我是个蒸不烂、煮不熟、捶不匾、炒不爆、响珰珰一粒铜豌豆，恁子弟每谁教你钻入他锄不断、斫不下、解不开、顿不脱、慢腾腾千层锦套头？

我玩的是梁园月，饮的是东京酒，赏的是洛阳花，攀的是章台柳。

我也会围棋、会蹴踘、会打围、会插科、会歌舞、会吹弹、会咽作、会吟诗、会双陆。

你便是落了我牙、歪了我嘴、瘸了我腿、折了我手，天赐与我这几般儿歹症候。

尚兀自不肯休。

则除是阎王亲自唤，神鬼自来勾，三魂归地府，七魄丧冥幽。

天哪，那其间才不向烟花路儿上走。

关汉卿（约生于13世纪初，卒于13世纪末）是金末元初时期的大戏剧家，存世杂剧有《窦娥冤》、《救风尘》、《望江亭》、《单刀会》、《调风月》等六十多部，还有大量套曲、散曲，对中国戏剧发展作出了不可磨灭的贡献。因为那个时代，戏剧家、演员的身份极低，被目为倡优一类，文士不为，所以这位偶入戏剧行业的文士关汉卿的历史不入史籍，资料极其缺乏。除了编剧，他好像也演剧，和演员们关系十分密切，被称为“普天下的郎君领袖，盖世界的浪子班头”。他的身份、经历和创作情况有点像莎士比亚，曾被尊称为“东方的莎士比亚”。20世纪50年代关汉卿被确定为历史文化名人，得到全世界纪念，戏剧家、诗人田汉为之写了一出话剧《关汉卿》，强调了关汉卿的斗争精神和人民性，设计了关汉卿和女演员珠帘秀一起为演出《窦娥冤》、拒绝权臣阿合马修改剧本的无理要求、誓死抗争的情节，把他的思想水平拔到极高的程度。当然戏剧家有权这样写，但我们不能把其作为关汉卿的信史来理解。我们认为他是一位民间气息十分浓郁的剧作家，有过人的创作才能和丰富的戏剧从业经验，有同情下层百姓、揭露官府的思想倾向，但把他的思想境界抬得过高也不符合实际。他可能以才气、义气和风流蕴藉的气质得到很多女性演员的青睐，惯于眠花宿柳，终生和倡优厮混，是一位有名的风流才子、浪荡艺人。他有一副套曲叫《南吕一枝花·不服老》，其结尾的一支曲子就是这首《铜豌豆》，这是一位流连于花街柳巷、曲苑勾栏的风流荡子的自白，一支倔强、坚韧、有几分无赖的风流鬼的自我炫耀之歌。其中当然有他自己的影子，但也可能是集中了这类人物特征的典型化创作。

顾名思义，"铜豌豆"这个象征物一定十分坚硬结实，有硬度有力度，当然"蒸不烂、煮不熟、捶不匾、炒不爆、响珰珰"。关汉卿又是梨园子弟们的偶像和老师，他以自己的言行为子弟们设计了一副"千层锦套头"，大约是演戏时用的一件面具、帽盔之类的道具，而这个锦套头又是和主人的性格一样"锄不断、斫不下、解不开、顿不脱、慢腾腾"，就像给弟子们传授的一套护身宝符，足以抵御外界的一切干扰和迫害。他列举自己的爱好：在皇家园林游玩，在东京街头饮酒，在洛阳赏花，在街市上寻花问柳。标明了自己的基本生活状况和人生理念。接着他夸张地、得意地罗列了自己的本事：会围棋、会蹴踘、会打围、会插科、会歌舞、会吹弹、会咽作、会吟诗、会双陆。其中"会咽作"一条至今没有搞清是什么技巧，猜想大致是腹语、口技之类的语言技巧吧。关汉卿极其生动地展示出他心灵手巧、多才多艺的才子本色和魅力非凡的风采。风流成性，和倡优们厮混成癖，让我改弦更张，那是绝对不可能的！纵然使你使出十八般武艺，也其奈我何！即使你"落了我牙、歪了我嘴、瘸了我腿、折了我手，天赐与我这几般儿歹症候"，我依然决不回头；除非你把阎王、小鬼都搬出来，要了我的性命，我才不向那烟花路上走。

其实，"铜豌豆"这个名词，在当年可不是一个褒义词，是瓦舍勾栏、娼寮教坊对一些老牌嫖客的称呼，更有人指出：铜豌豆就是老嫖客们的睾丸的代名词。关汉卿以老嫖客的代言人身份宣示了这伙哥们儿的决心，说得够坚决、够绝的了，也给大家表示决心和倔强程度提供了一个样板和模式。但是我觉得其间还是存留着某种悲剧意识，即被抛到社会生活底层的士人破罐子破摔的悲哀。反正事已至此，就干脆和"修身齐家治国平天下"的圣人教诲唱反调到底，索性把这种为官府和上流社会不齿的作为夸张到极致，让他们说去，让他们口诛笔伐去吧。

沉醉东风

咫尺的天南地北，霎时间月缺花飞。
手执着饯行杯，眼阁着别离泪。
刚道得声“保重将息”，痛煞煞教人舍不得。
好去者望前程万里。

这是一首沉醉在爱情中的女性的真挚颂歌。送别情郎的女子在东风里沉醉，为别离销魂，那份温柔、那份依恋、那份依依不舍的深情，那双泪光晶莹的眼睛，那份小鸟依人般偎依在情郎胸前的姿影，让人心碎也让人心折。在封建社会里，这种富于激情、不加任何节制的歌声应该不是妻子送别丈夫，因为夫妻之间会有一番温柔敦厚、涉及公婆子女的叮咛，关于妻子责任和义务的表白。也不像婚外恋情人的心声，且不论在封建社会以别人的妻女姐妹、别人的夫君父子兄弟作为情人的爱情是何等艰难，凡是婚外情一律被冠以“通奸”的恶名，如果是这种关系，无论在何种场合他们都应该更隐秘、更收敛、更约束自己。而那时候对风尘女子、对男性的拈花惹草反而宽容得多，文人墨客的歌唱对象一般也都是写给风尘女性的，因而这首《沉醉东风》更像风月场上女性送别情人时的歌唱。这是这首散曲的社会道德舆论背景。在交通落后、信息闭塞的时代，每一次别离都是时间漫长、信息杳然、险阻丛生的，都有一去不回、成为永诀的可能。这是这首诗的交通信息水平背景。这就注定了这女子的送别悲歌具有分外沉痛、极度奔放的特点。

全文明白如话，质朴至极。开端两句夸张而富于想象力地概括了别离的强大破坏力和杀伤力：将近在咫尺、尽情缠绵的男女变为天南地北的离人；顷刻之间月亮暗淡了、缺损了，花朵凋零了、苍白了。倒不是客观世界的突变，而是离人心境的突变，在他们眼里，天南地北就导致了心中的月缺花飞。在这种心境下，她手执着饯行杯的时刻，自然会涌溢出泪水。勉勉强强说出那句既含深情又苍白无力的“保重将息”，心中的疼痛依恋就要击垮这可怜的女人了。最后一句“好去者望前程万里”，这女人似乎情绪稳定了一些，强打精神送出了这句祝福。这既符合送别离人的具体情境，也增加了这支散曲的文势和节奏的变化。元曲的一个重要特点是口语化词语的随时插入，增加了鲜活性和时代感，本诗中如“眼阁着”、“痛煞煞”、“好去者”等等皆是。

马致远（一首）

天净沙·秋思

枯藤老树昏鸦。小桥流水人家。古道西风瘦马。
夕阳西下，断肠人在天涯。

马致远（1251—1321），元曲戏剧作家，代表作为《汉宫秋》；散曲家，代表作为《天净沙·秋思》。大都人，号东篱，曾任浙江行省官吏。

《天净沙·秋思》写了一个流浪天涯的羁客在秋天孤独旅程中的寂寞、冷落、怅惘、疲惫、苍凉的意绪，达到了写秋天孤旅这个题材的顶峰。元曲作家们的生平和事迹大都记载简陋粗疏，有的做过不大的官，有的终生在瓦肆勾栏混迹，和艺人们来往。他们的生命轨迹和心声都在作品中体现出来，特别是抒情性更强的散曲。为了生存和艺术，他们要往返奔波，寻找机遇，受尽颠连。他们大都穷困潦倒，没有高车肥马、喽啰随扈，多是一个人的天涯孤旅。他这首小诗不仅是为自己写的，也是为广大在民间为艺术奋斗不息、创造不止的下层知识分子写的。

文笔真是简洁，韵味真是醇厚。开头三句，十八个字，并列出九个名词，展示了九种事物。诉说的是秋意、荒凉、败落，描绘出了一派苍凉、孤寂、冷落的暮色景象。文笔又有起伏，第二句“小桥流水人家”却又显示出另一种亲切、熟稔、宁静的田园风光，使读者的心有回暖趋势。然而，这不是你的归宿、你的家，可怜的羁客！“古道西风瘦马”，真正的主角——骑着或牵着一匹瘦马的羁客疲惫地彳亍在古道上，沐浴在强劲的西风里。此际，读者的心情和文势又低落下来。“夕阳西下，断肠人在天涯”。我们本来没有看好这位羁客的前程，这两句把他的心境、他的处境残忍而淋漓尽致地说出来了。他是一个断肠人，就是心灵受到极大打击、忧伤得柔肠寸断的不幸人士。而他此刻正在远离故乡的“天涯”疲惫地奔波。最后的目的地，在遥远的天涯，今晚暂时落脚在哪里？小桥流水旁的人家可以接待我吗？我想，应该是可以的。古人的淳朴好客、古道热肠远非今天人们的防范意识、冷漠心态可比呀！

张养浩（一首）

山坡羊·潼关怀古

峰峦如聚，波涛如怒，山河表里潼关路。
望西都，意踟蹰。伤心秦汉经行处。
宫阙万间都做了土。
兴，百姓苦；亡，百姓苦。

张养浩（1269—1329），字希孟，山东济南人，历官堂邑县尹、监察御史、翰林学士、礼部尚书、参议中书省事等，是元曲作家中官运较好的一位幸运者。他居地方官，廉洁清正，关心民瘼，抑制豪强，赈灾济贫；做御史高官，绳纠贪邪，荐举廉正，弹劾不避权贵，举荐不疏仇怨，“道之所在，死生以之”。因看到统治集团的黑暗腐败，便以父老归养为由，于英宗至治二年（1322）辞官家居，此后屡召不赴。文宗天历二年（1329），关中大旱，特拜陕西行台中丞，遂“散其家之所有”，“登车就道”（《元史》本传），星夜奔赴任所。到任四月，劳瘁而卒。追封滨国公，谥文忠。

这首《山坡羊·潼关怀古》是张养浩去陕西赴任路过潼关时所写。前三句，描绘了潼关附近的山川形势，“峰峦如聚，波涛如怒，山河表里潼关路”极言山河之壮丽，华山、黄河互相依存映衬之气势，峰峦拥挤着争相向空间伸展，充满动感的形态。波涛怒涌，澎湃激荡，响彻震撼心灵的声响，点染上“愤怒”的情感色彩。险要雄关的壮阔景色和起伏难抑的感情熔铸在一起，为诗人怀古抒情搭建了最适宜的平台。“望西都，意踟蹰。伤心秦汉经行处”，他西望六朝古都长安，秦、汉、魏、晋、唐、宋如过眼云烟。“宫阙万间都做了土”，行经之地多是已被夷平了的千万间宫殿。那穷奢极侈的阿房宫、未央宫都是百姓的血肉生命所建，如今已化作了尘土。

“兴，百姓苦；亡，百姓苦”。一个个王朝的兴起和破败，苦的都是普普通通的百姓。血腥而不公平的历史唤起了诗人正义的愤怒和心灵深处的呐喊。历史和命运将张养浩推向了一个发生大旱灾的地域，推向一个肩负奔赴救灾重任的时刻，激发他发出这样深沉、这样响亮的声音，响彻了整个元代，也响彻了几千年历史的天空。

张可久（二首）

卖花声·怀古

美人自刎乌江岸，战火曾烧赤壁山，将军空老玉门关。伤心秦汉，生民涂炭，读书人一声长叹。

张可久（约1270—1340前后），元代散曲家，庆元人（今宁波）。曾为典史、路吏等小官，年七十尚为桐庐幕僚，年八十仍在赋税职任上。晚年隐居西湖，专门经营散曲。可以说，一生奔波于仕途而极不成功，充满了“怀才不遇”的惆怅。致力于散曲写作，取得极大成功，将在奔波于江浙闽赣湘皖之时的生活与心灵的感悟体验都化作艺术精品。诗人长寿多产，留下八百多首散曲，在元代影响颇大，与乔吉并称“双璧”，与张养浩并称“二张”。其作品感情凄婉、语言华美、风格简淡清雅，多描写隐居生活之闲适、山川风物之壮美、男女风情之蕴藉，等等。这首《卖花声·怀古》在他的作品里显示出其特有的风骨和思想锋芒。

一开头就罗列了三个历史故事：美人虞姬跟随项羽南征北战，最后在乌江自刎，结束了如花似玉的生命；曹操与周瑜大战于赤壁，火烧战船，华容道大败而逃；班超安定西域，战功卓著，被封为西域都护、定远侯，在西域度过三十一年后，年老的班超思念故乡，恳切而凄凉地恳求道：“臣不敢望到酒泉郡，但愿生入玉门关。”三个故事悲欢胜败不同，但都有感人的历史，张可久并非对这几个人物无情，而是他那颗富有正义感和良知的心已经容纳不下这些上层人士了。他从百姓的立场看秦汉的王朝更迭、兴盛和败落，三国英雄的金戈铁马、分合交替，都不如百姓的生死悲欢重要。得出的结论是“伤心秦汉，生民涂炭”，和张养浩一样，认定苦的都是百姓。他痛切真挚的抒情里，有了一份独特的“读书人”的“一声长叹”，一种悲剧色彩浓重的民本主义。读书人在漫长的封建社会里，往往代表着无力的智慧和软弱的正义，他们是最清醒的也是最无奈的。

闺思

云松螺髻，香温鸳被，掩春闺一觉伤心睡。
柳花飞，小琼姬，一声雪下呈祥瑞。
团圆梦儿生唤起。
谁，不作美？
呸，却是你。

张可久这首散曲写得委婉清丽、跳荡活泼，简洁的文字，表达出风情万种的女儿风姿。抒情主人公是一位年轻的思妇，“鸳被”二字即可证明她是已婚。她解开发髻，铺开香温的鸳被，掩上春闺，虽是伤心孤眠，也还是舒舒服服沉睡了一夜。美梦中看见柳花如同雪花般乱飞，也许梦中欢会了远方的亲人。小丫环一声“下雪了！”惊破少妇的美梦。这是谁呀，如此不作美，坏人好梦！正要发作，睁开眼却是自己的小丫头。一句似怒却含有怜爱之情的嗔骂，极其生动地活画出少妇的神态声口。作品的主题还是表现青年男女的恩爱深情，特别是倾诉了青春离别给女人带来的相思之苦。

如此华而不艳、艳而不淫、格调清雅的作品正是张可久创作的主流，他不再像瓦舍勾栏作品那样泼辣、粗疏、鲜活、粗鲁杂糅、民间色彩浓重，而是逐渐变得典雅、规范、精致、娴熟，成为散曲逐渐脱离瓦舍勾栏、向文人作品过渡的重要标志。张可久存世的八百多首散曲内容丰富，艺术格调和思想倾向呈现出丰富复杂的局面，是一座有待发掘的艺术富矿。

乔吉（一首）

正宫·绿幺·自述

不占龙头选，不入名贤传。时时酒圣，处处诗禅。烟霞状元，江湖醉仙，笑谈便是编修院。流连，批风抹月四十年。

乔吉（约1280—1345），元代杂剧家、散曲作家。一称乔吉甫，字梦符，号笙鹤翁，又号惺惺道人。太原人，流寓杭州。钟嗣成在《录鬼簿》中说他“美姿容，善词章，以威严自饬，人敬畏之”。剧作存目十一，有《杜牧之诗酒扬州梦》、《李太白匹配金钱记》、《玉箫女两世姻缘》三种传世。乔吉现存杂剧作品都是写爱情婚姻故事，语言华美工丽，富有藻饰，风格奇巧俊丽，还不避俗言俚语，具有雅俗兼备的特色。明李开先评他：“蕴藉包含，风流调笑，种种出奇而不失之怪；多多益善而不失之繁；句句用俗而不失其为文。”关于他的实际生平，资料记载很少，只知道他是一位专业元曲作家，在业内颇受尊敬。

乔吉的散曲成就极高，后世认为散曲成就超过剧作。他的这首散曲极其鲜明地描绘了自己的人生理念和个性光彩，其笔墨、意境和诗意、情趣都达到了难以逾越的高度。他是一位保持独立人格、呈现独特心灵风貌的艺术家，对于天下士子们奉为圭臬的一套理想追求、人生道路，都视若无物，不屑一顾；对于滔滔浊世，官场上的蝇营狗苟，他又不是那种焚琴煮鹤式的孤愤决绝、血泪交迸的控诉，而是以轻松的、洒脱的、貌似游戏笔墨的闲适，写出自己的人生理想和生存状态，不经意间化解了那些“高尚”、“神圣”的事物。他不要君王亲自选定的状元郎，也不做被写入名贤传的乖宝宝式的被褒奖、被称颂的人物。酒圣是酒徒们对那些拼命饮酒的人的尊称，他就要做饮酒饮出名气的酒圣；把写诗当作修炼禅功一样的功夫。时时饮酒，处处作诗，欣赏风月烟霞，徜徉江湖，给自己封了个烟霞状元、江湖醉仙的“官职”，太潇洒了、太超尘脱俗了、太气人了！知识分子的理想往往是金榜题名，然后进入高级干部后备基地翰林院，成为编修，然后伺机做京官或外放州县捞个肥差。乔吉却轻轻松松地说："笑谈便是编修院。"他十分得意地总结自己的人生是："批风抹月四十年!"这个风月，既可以理解为寄情山川草木，又可以理解为醉心于风月场上事。

乔吉的生活道路和人生理念，和同时代的关汉卿又大异其趣，没有那么决绝地彻底投身瓦肆勾栏，和演员男女打成一片，成为其中一个班头和行家里手。乔吉威严自励，划定严格界限，有所为有所不为，保持了一个知识分子的形象、修养和心性。然而，和统治阶级彻底决裂的态度又是和关汉卿毫无区别、无比坚定的。

王实甫（一首）

长亭送别

碧云天，黄花地，西风紧，北雁南飞。
晓来谁染霜林醉？总是离人泪。
恨相见得迟，怨归去得疾。
柳丝长玉骢难系，恨不倩疏林挂住斜晖。
马儿迍迍的行，车儿快快的随，
却告了相思回避，破题儿又早别离。
听得道一声“去也”，松了金钏；
遥望见十里长亭，减了玉肌：此恨谁知？

王实甫（生卒年不详，主要活动期间在1295—1307）《西厢记》是元曲杂剧的第一剧目，是无可替代的家喻户晓的戏剧精品。那娇羞矜持又“胆大妄为”的莺莺、风流倜傥又窝囊好玩儿的张生、热情善良又泼辣难缠的红娘，都已经成为活在大众心里和嘴边的人物。故事曲折生动，唱词精彩优美，说白大俗大雅，把其中最优美的唱词作为诗歌来欣赏，应该得到知音们的认同吧！

要说这出戏中最为大家熟知的诗，还是莺莺写的那首“待月西厢下，迎风户半开。拂墙花影动，疑是玉人来”。明明是暗示张生跳墙过来，却模棱两可，让你摸不着抓不住，张生真的跳过来，小姐却翻脸不认人，把个张生训斥得体无完肤，折腾得要死要活。但这首诗言辞过于简单直白，只有情节上的重要性，却缺乏抒情性和修辞上的艺术性，倒是张生被老夫人逼去赶考、莺莺长亭送别的那支曲子更雅致、更抒情。

开头几句，是典型的秋天的环境，美丽至极，也以落叶、归雁、西风点染出秋天的几分凄凉和冷落，又以秋天最美丽也最苍凉的枫林景象归结到离人的眼泪，情境交融之紧密，氛围渲染之浓烈，超过了很多专门抒发秋天情思的诗篇。

莺莺这个女孩真是情深似海，情如烈火，缠绵而坚韧，奔放而执着。作为大家闺秀、相府千金，竟然敢和寄居在普救寺西厢的张生私定终身，继而在老夫人悔婚之后，作为一个有蓬勃生命力的女孩、誓死捍卫自己爱情的女孩，爆发出惊人的勇敢和坚强，在热情的红娘撮合帮助下实现了和张生的欢爱，竟至夜夜幽会，肆无忌惮地“非法同居”。在被迫和心上人离别之际，她表现出了一个热恋中的大家闺秀的风范，唱词典雅，词语优美，把秋天的景色和离人黯淡的心绪糅合在一起，发出了恨相见太晚、怨离别太快的抱怨，依依柳丝空长得那么细长，却系不住远去的青骢马，疏林那么多枝丫也挂不住西沉的落日。又显示出天真无赖的女儿情态。亲人的马儿慢吞吞地磨蹭，小姐的车子紧打紧地追随，可是你这份深情还是被打断了，那不甘心的别离早早地降临！听见最亲爱的人一声“我去了呀”的呼唤，才感觉到被别离折磨的娇躯竟然已经如此瘦损，弱腕戴不住金钏，玉肌也已不胜罗衣。

这一段和情人别离的痛苦自白，让人坚信：有足够的勇气争取美好爱情的姑娘，也会有过人坚强的意志承受别情的折磨，唤回春暖花开的重逢。

罗贯中（一首）

滚绣球

忧则忧当军的身无挂体衣，忧则忧走站的家无隔宿粮，
忧则忧行船的一江风浪，忧则忧驾车的万里经商。
忧则忧号寒的妻怨夫，忧则忧啼饥的子唤娘，
忧则忧甘贫的昼眠深巷，忧则忧读书的夜守寒窗。
忧则忧布衣贤士无活计，忧则忧铁甲将军守战场，
怎生不感叹悲伤！

罗贯中（约1300—约1400），是杰出的小说作家，他的诗词吟咏才能从《三国演义》中一些赞词和诗词中就可以看出。这支曲子明显地看出，是为了歌唱的。曲子写了不少人间的不平不公，世间这种民谣小曲不少，格调多为辛辣讽刺、愤怒控诉。而罗贯中这支《滚绣球》不仅表达了愤怒和讽刺，而且弥漫着一种忧伤牵挂的情绪，一片悲天悯人的真诚心愿。全是白话，几乎没有需要解释之处，“走站的”大约是长途运输业者。

罗贯中的襟怀真是宽阔，世间万事，无不记挂于心。把行船的“一江风浪”、驾车的“万里经商”也算作他“忧则忧”的范围，因为长途贩运会有无数艰困颠连，风雨无凭，赢亏难期，极其辛苦。他说的是亲自“驾车”的人，没有把运筹帷幄、日进斗金的巨商大贾算在内。“号寒的妻怨夫，啼饥的子唤娘”，对那些最贫困的男女当然挂在心上。“忧则忧甘贫的昼眠深巷”，那些甘于贫困、不思进取、大白天尚在深巷家中睡觉的人，让人心忧，让人牵挂，也让人有恨铁不成钢、哀其不幸怒其不争的忧愤。“忧则忧读书的夜守寒窗”，把读书人的寒窗苦读，也列为“忧则忧”的范畴，苦读学子当然是极其辛苦的，悬梁刺股、凿壁映雪，不一而足，都会引起慈悲情怀的罗贯中的牵挂与忧心。“忧则忧铁甲将军守战场”，指的是那些坚守在边防和士兵同甘共苦的将军，他们的战斗生活充满了艰难危险，浴雨雪风霜，冒箭矢锋镝，怎不叫人忧心牵挂？这里大概不包括住在军中大帐听美人歌舞的高级将帅。冷兵器

时代的将军，大都会亲临前线，不像现代的将军运筹于私密性极强的帷幄之中，决胜于千里之外，用不着担心他们的安全。

罗贯中真有一颗无比博大的心，容纳下这样多的忧愁和牵挂！看似随意的率性吟咏、随机的素材选择，却鲜明地体现了他面向普通百姓、面向各行各业的下层人士或与下层人士同甘共苦的人们的态度。就艺术层面看，也许艺术品格有所不逮，但他追求公平正义的思想倾向、真挚的感情内涵、流畅的声韵节奏、质朴的语言表达，还是应该被文苑记取的。

高启（一首）

登金陵雨花台望大江

大江来从万山中，山势尽与江流东。
钟山如龙独西上，欲破巨浪乘长风。
江山相雄不相让，形胜争夸天下壮。
秦皇空此瘗黄金，佳气葱葱至今王。
我怀郁塞何由开，酒酣走上城南台。
坐觉苍茫万古意，远自荒烟落日之中来。
石头城下涛声怒，武骑千群谁敢渡。
黄旗入洛竟何祥，铁锁横江未为固。
前三国，后六朝，草生宫阙何萧萧！
英雄乘时务割据，几度战血流寒潮。
我生幸逢圣人起南国，祸乱初平事休息。
从今四海永为家，不用长江限南北。

高启（1336—1374），江苏长洲人，是元末明初最出色的诗人，其识见、才情、功力、成就都远超同时代诗人。他特别杰出的才能和特别悲惨的命运都永远留在那个强盛而残暴的时代。高启明初曾被朱元璋征召参与《元史》的修撰，任翰林院国史编修，还被授予户部右侍郎。不知出于什么考虑，高启拒绝了这一任命。侍郎其职，当代可以相似于副部长，但当年内阁只有六部，每个部侍郎最多三人，在朝中的地位恐怕比现在的正部长还显赫吧。这样一步登天的“好事”，这高启竟然拒绝，也许出于全身避祸的考虑。伴君如伴虎，这位朱爷，咱就离得远远的吧。其周到细密的思考、淡泊高洁的心性、特立独行的风格就可想而知了。但他怎么也不会想到此举竟会埋下杀身之祸。高启的这“不识抬举”让朱元璋怀恨在心，几年后，朱元璋挑剔高启为朋友魏观写的“上梁文”中鸡毛蒜皮的毛病，把仅仅三十八岁正当盛年的高启以最残忍的酷刑"腰斩"。祝贺"上梁"是民间的一种庆祝房屋建筑基本成功的习俗,"上梁文"更是一种特别无关宏旨的轻松喜庆文字,深知朱元璋心性的高启谅不会在这种文字上透露什么犯禁的心思。以这种比赵构杀岳飞的"莫须有"更为荒诞的理由杀害一代名儒、一代诗宗,其残暴荒唐、丧尽天良、恐怖凄惨程度不可思议,对全体士子的威慑和打击沉重而持久,也给了以自由人格、奔放感情、批判精神为生命的诗歌尤为严重的损害。联系朱元璋杀害功臣大将胡惟庸、蓝玉以及朱棣灭族方孝孺的暴行,朱元璋父子的这种残暴政策一直被那些能力稀松、凶残却一以贯之的儿孙继承,这是明代人文学和诗词衰落的根源。朱元璋当时的用意可能是一箭双雕,一是出了这口给官不做、不识抬举的恶气,二是震慑全体知识分子,谁敢挑战我的面子,我就连"面子"加脑袋一起拿下,谁敢在朕面前挺直腰杆子,我就砍断他的脊梁骨!

在解读高启这首诗时,首先要把他悲惨的结局和被杀理由的荒诞讲清楚,让我们怀着满腔激愤和沉痛惋惜来探索这位旷世才俊的内心世界。历代知识分子大都秉持"非我族类,其心必异"的根深蒂固的民族观,在蒙古族统治下的元朝生活了三十几年的高启,生逢汉族建立的大明王朝盛世,那种欢庆祖国由汉人做皇帝的胜利喜悦,那种对结束了元末战乱、恢复了统一大帝国的局面的欣慰,是真诚感人的。

全诗二十四句,每八句可以看作一个段落。第一段是描绘他登上雨花台纵览大江的印象,长江从万山丛中奔腾而出,那山势由西到东逐渐低缓下来,和大江的流势是一致的。江水和山势各不相让,就这样拥挤着、竞争着、前行着,在金陵这地方构成独特雄伟的天下形胜之地。愚昧的秦始皇迷信南京具有"王气",就在南京埋下一批黄金珠宝,以镇住此地的天子气,以确保自己的基业万世流传下去。但南京郁郁葱葱的王家气象依然兴盛。关于秦始皇埋金之说,文献有歧义,一说埋金的是楚威王,一说是秦始皇,但可以确定的是任何帝王都压制不住南京这块风水宝地的王者之气。高启在尽情歌颂南京的山川形胜的时候,也顺势讨好了朱元璋一把,你今天建都南京登基坐殿就证明了南京的王气。第二个八句,更细腻充分地抒发此际内心的慨叹和呼唤,并联想起一些和南京有关的历史典故,抒发一份怀古的情思。为了排解胸中的郁闷情绪,趁着酒酣耳热,登上南京最高峻的城南台,也就是雨花台。"坐"就是于是的意思,于是有一种苍茫悠远的怀古之意,从眼见的荒烟落日中弥漫起来,充塞于胸中。"石头城下涛声怒,武骑千群谁敢渡。黄旗入洛竟何祥,铁锁横江未为固"四句,先讲石头城下的长江怒涛奔腾,声若雷鸣,势如奔马，但这奔马谁又敢骑它？接着又引用了三国东吴末代君主孙皓的一件恶心故事，说明其人不行了，即使是南京这样的天险也挽救不了即将灭亡的命运。孙皓听信“黄旗紫盖，现于东南，终有天下”的传言，和“吴天子当上”的童谣，就愚蠢地认为自己该做皇上了，于是率母亲、妻子及后宫数千人西上洛阳去坐殿，遇大雪，众人冻馁而死无数，兵士言遇敌欲倒戈，孙皓遂罢，狼狈逃回南京。几年后晋灭吴，千寻铁索终究没有挡住西晋楼船，孙皓作为俘虏，果然入了洛阳。高启故调侃道，黄旗入洛究竟是什么祥瑞之兆呀？

最后八句，讲历史经验，抒千秋慨叹，诉统一喜悦，是篇末点题的写法。从三国东吴、晋到南朝的宋、齐、梁、陈，多少英雄豪杰在这里割据，称王称霸，那些宫殿已经是乱草萧萧，那些厮杀又流淌了多少鲜血？话题一转，溜须了一下皇帝，也许是为了更安全起见吧。如今圣人起自南国，出来弭平战乱，重整河山，与民休养生息的机会，再也没有以大江为界分割南北了。可悲的是，一个自尊的知识分子这样折节称颂，并没有增加一丝一毫的安全感，也许朱元璋要收拾的正是才高气傲、轻易不肯低头的高启之辈呢！

这样一位难得的才俊，一位原本可以引领大明一代吟咏的诗人，一位淡泊自守的君子，就这样无辜地、轻率地、如同碾死一只蚂蚁一样被残酷杀害了，尽管有历史学家对明朝的经济发展为朱元璋父子的“贡献”进行了“科学评价”，但千秋清议，以感情、人性和正义为旗帜的诗词文苑，是绝对不会饶恕暴君父子，也不会有人歌颂他们的。

于谦（二首）

咏煤炭

凿开混沌得乌金，藏蓄阳和意最深。
爝火燃回春浩浩，洪炉照破夜沉沉。
鼎彝元赖生成力，铁石犹存死后心。
但愿苍生俱饱暖，不辞辛苦出山林。

于谦（1398—1457），浙江钱塘人，是明朝一位文武兼备的名臣和刚正的清官，一位拯救了江山社稷的爱国英雄。1449年蒙古瓦剌部首领也先入侵，英宗朱祁镇受太监王振蛊惑，轻率亲征，君昏臣佞，奸臣独断专行，昏招频出，机遇尽失，五十万大军不敌三五万瓦剌，溃不成军，英宗本人也于土木堡兵败被俘。也先想从大明攫取更多利益，趁其群龙无首之际，直扑北京。在京城被围、社稷存亡的关键时刻，时任兵部侍郎的于谦，如中流砥柱，坚决反对南迁谬论，拥戴刚刚即位的代宗朱祁钰，并勇敢地承担了指挥京师保卫战的重任，击败了瓦剌，拯救了民族和国家。根据协议，战败的也先答应放回朱祁镇。次年，这个“北狩”，就是“在北方打猎”了一年的可耻的俘虏皇帝灰头土脸地回到北京。平心而论，代宗对这位兄长、前任君王并不好，立即软禁起来。朱祁镇贼心不死，在死党的配合下，苦心经营了七年，终于在1457年乘代宗患病之机，发动“夺门之变”，复辟成功，重登大位。这个狠毒的家伙上台第一件事就是诬陷拯救了国家也拯救自己脱离了俘虏命运的于谦“谋逆”，杀害了这位恩人。于谦和岳飞、袁崇焕三位英雄的悲剧是中国历史上最著名的冤案。

以上比较详尽地介绍土木之变、英宗被俘、放还、复辟、杀害于谦的全过程，是为了让他这首震烁千古的《咏煤炭》的读者了解其峥嵘背景和深刻内涵。平时作诗不多的于谦，找到了和自己的崇高志向、深厚内蕴、奉献精神、坎坷命运最有共同点的对应物煤炭，完成了这首托物明志的诗篇的创造，贴切鲜活、淋漓尽致地写出了自己的命运，登上了中华咏物诗的顶峰。首句

“凿开混沌得乌金，藏蓄阳和意最深”，概括了煤炭开采的过程。“混沌”指蕴藏煤炭的深厚地层，“阳和”二字用得最为贴切形象，指煤炭巨大的能量蕴蓄。中间二联，高度评价了煤炭的巨大贡献，尤其是“爝火燃回春浩浩，洪炉照破夜沉沉”一联，将煤炭燃烧换来的温暖、春意、光明做了极其形象、极其富有诗意的概括，语言之优美，对仗之精严，哲理之深刻，形象之生动，达到了极致。“鼎彝元赖生成力，铁石犹存死后心”一联，继续阐发煤炭的作用和倾情奉献的素质。对“鼎彝”二字的理解历来略有歧义，从字面理解，“鼎彝”都是古代烹制饮食的用具，后来专指帝王宗庙祭祀的用具，“生成力”指煤炭来自原始蕴藏的温热和力量。如果把“鼎彝”二字引申为“国本”之意，对这一联的理解，就超出了煤炭是百姓做饭的能源的范畴，而是说国家的根本和命脉要倚仗那些把握苍生国运的臣子的赤胆忠心来维护。根据本诗崇高庄严的格调判断，于谦的本意或许更接近这样的解释。

“但愿苍生俱饱暖，不辞辛苦出山林”作为结尾，于谦把自己的感情和心愿完完全全融进了煤炭，给了煤炭以生命和心志。用以概括自己心忧苍生、情寄社稷、公而忘私、无怨无悔、奉献牺牲的伟大一生。值得后世感谢和骄傲的是，于谦既作出了彪炳史册的历史贡献，又写出了千古不朽的诗章，与写出了《满江红》的岳飞并列，双照尘寰。

石灰吟

千锤万击出深山，烈火焚烧若等闲。
粉骨碎身全不怕，要留清白在人间。

这是于谦另一首传诵久远的诗篇，也登上了咏物诗的峰巅，揭示了伟大的爱国英雄于谦丰富而美丽的精神世界的一角，和《煤炭吟》堪称共昭日月、双峰并峙。

《煤炭吟》歌颂的重点是煤炭蕴藏的惊人能量，“蕴蓄阳和意最深”，是燃烧自己换来春色、温暖、光明的自我牺牲品格。而《石灰吟》歌颂的重点是历经千锤万击、烈火焚烧得到的“清白”。石灰是建设、装点、粉刷、修饰世界的物品，它的特点是“洁白”，将石灰颜色的洁白用来形容人的高洁纯净的“清白”，其歌颂重点就变作歌颂人的清白正直的人格，对于任职国家官员的人来说，就是廉洁奉公、大公无私、公平正直、坚持气节。于谦的诗是对崇高典范的赞颂，也是对严格要求自己的自励自勉，也许还会自然流露出一种自许的豪情。

于谦本人就是一位清白做人、廉洁为官的典范。他在永乐十九年中进士，时年二十三岁，曾任山西、河南巡抚，监察御史。任上光明磊落，廉洁自守，勤于政务，宵衣旰食，不惮奔波，甚至“朝在太行南，暮在太行北”。他尽力赈济灾荒，平反冤狱，打击豪强、惩治贪腐，尽瘁百姓，成为名声远播的一代廉吏。在监察御史任上以“名节重泰山，利欲轻鸿毛”自勉，还警告那些有贪腐心的家伙：“苟图身富贵，敲剥民脂膏。国法纵未及，公论安可逃!”于谦鄙薄那些拉关系、走后门、结党营私培植亲信的勾当。他四十岁生日时闭门谢客，作《四十初度》诗庆幸那份淡泊清净和粗茶淡饭的踏实：“利喜门庭无贺客，绝圣厨传有悬鱼。清风一枕南窗卧，闲阅床头几卷书。”有一次出外公务较久，回京时同僚问他带回什么礼物馈赠各级官员？他轻松一笑，抬起衣袖说：“这不是带回两袖清风吗?”接着口占七绝一首：“绢帕蘑菇和线香，本资民用反成殃。清风两袖朝天去，免得闾阎话短长!”这都传为佳话。在于谦被诬“谋逆”、抄没家宅时，见他家无余资，众人莫不叹惋。

于谦留给后世的精神遗产是极其宝贵、极其全面的，在大敌当前、国家危亡的时刻，他以气节为重，舍生忘死，保卫江山社稷，力争迎还英宗，根本没有顾虑到这个无耻小人会阴险地报复。在软骨头佞臣徐珵主张南迁以避瓦剌锋芒时，于谦义正词严地批驳了这个家伙贪生怕死的主张，他当然也没有想到，就是这个软骨头徐珵纠集石亨等在英宗复辟后出头诬陷自己，而且正中英宗朱祁镇下怀，导致自己被杀。于谦光明磊落，胸无城府，于公于私，都洁白无瑕，给人间给千秋留下了晶莹剔透的清白。

杨慎（一首）

临江仙

滚滚长江东逝水，浪花淘尽英雄。是非成败转头空。青山依旧在，几度夕阳红。

白发渔樵江渚上，惯看秋月春风。一壶浊酒喜相逢。古今多少事，都付笑谈中。

《临江仙》是明代著名文学家杨慎所作《廿一史弹词》第三段《说秦汉》的一首开场词。本来已经颇受激赏，被毛宗岗当作罗贯中《三国演义》的开篇词后就更加深入人心，拍摄电视剧《三国演义》再经歌唱家深沉浑厚的歌声渲染，就变得妇孺皆知了。杨慎（1488—1559)，字升庵，四川新都人，诗文俱佳，学识渊博，著述丰硕，号称明代三大才子（徐渭、解缙、杨慎）之一。杨慎为吏部尚书、武英殿大学士杨廷和之子，少聪慧好学，二十四岁为正德六年状元，授翰林院修撰，刚直不阿，敢于犯颜直谏。豫修《武宗实录》时对武宗的过失敢于秉笔直书。世宗嘉靖年间，因为参与内阁“议大礼”事件，触怒世宗，受廷杖，并贬谪云南永昌卫，在那里度过三十余年时光，最后死于戍所。杨慎对云南岁月沉痛地写道：“七十余生已白头，明明律例许归休。归休已做巴江叟，重到翻为滇海囚。”

这首《临江仙》具有一种深沉、淡泊的风格，清空、高远的意境，对血火交迸的三国历史是一种苍凉旷达的评说和慨叹。开头“滚滚长江东逝水，浪花淘尽英雄”两句突兀而起，器宇阔大，几乎概括了一切青史留名的英雄人物的命运，人生不过百年，最后一切皆付诸东流。“是非成败转头空”，一切都是镜花水月、过眼云烟，慨叹甚为痛切，英雄功成名就后的失落、孤独感，高山隐士对此的无视和怜惜都隐含其中了。“青山依旧在，几度夕阳红”，英雄们驰骋搏杀过的无言青山依然葱翠，夕阳西下景色已经重复了万千度，只有这些无生命的事物才有永恒的生命。可以理解为人不可和命争，要遵从天道和规律，也可以从中读出一点历史虚无主义的过分消沉。

下半阙情绪昂扬起来，在青山夕阳的背景下描绘了一对白发渔樵江渚相会的快乐场景。“惯看秋月春风”的“白发渔樵”者，一是具有沧桑阅历的智慧，二是具有终生劳作的质朴，而尊重劳动尊重理性、鄙薄养尊处优、蔑视专横恣睢，是杨慎终生以之的信念。借两位民间高人、百姓历史评论家之口谈古论今，“古今多少事，都付笑谈中”，把自己对历史的惋叹表达得淋漓尽致而轻松悠然。

令人慨叹的既有杨慎的写作才华，也有把这首词当作讲史开篇词的智慧。

朱载堉（一首）

山坡羊·十不足

逐日奔忙只为饥，才得有食又思衣。
置下绫罗身上穿，抬头却嫌房屋低。
盖了高楼并大厦，床前缺少美貌妻。
娇妻美妾都娶下，又虑出门没马骑。
将钱买下高头马，马前马后少跟随。
家人招下十数个，有钱没势被人欺。
一铨铨到知县位，又说官小职位卑。
一攀攀到阁老位，每日思想要登基。
一朝南面坐天下，又想神仙下象棋。
洞宾陪他把棋下，又问哪是上天梯？
上天梯子未做下，阎王发牌鬼来催。
若非此人大限到，升到天上还嫌低。

布衣王子朱载堉（1536—1611）是一位杰出的科学家和音乐理论家。生于嘉靖十五年（1536），是明宗室郑王长子，因王室内部倾轧，郑王被囚禁十九年辞世，后来皇帝欲恢复朱载堉爵位，被他拒绝了，之后就苦心钻研科学，特别是对音律学有精湛的研究。他于万历十二年（1584）著《律学新说》，阐发十二平均律的原理，将一个八度音程平均地分配为十二个半音，每个相邻的半音之间的频率差是相等的，而且他准确地计算出其精密数值。十二平均律在音乐学上作用极大，给不同音调的乐曲任意转换曲调提供了极其方便可靠的手段。由于朱载堉的伟大发明没有及时传播，多年之后，德国音乐家巴赫提出十二平均律的概念并创作了系列乐曲传世。但今天西方音乐史家们已经承认了朱载堉的杰出贡献。之所以这样仔细介绍其律学成就，是因为笔者在《中国古代发明》一书中比较详细地介绍了他的足可成为N项“第五大发明”之一的伟大发明。他在散曲创作上的成就如此突出，其才具如此卓越，语言如此犀利幽默，使我有惊艳的感觉，加上他还有其他发明创造，真觉得他是一位雷奥纳多·达·芬奇那样的文化巨人式的人物。

这首《十不足》是他以《山坡羊》为名的组曲之一，尖锐地讽刺了世人贪婪无度、欲壑难填的卑劣心态。由于朱载堉因为父亲的冤狱长期被打入下层，和普通百姓有密切接触，也由于他沉浸在科学创造中，远离官场的浊恶，因此才能保持一副晶洁无瑕的冰雪肝胆，看透世间龌龊；由于他长期浸淫于民间语言环境，不知不觉掌握了一份活灵活现的百姓语言，因此才能写得如此真切自然，如此质朴无华。全诗几乎没有语言障碍，无须一句一句串讲了。“铨”即选授官职之意，“阁老”指尚书、大学士之类的高官，“南面”指登基做皇上，“洞宾”，传说中的仙人吕洞宾。朱载堉文笔如此生动鲜活，熟练把握夸张比喻的技巧、调侃开涮的手段，把这批贪得无厌的家伙的嘴脸刻画到至矣尽矣无以复加矣的地步。那些高官巨贾大都是这类人，朱载堉也替广大无权无势、不会钻营、也没有这么大野心的普通百姓出了一口恶气。

在物质相对贫乏、发展相对缓慢的时代，批判、打击贪婪索取，提倡一种无欲无求的生活态度，对遏制统治者阶层的贪欲、保持普通百姓的最低生活水平、维持社会生活的安定和起码的公平，是正义的、可贵的呼唤。但是到了科学技术和社会经济高速发展的时代，人们不断增长的物质和文化需求就成了激励和促进人们不断探索不断创造、跻升到新层次新境界的强大动力。奉献应该是无限的，索取应该是有节制的。

明代是一个国力强盛、经济发达的时代，但也是一个严酷残忍的时代，朱元璋、朱棣两个暴君的屠杀文化毁灭了创造精神、独立思考和有风骨的人格，这是一个和诗绝对对立的时代，靠自由人格、奔放感情、批判精神支撑的诗词走向衰落是不可逆转的趋势。明代开国以来最有才华和品格的诗人高启被莫名其妙地残酷腰斩，有骨气的方孝孺被灭族，这样的政治气氛下还奢望什么诗歌！再加上前七子后七子们不得不在那里就一些创作的鸡毛蒜皮争论不休甚至互相谩骂，倒了大家的胃口，明诗几乎真的乏善可陈。反倒是在远离政治的科学巨匠朱载堉的闲情偶寄、忠臣烈士于谦张煌言的慷慨明志的笔墨和专门编写戏文的汤显祖的唱词里找到了足以代表明诗水平的作品。

王磐（一首）

朝天子·咏喇叭

喇叭，唢呐，曲儿小腔儿大。官船来往乱如麻，全仗你抬声价。军听了军愁，民听了民怕。哪里去辨甚么真共假？眼见的吹翻了这家，吹伤了那家，只吹的水尽鹅飞罢！

王磐（1470—1530），明高邮人，字鸿渐，号西楼，出身富家，不慕荣华，不图仕进，雅好词曲，精通音律，著有《王西楼乐府》。为明著名散曲作家，所作散曲清俊秀美，语言幽默，笔锋犀利，多有揭露时弊之题材，有《王西楼乐府》行世。这首散曲，写于正德年间。时宦官嚣张，横行当世。据蒋一葵《尧山堂外记》中载："正德间阉寺当权，往来河下无虚日，每到辄吹号头，齐征夫，民不堪命，西楼乃作《咏喇叭》以嘲之。"

这支散曲写得俏皮幽默，空灵跳脱，锐利尖刻，让当权者胆寒，让同道心折。既然在被朱家祖孙们阉割的正宗诗词中找不到个性、性灵和血性，就在王磐式的散曲里领略一点会心和心灵谐振的快慰吧。

王磐抓住了喇叭、唢呐的特点——曲儿小腔儿大，一般不会演奏什么高级、古典大乐，大都是些俚俗小曲，以此曲折讽刺宦官们官儿不大声势不小，能耐不大坏水不少。宦官不过是侍候皇上的仆役，以刑余的残废之身事奉君王及其嫔妃，本属于让人轻视怜惜的角色，但由于君王慵懒、奢靡或性格懦弱，往往过度依赖、纵容他们，就形成了他们气焰熏天的局面，这种情形在强势或英明的君王时代极少出现。宦官们架子大，气势大，铺排大，就像他们的官船，在河道里横冲直撞，他们的车马，在通衢大道上耀武扬威，全仗着喇叭唢呐抬高身价，制造声势。

宦官们的喇叭唢呐之声，已经严重地扰乱了社会秩序，达到"军听了军愁，民听了民怕。哪里去辨甚么真共假"的地步。"民"是为皇家缴纳赋税供养其靡费生活昂贵开支的主体，所以孟子才说，"君为轻，民为贵，社稷次之"；"军"是保护皇家特权和庞大的官僚系统的主体，在正常时代，"民"是受到王权保护的，“军”是受到王权绝对信任、无人胆敢冒犯的。到了宦官嚣张的时代，那喇叭唢呐让军民讨厌和恐惧，已经失去了分辨真假的判断力。喇叭唢呐声，就代表了宦官们的不义和邪恶，也标志着他们为害社会生活的程度。

最后，王磐伤心而激愤地发泄道，索性就让这帮“吹翻了这家，吹伤了那家”的喇叭唢呐可劲地吹，把百姓吹得破产逃亡，把军队吹得树倒猢狲散吧，闹个“水尽鹅飞”倒也干干净净！愤世嫉俗之情达到至矣尽矣无以复加矣的地步。在有明一代的诗词吟咏中实属难得一见的痛快文字，让人读了心旷神怡，可也让读者为王磐的命运捏了一把汗。这篇文字比之于惨遭朱元璋腰斩的一代鸿儒高启的“上梁文”又尖锐、叛逆了不知多少倍，可是王磐先生居然得以善终，值得庆幸！那个当朝今上正德的精力大概都集中到游龙戏凤上去了，厂卫特务们的注意力也不在监视官员的诗词而在于如何讨皇帝喜欢上去了。

汤显祖（一首）

牡丹亭

皂罗袍

原来姹紫嫣红开遍，似这般都付与断井颓垣。
良辰美景奈何天，赏心乐事谁家院？
朝飞暮卷，云霞翠轩；雨丝风片，烟波画船。
锦屏人忒看的这韶光贱！

好姐姐

遍青山啼红了杜鹃，那荼蘼外烟丝醉软，
那牡丹虽好，他春归怎占的先？
闲凝眄兀生生燕语明如翦，听呖呖莺声溜的圆。

尾声

观之不足由他缱，便赏遍了十二亭台是枉然，
倒不如兴尽回家闲过遣。

这是汤显祖（1550—1616）的戏曲《牡丹亭·游园惊梦》一折中的三支曲子的组合，是女主角杜丽娘的咏叹调，是在春色满园的情境中抒发的一份惊艳、慨叹和追问，唱响了她青春觉醒的内心独白。《牡丹亭》写了杜丽娘和柳梦梅生生死死的爱情：杜丽娘游园时小睡，梦见了白马王子柳梦梅，春风云雨，甜美的爱情灿烂如花；醒来的小姐竟相思成疾，一病而终，就葬在园圃，死前给自己留下了美丽的写真；公子柳梦梅偶然拾取了这幅画，爱上了画中人，日夜呼唤她醒来，泪尽继之以血，感天动地的真情竟然使坟墓中的杜丽娘还魂醒来，二人结为夫妻。奇怪的是，这如仙如幻、神异奇诡的故事却从来不被称为神话戏剧。在汤显祖笔下，这份宿命中的爱情超越了阴阳两

界的门槛、真实和想象的界限，战胜了一切障碍，终于花好月圆，给了在封建礼教束缚下挣扎的男女以莫大的鼓舞和激励。这出戏剧之所以成功，主人公特别是女主人公杜丽娘形象的完美塑造是关键因素。十七岁的杜丽娘生动鲜活，形象妩媚迷人，心灵晶莹澄澈，风度优雅高贵，处处闪耀着女性魅力、青春光泽和葱茏诗意的光辉，成为历代女儿为之心折、男儿为之沉醉的偶像，也是中国文学和戏剧中最明亮、最富有魅力的形象之一。而最生动、鲜明地给她的形象注入葱茏的美感和诗意的就是这首由《皂罗袍》、《好姐姐》、《尾声》三支曲子连缀起来的咏叹调——女性灵魂绽放和青春梦想之歌。

严格局限于豪宅深闺的杜丽娘，甚至连后花园也不曾踏足。受制于严厉的父母，受教于一位迂腐老迈的冬烘先生，唯一的伴侣是那位活泼、泼辣的丫环春香。但是，青春的脚步在一往无前地行进，奔涌的力比多在她成长的身体各个港湾回环流荡，渴望外面的世界的愿望是任何人也阻止不了的！《皂罗袍》、《好姐姐》之类的曲名和杜丽娘咏叹的内容毫无关系，和词牌是一样的，只不过曲牌名称更具有民间的、世俗的格调。

杜丽娘的咏叹词采华美，格调典雅，这和她大家小姐的身份是相称的。对春天的姹紫嫣红的精心描绘和对一个青春勃发的女孩形象的塑造同步进行。面对这绝美景色，呼吸着葳蕤花木的芬芳，她的惊艳的欣悦和相见恨晚的惋惜一起展开。为什么早没有发现这样的美景？这姹紫嫣红难道都只给后花园这些断井残垣看吗？这样的良辰美景闲置，岂奈苍天？这抚慰心灵、带来欢乐的园圃到底是谁家的院落？她沉痛而愤慨地喊道：高门大户人家太把这似锦韶光看得一钱不值了！那支《好姐姐》继续赞美了春天的大自然，尤其是“生生燕语明如翦，呖呖莺声溜的圆”两句，几乎唱尽了燕子呢喃、黄莺鸣啭的婉转、圆润、明亮、活泼，真让人叹为观止！

这三个曲牌的连奏给杜丽娘生命中最美丽的一场春梦演出奏响了辉煌的序曲，给下一出《惊梦》做了极其充分极其美好的铺垫，是演出春梦的诗意和春情光彩的舞台；作为中国戏剧中最抒情的咏叹调，也登上了世界戏剧舞台咏叹调的顶峰，比之于莎士比亚、柴可夫斯基、普契尼的歌剧咏叹调并无多让。

夏完淳（一首）

别云间

三年羁旅客，今日又南冠。
无限山河泪，谁言天地宽！
已知泉路近，欲别故乡难。
毅魄归来日，灵旗空际看。

这是清初抗清英雄夏完淳（1631—1647）永别故乡、永别人间的血泪血性之作。这个十六岁少年的英勇、坚定、器宇、才华，事业之辉煌，人格之完美，遗作之灿烂，达到惊人的地步。这首诗丝毫看不出少年的生涩和幼稚，其成熟和清醒，坚定和决绝，令人赞叹也令人心摧。夏完淳十六年达到了即使出色人杰也需要毕生修炼才可以达到的崇高境界，走过了完整而灿烂的人生道路。

这首诗是夏完淳抗清斗争兵败被执解往南京、诀别故乡时所写。夏完淳的故乡是江苏松江，古称云间。夏完淳如此命名其绝命诗，还有一重含义，即自己将为国捐躯，成为一条遨游天际的龙，要隐入云间了。

“三年羁旅客，今日又南冠”。首联所概括的内容特别丰富，夏完淳三年前追随乃父夏允彝、老师陈子龙起事反清，历经奔波羁旅、艰险磨难，创痛巨深，夏允彝、陈子龙相继殉难，夏完淳继续坚持战斗，直至成为敌人的阶下囚。“南冠”二字典出《左传·成公九年》，晋侯观于军府，见钟仪，问之曰：“南冠而絷者谁也？”有司对曰：“郑人所献楚囚也。”南冠就是楚冠，后因以南冠为囚犯的代称。祖国山河已经流了无可限量的眼泪，我们的生存空间已经如此狭窄，谁还说什么天宽地阔的空言！

夏完淳平静地对待这种结局。从立志投身抗清斗争那一天起，就下定了必死的决心。在告别人世的时刻，知道黄泉路近，但要和成长、接受哺育的故乡诀别，又实在留恋，实在不忍。肝胆欲碎之际，他又幡然憬悟，这不是诀别。我死之后，魂魄依然要继续抗清复明的伟业，我刚毅忠勇的魂魄归来的那一天，乡亲们往空中看去，那里有我飘扬的灵旗，也是我的战斗旗帜！

我认为，夏完淳的战斗和写作虽然发生在清初，但他的精神依然存在于已经灭亡的明朝，他的诗歌还应该算是明代诗歌的一部分。在靡弱平淡的明诗中，他和张煌言的诗歌是一个强劲而辉煌的结尾。

吴伟业（二首）

临江仙·逢旧

落拓江湖常载酒，十年重见云英。依然绰约掌中轻。灯前才一笑，偷解砑罗裙。

薄幸萧郎憔悴甚，此生终负卿卿。姑苏城上月黄昏。绿窗人去住，红粉泪纵横。

吴伟业（1609—1672），明崇祯四年进士，官左庶子，在继续抵抗的弘光朝官少詹事。清顺治年间出仕，官国子祭酒。经历了明末清初的河山剧变，从哀痛的亡国之臣违心地变为出仕新朝的“贰臣”，性格软弱而故国之思执着，无限悔恨痛彻骨髓，笼罩着他的终生。吴伟业诗词兼擅，诗作尤以长篇歌行最为出色。《永和宫词》、《圆圆曲》、《鸳湖曲》为其代表作，以雄健的笔墨、沉痛的感情表现了明亡清盛的历史变迁。他的词作在有清一代，也堪为翘楚。在这首词中，他把自己的生活看作是落拓江湖，是憔悴不堪，是背叛和偷生，总觉得对不起国家民族，对不起一切朋友和相识相知的女人，最对不起的是这位浓情蜜意的卿卿。这种心态和杜牧、柳永在女人面前说的“落拓江湖”是不同的，除了一种自认薄幸的谦卑，还有一种亡国之思的悔恨疼痛沉潜其中。

“十年重见云英”，这是一个和情人重逢的故事，其中较难理解的是云英这个名称。云英是唐裴铏的《传奇·裴航》中的人物，是裴航在国色天香的樊夫人引见下结识并相爱的绝代佳人，是樊夫人的妹妹，其实她们姐妹都是仙人。这位十年之后重逢被称为云英的女性，应该是一位风月场中人。那是一个承认纳妾和娼妓却不承认一切婚姻和风月场之外的爱情的时代。这位云英依然轻盈苗条，甚至可做掌上舞。老情人重逢，立即进入角色，云英已经在偷解“砑罗裙”，也就是用砧石锤打光洁的罗裙了。

面对往昔情人如此灼热的深情，吴伟业被深深打动了。强烈的愧疚怅恨又支配了这薄幸的萧郎，憔悴不但是面容和体魄上的疲惫和衰颓，更包含了精神世界的困惑、自责、自卑。憔悴的萧郎不但辜负了国家，也辜负了卿卿云英。萧郎是情郎一般的称呼。“姑苏城上月黄昏”一句，可能指重逢云英之地。和开端的兴奋相映照，结尾处另是一番低抑内敛的消沉。难得有机缘重逢深情如斯的云英，但甫一重逢就是必然的离别，粉泪纵横，是她的真情流露，也是这百感交集的萧郎难以面对这女人的尴尬。

遇旧友

已过才追问，相看是故人。
乱离何处见，消息苦难真。
拭眼惊魂定，衔杯笑语频。
移家就吾住，白首两遗民。

这是吴伟业在经历了离乱岁月、改朝换代的剧烈动荡、心灵的惨烈挣扎后偶然遇到旧友时的一番心灵悸动的真诚质朴的记录。和老友执手慨叹沧桑岁月，把酒倾诉万般感悟，最后是和老友“移家就吾住”的约定。过程叙述得极其明白无误，刚刚错身而过，觉得面熟，追问相看，才知是老朋友。离乱日子，怎能有故人的音信？所有的传闻都难得真实可靠。“拭眼惊魂定，衔杯笑语频”，简短十个字，说尽了偶遇老友带来的心灵震动、把酒欢笑庆幸重逢的快慰。如此直白朴素的心灵倾诉，宛如家常白话，仔细品读，原来这首五律格律是如此精严，对仗是如此贴切，整体结构是如此匀称，体现出梅村诗作的深厚功力。

最后一句，落在“白首两遗民”上。是萦绕于心的那番故国之思的隐秘抒发，有几分潜在的骄傲，也有几分对岁月流逝、白发老景的自嘲自叹。他战战兢兢地用了“遗民”这个词，要知道，文字狱在严酷的新朝，这种怀念前朝的笔墨也是犯禁的啊！

文字极其朴素，感情绝对真挚，文风和被称为梅村体的长篇歌行的华丽丰赡的风格迥异。

张煌言（一首）

甲辰八月辞故里

国破家亡欲何之？西子湖头有我师。
日月双悬于氏墓，乾坤半壁岳家祠。
惭将赤手分三席，敢为丹心借一枝。
他日素车东浙路，怒涛岂必属鸱夷！

张煌言（1620—1664），字苍水，浙江鄞县人，崇祯年间举人，是明末清初奋勇抗清的民族英雄，清顺治二年（1645）起兵抗清，奉鲁王监国，官至兵部尚书兼东阁大学士。驰骋疆场，历经坎坷，苦斗近二十年。1659 年，和郑成功合兵，大军入长江，围南京，下四府三州二十四县，后因郑成功病逝，孤军难支，遂解散军队，伺机再起。1664 年被俘牺牲。张煌言在敌强我弱、实力悬殊的困境中殊死搏斗，坚贞不屈，视死如归，继承了伟大先贤的浩然正气。他留下的诗文集结为《张苍水集》，一字一句都表现出了他的光辉人格。本来这位戎马倥偬的英雄是没有工夫仔细推敲文字的，但他的诗却写得如此流畅而严谨，语言朴素而坚实，悲壮慷慨，中气充盈，充分体现了他誓死捍卫民族尊严的宏大志向，磅礴着震撼心灵的感染力，在一代不瘟不火的明诗中闪耀着夺目的光辉。

这首诗写于他殉难的 1664 年，是被清兵俘获后转解至杭州时的作品，可能是他的绝笔诗。他自知当然不免一死，此刻的最大心愿，是死后埋葬在西湖之滨，因为这里有民族英雄岳飞和于谦的祠墓。这两位不朽的英雄是张煌言终生敬爱的尊师。全诗一直围绕这一主题展开，集中而剀切，锐利而强烈。他叹息，国破家亡的人能够到哪里去？此刻我的心就留在杭州，这里有我做人立身的榜样和尊师。“日月双悬于氏墓，乾坤半壁岳家祠”。于谦的事迹如同双悬的日月一般光辉，岳飞的勋业足以支撑南宋王朝的半壁河山。指代极其清晰，比喻十分贴切，连对仗也是如此精严，让人钦佩，让人叹息。落入敌人之手的张煌言就是一个待决的死囚，在和死神并肩而行的日子，竟然有这样宁静安详的心态精心结构修饰自己的诗篇，真够让人惊异也让人痛惜的。“惭将赤手分三席，敢为丹心借一枝”，表现出他谦逊自抑的美德。无论从当时的勋业还是后世的景仰看，张煌言都是可以和岳飞、于谦并列而毫无愧色的，但他这样诚挚地说，自己抗清复明的心愿未了，大业未成，几乎是赤手空拳来到西湖之滨的。和岳飞、于谦两位先辈三分西湖天下的席次，希望将自己的丹心化作彩墨，点染一枝花朵，让西湖借给我一方空间安排我的丹青，以装点西湖景色，和两位先辈做伴，想到这里，心中颇有羞惭之意。“他日素车东浙路，怒涛岂必属鸱夷!”结尾更形悲壮，把自己即将到来的归宿和家乡的钱塘江潮联系在一起，那汹涌澎湃的钱塘江潮如同白色的车辆一样滚滚涌来，可知道，那怒涛全是悲愤自刎的伍子胥的魂魄所化的吗？言外之意，自己的魂魄也化作钱塘怒涛涌来。

张煌言的英雄业绩、崇高的人格榜样让人尊崇景仰，但是他又是一个如此谦逊自励、虚怀若谷的英雄，的确让人喜出望外。这英雄从二十几岁举起反抗的旗帜直到中年生命终结，一直在奔波、战斗、恓惶、颠连，令读者又不能不滋生出一份痛惜和怜爱。如此坚强、如此执着的英雄在伟大先辈面前怎么这样诚挚这样谦虚呀？如果他的英灵有知，定会从后世这番敬意和挚爱中得到某种慰藉的。张煌言死后葬于杭州荔枝峰下，后人交称岳飞、于谦、张煌言为“西湖三杰”。

陈维崧（一首）

夏初临

癸丑三月十九日，用明杨孟哉韵。

中酒心情，拆绵时节，懵腾刚送春归。一亩池塘，绿阴浓触帘衣。柳花搅乱晴晖，更画梁玉翦交飞。贩茶船重，挑笱人忙，山市成围。

蓦然却想，三十年前，铜驼恨积，金谷人稀。划残竹粉，旧愁写向阑西。惆怅移时，镇无聊掐损蔷薇。许谁知、细柳新蒲，都付鹃啼。

作为一代清词的开拓者之一，陈维崧（1625—1682）是龙榆生先生编选的《近三百年名家词选》收录词作最多的词人，其词沉郁顿挫，奔放开阔，技艺娴熟，格调高远，具有无可挑战的价值和尊荣。面对改朝换代的奇变，“异族”入主大统的羞耻，中原士子们有的选择了痛苦而无奈的出仕，有的选择了遁入空门的逃避，只有个别勇士选择了悲壮而无望的反抗。陈维崧在漫长而屈辱的生活道路上诉说的大致都是对前朝的深沉追怀和那种既感伤又无奈的情愫。清朝的文字狱十分严酷，既要抒发真情又要全身避祸，士子们够辛苦够可怜的。

在众多词作中选取了这首词牌比较生疏的作品，原有深意存焉。看似随意，信手拈来，一片中酒时分的懵腾和更换春装的轻松，一缕春归花落的浅愁，一派草长莺飞柳花乱飘的繁华，一番人间的贩茶船重、挑笋人忙的喧闹，一抹池塘浓荫的清凉。他在一种闲适淡泊的笔墨中，在下阕不经意间引入了一个极其沉重的主题。“蓦然却想，三十年前……”细心人会记得，原来是甲申年明崇祯皇帝在煤山自缢的伤心日子。崇祯这位既有雄才大略、力挽狂澜的壮志，又囿于急躁操切、偏听轻信的个性，错杀袁崇焕以及两位尽瘁戍边不幸失败的兵部尚书，自毁长城，在吴三桂、李自成和虎狼清兵的夹击下，不情愿地走向了人生的终点。陈维崧一番真挚而沉痛的追怀悼念的深情，在那个特殊时刻是只言片字也不能泄露的。于是他只写出了洛阳城里铜驼巷陌冷落寂寞的恨憾和金谷园里车马稀的怅惘。这里有一个指代暗中转换的修辞技巧。铜驼巷是洛阳城里一处历史十分久远的巷陌，可以追溯到西晋、隋唐时期，曾经是车水马龙人烟辐辏之地。金谷园也是洛阳北郊的一处著名园林，是西晋富翁石崇的园林，其宠妾绿珠就在此地为石崇的恩爱殉情。这两处都是极其著名又可以引起人们追怀慨叹的地方。陈维崧都用来借指北京城内的繁华不再，煤山上帝王宾天悲剧也已经无可追怀、无处慨叹了。

隐秘的抒情继续进行。貌似春归时分的细密描绘和形象写照，“划残竹粉，旧愁写向阑西，惆怅移时，镇无聊掐损蔷薇”，这一句的意思大概是说，为了排解春愁，用竹签划在阑干西侧。惆怅既久，无聊时分，不知不觉中掐损了无辜的蔷薇花，实际上是诗人扼腕叹息时无意中的发力使然。那细柳新蒲的新鲜生命带来的快感，也都暗自交代给了啼血的杜鹃。细细品味，陈维崧当然不是在吟咏春愁、排解无聊，他是在沉痛哀伤地追怀三十年前的那场帝王自尽、国家沦亡的悲剧。含蓄、低抑、沉痛、内敛，欲说还休，吞吞吐吐。可怜的诗人，亏他还有这份怀旧的家国之思，可怜他这份重压下坚持抒情的婉转笔墨。

朱彝尊（一首）

高阳台

吴江叶元礼，少日过流虹桥，有女子在楼上见而慕之，竟至病死。气方绝，适元礼复过其门，女之母以女临终之言告叶，叶入哭，女目始瞑。友人为作传，余记以词。

桥影流虹，湖光映雪，翠帘不卷春深。一寸横波，断肠人在楼阴。游丝不系羊车住，倩何人、传语青禽？最难禁，倚遍雕栏，梦遍罗衾。

重来已是朝云散，怅明珠珮冷，紫玉烟沉。前度桃花，依然开满江浔。钟情怕到相思路，盼长堤、草尽红心。动愁吟，碧落黄泉，两处难寻。

朱彝尊（1629—1709）是一位性情中人，曾经为小自己十岁的妻妹写出了长诗《风怀二百韵》和为《风怀》作注解补充的《静志居琴韵》，这份洒脱、风流、清狂、蕴藉让人惊诧也让人怀念。他不但编选了著名的词作经典《词综》，而且致力于创作，振衰起溺，引领风骚，竹垞（朱彝尊之号）之名闪亮清代词坛。这首《高阳台》描绘了一份感天动地的生死情缘，一出天性被残酷压抑时代的悲剧。

作为词坛高手，朱彝尊驾轻就熟，优美而深情地讲述了这个故事。上片记述了这痴情女儿一见钟情的那个奇异时刻。“一寸横波”，借指少女明眸流转生姿。“羊车”，用“晋武帝常乘羊车，恣其所之，至便宴寝”典故，比喻春天纤细的游丝不能系住那心上人远去的背影。“青禽”，神话传说中替人传递信息的神鸟。当那仅凭第一次印象就深深堕入爱河的“断肠人”心痛地目送白马王子的背影远去的时候，她只有“倚遍雕栏，梦遍罗衾”，雕栏留下了她眺望伊人的姿影，罗衾见证了她寻觅伊人的梦境。无望的锐利的相思，消磨了她的青春生命，接着是痴情少女不可拯救的夭亡。而下片，朱彝尊没有延续这个虽然温馨然而荒谬的死而复生的故事。白马王子没有奇迹般的唤醒那断魂的人儿，只有以无比痛惜、切肤连心的诚意悼念这未曾谋面的今生知己、永恒的情人："帐明珠珮冷，紫玉烟沉。"他知道，这份真情，此生难再，纵然"碧落黄泉"，也"两处难寻"。

朱彝尊动情而清醒地表现了这出悲剧，他也痛心地理解了这位痴情少女的悲哀。封建礼教猖獗的时代，女性只有传宗接代和供男人享用的义务，她们的精神世界，她们的性爱权利和自由，是从来不曾考虑也无须考虑的。男女授受不亲的严酷律条，男女交往空间的高度压缩，使那些情窦初开的少女在青春萌动的汹涌浪潮面前，处于绝对被禁锢的饥渴状态，一旦这隔绝男女的铁幕撕开一个小小的裂口，如这位少女在闺房楼头瞥见白马王子，杜丽娘在梦中见到风流蕴藉的柳梦梅，就立即全身心地投入爱河，义无反顾，不计成败，生死以之。这股奔涌的力比多受到的禁锢多么严酷，其突破拘禁的风暴就多么狂野！珍惜这位少女为爱情为生命自由付出的代价，又摒弃了这极端温馨美满然而荒谬的结局，不再用虚无缥缈的画饼安慰世人，赤裸裸地展现了悲剧性本质。也许他还没有这样高的认识水平，但他对精神受到压抑禁锢的少女们的同情和痛惜却是鲜明而坚定的，这是诗人的思想和审美价值所在。

屈大均（一首）

壬戌清明作

朝作清寒暮作阴，愁中不觉已春深。
落花有泪因风雨，啼鸟无情自古今。
故国江山徒梦寐，中华人物又销沉。
龙蛇四海无归所，寒食年年怆客心。

屈大均（1630—1696），字翁山，广东番禺人。清兵入粤时，曾参加抗清斗争，兵败后削发为僧，中年还俗。北游关中、山西等地，与顾炎武等交往。他平生遍历南北各省，目睹社会动乱，慨叹民生疾苦，怀念故国江山，慷慨激愤，寄托深远，诗风别具特色，为岭南三大家（屈大均、陈恭尹、梁佩兰）之一。这首诗写于清康熙二十一年（1682），当时降清又反清的三藩已经败亡，台湾郑氏政权亦告倾覆，全国大规模的抗清运动已趋岑寂，清政权得以巩固。屈大均眼看复明无望，感到切肤的沉痛和无可奈何的悲哀。惮于文字狱的淫威，又不能直接抒发这种感情，于是借天气诉说一番遗民和志士壮志难酬的苦闷。

此刻正是清明时分，本应花木复苏，春风骀荡，但恰逢春寒料峭，天宇阴沉，他概括为“朝作清寒暮作阴”，虽然刚刚过了春分才半个月，还不算春深，但春愁和心中的忧愁叠加起来，就有了“愁中不觉已春深”的感觉。他更感觉到“落花有泪因风雨，啼鸟无情自古今”，把落花沐浴风雨比作洒泪，从啼鸟的快乐声音听出了无情，而且慨叹古今鸟类都是这般无情无义，把极其自然的花落鸟啼引向伤感哀痛。

寒食节“故国江山徒梦寐，中华人物又销沉”。他叹息的是恢复大明王朝的希望日渐远去，故国江山只有在梦寐中相见。中华大地上抗清志士也逐渐消沉下去，抗清复明大业已经没有任何希望了。他在遣词造句上煞费苦心，用了两个含含糊糊、指代不十分明确的“故国江山”代指已经灭亡的前朝大明，用“中华人物”代指抗清复明志士，心思够警觉的，技巧够细密的。屈大均无限悲痛地叹息道："龙蛇四海无归所，寒食年年怆客心。""龙蛇"借指心怀抗清复明宏愿的志士，他们在四海之内已经没有了归宿之地，这种希望泯灭、前途渺茫的局面让每年的寒食节令人们感到心寒和怆然。寒食节，在清明前一天，是为纪念追随晋文公流浪、割肉饲之后被误烧而死的介子推而忌熟食的节日。

屈大均是一位坚持抗清复明理想的志士，他的吟咏低沉而凄怆，低抑而沉痛。长歌当哭，椎心泣血，他却把眼泪和哭声强忍在心中。这首诗在慨叹天气的掩饰下，尽情抒发了强烈而沉痛的故国之思，体现了真挚感情和高超技巧的完美结合。落花、啼鸟、寒食、清明都蒙上了感伤色彩，是客观景色被主观情绪支配的范例。

清王朝入主中原，引起中原汉族的强烈反抗，像顾炎武、屈大均这样的志士是被高度评价的。但随着清王朝的逐渐巩固，经济复苏发展，推行缓和民族矛盾的政策，士子们更多地采取了归顺新朝、谋取功名的现实态度，个人命运投入国家发展之中。今天看来，二者都是值得肯定的人生选择。特别是满族是中国土地上诸多民族之一，明清之间的斗争，不是典型的侵略和抵御外侮的斗争，更有几分国内民族争雄的色彩。全面地检视中华士子的命运，屈大均的气节品格值得追怀，更多士子的入仕新朝也无可厚非。

王士禛（二首）

秋柳·其一

昔江南王子，感落叶以兴悲，金城司马，攀长条而陨涕。仆本恨人，性多感慨。情寄杨柳，同《小雅》之仆夫，致托悲秋，望湘皋之远者。偶成四什，以示同人，为我和之，丁酉秋日，北渚亭书。

秋来何处最销魂？残照西风白下门。
他日差池春燕影，只今憔悴晚烟痕。
愁生陌上黄骢曲，梦远江南乌夜村。
莫听临风三弄笛，玉关哀怨总难论。

王士禛（1634—1711），号渔洋山人，山东新城（今桓台）人，是清初著名诗人。顺治进士，官至刑部尚书。论诗创神韵说。所作多个人情怀，模山范水，吟咏风月，生前负有盛名，门生甚众，影响甚大。著有《带经堂集》和《池北偶谈》等。

王士禛二十四岁中进士，一时才俊，众望所归。顺治十四年（1657）秋和诗友聚会于济南大明湖上。王士禛在其《菜根堂诗集序》中云："顺治丁酉秋，予客济南，诸名士云集明湖。一日会饮水面亭，亭下杨柳千余株，披拂水际，叶始微黄，乍染秋色，若有摇落之态。予怅然有感，赋诗四首。"这就是《秋柳》诗的由来。其中第一首尤为出色。诗前有小序。江南王子，指梁简文帝萧纲，在《秋兴赋》中曾描绘秋的凄凉景色。东晋大司马桓温路过金城时见当年所植之柳，皆已十围，遂叹曰："木犹如此，人何以堪!"攀枝执条，泫然流泪。王自称仆，说自己本是一个感情激烈之人，多感慨之词，此际情寄杨柳，如同诗经《小雅》中某篇提及之仆夫；情致寄托于悲秋诗章，可能是想起屈原的《湘夫人》中的"袅袅兮秋风，洞庭波兮木叶下"的诗句以怀念远去潇湘之友人。小序文采斐然，与诗的正文相映生辉，惜多费解文词，了解大致含义即可，不必过分求真。

这首诗典故较多，文字也有晦涩之病，但表达的是一份悲叹零落、怜惜秋柳之意。“秋来何处最销魂？残照西风白下门”句中“白下”即南京的别称。把悲秋的场所特意设置在南京，好像有意无意地唤起人们对建都南京的大明王朝的一点回忆。“他日差池春燕影，只今憔悴晚烟痕”。回忆起新春时分的春燕倩影，再看今日憔悴秋容的黄昏烟景，让人感受到繁盛葳蕤的事物的消失是何等苍凉伤感之事。接着，王士禛再提两件珍爱事物毁灭的伤心实例，“愁生陌上黄骢曲，梦远江南乌夜村”。黄骢是唐太宗的爱马，此马死后，太宗命乐人作黄骢叠曲，以示悲悼。乌夜村是晋代何準隐居之地，其女儿即诞生于此，后来成为晋穆帝的皇后。对这位皇后来说，这个普通的农村乃是其日后荣华富贵的发祥之地。诗人在此加上“梦远”二字，则意味着这样的荣华富贵之梦已永远不可重现，正如死去的骏马黄骢已永远不可复生一样。“莫听临风三弄笛，玉关哀怨总难论”。他沉痛地说，不要再听那临风叹息的三弄玉笛之声了，“玉笛”可以作为思妇怀念戍边丈夫的指代。引申之意，联系到明王朝覆灭、清王朝继起，他沉痛而无奈地慨叹明朝的灭亡，但并不指斥清朝，深深感慨当时的遗民志士反清复明的行为无力回天。这种代价的付出和战败战胜的正义与否，诗人对此持有复杂的情绪，很难说明白清朝灭亡明朝谁对谁非的问题。明朝灭亡固然是可怜的，但是，“玉关哀怨总难论”，也很难说清朝的建立是非正义的。诗歌表面咏柳，实际上蕴涵人世沧桑的感喟在其中，几分沉痛，几分无奈，几分怀念，几分幻灭，诗人将这种感喟写得藏而不露，含蓄蕴藉，余味悠远，这就是“神韵”所在。

《秋柳》诗是王士禛的成名代表作，后人为了纪念这位杰出的诗人，就把大明湖东北岸汇泉堂附近的一处馆舍院落命名为“秋柳园”。作为济南重要的人文景观，秋柳园在济南的人文史上有着显著的位置。

题秋江独钓图

一蓑一笠一扁舟，一丈丝纶一寸钩。
一曲高歌一樽酒，一人独钓一江秋。

王士禛是诗人也是画家，“秋江独钓图”可能就是他自己的作品。他的题画诗质朴精粹，明白如话，意蕴无穷。全诗用了九个“一”字，却绝无重复累赘之感，清通流畅，淡泊高洁，画面感极其鲜明，节奏感十分明晰。其用字之奇，笔墨之险，检视古今诗坛，一人而已。

由此当然可以联想起柳宗元的《江雪》，主题、人物、图景、意境均相似，都是表达一份孤高寂寞的情怀，从精神层面说，是一脉相承的。略有不同者，为五绝与七绝、冬令与寒秋、远景与近景、无酒与有酒、沉默与高歌之别。柳宗元赋《江雪》时已是经历了世事沧桑、政治拼搏的中年，回首平生，感悟中多了几分苍凉心死；王士禛虽然写作年代不甚明确，但他的经历却基本上是一帆风顺的，所以，他的钓翁才有“一曲高歌一樽酒”的豪兴。柳诗留在读者心中的是那个钓翁的绝对孤独寂寞的身影，一笔泼墨写意，一部无言无声的心灵默片；王士禛诗留在诗坛上的是一番精致、奇绝、运笔用字的高超功夫，一幅连丝纶寸钩都纤毫毕现的工笔细描，一部声震江面的有声片，一番在冷暖人间从容博弈的淡定。

顾贞观（二首）

金缕曲·其一

寄吴汉槎宁古塔，以词代书，丙辰冬寓京师千佛寺冰雪中作。

季子平安否？便归来，平生万事，那堪回首？行路悠悠谁慰藉？母老家贫子幼。记不起、从前杯酒。魑魅搏人应见惯，总输他覆雨翻云手。冰与雪，周旋久。

泪痕莫滴牛衣透。数天涯、依然骨肉，几家能彀？比似红颜多命薄，更不如今还有。只绝塞、苦寒难受。廿载包胥承一诺，盼乌头马角终相救。置此札，君怀袖。

金缕曲·其二

我亦飘零久。十年来、深恩负尽，死生师友。宿昔齐名非忝窃，试看杜陵消瘦，曾不减、夜郎僝僽。薄命长辞知己别，问人生到此凄凉否？千万恨，从君剖。

兄生辛未吾丁丑。共些时、冰霜摧折，早衰蒲柳。词赋从今须少作，留取心魂相守。但愿得、河清人寿。归日急翻行戍稿，把空名料理传身后。言不尽，观顿首。

以两首书信体的《金缕曲》横绝一代清词，在整个词坛的历史上也闪耀出独特光彩，顾贞观（1637—1714）是一个成功的个案。这个漫长而温馨的故事，阐释了“知己”这个词语的全部内涵，感动了后世无数知音，三百多年后，在这个文坛佳话的发生地北京的舞台上上演了话剧《知己》，又一次感动了新世纪的知音。还是从头说起吧！

清顺治十四年（1657）江南才俊吴兆骞（字汉槎）参加江南乡试中举，适逢科场舞弊案案发，顺治震怒，将所有考官和中举世子全部押解到京师审判，考官被诛杀十余人，考生在金殿重新考试，合格者将被正式录取。年轻而不谙世事的吴兆骞，看见森严的金殿上执剑戟卫士环列左右，被吓得魂飞胆丧，战栗不已，纵有满腹才学也一个字写不出来，被武断地定为舞弊考生，发配宁古塔流放。这一简单而又极易查清的冤案，持续到了康熙年间，因为是先皇定下的案子，不敢翻案，就一直拖延下来，吴兆骞从一个风华正茂的青年被折磨成了一个麻木萎靡的中年。吴兆骞的好友、无锡人顾贞观（1637—1714），字梁汾，忠于友谊，勇于担当，无一日忘记挚友的冤屈和苦难，多方奔走，终因人微言轻而毫无结果。康熙十五年（1676），寓居北京千佛寺的顾贞观念及在蛮荒之地忍受煎熬的好友，情发于中，写了这两首感人至深的《金缕曲》以词代书。当时顾贞观正在当朝太傅、首席大学士明珠家为西宾，和明珠之子、词人纳兰性德成为至交。一日，向纳兰性德出示了这两首词，纳兰深为震撼，潸然泪下，激动地说："河梁生别之诗，山阳死友之传，得此而三。此事三千六百日中，我当以身任之。"兵败投降、家属被杀的李陵和出使匈奴被扣押的苏武在河梁诀别时写的《答苏武书》，向秀在山阳为被杀害的老友吕安写的《思旧赋》，是历代体现真挚友谊的名篇，纳兰把顾贞观的词作提升到了这个层次，激赏之深同情之切溢于言表，但知道此事的艰难，许诺以十年为期，拯救吴兆骞，足见这两首词感天地泣鬼神的动情力。铭感五内的顾贞观当即下跪恳求道："人寿几何，请以五年为期。"纳兰感于吴兆骞的千古奇冤和顾贞观的义薄云天，冒着违忤先皇圣意的危险，向老父恳切陈词，并联合他的老师徐乾学一起努力，得到老父的允诺。一日，明珠宴客，持一大杯，对与宴的顾贞观说："若能进此杯酒，就为你营救吴汉槎。"素不善饮的顾贞观，毫不犹豫地一饮而尽。明珠笑道："那是玩笑话，就是你不饮此酒，我能不营救吴汉槎吗？你这份真心这份豪情，我领教了。"康熙二十年（1681），被无辜流放二十三年的吴兆骞终于自宁古塔放还故里。当他去纳兰家致谢时，看到纳兰书于墙壁上的"顾梁汾为吴汉槎屈膝处"十个字，不禁痛哭失声。

讲完这个故事，再来解读这两首感动了诗人纳兰也感动了当朝太傅的《金缕曲》吧。两首词其实是一封不能分开的书信，明白如话，亲切恳挚，字字从心灵深处流出，极易理解，简单串讲几个不太易懂的句子、解释几个典故吧。前一首是劝慰老友，语言特别亲切知心。开头就称呼老友为“季子”，暗含一个春秋时吴国公子季札的典故，季札排行第四，古人就把排行较后年齿靠后的人称为季子，恰巧吴兆骞也排行第四。“魑魅搏人应见惯，总输他覆雨翻云手”，指人间的妖魔鬼怪害人是常事，我们领教惯了他们那两面三刀、拨弄是非的伎俩。并不是发泄对顺治处理不公的怨气，而是安慰老友要经得起奸宄坏人的折腾。“牛衣”是用来为牲畜御寒的粗劣棉麻布片，此处用来借指粗劣衣装。“数天涯、依然骨肉，几家能彀?”指吴兆骞妻子不远万里来到戍所陪伴，生有子女事。“比似红颜多命薄，更不如今还有”，红颜代指才俊，天下比你更不幸、更冤屈的俊才有的是，以此来宽慰老友。“廿载包胥承一诺，盼乌头马角终相救”，是两个典故。春秋时楚国伍子胥和申包胥友善，伍子胥被诬陷，死里逃生逃到吴国前，对申包胥发誓道，我一定要灭掉楚国，申包胥也发誓道，我一定要保卫楚国让它永存。伍子胥果然借吴国之力进攻楚国，申包胥践行诺言到秦国求救兵，在秦廷哭求七天七夜，感动了秦王，终于出兵援助楚国打退了吴国之兵。这个典故赞颂了践行诺言的高贵品格。另一典故是燕国太子做人质困于秦国，秦王说，马生角、乌鸦头变白才能放你回燕国。表明即使像燕太子那样难以放还，我也要像申包胥那样践行自己救你还乡的诺言。“置此札，君怀袖”，意思是我这封郑重寄出的书信，就是不变的承诺，你可以收藏入袖中，指望我救你出去。

后一首，是抒发个人情怀，特别沉痛慷慨。“深恩负尽，死生师友”，是一句过谦之词，其实珍重情义为朋友两肋插刀的他已经做得极好了。“宿昔齐名非忝窃，试看杜陵消瘦，曾不减、夜郎僝僽”，我也飘零半世谙尽世态炎凉了，当年我们二人齐名被视为才俊并非徒有虚名，打个不自谦的比方，当年杜甫在动乱岁月中颠沛流离和李白因受永王李璘逆反的牵连流放夜郎，“僝僽”在这里指李白因折磨而致的憔悴，杜甫在苦难中的“消瘦”和我们都是一样的命运啊。“薄命长辞知己别，问人生到此凄凉否?”当年你长辞故乡、远窜穷乡，我和挚友惨痛诀别，这难道不是人间最凄凉的事吗?“兄生辛未吾丁丑”，吴兆骞生于1631年，顾贞观生于1637年。“共些时、冰霜摧折，早衰蒲柳”，我们共同经历了磨难和坎坷，都成了“望秋先零”的蒲柳之质。“河清人寿”，古人的理想是河水清澈，风调雨顺，人寿年丰，希望我们都能享受太平，颐养天年。“归日急翻行成稿，把空名料理传身后”，这是说，归期已近，我就要整理那些行旅之间的文稿，把这些换取浮名的东西暂且抛掷到身后吧。

诗评家陈廷焯说：“华峰《贺新郎》两阕，只如家常说话，而痛快淋漓，宛转反复，两人心迹，一一如见，虽非正声，亦千秋绝调也！”又曰：“二词纯以性情结撰而成，悲之深，慰之至，叮咛告诫，无一字不从肺腑流出，可以泣鬼神矣！”当是对此二首词作最恳切最深刻的评价。评论大家李渔也说：“能于浅处见才，方是文章高手。”顾贞观的语言浅显至极，明白如话，已达极致，因为他不是在创作诗词，留给大众和后世观赏，他是写给好友一个人看的私家书信，最私密最诚挚，根本不需要文字修饰。就这样率意为之，不经意间已经抵达了文学和诗意的巅峰。

纳兰性德（五首）

临江仙·寒柳

飞絮飞花何处是，层冰积雪摧残。疏疏一树五更寒。爱他明月好，憔悴也相关。

最是繁丝摇落后，转教人忆春山。湔裙梦断续应难。西风多少恨，吹不散眉弯。

对纳兰性德（1655—1685）有一种特殊的挚爱难舍的亲情。婉约其神，伤感其魂，真李煜重生，千年之后的艺术嫡系子孙也。若彻照天宇的彗星划过，如绮丽春梦无痕，又镌刻在心灵深处。字字动人、声声含情的纳兰词真是一座艺术富矿。最爱是这首《临江仙·寒柳》。杨柳是最含情韵的树木，依依柳丝，随风飘逸，轻倩拂人；飞絮飞花是杨柳动人情怀的表情，沾人襟袖，拂之还来，惹人怜爱，触动心弦，是杨柳的叹息和呼唤，是向自然也向人传递它的依恋和温情。最让人怜爱伤感的是寒柳，是在秋冬季节被冷酷的冰雪摧残的生命，枝叶摇落，顿时变得疏朗清凄，惹人怜惜。初看是一首咏物诗，稍一品读，却是一首悼亡诗。纳兰对这个沉重题材的把握和对亡人对应物的寒柳的描绘，进入了一种不即不离、自然天成的境界，说的是寒柳，满目是它那楚楚可怜、柔弱依人的形象，可又绝对不会局限于、拘泥于单纯的寒柳，把寄托和感情蕴含隐于无形。

“爱他明月好，憔悴也相关”，是说凋零后的杨柳依然可爱，也是说伊人即使病损憔悴，依然在我心中，是一轮清辉如银、委婉多情的明月，是我的真爱。面对眼前的繁丝摇落、残枝支离的寒柳，自然忆起它那繁华葳蕤的春天。已经明确无误了，这株寒柳就是一个人，一个让纳兰无法忘却的曾经美丽如今已经凋谢的女人。“湔裙梦断续应难”，应该是最难懂也是最关键的一句话。昔人对这首词的评介为：“按‘湔裙’，用窦泰事也。《北齐书·窦泰传》云：‘窦泰，字世宁，大安捍殊人也。初，泰母期而不产，大惧。有巫曰："渡河澣裙，产子必易。"泰母从之，俄而生泰。'容若盖以喻卢氏难产而死也，则此词亦悼亡之作。"纳兰性德的第一位妻子卢氏，是门第高贵的小姐，美丽贤惠，二人情笃义重；卢氏二十出头死于难产，是纳兰性德永远的伤痛、永远的追忆。纳兰性德的母亲怀孕时，巫女告诉她，去河里洗涤裙子就会顺利产下孩子，果然应验。可是如此年轻的卢氏却没有能够继续婆婆那个"澣裙"的好梦。纳兰性德如此巧妙地运用了典故，熨帖无痕，流畅自然，省却了多少文字，又没有破坏这种极其高洁的如同仙界的语言和氛围。"西风多少恨，吹不散眉弯"这句婉约深沉又美丽蕴藉的诗句，当然就水到渠成地在他笔下流泻出来。

金缕曲

亡妇忌日，有感。

此恨何时已？滴空阶、寒更雨歇，葬花天气。三载悠悠魂梦杳，是梦久应醒矣！料也觉、人间无味。不及夜台尘土隔，冷清清、一片埋愁地。钗钿约，竟抛弃！

重泉若有双鱼寄，好知他、年来苦乐，与谁相倚？我自终宵成转侧，忍听湘弦重理？待结个、他生知己。还怕两人俱薄命，再缘悭、剩月零风里。清泪尽，纸灰起。

纳兰性德所以得到几百年后广大知音的激赏，是因为他超越时代局限的那股纯情和激情。封建时代，男人都把忠君孝亲放在爱情和婚姻之上，并不真正把女人当一回事，特别是像纳兰性德这样的富贵子弟，丧妻再娶乃平常事，妻妾成群也不鲜见。像纳兰性德这样，如此执着坚定，这样血泪纯情，还是不多见的。

那时富贵男人丧偶也许根本算不上一件特别伤心的事。作为当朝宰相之子、宫廷侍卫的纳兰性德竟如此痴情专注，面对一个远去的亡灵不弃不离坚守承诺，就具备了特殊的审美和道德的价值。妻子卢氏和纳兰性德的婚姻当为父母包办、媒妁之言，但凑巧的是，他们一见钟情，情投意合，是婚后恋爱的典型，是梁祝一般的深情、罗密欧朱丽叶一般的夙缘，是生死情侣，是生命和灵魂紧密交缠的冤家。

纳兰性德既有这样天赐的姻缘，极端的幸福的体悟，又有一支魔法师一般的健笔，最终把这份深情表现得淋漓尽致。前半阕，描绘了亡妇周年忌日的凄凉心境。这心境是暮春时节的淅淅沥沥的寒雨唤醒的。想起她这样长久地独自在幽冥凄冷的“夜台”，就是坟墓，承受寂苦，那是一片埋葬她的愁苦的坟墓。坟墓隔开了阴阳两界，却隔不住两人的亲情爱情。过去了三年的孤独时光，她那曾经如此亲昵的魂灵也已经远去，杳然难觅。那份凄清、那份寂寞，她怎地承受得了？

阴阳两隔怎能阻碍这亲情、爱情的无往不胜的穿透力，“重泉若有双鱼寄”，他渴求幽冥世界开一条畅通的邮路，把自己的思念、问候、抚慰传送到她身边。“好知他、年来苦乐，与谁相倚？”够知心的了够温存的了！继而，纳兰性德恳求上苍再给他一次机缘，和永诀的人儿结成个“他生知己”，但又怕“两人俱薄命，再缘悭、剩月零风里”。一波三折，设身处地，怕来世的缘分再失落在风月飘零里。作者把这份生死情缘发挥得淋漓尽致，引起几百年后的知音的唏嘘叹息。

沁园春

丁巳重阳前三日，梦亡妇淡妆素服，执手哽咽，语多不复能记，但临别有云：“衔恨愿为天上月，年年犹得向郎圆。”妇素未工诗，不知何以得此也？觉后感赋。

瞬息浮生，薄命如斯，低徊怎忘？记绣榻闲时，并吹红雨；雕栏曲处，同倚斜阳。梦好难留，诗残莫续，赢得更深哭一场。遗容在，只灵飙一转，未许端详。

重寻碧落茫茫，料短发朝来定有霜。便人间天上，尘缘未断；春花秋叶，触绪还伤。欲结绸缪，翻惊摇落，减尽荀衣昨日香。真无奈！倚声声邻笛，谱出回肠。

纳兰性德的悼亡诗不但情意深长，而且多借重生动具体的细节展现二人世界的真切情景，具有一种不可重复的深沉真挚的感情品格。

这首词是一场春梦的回忆，漫漶闪烁，别的都不太真切，但平素不善诗的妻子却吟咏出了倾诉真情的美丽诗句，这一点的的确确，不容置疑。“衔恨愿为天上月，年年犹得向郎圆”这两句诗表达的心愿就是萌生这首词的种子。纳兰诉说了永别之后阴阳两隔、杳无音信的惆怅，在一种优美词语构成的意境和语境中回溯那些浸满温情的细节：“低徊怎忘？记绣榻闲时，并吹红雨；雕栏曲处，同倚斜阳。”那些闺中秘辛，夫妻韵事，美好的回忆已经化作凄切的心声。这些悲剧故事的细节落在两句伤心绝伦的话上。美好梦境之后，是无尽的惆怅和极度的失望：“梦好难留，诗残莫续，赢得更深哭一场”，刚刚开启的一扇感情交流之门又戛然关闭，只留下撕心裂肺的“深哭”一场，可怜可叹的纳兰啊！关于这场春梦，纳兰是这样优美而极富情韵地描绘的：“遗容在，只灵飙一转，未许端详。”真惊异于纳兰文笔的空灵简洁，“灵飚”二字出神入化，若不食人间烟火的仙人语句，把那份迅疾、飘忽、漫漶、轻灵、稍纵即逝的感觉和印象描绘得难以方物，真不知外语怎样表达这两个字。

下片纳兰性德调动了铭刻在心中的古典诗文典故和精致词语的库存，把这份极其亲切极其凄婉的眷恋深情表现得如此尽善尽美、韵致绝伦。白居易《长恨歌》的“上穷碧落下黄泉，两处茫茫皆不见”，李煜的《虞美人》“春花秋月何时了，往事知多少?”《浪淘沙令》“流水落花春去也，天上人间!”向秀《思旧赋》序“邻人有吹笛者，发声嘹亮”。这些词语记忆，纳兰或直接引用，或变通引用，让这些文采卓荦的前辈都来帮助他记载这场无痕的春梦，倾诉这番撕心裂肺的伤痛。他说，重寻妻子的倩影，如同茫茫碧落毫无音讯，只留下朝来短发上的霜雪；我在人间，你在天上，我们天人两隔，那份尘世的因缘仍未切断，春花秋叶或春花秋月，都会时时刻刻触动思念的意绪，引起一番伤感。本想和妻子结下一段梦中的绸缪，可是那春梦却被无情地摇落了；你留下的衣衫已经减尽了你昨日的芬芳。无奈时分，还是聆听邻人凄婉的笛声，谱出我的寸寸回肠吧。这番倾诉，是浸满血泪的真情，是凝聚了千古诗词艺术滋养的才情。

南乡子·为亡妇题照

泪咽却无声，只向从前悔薄情。

凭仗丹青重省识，盈盈，一片伤心画不成！

别语忒分明，午夜鹣鹣梦早醒。

卿自早醒侬自梦，更更，泣尽风檐夜雨铃。

这是纳兰性德在凭记忆为亡妻画像时唱出的一首低回沉重的哀歌。纳兰生活的年代，照相术还没有发明，“题照”云云，是指此词为肖像画题写。由于中国绘画重写意、重山水花鸟和龙虎牛马而相对忽视人物，所以中国的肖像画不够发达，水平不高，可资借鉴的成功经验不多。但纳兰性德多才多艺，加之对亡妻感情至深，每一缕秀发、每一寸香肌都如刀刻般镌刻在心头，为最亲爱的人描绘遗像应该是可以办到的。这是对亲爱之人肖像的默写，寸寸忆念，丝丝情韵，都上心头。一面画一面哭泣，一面挥笔弄墨，一面心潮澎湃，哭泣中还浸透了自己对亡妻卢氏的悔恨之情。“泪咽却无声，只向从前悔薄情”。夫妻二人感情甚笃，互敬互爱，纳兰并无辜负、亏欠亡妻之处，但他还是这样反省自己薄情，椎心泣血地悔恨，严厉苛刻地责备自己。“凭仗丹青重省识，盈盈，一片伤心画不成!”纳兰性德希望凭借丹青画笔可以重现亡妻的娉娉婷婷的倩影，但由于技艺尚不成熟，也由于伤心欲绝而无法集中精力，发挥不出绘画技术水平。也由于对亡妻的倩影钟情太深，怎么精雕细描也难以让自己满意。

回忆起和亡妻诀别时的话语，太清晰太分明，一字一句全都清清楚楚萦绕在心头。夜间梦见我们夫妻是一双比翼双飞的鹣鹣鸟，翱翔云天，但午夜时分这美梦就被警醒了。卿卿已经醒了，我还在沉梦中，一更一更地挨过长夜，卿卿哭泣哽咽之声融合在屋檐的风铃和淅淅沥沥的雨声中。纳兰性德的悼亡词章是由无限的清晰而鲜活的细节构成的，所以它感人至深，永远活在读者心中。

长相思

山一程，水一程，身向榆关那畔行，夜深千帐灯。风一更，雪一更，聒碎乡心梦不成，故园无此声。

我们选取的几首词体现了纳兰性德的温情与蕴藉情怀，对所挚爱的女性的理解和体贴。他厚重的文化素养、细腻的感情世界、婉约的抒情笔墨，往往会让人把他想象为一个温文尔雅、清秀文弱的书生模样，但他却是一个精于骑射、武艺高强、被康熙皇帝任命为一等侍卫的坚韧强悍的军官。而他记载随皇帝出巡经历的诗也多慷慨悲歌之风，豪迈奔放。康熙二十一年(1682)，康熙皇帝远赴吉林祭祀长白山，纳兰性德随扈远行。这是初冬时节，跨过一座座山，越过一道道水，队伍向榆关以北方向进发。在祖国河山上行进，而且随扈一位英主，纳兰性德的心情是愉快豪壮的，朴素的歌声也和谐而跳脱。

康熙巡游的车驾宿营场面十分壮观，无数帐幕里灯火荧荧，若无边无际。正是这壮美的场景触动了纳兰性德的思乡之情。宿营之夜，难以入睡，纳兰性德用“风一更，雪一更”描绘一会朔风劲吹，一会狂雪飘舞之夜，也和前面的“山一程，水一程”适成呼应，形成修辞的映照和对称之美。这劲吹不断的北风，让我无法安眠，把我思念故乡之梦聒碎了，啊，故乡没有这种声籁呀。纳兰性德的故乡就是北京了，其实那里的风雪之夜也是这样的声音，不过，没有夜宿帐幕，也没有愁听风雪肆虐、苦苦思念亲人的心绪。

纳兰性德的诗写得真是既朴素又高贵，首先抒发的是为国效力、为君王尽瘁的豪情，其次才是离别故乡亲人、独自承受思念之情的惆怅。他很好地把握了这两种感情之间的平衡。这就使他的词作显得协调而丰富，不好一下子把他列为婉约派词人。

作为词人，当然可以而且应该有自己的写作偏爱和风格特点，但作为一个完美的男人，一是要坚持对事业理想的意志、勇气、毅力和刚强；二是要坚守对自己挚爱的女性的忠贞、专一、温存和体贴的似水柔情。

郑燮（二首）

潍县署中画竹呈年伯包大中丞括

衙斋卧听萧萧竹，疑是民间疾苦声。
些小吾曹州县吏，一枝一叶总关情。

郑板桥（1693—1765），清代著名诗人、画家、书法家，江苏兴化人，名燮，字克柔。他仕途不顺，十九岁为康熙秀才，四十岁为雍正举人，四十四岁才成为乾隆进士。曾任山东范县、潍县知县。他的生活分为在家乡教书、卖画为生、知县生涯、辞官卖画、诗画晚年等几个阶段。作书作画是一位成就卓拔、个性鲜明的艺术家，名列“扬州八怪”之首；做官是一位清官，廉洁奉公，把七品芝麻官做得有声有色，政声鹊起，有一番体恤百姓的好心肠，荒年开仓救人、拯救了上万人的生命，后因打击豪强，得罪权贵，被迫去职；做人正直质朴，开朗豁达，幽默有趣，卖画定出风趣可笑的润格，经常写出诸如“吃亏是福”、“难得糊涂”韵味奇怪又含义深远的条幅和对联，有作诗和入室盗窃的小偷开玩笑的温馨故事。他号称“三绝”，即诗词、书法、绘画皆臻至境，超越群伦。自东坡之后，像这种诗书画三绝的艺术家很少见了，郑板桥的崛起给中国文坛增添了一道灿烂的亮色。

郑板桥作画最喜画竹和石，能够深刻理解和出色表现竹的高洁品格和石的坚硬品质。他在画上题写的诗词联语往往达到他诗词创作的最高境界。

这首《潍县署中画竹呈年伯包大中丞括》体现出封建时代的官员难得的人性光彩、人情温暖、人文关怀。对普通百姓的关怀牵挂，不是随便说说，而是一种深入骨髓的痛切感受。画面上的竹的视觉形象，转换为在衙斋“卧听”的“萧萧竹”的听觉形象；而这个听觉形象又转换为“疑是民间疾苦声”的抽象思维形象。郑板桥利用视觉形象、听觉形象、抽象思维之间的互相转换，表达了他关怀百姓疾苦的强烈心愿。“些小吾曹州县史，一枝一叶总关情”。郑板桥在这里并不是在叹息官职微小，而是在表达在百姓疾苦面前的一种谦抑态度。深感自己官儿虽不大，职责却非常沉重，沉重到百姓一声声疾苦的呼唤都牵涉到自己的感情。在这些“些小州县吏”眼中，百姓疾苦声又转换回了画面上“一枝一叶”的视觉形象。

竹石

咬定青山不放松，立根原在破岩中。
千磨万击还坚劲，任尔东西南北风。

郑板桥开拓了文人画这一独特艺术领域，把屈原以香花恶草用以比喻君子小人的艺术表现传统发扬光大，把托物言志手法运用到极致，把身为松竹梅岁寒三友和梅兰竹菊四君子之一的竹画到最高境界。竹作为自己人格追求的象征和一生坚守的人格原则不断予以深化。这首《竹石》是最著名的题画诗，极其鲜明地描绘了竹的刚强不移的生存状态、顽强坚韧的生存态度、不追随流俗的坚执品格。他用了“咬定”这个表现力很强的词语，是一种拟人化的表达，竹根顽强执著寻找破碎岩石缝隙，深扎下去，在贫瘠或肥沃的土壤中生长。

“千磨万击还坚劲，任尔东西南北风”。郑板桥在这里将自己一生中受到的各种打击、折磨比喻做“千磨万击”的捶打，“东西南北风”的吹卷，但竹依然挺拔坚韧，骄傲地生存于充满考验和打击的恶劣环境中。他经历了长期沉淀于民间教书卖画的生涯，经历了为官清正多方承受打击的困境，经历了辞官之后“一肩明月两袖清风”的贫困，却始终坚持了竹的高贵而质朴的品格追求。

东坡云，王维的诗，诗中有画，画中有诗。这是一种需要涵泳体悟的艺术境界。而郑板桥直接将诗和画同时展现在画幅上，给人的艺术感染或曰冲击是更为强烈直接的。

曹雪芹（一首）

枉凝眉

一个是阆苑仙葩，一个是美玉无瑕。
若说没奇缘，今生偏又遇着他；
若说有奇缘，如何心事终虚化？
一个枉自嗟呀，一个空劳牵挂；
一个是水中月，一个是镜中花。
想眼中能有多少泪珠儿？
怎经得秋流到冬，春流到夏。

《枉凝眉》是一个曲牌名字，也是这首诗题目的名字。凝眉者，紧蹙眉峰凝结愁思之表情。枉凝眉就是白白地愁苦哀怨，依然没有得到美满结局的意思。在《红楼梦》第五回出现的这支《枉凝眉》是十二支曲子之一。根据曲子的闪烁其词又大致可解的内容和全书的主要情节线索判断，是对宝玉和黛玉夭折了的爱情的悲悼。把伟大小说家曹雪芹（约 1715—1763 或 1764）点缀在书中的一支曲子当做清代诗词的精品来解读，既表现了我的一种情怀，也是对这首诗的思想内容审美蕴涵的合情合理的肯定。

宝玉、黛玉的凄美爱情、天赐良缘的破灭，是《红楼梦》中最动人情怀的悲剧。在《红楼梦》众多人物中，只有宝玉和黛玉除了人间的身份，还有一份仙界的户籍。《红楼梦》第一回就交代了他们在仙界的来龙去脉。宝玉原是女娲炼石补天所剩余的一块石头，为日经月华的灵气所钟，变作一块五彩晶莹的通灵宝玉，就是宝玉降生时口中含的那块。同时，他还是一位怜香惜玉的神瑛侍者。灵河岸上三生石畔有一株绛珠仙草，经神瑛侍者悉心浇灌，也修炼为人体，就是黛玉，为感谢神瑛侍者也就是宝玉的雨露浇灌之恩，决意献出一份真情。宝玉初见黛玉时似曾相识的感觉，就是对自己心血浇灌过的那株阆苑仙葩隐隐约约的记忆。曹雪芹精心创造的这一番神话颇有深意，确立了他们二人在书中神圣不可侵犯的崇高地位，也给他们之间的爱情发放了一份上天的许可，是天赐良缘，是前世注定的恩爱。

《枉凝眉》紧紧围绕宝黛二人的真挚爱情和悲剧命运叙事慨叹。前十句每一句诗都包含着悖论和矛盾，十句诗构成四组对仗句式，形成强烈的对比效应，给读者心灵造成震撼和激荡。首先确定了二人的仙界身份。阆苑就是天宫仙界，指黛玉是一株“仙葩”，而宝玉就是一块晶莹无瑕的美玉。一个是绝色佳人，一个是翩翩少年；一个冰雪聪明，一个博学多才；一个粪土功名利禄，一个蔑视“仕途经济”。黛玉整天为宝玉哭泣叹息，宝玉整天为黛玉牵肠挂肚；她心里只有他，他心里只有她，二人正是天造地设的一对。“若说没奇缘，今生偏又遇着他；若说有奇缘，如何心事终虚化？”是对他们爱请悲剧的精彩概括。这个从正反两面发出的设问巧妙而有力，让人难以反驳也无法回答。“遇见他”的这个“他”字既可代表宝玉也可代表黛玉，这要感谢古代汉语里她他不分的规矩。“心事终虚化”表示爱情的破灭，简洁极了也得体极了。贾府对黛玉衰微的家世、病弱的肢体和过分聪明自尊的心性的冷酷判断，如同“风刀霜剑”扼杀了这高贵然而脆弱的爱情的生命，也扼杀了这个柔弱少女的花样年华。“一个枉自嗟呀，一个空劳牵挂”，这又是对宝黛二人的感情本质和生存状况的高度概括和形象描绘。“枉自嗟呀”指的是黛玉无奈的独自叹息，“空劳牵挂”指宝玉的无望的刻骨相思。“一个是水中月，一个是镜中花”，对黛玉而言，宝玉是迷离漫漶的“水中月”，对宝玉而言，黛玉是一朵虚幻无形的“镜中花”。将二人的炽热的爱情和徒然的牵挂推向了极致，曹雪芹写得美极了。哲学家对悲剧的本质的界定是将有价值的事物打碎，在打碎之前，尽情地展现这事物的美丽，更增添了悲剧的沉重和哀伤。

结尾处“想眼中能有多少泪珠儿？怎经得秋流到冬，春流到夏”是曹雪芹最动情的歌唱。他分外怜惜自己创造的人物宝玉黛玉，特别是柔弱美丽高贵坚强的黛玉，触动了他灵魂最脆弱的部分。生前的黛玉或死后的黛玉的灵魂，眼中能有多少眼泪，怎么经得起春夏秋冬四季不停地流淌？

虽然不是专业词人，但曹雪芹在感悟、灵性、功夫和词语方面达到的境界，和清词大家相比，已无多让。电视剧《红楼梦》把这支曲子当作全剧的主题曲，是真正地理解了作者的深情寄寓。当代作曲家谱写的婉转深情的旋律，令这首词更深入更亲切地渗入人们的心中。

袁枚（二首）

马嵬

莫唱当年长恨歌，人间亦自有银河。
石壕村里夫妻别，泪比长生殿上多。

袁枚（1716—1797），杭州人，诗人、作家、诗歌评论家，乾隆四年进士，官翰林院编修，曾任溧水、江宁、沭阳知县，任上兴利除弊，黾勉公正，多有政声。四十岁即辞官，在江宁小仓山下筑随园，诗文自娱，过了四十多年游乐隐居生活。他曾撰联描绘自己："不做高官，非无福命只缘懒；难成仙佛，爱读诗书又爱花。"著述丰硕，有《小仓山房诗文集》、《随园诗话》等，观念新颖，首倡性灵说，曾说："自三百首而至今日，凡诗之传者，都是性灵，无关堆垛。""诗文之作意用笔，如美人之皮肤巧笑，先天也；诗文之征文用典，如美人之衣裳首饰，后天也。"以晓畅质朴的话语阐明了性灵说的道理。袁枚是一位典型的中国文人，旷达超脱的知识分子。有清一代，他的思想、文采、著作、人格、风范都焕发出夺目的光芒。袁枚受到封建卫道士的切齿痛恨，有一位朱庭珍咬牙切齿地骂道："袁误以鄙俚浅滑为自然，尖酸佻巧为聪明，谐谑游戏为风趣，粗恶颓放为豪雄，轻薄卑靡为天真，淫秽浪荡为艳情，倡魔道妖言，以溃诗教之防。"足以从侧面显示袁枚那种狂飙突进的气势和高张性灵旗帜给僵死文坛的强大冲击。

袁枚以八十一岁高龄辞世，好友、散文大家姚鼐为之撰铭文曰："年高德劭，学识广博。著作丰硕，才思无穷。不事雕琢，自然而工。文士宗法，名播海外。和蔼可亲，清虚淡泊。"实为极概括、极全面、极简洁之评价。

袁枚诗新颖有见地，爱国亲民，珍惜江山社稷，尊重百姓利益，藐视帝王将相，充分展露了站在时代前列的君子情怀。这首《马嵬》是他路过马嵬古迹时的顿时颖悟和全新思考。这个翻案文章做得好，挑战已经成为定论的赞颂唐玄宗和杨玉环爱情的《长恨歌》，认为并不是只有帝王妃子之爱才值得歌颂，普普通通的百姓夫妻之爱足以和《长恨歌》匹敌。杜甫笔下的《石壕吏》中那位被抓去服徭役的老妇，“天明登前途，独与老翁别”时的悲哀和留恋更值得同情，她流出热泪比唐玄宗在长生殿上流泪更多。字里行间流露出对普通百姓感情的珍惜和对帝王妃子之间感情的藐视，袁枚的见解不仅超越了白居易和后世那些人云亦云的人，也登上了君民平等思想认识的顶峰。

像袁枚这样杰出的诗歌和思想俊才，却让人有某种难言的隔膜之感，因为他太富有太豪奢，四十致仕，买下随园，生活优裕，《随园食单》中烹饪之奢华精致，非巨富不能享用。他靠什么生活？仅仅是一位退休官员或一位地主吗？他的那些先进思想又来自何处？为什么袁枚始终不能唤起如对黄景仁、龚自珍甚至郑板桥那样的知心和怜惜？

谒岳王墓作十五绝句（选一）

灵旗风卷阵云凉，万里长城一夜霜。
天意小朝廷已定，岂容公作郭汾阳。

袁枚是一位随处可以触发感情震荡、哲理感悟的诗歌俊才，在西湖畔拜谒了岳飞陵墓之后，面对随风飘飞翻卷的灵旗和阵阵冷风，感受到岳飞被杀害时分的悲哀和苍凉，不由得想起刘宋时期爱国将领檀道济被文帝残酷杀害时叹息昏君“自毁长城”的话语，哀叹守卫南宋江山的万里长城的毁灭。怀着对这场背信弃义的可耻杀戮的愤恨，袁枚连写了十几首怀古绝句以纾解心中的郁闷。他进而追索历史真相，是谁杀害了岳飞？难道一个宰相秦桧有能力冤杀一位相当于今日的军委副主席的枢密副使吗？岳飞抗金功绩名满天下，四海归心，要杀他容易吗？只有那位躲在背后的丧心病狂的高宗赵构才有力量也有足够的杀人动机向岳飞伸出魔爪。

后世一直把杀害岳飞的元凶定位为秦桧，袁枚并非对秦桧有什么好感，只是不愿放过真凶、首恶赵构，对此心有不平，借此机会把真相进一步挑明。“天意小朝廷已定，岂容公作郭汾阳”，既然偏安东南一隅的小朝廷的格局已经确定，还谈什么恢复中原、迎还二圣！迎还被囚禁在五国城的徽宗、钦宗，这位捡了个便宜坐上南宋江山的赵构往哪里安排？可怜“不识时务”的岳飞还把这个让赵构听了心惊肉跳的口号挂在嘴边。岳飞朱仙镇大破金兀术时的形势，颇类似于安史之乱后期，名将郭子仪拥有即将横扫安史余孽光复中原的气势，若长才尽展，成就大业。这个卑鄙的小人赵构能够让岳飞重复被封为汾阳郡王的郭子仪的辉煌业绩吗？

笔墨极其简洁，内涵极其丰富，韵致极其婉曲，诘难极其尖锐，结论斩钉截铁，给真凶赵构坐实了杀害岳飞的罪行和犯罪动机。袁枚这首诗见思想见技巧见心地见性灵。

赵翼（二首）

论诗

李杜诗篇万口传，至今已觉不新鲜。
江山代有才人出，各领风骚数百年。

赵翼（1727—1814），清代诗人、史学家、学者。字云崧，号瓯北，阳湖（今江苏常州）人。乾隆二十六年（1761）进士，曾任镇安、广州知府，官至贵西兵备道。所著《瓯北诗话》系统地评论了李白、杜甫、韩愈、白居易、苏轼、陆游、元好问等十家诗人，立论公允，视野宽阔，论证全面，注重创新，广受欢迎，被视为重要诗话评论家。赵翼存诗中以五言古诗最有特色，或嘲讽理学，或隐喻对社会的批评，或阐述生活哲理，颇有新意。

这首诗从整体角度看，像是汉语组词时的偏正结构，他论述的重心绝不是要贬低或否定李杜，而是在肯定和崇仰李杜基础上做出让步，以加强后两句发展变化的冲击力。赵翼绝对强调发展变化、革新、进取的绝对性和真理性。从这个角度看问题，赵翼是对的。

赵翼的结论是否正确，要看具体的时代背景和具体语境。如果赵翼全面论述中国历代诗歌传统，这个结论又是错误的。李杜的诗歌对我们这个喜欢诗歌的民族来说，永远是出色的，绝对美好的。以李杜歌诗、苏辛词章为代表的中国古典诗词是中华传统文化王冠上的明珠，是中华软实力的有机组成部分。但是在诗歌艺术发展停滞、缺乏生命力的时代，比如南朝的脂粉靡弱的宫体诗肆行时，明代诗歌萎靡不振、前后七子在争论谁更复古这个细枝末节上争论不休时，在清诗词呈现复兴之势却遭到保守派抨击时，赵翼强调发展变化的论点就是绝对正确的。在强调发展变化时，他说即使是李杜这样伟大是经典诗人，至今已经不新鲜了，其他二三流角色就更加等而下之了。

如果在“文革”末期，先进人士以赵翼的观点鼓吹诗坛的发展变革，否定失去自我，只知对所谓“新事物”歌功颂德的诗歌进行批判否定，如朦胧诗运动，这就是对的。以北岛、食指、舒婷为代表的朦胧诗取代了拍马屁的诗，就有了道义上的优势和合法性。而在“文革”谬误最猖獗的时期，提出李杜已经不新鲜，而采取民族虚无主义，否定一切，配合了猖獗一时的打砸抢和破坏文化狂潮就是错的。

当今，这个金钱至上、道德滑坡的时代，李杜不是不新鲜的问题，而是绝大部分人不了解李杜，即使了解，也多为一知半解，太皮毛了。中国传统文化对青少年一代的影响力在衰退，新潮诗歌或曰前卫诗歌正在大幅度地抛弃中华文化传统的核心因素，甚至对五四以来新诗刚刚建成的传统、刚刚被称赞过的朦胧诗运动也大力否定，都嗤之以鼻，只知倡导新潮前卫，强调快速变化的风格，那就不对了。要记住，赵翼说：“江山代有才人出，各领风骚数百年。”潮流的变化不能像股市行情，瞬息万变，要有一个积累、沉淀、大浪淘沙的过程，即使不是以百年为期，也不能几年之内，说变就变。

后园居诗

有客忽叩门，来送润笔需。
乞我作墓志，要我工为谀。
言政必龚黄，言学必程朱。
吾聊以为戏，如其意所需。
补缀成一篇，居然君子徒。
核诸其素行，十钧无一铢。
其文倘传后，谁复知贤愚?
或且引为据，竟入史册摹。
乃知青史上，大半亦属诬。

这首《后园居诗》写了某日“有客忽叩门，来送润笔需”。这位“有客”持润笔费请求为亲人作墓志，要求是尽力吹捧，不用顾忌分寸和死者事迹的真伪：“言政必龚黄，言学必程朱”。“龚黄”即汉宣帝时政绩优异的名臣龚遂、黄霸；“程朱”即宋代著名理学家程颢、程颐和朱熹。赵翼拘于面子不忍拒绝，也许是润笔费不菲太有吸引力了，勉为其难地按照这位“有客”的要求写了一篇拼命吹捧、七拼八凑、胡编乱造的墓志，从字面上看，死者真是一位成就卓越、品格优良的正人君子。可是稍加核对其行状，就会发现其中真实部分“十钧无一铢”。钧为古代计量单位，一钧为三十斤，铢也是古代计量单位，二十四铢为一两，十六两为一斤。这就可以计算出来，十钧为三百斤，四千八百两，十一万五千二百铢。也就是说低于十一万五千二百分之一。文章的含水量达到百分之九十九点九九九以上。赵翼唯恐这种马屁文章流传于世，人们就不辨贤愚美丑了。如果把这种文字拿来引用当作根据，甚至竟然进入史册也未可知。如此看来，所谓青史上的内容，大半也都是假话谎言。

赵翼的诗风朴素流畅，说大实话，显平常心，推公平理，却也足可服众。虽然由于高额润笔费的吸引和拘于颜面不便拒绝，做了违心奉承吹捧劣人之事，但高尚和坦白终于战胜了低下和猥琐，作者表示了衷心忏悔和对此事的揭露，既拯救了自己，也警醒了世人，表现出一份难得的坦白和善良。

汪中（一首）

白门感旧

秋来无处不销魂，箧里春衫半有痕。
到眼云山随处好，伤心耆旧几人存。
扁舟夜雨时闻笛，落叶西风独掩门。
十载江湖生白发，华年如水不堪论。

作为和黄景仁、蒋士铨并称为乾隆年间三大诗人的汪中（1745—1794），江苏江都人，虽然才具超人，但科考不利，直到三十四岁才被选为拔贡，此后即不再科考。他凭借长期协助书商贩书得到博览群书机会，积累了丰富扎实的文化知识，经史子集无所不通，文笔更是出类拔萃，曾应邀专门从事文献的研究和编辑工作。他研究诸子百家时，极其推崇墨子和荀子，甚至将荀子置于孟子之上，批评孟子反对墨子的观点，被卫道者斥为名教罪人。他性格刚直，恃才傲物，坚持理想，在幕僚和卖文为生的清苦岁月中坚持不见容于当世的思想观念。其心性、经历和才华有类于黄景仁，诗作风格也有近似之处，都是“十有九人堪白眼，百无一用是书生”的君子啊。

这首诗是路过南京时写的。怀念旧友和抒发才智得不到施展的伤感和惆怅，文词典雅，格调凄婉。耆旧，指年长的朋友，“闻笛”既有真的听到笛声的感悟，也是对一个典故的运用。晋代文人向秀的朋友吕安、嵇康被司马昭杀害，向秀十分怀念他们，一次经过嵇康故居时，听见有人吹笛，触动了他的思旧之情，于是写了《思旧赋》，篇幅不长，内敛而哀婉。“扁舟夜雨时闻笛，落叶西风独掩门”，讲扁舟夜雨听到伤心笛声，西风落叶时分只好掩上门楣，以求安全，正是两句对仗工整的联句。

最后两句感情深沉浓郁，慨叹美丽而哀伤，于体会他的内心凄凉之时，领略了他文字的优美蕴藉，进而惋惜他壮年辞世的“千古文章未尽才”。“华年如水不堪论”是说自己的华年就像流水般逝去了，表达一份惋惜和伤感。“论”字应该读为平声，才能体会音韵流畅和婉之韵致，文势也能收煞得下来。

黄景仁（三首）

杂感

仙佛茫茫两未成，只知独夜不平鸣。
风蓬飘尽悲歌气，泥絮沾来薄幸名。
十有九人堪白眼，百无一用是书生。
莫因诗卷愁成谶，春鸟秋虫自作声。

这是旷世才俊、杰出诗人、不幸士子黄景仁（1775—1783）的代表作，是古往今来知识分子共同的悲愤心声和无奈自嘲。黄景仁，字仲则，是清代著名诗人，他的艺术感觉灵敏，天资颖悟，语言文字功夫坚实，似是部分承续了李白的狂放和杜甫沉郁的一代才子。他分外早慧，十六岁举童子试，在三千人中夺魁，然而科举制度摧残了这个天才，屡试不第，仕途坎坷，沉沦下僚，落拓江湖，贫病交加，英年早逝。盛世悲歌，戛然而止，实堪痛惜。

中国知识分子或曰读书人的共同特点是清高自尊，满腹经纶，无一技之长，不擅俗务；往往跻升不到高层又放不下身架和普通百姓为伍，经常处在怀才不遇、壮志难酬的忧愤甚至衣食不济的窘困之中。他们的不平之鸣中有几分愤慨又有几分无奈和不愿承认的自卑。求仙问佛是知识分子解脱现世的忧烦的必经之路，但是这两条麻醉自己的路也没有走通，只剩下那满腔忧愤、不平之鸣。风蓬漂泊消磨尽了慷慨悲歌的英雄气概，如同泥絮沾地的运气又让偶尔结识的青楼女子讥笑为薄幸寡情。颈联“十有九人堪白眼，百无一用是书生”真乃千古名句，一针见血地道尽了书生们孤独、高傲、无助和无奈，与滔滔浊世的格格不入，对自己那种不谙世事、不知生计的苦涩自嘲，是知识分子最生动传神但色调凄迷的画像。他有点心虚地说“莫因诗卷愁成谶”，怕的就是为这些满腹牢骚一脉悲苦的诗卷所愁所苦，成为他不吉的谶语，我不过是像那些应时令而鸣的春天的鸣禽、秋天的寒蛩一般自己发出自己的声音罢了。还真让他不幸而言中了。“全家都在风声里，九月寒衣未剪裁”的艰窘，“悄立石桥人不识，一星如月看多时”的孤独，“惨惨柴门风雪夜，此时有子不如无”的苦况损害了这位江南才子的健康，1783 年在京城居住不易，去投奔陕西巡抚毕沅，客死中途。

黄景仁生活的年代正是中国封建社会的顶峰康乾盛世。盛世的知识分子当然也只有少数幸运儿才能跳过科举取士的龙门，爬到可以实现抱负、光宗耀祖的高位。而广大跳不过龙门的不幸者只能以教私塾、做幕僚、当账房维持生计，平平庸庸度过一生。其才具超人者感受的苦闷尤甚，精神的损伤更是一般人难以体悟的。所以才有了黄景仁的盛世悲歌。

绮怀·之第十五

几回月下坐吹箫，银汉红墙入望遥。
似此星辰非昨夜，为谁风露立中宵。
缠绵丝尽抽残茧，宛转心伤剥后蕉。
三五年时三五月，可怜杯酒不曾消。

以黄景仁的出色俊才、葱茏情思、灵敏感悟，能如此深刻地知人论世，臧否古今人物，抒发个人性灵，一定会对爱情有深入的独特的理解，为世间美丽女性写出情意缠绵的篇章。他的《绮怀十六首》就是他留在世间的珍贵而美丽的感情记录，不知是对当年往事的回顾还是对当前情意的描绘，是写给心仪的红颜还是写给风尘女子，是真情写照还是梦里乾坤，都没有确切答案，但大都写得香艳委婉，缱绻缠绵，本事却烟水迷离，感情深浅、格调高低分明，其中之第十五首，真挚深沉，晶洁无瑕，若蜡炬春蚕之叹，历来为方家称许。

好像是对年轻时一段刻骨铭心的无望爱情的沉痛回顾。首联“几回月下坐吹箫，银汉红墙入望遥”写自己为情所困，月下吹箫排解相思之苦，伊人所居住的红墙和遥迢的银汉一样阻隔重重无由探寻。中二联辛酸而不无怨艾地诉说了那些苦苦追求无望爱情的惨痛经历，被损害的心灵的伤痕。黄景仁受李商隐影响很深，处处有李商隐的痕迹。“似此星辰非昨夜，为谁风露立中宵”，化用了李商隐的“昨夜星辰昨夜风”和“为谁风露立多时”，而赋予了新的意境。我苦苦追寻爱情时凝望的“星辰”，不是李商隐那个得到和情人传情甚至是幽会机会的“昨夜”，我这样痴情这样傻，冒着风露半夜三更立在庭院等待谁呢？倾尽了所有热情的我，就是一只吐尽了蚕丝的春蚕，但我还要从残茧抽出丝来，被损伤、被摧残的心灵就像那剥去皮的香蕉，把自己的伤痕和脆弱暴露在光天化日之下。诗写到这个份儿上，其细致其精密，其委婉鲜活，都达到几乎无以复加的地步。中间二联流畅如话，又对仗贴切工稳，显示出极其出色的吟咏才具。“三五年时三五月”，是最难理解、歧义最多的一句诗，好像回顾了意中人当年的风采，正当十五岁豆蔻年华的她在十五的朗月瀲照下，那份如同天仙般的美丽，至今难以忘怀，那份相思的苦恼也难以排遣。以当今的眼光看，十五岁尚是未成年少女，但在古代士大夫的歌吟中早已把这个年岁的女性看作感情抒发和寄托的对象了。

黄景仁才具过人，在清代诗坛留下璀璨明亮的记忆，但他高傲狷狂，坚韧执着，又不擅生计，命运特别不济，勉强挣扎于官场，穷愁潦倒，英年早逝。他的爱情世界也的确只能得到这样的结局——一场特别缠绵而坚执的梦幻，和他那羸弱的肢体、百无一用的心性、艰窘困苦的生活处境倒是颇为一致。他是有清一代，也是历代中国最不幸的知识分子，不曾有一位真正理解他挚爱他的红颜知己安慰他不幸的一生，真令人为之心摧。

癸巳除夕偶成

千家笑语漏迟迟，忧患潜从物外知。
悄立市桥人不识，一星如月看多时。

这是黄景仁一缕寂寞、孤独、无聊、无奈情怀的速写式记录。在陌生而寡情的都城，除夕夜徜徉市井，愁听千家笑语，感觉难堪的时光流逝太缓慢的滋味，感受到一缕和欢乐幸福地辞旧迎新截然相反的凄凉和寒意。忧患意识不知不觉已经潜入自己的心灵，不禁悲从中来，无助无告，只好悄悄地站在街市上，呆呆地、孤单地凝望天空，和那盏本来就很明亮如月的星星互相凝望多时。没有人认识自己，自己也没有想要怀念关注的人，我这个满腹经纶、才具过人的黄景仁已经是被幸福的人间抛弃、被官场仕途遗忘的人了。这两句诗自然洒脱，诗意天成，把那种难以言传的况味传达得随意而透彻，把那份抒情痛切、剖肝沥胆的心迹展露得含蓄而空灵。

邓廷桢（一首）

月华清·中秋月夜，偕少穆、滋圃登沙角炮台绝顶晾楼，西风泠然，玉轮涌上，海天一色，极其大观，辄成此解

岛列千螺，舟横万鹢，碧天朗照无际。不到珠瀛，那识玉盘如此。划秋涛，长剑催寒；倚峭壁，短箫吹醉。前事，似元规啸咏，那时情思。

却料通明殿里，怕下界云迷，蜃楼成市。诉与瑶阊，今夕月华烟细。泛深杯，待喝蟾停。鸣画角，恐惊蛟睡。秋霁，记三人对影，不曾千里。

邓廷桢（1776—1846），字嶰筠，江宁人。嘉庆六年（1801）进士，授翰林院编修，后官至两广总督。1839 年和林则徐共同整顿海防，查禁鸦片。次年 1 月调任闽浙总督，7 月率军击退进犯厦门的英国舰队。10 月受诬害，与林则徐同被革职，充军伊犁。1843 年被起用为甘肃布政使，后又升任陕西巡抚。是抗击英国侵略者的英雄，杰出的政治家、军事家，是林则徐的坚强战友。是清代著名诗人词人，著有《双砚斋诗钞》。他的词豪放刚劲，主要学苏东坡，对之推崇备至，他评苏词云："清刚隽上，囊括群英。"

这首《月华清》写在 1839 年中秋，正当山雨欲来风满楼的鸦片战争前夜。它不仅是一首爱国诗篇，也是一份重要历史文献，弥足珍贵，因为这场战争的三位主角都到场了：主帅林则徐、副帅邓廷桢、前锋关天培。少穆是林则徐的字，滋圃是关天培的字。邓廷桢记述了他们的慷慨聚会，抒发了共同的抗击侵掠，消除鸦片之祸的坚强决心、必胜的信心和一片含蓄内敛的豪情。

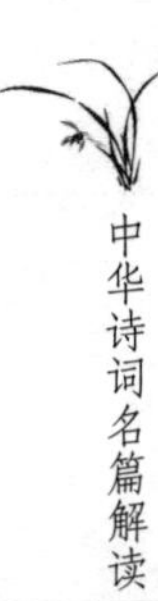

"岛列千螺，舟横万鹢，碧天朗照无际"。形象地描绘了虎口形势景物，岛屿罗列，舟船密布。千螺、万鹢都是惯用典故。以女人美丽的螺髻比喻岛屿，以船首画的鹢鸟形象代指船只。在中秋朗月映照之下，更显得碧空澄澈

如洗。“不到珠瀛，那识玉盘如此”。珠瀛，即珠海。玉盘指月亮。表面是赞颂海上月光，其实更是赞美那严阵以待的海防布局。“划秋涛，长剑催寒；倚峭壁，短箫吹醉”。邓廷桢没有正面描述海防阵势，而是用比较空灵、象征的词语表达了从容镇静的风度，含蓄地表达了必胜信心和战斗决心。以长剑在秋天的浪涛前挥舞，舞动寒意。倚着刀削般陡峻的峭壁听军乐伴奏。军中乐器一般都短小方便，短箫代指军乐，吹醉，即军乐伴奏助我酒兴。“划秋涛”、“倚削壁”对句，写豪情，写气概，写抱负，写季节，写虎门形势之险要与军容气氛。“前事，似元规啸咏，那时情思”。上片结束在一个贴切有趣的典故上。三人的聚会，让邓廷桢想起了东晋大将庾亮的一段故事。据《世说新语》记载，庾亮在武昌时，部下王胡之、殷浩等在一个月明气爽之夜，聚会唱咏，忽然听到走廊里传来急切的木屐声，大家说，必定是庾大将军到了。正说着，庾亮带领十来个人就来到了现场。众人正欲躲避，庾亮说：“都别走，老夫今天情绪不错。”就坐在交椅上高唱吟咏起来。庾亮镇守武昌，遥制东晋王朝，北抗石虎，有恢复中原之意，惜未成功。子规是庾亮的字，邓廷桢用了元规二字代指庾亮，可能含有一份敬意吧。邓廷桢在这个时刻，想起庾亮那时的风范，含蓄而得体地表达了一份抗敌的决心和从容镇定吟酒赋诗的豪情。

下片一上来就由眼前壮丽的景色想到北京的朝廷，一番心忧天下、忠贞报国的慷慨情怀溢于言表。“却料通明殿里，怕下界云迷，蜃楼成市”。担心朝廷正在为鸦片烟的毒云邪雾忧虑，怕那海国搞的鸦片市场肆虐。巧妙地用了“海市蜃楼”这个成语。“诉与瑶阊，今夕月华烟细”。表面上是说，告诉仙界宫门说，这里风光很好，月华澄澈，云烟轻细，实际是对朝廷说，这里戒备森严，可保无虞。“泛深杯，待喝蟾停。鸣画角，恐惊蛟睡”。这两个对仗句也是用象征手法表达了一份枕戈待旦警惕敌情的决心。表面上说，要饮一大杯酒，喝令明月停下来，永驻天宇，照亮我们的海防前线，还是不要吹奏画角，以免惊动那蛟龙的沉梦，也就是不要惊动陈兵外海的敌兵，以便一网打尽。

结尾处，回到三人聚会的话题，照应十分圆满而自然。运用李白那“举杯邀明月，对影成三人”的佳句，说是我们三人对着自己的影子了，但我们几位知音就在一块，不曾有东坡那番“但愿人长久，千里共婵娟”的凄凉和相思，我们的心是跳在一起的啊。邓廷桢关于这次不朽聚会的词作，完全在林则徐的日记里得到印证：“即赴邓制军处，留饭。午后同舟赴沙角，在关提军舟中查点……携酒肴邀关提军、黄镇军同赴沙角炮台上小饮，月出后同登山顶望楼上，玩赏片时，仍与制军乘潮而返。”

龚自珍（四首）

浪淘沙·书愿

云外起朱楼，缥缈清幽，笛声叫破五湖秋。整我图书三万轴，同上兰舟。

镜鉴与香篝，雅憺温柔。替侬好好上帘钩。湖水湖风凉不管，看汝梳头。

龚自珍（1792—1841）作为站在时代前列的卓越思想家，在林则徐禁烟南下前给他写了一封信，即《送钦差大臣侯官林公序》，信中提出九条建议，表现出其炽热的爱国情怀、犀利的思想锋芒、出类拔萃的智慧和勇敢坚贞的品格，在《己亥杂诗》中发出了“我劝天公重抖擞，不拘一格降人才”的呼唤，展示出一副奔放不羁的情怀。而他又是如此风流蕴藉的性情中人，在这首《浪淘沙·书愿》中，表达出完全离开纷繁扰攘的尘世的心愿，在一片完全自由的水域泛舟，和自己心爱的女性在一起，读自己喜欢的书，追求一种纯粹的无障碍的精神飞扬。

这样一个心灵放松的空间，一座梦中的伊甸园，是有理想有追求有品位的知识分子普遍的心愿和心灵寄托。对事业和挑战的坚强刚毅，和对女性知己的体贴蕴藉，是完整男儿性格的两面。这座伊甸园在遥远的云天之外，那里有朱楼横空，缥缈清幽，有悠扬的笛韵飘荡在浩渺的烟波之上。此际，诗人将把三万轴图书搬上兰舟。伴随诗人的是那位雅憺温柔的人儿，带着她的镜子和香篋，叮咛我好好为她上好帘钩，把云朵、月光都关在帘外。此际，湖水湖风生凉，且不管它，通通关在帘外，只剩下我们两个人的世界。看你梳头，是最快乐温馨的事情了。旧时女人多蓄长发，梳头的动作幅度很大也很优美，玉臂婉转，纤腰轻舒，修项低昂，青丝流泻，一缕柔情氤氲在温暖的小舱里。这美丽而柔婉的人儿，想必不单单是一位美人，也肯定是一位与作者心灵契合无间的红颜知己，一位风雨同舟、生死相托的伴侣。

这首词优美，纯净，内敛，含蓄，内蕴丰富，意象空灵，是作为斗士的诗人的心愿，是艰苦奋斗中的休憩间歇。而实际上，龚自珍也许并没有这样一次美好的心灵之旅爱情之旅，一切都是他纯然的想象。心愿未了，就在五十岁的盛年匆匆辞世，留给人间无穷的思念和惋惜。

浪淘沙·写梦

好梦最难留，吹过仙洲。寻思依样到心头。去也无踪寻也惯，一桁红楼。

中有话绸缪，灯火帘钩。是仙是幻是温柔。独自凄凉还自遣，自制离愁。

自从蒙古骑兵的铁蹄踏破南宋江山，那繁荣了几个世纪的唐诗宋词的风流也随之风流云散，接着元曲、明清小说突起，词这种美丽而奔放的艺术形式的衰微徒然引起一些惋惜唏嘘。但清词的意外崛起让人看到了久违的希望，掀起了一阵死水微澜，甚至是一次重现的高潮。词人蜂起，佳作如林，找回了它久已失去的灵性和生命活力。诗评家谭献认定纳兰性德、项廷纪、蒋春霖三位于清代词坛鼎足三分，加上龚自珍的吟唱，成为清词中兴的一出难忘的文化戏剧。

站在时代前列的思想家龚自珍主要精力在探索和呼唤改革和进步，拯救危亡，以图生存图发展，以诗言志，仅仅把写词当作闲情偶寄，所以写得分外舒展蕴藉，是真性情真安闲真风流！龚自珍一支闲笔，写出了真正称得上姜夔所谓“春风词笔”的词章，跳脱空灵，飞扬奔放，而又远离他所执着坚守的一切社会和政治追问，给清词天空点染出一抹分外美丽的晚霞。

这是对一个梦的回顾和记录。其实这个梦的题材并无多少新意，可贵的是那副笔墨，那副比宋词还风流蕴藉的风格。他的好梦当然是和一个心爱女性的聚会，是在一个地上天堂一般的仙洲之上的一座红楼里。凡梦中的事物都是迷离漫漶的，充满了闪烁不定的光影，但这短暂聚会的描绘还是清晰的。二人世界里流荡着柔情蜜意，有喁喁情话，有荧荧灯火，有欢乐帷幕上的帘钩……诗人说不清也不必说清是美妙的仙姬梦中降临还是一次真实的幽会，甚至既没有梦也没有幽会，只有一番白日梦般的遐思。但有一件是无可怀疑的，就是他们是恋情深沉的情人，这样的梦或想象是经常重复的，“寻思依样到心头，去也无踪寻也惯”，这扑朔迷离的爱情，这神秘美丽的聚会，是极其珍贵的，但也如同空中楼阁一般缥缈。

清词感情的真挚、诗意的浓郁、声韵的和谐、语言的精美、意境的超迈，不但迅速填补了久已荒芜的词坛空场，而且其气象和宋词比较，已无多让。龚自珍作为最杰出的词人之一，给后辈和知音留下了这婉转流转如同金玉之声的歌唱。

己亥杂诗·之五

浩荡离愁白日斜，吟鞭东指即天涯。
落红不是无情物，化作春泥更护花。

龚自珍作为时代先锋的卓越思想家，面临清代晚期那种末世的破败衰颓景象，心中的焦灼和痛苦是可以想见的。对官场的彻底失望和那种排挤倾轧、蝇营狗苟的恶浊氛围的憎恶，他早就哀莫大于心死了。己亥年也就是1839年，他终于作出了辞官南下回归乡里的痛苦而果断的决定。辞别生活了几十年的京师，和他尽忠了几十年的朝廷、相处了几十年的同僚、相知了几十年的朋友告别，心中当然既有挣脱名缰利锁的牢笼的轻松，也有浓重的依依难舍的别情。

这份离愁是真实的思想感情，浩荡者言其汹涌袭来的气势。满怀愁绪难以言喻，又是夕阳西下日光惨淡的时分，平添了几分凄凉。“天涯”实指遥远的故乡浙江仁和，在南方略偏东方向，说“吟鞭东指”也讲得通。其象征意义却可以理解为更广阔的天地。这些景物的描绘是为了给以下最关键最具生命力的诗句铺垫一个抒情的氛围。

身体状况不佳、心绪凄凉的诗人，实际上把这次告别官场南下归乡看作是他人生的谢幕，不是有意比喻，而是自然联想，会不期然地想到零落的花朵，陷入污泥浊水的美丽花朵。于是这千古传颂的名句就应运而生了：“落红不是无情物，化作春泥更护花。”看似电光石火灿烂瞬间的灵感，却是诗人坚持奉献进取、不畏牺牲的伟大精神的集中体现。他把自己比作落红，是甚为谦逊自抑的表示，那时，年富力强智慧超群的他，不是零落入尘土泥淖的“落红”，而是一朵艳丽怒放的牡丹。他对中国命运的急切关注，对中国前途的沉重忧虑，那些无师自通的资本主义运作模式的思考，还有一年多之后献给南下查禁鸦片前的林则徐的《十项决定议》书，不都是这朵艳丽无比的国色天香的牡丹的光彩吗？

自认为是落红的诗人，向他至死热爱的祖国和为之献身的华夏子孙表达了最深切的忠贞和奉献热忱。零落为泥还要以一捧肥料的身份滋养、护持下一代的新花。此情可感可敬，也只有绽放得如此娇艳的花朵变作的一掬“落红”，才有资格做出如此深情如此富有激情的承诺。

西郊落花歌

西郊落花天下奇，古人但赋伤春诗。
西郊车马一朝尽，定盦先生沽酒来赏之。
先生探春人不觉，先生送春人又嗤。
呼朋亦得三四子，出城失色神皆痴。
如钱塘潮夜澎湃，如昆阳战晨披靡；
如八万四千天女洗脸罢，齐向此地倾胭脂。
奇龙怪凤爱漂泊，琴高之鲤何反欲上天为？
玉皇宫中空若洗，三十六界无一青蛾眉。
又如先生平生之忧患，恍惚怪诞百出无穷期。
先生读书尽三藏，最喜维摩卷里多清词。
又闻净土落花深四寸，瞑目观赏尤神驰。
西方净国未可到，下笔绮语何漓漓！
安得树有不尽之花更雨新好者，三百六十日长是落花时。

龚自珍是晚清激进的思想家、具有独特个性色彩的杰出的诗人，也是站在历史潮头的思想前驱。林则徐南下查禁鸦片时，他曾经致书林建议加强戒备、坚决抵抗英军侵略。他那坚定的反侵略思想、炽热的爱国情怀，鼓舞、鞭策着仁人志士救国救民的激情。他和纳兰性德、黄景仁等俊彦共同创造了清诗最后的辉煌，为中国几千年的旧体诗传统作了精彩的终结。他的诗句“落红不是无情物，化作春泥更护花”，“我劝天公重抖擞，不拘一格降人才”已经成为激励和抚慰国人的文化资源，甚至进入了博大精深的汉语词语系统。

我在他的出色作品中特别喜欢那些抒发了真性情、展示出狂放不羁的人格魅力的诗篇。

《西郊落花歌》有一段原序："出丰宜门一里，海棠大十围者八九十本，花时车马太盛，未尝过也。三月二十六日，大风，明日风少定，则偕金礼部、汪孝廉、朱上舍、家弟出城饮而有此作。"花盛时因车马拥塞未能往访，花谢了龚自珍却有闲暇结伴去欣赏了这些海棠花。这一丛海棠花林真是气派无比，十围大树有八九十棵之多，实可惊叹。龚自珍看到的不仅是落红成阵，而是铺天盖地、无边无际的海棠落花。那种奇异景色给人的印象不仅是奇异，简直是震撼了。龚自珍逸兴遄飞，和陪伴他的"三四子"，都达到"失色神皆痴"的境地。满目秾艳的落红，让他天马行空、奔放无羁的思绪进入了"通感"的感觉境界。落红本无声，他却感受到钱塘江潮般的奔腾澎湃，昆阳之战那样的动地鼙鼓！他的想象之神被激发起来，一发不可收拾，所思所想皆为天上仙女和龙凤神物，仙女们或集体洗脸，倾倒洗下的胭脂，或全数逃出天宫下界散花。海天之上，龙凤夭矫翻飞，那位琴高曾经骑着冒出水面的鲤鱼也上了天。玉皇宫里的仙女全都逃离得干干净净，三十六天界已经没有一个青春蛾眉了。一句话，这落花景象犹如自己的忧国忧民意识那般奇异怪诞、莽无涯际。定盦先生嗜读佛经，经卷里多清词丽句、奇思妙想，联想起西方净土世界的落花厚达四寸，无须亲往，闭目凝思即可神驰万里尽揽落花胜景。他甚至想象让所有的树都有无休无止的花朵，一年四季三百六十天都是落花时节。

这首诗奇异之处在于飞扬奔放的想象。这想象达到了不讲诗词情理、不顾文字规范、挑战理性、不论可能与否的地步。这种大气魄、大境界、大场面、大欢喜、大审美，也只有龚自珍这样的襟怀阔大、视野广阔、气焰万丈的人才能写得出来，也只有龚自珍写出来才是一篇被承认被推崇的文字。他的诗被称为瑰丽奇肆，他的文被称为博奥纵横，此言不谬。

项廷纪（一首）

水龙吟·秋声

西风已是难听，如何又着芭蕉雨？泠泠暗起，澌澌渐紧，萧萧忽住。候馆疏砧，高城断鼓，和成凄楚。想亭皋木落，洞庭波远。浑不见，愁来处。

此际频惊倦旅，夜初长、归程梦阻。砌蛩自叹，边鸿自唳，剪灯谁语？莫更伤心，可怜秋到，无声更苦。满寒江剩有，黄芦万顷，卷离魂去。

本来，春秋代序，是极其正常的自然现象，万物成熟的金秋应该是喜悦而充实的季节，但历代书生却特别愿意在此际抒发一种苍凉凄切的感情，排遣秋风秋雨带来的阴郁心境。哀婉而凄厉的秋之声，成了他们倾诉在严酷的社会生活中遭遇的挫折磨难的平台。这位词人项廷纪（1798—1835）对秋声的体验独特而强烈，缜密而细腻，比之于欧阳修的《秋声赋》似乎更为鲜活真切。

诗人是在寂寞无聊的孤旅之中思乡思亲、徒伤寂寥的时刻，是在深秋时节的凋零高潮中，聆听这难听亦复难耐的秋声的。是一种“泠泠暗起，澌澌渐紧，萧萧忽住”的声音，起自青萍之末，单调而阴郁，呼呼啦啦渐趋强烈，沉重而枯燥，有时还短暂停息下来，形成对生命的冷冷压力，极言其窒息心灵的无奈无情无聊。更何况又有新的令人难耐的因素加入，“候馆疏砧，高城断鼓”，就是旅馆传来的疏落捣衣砧声，城中守夜的断续的更鼓声，“和成凄楚”，自然会加重秋声带来的失落和无奈，汇为一种凄凉而孤寂的意绪。

想起那曾经莅临的亭皋花木已经零落，洞庭湖水也已笼罩在这让人诅咒的秋声之中，再加上“砌蛩自叹，边鸿自唳”，让人心烦的蛐蛐儿，发出凄厉嘹唳的飞鸿，在这无人对语的剪灯夜话时分，把秋声带来的烦恼难耐推向了极致。其实，季节已到霜秋，这秋风停息了又怎么样，也许无声更为凄苦。

此际，寒江上只剩下已被秋风吹成枯叶的万顷黄芦，索性就让它席卷我的离魂而去吧。

意象的叠加，情绪的深化，鲜活的在场感，一层比一层浓重的秋声，更真切更沉重地表现了一位书生悲苦凄凉的内心世界。

蒋春霖（一首）

琵琶仙

五湖之志久矣！羁累江北，苦不得去。岁乙丑，偕婉君泛舟黄桥，望见烟水，益念乡土，谱白石自度曲一章，以箜篌按之。婉君曾经丧乱，歌声甚哀。

天际归舟，悔轻与故国梅华为约。归雁啼入箜篌，沙洲共飘泊。寒未减，东风又急，问谁管、沈腰愁削？一舸青琴，乘涛载雪，聊共斟酌。

更休怨、伤别伤春，怕垂老心情渐非昨。弹指十年幽恨，损萧娘眉萼。今夜冷，篷窗倦倚，为月明、强起梳掠。怎奈银甲秋声，暗回清角！

蒋春霖（1818—1868），字鹿潭，江苏江阴人，是清词重镇，被称为和纳兰性德、项廷纪鼎足而三的大家。他的笔墨极精致极深情，蕴藉而浪漫，特别是写情必牵动肝肺，淋漓尽致，动人心弦。这首《琵琶仙》诉说了一幕温馨而稍感凄凉的爱情戏剧。蒋春霖科场不畅，做了一名鹾官，就是盐业管理人员，奔波俗务，客居他乡，阴郁不得志。中年娶了一位爱妾婉君，一直有伴她遨游江湖之意，但苦于盐务缠身，久久不得遂愿。这是沉埋心中多年心愿的实现，也是他们最温馨的爱情之旅，一次怀旧伤时的亲近自然之旅。

根据词前的小序，可知这次旅行就在江北的黄桥一带的江湖泛舟。本应快乐幸福地享受自然也享受二人世界的温情，但他心头泛起一片思念故乡的黯淡情绪，后悔不该和故乡梅花有约，惭怍辜负了故乡亲情和美景。加上归雁的嘹唳融入了凄咽的箜篌，凄紧的河风，难以抵御的寒意，难禁腰肢瘦损的憔悴，兰舟上氤氲着低沉忧郁的氛围。只有这载着一船琴声的画船激起了如雪般洁白的浪涛。

这只是序曲，下阕词笔更低回幽咽。不必提起伤春伤别，就是这渐近的衰老也够让人懊恼。似锦韶光弹指过去，十年的无情岁月消损了婉君的花容月貌，“眉萼”指眼眉之间如花朵般的美感。这寒气逼人的夜晚，本应倦倚在篷窗边休憩，但为了不辜负明月，你强打精神梳洗装扮，唱一支由我箜篌伴奏的清歌。怎奈我那银甲弹拨出的声籁，竟是凄清黯然的角声乐曲！

诗人极端钟情的婉君，是经过了丧乱的波折来到蒋家的，哀乐中年，自然要引动她的回忆和忧思、慨叹和伤感，那歌声的哀婉凄切，是不言而喻的。对婉君的那份怜惜痴情，体贴护持的激情就流荡在诗人出自内心的字里行间。那婉君也是一位情种，在蒋春霖中年早逝之际，竟以身殉。

郑文焯（一首）

湘春夜月

最销魂，画楼西畔黄昏。可奈送了斜阳，新月又当门。自见海棠初谢，算几番醒醉，立尽花阴。念隔帘半面，香酬影答，都是离痕。

哀筝自语，残灯在水，轻梦如云。凤帐笼寒，空夜夜、报君红泪，销黯罗襟。蓬山咫尺，更为谁、青鸟殷勤？怕后约、误东风一信，香桃瘦损，还忆而今。

郑文焯（1856—1918）是清末民初一代词家，奉天铁岭人，是清代最著名的东北文人之一。其父曾为巡抚，家世煊赫，一门鼎盛，子弟十人轻裘肥马，备极富贵，唯文焯被服儒雅，寄意诗书。举人出身，曾官内阁中书，后长期为高官幕僚。工诗词书画，尤长于音律，追慕姜夔之成就和艺术风范，词亦宗法吴文英、张炎，为清词坛婉约派重镇。他的词特别重视格律，音韵畅达，是精通音乐的词家之一。他功夫扎实又博采众长，兼之有过人之才，作为清末词家，其抒情之细腻，文词之典雅，韵致之悠长，诗意之浓郁，已经达到超越元明直追两宋的地步。

这首《湘春夜月》记述了一个哀感顽艳的故事。影影绰绰，烟水迷离，美丽而忧伤，低抑而纯情，脉络并不甚清晰，人物之间的关系也不太清楚。然而女主人公的典雅、柔弱、痴情、孤独、怅惘，演绎的那出若隐若现的爱情悲剧意味，已经让人清晰而痛切地感受到。可以这样理出情节的大致脉络：在“画楼西畔黄昏”，诗人邂逅了居所近在咫尺的这位仙姬般的人物，惊艳如痴，一见钟情。从斜阳夕照到新月当空，他们曾有一番心灵的有言或无言的交流。从海棠初谢的暮春开始，二人还有几度聚会，多是花阴传情，帘栊阻隔，偷觑半面，怅然离去，只感受到她为之燃起的袅袅篆香透过帘栊，她那娉娉婷婷的姿影传递过来的情意。这些漫漶迷离的印象，其实都是深深镌刻在彼此心灵上的伤痕。

可以断定，诗人早已婚配，也可以猜想，仙姬是一位独居的寡妇或某高官巨富的外室。二人“空有相怜意，无有相怜计”。此后的日子里，诗人时时刻刻关注着这位心上人。听她弹奏哀怨的古筝，看她在水湄居室点起的孤灯，想见她那在云霭中与自己欢会的春梦。她那美丽的凤帐挡不住五更寒意，潸然流下的清泪，销魂神伤的黯然，不知不觉被打湿的衣襟，是思念是憾恨是报答我一番衷曲的无限深情。

无望而执着，陷入天涯咫尺的困境，她就在身边却如同在那遥迢的蓬莱仙山，而且没有去代为问候的青鸟。最后两句“怕后约、误东风一信，香桃瘦损，还忆而今”，词义含混，很难确解。大致意思应该是，我们误过了这青春季节，“香桃瘦损”语义双关，可以指“流水落花春去也”，更可以联想到仙姬相思成疾，憔悴瘦损，空忆今日，辜负情缘。

如此优美卓绝的歌吟因为时代的局限，几乎被投入忘川。如果不是龙榆生先生精心编纂的《近三百年名家词选》慧眼识珠和大力揄扬，恐怕就永无被我们欣赏的机缘了。

丘逢甲（一首）

天涯

天涯断雁少书还，梦入虚无缥缈间。兵火余生心易碎，愁人未老鬓先斑。

没番亲故沦沧海，归汉郎官遁故山。已分生离同死别，不堪挥泪说台湾！

丘逢甲（1864—1912），清代诗人。同治三年（1864）生于台湾彰化，光绪十四年（1887）中举人，光绪十五年登进士（1889），授任工部主事。但丘逢甲无意在京做官，返回台湾，任台中衡文书院主讲，后又于台南和嘉义教授新学。1895 年甲午战争失败，李鸿章秉承清政府旨意，与日本签订《马关条约》，割让台湾，台湾人民激愤。丘逢甲先是十次悲愤上书包括血书激烈反对，后是毁家纾难，组织义军反抗日军，自任义勇军统领。当抗日军民组织的“台湾民主国总统”唐景崧退回福建厦门，镇守北台湾的抗日正规军溃败后，日军沿铁路南侵直达新竹，丘逢甲率义军北上与日本侵略军血战二十余昼夜，进行了大小二十多场战斗，终因“饷尽弹尽，死伤过重”而失败。丘逢甲见局势不可为，携带家眷内渡广东嘉应州。其后虽有名将刘永福率领的黑旗军诸多民间义勇军奋起抗日，终究于 10 月 21 日被日军攻入大本营台南，台湾沦陷。

丘逢甲内渡后先在家乡和潮州、汕头等地兴办教育，倡导新学，支持康梁维新变法，后利用担任广东教育总会会长、广东咨议局副议长的职务之便，投身于孙中山的民主革命，与革命前辈何子渊等革命党人参与筹划潮州黄冈起义等革命活动。中华民国成立后，丘逢甲被选为广东省代表参加孙中山组织的临时政府。民国元年（1912）元旦因肺病复发，正月初八日（1912 年 2 月 25 日）病逝于镇平县淡定村，终年四十八岁。

丘逢甲是台湾著名诗人，其诗集主要有《柏庄诗草》、《岭云海日楼诗钞》等。从台湾内渡大陆后的作品尤为沉痛，最著名的作品是那首《春愁》，其中

“四百万人同一哭，去年今日割台湾”两句痛快淋漓地喊出了台湾百姓的心声。但这首《天涯》却更细腻更沉痛地揭示了一位台湾抗日英雄的内心世界，他对故乡台湾刻骨铭心的思念，对这段家国巨变的血泪回忆，有杜甫的沉郁顿挫，有岳武穆的壮怀激烈，时刻提醒莫忘刻在中华母亲肌体和炎黄子孙心灵上的不愈的伤痕，足以感动亿万国人。

丘逢甲失去的故乡台湾距离他回归大陆后寄居的祖籍广东，从祖国地图上看，近在咫尺，舟楫迅即可至，但在他心中却是遥不可及的“天涯”，因为日寇阻断了游子的归路，不但他有桑梓难归，而且连鸿雁传书的天空之路都阻断了，只能徒然叹息“天涯断雁少书还，梦入虚无缥缈间”了。他的思乡深情没有了落脚之地，只能付诸虚无缥缈的梦幻了。把自己曾经与敌寇奋战的既豪迈又伤心的回忆和今日两鬓霜染壮志蒿莱的晚景用“兵火余生心易碎，愁人未老鬓先斑”两句概括，真贴切真动人情怀，只有老杜放翁有此笔墨。

颈联特别沉痛地分述了“没番”的同胞和“归汉”的自己的生存窘境。在日寇残酷的殖民统治下的台湾同胞沦落挣扎在苦海之中，有家不能归的自己只能遁迹在祖籍山中打发岁月。其实，台湾同胞的反抗一直没有停息，光复宝岛使之回归祖国的希望一直没有破灭。就是丘逢甲本人，在回到大陆的十几年内，也秉持忠于祖国、献身进步事业之崇高理念，支持康梁变法，追随中山革命，尽瘁教育救国，无一日等闲度过。辛亥革命胜利的旗帜上有丘逢甲的心血生命织进的一缕纤维，祖籍广东处处留下了他奔走革命、教育救国的历史遗迹。哪里是什么“遁故山”？不过是他特别律己自励、归功他人拦过于己的谦逊说法而已。这首痛陈心曲诗的结尾特别动人心旌：“已分生离同死别，不堪挥泪说台湾！”“已分”二字意思是已经命定当年和台湾生离就是死别，分读做“份”。今生今世，再也无缘回到故乡台湾。每次提到台湾，就挥泪痛哭，让人难以自持。

丘逢甲作为一个土生土长的台湾知识分子，他对华夏祖国的高度认同感归属感，对作为一名炎黄子孙的责任感使命感，对中华文化的自豪感归依感，都令人钦敬不已。他的英雄事迹热血肝胆，他的融入了无限深情的华美诗章，他思念台湾宝岛的泣血呼唤，都是我们极其珍贵的精神遗产，是促进祖国统一、打击台独分子的思想武器。

谭嗣同（一首）

狱中题壁

望门投止思张俭，忍死须臾待杜根。
我自横刀向天笑，去留肝胆两昆仑。

这是戊戌变法中牺牲的英雄谭嗣同写在监狱墙壁上的绝命诗。慷慨悲壮，视死如归，继承了自古代仁人志士那里流传下来的浩然正气。谭嗣同（1865—1898），湖南浏阳人，字复生，号壮飞，积极鼓吹变法，被任命为四品卿衔军机章京，参与康梁领导的戊戌变法。以慈禧太后为首的戊戌年九月戊戌政变发生后，康梁逃亡日本，谭嗣同和林旭、杨锐、刘光第、杨深秀、康广仁同时被杀害于北京菜市口。戊戌政变发生当时，朋友们劝谭嗣同逃亡，谭嗣同拒绝逃亡，掷地有声地说："各国变法无不从流血而成，今日中国未闻有因变法而流血者，此国之所以不昌也。有之，请自嗣同始。"

"望门投止思张俭，忍死须臾待杜根"。谭嗣同用了东汉两位被迫害的政治家张俭和杜根的故事表达自己从容就义的心愿。张俭（115—198）是东汉政治家，因弹劾宦官侯览罪恶，被太学生敬重，成为"八及"之一。建宁二年（196）党锢之祸再起，被迫害追逐的张俭四处逃亡，望门投止，就是寻找故旧门楣投宿。时人重其名节，多破家相容。杜根也是东汉政治家，因反对和帝皇后在和帝死后垂帘听政二十年、兄弟多掌握大权，杜根要求邓太后还政于皇帝，被邓太后下令摔死，因行刑人手下留情，杜根忍死须臾，得以免死。想起逃亡的康有为、梁启超二位，在逃亡奔波的途中大概会得到同情者破家相容的眷顾。而像自己这样留下来等待敌人杀害的人大概就没有杜根那样的幸运了。

"我自横刀向天笑，去留肝胆两昆仑"。结尾两句气势宏阔，悲壮坚定，要手握杀贼大刀，横置胸前，向苍天大笑：离去的师友，留下从容就义的同伴，都是昆仑山一样巍峨高峻的肝胆。离开的等待时机然后再接再厉，争取成功，留下的以杀身成仁的气概，激励后继者，完成牺牲者的遗志。三十三岁就为国捐躯的英雄谭嗣同胸中激荡着年轻人的热血和男儿的血性、勇气，无愧于历史赋予他的这个崇高位置。

这首诗有比较确切的证据，是被梁启超修改过的。但这首诗集中表达了变法的先行者大无畏的牺牲精神，不怕艰难险阻将变法事业进行到底的决心。就算是谭嗣同和梁启超共同创作的诗篇吧。对照据说是谭嗣同原作的四句诗，觉得梁启超的修改真有点铁成金的功效。对“去留肝胆两昆仑”的理解也颇有歧义，众说纷纭。觉得还是我们这样的理解最能表达英雄的本意。康梁在变法上虎头蛇尾，逃亡之后，失去了进取的锐气，甚至退化为保皇派，让时人大失所望。倒是谭嗣同的慷慨牺牲、悲壮诗篇给了希望变革的中国人以莫大的安慰和鼓励，成为这次悲壮的社会变革留下的最有力的歌声。

孙中山（一首）

挽刘道一

半壁东南三楚雄，刘郎死去霸图空。
尚余遗孽艰难甚，谁与斯人慷慨同。
塞上秋风悲战马，神州落日泣哀鸿。
几时痛饮黄龙酒，横揽江流一奠公。

刘道一（1884—1906）是辛亥革命时期重要活动家，湖南衡山人，后迁居湘潭。胞兄刘揆一（1878—1950）为辛亥革命领袖之一，兴中会、同盟会创始人之一；黄兴助手，孙中山（1866—1925）助手。道一深受乃兄影响，立志反满革命，东渡日本，参加了孙中山的同盟会，积极奋发，才识卓荦，为核心成员之一，且熟谙英语，被目为革命成功后民国执掌外交之人选。受孙中山派遣，回国指导萍浏醴起义，不幸失败被捕，是年 12 月 31 日牺牲，年仅二十二岁。次年噩耗传到日本，孙中山至为悲痛，在 2 月 3 日举行的追悼会上发表挽诗《挽刘道一》，表达了深沉的悼念和刻骨的悲痛以及继承先烈遗志、争取最后胜利的决心。一生写诗不多的孙中山，写挽诗悼念战友是极不寻常的事，可见刘道一的卓越功勋和在孙中山心中的崇高地位。

这首诗表现了孙中山博大恢廓的器宇、卓拔不凡的识见、精湛渊深的艺术修养、深厚真挚的感情以及驱遣文字的功力。全诗弥漫着一种庄严悲壮的气氛。“半壁东南三楚雄，刘郎死去霸图空”，开篇即显示眼界宏阔，深知刘道一烈士生平和奉献，称赞刘道一是半壁东南的杰出英雄，盖湖南为春秋战国时期楚国之地，楚国几个大姓为屈贾宋，故云“楚虽三户，亡秦必楚”，是以称楚为“三楚”。刘道一的牺牲给推翻清廷皇权的革命大业造成不可挽回的损失，以至于“霸图”成空，倾诉莫大的失望伤感，但革命是不会因此而结束的。大概意识到这句诗的过分悲观意识，在结尾处以“痛饮黄龙”两句完善之。“尚余遗孽艰难甚，谁与斯人慷慨同”，指革命之路正长，称清朝政府为将被荡涤之余孽足见信心之饱满。但革命事业依然极其艰难。在这个风起云涌的伟大时代，谁能和烈士一般有如此慷慨的气概？“塞上秋风悲战马，神州落日泣哀鸿”，孙中山感情激动地用塞上秋风凄厉时刻战马的嘶鸣和神州大地落日时分鸿雁的哀鸣表达一份天地同悲的博大境界的悼念。以“几时痛饮黄龙酒，横揽江流一奠公”作结，引用了岳武穆“直捣黄龙与诸君痛饮耳”的千古名句，表达了在滔滔奔流的长江上祭奠英雄的心愿。总揽全诗，其博大雄浑之气概，沉郁顿挫之风格，可谓深得杜甫神髓。以如此壮烈的英雄如此杰出的诗篇如此伟大的作者作为中国古典诗词之终结，也许是适宜的、富有创意的选择。孙中山也足以当此重任。

尽管孙中山的挽诗如此杰出，但对这首诗是不是孙中山所作还有纷繁意见，“代笔论”甚嚣尘上，言之凿凿，“不易论”白纸黑字，声势强大。捉刀者有云清末汤增璧、与孙中山并列之黄兴；确认为孙中山所作之论见于章士钊民国元年手书此诗之题词，1912 年发表此诗时以“孙大总统旧作吊刘道一”为题，胡汉民、柳亚子之有关诗文亦多次论述。且不论诉讼纷纭之歧见，我还是坚信孙中山先生就是这首慷慨悲壮的杰作的当之无愧的作者。孙中山尽瘁革命，终结帝制，创立民国，居功至伟。以其人之勋业、人格、才具、文字功夫衡量，写出此等诗篇当属合情合理。退一万步，作为一个站在时代前列指导时代前进的伟人，身居先进政党领袖和国家元首之位，即使此诗真有人受托代笔，全诗主旨、立意、本事当受其指导，看作是孙中山本人作品也属公平，如同世界各国元首或政府首脑都有专门负责言论起草的班子，难道元首和首脑的发言不算自己的而算是起草班子的吗？

秋瑾（一首）

鹧鸪天

祖国沉沦感不禁，闲来海外觅知音。金瓯已缺总须补，为国牺牲敢惜身？

嗟险阻，叹飘零，关山万里作雄行。休言女子非英物，夜夜龙泉壁上鸣。

秋瑾（1875—1907）是清末民主革命中慷慨捐躯的女英雄，浙江绍兴人，字璇卿，别号竞雄，又号鉴湖女侠。湘乡王廷钧妻。1904年留学日本，次年加入同盟会。归国后提倡女学，并亲到金华、兰溪等地联络会党，组织光复军。与徐锡麟分头准备发动皖浙两省起义，事泄，被清军逮捕，英勇就义。有《秋瑾集》。

这是秋瑾写于旅日期间的作品，写得特别从容坚定，更是特别谦逊质朴。“祖国沉沦”不是危言耸听，而是她极其清晰的判断。甲午之耻，日寇猖獗；辛丑之败，强敌环伺。腐败清廷，大厦将倾；风雨飘摇，险象环生，“神州陆沉”的阴影压在这位弱女子的心头。当时孙中山在海外创建的同盟会闪现出自强自救的曙光，成为一切忧国忧民志士心中的希望。秋瑾毅然挣脱枷锁，东渡扶桑，寻求救国真理，结识同道的壮举，被她低调谦虚地说成“祖国沉沦感不尽，闲来海外觅知音”。当民众尚未觉醒，一干须眉尚在沉睡之际，作为女性的秋瑾却自愿担当起拯救祖国的职责。“金瓯已缺总须补，为国牺牲敢惜身”，说得何等简单朴素，顺理成章，既然金瓯已缺，总要有人来补。钗黛不让须眉，我当然要承担这样的重任！前路险恶，即使为国牺牲，也奋勇前行，不敢独爱自身。秋瑾是这样写的也是这样做的，在那个风起云涌的岁月，她以大无畏的气概，慷慨献身，实践了自己的誓言，和黄花岗英雄一起，成为辛亥先后的革命时期牺牲者的典范。面对这样的诗篇，读者不是抱着闲适的心情来欣赏艺术，而是在聆听一位襟怀如此宽阔、器宇如此轩昂的女英雄的心声。在艺术品格不俗的清诗词中，秋瑾朴素的作品以其独有的器宇襟抱发出光芒。

献身拯救祖国的伟业，当然要以生命热血为代价。“嗟险阻，叹飘零，关山万里作雄行”。她概括了东渡追求拯救祖国之道的艰危历程。爱国志士们的革命活动受到日本政府、清廷驻日机构的监视破坏，还要和一帮败类内奸斗争，真是险阻重重，一个女性革命者在海外飘零中遇到的困难更是难以尽数。抒情篇章的末尾，秋瑾发出了自豪自励的呼唤：“休言女子非英物，夜夜龙泉壁上鸣。”不要说女性不是有血性有勇气的“英物”，我的雄心壮志如同那挂在壁上的龙泉宝剑，夜夜都在独自发出铮铮震响呢！《晋书·张华传》载，张华见牛斗二星之间有紫气，后使人于丰城监狱中掘地得二剑，一曰龙泉，一曰太阿。后泛指宝剑为龙泉。这首词的原稿在秋瑾被捕时为清廷搜去，作为“罪状”公布。由于他们的这一举措，才为后世留下了秋瑾烈士抒发情志的宝贵诗篇。

秋瑾这位灵魂高洁、理想灿烂、感情炽热、才华卓荦、形象美丽的女性成为激励人们前进的偶像，之后出现的类似女性英雄往往被比作当代秋瑾，足见秋瑾影响之广泛和深刻，以及她在中华儿女心中的分量。青春年华慷慨就义的秋瑾是中华儿女心中永远的憾恨永远的骄傲永远的向往。

后 记

我对商务印书馆这家历史悠久、学术水平甚高、声誉远播、影响广泛的出版社仰慕已久。能在商务印书馆出版自己的著作是我最大的心愿。在这部投入了多年心血的著作即将出版之际，我要向帮助过我的朋友和文化界人士表达诚挚的谢意。

首先要感谢为本书撰写序言的原中华书局总编辑、清华大学中国古典文献研究中心主任傅璇琮教授，为本书出版题写推荐意见的中国人民大学文学院院长孙郁教授，北京大学博士生导师、全国古籍整理工作委员会主任安平秋教授。得到这些顶级学者的首肯和提携是这部著作得以付梓的重要保证。

特别要感谢我的校友、原商务印书馆副总编辑徐式谷先生。和我不同系的徐式谷与我的友谊要追溯到 20 世纪 50 年代，当时我们都曾在北大诗社服务，共同经历了人生最初的挫折。他的生活道路特别曲折艰辛，靠了顽强毅力和坚韧意志，度过了人生低潮，在新时期焕发出特别的光彩，在商务印书馆的外文翻译和外文辞书出版方面成绩斐然，成为出版战线有突出贡献的专家。徐式谷对中华古典文学的爱好一以贯之，对当年老友的情义依然诚笃深厚，认真阅读了拙著书稿，予以郑重推荐。还要感谢对书稿提出宝贵意见的校友、北大诗社同仁、中国社会科学院外文研究所编审、翻译家张玲先生。两位挚友对拙作给予的高度评价和切实帮助加强了我对本书出版的信心。

感谢商务印书馆常绍民、丁波先生为本书出版所付出的艰辛劳动，他们对本书的认可和恺切意见，进一步提高了本书的学术水准和可读性。感谢责任编辑金塞芽女士为提高本书质量付出的艰辛劳动。

感谢沈阳故宫博物院名誉院长，诗人、学者、书法家李仲元先生对本书的指导和帮助。

感谢校友、北京师范大学郭庆山教授，感谢诗人、辽宁新诗学会副会长王鸣久先生，感谢他们对本书出版所作的贡献。

本书编著中对诗词作品多从较流行选本取材。若读者发现和其他版本差异处，敬请谅解。也欢迎来信商讨，我将在重印时择善修订。

又及，本书出版后，我曾填词二首抒发对华夏诗词的仰慕尊崇之情，亦可作为宣传本书的内容提要，附录于此，略有蛇足之感，见谅。

沁园春·华夏诗词

一

华夏诗词，源远流长，博大精深。有无邪三百，先民天籁（诗经）；《楚辞》悲壮，国士行吟（屈原）。风骨建安（曹氏父子等），田园陶令（陶渊明），北曲清商竞好音（南北朝民歌）。大唐立，唱《春江花月》（张若虚），开启缤纷。

星空李杜并陈，写沉郁飞扬旷世文。更《琵琶》《长恨》，叙事诗魂（白居易）；辋川淡远（王维），夫子清新（孟浩然）。幽森长吉（李贺），潇洒牧之（杜牧）；《锦瑟》《无题》书至忱（李商隐）。伤阿煜，唱人间天上，臣虏哀音（李煜）。

二

词艺勃兴，硕果盈枝，大宋良辰。有希文慷慨，轸念征夫（范仲淹）；良臣欧晏，挥洒清真（欧阳修晏殊）。风月耆卿，温馨蕴藉（柳永），贺铸秦观情意醇。东坡笔，写苍凉喜悦，恢廓深沉。

靖康惨变（金兵虏徽钦二帝）惊心，励志士抗金鼙鼓音。更陆游《书愤》，稼轩《北固》（辛弃疾）；姜夔度曲，清照抒魂（李清照）；心碎蒋捷（《听雨》），结束风华，关（汉卿）马（致远）王（实甫）乔（吉）元曲新。中兴季，喜纳兰（性德）诚挚，宏阔（龚）自珍。